【臺灣現當代作家
研究資料彙編】87

李魁賢

國立台灣文學館
出版

部長序

　　文學是時代和社會的產物，所反映的必然是「那個時代、那個地方、那些人」的面貌；倘若我們想要接近或理解某一特定時空的樣態，那麼誕生於那個現實語境下的作家及其作品往往是最好的媒介之一。認識臺灣文學、建構一部完整的臺灣文學史，意義也就在這裡，而這當然有賴於全面且詳實的作家及作品研究。臺灣現當代文學的誕生及發展，自 1920 年代以降，歷時將近百年；這片富饒繁茂的文學沃土，仰賴眾多文學前輩的細心澆灌、耐心耕耘，滋養出無數質量俱優的作品，成績有目共睹，是以我們更應該珍惜呵護，以維繫其繽紛盎然的榮景。

　　懷抱著這樣的心情，欣見《臺灣現當代作家研究資料彙編》以馬拉松的熱力和動能，將第六階段的編選成果呈現在讀者面前。這個計畫從 2010 年開展，推動至今，邁入第七年，已替 80 位臺灣現當代的重要作家完成研究資料的彙編纂輯。在這份長長的名單上，不乏許多讀者耳熟能詳的文學大家，但更重要也更有意義的地方在於，透過國立臺灣文學館、計畫執行單位以及專業顧問團隊的共同討論商議，將許多留下重要作品卻逐漸為讀者甚至是研究者遺忘的資深作家，再度推向文學舞臺，讓他們有重新被閱讀、被重視、被討論的機會，這或許是我們今日推展臺灣文學、希望讓更多人看見前輩的努力之價值所在。

　　本階段所出版的作家包括楊守愚、胡品清、陳之藩、林鍾隆、馬森、段彩華、李魁賢、鍾鐵民、三毛、李潼共十位，其出生年代從 20 世紀初期

到中葉，文類涵蓋小說、詩、散文、兒童文學、翻譯，具體而微地展現了
臺灣文學的豐富樣貌。延續前此數階段專業而詳實的風格，每冊圖書皆蒐
集、整理作家的影像、小傳、生平年表、作品評論，並由學有專精的主編
學者撰寫研究綜述，為讀者勾勒出一幅詳實精確的作家文學地圖，不僅是
文學研究者查找資料的重要依據，同時也能滿足一般讀者的基本需求，是
認識臺灣作家與臺灣文學發展的重要讀本。在此鄭重向讀者推介，也請海
內外關心及研究臺灣文學之各界方家不吝指正，以匯聚更多參與及持續前
行的能量。

文化部部長　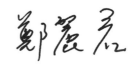

館長序

在漫漫的歷史長河中回望，文學作家及其作品總是時代風潮、社會脈動最好的攝影師，透過文字映照社會的面貌、人類靈魂的核心，引領讀者進入真實美善與醜陋墮落並存的世界。認識作家，有助於對其作品的欣賞，從而理解他所置身的時空環境及其作品風貌；這不僅關乎作家自身的創作經歷和文學表現，同時也是探究文學發展脈絡的根基，並據此深化人文思想的厚度。

臺灣文學發展至今，歷經千百年的綿延與沉澱，在蓄積豐沛能量的同時，亦呈現盎然的生機與蓬勃的朝氣。若欲以此為基礎，建構一部詳實完整的臺灣文學史，勢必有賴於詳實且審慎的作家和作品研究，故而全面梳理研究資源、提升資料查考與使用的便利性，也就顯得格外重要。國立臺灣文學館於 2010 年啟動《臺灣現當代作家研究資料彙編計畫》，就是以上述觀點為前提，組成精實的編輯與顧問團隊，詳盡蒐集、整理臺灣現當代重要作家的生平、年表與研究資料，選錄具有代表性的評論文章，編列成冊，以完整呈現作家的存在樣貌、歷史地位及影響。至 2016 年底，此一計畫已進入第六階段，總計完成 90 位作家的研究資料彙編。最新出版的十位作家為楊守愚、胡品清、陳之藩、林鍾隆、馬森、段彩華、李魁賢、鍾鐵民、三毛、李潼，兼顧作家的族群、性別、世代以及創作文類的差異，既體現了臺灣文學研究總體成果中最優質精緻的部分，同時也對未來的研究指向與路徑，提出了嶄新而適切的看法，必將有助於臺灣文學學科發展的

擴展與深化。

　　本計畫歷年所完成的出版成果，內容詳實嚴謹，獲得文學界人士和讀者的高度肯定，各界並期許持續推展，以使臺灣作家研究累積更為厚實的基礎。在此也要向承辦單位所組成的編輯團隊，以及長期參與支持本計畫的專家學者致上最深的謝意，也請海內外關心及研究臺灣文學各界方家不吝指正，以匯聚更多向前邁進的能量。

國立臺灣文學館館長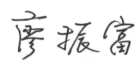

編序

◎封德屏

緣起

　　1995 年 10 月 25 日，在臺灣師範大學教育大樓的 201 室，一場以「面對臺灣文學」為題的座談會，在座諸位學者分別就臺灣文學的定義、發展、研究，以及文學史的寫法等，提出宏文高論，而時任國家圖書館編纂張錦郎的「臺灣文學需要什麼樣的工具書」，輕鬆幽默的言詞，鞭辟入裡的思維，更贏得在座者的共鳴。

　　張先生以一個圖書館工作人員自謙，認真專業地為臺灣這幾十年來究竟出版了多少有關臺灣文學的工具書，做地毯式的調查和多方面的訪問。同時條理分明地針對研究者、學生，列出了十項工具書的類型，哪些是現在亟需的，哪些是現在就可以做的，哪些是未來一步一步累積可以達成的，分別做了專業的建議及討論。

　　當時的文建會二處科長游淑靜，參與了整個座談會，會後她劍及履及的開始了文學工具書的委託工作，從 1996 年的《臺灣文學年鑑》起始，一年一本的編下去，一直到現在，保存延續了臺灣文學發展的基本樣貌。接著是《中華民國作家作品目錄》的新編，《臺灣文壇大事紀要》的續編，補助國家圖書館「當代文學史料影像全文系統」的建置，這些工具書、資料庫的接續完成，至少在當時對臺灣文學的研究，做到一些輔助的功能。

　　2003 年 10 月，籌備多年的「臺灣文學館」正式開幕運轉。同年五月《文訊》改隸「財團法人台灣文學發展基金會」，為了發揮更大的動能，開始更積極、更有效率地將過去累積至今持續在做的文學史料整理出來，讓

豐厚的文藝資源與更多人共享。

於是再次的請教張錦郎先生，張先生認為文學書目、作家作品目錄、文學年鑑、文學辭典皆已完成或正在進行，現在重點應該放在有關「臺灣現當代作家評論資料目錄」的編輯工作上。

很幸運的，這個計畫的發想得到當時臺灣文學館林瑞明館長的支持，於是緊鑼密鼓的展開一切準備工作：籌組編輯團隊、召開顧問會議、擬定工作手冊、撰寫計畫書等等。

張錦郎先生花了許多時間編訂工作手冊，每一位作家的評論資料目錄分為：

（一）生平資料：可分作者自述，旁人論述及訪談，文學獎的紀錄。

（二）作品評論資料：可分作品綜論，單行本作品評論，其他作品（包括單篇作品）評論，與其他作家比較等。

此外，對重要評論加以摘要解說，譬如專書、專輯、學術會議論文集或學位論文等，凡臺灣以外地區之報刊及出版社，於書名或報刊後加註，如中國大陸、香港、新加坡等。此外，資料蒐集範圍除臺灣外，也兼及中國大陸、香港、新加坡、日本、韓國及歐美等地資料，除利用國內蒐集管道外，同時委託當地學者或研究者，擔任資料蒐集工作。

清楚記得，時任顧問的學者專家們，都十分高興這個專案的啟動，但確定收錄哪些作家名單時，也有不同的思考及看法。經過充分的討論後，終於取得基本的共識：除以一般的「文學成就」為觀察及考量作家的標準外，並以研究的迫切性與資料獲得之難易度為綜合考量。譬如說，在第一階段時，作家的選擇除文學成就外，先考量迫切性及研究性，迫切性是指已故又是日治時期臺籍作家為優先，研究性是指作品已出土或已譯成中文為優先。若是作品不少而評論少，或作品評論皆少，可暫時不考慮。此外，還要稍微顧及文類的均衡等等。基本的共識達成後，顧問群共同挑選出 310 位作家，從鄭坤五、賴和、陳虛谷以降，一直到吳錦發、陳黎、蘇偉貞，共分三個階段進行。

　　「臺灣現當代作家評論資料目錄」專案計畫，自 2004 年 4 月開始，至 2009 年 10 月結束，分三個階段歷時五年六個月，共發現、搜尋、記錄了十餘萬筆作家評論資料。共經歷了三位專職研究助理，近三十位兼任研究助理。這些研究助理從開始熟悉體例，到學習如何尋找資料，是一條漫長卻實用的學習過程。

接續

　　「臺灣現當代作家評論資料目錄」的專案完成，當代重要作家的研究，更可以在這個基礎上，開出亮麗的花朵。於是就有了「臺灣現當代作家研究資料彙編暨資料庫建置計畫」的誕生。為了便於查詢與應用，資料庫的完成勢在必行，而除了資料庫的建置外，這個計畫再從 310 位作家中精選 50 位，每人彙編一本研究資料，內容有作家圖片集，包括生平重要影像、文學活動照片、手稿及文物，小傳、作品目錄及提要、文學年表。另外每本書分別聘請一位最適當的學者或研究者負責編選，除了負責撰寫八千至一萬字的作家研究綜述外，再從龐雜的評論資料中挑選具有代表性的評論文章，平均 12～14 萬字，最後再附該作家的評論資料目錄，以期完整呈現該作家的生平、創作、研究概況，其歷史地位與影響。

　　第一部分除資料庫的建置外，50 位作家 50 本資料彙編（平均頁數 400～500 頁），分三個階段完成，自 2010 年 3 月開始至 2013 年 12 月，共費時 3 年 9 個月。因為內容充實，體例完整，各界反應俱佳，第二部分的 50 位作家，接著在 2014 年元月展開，第一階段及第二階段共出版了 30 本，此次第三階段計畫出版 10 本，預計在 2016 年 12 月完成。

成果

　　雖然過程是如此艱辛，如此一言難盡，可是終究看到豐美的成果。每位編選者雖然忙碌，但面對自己負責的作家資料彙編，卻是一貫地認真堅持。他們每人必須面對上千或數百筆作家評論資料，挑選重要或關鍵性的

評論文章，全面閱讀，然後依照編選原則，挑選評論文章。助理們此時不僅提供老師們所需要的支援，統計字數，最重要的是得找到各篇選文作者，取得同意轉載的授權。在起初進度流程初估時，我們錯估了此項工作的難度，因為許多評論文章，發表至今已有數十年的光景，部分作者行蹤難查，還得輾轉透過出版社、學校、服務單位，尋得蛛絲馬跡，再鍥而不捨地追蹤。有了前面的血淚教訓，日後關於授權方面，我們更是如臨深淵、如履薄冰，希望不要重蹈覆轍，在面對授權作業時更是戰戰兢兢，不敢懈怠。

除了挑選評論文章煞費苦心外，每個作家生平重要照片，我們也是採高標準的方式去蒐集，過世作家家屬、友人、研究者或是當初出版著作的出版社，都是我們徵詢的對象。認真誠懇而禮貌的態度，讓我們獲得許多從未出土的資料及照片，也贏得了許多珍貴的友誼。許多作家都協助提供照片手稿等相關資料，已不在世的作家，其家屬及友人在編輯過程中，也給予我們許多協助及鼓勵，藉由這個機會，與他們一起回憶、欣賞他們親人或父祖、前輩，可敬可愛的文學人生。此外，還有許多作家及研究者，熱心地幫忙我們尋找難以聯繫的授權者，辨識因年代久遠而難以記錄年代、地點、事件的作家照片，釐清文學年表資料及作家作品的版本問題，我們從他們身上學習到更多史料研究可貴的精神及經驗。

但如何在規定的時間內，完成每個階段資料彙編的編輯出版工作，對工作小組來說，確實是一大考驗。每一冊的主編老師，都是目前國內現當代臺灣文學教學及研究的重要人物，因此都十分忙碌。每一本的責任編輯，必須在這一年多的時間內，與他們所負責資料彙編的主角——傳主及主編老師，共生共榮。從作家作品的收集及整理開始，必須要掌握該作家所有出版的作品，以及盡量收集不同出版社的版本；整理作家年表，除了作家、研究者已撰述好的年表外，也必須再從訪談、自傳、評論目錄，從作品出版等線索，再作比對及增刪。再來就是緊盯每位把「研究綜述」放在所有進度最後一關的主編們，每隔一段時間提醒他們，或順便把新增的

評論目錄寄給他們（每隔一段時間就有新的相關論文或學位論文出現），讓他們隨時與他們所主編的這本書，產生聯想，希望有助於「研究綜述」撰寫的進度。

在每個艱辛漫長的歲月中，因等待、因其他人力無法抗拒的因素，衍伸出來的問題，層出不窮，更有許多是始料未及的。此次第二部分第三階段驟遇陳之藩卷主編陳信元教授溘逝，陳信元教授為兩岸現當代文學研究及出版之前驅者，精研之廣而深，直至逝世前仍心念其業，令人哀痛！此計畫專案執行至今，陳信元教授已擔任其中六本主編，對本計畫貢獻良多。此次他所主編的《臺灣現當代作家研究資料彙編‧陳之藩》一卷亦費心盡力，然最後之「研究綜述」一文，撰述四千餘字後，因病體虛弱，無法繼續，幸賴鄭明娳教授概然應允，接續完成。

再者，又如，每本書的選文，主編老師本來已經選好了，也經過授權了，為了抓緊時間，負責編輯的助理們甚至連順序、頁碼都排好了，就等主編老師的大作了，這時主編突然發現有新的文章、新的資料產生：再增加兩三篇選文吧！為了達到更好更完備的目標，工作小組當然全力以赴，聯絡，授權，打字，校對，重編順序等等工作，再度展開。

此次第二部分第三階段共需完成的 10 位作家研究資料彙編，年齡層較上兩個階段已年輕許多，因此到最後的疑難雜症，還有連主編或研究者都不太清楚的部分，譬如年表中的某一件事、某一個年代、某一篇文章、某一個得獎記錄，作家本人及家屬絕對是一個最好的諮詢對象，對解決某些問題來說，這是一個好的線索，但既然看了，關心了，參與了，就可能有不同的看法，選文、年表、照片，甚至是我們整本書的體例，於是又是一場翻天覆地的大更動，對整本書的品質來說，應該是好的，但對經過多次琢磨、修改已進入完稿階段的編輯團隊來說，這不啻是一大挑戰。

1990 年開始，各地縣市文化中心（文化局），對在地作家作品集的整理出版，以及臺灣文學館成立後對日治時期作家以迄當代重要作家全集的編纂，對臺灣文學之作家研究，也有了很好的促進作用。如《楊逵全

集》、《林亨泰全集》、《鍾肇政全集》、《張文環全集》、《呂赫若日記》、《張秀亞全集》、《葉石濤全集》、《龍瑛宗全集》、《葉笛全集》、《鍾理和全集》、《錦連全集》、《楊雲萍全集》、《鍾鐵民全集》等，如雨後春筍般持續展開。

經過近二十年的努力，臺灣文學的研究與出版，也到了可以驗收或檢討成果的階段。這個說法，當然不是要停下腳步，而是可以從「臺灣現當代作家評論資料目錄」所呈現的 310 位作家、10 萬筆資料中去檢視。檢視的標的，除了從作家作品的質量、時代意義及代表性去衡量外、也可以從作家的世代、性別、文類中，去挖掘有待開墾及努力之處。因此這套「臺灣現當代作家研究資料彙編」，大部分的編選者除了概述作家的研究面向外，均有些觀察與建議。希望就已然的研究成果中，去發現不足與缺憾，研究者可以在這些不足與缺憾之處下功夫，而盡量避免在相同議題上重複。當然這都需要經過一段時間去發現、去彌補、去重建，因此，有關臺灣文學的調查、研究與論述，就格外顯得重要了。

期待

感謝臺灣文學館持續推動這兩個專案的進行。「臺灣現當代作家評論資料目錄」的完成，呈現的是臺灣文學研究的總體成果；「臺灣現當代作家研究資料彙編」的出版，則是呈現成果中最精華最優質的一面，同時對未來臺灣文學的研究面向與路徑，作最好的建議。我們可以很清楚的體會，這是一條綿長優美的臺灣文學接力賽，我們十分榮幸能參與其中，更珍惜在傳承接力的過程，與我們相遇的每一個人，每一件讓我們真心感動的事。我們更期待這個接力賽，能有更多人加入。誠如張恆豪所說「從高音獨唱到多元交響」，這是每一個人所期待的。

編輯體例

一、本書編選之目的，為呈現李魁賢生平、著作及研究成果，以作為臺灣
文學相關研究、教學之參考資料。

二、全書共五輯，各輯內容及體例說明如下：

輯一：圖片集。選刊作家各個時期的生活或參與文學活動的照片、著
作書影、手稿（包括創作、日記、書信）、文物。

輯二：生平及作品，包括三部分：

1. 小傳：主要內容包括作家本名、重要筆名，生卒年月日，籍
貫，及創作風格、文學成就等。

2. 作品目錄及提要：依照作品文類（論述、詩、散文、小說、
劇本、報導文學、傳記、日記、書信、兒童文學、合集）及
出版順序，並撰寫提要。不收錄作家翻譯或編選之作品。

3. 文學年表：考訂作家生平所進行的文學創作、文學活動相關
之記要，依年月順序繫之。

輯三：研究綜述。綜論作家作品研究的概況，並展現研究成果與價值
的論文。

輯四：重要文章選刊。選收國內外具代表性的相關研究論文及報導。

輯五：研究評論資料目錄。收錄至 2016 年 11 月底止，有關研究、論
述臺灣現當代作家生平和作品評論文獻。語文以中文為主，兼
及日文和英文資料。所收文獻資料，以臺灣出版為主，酌收中
國大陸、香港、日本和歐美國家的出版品。內容包含三部分：

1. 「作家生平、作品評論專書與學位論文」下分為專書與學位
論文。

2. 「作家生平資料篇目」下分為「自述」、「他述」、「訪談」、
「年表」、「其他」。

3. 「作品評論篇目」下分為「綜論」、「分論」、「作品評論目
錄、索引」、「其他」。

目次

輯一◎圖片集

影像◎手稿◎文物

1937年，未滿週歲的李魁賢與大哥李魁煌（右）合影。（李魁賢提供）

1943年，李魁賢（前排右二）參加堂叔李永衛婚禮時，於淡水「石牆仔內」祖厝前的家族合影。（李魁賢提供）

1950年7月，李魁賢（三排右四）於水源國民學校（今水源國民小學）畢業留影。（李魁賢提供）

1951年，就讀淡水初級中學（今淡水國民中學）一年級的李魁賢加入童子軍。（李魁賢提供）

1953年7月6日，李魁賢（四排右四）於淡水初級中學畢業留影。（李魁賢提供）

1955年，李魁賢（右）就讀臺北工業專科學校（今臺北科大大學）化學工程科。（李魁賢提供）

1958年，李魁賢入伍服預備軍官役，於高雄鳳山陸軍步兵學校留影。（李魁賢提供）

1961年，李魁賢任職於臺灣肥料公司南港六廠，攝於公司單身宿舍前。（李魁賢提供）

1964年，李魁賢全家福，攝於淡水「石牆仔內」祖厝。前排左起：五堂弟李孟雄、叔叔李永益（手抱六堂弟李秋雄）、祖父李宗菊、父親李永興（手抱三妹李雪華）、四堂弟李信雄；中排左起：二堂弟李世雄、三堂弟李國雄、嬸嬸翁金煜、大妹李雪真、母親李碧、二妹李雪珠；後排左起：大堂弟李文雄、李魁賢、四弟李魁榮、三弟李魁耀。（李魁賢提供）

1965年，李魁賢與王惠月結婚時的家族合影。前排左起：六堂弟李秋雄、母親李碧、三妹李雪華、王惠月、李魁賢、大表弟周政憲、父親李永興、二表弟周政道；後排左起：嬸嬸翁金煜、三弟李魁耀、四弟李魁榮、大妹李雪真、阿姨李清花。（李魁賢提供）

1966年3月，李魁賢出席於西門町舉辦的現代詩展，詩作〈秋與死之憶〉由侯平治構圖。（李魁賢提供）

1967年3月，李魁賢於赴瑞士出差期間，前往憑弔里爾克墓園。（國立臺灣文學館提供）

1982年8月，李魁賢應邀出席於臺南南鯤鯓舉辦的笠詩社第18屆年會。前排左起：月中泉、林清文、陳秀喜、郭水潭、羅浪、黃明城；中排左起：陳坤崙、蔡榮勇、龔顯榮、林亨泰、陳千武、白萩、林宗源；後排左起：蔡信德、李魁賢、利玉芳、陳明台、李敏勇、鄭炯明。（李魁賢提供）

1984年11月5日，李魁賢應日本《地球》詩誌邀請，出席於東京舉辦的第一屆亞洲詩人會議。左起：鄭炯明、李魁賢、李敏勇、白萩、郭成義。（李魁賢提供）

1985年7月18日，李魁賢（右四）赴美參加第一屆臺灣研究國際研討會，與巫永福（右五）、林亨泰（右六）一同前往拜訪洪銘水（前蹲者）。（李魁賢提供）

1990年10月22日，李魁賢赴北京拜訪詩人馮至（前），合影於馮至書房。（李魁賢提供）

1991年，李魁賢出席《文學臺灣》創刊紀念會。前排右起：李魁賢、陳千武、曾貴海、鄭烱明、鍾肇政、葉石濤、彭瑞金；後排右起：陳萬益、楊明芬、呂興昌、江自得、李敏勇（後）、陳坤崙、陳明台、陳芳明、許振江、張恆豪。（李魁賢提供）

1993年8月21日，李魁賢應韓國現代詩社之邀，出席於首爾舉辦的「1993亞洲詩人會議首爾大會」。前排右起：賴泜、張瓊文、陳千武、具常、金光林、莊柏林、佚名（日本詩人）、佚名（日本詩人）、秋谷豐；後排右起：鄭烱明、李魁賢、趙天儀、許玉蘭（陳千武夫人）、陳明台、李敏勇。（李魁賢提供）

1995年8月25日，李魁賢擔任「1995亞洲詩人會議臺灣日月潭大會」祕書長，與詩友合影。左起：李敏勇、葉笛、李魁賢、羊子喬、張信吉。（李魁賢提供）

1997年1月2日，李魁賢獲頒第六屆榮後臺灣詩人獎時致感謝詞。（李魁賢提供）

1998年8月，李魁賢赴美參加加州大學聖塔芭芭拉校區舉辦的臺灣文學國際研討會。
左起：李魁賢、三木直大、呂宛書、林鎮山、陳玉玲、趙天儀，右二杜國清，右六
白先勇，右七應鳳凰。（李魁賢提供）

2002年1月11日，李魁賢獲頒2001年
行政院文化獎章。（李魁賢提供）

2002年6月21日，李魁賢擔任第一屆玉山文學獎決審委員。前排
右起：趙天儀、陳秀義、張放、岩上；後排右起：陳萬益、應鳳
凰、李魁賢、吳晟、李瑞騰、彭瑞金。（文訊文藝資料中心）

2003年12月，李魁賢率臺灣詩人前往印度參加第八屆印度詩歌節。前排左起：蔡秀菊、李魁賢、Krishna Srinivas、Syed Ameeruddin、岩上；後排左起：莊金國、陳明克、葉笛、杜文靖、吳俊賢、莫渝、S. Krishnan。（國立臺灣文學館）

2004年11月15日，李魁賢獲文建會主委陳其南（左）頒贈第27屆吳三連獎新詩類文學獎。（李魁賢提供）

2005年3月，李魁賢策畫高雄世界詩歌節，與1992年諾貝爾文學獎得主德瑞克·沃克特（Derek Walcott）合影。（李魁賢提供）

2006年2月4日，李魁賢赴尼加拉瓜出席活動前，於美國拜訪長年旅居紐澤西州的大哥李魁煌（左）。（李魁賢提供）

2005年7月，李魁賢出席於烏蘭巴托舉辦第一屆臺蒙詩歌節，獲蒙古文化基金會會長門德右（左）頒贈詩人獎章及文化名人獎牌。（李魁賢提供）

2006年2月6日，李魁賢赴尼加拉瓜參加第二屆格瑞納達國際詩歌節。（李魁賢提供）

2007年9月25日，為慶祝孫女李明柔滿週歲所拍攝的全家福。前排右起：李魁賢、王惠月；後排右起：媳婦黃子瀞、孫女李明柔、兒子李斯棐。（李魁賢提供）

2008年4月7日，詩作〈二二八安魂曲〉由柯芳隆譜成交響樂合唱曲，並於國家
音樂廳首次公演，演出結束後，李魁賢與家人合影。左起：四弟媳吳麗月、四
弟李魁榮、李魁賢、王惠月、女兒李斯棻、女兒同學詹智靖。（李魁賢提供）

2009年7月3日，李魁賢赴烏蘭巴托參加第三屆臺蒙詩歌節。（李魁賢提供）

2011年11月26日，李魁賢出席真理大學臺灣文學系於真理大學淡水校區舉辦的「第15屆臺灣文學家牛津獎暨李魁賢文學學術研討會」，獲獎並致謝詞。（李魁賢提供）

2013年11月11日，李魁賢出席《人生拼圖——李魁賢回憶錄》新書發表會，與新北市文化局副局長于玟（右）合影。（李魁賢提供）

2014年6月8日，李魁賢出席於臺北紀州庵文學森林舉辦的笠詩社創立50週年慶祝活動。左起：李敏勇、李魁賢、嚴敏菁。（文訊文藝資料中心）

2014年3月16日，李魁賢出席於臺南鹽水舉辦的「2014臺灣詩路詩歌吟唱會」，朗誦詩作〈有一隻老鼠〉、〈死亡Sonata〉。（李魁賢提供）

2014年10月12日，李魁賢出席世界詩人運動組織於智利舉辦之第十屆「循詩人軌跡」
詩會，於黑島聶魯達墓前植花致敬。（李魁賢提供／Alex Rojas拍攝）

2015年9月，李魁賢策畫「2015臺南福爾摩莎國際詩歌節」，與國內外詩友合影。左起：林盛彬、張芳慈、許達然夫婦、鄭炯明、Luis Arias Manzo、方耀乾、李魁賢、蔡榮勇、趙天儀、李昌憲。（鄭炯明提供）

2016年1月31日，李魁賢應邀出席於孟加拉舉辦的「2016卡塔克國際詩人高峰會」，獲孟加拉總理祕書長Abul Kalam Azad（右）頒贈2016卡塔克文學獎。（李魁賢提供）

2016年2月16日，李魁賢（左二）前往尼加拉瓜參加第12屆格瑞納達國際詩歌節。（李魁賢提供）

韶光

化工一專　恒心

當我把眼皮垂閉
你靜悄悄地溜了進來
當我把眼睛睜開
又只望見你的背影
有時我也曾想挽住你
你却疾速地逝向雲際
只遺留給我
更多的惆悵與空虛

1953～1954年，李魁賢以筆名「恒心」發表於《野風》的詩作〈櫻花〉、〈韶光〉手稿及期刊內頁。（李魁賢提供）

1962年10月15日，李魁賢詩作〈以詩送妳〉手稿，後收錄於以筆名「楓堤」出版的詩集《南港詩抄》。（李魁賢提供）

1983年9月，李魁賢發表於《文訊》第3期〈論非馬的詩〉手稿與期刊內頁。
（文訊文藝資料中心）

・154・

論非馬的詩

李魁賢

非馬（一九三六）本名馬為義，原籍廣東潮陽，在臺中市出生，長大，唸臺北工專被材料科開始以「馬石」（曾「馬蛋」）為筆名寫詩，畢業後在屏東糖廠工作。一九六一年秋赴美留學，先後得馬開大學機械工程碩士及威斯康辛大學核工博士。現任職美國阿岡國家研究所，從事核能發電研究工作。

非馬早期詩作發表於藍星、現代詩、現代文學等，有所成，重新執筆寫詩，即以笠為中心發表作品，間或勞及幼獅文藝、創世紀、臺灣文藝、聯合報、布穀鳥、臺灣時報、自立晚報等，作品甚豐。出版有中英對照詩集「在風城」（一九七五年）、手抄本「非馬詩抄」（一九七六年）和「白馬集」（一九八一年），共蒐羅有三百五十五首詩之多。他的翻譯更勤勉更豐富，除出版有英譯白荻詩選、客頌（一九七二年），和中譯「裴外的詩」（一九七八年）外，其翻譯世界各國詩作大部份發表在笠詩刊，擁介超過七百位，數量極驚為人，介紹過及英、美、法、意、波蘭、俄、

・155・

德、猶太、希臘、拉丁美洲等國詩人作品，非馬致力這麼多文學交流工作，卻找不到出版機構替他出書，常令他感慨萬分。

非馬作品曾數選入中華民國出版的「美麗島詩集」「中國新詩集」「當代中國新文學大系、詩卷」「中國現代文學年選」「八十年代詩選」現代詩、詩卷」「一九八二年臺灣詩選」「七十一年詩選」日本出版的「華麗島詩集」「美麗島現代詩集」大系、美國出版的「Yearbook of Modern Poetry」「Melody of the Muse」印度版 Ocavina 版「世界詩選」等。一九八一年吳濁流新詩獎、八二年笠詩社翻譯獎。

非馬寫詩的中心思想？可以說是植根於中國傳統儒家的「仁」為基本而出發的，他自述的「詩觀」說明很簡要清楚：

對人類有廣泛的同情心與愛心，是我理想中好詩的要件。同時，它不應該只是寫給一兩個人看的應酬詩，那疊詩寫得再工整，在我看來也只是一種文字遊戲與消遣。一個人應該先學會做人，再來學做詩。從這個觀點出發，我覺得，一個人如果內心不美而寫出些唯美的東西之類，是一種可厭的作假。

對「音詩」，我們首先要問，它的歷史地位如何？它音人類的文化傳統增進了什麼？其次，它想表達的是什麼？對象是大多數人呢？還是少數的幾個「貴族」？最後我們才來檢討它是否誠實地表達了想表達的？有沒有更好的方式？更有效的語言？（註二）

1993年10月，李魁賢發表於《文學臺灣》第8期〈遠征基隆的文友情〉手稿與期刊內頁。（國立臺灣文學館）

2014年10月8～20日，李魁賢前往智利參加第十屆「循詩人軌跡」詩會，於旅行途中創作詩集《給智利的20首情詩》，向智利詩人聶魯達（Pablo Neruda）致敬，此為第17首〈期待二重唱〉以及第18首〈我將心回饋妳〉手稿。（李魁賢提供）

輯二◎生平及作品

小傳◎作品◎年表

小傳

李魁賢（1937～）

李魁賢，男，筆名恆心、楓堤、奎弦，籍貫臺灣臺北，1937 年（昭和 12 年）6 月 19 日生。

臺北工業專科學校（今臺北科技大學）化學工程科畢業。曾擔任臺灣肥料公司南港六廠工程師、國際發明專利中心副經理、智慧國際專利商標事務所副所長、名流企業公司總經理、中正大學臺灣文學研究所兼任教授。1956 年加盟現代詩派，1964 年加入笠詩社，1967 年當選中國新詩學會首屆常務理事，1976 年獲選英國劍橋國際詩人學術院（The International Academy of Poets）創會院士，1995 年擔任臺灣筆會第五屆會長，2005 年接任國家文化藝術基金會第四屆董事長，現為世界詩人運動組織（Movimiento Poetas del Mundo, PPdM）副會長。曾獲吳濁流新詩獎、中興文藝獎章詩歌獎、笠詩評論獎、巫永福評論獎、榮後臺灣詩人獎、賴和文學獎、行政院文化獎章、吳三連獎新詩類文學獎等獎項，並獲印度詩壇提名為諾貝爾文學獎候選人。

李魁賢的創作文類以詩為主，兼及論述、翻譯與散文。其詩自然率真，根植於生活，追求和平、自由、民主等普世價值，同時不放棄對現實社會的批判立場。早期《靈骨塔及其他》、《枇杷樹》，受現代主義影響，帶有濃厚的抒情意味。《南港詩抄》可謂其告別抒情而轉向現實的過渡作品，其中〈工廠生活〉、〈值夜班的工程師〉、〈工業時代〉等工人生活詩作，更是將對

現實日常的觀照融入詩歌之中，而被譽為「工業詩人」。《赤裸的薔薇》之後，其詩更向現實生活探照，增強詩中的批判性與諷刺性，吳潛誠認為李魁賢「絕大多數作品都緊扣住生命現實，流露出對人間世事的關切。我們很難在他的詩篇看到嫻靜而純粹的風雲月露或草木蟲魚。他筆下的景物莫不蘊含寓意，莫不在影射現實情況」，因而將其視為「入世詩人」。

　　李魁賢的詩論同樣以現實主義為本，從本土立場出發，主張詩人是「天生的在野代言人」；詩作除了重視修辭技巧外，更重要的是要能對現實社會產生提醒、警示與批判的作用，追求作品應往「現實經驗論的藝術功用導向」發展。在翻譯方面，李魁賢於 1960 年代中期便開始引介德國現代文學，尤其是對里爾克的翻譯與研究，對詩壇影響頗大。此外，他也翻譯東歐、中南美洲等地詩人作品，並嘗試以臺語翻譯莎士比亞的著名詩劇《暴風雨》，以跨語言、跨文化的交流嘗試，打開了臺灣文壇的視野。李魁賢除寫詩、論詩、譯詩以外，其也曾於《自由時報》、《民眾日報》和《自立晚報》等報刊雜誌撰寫專欄，對於政治時事及社會現象有所批判與反思。

　　李魁賢不僅在國內詩壇活躍，更積極參與國際詩壇的交流活動，除了前往印度、蒙古等地參加詩歌交流活動，更遠赴中南美洲與當地詩壇互動，並於臺灣各地策畫國際詩歌節，邀請國內外詩人共襄盛舉，提升臺灣文學的國際能見度，詩人林鷺稱其「用詩為臺灣打開世界的大門」。李魁賢立足於臺灣，用心關懷這塊土地的過去、現在與未來，同時放眼世界，以冷靜的筆指認世間的愚騃與不義，俯探人類的悲鳴及傷痛。

作品目錄及提要

【論述】

心靈的側影

臺南：新風出版社
1972 年 1 月，13.7×19.7 公分，189 頁
紅葉文叢 9

本書選輯作者針對國內、外詩人的評論與介紹，以及對於新詩創作與賞析的看法。全書分「側影」、「浮雕」、「片論」三輯，收錄〈七面鳥的變奏——白萩論〉、〈沉默後的新聲——《郭楓詩選》析論〉、〈孤獨的暝想者——詩人吳瀛濤先生的塑像〉等 14 篇。正文前有 F〈序〉，正文後有李魁賢〈後記〉。

弄斧集

高雄：三信出版社
1976 年 5 月，32 開，122 頁

本書集結作者比對葉慈〈茵妮絲湖島〉、艾略特〈東方博士之旅〉等譯詩版本的論文。全書收錄〈葉慈的〈茵妮絲湖島〉〉、〈艾略特的〈東方博士之旅〉〉、〈梅士菲爾的〈西風〉〉等七篇。正文後有李魁賢〈後記〉、〈作者書目〉、林瓊瑤〈三信出版社之構想〉。

台灣詩人作品論

臺北：名流出版社
1987 年 1 月，新 25 開，276 頁
臺灣文庫 4

本書選輯作者分析笠詩社詩人作品風格與特色的論述文章。全書收錄〈論巫永福的詩〉、〈論吳瀛濤的詩〉、〈論周伯陽的詩〉等 16 篇。正文前有李魁賢〈自序〉，正文後有〈索引表〉。

浮名與務實

臺北：稻鄉出版社
1992 年 3 月，25 開，198 頁
臺灣烈烈 008

本書選輯作者 1988 至 1991 年間發表於《首都早報》、《臺灣春秋》等報章雜誌上的書評、時事評論與訪談紀錄。全書收錄〈臺灣新詩的現實主義傳統——評古繼堂著《臺灣新詩發展史》〉、〈初評遼寧大學《現代臺灣文學史》〉、〈臺灣文學進入國際社會的起步〉、〈臺灣文學翻譯工作之芻議〉、〈從批判詩到用詩批判——打開林豐明的《黑盒子》〉等 53 篇。

詩的反抗

臺北：新地文學出版社
1992 年 6 月，25 開，270 頁
新地論叢 2

本書選輯作者以宗教詩、政治詩、童詩、動物詩等主題進行分析的詩論。全書收錄〈詩的超越與「超越論」〉、〈寫詩有什麼用〉、〈童詩‧童心‧童趣〉等八篇。正文前有郭楓〈詩人是天生的在野代言人——郭楓訪李魁賢談詩〉。

台灣文化秋千

臺北：稻鄉出版社
1994 年 6 月，32 開，260 頁

本書集結作者發表於《自由時報》副刊「文化秋千」專欄的作品，並選輯其他同樣以批判臺灣文化、社會與政治現象為主的論述。全書收錄〈用錢〉、〈鈔票〉、〈排隊〉、〈耐性〉、〈服務〉等 63 篇。〈背叛〉後附錄王曉波〈留給臺灣子孫評說〉、楊南郡〈迴響〉，〈質疑〉後附錄王曉波〈臺灣歷史的背叛〉。正文前有李魁賢〈自序——外向性詩人的三個階段〉。

詩的見證

臺北：臺北縣立文化中心
1994 年 6 月，25 開，378 頁
北臺灣文學‧臺北縣作家作品集 9

本書選輯作者撰寫之詩集自序、他序、評論，以及參與詩獎評
選與文學刊物編纂的見聞與心路歷程。全書收錄〈孤獨的喜
悅──詩集《赤裸的薔薇》代自序〉、〈社會性的詩──序拾虹
詩集《拾虹》〉、〈她是詩，她是愛──評陳秀喜詩集《覆葉》〉、
〈孤獨的位置〉等 47 篇。正文前有尤清〈縣長序〉、劉峰松
〈主任序〉、王昶雄〈編輯導言〉、李魁賢〈自序〉、作家生活剪
影，正文後附錄郭成義〈李魁賢的詩人與批評家的位置〉、〈李
魁賢寫作年表〉。

詩的挑戰

臺北：臺北縣立文化中心
1997 年 7 月，25 開，284 頁
北臺灣文學‧臺北縣作家作品集 36

本書以作者發表於《自立晚報》和《臺灣時報》副刊的專欄文
章為主，同時選輯其他探討文學、藝術以及文化現象與本質的
論述。全書分「詩的挑戰」、「文藝的挑戰」、「文化的挑戰」三
輯，收錄〈詩人的手術刀〉、〈詩的生活情趣〉、〈追求和逃避〉、
〈形式和本質的悖論〉、〈悖論與荒誕〉等 72 篇。正文前有尤清
〈縣長序〉、楊國柱〈主任序〉、王昶雄〈郁郁文采北臺灣──
第五輯導言〉、李魁賢〈自序〉、作家生活剪影，正文後附錄李
魁賢〈我所知道的中國「臺灣文學研究」簡報〉、〈李魁賢年
表〉。

詩的幽徑

臺北：臺北縣文化局
2006 年 12 月，25 開，415 頁
北臺灣文學‧臺北縣作家作品集 91

本書選輯作者於 2004 至 2006 年間寫詩、閱詩、譯詩的評論與
感想，參與蒙古和印度詩歌活動的見聞，以及對臺灣政治時事
的批判。全書收錄〈穿越世紀的聲音〉、〈美與時間的交響〉、
〈暗路上的天使〉、〈想像的季節──陳銘堯詩集序〉、〈觀仰星
空　俯視人間〉等 112 篇。正文前有周錫瑋〈縣長序〉、朱惠良
〈局長序〉、鄭清文〈編輯導言〉、李魁賢〈自序〉、作家生活剪
影，正文後有〈李魁賢寫作年表〉。

【詩】

靈骨塔及其他

臺北：野風出版社
1963 年 3 月，12.6×18 公分，44 頁
野風文叢 25

本書為作者以「楓堤」為筆名出版的第一本詩集，選輯 1956 至
1959 年間發表於《野風》、《現代詩》、《海洋詩刊》及《海鷗詩
刊》的作品。全書收錄〈啊！徘徊！徘徊！〉、〈牧童的懷念〉、
〈向霧中〉、〈夜行〉等 35 首。正文後有楓堤〈後記〉。

枇杷樹

臺北：葡萄園詩社
1964 年 7 月，12.6×17.5 公分，92 頁
葡萄園詩叢・楓堤詩集之二

本書以筆名「楓堤」出版，集結作者為一位名為「惠」的女子
所寫的詩作，以及作者於高雄、花蓮、馬祖等地服役的體會與
感悟。全書收錄〈枇杷樹蔭下〉、〈黃昏的意象〉、〈滿滿的一瓢
夜色〉、〈星子，打在枇杷樹葉上〉等 39 首。正文前有紀弦
〈序〉，正文後有楓堤〈後記〉。

南港詩抄

臺北：笠詩社
1966 年 10 月，12×17.4 公分，54 頁
笠叢書 18

本書以筆名「楓堤」出版，選輯 1962 至 1966 年間於南港住所
中完成的詩作，敘述生活經驗與日常感悟。全書收錄〈工廠生
活〉、〈值夜班的工程師〉、〈黃昏素描〉、〈工業時代〉等 45 首。
正文前有楓堤〈自序〉，正文後有楓堤〈後記〉。

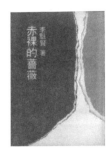

赤裸的薔薇

高雄：三信出版社
1976 年 12 月，32 開，182 頁

本書選輯作者 1966 至 1975 年間的作品，以日常生活的反思與感悟出發，反映工業社會中人們對心靈充實的追求。全書分「相對論」、「旅歐詩抄」、「赤裸的薔薇」、「非頌集」、「事務所」、「悲歌」六輯，收錄〈羅曼史〉、〈升降梯〉、〈雲〉、〈秋〉、〈影子與住宅〉等 58 首。正文前有李魁賢〈孤獨的喜悅〉，正文後附錄李魁賢詩作〈教堂墓園〉、〈塔〉、〈生命在曠野中呼叫〉、〈回憶占據最營養的肝臟部位〉英文版、趙天儀〈孤獨的靈魂——評李魁賢詩集《赤裸的薔薇》〉、李魁賢〈後記〉、〈李魁賢書目〉、〈評論文獻〉、〈作者年譜〉、林瓊瑤〈三信出版社之構想〉。

李魁賢詩選

臺北：新地出版社
1985 年 7 月，32 開，213 頁
新地文學叢書 11

本書以社會時事與日常生活等外在現實為描述主體，展現作者的政治、社會理念，以及對鄉土的關懷。全書分「釣魚臺」、「高速公路」、「事件」、「變奏」、「雲鄉」、「雨季」、「短調」七輯，收錄〈遺照——紀念父親〉、〈釣魚臺是我們的島〉、〈光復釣魚臺〉、〈繪圖〉、〈長大後〉等 88 首。正文前有〈新地文學叢書小引〉、李魁賢〈詩的見證〉，正文後附錄〈李魁賢作品討論會紀錄〉。

水晶的形成

臺北：笠詩刊社
1986 年 2 月，32 開，94 頁
臺灣詩人選集 15

本書選輯作者 1984 至 1985 年間的詩作，以自然景物與行旅風光為主題，借景抒情。全書收錄〈高粱穗〉、〈心弦〉、〈水晶的形成〉、〈梧桐〉等 36 首。正文前有李魁賢〈自由的詩・詩的自由〉，正文後附錄李魁賢〈藉物象抒情・賦物象生命〉、莫渝〈速寫李魁賢〉、郭成義〈李魁賢的詩人與批評家的位置〉。

輸血（Transfusion）

〔自印〕

1986 年 6 月，新 25 開，70 頁

本書為作者六國語言詩選集。全書分「中文」、「日文」、「韓文」、「英文」、「德文」、「荷文」六部分，收錄〈秋與死之憶〉、〈塔〉、〈教堂墓園〉、〈選舉日〉、〈黃昏樹〉等 63 首。

楓の葉／北影一譯

大阪：アカデミー書房

1987 年 6 月，新 25 開，155 頁

本書為作者日文詩集，選輯 1967 至 1985 年的詩歌作品。全書收錄「たそがれの樹」、「歌を忘れた鳥」、「正午の街の中のばら」、「冷たい雨にたたかれてみたい」、「追憶は肝臟に宿る」等 64 首。正文前有長谷川龍生「路上のトスカ」。

永久的版圖

臺北：笠詩刊社

1990 年 3 月，13.6×20 公分，121 頁

臺灣詩庫 2

本書選輯作者將抽象的思想、情緒轉化具象，使外界事物與內部意識融合的詠景、詠物詩。全書收錄〈輸血〉、〈雪天〉、〈日內瓦之冬〉、〈那霸之冬〉等 35 首，〈紅柿〉含臺語版。

祈禱

臺北：笠詩刊社
1993 年 6 月，13.6×20.5 公分，120 頁
臺灣詩庫 25

本書為作者行旅中國所得的體會與感悟，以及對波斯灣戰爭和
臺灣政治社會的批判與反省之詩作集結。全書分「中國觀察」、
「海灣戰事」、「臺灣現實」三輯，收錄〈鐘乳石洞〉、〈螞首〉、
〈駱駝〉、〈梧桐〉等 43 首。正文後附錄杜榮根〈李魁賢詩歌淺
析〉、鄒建軍〈論李魁賢的詩學觀〉、〈李魁賢書目一覽〉。

黃昏的意象

臺北；臺北縣立文化中心
1993 年 6 月，25 開，133 頁
北臺灣文學・臺北縣作家作品集 2

本書多選輯作者於 1992 年間藉景抒情、針砭時事以及使用臺語
創作的詩歌作品。全書分「抒情意象」、「社會寫實」、「語言象
徵」三輯，收錄〈山上的秋千〉、〈歲末〉、〈碑〉、〈黃昏的意
象〉、〈鼓聲〉等 74 首。〈臺北異鄉人〉後附錄星帆詩作〈拜讀
魁賢〈異鄉人〉有感〉。正文前有尤清〈縣長序〉、劉峰松〈主
任序〉、李魁賢〈自序〉、作家生活剪影，正文後附錄古繼堂
〈透明的紅蘿蔔——論臺灣詩人李魁賢的詩〉、〈李魁賢寫作年
表〉。

秋與死之憶／郭楓主編

北京：人民文學出版社
1993 年 7 月，14×20.3 公分，304 頁
臺灣當代名家作品精選集・詩歌系列

本書選輯作者自 1953 年首次發表詩作以降，40 年間的詩歌作
品。全書收錄〈秋與死之憶〉、〈中秋〉、〈傘〉、〈工廠生活〉、
〈青草地〉等 201 首。正文前有作者像、作者手跡、郭楓〈「臺
灣當代名家作品精選集」序〉、李魁賢〈自序〉，正文後有〈李
魁賢著作目錄〉。

愛是我的信仰──中英對照一百首／劉國棟編譯
〔劉國棟印行〕
1997 年 2 月，25 開，277 頁

本書為作者英譯詩選，以中、英文對照形式呈現。全書分「愛的信念」、「臺灣情」、「世界愛」三部分，收錄〈鸚鵡〉、〈時間〉、〈除夕〉、〈都市的晨歌〉、〈大榕樹〉等 100 首。正文前有李魁賢〈這是大家的詩〉中、英文版、劉國棟〈編譯序〉、Liu Kuo-tung "A few words from my heart"、〈李魁賢簡介〉、"This is Lee Kuei-shien"，正文後有劉國棟〈後記〉中英雙語版。

Loves me or not（Ama-me ou não）／Teresinka Pereira 譯
Bluffton：International Writers and Artists Association
1999 年，14×21.5 公分，〔12〕頁

本書為作者英、葡文對照詩集。全書收錄"Parrot"、"Loves me or not"、"Morning song of the city"等四首。

溫柔的美感／施並錫畫；劉國棟英譯
臺北：桂冠圖書公司
2001 年 2 月，25 開，154 頁
桂冠叢刊 86

București：Editura Pelerin
2006 年，14×20 公分，64 頁
Elena Liliana Popescu 譯

臺北：上慶文化公司
2007 年 4 月，25 開，〔104〕頁
Adolf P. Shvedchikov 譯

臺北：EHGBooks 微出版公司
2014 年 6 月，15.3×23 公分，105 頁
Adolf P. Shvedchikov 譯

桂冠圖書公司 2001　　Editura Pelerin 2006

上慶文化公司 2007　EHGBooks 微出版公司 2014

本書為作者針對施並錫 50 幅畫作創作詩歌，詮釋人生圖像以及存在意義與本質的作品，同時收錄詩作英譯。全書分「《溫柔的美感》畫詩集」、「劉國棟英譯《溫柔的美感》」二部分，收錄〈春眠不覺曉・春天的版圖〉、〈紅唇族・五個月亮〉、〈親愛的・鏡的變奏〉、〈月光戀愛著海洋・少女花〉、〈嬌・透明的琥珀〉等 50 首。正文前有施並錫〈《溫柔的美感》詩畫集自序〉、李魁賢〈溫柔的美感〉、劉國棟〈產出的喜悅〉。

2006 年 Pelerin 版：本書為羅馬尼亞文譯本，正文刪去施並錫畫及劉國棟英譯。正文前有 Elena Liliana Popescu "Înăuntrul fiecărei forme…"。

2007 年上慶版：本書為俄、中雙語對照本，正文刪去施並錫畫及劉國棟英譯。

2014 年 EHGBooks 版：本書為俄、中雙語對照本，正文與 2007 年上慶版同。正文後有〈作者簡介〉、〈譯者簡介〉俄中雙語版。

Ли Куи Шенийн яруу найргийн туувэр（李魁賢詩選）／Sendoo Hadaa 譯

Улаанбаатар：Адмон XXK
2004 年 12 月，25 開，192 頁

本書為作者蒙、中雙語詩集。全書分蒙文、中文兩部分，收錄〈櫻花〉、〈窗〉、〈輪盤〉、〈啊！徘徊！徘徊〉、〈向霧中〉等 100 首。正文前有〈李魁賢簡介〉，正文後有〈李魁賢著作一覽表〉。

Between Islands（島與島之間）／Simon Patton 譯

Berkeley：Pacific View Press
2005 年，15×23 公分，64 頁

本書選輯、翻譯作者詩作，以英、中文對照的方式呈現。全書收錄〈島與島之間〉、〈霜葉〉、〈黃昏樹〉等 28 首。正文前有 Simon Patton "Translator's Introduction"，正文後有 "About the Author"、"About the Translator"。

上慶文化公司 2007　　秀威資訊科技公司
2010

安魂曲

臺北：上慶文化公司
2007 年 6 月，25 開，129 頁

臺北：秀威資訊科技公司
2010 年 1 月，25 開，180 頁
名流詩叢 5

本書選輯作者 2002 至 2006 年間的作品，以
二二八事件的史詩為主軸，除寬慰二二八政
治受難者外，更藉此呼籲社會打破禁忌、走
向開放。全書收錄〈水流〉、〈若有人問起〉、
〈北投謠曲〉、〈投射燈──給作曲家馬水龍〉
等 45 首。〈愛字〉、〈成吉思汗的夢〉、〈在格
瑞那達〉含英文版，〈二二八安魂曲〉含臺語
版。正文後有莊金國〈史詩的交響〉。
2010 年秀威版：正文刪去〈愛字〉、〈成吉思
汗的夢〉、〈在格瑞那達〉英文版。正文前新
增李魁賢〈自序〉。

上慶文化公司 2007　　秀威資訊科技公司
2010

Editura Pelerin
2012
EHGBooks 微出版公
司 2014

黃昏時刻（The Hour of Twilight）

臺北：上慶文化公司
2007 年 9 月，25 開，86 頁

臺北：秀威資訊科技公司
2010 年 1 月，25 開，320 頁
名流詩叢 7

Bucureşti：Editura Pelerin
2012 年，14.5×20.6 公分，90 頁
Elena Liliana Popescu 譯

臺北：EHGBooks 微出版公司
2014 年 6 月，15.3×23 公分，147 頁
Adolf P. Shvedchikov 譯

臺北：EHGBooks 微出版公司
2015 年 4 月，15.3×23 公分，149 頁
Manuel García Verdecia 譯

臺北：EHGBooks 微出版公司
2015 年 8 月，15.3×23 公分，148 頁
Athanase Vantchev de Thracy 譯

本書為作者自選自譯，以英、漢雙語對照形式呈現。全書收錄〈塔〉、〈教堂墓園〉、〈不會唱歌的鳥〉、〈回憶占據最營養的肝臟部位〉、〈生命在曠野中呼叫〉等 70 首。正文後有〈詩題索引〉中、英文版。

2010 年秀威版：正文與 2007 年上慶版同。正文前有李魁賢〈自序〉，正文後新增〈李魁賢簡歷〉、"About the Author"。

2012 年 Pelerin 版：本書為羅馬尼亞文譯本，正文與 2007 年上慶版同。正文前有 Elena Liliana Popescu "În căutarea esenţei, prin politica iubirii…"。

EHGBooks 微出版公司 2015　　EHGBooks 微出版公司 2015

2014 年 EHGBooks 版：本書為俄、中雙語對照本，正文與 2007 年上慶版同。正文前有李魁賢〈黃昏的時刻已到〉、Ли Куеи-шиен "Предисловие"、Lee Kuei-Shien "Preface"，正文後有〈作者簡介〉、〈譯者簡介〉俄中雙語版。

2015 年 EHGBooks 版：本書為西、中雙語對照本，正文與 2007 年上慶版同。正文後有"Datos del autor"、"Datos del traductor"。

2015 年 EHGBooks 版：本書為法、漢中語對照本，正文與 2007 年上慶版同。正文前有李魁賢〈黃昏的時刻已到〉、Lee Kuei-Shien "Préface"，正文後有〈作者簡介〉、〈譯者簡介〉法中雙語版。

李魁賢集／莊金國編
臺南：國立臺灣文學館
2008 年 12 月，25 開，143 頁
臺灣詩人選集 25

本書分「以詩輸血」、「物象觀照」、「心靈宣紙」、「悲歡世界」四輯，收錄〈鳳梨之鄉〉、〈工業時代〉、〈值夜班的工程師〉、〈塔〉等 49 首。正文前有黃碧端〈主委序〉、鄭邦鎮〈騷動，轉成運動〉、彭瑞金〈「臺灣詩人選集」編序〉、〈臺灣詩人選集編輯體例說明〉、李魁賢影像、〈李魁賢小傳〉，正文後有莊金國〈解說〉、〈李魁賢寫作生平簡表〉、〈閱讀進階指引〉、〈李魁賢已出版詩集要目〉。

The Hour of Twilight（Бурэнхийн цаг хугацаа）／ O. Tamir 譯

Ulaanbaatar：World Poetry Almanac
2009 年 3 月，14.2×20.5 公分，97 頁
World Poetry Series 1

本書自《黃昏時刻》中選輯 40 首詩作，為蒙、英雙語對照詩集。本書收錄 "Tower"、"Churchyard"、"Un-Singing Bird"、"Memory Occupies The Best Part"等 40 首。正文前有"Biography of Lee Kuei Shien"蒙、英雙語版。

秋天還是會回頭

臺北：秀威資訊科技公司
2010 年 1 月，25 開，144 頁
名流詩叢 1

本書選輯作者 1993 至 1998 年間的記遊詩。全書收錄〈在舊金山登高〉、〈沃茲涅先斯基來到韓國〉、〈荷蘭木鞋〉、〈雅典的神殿〉、〈西貢‧1971〉等 66 首。正文前有李魁賢〈自序〉。

我不是一座死火山

臺北：秀威資訊科技公司
2010 年 1 月，25 開，196 頁
名流詩叢 2

本書選輯作者 1993 至 1998 年間除記遊詩外的其他詩作，為《秋天還是會回頭》的孿生作品。全書分「從傀儡到存在的變異」、「從流浪狗到天地一禽」二部，收錄〈傀儡〉、〈心的化石〉、〈真相〉、〈神秘〉、〈垃圾五重奏〉等 81 首。〈日日春〉含臺語版。正文前有李魁賢〈自序〉。

我的庭院

臺北：秀威資訊科技公司
2010 年 1 月，25 開，142 頁
名流詩叢 3

本書選輯作者 1998 至 2001 年間於近郊別墅與植物花草相伴的情趣與對自然議題與意象的體悟。全書分「院內」、「院外」二輯，收錄〈惜情〉、〈園藝〉、〈木棉花〉、〈吉野櫻〉、〈玉蘭花〉等 64 首。正文前有李魁賢〈自序〉。

台灣意象集

臺北：秀威資訊科技公司
2010 年 1 月，25 開，152 頁
名流詩叢 6

本書選輯作者 2007 至 2009 年間，描寫臺灣日常物象的短詩。
全書收錄〈夜讀樂〉、〈在公園散步〉、〈不同的自由〉、〈孤寂〉、
〈蟬鳴〉等 59 首，〈老人孤獨〉含臺語版。正文前有李魁賢
〈自序〉，正文後附錄陳玉玲〈空間的詩學——李魁賢新詩研
究〉、莊金國〈以大地為香爐——探索李魁賢的家鄉詩〉。

輪盤

臺北：秀威資訊科技公司
2010 年 10 月，25 開，127 頁
名流詩叢 11

本書選輯作者青少年時期的詩作，呈現其早期的抒情風格。全
書收錄〈櫻花〉、〈韶光〉、〈投稿〉、〈靈感〉、〈人生〉等 78 首。
正文前有李魁賢〈自序〉。

靈骨塔及其他

臺北：秀威資訊科技公司
2010 年 10 月，25 開，154 頁
名流詩叢 12

本書為 1965 年《靈骨塔及其他》增訂版，增加作者年少時期的
其他作品。全書收錄〈啊！徘徊！徘徊！〉、〈別贈〉、〈夜吟〉、
〈菊花〉、〈斗室〉等 93 首。正文前有李魁賢〈自序〉。

天地之間——李魁賢台華雙語詩集

臺北：秀威資訊科技公司
2014 年 8 月，25 開，196 頁
名流詩叢 19

本書選輯作者 2008 至 2014 年間，同時使用臺、華雙語創作而
成的雙生詩。全書收錄〈自由廣場〉、〈在蒙古草原赳赳趄〉、
〈在蒙古唱維吾爾情歌〉、〈復見著成吉思汗〉等 41 首。正文前
有李魁賢〈自序〉。

給智利的情詩 20 首（20 Love Poems to Chile）／Tina
Escaja 西譯；Adolf P. Shvedchikov 俄譯；Elena Liliana
Popescu 羅譯
臺北：EHGBooks 微出版公司
2015 年 8 月，15.3×23 公分，144 頁

本書選輯作者於 2014 年前往智利參加詩歌活動期間的作品，為
華、臺、英、西、俄、羅六語詩集。收錄〈智利柳樹〉、〈我應
該有一面國旗〉、〈在公園念詩〉等 20 首。正文前有楊淇竹〈勿
忘我，情人，情人〉。

노을이질때（黃昏時刻）／金尚浩譯
서울：바움커뮤니케이션(주)
2016 年 8 月，15.3×23 公分，239 頁

本書以《黃昏時刻》為底，另外增譯 30 首詩作，為韓、中雙語
詩集。本書收錄〈秋與死之憶之一〉、〈秋與死之憶之二〉、〈秋
與死之憶之三〉、〈島與島之間〉、〈墾丁熱帶公園〉等 100 首。
正文前有李魁賢〈難忘漢江水〉。

গোধূলি লগন（黃昏時刻）／Aminur Rahman 譯
Dhaka：Adorn Publication
2016 年 8 月，15.3×23 公分，72 頁

本書自《黃昏時刻》中選輯 27 首詩作，為孟加拉語譯本。本書
收錄〈山在哭〉、〈秋池〉、〈在格瑞那達〉等 27 首。正文前有李
魁賢〈序〉。

【散文】

詩的紀念冊

臺北：草根出版公司
1998 年 4 月，25 開，233 頁
草根文學 17

本書記述作者於生命旅程中令人難忘的人、事、物。全書收錄
〈詩的紀念冊〉、〈痲瘋〉、〈古木〉、〈生命〉等 36 篇。正文前有
李魁賢〈詩心所在〉。

詩的越境

臺北：臺北縣文化局
2004 年 12 月，25 開，325 頁
北臺灣文學・臺北縣作家作品集 75

本書選輯作者於 2002 至 2003 年前往巴爾幹半島、薩爾瓦多、
印度等地的行旅感悟與文化記事。全書收錄〈羅馬尼亞印象
記〉、〈羅馬尼亞紙鈔〉、〈羅馬尼亞詩人布拉嘉〉、〈羅馬尼亞人
民萬歲〉、〈達達主義者查拉〉等 69 篇。正文前有林錫耀〈縣長
序〉、林泊佑〈局長序〉、鄭清文〈編輯導言〉、李魁賢〈自
序〉、作家生活剪影，正文後附錄〈李魁賢寫作年表〉。

【傳記】

人生拼圖──李魁賢回憶錄

新北：新北市文化局
2013 年 11 月，18 開，1189 頁

本書記述作者個人的生命經歷及感悟體會。全書計有：1.家世；
2.雙親；3.初生之犢；4.誤打誤撞；5.工程與文學之間；6.沾到詩
壇邊緣；7.預官入伍；8.在馬祖服役等 80 章。正文前有朱立倫
〈市長序〉，正文後附錄〈李魁賢紀年事誌要略〉、〈李魁賢出版
書目〉、〈李魁賢作品評論目錄〉。

【兒童文學】

淡水是風景的故鄉／曹俊彥圖；王行恭等攝影

臺中：臺灣省教育廳
1983 年 1 月，17×20.5 公分，61 頁
中華兒童叢書

本書為作者週末開車帶兒女回淡水老家並沿途解說淡水的人文
歷史與自然風光。

飛禽詩篇／劉伯樂圖；林琨祥攝影

臺中：臺灣省教育廳
1987 年 12 月，18×21 公分，62 頁
中華兒童叢書

本書描寫雁、鷺鷥等鳥類習性，並引用白萩、趙天儀等人相關
詩作加以解說、評論。全書收錄〈雁〉、〈鷺鷥〉、〈鸚鵡〉等五
篇。

走獸詩篇／楊錦茂圖

臺中：臺灣省教育廳
1988 年 6 月，18×21 公分，46 頁
中華兒童叢書

本書描寫長頸鹿、水牛等動物習性，並引用周伯陽、詹冰等人
相關詩作加以解說、評論。全書收錄〈長頸鹿〉、〈水牛〉、
〈狼〉等五篇。

昆蟲詩篇／簡滄榕圖

臺中：臺灣省教育廳
1991 年 10 月，18×21 公分，46 頁
中華兒童叢書

本書描寫蚊子、蟬等昆蟲習性，並引用陳千武、鄭炯明等人相
關詩作加以解說、評論。全書收錄〈蚊子〉、〈蟬〉、〈蜻蜓〉等
四篇。

臺灣風景詩篇／汪偉鴻、陳莉莉、何忠誠攝影

臺北：教育部兒童讀物出版資金管理委員會
2001 年 6 月，17.4×20.4 公分，78 頁
中華兒童叢書

本書記述作者前往淡水、陽明山、太平山等地的旅行經驗，並
引用自身詩作說明當時的創作動機及聯想感悟。全書收錄〈在
淡水聽海〉、〈登七星山〉、〈遊夢幻湖〉等八篇。

花卉詩篇／翁清賢圖；沈競辰攝影

臺北：教育部兒童讀物出版資金管理委員會
2002 年 6 月，17.4×20.4 公分，78 頁
中華兒童叢書

本書描寫荷花、瓜葉菊等植物習性，並引用自身詩作加以分
析、解說。全書收錄〈荷花〉、〈瓜葉菊〉、〈杜鵑花〉等九篇。

【合集】

歐洲之旅

臺北：林白出版社
1971 年 1 月，32 開，149 頁
林白叢書 2

本書為散文、詩合集，選輯作者於 1967 年因為工作赴瑞士三個
月的行旅記事。全書收錄散文〈港九掠影〉、〈由香港到瑞士〉、
〈蘇黎世風光〉等 15 篇；詩作〈萊茵河詩輯〉、〈羅馬素描〉、
〈瑞士風景線〉三首。正文前有李魁賢〈緒言〉、作家旅歐剪影
與詩作手稿。

德國文學散論

臺北：三民書局
1973 年 2 月，40 開，220 頁
三民文庫 167

本書為論述、翻譯合集，選輯作者曾發表或翻譯之德國文學散
論及德國現代詩人介紹。全書收錄論述〈德國文學一瞥〉、〈里
爾克給奧費斯的十四行詩〉、〈沙克絲的世界〉等七篇；翻譯
〈里爾克晚年〉、〈謝朗其人其詩〉、〈德國現代詩概觀〉三篇。
正文前有〈三民文庫編刊序言〉，正文後附錄德譯短篇小說〈盡
棄前嫌〉、〈戴雅〉、〈獅子〉、〈時間和女人〉、〈碑〉。

千禧年詩集

臺北：秀威資訊科技公司
2010 年 1 月，25 開，198 頁
名流詩叢 4

本書為詩、翻譯合集，選輯作者以千禧年臺灣政黨輪替為主題
的詩作，並翻譯德國詩人葛拉軾（Günter Grass）詩集《十一月
國土》（Novemberland）。全書分三輯，「給臺灣的後代」、「五
月」收錄詩作〈神說世界要有光〉、〈你用哭聲表示你的存在〉、
〈名可名　非常名〉、〈你不必苦苦尋求一個母親〉等 37 首；
「十一月國土」收錄譯詩〈屬於我們〉、〈十一月國土〉、〈遲開
的向日葵〉等 13 首。正文前有李魁賢〈自序〉，正文後附錄莊
紫蓉〈但求不愧我心──專訪詩人李魁賢〉。

李魁賢詩集

臺北：行政院文建會
2001 年 12 月，25 開

共六冊，以年代倒序編排的方式，選輯作者至 2001 年為止的詩作。正文前有陳郁
秀〈主委序〉、蘇貞昌〈縣長序〉、〈李魁賢詩集總目錄〉。

李魁賢詩集・第一冊

臺北：行政院文建會
2001 年 12 月，25 開，310 頁

本書選輯作者 2001 至 1998 年間的詩作。全書分「千禧年詩
集」、「溫柔的美感」、「我的庭院」三部分，收錄〈神說世界要
有光〉、〈你用哭聲表示你的存在〉、〈名可名・非常名〉、〈你不
必苦苦尋求一個母親〉、〈你在睡夢中文文笑著〉等 151 首。正
文前有〈李魁賢簡介〉。

李魁賢詩集・第二冊

臺北：行政院文建會
2001 年 12 月，25 開，312 頁

本書選輯作者 1998 至 1993 年間的詩作。全書分「我不是一座
死火山」、「秋天還是會回頭」二部分，收錄〈魁儡〉、〈心的化
石〉、〈真相〉、〈神祕〉、〈垃圾五重奏〉等 147 首。

李魁賢詩集・第三冊
臺北：行政院文建會
2001 年 12 月，25 開，346 頁

本書收錄《黃昏的意象》、《祈禱》、《永久的版圖》。

李魁賢詩集・第四冊
臺北：行政院文建會
2001 年 12 月，25 開，232 頁

本書收錄《水晶的形成》、《李魁賢詩選》。

李魁賢詩集・第五冊
臺北：行政院文建會
2001 年 12 月，25 開，198 頁

本書收錄《赤裸的薔薇》、《南港詩抄》。

李魁賢詩集・第六冊
臺北：行政院文建會
2001 年 12 月，25 開，194 頁

本書選輯《枇杷樹》、《靈骨塔及其他》以及作者學生時期的詩作。全書分「枇杷樹」、「靈骨塔及其他」、「輪盤」三部分，收錄〈枇杷樹蔭下〉、〈黃昏的意象〉、〈滿滿的一瓢夜色〉、〈星子，打在枇杷樹葉上〉、〈把昔日當口香糖嚼著〉等 81 首。正文後附錄〈李魁賢寫作年表〉、〈李魁賢著作一覽表〉、李魁賢〈編後記〉、〈詩集篇目索引〉。

李魁賢文集／彭瑞金主編
臺北：行政院文建會
2002 年 10 月，25 開

共十冊。正文前有陳郁秀〈主委序──閱讀臺灣的心〉、楊宣勤〈主任序──豐富臺灣文學〉、彭瑞金〈編者序〉及〈李魁賢文集總目錄〉。

李魁賢文集・第壹冊
臺北：行政院文建會
2002 年 10 月，25 開，370 頁

本書選輯《歐洲之旅》散文部分、東南亞地區相關散論，以及《淡水是風景的故鄉》、《臺灣風景詩篇》、《飛禽詩篇》、《走獸詩篇》、《昆蟲詩篇》、《花卉詩篇》。全書分「歐洲之旅」、「東南亞見聞散記」、「淡水是風景的故鄉」、「臺灣風景詩篇」、「詩的賞析」五部分，收錄〈歐洲之旅緒言〉、〈港九掠影〉、〈由香港到瑞士〉、〈蘇黎世風光〉、〈庫爾雜記〉等 54 篇。

李魁賢文集・第貳冊
臺北：行政院文建會
2002 年 10 月，25 開，370 頁

本書選輯《詩的紀念冊》以及其他抒情散文。全書分「詩的紀念冊」、「詩的懷念」二部分，收錄〈詩心所在〉、〈詩的紀念冊〉、〈痲瘋〉、〈古木〉、〈生命〉等 64 篇。

李魁賢文集・第參冊
臺北：行政院文建會
2002 年 10 月，25 開，264 頁

本書收錄《心靈的側影》與《弄斧集》。

李魁賢文集・第肆冊
臺北：行政院文建會
2002 年 10 月，25 開，301 頁

本書收錄《台灣詩人作品論》。

李魁賢文集・第伍冊
臺北：行政院文建會
2002 年 10 月，25 開，342 頁
本書選輯《浮名與務實》、《台灣文化秋千》的書評與時事評論。全書分「浮名與務實」、「臺灣文化秋千」二部分，收錄〈臺灣新詩的現實主義傳統──評古繼堂著《臺灣新詩發展史》〉、〈初評遼寧大學《現代臺灣文學史》〉、〈臺灣文學進入國際社會的起步〉、〈臺灣文學翻譯工作之芻議〉、〈從批判詩到用詩批判──打開林豐明的《黑盒子》〉等 114 篇。

李魁賢文集・第陸冊
臺北：行政院文建會
2002 年 10 月，25 開，314 頁

本書選輯《詩的見證》以及其他詩集序跋。全書收錄〈詩的見證〉、〈社會性的詩〉、〈她是詩，她是愛〉、〈孤獨的位置〉等 49 篇。

李魁賢文集・第柒冊
臺北：行政院文建會
2002 年 10 月，25 開，399 頁

本書選輯《詩的挑戰》以及其他文化散論。全書分「詩的挑戰」、「詩的管窺」二部分，收錄〈詩人的手術刀〉、〈詩的生活情趣〉、〈追求和逃避〉、〈形式和本質的悖論〉、〈悖論與荒誕〉等 106 篇。

李魁賢文集‧第捌冊

臺北：行政院文建會
2002 年 10 月，25 開，444 頁

本書選輯作者 1996 至 2002 年間於報章雜誌發表的文學評論、文化觀察與社會批判。全書分「詩的觀察」、「詩的奧秘」二部分，收錄〈勞動的詩人〉、〈想像的樂趣〉、〈神遊的解放〉、〈臺灣文學要進軍國際〉、〈蕃薯仔哀歌〉等 192 篇。

李魁賢文集‧第玖冊

臺北：行政院文建會
2002 年 10 月，25 開，326 頁

本書選輯作者於 1995 至 2001 年間於學術研討會及報刊雜誌上發表的詩論。全書收錄〈詩人童年中的二二八經驗〉、〈巫永福詩中的風花雪月〉、〈歷史、現實、憧憬──王昶雄詩歌中的故鄉情節〉等 28 篇。

李魁賢文集‧第拾冊

臺北：行政院文建會
2002 年 10 月，25 開，422 頁

本書選輯《詩的反抗》及作者於 2000 至 2002 年間發表的社會、政治評論文章。全書分「詩的反抗」、「詩的界外」二部分，收錄〈詩人是天生的在野代言人──郭楓訪李魁賢談詩〉、〈詩的超越與「超越論」〉、〈寫詩有什麼用〉、〈童詩‧童心‧童趣〉、〈觀鳥的種種方式〉等 66 篇。正文後附錄〈李魁賢簡介〉、〈李魁賢寫作年表〉、〈李魁賢著作一覽表〉、〈李魁賢作品評論引得〉、〈篇目索引〉。

文學年表

1937 年 （昭和 12 年）	6 月	19 日，生於臺北太平町五町目 15 番地（今臺北市大同區涼州街 70 號）2 樓。父親李永興，母親李碧，上有一兄，下有二弟三妹，家中排行第二。
1941 年 （昭和 16 年）	本年	因應戰時體制，都市物資缺乏，被送至淡水鄉下祖宅「石牆仔內」（今新北市淡水區中寮里大埤頭 3 號）與祖父母同住。
1942 年 （昭和 17 年）	4 月	於臺北就讀育英幼稚園。
1944 年 （昭和 19 年）	4 月	進入臺北太平國民學校（今太平國民小學）就讀。
	5 月	戰事日蹙，被迫疏散至淡水鄉下，並轉學至水源國民學校（今水源國民小學）就讀。
1945 年	9 月	因應政權轉換，開始接受漢文教育，學習《三字經》、《千家詩》。
1950 年	7 月	以第一名的成績自水源國民學校畢業，獲臺北縣長獎。
	9 月	就讀淡水初級中學（今淡水國民中學），期間大量閱讀中國通俗演義、翻譯小說、報紙副刊以及期刊雜誌等課外讀物。
1952 年	本年	擔任《中學生文藝》的學校通訊員，負責撰寫校聞。
1953 年	4 月	第一首詩作〈櫻花〉以筆名「恆心」發表於《野風》第 54 期。
	7 月	自淡水初級中學畢業。

	9 月	放棄保送臺北師範學校（今臺北教育大學）的機會，考取臺北工業專科學校（今臺北科技大學）五年制化學工程科。
1954 年	3 月	詩作〈韶光〉以筆名「恆心」發表於《野風》第 66 期。
	5 月	詩作〈投稿〉以筆名「恆心」發表於《野風》第 68 期。
	8 月	詩作〈靈感〉以筆名「恆心」發表於《野風》第 71 期。
	10 月	加入中國青年寫作協會工專分會。
		詩作〈狂風〉以筆名「恆心」發表於《野風》第 73 期。
	11 月	詩作〈第一道曙光〉以筆名「恆心」發表於《野風》第 74 期。
	12 月	與同學共同創辦《松竹文藝》雜誌，出版六期後停刊。
1955 年	2 月	詩作〈生之哀歌〉以筆名「恆心」發表於《野風》第 77 期。
	4 月	短篇小說〈被摧殘的花朵〉參加《新新文藝》之徵文比賽，獲得佳作，但因雜誌停刊，未及刊載。
	5 月	詩作〈哀歌──悼一位亡友〉以筆名「恆心」發表於《野風》第 80 期。
	6 月	以「五月」為題，詩作〈夢〉、〈黎明之歌〉、〈火車上〉以筆名「恆心」發表於《野風》第 81 期。
	7 月	詩作〈灰色的狗〉以筆名「恆心」發表於《野風》第 82 期。
	9 月	詩作〈衰落的門第〉以筆名「恆心」發表於《野風》第 84 期。
	10 月	詩作〈海戀曲〉以筆名「恆心」發表於《野風》第 85 期。
	12 月	詩作〈八月的花園〉以筆名「楓堤」發表於《野風》第 87 期。

1956 年	2 月	詩作〈別淡水〉以筆名「楓堤」發表於《野風》第 89 期。
	3 月	以「寒月樓」為題,詩作〈夜的抒情〉、〈靜的音樂〉、〈寒月〉以筆名「楓堤」發表於《野風》第 90 期。
	4 月	加盟現代詩派。
	8 月	詩作〈扇的風情畫〉以筆名「楓堤」發表於《野風》第 95 期。
	9 月	詩作〈啊!徘徊!徘徊!!〉以筆名「楓堤」發表於《野風》第 96 期。
	10 月	20 日,詩作〈工具之歌〉以筆名「楓堤」發表於《現代詩》第 15 期。
1957 年	3 月	詩作〈夜行〉以筆名「楓堤」發表於《現代詩》第 17 期。
	7 月	以「鄉村」為題,詩作〈雞鳴〉、〈正午〉以筆名「楓堤」發表於《野風》第 106 期。
	8 月	以「向霧中及其他」為題,詩作〈我是一隻蝸牛〉、〈自敘〉、〈向霧中〉、〈絮語〉、〈小庭院〉、〈村外箋〉、〈午睡〉、〈森林散曲〉以筆名「楓堤」發表於《野風》第 107 期。
1958 年	1 月	詩作〈病的熱帶魚〉發表於《海洋詩刊》第 5 期。
		以「心影輯」為題,詩作〈孤獨〉、〈冷冷的夜〉、〈微語〉、〈來自海上〉、〈醉後〉、〈詩‧碑〉、〈記憶‧散步的魚〉以筆名「楓堤」發表於《野風》第 112 期。
		以詩作〈病的熱帶魚〉、〈星期五〉獲海洋詩刊社海燕獎。
	3 月	以「煤屑集」為題,詩作〈秋〉、〈九月的脈管〉、〈四月夜〉、〈荒野上〉、〈死‧影子〉、〈亡靈〉、〈秋的小幅〉、〈冰點〉、〈缺陷的美〉、〈十二月〉、〈消息〉、〈聲音〉以筆名

「楓堤」發表於《野風》第 114 期。

5 月　以「春的解剖及其他」為題，詩作〈春〉、〈感觸〉、〈星・月〉、〈海上夜語〉、〈往事〉、〈太魯閣〉、〈斷崖〉、〈花蓮〉、〈花崗山〉、〈勝利者〉以筆名「楓堤」發表於《野風》第 116 期。

6 月　以「晨間及其他」為題，詩作〈晨間〉、〈痴語〉、〈日落以後〉、〈罎〉、〈悼念逝去的〉以筆名「楓堤」發表於《野風》第 114 期。

以詩作〈海上夜語〉獲海洋詩刊社海燕獎。

7 月　8 日，詩作〈口哨〉發表於《海鷗詩刊》第 124 期。

8 月　入伍服第七期預備軍官役，於高雄鳳山陸軍步兵學校集訓六個月，後至花蓮陸軍化學兵學校分科教育訓練三個月，奉派馬祖指揮部第四科擔任化學軍官參謀，至 1960 年 2 月退伍。

9 月　詩作〈海上夜語〉發表於《海洋詩刊》第 11 期。

1959 年　2 月　詩集《枇杷樹》連載於《野風》第 125～135 期，至 12 月止。

1960 年　3 月　於中壢泰豐輪胎廠任助理工程師。

5 月　以「靈骨塔」為題，詩作〈幻之踊〉、〈哭泣，那男子〉、〈靈骨塔〉、〈默想〉、〈白堊紀的化石〉、〈黃昏時〉以筆名「楓堤」連載於《野風》第 140～142 期，至 7 月止。

9 月　通過考試進入臺灣肥料公司南港六廠，曾任值班主管、尿素工場特別助理、製法工程師、代副主任等職務，在職七年四個月。

1961 年　3 月　詩作〈在馬祖海濱遙望〉以筆名「楓堤」發表於《野風》第 150 期。

4 月　詩作〈遺書〉以筆名「楓堤」發表於《野風》第 150 期。

　8 月　〈馬祖心影錄〉連載於《野風》第 154～156 期，至 10 月
　　　　止。

　12 月　詩作〈淡水人喲！〉以筆名「楓堤」發表於《野風》第
　　　　157 期。

1963 年　1 月　詩作〈咖啡店〉發表於以筆名「楓堤」《葡萄園》第 3
　　　　期。
　　　　詩集《靈骨塔及其他》由臺北野風出版社出版。

　4 月　詩作〈一月記事〉發表於以筆名「楓堤」《葡萄園》第 4
　　　　期。

　5 月　於英商百吉洋行（F. H. Berger & Co.）兼職銷售工程師，
　　　　推展固特異（Goodyear）人造膠產品。

　6 月　以「給惠月的詩」為題，詩作〈以詩送妳〉、〈翩翩妳歸
　　　　來〉以筆名「楓堤」發表於《野風》第 175 期。

　7 月　詩作〈霜夜〉發表於以筆名「楓堤」《葡萄園》第 5 期。

　11 月　就讀教育部歐洲語文中心德文科高級班，結業後續讀進修
　　　　班。

1964 年　4 月　考取奧地利政府獎學金，因故獎學金取消，未能赴奧留
　　　　學。

　5 月　詩作〈相思林〉以筆名「楓堤」發表於《臺灣文藝》第 2
　　　　期。

　7 月　詩集《枇杷樹》由臺北葡萄園詩社出版。

　8 月　詩作〈工廠生活〉以筆名「楓堤」發表於《笠》第 2 期。

　9 月　加入笠詩社。

　10 月　詩作〈焚山記〉以筆名「楓堤」發表於《笠》第 3 期。

1965 年　1 月　2 日，於臺北南港舉辦笠詩社一週年年會。
　　　　詩作〈值夜班的工程師〉、〈黃昏素描〉以筆名「楓堤」發
　　　　表於《臺灣文藝》第 6 期。

翻譯〈談馬拉美的詩〉於《葡萄園》第 11 期。

2 月　〈談一首葉慈詩的翻譯〉以筆名「楓堤」發表於《笠》第 5 期。

4 月　翻譯〈葉慈浮雕〉於《葡萄園》第 12 期；詩作〈汽笛〉以筆名「楓堤」發表於《葡萄園》第 12 期。

〈談一首艾略特詩的翻譯〉以筆名「楓堤」發表於《笠》第 6 期。

5 月　16 日，與王惠月結婚。

6 月　詩作〈我的期望〉、〈工業時代〉，〈談一首梅士菲爾詩的翻譯〉以筆名「楓堤」發表於《笠》第 7 期。

7 月　翻譯〈史班德浮雕〉於《葡萄園》第 13 期；詩作〈婚姻的故事〉以筆名「奎弦」發表於《葡萄園》第 13 期。

8 月　〈談一首桑德堡詩的翻譯〉以筆名「楓堤」發表於《笠》第 8 期。

10 月　〈談一首康敏思詩的翻譯〉以筆名「楓堤」發表於《笠》第 9 期。

翻譯里爾克《致青年詩人書簡》連載於《葡萄園》第 14～24 期，至 1968 年 4 月止。

擔任《笠》詩刊主編，至隔年 6 月止。

12 月　以「賓恩作品」為題，翻譯詩作〈一個字語〉、〈失落的我〉於《笠》第 10 期；〈談一首麥克萊希詩的翻譯〉以筆名「楓堤」發表於《笠》第 10 期；詩作〈孤岩〉，〈讀《世界名詩選譯》想起〉以筆名「奎弦」發表於《笠》第 10 期。

翻譯〈里爾克詩選譯〉，連載於《笠》第 10～28 期，至 1968 年 12 月止。

1966 年　1 月　20 日，詩作〈值夜工人手記〉以筆名「楓堤」發表於

《創世紀》第 23 期。

2 月　17 日，女兒李斯棻誕生。

以「忒刺柯作品」為題，翻譯詩作〈喇叭〉、〈驪歌〉、〈格洛得克〉於《笠》第 11 期。

3 月　詩作〈秋與死之憶〉由侯平治構圖，參加臺北西門町現代詩展。

詩作〈秋與死之憶〉日文手稿（陳千武譯）參加日本靜岡縣中央圖書館「早春的詩祭」展，展後由該館收藏。

4 月　以「赫姆作品」為題，翻譯詩作〈水手〉、〈戰爭〉於《笠》第 12 期。

6 月　以「普雷錫特作品」為題，翻譯詩作〈李樹〉、〈第一頌詩〉、〈船〉於《笠》第 13 期；〈談一首威廉士詩的翻譯〉以筆名「楓堤」發表於《笠》第 13 期。

7 月　翻譯〈奧登浮雕〉於《葡萄園》第 17 期。

8 月　以「舍楠作品」為題，翻譯詩作〈衣冠塚〉於《笠》第 14 期；以「巴茲作品」為題，翻譯詩作〈情侶〉、〈二軀體〉於《笠》第 14 期。

10 月　以「柏赫特作品」為題，翻譯詩作〈鬼〉、〈晚歌〉於《笠》第 15 期。

詩集《南港詩抄》由臺北笠詩社出版。

12 月　以「傅理滋作品」為題，翻譯詩作〈這日子〉、〈海濱〉於《笠》第 16 期。

以「相對論」為題，詩作〈羅曼史〉、〈升降梯〉、〈雲〉、〈影子與住宅〉、〈秋〉以筆名「楓堤」連載於《笠》第 16～17 期，至隔年 2 月止。

1967 年　1 月　奉派前往瑞士毆文泰工場（Domat/Ems, Inventa AG）從事擴建工程設計三個月。

	2 月	以「薄立格作品」為題,翻譯詩作〈看吧,這天空〉、〈遣出的鴿子〉、〈信條〉於《笠》第 17 期。
		翻譯詩集《里爾克詩及書簡》,由臺北臺灣商務印書館出版。
	4 月	以「萊茵河詩輯」為題,詩作〈萊茵河〉、〈阿洛莎〉、〈華都茲古堡〉、〈冰上〉、〈雪夜〉、〈教堂墓園〉以筆名「楓堤」連載於《笠》第 18～19 期,至 6 月止。
	7 月	28～29 日,〈瑞士三日遊〉連載於《中央日報》9 版。
		〈憑弔穆座古堡和里爾克墓園〉發表於《東方雜誌》第 1 卷第 1 期。
	8 月	27 日,〈永恆的羅馬〉發表於《中央日報》9 版。
		翻譯里爾克詩集《杜英諾悲歌》,連載於《東方雜誌》第 1 卷第 2～6 期,至 12 月止。
	10 月	12 日,兒子李斯棐誕生。
		〈讀詩隨筆〉、〈筆名的由來〉以筆名「楓堤」發表於《笠》第 21 期。
	11 月	12 日,中國新詩學會成立,當選常務理事。
	12 月	詩作〈選舉日〉以筆名「楓堤」發表於《笠》第 22 期。
1968 年	1 月	自臺灣肥料公司離職,轉往卡林塑膠製品廠任副廠長。
	2 月	詩作〈黃昏樹〉以筆名「楓堤」發表於《笠》第 23 期。
	5 月	〈庫爾日記抄〉發表於《幼獅文藝》第 173 期。
		翻譯侯篤生(Hans Egon Holthusen)〈里爾克傳〉,連載於《創世紀》第 28～29 期,至隔年 1 月止。
		創立老友企業公司,後因改組退出。
	7 月	11 日,〈羅馬的另一面〉發表於《聯合報》9 版。
		於聯合設計事業公司從事廣告文案及企畫。
		翻譯黎錦揚長篇小說《天涯淪落人》,由臺北臺灣商務印

書館出版。

11 月　〈懷念一位瑞士朋友〉發表於《幼獅文藝》第 179 期。

12 月　翻譯 Georg Ried〈德國現代詩史〉，連載於《笠》第 28～31 期，至隔年 6 月止。

1969 年　2 月　詩作〈紅葉〉以筆名「楓堤」發表於《笠》第 29 期。

3 月　翻譯侯篤生〈里爾克晚年〉於《幼獅文藝》第 183 期。

翻譯里爾克詩集《杜英諾悲歌》、《給奧費斯的十四行詩》，侯篤生《里爾克傳》，由臺北田園出版社出版。

5 月　翻譯〈初訪羅丹〉於《幼獅文藝》第 185 期。

6 月　以「葛拉士詩抄」為題，翻譯詩作〈致所有園藝家〉、〈兒歌〉、〈諾曼地〉、〈先知的生計〉、〈風信雞的優點〉、〈讚美歌〉、〈鞭子〉於《幼獅文藝》第 186 期。

〈德國詩壇二三事〉發表於《笠》第 31 期。

7 月　於臺灣國際專利法律事務所，擔任專利工程司兼國際發明專利中心副經理，同時兼任《發明雜誌》編輯委員，執行編務。

8 月　〈白萩論〉發表於《笠》第 32 期。

10 月　〈珍惜任勞任怨的精神〉、〈沙克絲的世界〉發表於《笠》第 33 期。

翻譯卡夫卡長篇小說《審判》，由高雄大業書店出版。

12 月　以「赤裸的薔薇」為題，詩作〈不會唱歌的鳥〉、〈正午街上的玫瑰〉、〈回憶占據最營養的肝臟部位〉、〈情願被冷雨淋著〉發表於《笠》第 34 期；〈孤獨的喜悅〉發表於《笠》第 34 期。

翻譯 Manfred Bieler 短篇小說〈戴雅〉於《幼獅文藝》第 192 期。

1970 年　1 月　翻譯〈雪後的風景〉，〈我欣賞葉笛及其作品〉發表於《幼

獅文藝》第 193 期。

4 月　以「德國‧法蘭克詩兩首」為題，翻譯詩作〈像你我的一個人〉、〈如果，是的，如果〉於《笠》第 36 期。

翻譯《佛洛斯特傳》，由臺北晚蟬書店出版。

6 月　〈文學與雅量〉發表於《文壇》第 120 期。

7 月　翻譯鈞特‧葛拉軾（Günter Grass）中篇小說〈貓與老鼠〉於《文壇》121 期。

8 月　〈五位德國現代詩人——艾赫、侯篤生、柯洛婁、謝朗、巴哈曼〉發表於《文壇》第 122 期。

9 月　翻譯葛拉軾中篇小說《貓與老鼠》，由臺北文壇社出版。

12 月　以「辭歲五首」為題，詩作〈清晨一男子〉、〈面具〉、〈掬飲〉、〈市街〉、〈地下道〉於《笠》第 40 期；〈遙祭〉發表於《笠》第 40 期。

翻譯詩集《德國詩選》、《德國現代詩選》，由臺北三民書局出版。

1971 年　1 月　散文、詩合集《歐洲之旅》由臺北林白出版社出版。

5 月　赴東南亞地區遊歷、考察，途經香港、西貢（今胡志明市）、曼谷、吉隆坡、新加坡等地，後於《發明雜誌》發表〈東南亞見聞散記〉。

6 月　詩作〈Folk Song〉發表於《笠》第 43 期。

8 月　〈跋《影子的形象》〉發表於《笠》第 44 期。

10 月　翻譯〈世界黑人詩選〉，連載於《笠》第 45～48 期，至隔年 4 月止。

12 月　〈孤獨的暝想者——悼念詩人吳瀛濤先生〉發表於《笠》第 46 期。

1972 年　1 月　應邀加入瑞士里爾克學會（Rilke-Gesellschaft），成為創會會員。

《心靈的側影》由臺南新風出版社出版。

2 月　〈沉默後的新聲──析論《郭楓詩選》〉、〈陳秀喜詩集
《覆葉》出版紀念會後記〉發表於《笠》第 47 期。

6 月　詩作〈麻雀〉發表於《笠》第 49 期。

8 月　詩作〈鳥語〉發表於《笠》第 50 期。

9 月　〈她是詩，她是愛──評陳秀喜詩集《覆葉》〉發表於
《臺灣風物》第 23 卷第 3 期。

10 月　翻譯〈里爾克詩選譯：眾聲〉,〈永生的記錄〉發表於
《笠》第 51 期。

12 月　詩作〈三牲〉發表於《笠》第 52 期。

1973 年　1 月　〈出發的信號〉發表於《臺灣文藝》第 38 期。

翻譯〈羅丹的風範〉於《幼獅文藝》第 229 期。

2 月　翻譯〈里爾克寄內書簡選譯〉,〈為「地域性」進一解〉、
〈詩水準的常態分配〉發表於《笠》第 53 期。

合夥創設智慧國際專利商標事務所，擔任副所長。

論述、翻譯合集《德國文學散論》由臺北三民書局出版。

11 月　應邀參加於臺北舉辦之第二屆世界詩人大會。

12 月　〈聶魯達逝矣〉、〈詩人奧登訃聞〉、〈1973 年諾貝爾文學
獎得主澳洲小說家懷特〉發表於《笠》第 58 期。

詩作〈事務所〉連載於《笠》第 58〜62 期，至隔年 8 月
止。

1974 年　2 月　創辦《發明天地》雜誌，擔任社長。

5 月　13〜14 日,〈小黑人做了保險公司的總裁〉連載於《經濟
日報》11 版。

28〜29 日,〈由卡車司機到建築大王〉連載於《經濟日
報》11、12 版。

6 月　12〜13 日,〈旅館業鉅子的成長〉連載於《經濟日報》12

　　　　　　　　　　版。

　　　　　8 月　　翻譯詩集《黑人詩選》，由臺中光啟出版社出版。

　　　　　10 月　　〈建立開放的詩壇〉發表於《笠》第 63 期。

　　　　　　　　　〈現代詩總目錄補選〉發表於《書評書目》第 18 期。

1975 年　　1 月　　21～24 日，翻譯〈化妝品工業的狀元〉，連載於《經濟日
　　　　　　　　　報》12 版。

　　　　　3 月　　以詩作〈孟加拉悲歌〉獲第三屆吳濁流新詩獎。

　　　　　4 月　　創立名流企業公司，代辦專利申請及專利品外銷。

　　　　　6 月　　〈《薔薇的血跡》序〉發表於《笠》第 67 期。

　　　　　　　　　《國際專利制度》由臺北聯經出版公司出版。

　　　　　8 月　　3 日，於《經濟日報・發明與專利》撰寫「世界專利概
　　　　　　　　　況，介紹各國專利申請程序與規定，至 1977 年 2 月 27 日
　　　　　　　　　止。

　　　　　11 月　　以「屈折形剪刀」獲第十屆中山技術發明獎。

　　　　　12 月　　〈風城的巡禮──讀非馬詩集《在風城》〉發表於《笠》
　　　　　　　　　第 70 期。

1976 年　　5 月　　《弄斧集》由高雄三信出版社出版。

　　　　　6 月　　〈林語堂論詩〉發表於《笠》第 73 期。

　　　　　　　　　應邀參加於巴爾的摩（Baltimore）舉辦之第三屆世界詩人
　　　　　　　　　大會。

　　　　　10 月　　獲選劍橋國際詩人學術院（The International Academy of
　　　　　　　　　Poets）創會院士（Founder Fellow）。

　　　　　12 月　　詩集《赤裸的薔薇》由高雄三信出版社出版。

1977 年　　1 月　　翻譯里爾克詩集《杜英諾悲歌》、《給奧費斯的十四行
　　　　　　　　　詩》、《形象之書》、卡夫卡長篇小說《審判》，由高雄大舞
　　　　　　　　　臺書苑出版社出版。

　　　　　2 月　　翻譯〈里爾克「形象之書」二首〉於《笠》第 77 期。

3 月　翻譯侯篤生《里爾克傳》,由高雄大舞臺書苑出版社出版。

4 月　詩作〈繁榮〉發表於《笠》第 78 期。

翻譯〈里爾克「新詩集」〉,連載於《笠》第 78～87 期,至隔年 10 月止。

8 月　詩作〈石牆〉發表於《笠》第 80 期。

10 月　詩作〈雲鄉〉發表於《笠》第 81 期。

11 月　8 日,翻譯〈假如企業是學校〉,於《經濟日報》12 版。

12 月　以「1977 年諾貝爾文學獎得主亞歷山卓詩選〉為題,翻譯詩作〈海〉、〈太陽〉於《笠》第 82 期。

當選臺灣省發明人協會常務理事。

翻譯《佛洛斯特傳》,由臺北大漢出版社出版。

1978 年　2 月　以「胡汝森英詩中譯」為題,翻譯詩作〈商場春秋〉、〈迎春小調〉、〈汙染〉、〈致某作家〉、〈香港難民之歌〉、〈新血〉於《笠》第 83 期;詩作〈兩岸〉發表於《笠》第 83 期。

撰寫「窺豹札記」專欄於《笠》第 83～95 期,評論,至 1980 年 2 月止。

4 月　10 日,〈專利規費調整之商榷〉發表於《經濟日報》6 版。

〈悼張文環先生〉發表於《笠》第 84 期。

以詩集《赤裸的薔薇》獲第一屆中興文藝獎章詩歌獎。

6 月　1 日,翻譯〈聆聽技巧可以訓練〉於《經濟日報》11 版。

詩作〈高速公路〉發表於《笠》第 85 期。

7 月　24 日,〈漂亮的新臺幣〉發表於《臺灣日報》12 版。

25 日,〈發現事物的新關聯——評傅文正詩集《象棋步法》〉發表於《臺灣日報》12 版。

27 日，〈不僅要問「我能為國家做些什麼」〉發表於《臺灣日報》12 版。

15 日，〈選舉假期〉發表於《臺灣日報》12 版。

9 月　6 日，以「釣魚臺詩集」為題，詩作〈釣魚臺是我們的島〉、〈光復釣魚臺〉〈繪圖〉、〈長大後〉、〈勇敢的烏魚〉、〈氣象報告〉、〈封面設計〉、〈下雨天〉、〈我們的國土〉、〈怎麼做〉發表於《臺灣日報》12 版。

11 日，〈土法治貪〉發表於《臺灣日報》12 版。

〈美國國會圖書館的朗誦詩錄音收藏〉發表於《葡萄園》第 64 期。

10 月　12 日，〈談借書〉發表於《臺灣日報》12 版。

18 日，〈謝謝你〉發表於《臺灣日報》12 版。

〈巫永福詩中的祖國意識和自由意識〉發表於《笠》第 87 期。

11 月　首度率團參加日內瓦國際發明展。

本年　《世界專利制度要略》由臺北聯經出版公司出版。

1979 年　4 月　當選發明振興基金會常務董事。

5 月　創辦《發明企業》雜誌，擔任發行人。

7 月　〈里爾克在臺灣〉發表於《書評書目》第 75 期。

8 月　18 日，〈專利審查應有的觀念和態度——由行政法院對何啟禎案判決中標局敗訴說起〉發表於《經濟日報》2 版。

詩作〈再見・吉米〉發表於《笠》第 92 期。

9 月　翻譯〈吝嗇夫婦〉於《幼獅文藝》第 309 期。

10 月　詩作〈古木與生命〉發表於《笠》第 93 期。

率團參加紐倫堡國際發明展。

11 月　22 日，〈記紐倫堡國際發明展〉發表於《經濟日報》3 版。

	12 月	2 日,〈記在紐倫堡展覽會與東歐國家的接觸〉發表於《經濟日報》2 版。
		25 日,〈鼓勵科學發明・確保專利權益〉發表於《經濟日報》14 版。
1980 年	2 月	〈現實生活上的詩魂——吳濁流新詩獎評審後記〉發表於《臺灣文藝》第 66 期。
	3 月	〈為臺北國際發明展催生〉發表於《發明企業》第 4 期。
	4 月	詩作〈蛾陣〉發表於《笠》第 96 期。
	5 月	14 日,〈展覽會外一章〉發表於《聯合報》8 版。
	6 月	〈悼念胡汝森先生〉發表於《笠》第 97 期。
	7 月	〈長頸鹿〉發表於《布穀鳥》第 2 期。
	8 月	詩作〈鴿子事件〉,〈論周伯陽的詩〉發表於《笠》第 98 期。
		以「迷你小說」為題,翻譯短篇小說〈花生買馬〉、〈最佳房客〉、〈和平占領〉、〈氣象專家〉、〈快速出差〉、〈夜診〉、〈從實招來〉於《幼獅文藝》第 320 期。
	10 月	詩作〈二代蟬〉發表於《笠》第 99 期。
	11 月	率團參加紐倫堡國際發明展。
		詩作〈鸚鵡〉英日對照版發表於日本《地球》第 72 期。
	12 月	〈《笠》詩刊與《臺灣文藝》並壽〉發表於《臺灣文藝》第 70 期。
		詩作〈變色茉莉花〉,〈「笠」的歷程〉發表於《笠》第 100 期。
1981 年	1 月	〈水牛〉發表於《布穀鳥》第 4 期。
	6 月	〈論黃騰輝的詩〉發表於《笠》第 103 期。
		應邀出席由《臺灣文藝》舉辦之「臺灣文學的方向」座談會。

8 月 〈關於白萩的雁的世界〉發表於《笠》第 104 期。

9 月 〈詩的見證〉發表於《臺灣文藝》第 74 期。

10 月 〈狼〉發表於《布穀鳥》第 7 期。

以「紐西蘭閨秀詩選譯」為題，翻譯詩作〈對位法〉、〈孤獨的旅行〉於《笠》第 105 期；〈論吳瀛濤的詩〉、〈詩的見證〉發表於《笠》第 105 期。

11 月 25 日，〈狗〉發表於《自立晚報》10 版。

率團參加紐倫堡國際發明展。

12 月 14 日，〈田鼠〉發表於《自立晚報》10 版。

本年 與湯新楣合譯詩集《諾貝爾文學獎全集 5——撒旦頌・基姆》、與莫渝合譯詩集《諾貝爾文學獎全集 36——人生非夢・遠征》、與吳煦斌合譯詩、小說合集《諾貝爾文學獎全集 39——阿息涅的國王・嘔吐・牆》，由遠景出版公司出版。

1982 年 1 月 17 日，詩作〈登山〉發表於《中國時報・人間副刊》8 版。

〈論鄭烱明的詩〉發表於《文學界》第 1 期。

3 月 獲義大利藝術大學（Università della Arti）頒贈文學貢獻獎（Diploma di Merito）。

4 月 〈論巫永福的詩〉發表於《暖流》第 1 卷第 4 期。

詩作〈弦音〉發表於《文學界》第 2 期。

5 月 7 日，〈雁〉發表於《臺灣時報》12 版。

24 日，〈鷺鷥〉發表於《臺灣時報》12 版。

〈論詹冰的詩〉發表於《臺灣文藝》第 76 期。

6 月 4 日，〈鸚鵡〉發表於《臺灣時報》12 版。

27 日，〈畫眉〉發表於《臺灣時報》12 版。

7 月 〈論趙天儀的詩〉發表於《文學界》第 3 期。

8 月	13 日，〈老鷹〉發表於《臺灣時報》12 版。
	翻譯〈印度現代詩選〉於《笠》第 110 期。
	應邀出席於臺南南鯤鯓舉辦之笠詩社第 18 屆年會。
10 月	〈論陳鴻森的詩〉發表於《詩人坊》創刊號。
	〈賴和詩中的反抗精神〉發表於《笠》第 111 期。
	詩作〈當天門打開的時候〉發表於《文學界》第 4 期。
12 月	〈新詩的過去、現在與未來〉發表於《詩人坊》第 2 期。
	詩作〈國際機場〉發表於《笠》第 112 期。
	翻譯葛拉軾中篇小說《貓與老鼠》，由臺北黎明文化公司出版。
本年	翻譯詩集《印度現代詩選》，由臺北笠詩刊社出版。

1983 年	1 月	〈論桓夫的詩〉發表於《文學界》第 5 期。
		翻譯 Nicolás Guillén 詩作〈我沿路走〉於《臺灣文藝》第 80 期。
		兒童文學《淡水是風景的故鄉》由臺中臺灣省教育廳出版。
	2 月	5 日，〈夕陽無限的淡水〉發表於《臺灣時報》12 版。
		25 日，〈詩人的步伐——《一九八二年臺灣詩選》前言〉發表於《臺灣時報》12 版。
		〈論拾虹的詩〉發表於《詩人坊》第 3 期。
		〈論郭成義的詩〉、〈戰後世代的軌跡〉發表於《笠》第 113 期。
		主編詩集《一九八二年臺灣詩選》，由臺北前衛出版社出版。
	4 月	15 日，〈蟬〉發表於《臺灣時報》12 版。
		〈論李敏勇的詩〉發表於《詩人坊》第 4 期。
		詩作〈那霸街頭〉，〈詩人的立場與創作〉發表於《文學

界》第 6 期。

5 月　〈「性」的片斷〉發表於《臺灣文藝》第 82 期。

6 月　〈我所了解的施明正〉發表於《笠》第 115 期。
以「雨季」為題，詩作〈記事〉、〈最後與最初〉、〈百貨公司〉、〈鄉愁〉、〈愛的辯證〉、〈原版〉、〈作業練習〉、〈看花〉、〈妥協與自由〉、〈街道樹〉、〈陽光〉、〈訊息〉、〈我一定要告訴妳〉、〈晚歸的鴿子〉、〈季節〉連載於《笠》第 115～116 期，至 8 月止。

8 月　詩作〈聲音〉、〈紅蘿蔔〉、〈花劫〉發表於《文學界》第 7 期。

9 月　〈論非馬的詩〉發表於《文訊》第 3 期。

10 月　〈論陳明台的詩〉發表於《笠》第 117 期。

11 月　23 日，應邀於淡江大學德國語文學系演講「我看德國現代詩」。
率團參加布魯塞爾國際發明展，獲市長頒授金質獎章。

1984 年　1 月　〈楊華詩中的憂患意識〉發表於《詩人坊》第 7 期。

2 月　9 日，〈蜻蜓〉發表於《臺灣時報》12 版。
〈我看德國現代詩〉發表於《笠》第 119 期。

3 月　1 日，於《聯合報・萬象副刊》撰寫「新發明」專欄，介紹各種專利用品，至隔年 12 月 7 日止。
〈鄉土情懷——吳濁流新詩獎評選手記〉發表於《臺灣文藝》第 87 期。

4 月　24 日，父親李永興逝世。
〈杜國清的〈蜘蛛〉〉發表於《笠》第 120 期。

5 月　翻譯〈黑森林的曙光——黑人詩選譯〉，詩作〈文告〉發表於《文學界》第 10 期。

6 月　4 日，詩作〈收藏〉發表於《臺灣時報》8 版。

　　　　　　　　　　獲第三屆笠詩評論獎。

7 月　　28 日，〈車禍〉發表於《聯合報》8 版。

8 月　　〈論許達然的詩〉發表於《文學界》第 11 期。

10 月　　翻譯《發明創意 300》，由臺北暖流出版社出版。

11 月　　3～6 日，應日本《地球》詩誌之邀，出席於東京舉辦的
　　　　　第一屆亞洲詩人會議。

1985 年　　2 月　　〈論杜國清的詩〉發表於《文學界》第 13 集。
　　　　　以「秋之旅」為題，詩作〈漢城柳〉、〈博多酒街〉、〈櫻島
　　　　　火山〉、〈金閣寺倒影〉、〈箱根途中〉、〈日光楓林〉發表於
　　　　　《笠》第 125 期；翻譯〈淚中的微笑〉，〈藉物象抒情　賦
　　　　　物象生命〉於《笠》第 125 期。

3 月　　22 日，〈三十三年書房夢〉發表於《自立晚報》10 版。

6 月　　22 日，詩作〈抓住鼓聲〉發表於《聯合報》8 版。

7 月　　應邀參加美國芝加哥大學遠東研究中心主辦之「第一屆臺
　　　　　灣研究國際研討會」，發表〈賴和詩中的反抗精神〉。
　　　　　詩集《李魁賢詩選》由臺北新地出版社出版。

8 月　　以「旅美三章」為題，詩作〈石頭山〉、〈亞特蘭大〉、〈費
　　　　　城獨立鐘〉發表於《笠》第 128 期。

9 月　　〈臺灣國際研討會後記〉發表於《臺灣文藝》第 96 期。
　　　　　獲美國國際大學基金會（Marquis Giuseppe Scicluna
　　　　　International University Foundation）頒授榮譽化工哲學博
　　　　　士。

10 月　　12 日，〈自由的詩　詩的自由〉發表於《大華晚報・淡水
　　　　　河副刊》10 版。

12 月　　14 日，〈我的工作倫理〉發表於《臺灣時報》8 版。
　　　　　22 日，詩作〈陀螺的人生〉發表於《聯合報》8 版。
　　　　　獲世界文學學術院（The World Literary Academy，原為國

際詩人學術院）聘為終身院士。

1986 年	1 月	設立名流出版社，經營兩年，共出書 14 種。
	2 月	4～5 日，〈臺灣新詩的淵源流變──日文《現代臺灣詩選》解說〉發表於《臺灣時報》8 版。
		詩作〈蘭的物語〉發表於《文學界》第 17 期。
		以《台灣詩人作品論》獲第七屆巫永福評論獎。
		獲美國愛因斯坦國際學術基金會（Albert Einstein International Academy Foundation）頒贈和平銅牌獎。
		詩集《水晶的形成》由臺北笠詩刊社出版。
	3 月	24 日，詩作〈木乃伊〉發表於《聯合報》8 版。
	5 月	〈殊途同歸〉發表於《臺灣文藝》第 100 期。
	6 月	17 日，翻譯波赫士（Jorge Luis Borges）詩作〈盲人〉、〈貓〉於《中國時報‧人間副刊》8 版。
		翻譯〈波舟維格長詩「海豚」〉於《笠》第 133 期。
		詩集《輸血》由作者自印出版。
	7 月	〈搜尋人間意象〉發表於《臺灣文藝》第 101 期。
	8 月	翻譯郭蒂瑪〈南非的文學與政治〉於《笠》第 134 期。
	9 月	15～17 日，應韓國現代詩社之邀，出席於首爾舉辦的第二屆亞洲詩人會議。
		詩作〈鏡和井〉發表於《臺灣文藝》第 102 期。
	10 月	〈臺灣的現代詩〉發表於《笠》第 135 期。
	11 月	〈純粹的藝術家〉發表於《臺灣文藝》第 103 期。
		詩作〈名字〉發表於《文學界》第 20 期。
		獲選臺北工業專科學校創校 75 週年傑出校友。
	12 月	翻譯 Roger Rosenblatt〈詩與政治〉於《笠》第 136 期。
		率團參加布魯塞爾國際發明展。
1987 年	1 月	《台灣詩人作品論》由臺北名流出版社出版。

2 月	15 日，臺灣筆會成立，獲選創會副會長。
3 月	與非馬、許達然合譯《南非文學選——頭巾》由臺北名流出版社出版。
5 月	13 日，主持由臺灣筆會於臺北耕莘文教院舉辦之「臺灣作家往哪裡去」座談會。
6 月	詩集『楓の葉』（北影一譯）由大阪アカデミー書房出版。
7 月	翻譯詩集《鼓聲——世界黑人詩選》，由臺北名流出版社出版。
8 月	短篇小說〈瑪茲是誰〉發表於《文學界》第 23 期。
	詩作〈李伯大夢〉發表於《笠》第 140 期。
10 月	5 日，〈粗鄙不是詩〉發表於《臺灣日報》12 版。
	校訂《發明專利須知》由臺北文橋出版社出版。
	翻譯短篇小說集《猶太短篇小說精選》，由臺北圓神出版社出版。
	翻譯《人文精神的差使》，由臺北名流出版社出版。
12 月	10～11 日，翻譯布羅茨基（Joseph Brodsky）詩作〈靜物〉，於《聯合報》8 版。
	詩作〈黑森林的陽光〉發表於《笠》第 142 期。
	獲美國傳記協會頒贈榮譽金牌獎。
	兒童文學《飛禽詩篇》由臺中臺灣省教育廳出版。
1988 年 1 月	16 日，〈亞洲詩人會議的脈絡〉發表於《中央日報》12 版。
	17 日，翻譯鄭漢模詩作〈蝴蝶的旅行〉於《中國時報·人間副刊》18 版。
	21 日，〈為誰切結？〉發表於《自立早報》17 版。
	30 日，〈市長文化〉發表於《自立早報》8 版。

　　　　　31 日，〈豬肉何在？〉發表於《自立早報》17 版。

2 月　　10 日，〈笑話代表〉發表於《自立早報》17 版。

3 月　　3 日，〈老表的「貢獻」〉發表於《自立早報》17 版。

　　　　14 日，〈臺胞心情〉發表於《自立晚報》9 版。

4 月　　6 日，〈報告總統〉發表於《自立晚報》9 版。

　　　　11 日，〈詩人演出〉發表於《自立晚報》12 版。

　　　　24 日，〈認清角色〉發表於《自立晚報》9 版。

5 月　　2 日，〈浮名與務實〉發表於《自立晚報》9 版。

　　　　12 日，〈臺灣人語族系譜〉發表於《自立晚報》9 版。

6 月　　2 日，〈名正言順〉發表於《自立晚報》9 版。

　　　　7 日，〈失衡的公設地徵收方案〉發表於《自立晚報》9
　　　　版。

　　　　16 日，〈不通的交通政策〉發表於《自立晚報》9 版。

　　　　26 日，〈學界與推事對峙聲明平議〉發表於《自立晚報》
　　　　9 版。

　　　　29 日，〈開放民營客運事業〉發表於《自立晚報》9 版。

　　　　以「獨立的情詩四首」為題，詩作〈湖畔〉、〈永久的版
　　　　圖〉、〈椰子樹的分列式〉、〈獨立憲章〉發表於《文學界》
　　　　第 24 期。

　　　　翻譯〈《杜英諾悲歌》的結構模型〉於《笠》第 145 期。

　　　　兒童文學《走獸詩篇》由臺中臺灣省教育廳出版。

7 月　　25 日，詩作〈留鳥〉發表於《臺灣公論報》8 版。

　　　　〈臺灣詩人的反抗精神〉連載於《臺灣文藝》第 112～
　　　　114 期，至 11 月止。

　　　　翻譯里爾克詩集《杜英諾悲歌》，由臺北名流出版社出
　　　　版。

8 月　　31 日，〈脆弱的心　強勁的筆——悼念施明正〉發表於

《自由時報》11 版。

11 月　4 日，詩作〈落葉心情〉，於《中國時報・人間副刊》18 版。

12 月　詩作〈愛情政治學〉發表於《文學界》第 27 期。

1989 年　1 月　翻譯〈二十世紀的義大利詩文學〉，連載於《臺灣文藝》第 115～117 期，至 5 月止。

　　　　7 月　26 日，於《自由時報》副刊撰寫「文化秋千」專欄，批判臺灣的文化、政治與社會現象，於隔年 5 月 4 日中斷。

1990 年　3 月　22 日，詩作〈杜鵑花〉發表於《中國時報・人間副刊》27 版。

　　　　　　　詩集《永久的版圖》由臺北笠詩刊社出版。

　　　　5 月　參加民主人同盟發起人，當選第一屆理事。

　　　　6 月　30 日，〈國是會議結論非經表決和公民複決不可〉發表於《民眾日報》5 版；〈誰還能相信國王的新衣〉發表於《自立早報》4 版。

　　　　7 月　3 日，〈分久必合・合久必分〉發表於《民眾日報》4 版。

　　　　8 月　應邀出席於韓國首爾舉辦之第 12 屆世界詩人大會，詩作〈留鳥〉英文版入選大會詩集 *Metaphor Beyond Time*。

　　　　9 月　28 日，應邀參加於輔仁大學舉辦之「第二屆國際文學與宗教會議」，會議至 10 月 1 日止。

　　　10 月　12 日，翻譯奧達維・帕茲（Octavio Paz）詩作〈情侶〉、〈軀體〉，〈帕茲評價〉於《自由時報》18 版。

　　　　　　　〈寫詩有什麼用〉發表於《新地文學》第 4 期。

　　　　　　　應邀出席由中國社會科學院外國文學研究所與歌德北京分院於北京舉辦之第四屆德語文學研討會，發表〈里爾克在臺灣〉。

　　　12 月　〈動物、詩與政治〉發表於《新地文學》第 5 期。

1991 年　2 月　3 日，〈檢驗民主政治的一項標準〉發表於《民眾日報》4
版。

17 日，詩作〈太湖石〉發表於《中國時報‧人間副刊》3
版。

〈詩的超越與「超越論」〉發表於《新地文學》第 6 期。

3 月　23 日，〈懷念臺灣奇女子——詩人陳秀喜〉發表於《自立
晚報》19 版。

4 月　〈童詩‧童心‧童趣〉，詩作〈西安——登大雁塔〉、〈泉
州老君岩——石雕〉發表於《新地文學》第 7 期。

5 月　3 日，詩作〈沙漠〉、〈黑死病〉發表於《中國時報‧人間
副刊》31 版。

12 日，〈蕃薯餅的餘香〉發表於《中國時報‧人間副刊》
31 版。

26 日，再次於《自由時報》副刊撰寫「文化秋千」專
欄，至 11 月 23 日止。

6 月　〈觀鳥的種種方式〉發表於《新地文學》第 8 期。

〈里爾克在臺灣〉發表於《笠》第 163 期。

8 月　〈海灣戰爭的詩潮〉發表於《新地文學》第 9 期。

10 月　26 日，〈大學校長的骨氣〉發表於《自立早報》3 版。

兒童文學《昆蟲詩篇》由臺中臺灣省教育廳出版。

11 月　24 日，〈隱喻〉發表於《自立晚報》5 版，「筆會月報」第
11 期。

12 月　22 日，〈臺灣母親的故事〉發表於《自立晚報》6 版，「書
鄉書評」第 44 期。

〈詩的選擇——笠詩選《混聲合唱》編後記〉發表於
《笠》第 166 期。

詩作〈觀鯉〉,〈語言是厲害的武器〉發表於《文學臺灣》

第 1 期。

| 1992 年 | 2 月 | 翻譯 John Pilling〈歐洲現代詩人介紹〉於《笠》第 167～205 期，至 1998 年 6 月止。 |
| | 3 月 | 18 日，詩作〈黃昏的意象〉發表於《中國時報・人間副刊》31 版。 |

以「鼓聲集」為題，詩作〈鼓聲〉、〈水牛聽鼓〉、〈破鼓〉、〈給妳寫一首詩〉、〈百年憧憬〉、〈高處不勝孤獨〉、〈三位一體〉、〈山路〉連載於《文學臺灣》第 2～3 期，至 6 月止。

《浮名與務實》由臺北稻鄉出版社出版。

4 月　詩作〈碑〉、〈山上的秋千〉、〈歲末〉發表於《笠》第 168 期。

6 月　20 日，詩作〈霧季〉發表於《聯合報》25 版。

以「日本旅情」為題，詩作〈莎喲娜啦〉、〈和歌山賞櫻〉、〈紀三井之櫻〉、〈白濱溫泉鄉〉、〈在千敷疊望海〉、〈三殷壁懸崖洞窟〉、〈吉野山訪櫻〉、〈京都柳櫻〉、〈明治村夏目書齋前〉、〈白樺湖〉、〈熱海之晨〉、〈島嶼臺灣〉連載於《笠》第 169～170 期，至 8 月止。

《詩的反抗》由臺北新地文學出版社出版。

8 月　25 日，詩作〈登七星山〉發表於《聯合報》39 版。

9 月　18 日，〈一週好書榜——文學評論《瞄準臺灣作家》〉發表於《中國時報・開卷週報》32 版。

與趙天儀、李敏勇、陳明台、鄭烱明編選詩集《混聲合唱——「笠」詩選》，由高雄春暉出版社出版。

10 月　詩作〈貓的眼睛〉發表於《笠》第 171 期。

| 1993 年 | 1 月 | 16 日，〈外向性詩人的三個階段——《台灣文化秋千》自序〉發表於《自立晚報》19 版。 |

詩作〈臺灣水韭〉發表於《文學臺灣》第 5 期。

擔任臺北縣文化局「北臺灣文學」叢書系列編輯委員。

2 月　詩作〈蛇瓜〉發表於《笠》第 173 期。

3 月　17 日,〈照片檔案〉發表於《中國時報・人間副刊》27 版。

4 月　20 日,詩作〈魔鏡〉發表於《中國時報・人間副刊》27 版。

詩作〈白髮蘚〉,〈《笠》首屆年會〉發表於《文學臺灣》第 6 期。

以「花言鳥語」為題,詩作〈花的私語〉、〈天空的心〉、〈山茶花〉、〈真實的鳥〉、〈植樹〉發表於《笠》第 174 期。

5 月　4 日,〈臺灣筆會國際交流的回顧〉發表於《自立晚報・本土副刊》19 版。

6 月　〈詩人的愛和批判〉發表於《臺灣文藝》第 137 期。

詩集《祈禱》由臺北笠詩刊社出版。

詩集《黃昏的意象》由臺北縣立文化中心出版。

7 月　以「抒情三章」為題,詩作〈驟雨〉、〈煩惱〉、〈夢想的世界〉發表於《文學臺灣》第 7 期;〈懷念詩人馮至〉、〈我們只有一條長江?〉發表於《文學臺灣》第 7 期。

詩集《秋與死之憶》由北京人民文學出版社出版。

8 月　21～23 日,應韓國現代詩社之邀,出席於首爾舉辦的「1993 亞洲詩人會議首爾大會」,獲頒亞洲詩人貢獻獎。

27 日,〈黃昏的意象——關於我的詩集〉發表於《自立晚報・本土副刊》19 版。

詩作〈流浪的雲〉發表於《笠》第 176 期。

10 月　19 日,〈淡水的詩景〉發表於《自立晚報》19 版。

以「抒情四首」為題，詩作〈舞蹈〉、〈著陸的隨想〉、〈一束陽光〉、〈蠶的白髮〉發表於《文學臺灣》第 8 期；〈遠征基隆的文友情〉發表於《文學臺灣》第 8 期。

11 月　14 日，〈一隻叫臺灣的鳥——序杜潘芳格詩集《青鳳蘭波》〉發表於《自立晚報・本土副刊》19 版。。

12 月　14 日，〈選詩的偏見〉發表於《自立晚報・本土副刊》19 版。

1994 年　1 月　13 日，〈以夢形塑新共和國——關於《傾斜的島》〉發表於《自立晚報・本土副刊》19 版。。

詩作〈不死靈魂的堡壘〉發表於《文學臺灣》第 9 期。

翻譯詩集《里爾克詩集》（三冊）、卡夫卡長篇小說《審判》、葛拉軾中篇小說《貓與老鼠》，由桂冠圖書公司出版。

2 月　1 日，〈臺灣文化形成的觀察〉發表於《自立晚報・本土副刊》19 版。

3 月　12 日，〈李永沱的繪畫世界〉發表於《自立晚報・本土副刊》19 版。

22 日，〈植樹文化秀的演出〉發表於《自立晚報・本土副刊》19 版。

編譯短篇小說集《鬼溫泉》，由臺北稻禾出版社出版。

4 月　以「花草鳥獸」為題，詩作〈花的私語〉、〈黃金葛〉、〈真實的鳥〉、〈植樹〉發表於《聯合文學》第 114 期。

詩作〈心的化石〉發表於《文學臺灣》第 10 期。

5 月　11 日，〈詩人的手術刀〉發表於《自立晚報・本土副刊》19 版。

24 日，〈正名的開始〉發表於《自立晚報・本土副刊》19 版。

6月　14 日,〈觀念的模糊〉發表於《自立晚報‧本土副刊》19
版。

20 日,〈鄉村婚禮〉發表於《中國時報‧寶島副刊》34
版。

28 日,〈「北京話」什麼話？〉發表於《自立晚報‧本土
副刊》19 版。

詩作〈雲繼續流浪〉,〈三十爾笠〉發表於《笠》第 181
期。

獲第五屆笠詩創作獎。

《台灣文化秋千》由臺北稻鄉出版社出版。

《詩的見證》由臺北縣立文化中心出版。

7月　19 日,〈民主與程序〉發表於《自立晚報‧本土副刊》19
版。

8月　9 日,〈形式和本質的悖論〉發表於《自立晚報‧本土副
刊》19 版。

17 日,〈自立自強〉發表於《自立晚報‧本土副刊》19
版。

詩作〈不再為你寫詩〉發表於《笠》第 182 期。

9月　16 日,詩作〈人的組合〉發表於《自立晚報‧本土副
刊》19 版。

28 日,〈臺文通順化的意見〉發表於《自立晚報‧本土副
刊》19 版。

10月　2 日,詩作〈斷橋〉發表於《自立晚報‧本土副刊》19 版。

5 日,詩作〈颱風〉發表於《自立晚報‧本土副刊》19 版。

20 日,〈語文悖離的困境〉發表於《自立晚報‧本土副
刊》19 版。

25 日,〈自我消解的辯證〉發表於《自立晚報‧本土副

刊》19 版。

詩作〈鳥不要進來〉發表於《文學臺灣》第 12 期。

1995 年　　　1 月　　5 日,〈臺灣文化的落實和推廣——對文建會地方文化政策的建言〉發表於《自由時報》7 版。

28 日,〈文化白癡的社會〉發表於《自由時報》7 版。

詩作〈我取消自己〉,〈沉默的阿信〉、〈詩的辯證發展〉、〈我所知道的中國「臺灣文學研究」簡報〉發表於《文學臺灣》第 13 期。

〈讀閒書長大的〉發表於《中外文學》第 23 卷第 8 期。

任臺灣筆會第五屆會長,推動設立全世界第一個臺灣文學系。

2 月　　24 日,〈人格的教育　生活的教育〉發表於《民眾日報》6 版。

25 日,〈藉藝術力量走向後二二八〉發表於《自由時報》7 版。

〈殖民地詩人的典例〉發表於《笠》第 185 期。

3 月　　2 日,〈我的一票選總統〉發表於《自立晚報‧本土副刊》23 版。

18 日,〈燃燒的青春〉發表於《自立晚報‧本土副刊》23 版。

4 月　　5 日,〈畢卡索再訪陳錦芳〉發表於《自立晚報‧本土副刊》17 版。

詩作〈田園〉,〈文學家才是一流的心靈〉、〈太初有道〉、〈文學使我們死去的親人復活〉發表於《文學臺灣》第 14 期。

6 月　　〈詩的紀念冊〉發表於《臺灣文藝》第 149 期。

詩作〈我寫了一首留鳥的詩〉發表於《中外文學》第 24

卷第 1 期。

詩作〈保證〉發表於《笠》第 187 期。

獲聘為淡水文化基金會顧問。

7 月　詩作〈雪的聲音〉,〈詞句在哪兒呢？〉、〈聲音在哪兒呢？〉發表於《文學臺灣》第 15 期。

8 月　6 日,〈開放臺灣文學教育師資〉發表於《自立晚報》16 版。

24 日,翻譯莫丁歌・布瑟詩作〈我們在此〉於《中央日報》18 版;翻譯狄瑪蘭妲（Ophelia A. Dimalanta）詩作〈無遮的景觀〉於《聯合報》37 版。

詩作〈告別中國的遊行〉發表於《笠》第 188 期。

24～28 日,舉辦「1995 亞洲詩人會議臺灣日月潭大會」,擔任大會祕書長。

9 月　28 日,〈臺灣出一個吟遊詩人〉發表於《自立晚報・本土副刊》17 版。

10 月　28 日,〈終戰・解放・光復〉發表於《自由時報》6 版。

以「北歐天地」為題,詩作〈與山對話〉、〈森林中的貓〉、〈冰河塔〉、〈北極蚊子〉、〈馴鹿和白楊〉、〈冰河飆車〉、〈聖誕老人〉、〈午夜的太陽〉發表於《文學臺灣》第 16 期;〈臺灣不在的現代詩史〉發表於《文學臺灣》第 16 期。

11 月　6 日,〈詩的意識和想像——十一月臺北公車詩評析〉發表於《聯合報》37 版。

12 月　〈可以這樣濫殺無辜嗎？〉發表於《臺灣詩學季刊》第 13 期。

詩作〈詩箋〉,〈詩的意識和想像〉發表於《笠》第 190 期。

1996 年	1 月	11 日，〈散文詩的形式〉發表於《自立晚報・本土副刊》23 版。

1996 年　1 月　11 日，〈散文詩的形式〉發表於《自立晚報・本土副刊》23 版。

詩作〈人生〉發表於《文學臺灣》第 17 期。

2 月　4 日，〈務實外交以「正名」始──杜文靖著《以臺灣為名》〉發表於《自立晚報・本土副刊》17 版。

3 月　21 日，詩作〈存在的變異〉發表於《中央日報》18 版。

〈「中堅」或者「精銳」──讀「當代臺灣詩人新作展」專輯〉發表於《中外文學》第 24 卷第 10 期。

4 月　25 日，〈尊重為人權之本〉發表於《自立晚報・本土副刊》23 版。。

〈漏網的鏡頭──懷念張彥勳先生〉發表於《文學臺灣》第 18 期。

詩作〈流浪狗組詩〉連載於《文學臺灣》第 18～21 期，至隔年 1 月止。

6 月　〈臺灣現代詩的社會集體意識──談江自得近期詩中的辯證〉發表於《笠》第 193 期。

7 月　〈白色的龍眼花〉發表於《文學臺灣》第 19 期。

9 月　擔任第 19 屆時報文學獎新詩類評審。

10 月　15 日，〈詩的鏡子效果──評〈父親的年代〉〉發表於《中國時報・人間副刊》19 版。

12 月　〈詩人童年中的二二八經驗〉發表於《中外文學》第 25 卷第 7 期。

1997 年　1 月　2 日，獲頒第六屆榮後臺灣詩人獎。

4～5 日，〈論國家與國家文學〉連載於《臺灣日報》23 版。

18 日，〈讀詩使人神魂顛倒〉發表於《自立晚報・本土副刊》14 版。

〈水月、水母及其他〉發表於《文學臺灣》第 21 期。

2 月　3 日,〈詩是啥物?〉發表於《民眾日報》27 版。

詩作〈夢〉由阮美姝譜曲,於二二八 50 週年紀念會上,由劉淑玲演唱。

詩集《愛是我的信仰——中英對照一百首》由劉國棟印行出版。

4 月　3 日,〈一週好書榜——《我沒有時間了》〉發表於《中國時報‧開卷週報》42 版。

以「土耳其詩抄」為題,詩作〈伊斯坦堡晨思〉、〈歐洲和亞洲的土耳其人〉、〈安納托利亞的麥田〉發表於《文學臺灣》第 22 期。

5 月　10～16 日,赴義大利參加由文建會主辦之「臺灣與歐洲當代詩人、翻譯家會談」活動。

〈臺灣筆會十歲紀要〉發表於《臺灣史料研究》第 9 期。

編輯《陳秀喜全集》(十冊),由新竹市立文化中心出版。

6 月　翻譯 Hieda Philips 詩作〈生命中沒有了你〉於《笠》第 199 期。

與李喬、杜文靖、利玉芳、李昂、許素蘭、鄭炯明主編《一九九五／九六‧臺灣文學選》,由臺北前衛出版社出版。

7 月　以「希臘詩抄」為題,詩作〈伊奧尼亞海的夕陽〉、〈薩摩斯島〉、〈在古羅馬劇場聆聽音樂〉發表於《文學臺灣》第 23 期;以「奧德修斯小調」為題,翻譯有馬敲詩作〈在美塔摩弗西斯修道院〉、〈克諾索斯之謎〉、〈帕爾納索斯山麓〉、〈德爾斐郊外〉、〈衛城的雷神〉、〈小奧德賽〉、〈歐羅巴幻想〉、〈寓言〉於《文學臺灣》第 23 期;〈文化風景的夢幻構圖〉發表於《文學臺灣》第 23 期。

《詩的挑戰》由臺北縣立文化中心出版。

8月　詩作〈休火山〉、〈彩虹處處〉,〈化作彩筆又飛花〉發表於《笠》第 200 期。

10月　以「意大利詩抄」為題,詩作〈我住在溫布里亞的古堡〉、〈在佩魯賈劇場唸詩〉、〈在古堡樹蔭下談詩後致楊煉〉發表於《文學臺灣》第 24 期;〈詩與畫的私緣〉發表於《文學臺灣》第 24 期。

〈詩人精神領域的建立〉發表於《笠》第 201 期。

11月　1～2 日,出席由淡水工商管理學院(今真理大學)臺灣文學系與臺灣筆會合辦之「福爾摩莎的桂冠——巫永福文學會議」,發表〈巫永福詩中的風花雪月〉。

12月　加入國際作家暨藝術家協會(International Writers and Artists Association)。

1998 年　1月　以「南非詩抄」為題,詩作〈在開普敦望海〉、〈克魯格公園的一隻豹〉發表於《文學臺灣》第 25 期。

2月　〈步道上的詩碑〉發表於《笠》第 203 期。

4月　11 日,〈詩與和平〉發表於《自立晚報》3 版。

30 日,〈文質彬彬〉發表於《民眾日報‧鄉土》19 版。

以「印度詩抄」為題,詩作〈再見加爾各答〉、〈孟加拉虎〉、〈恆河日出〉、〈往喀什米爾途上〉、〈泰姬瑪哈的幽影〉發表於《文學臺灣》第 26 期;〈閱讀《小王子》〉發表於《文學臺灣》第 26 期。

《詩的紀念冊》由臺北草根出版公司出版。

5月　25 日,詩作〈等待你的誕生〉發表於《聯合報》37 版。

翻譯詩集《情愛枕邊書》,由臺北文橋出版社出版。

6月　3 日,〈詩的情義〉發表於《民眾日報‧鄉土》19 版。

9 日,〈印度與我〉發表於《自立晚報》3 版。

7 月　17～22 日，應邀參加於日本櫻美林大學舉辦之「一九八八櫻美林東京詩祭」。

23 日，〈詩的想像〉發表於《民眾日報・鄉土》19 版。

以「不丹詩抄」為題，詩作〈祈禱旗高高掛〉、〈亭布的波斯菊〉、〈揮手的不丹孩子〉發表於《文學臺灣》第 27 期。

8 月　8 日，〈東京詩祭〉發表於《自立晚報》3 版。

〈《陳秀喜全集》編輯感言及年表初編〉連載於《笠》第 206～208 期，至 12 月止。

應邀參加美國加州大學聖塔芭芭拉校區舉辦之臺灣文學國際研討會，發表〈林建隆的俳句世界〉，並擔任陳玉玲論文〈空間的詩學——李魁賢新詩研究〉講評。

10 月　22 日，〈詩的消費和生產〉發表於《自立晚報》3 版。

29 日，將一萬餘件著作、手稿、相關文物捐贈文化資產保存研究中心籌備處。

〈林建隆的俳句世界〉、〈抒情史詩的〈Atayal〉〉發表於《文學臺灣》第 28 期。

翻譯裴瑞拉詩作〈嚮往和平〉於《笠》第 207 期。

11 月　11 日，詩作〈欒樹〉發表於《聯合報》37 版。

24 日，詩作〈聽雨〉發表於《中國時報・人間副刊》37 版。

12 月　17 日，〈詩的對話〉發表於《民眾日報・鄉土文學》19 版。

26 日，〈典藏〉發表於《自立晚報》3 版。

詩作〈鸚鵡〉、〈輸血〉參加國際作家暨藝術家協會與美國俄亥俄州 Bluffton 學院合辦之「全世界人民糧食」郵政藝術展。

獲印度國際詩人月刊於第四屆印度全國詩人會議上頒贈

1997 年度最佳詩人獎。

| 1999 年 | 1 月 | 13 日,〈詩的教育〉發表於《民眾日報‧鄉土文學》19 版。 |

20～21 日,〈世紀末的希望——讀《張芳慈詩集稿》〉連載於《臺灣日報》27 版。

21 日,〈詩的理性〉發表於《民眾日報‧鄉土文學》19 版。

27 日,〈詩文透明〉發表於《民眾日報‧鄉土文學》19 版。

〈想像國家文學館二、三措施〉發表於《文訊》第 159 期。

〈一九九八年櫻美林東京詩祭〉發表於《文學臺灣》第 29 期。

2 月　6 日,〈釋林豐明的詩〈囚〉〉發表於《民眾日報‧鄉土文學》19 版。

26 日,〈進入波羅的海〉發表於《自立晚報》3 版。

〈詩的詮釋〉發表於《笠》第 209 期。

3 月　10 日,〈臺語詩文〉發表於《民眾日報‧鄉土文學》19 版。

17 日,〈臺灣文學經典何在?〉發表於《民眾日報‧鄉土文學》19 版。

18 日,〈詩的展望〉發表於《民眾日報‧鄉土文學》19 版。

24 日,〈詩的混沌〉發表於《民眾日報‧鄉土文學》19 版。

25 日,應邀於東華大學英美語文學系演講「莎士比亞講臺語」。

4 月　1 日，〈經典的標準〉發表於《民眾日報・鄉土文學》19
版。

7 日，〈文壇照妖鏡〉發表於《民眾日報・鄉土文學》19
版。

8 日，〈虛構的詩人〉發表於《民眾日報・鄉土文學》19
版。

13 日，〈作家的屬性〉發表於《民眾日報・鄉土文學》19
版。

24 日，〈釋莊柏林的一首詩〉發表於《民眾日報・鄉土文
學》19 版。

28 日，〈詩的故鄉〉發表於《民眾日報・鄉土文學》19
版。；〈臺譯暴風雨〉發表於《自立晚報》3 版。

以「西班牙詩抄」為題，詩作〈馬德里萬歲〉、〈科爾多瓦
的一幅畫〉、〈伊朗哥是誰〉發表於《文學臺灣》第 30
期；〈無意識的自我——講評陳玉玲〈空間的詩學——李
魁賢新詩研究〉〉發表於《文學臺灣》第 30 期。

5 月　12 日，〈詩的交流〉發表於《民眾日報・鄉土文學》19
版。

21～22 日，〈心事誰人知——序曾貴海詩集《臺灣男人的
心事》〉連載於《民眾日報・鄉土文學》19 版。

6 月　2 日，〈詩的良知〉發表於《民眾日報・鄉土文學》19
版。

15 日，〈酒・詩・媒體〉發表於《自立晚報》3 版。

16 日，〈預言和寓言〉發表於《民眾日報・鄉土文學》19
版。

18～19 日，〈尋找里爾克〉連載於《自由時報》41 版。

24 日，〈鸚鵡的遭遇〉發表於《民眾日報・鄉土文學》19

版。

〈臺灣文學經典的是非〉發表於《笠》第 211 期。

7 月　　1 日，〈記馬漢茂〉發表於《民眾日報‧鄉土文學》19
版。

15 日，翻譯〈高市順一郎詩集《愛的聖餐》〉，連載於
《民眾日報‧鄉土文學》19、17 版，至 8 月 6 日止。

7 日，〈笠下的一群〉發表於《民眾日報‧鄉土文學》19
版。

8 日，〈殖民地的孩子〉發表於《民眾日報‧鄉土文學》
19 版。

以「美國詩抄」為題，詩作〈天窗〉、〈大提琴〉、〈神殿〉
發表於《文學臺灣》第 31 期。

8 月　　11 日，〈文學地圖〉發表於《民眾日報‧鄉土文學》17
版。

18 日，〈詩的藝術性〉發表於《民眾日報‧鄉土文學》17
版。

25 日，〈航向愛爾蘭〉發表於《民眾日報‧鄉土文學》17
版。

26 日，〈詩的詭異〉發表於《民眾日報‧鄉土文學》17
版。

27 日，〈在遙遠的地方──給茨維塔耶娃〉發表於《自由
時報》41 版。

獲眾國政府間組織國際安全和平議會（International
Parliament for Safety and Peace Intergovernmental Organization
of the States）頒贈傑出成就獎。

9 月　　1 日，〈詩的真實〉發表於《民眾日報‧鄉土文學》17
版。

2 日,〈三十年詩選〉發表於《民眾日報‧鄉土文學》17
版。

9 日,〈臺北童話國〉發表於《民眾日報‧鄉土文學》17
版。

23 日,〈讓盛宴開始〉發表於《民眾日報‧鄉土文學》17
版。

29 日,〈戀歌──給里爾克〉發表於《自由時報》39 版;
〈詩的紀念碑〉發表於《民眾日報‧鄉土文學》17 版。

10 月　1 日,〈格拉斯與「文壇」〉發表於《中央日報》18 版;
〈遲到三十年〉發表於《自由時報》39 版。

15 日,詩作〈問天〉發表於《中國時報‧人間副刊》37
版。

17 日,〈隨大地動心〉發表於《自立晚報》5 版。

詩作〈語言遊戲〉,〈文學變局〉、〈遺照〉發表於《文學臺
灣》第 32 期。

11 月　11 日,〈臺灣文學獨立紀元〉發表於《自立晚報》5 版。

19 日,〈把冤錯化為甜美〉發表於《自由時報》39 版。

24 日,〈林中弦音的自然和表現〉連載於《民眾日報‧鄉
土文學》18 版,至 12 月 2 日止。

12 月　8 日,〈臺灣文學翻譯中心芻議〉發表於《民眾日報‧鄉
土文學》18 版。

12 日,〈美麗島詩集〉發表於《自立晚報》5 版。

23 日,出席由吳三連台灣史料基金會舉辦之「邁向二十
一世紀之臺灣民族與國家」研討會,擔任呂興昌論文〈臺
灣文學的邊緣戰鬥──以八○、九○年代臺灣文學論爭為
中心〉講評。

30 日,〈千禧年文學〉發表於《民眾日報‧鄉土文學》19

版。

詩作〈大地震〉發表於《笠》第 214 期。

翻譯莎士比亞詩劇《暴風雨》臺語版，由臺北桂冠圖書公司　出版。

本年　詩集 *Loves me or not*（Teresinka Pereira 譯）由布拉夫頓 International Writers and Artists Association 出版。

2000 年　1 月　5 日，〈歲月會流逝——給帕斯捷爾納克〉發表於《自由時報》39 版。

27 日，〈愛還是不愛〉發表於《民眾日報・鄉土文學》19 版；〈但求無愧我心〉發表於《臺灣日報》35 版。

〈臺灣文學獨立紀年〉、〈全城堡〉發表於《文學臺灣》第 33 期。

2 月　9 日，〈臺語漢字的淨化〉發表於《民眾日報・鄉土文學》6 版。

17 日，詩作〈老實話〉發表於《臺灣日報》35 版。

22 日，〈阿扁，請冷靜慎言〉發表於《自立晚報》4 版。

〈笠的歷程補述〉發表於《笠》第 215 期。

3 月　1 日，〈文學史料的變貌〉發表於《民眾日報・鄉土文學》19 版。

8 日，〈文化不是純種馬〉發表於《民眾日報・鄉土文學》19 版。

23 日，以「為笠喝采」為題，〈邁入中年期笠詩刊〉、〈笠前百期重刊本〉、〈笠的現實精神〉、〈預知笠三百期盛事〉發表於《民眾日報・鄉土文學》17 版。

29 日，〈何時打開心內的門窗〉發表於《民眾日報・鄉土文學》17 版。

4 月　5 日，〈王昶雄生日考〉發表於《民眾日報・鄉土文學》

17 版。

12 日,〈詩人借書祕聞〉發表於《民眾日報‧鄉土文學》17 版。

26 日,〈北臺灣文學營〉發表於《民眾日報‧鄉土文學》17 版。

詩作〈詩題江泰馨畫作〉,〈同鄉兮是我的名字〉發表於《文學臺灣》第 34 期。

5 月　4 日,〈自由與放縱〉發表於《民眾日報‧鄉土文學》17 版。

11 日,〈懷念王昶雄先生〉發表於《民眾日報‧鄉土文學》17 版。

22～23 日,〈現代史詩《普魯士之夜》〉連載於《民眾日報‧鄉土文學》17 版。

25 日,〈物性、人性、神性〉發表於《民眾日報‧鄉土文學》17 版。

31 日,〈虛矯的文化身段〉發表於《民眾日報‧鄉土文學》17 版。

6 月　7 日,〈想不想活下去〉發表於《民眾日報‧鄉土文學》17 版。

8 日,〈鋼筋塑型的旋律〉發表於《民眾日報‧鄉土文學》17 版。

22 日,〈玉山百態〉發表於《民眾日報‧鄉土文學》17 版。

29 日,〈活水的涓流〉發表於《民眾日報‧鄉土文學》17 版。

翻譯〈索爾仁尼散文詩集選〉,〈百年孤寂的盛事〉發表於《臺灣文藝》第 170 期。

〈自述〉發表於《笠》第 217 期。

7 月　詩作〈禱告〉發表於《文學臺灣》第 35 期。

8 月　2 日,〈什麼是孤兒性格?〉發表於《民眾日報‧鄉土文學》17 版。

9 日,〈內部統一的矛盾〉發表於《民眾日報‧鄉土文學》17 版。

16 日,〈詩言志〉發表於《民眾日報‧鄉土文學》17 版。

17 日,詩集《溫柔的美感》配合施並錫畫作連載於《民眾日報‧鄉土文學》17 版,至 9 月 30 日止。

詩作〈七里香〉、〈非洲鳳仙花〉發表於《笠》第 218 期。

翻譯索忍尼辛史詩《普魯士之夜》,由臺北桂冠圖書公司出版。

9 月　獲印度國際詩人學會頒贈千禧年詩人獎。

10 月　26 日,〈盲人照鏡子〉發表於《民眾日報‧鄉土文學》17 版。

〈解讀李敏勇〉發表於《文學臺灣》第 36 期。

11 月　1～2 日,〈詩的衝突〉連載於《民眾日報‧鄉土文學》17 版。

4 日,出席由真理大學臺灣文學系舉辦之「福爾摩莎的心窗──王昶雄文學會議」,發表〈歷史、現實、憧憬──王昶雄詩歌中的故鄉情結〉。

9 日,〈被喚醒的河流〉發表於《民眾日報‧鄉土文學》15 版。

16 日,〈臺灣人三部曲〉發表於《民眾日報‧鄉土文學》15 版。

主編《望你永遠在我心內──王昶雄先生追思集》,由臺北縣文化局出版。

12 月　6 日，〈文學的土壤〉發表於《民眾日報・鄉土文學》15
版。

14 日，〈吳潛誠的貢獻〉發表於《民眾日報・鄉土文學》
15 版。

27 日，〈臺灣文學境內出口〉發表於《民眾日報・鄉土文
學》15 版。

〈福爾摩莎的心窗〉、〈歷史、現實、憧憬——王昶雄詩歌
中的故鄉情結〉發表於《北縣文化》第 67 期。

2001 年　1 月　18 日，〈黃金印象〉發表於《民眾日報・鄉土文學》15
版。

22～23 日，〈在淡水聽海〉連載於《民眾日報・鄉土文
學》15、13 版。

詩作〈詩性〉，〈我的琉球詩旅〉、〈高行健印象〉發表於
《文學臺灣》第 37 期。

2 月　6 日，於《民眾日報・鄉土文學》撰寫「愚人手帖」專
欄，發表書評、作家介紹等文學隨筆，至 5 月 29 日止。

11 日，〈登七星山〉發表於《民眾日報・鄉土文學》15
版。

詩集《溫柔的美感》由臺北桂冠圖書公司出版。

3 月　1 日，〈夢幻湖〉發表於《民眾日報・鄉土文學》15 版。

17 日，〈太平山遇雪〉發表於《民眾日報・鄉土文學》15
版。

4 月　1 日，〈花蓮玫瑰石〉發表於《民眾日報・鄉土文學》15
版。

15 日，〈日月潭彩虹處處〉發表於《民眾日報・鄉土文
學》15 版。

詩作〈菟絲子〉，〈流亡的語詞——北島〉發表於《文學臺

灣》第 38 期。

5 月　13 日,〈玉山絕嶺〉發表於《民眾日報・鄉土文學》15
版。

31 日,〈墾丁熱帶公園〉發表於《民眾日報・鄉土文學》
15 版。

獲第十屆賴和文學獎。

6 月　16 日,臺灣北社成立,當選社務委員。

兒童文學《臺灣風景詩篇》由臺北教育部兒童讀物出版資
金管理委員會出版。

7 月　詩作〈五月詩集〉連載於《文學臺灣》第 39～43 期,至
隔年 7 月止。

獲印度國際詩人學會首度提名為諾貝爾文學獎候選人。

8 月　翻譯〈蒙塔萊詩選譯〉,連載於《笠》第 224～230 期,至
隔年 8 月止。

獲行政院聘任為國家文化藝術基金會第三屆董事。

9 月　擔任總統文化獎評審委員。

10 月　20～21 日,應邀參加由臺灣德語文學者暨教師學會於淡
江大學舉辦之第十屆年會及研討會,演講「一位跨越疆界
者的告白」。

〈不虞之譽〉發表於《笠》第 225 期。

〈我被提名諾貝爾文學獎的來龍去脈〉、〈美妙的天使之
舞〉發表於《文學臺灣》第 40 期。

翻譯《里爾克書信集》、侯篤生《里爾克傳》,由臺北桂冠
圖書公司出版。

11 月　1 日,出席由真理大學臺灣文學系舉辦之「福爾摩莎的詩
哲——林亨泰文學會議」。

9 日,〈四百年歷史一孤鳥〉發表於《自由時報》15 版。

獲聘臺灣師範大學「人文講席」駐校作家，參與「新世紀臺灣文學展望」座談會，並演講「寫出臺灣的心情與特殊性」。

應邀於中正大學文學院演講「詩人的成長」。

12 月　8～9 日，出席由行政院文建會主辦，文學臺灣基金會承辦的「葉石濤及其同時代作家研討會」，發表〈存在的位置──錦連在詩裡透示的心理發展〉。

〈《李魁賢詩集》編後記〉發表於《北縣文化》第 71 期。

《李魁賢詩集》（六冊）由臺北行政院文建會出版。

翻譯詩集《歐洲經典詩選 1──蒙塔萊／洛爾卡》、《歐洲經典詩選 2──布萊希特／波赫斯》、《歐洲經典詩選 3──塞弗里斯／夸齊莫多》、《歐洲經典詩選 4──皮科洛／尤若夫》、《歐洲經典詩選 5──聶魯達／夏爾》，由臺北桂冠圖書公司出版。

2002 年　1 月　11 日，出席行政院文化獎頒獎典禮，獲頒 2001 年行政院文化獎章。

〈談風格〉發表於《文學臺灣》第 41 期。

獲聘為淡水文化基金會董事。

獲臺北縣政府聘為文化諮詢委員會委員。

翻譯《有馬敲詩集》，由高雄春暉出版社出版。

2 月　26 日，詩作〈碑〉發表於《臺灣公論報》9 版。

28 日，〈信望愛後的二二八〉發表於《自由時報》15 版。

3 月　25 日，應邀參加於美國加州大學聖塔芭芭拉校區舉辦之「臺灣文學與世華文學」專題研討會，發表〈臺灣文學與國際交流〉。

4 月　30 日，應邀於臺北律師公會演講「詩，另類審判──越境的迂迴戰鬥」。

詩作〈五月的迷惘〉、〈五月的意象〉、〈五月的旗幟〉、〈五月的緣故〉、〈五月的繁華〉發表於《聯合文學》第 210 期。

獲印度麥氏學會（Michael Madhususudan Academy）新千禧詩人獎。

6 月　15 日，於臺南文化資產保存研究中心舉辦之「第二屆臺灣詩人節」，首演詩作〈二二八安魂曲〉第一章「寒夜」（游昌發譜曲）。

21 日，擔任第一屆玉山文學獎決審委員。

奉行政院文建會指派，獨自前往薩爾瓦多參加「薩爾瓦多第一屆國際詩歌節」。

兒童文學《花卉詩篇》由臺北教育部兒童讀物出版資金管理委員會出版。

7 月　〈一位跨越疆界者的告白〉、〈詩的回顧與眺望〉發表於《文學臺灣》第 43 期。

8 月　15 日，出席於臺南舉辦之第 24 屆鹽分地帶文藝營，獲頒臺灣新文學貢獻獎。

10 月　19～20 日，「李魁賢文學國際學術研討會」由文建會於高雄中正文化中心（今市立文化中心）舉辦，會議論文集於 12 月由文建會出版。

詩作〈薩爾瓦多詩旅〉、〈蘇奇多多的神祕〉，〈釣者不朽〉發表於《文學臺灣》第 44 期。

《李魁賢文集》（十冊）由臺北行政院文建會出版。

11 月　前往加爾各答接受麥氏學會新千禧年詩人獎，並於班加羅爾主持第七屆印度詩歌節，最後於青奈參加特為臺灣詩人訪問團策畫之「世界詩日」。

12 月　27 日，應邀於真理大學人文講座演講「詩人在社會中的

角色」。

詩集《溫柔的美感》獲美國國際作家暨藝術家協會頒贈
2002 年最佳詩集獎。

與李敏勇、路寒袖合著詩集『シリーズ臺灣現代詩Ｉ』
（上田哲二、島由子、島田順子譯），由東京國書刊行會
出版。

翻譯詩集《歐洲經典詩選 6──帕韋澤／黎佐斯》、《歐洲
經典詩選 7──帕斯／博普羅夫斯基》、《歐洲經典詩選
8──策蘭／波帕》、《歐洲經典詩選 9──博納富／瓦阿
米亥》、《歐洲經典詩選 10──赫伯特／布羅茨基》，由臺
北桂冠圖書公司出版。

2003 年	1 月	詩作〈二二八安魂曲〉,〈印度詩旅〉發表於《文學臺灣》第 45 期。
	4 月	〈鍾肇政原籍廣東嗎？〉發表於《臺灣文學評論》第 3 卷第 2 期。
		翻譯〈在印度與詩人心靈對話〉於《文學臺灣》第 46 期。
		獲聘為印度世界詩社（World Poetry）亞洲區編輯委員。
	5 月	獲印度國際詩人學會頒贈世界詩傑出獎，並再度提名為諾貝爾文學獎候選人。
	6 月	擔任印度麥氏學會詩人獎提名委員。
		結束經營 28 年的名流企業有限公司。
	7 月	翻譯〈伊拉克詩選〉於《文學臺灣》第 47 期。
		詩作〈石頭論〉發表於《聯合文學》第 225 期。
		〈回想臺灣筆會成立時〉發表於《臺灣文學評論》第 3 卷第 3 期。
	10 月	〈詩人在社會中的角色〉發表於《文學臺灣》第 48 期。

11 月　獲聘為印度麥氏學會出版委員會副主席。

12 月　率團參加於班加羅爾舉辦之第八屆印度詩歌節。

應邀參加於真理大學麻豆校區舉辦之「第一屆臺灣文學與語言國際學術研討會」，演講「臺灣文學對外交流的回顧和展望」。

獲印度詩人國際社頒贈亞洲之星獎。

翻譯《李魁賢譯詩集》（八冊），由臺北縣文化局出版。

2004 年　1 月　翻譯〈以色列詩選〉，詩作〈等待的詩〉發表於《文學臺灣》第 49 期。

翻譯詩集《歐洲經典詩選 11──翁加雷蒂／勒韋迪》、《歐洲經典詩選 12──阿赫瑪托娃／巴斯特納克》、《歐洲經典詩選 13──曼傑利斯塔姆／巴列霍》、《歐洲經典詩選 14──茨維塔耶娃／馬雅可夫斯基》、《歐洲經典詩選 15──紀廉／艾呂雅》，由臺北桂冠圖書公司出版。

3 月　獲聘為印度麥氏學會執行委員。

4 月　翻譯〈印度現代詩金庫〉，連載於《笠》第 240～243 期，至 10 月止。

〈臺灣文學長老的風範〉、〈克里希納〉、〈文學大老當如是也〉發表於《文學臺灣》第 50 期。

〈臺灣文學對外交流的回顧與展望──以個人的經驗為限〉發表於《臺灣文學評論》第 4 卷第 2 期。

5 月　〈為《笠》調整我的步伐〉、〈臺印詩交流工作室第一號公報〉、〈2003 年臺印詩交流剪報〉發表於《笠》第 241 期。

7 月　翻譯〈巴勒斯坦詩選〉，詩作〈淡水洲子灣〉發表於《文學臺灣》第 51 期。

9 月　9 日，〈在陰影的光中──法國：博納富瓦（Yves Bonnefoy,

1923-)〉發表於《自由時報》47 版。

詩作〈大自然的畫——沙勞越 Lulu 國家公園〉發表於《聯合文學》第 239 期。

10 月　詩作〈秋池〉,〈文學的容顏〉發表於《文學臺灣》第 52 期。

〈春天的電子郵件〉發表於《笠》第 243 期。

11 月　獲頒第 27 屆吳三連獎新詩類文學獎。

12 月　〈那一隻受傷的歌〉發表於《笠》第 244 期。

《詩的越境》由臺北縣文化局出版。

詩集《李魁賢詩選》(*Ли Куи Шениин яруу найргийн туувэр*) 蒙中對照本,由烏蘭巴托 Адмон XXK 出版。(Sendoo Hadaa 翻譯)

翻譯詩集《歐洲經典詩選 16——里爾克／馬查多》、《歐洲經典詩選 17——阿波利奈爾／勃洛克》、《歐洲經典詩選 18——希梅內斯／薩巴》、《歐洲經典詩選 19——坎帕納／貝恩》、《歐洲經典詩選 20——特拉克爾／佩索亞》,由臺北桂冠圖書公司出版。

2005 年　1 月　1 日,接任國家文化藝術基金會第四屆董事長。

詩作〈蝙蝠〉發表於《文學臺灣》第 53 期。

編輯詩集《印度的光與影》,由高雄春暉出版社出版。

3 月　21 日,翻譯〈遠方的波浪——外國詩精選〉於《聯合報》E7 版。

25～27 日,策畫「高雄世界詩歌節」。

翻譯詩集《印度現代詩金庫》、與許達然合譯詩集《海陸合鳴‧詩心交融——2005 高雄世界詩歌節詩選》,由高雄市文化局出版。

4 月　1 日,詩作〈五月的形影〉發表於《臺灣新聞報‧西子灣

副刊》13 版。

詩作〈羅列〉,〈美與時間的交響〉發表於《文學臺灣》第 54 期。

<table>
<tr><td>7 月</td><td>13～19 日,與臺灣詩人組團參加於烏蘭巴托舉辦第一屆
臺蒙詩歌節,獲蒙古文化基金會頒贈詩人獎章及文化名人
獎牌。
編譯「二〇〇五高雄世界詩歌節特輯」,詩作〈詠金門料
羅灣〉,〈鄭清文的邊緣發聲〉發表於《文學臺灣》第 55
期。
〈石牆子內歷史影像〉發表於《文訊》第 237 期。</td></tr>
<tr><td>10 月</td><td>〈羅浪詩作編年發現的幾個問題〉發表於《文學臺灣》第
56 期。</td></tr>
<tr><td>11 月</td><td>29 日,〈日常的艱難──評〈La dolce vita〉〉發表於《自
由時報》E7 版。
擔任第一屆林榮三文學獎新詩獎決選評審。
翻譯詩集《歐洲經典詩選 21──波德萊爾/馬拉美》、
《歐洲經典詩選 22──魏爾倫/科比埃爾》、《歐洲經典
詩選 23──韓波/卡瓦菲》、《歐洲經典詩選 24──格奧
爾格/莫根斯騰》、《歐洲經典詩選 25──梵樂希/霍夫
曼斯塔爾》,由臺北桂冠圖書公司出版。</td></tr>
<tr><td>12 月</td><td>13 日,詩作〈水晶的形成〉發表於美國《臺灣公論報》8
版。</td></tr>
<tr><td>本年</td><td>詩集《島與島之間》(Simon Patton 譯)由柏克萊 Pacific
View Press 出版。</td></tr>
<tr><td>2006 年</td><td>1 月　18 日,〈從臺灣頭繪到臺灣尾──話說《畫說福爾摩
沙》〉發表於《臺灣日報》21 版。
獲印度國際詩人學會第三度提名為諾貝爾文學獎候選人。</td></tr>
</table>

獲聘為中正大學臺灣文學研究所兼任教授，於名流書房授課。

2 月　28 日，詩作〈二二八安魂曲〉臺語版發表於《臺灣日報》21 版。

奉文建會指派，前往尼加拉瓜參加「第二屆格瑞納達國際詩歌節」。

4 月　詩作〈海浪〉發表於《文學臺灣》第 58 期。

6 月　27 日，詩作〈圍巾〉發表於《臺灣公論報》8 版。

〈詩比希望更有希望──記 2006 格瑞納達國際詩歌節〉發表於《聯合文學》第 260 期。

7 月　詩作〈有鳥飛過〉，〈詩與舞蹈的共鳴〉發表於《文學臺灣》第 59 期。

9 月　2～10 日，應邀參加於烏蘭巴托舉辦之第 26 屆世界詩人大會，獲頒蒙古建國 800 週年成吉思汗金牌、成吉思汗大學金質獎章，並獲蒙古作家聯盟頒贈推廣蒙古文學貢獻獎章與獎狀。

10 月　詩作〈夜禱〉，〈臺灣文學系設立始末〉發表於《文學臺灣》第 60 期。

11 月　30 日，詩作〈鳥鳴八音〉發表於《聯合報》E7 版。

12 月　5 日，詩作〈雪落大草原〉發表於《自由時報》E5 版。

〈詩的水流意象〉發表於《北縣文化》第 91 期。

《詩的幽徑》由臺北縣文化局出版。

本年　詩集《溫柔的美感》羅馬尼亞文本，由布加勒斯特 Editura Pelerin 出版。（Elena Liliana Popescu 翻譯）

翻譯波佩斯古詩集《愛之頌》，由臺北李魁賢書房出版。

2007 年　1 月　詩作〈姓名危機〉發表於《文學臺灣》第 61 期。

編輯詩集《戈壁與草原──臺灣詩人的蒙古印象》，由高

雄春暉出版社出版。

3 月　應基督教艋舺教會之邀，於淡水「石牆仔內」演講「詩，作為另類宗教」。

4 月　〈如有雷同，純屬巧合？〉發表於《臺灣文學評論》第 7 卷第 2 期。

以「變奏三章」為題，詩作〈圍城〉、〈和平示威〉、〈紀念館〉發表於《文學臺灣》第 62 期；〈詩，作為另類宗教〉發表於《文學臺灣》第 62 期。

詩集《溫柔的美感》俄中對照本，由臺北上慶文化公司出版。（Adolf P. Shvedchikov 翻譯）

5 月　獲開南大學聘為臺灣文化研究所諮詢顧問。

6 月　22 日，詩作〈成吉思汗的夢〉發表於美國《臺灣公論報》8 版。

詩集《安魂曲》由臺北上慶文化公司出版。

8 月　應邀參加於青奈舉辦之第 27 屆世界詩人大會。

9 月　詩集《黃昏時刻》由臺北上慶文化公司出版。

10 月　策畫「第二屆臺蒙詩歌節」，由文學臺灣基金會於高雄舉辦，邀請 13 位蒙古詩人參加。

〈琴弦始終靠記憶琤琮〉發表於《文學臺灣》第 63 期。

編輯詩集《蒙古現代詩選》，由高雄春暉出版社出版。

11 月　擔任第三屆林榮三文學獎新詩獎決選評審。

12 月　27 日，〈女性身分的確立〉發表於《自由時報》D17 版。

本年　翻譯隋齊柯甫詩集《詩 101 首》，由臺北上慶文化公司出版。

2008 年　1 月　詩作〈老人雜唸〉發表於《文學臺灣》第 65 期。

4 月　7 日，詩作〈二二八安魂曲〉臺語版由柯芳隆譜成交響樂合唱曲，許瀞心指揮，於國家音樂廳首演，並親自朗誦各

章引言。

29 日，詩作〈我的臺灣・我的希望〉發表於《自由時報》D13 版。

詩作〈擁抱土地〉發表於《文學臺灣》第 66 期。

5 月　18 日，詩作〈溫柔的美感〉、〈海韻〉、〈比較狗學〉由錢南章譜曲，於國家音樂廳首演。

6 月　6 日，詩作〈臺灣水韭〉發表於美國《臺灣公論報》8 版。

25 日，詩作〈長椅〉發表於《自由時報》D13 版。

以「臺灣意象五首」為題，詩作〈迴旋曲〉、〈看海的心事〉、〈隱藏的情意〉、〈晚霞〉、〈奏鳴曲〉發表於《聯合文學》第 284 期。

7 月　詩集《台灣意象集》連載於《文學臺灣》第 67〜74 期，至 2010 年 4 月止。

9 月　2 日，詩作〈許願〉發表於《自由時報》D13 版。

10 月　23 日，〈網開一面——舊金山灣區不打烊〉發表於《自由時報》D13 版。

11 月　25 日，詩作〈自由廣場〉發表於《自由時報》D13 版。

合譯《蒙古現代詩選》獲中國國際詩歌翻譯研究中心評選為 2008 年度國際最佳詩選。

12 月　詩集《李魁賢集》由臺南國立臺灣文學館出版。

本年　架設「名流書房」網站，將五十多年來的創作全數刊載於網站上。

2009 年　1 月　26 日，〈坐看雲起時〉發表於《自由時報》C35 版。

2 月　16 日，詩作〈悲歌〉發表於《自由時報》D13 版。

3 月　5 日，〈北社評論——還藝文界四十億〉發表於《自由時報》A13 版。

詩集 *The Hour of Twilight* 蒙英對照本，由烏蘭巴托 World Poetry Almanac 出版。（O. Tamir 翻譯）

5 月　26 日，詩作〈故鄉之歌〉發表於《自由時報》D11 版。

6 月　詩作〈火金姑〉發表於《笠》第 271 期。

7 月　1～9 日，率團參加於烏蘭巴托舉辦之第三屆臺蒙詩歌節。

〈詩的認識論〉發表於《文學臺灣》第 71 期。

編輯詩集《陳秀喜詩全集》，由新竹市文化局出版。

8 月　3 日，詩作〈在蒙古唱維吾爾情歌〉發表於《自由時報》D11 版。

詩作〈黃蟬〉發表於《笠》第 272 期。

9 月　22 日，詩作〈階梯〉發表於《自由時報》D11 版。

10 月　以「書序五篇」為題，〈懸浮的現實與虛幻——馮青長篇小說《懸浮》序〉、〈異類的作品——陳秀珍散文集《非日記》序〉、〈詩的諷刺性——郭成義詩集《國土》序〉、〈安魂為曲——漢語詩集《安魂曲》自序〉、〈黃昏的時刻已到——漢英雙語詩集《黃昏時刻》自序〉發表於《文學臺灣》第 72 期；以「蒙古風物詩」為題，詩作〈在蒙古草原徜徉〉、〈在蒙古唱維吾爾情歌〉、〈再見成吉思汗〉、〈草原天空無戰事〉、〈大草原石雕展〉發表於《文學臺灣》第 72 期。

詩作〈誰知也〉發表於《笠》第 273 期。

11 月　22 日，以「哈達詩三首」為題，翻譯哈達（Sendoo Hadaa）詩作〈蒙古文字〉、〈哈拉河——寫給一匹蒙古馬〉、〈晴朗的高原〉於《自由時報》D9 版。

主編詩集《蒙古大草原——臺蒙交流詩選》，由國立臺灣文學館出版。

	12 月	詩作〈老人孤單〉發表於《笠》第 274 期。
2010 年	1 月	〈創造性象徵形態的現代政治神話——閱讀鄭清文著《丘蟻一族》〉發表於《文學臺灣》第 73 期。

詩集《秋天還是會回頭》、《我不是一座死火山》、《我的庭院》、《安魂曲》、《台灣意象集》、《黃昏時刻》、《輪盤》、《靈骨塔及其他》，詩、翻譯合集《千禧年詩集》，翻譯波佩斯古詩集《愛之頌》、隋齊柯甫詩集《詩 101 首》、哈達詩集《回歸大地》，由臺北秀威資訊科技公司出版。

2 月　3 日，詩作〈放煙火〉發表於《自由時報》D11 版。

4 月　〈「名流詩叢」十書序〉發表於《笠》第 276 期。

傳記〈人生拼圖——李魁賢回憶錄〉連載於《文學臺灣》第 74～80 期，至隔年 10 月中斷。

5 月　詩集《黃昏時刻》獲美國國際作家暨藝術家協會頒贈最佳雙語詩集獎。

6 月　〈遊蒙古詩臺語本〉發表於《笠》第 277 期。

8 月　5 日，詩作〈鸚鵡〉、〈留鳥〉由卡瑪爾（Ahmad Kamal）譯成馬來文，於馬來西亞博特拉大學（University Putra Malaysia）詩歌節朗誦。

10 月　23 日，獲美國國際作家暨藝術家協會主席裴瑞拉博士（Dr. Teresinka Pereira）於臺灣師範大學頒贈人文榮譽博士證書。

翻譯詩集《挖掘》、裴瑞拉詩集《與時間獨處》、柯連提亞諾斯詩集《希臘笑容》，由臺北秀威資訊科技公司出版。

11 月　獲聘為美國國際作家暨藝術家協會理事。

12 月　以「八序文」為題，〈《輪盤》少作集自序〉、〈《靈骨塔及其他》增訂版自序〉、〈《挖掘》編序〉、〈《與時間獨處》譯序〉、〈《希臘笑容》譯序〉、〈臺灣藝文運動史素材〉、〈《陳

秀喜評傳》序〉、〈《寒夜三部曲》電視劇研究序〉發表於
《笠》第 280 期。

2011 年	3 月	20 日，應邀參加於臺南鹽水舉辦之「2011 臺灣詩路詩歌吟唱會」。
	4 月	19 日，於聯合國發展協會演講「詩的心聲——閱讀《臺灣意象集》」。
	6 月	詩作〈大地頌〉發表於《笠》第 283 期。
	7 月	詩作〈鐵樹雙重奏〉發表於《文學臺灣》第 79 期。
	9 月	翻譯隋齊柯甫詩集《給大家的愛》，由臺北秀威資訊科技公司出版。
	10 月	以「四序文」為題，〈《給大家的愛》譯序〉、〈《聽不到彼此》序〉、〈《生命的禮讚》譯序〉、〈《詩人的作業》序〉發表於《笠》第 285 期。 詩作〈黑貓三重奏〉發表於《文學臺灣》第 80 期。 擔任第七屆林榮三文學獎新詩獎決選評審。
	11 月	26 日，出席真理大學臺灣文學系於真理大學淡水校區舉辦之「第 15 屆臺灣文學家牛津獎暨李魁賢文學學術研討會」，獲獎並致謝詞。 獲聘為第一屆臺南市政府文學推動小組委員。
	12 月	2 日，母親李碧逝世。 〈巫永福詩的特質〉發表於《笠》第 286 期。 翻譯波佩斯古詩集《生命的禮讚》，由臺北秀威資訊科技公司出版。
2012 年	2 月	〈初識里爾克兼悼葉泥〉發表於《鹽分地帶文學》第 38 期。
	3 月	18 日，應邀參加於臺南鹽水舉辦之「2012 臺灣詩路詩歌吟唱會」，現場朗誦詩作〈樹子不會孤單〉、〈火金姑的心

聲〉。

20 日，應邀於中正大學通識教育中心演講「詩的社會意識和批判」，並朗誦詩作〈二二八安魂曲〉。

4 月　11 日，詩作〈阿富汗的天空〉發表於《自由時報》D9版。

詩作〈春天奏鳴曲〉發表於《文學臺灣》第 82 期。

〈《中國歷史演義》中的臺語用法〉發表於《臺灣文學評論》第 12 卷第 2 期。

6 月　〈里爾克書信魅力〉發表於《鹽分地帶文學》第 40 期。

7 月　17 日，詩作〈荖濃溪變奏曲〉發表於《自由時報》D9版。

詩作〈盆栽〉發表於《文學臺灣》第 83 期。

8 月　翻譯〈外國女詩人選譯〉於《笠》第 290 期。

獲蒙古世界詩歌年鑑頒贈詩獎。

9 月　15 日，於淡水古蹟園區演講「寫我淡水，思我故鄉」。

10 月　〈我翻譯德語詩的簡歷〉、〈藍色蒙古草原詩之旅〉發表於《笠》第 291 期。

詩作〈紅豆情〉發表於《文學臺灣》第 84 期。

11 月　2 日，於國立臺灣文學館演講「葛拉軾的文學」。

4 日，翻譯鈞特・葛拉軾詩作〈該說的話〉於《自由時報》D7 版。

12 月　7 日，應青平臺講座之邀，於勵馨基金會演講「從詩人里爾克談孤獨」。

〈在瑞士工作期間的一些詩情〉發表於《笠》第 292 期。

本年　詩集《黃昏時刻》羅馬尼亞文本，由布加勒斯特 Editura Pelerin 出版。（Elena Liliana Popescu 翻譯）

2013 年　1 月　〈五十年代的詩壇彗星——悼念趙宗信先生〉發表於《文

訊》第 327 期。

詩作〈乾燥花與水碓〉發表於《文學臺灣》第 85 期。

2 月　〈錦連升遐祝禱文〉發表於《笠》第 293 期。

翻譯《世界女詩人選集》，由臺北秀威資訊科技公司出版，獲美國國際作家暨藝術家協會頒贈 2013 年最佳詩選集。

獲印度 International Intellectual Peace Academy 聘為臺灣國家主事。

3 月　17 日，翻譯多喜百合子詩作〈假使〉於《自由時報》D7 版。

20 日，將 1998 至 2008 年間 449 件手稿捐贈國家圖書館。

24 日，應邀參加於臺南鹽水舉辦之「2013 臺灣詩路詩歌吟唱會」，現場朗誦詩作〈放煙火〉。

4 月　28 日，詩作〈有一隻老鼠〉發表於《自由時報》D7 版。

詩作〈老小〉，〈家園所在‧詩所在〉發表於《文學臺灣》第 86 期。

〈從詩人里爾克談孤獨〉發表於《鹽分地帶文學》第 45 期。

7 月　詩作〈石與湖〉發表於《文學臺灣》第 87 期。

8 月　〈詩的轉型〉發表於《笠》第 296 期。

9 月　22 日，詩作〈死亡咒鳴曲〉發表於《自由時報》D5 版。

10 月　〈談翻譯藝術和作品〉發表於《笠》第 297 期。

詩作〈鴿子現象〉發表於《文學臺灣》第 88 期。

11 月　《人生拼圖──李魁賢回憶錄》由新北市文化局出版。

12 月　〈憶出席亞洲詩人會議〉發表於《鹽分地帶文學》第 49 期。

2014 年　2 月　9 日，詩作〈貓的喜劇〉發表於《自由時報》D7 版。

3 月　16 日，應邀參加於臺南鹽水舉辦之「2014 臺灣詩路詩歌
吟唱會」，現場朗誦詩作〈有一隻老鼠〉、〈死亡 Sonata〉。
30 日，詩作〈日頭花〉發表於《自由時報》D7 版。

4 月　翻譯〈「世界詩人」共同宣言〉，詩作〈太陽花〉、〈我穿上
新頭衫〉、〈老木的下落〉發表於《笠》第 300 期。
率團參加世界詩人運動組織（Movimiento poetas del
Mundo）於古巴舉辦之第三屆「島國詩篇」詩歌節。
編輯詩集《臺灣島國詩篇》，由新北誠邦企管顧問公司出
版。

6 月　3 日，詩作〈高棉〉發表於《自由時報》D9 版。
8 日，應邀參加於臺北紀州庵舉辦之「本土本色・現實實
現：笠詩社創立 50 週年慶祝活動——學術論文發表會暨
座談會」。
詩集《溫柔的美感》、《黃昏時刻》俄中對照本由臺北
EHGBooks 微出版公司出版。（Adolf P. Shvedchikov 翻譯）

8 月　詩作〈古巴組詩〉發表於《笠》第 302 期。
詩集《天地之間——李魁賢台華雙語詩集》由臺北秀威資
訊科技公司出版。

9 月　任世界詩人運動組織副會長，統籌亞洲各國會務。

10 月　7～22 日，赴智利參加第十屆「詩人軌跡」國際詩歌節。
〈該說的話〉發表於《笠》第 303 期。
編輯詩集《詩人軌跡——臺灣詩篇》，由新北誠邦企管顧
問公司出版。

12 月　〈雲深不知處，只緣未居雲頂山〉發表於《笠》第 304
期。

2015 年　2 月　〈智利詩人維多夫羅鬼話〉、〈為了神的許諾，詩歌需要隱
忍多少個世紀〉發表於《笠》第 305 期。

4 月　　〈雙嘉行〉發表於《笠》第 306 期。

詩作〈予智利的情詩 20 首〉發表於《臺文戰線》第 38
期。

詩集《黃昏時刻》西中對照本，由臺北 EHGBooks 微出版
公司出版。（Manuel García Verdecia 翻譯）

6 月　　詩作〈蓮華池續曲〉,〈關於印度詩人慕赫吉〉發表於
《笠》第 307 期。

7 月　　15 日，應邀參加於臺北客家圖書影音中心舉辦之「笠友
會」，演講「中國憤怒詩人之怒」。

8 月　　〈詩創作的美麗與哀愁〉、〈逸風詩選〉發表於《笠》第
308 期。

詩集《黃昏時刻》法中對照本（Athanase Vantchev de
Thracy 譯）、《給智利的情詩 20 首》由臺北 EHGBooks 微
出版公司出版。

編輯詩集《太平洋詩路》、詩文合集《古巴詩情——島國
詩篇・前進古巴詩文錄》，由臺南西港鹿文創社出版。

9 月　　1～9 日，策畫「2015 臺南福爾摩莎國際詩歌節」。

編譯詩集《鳳凰花開時》，由新北誠邦企管顧問公司出
版。

10 月　　翻譯薩拉西（Athanase Vantchev de Thracy）詩作〈我們，在
主內永生！〉，連載於《笠》第 309～310 期，至 12 月止。

2016 年　　1 月　　29 日，應邀參加於孟加拉舉辦之 2016 卡塔克國際詩人高
峰會（Kathak International Poets Summit 2016），獲孟加拉
總理祕書長 Abul Kalam Azad 頒贈 2016 卡塔克文學獎，
會議至 2 月 5 日結束。

編輯詩集《福爾摩莎詩選》，由新北誠邦企管顧問公司出
版。

2 月　12～23 日，應邀參加於尼加瓜拉舉辦之「第 12 屆格瑞納
　　　達國際詩歌節」。
　　　〈中國憤怒詩人之怒〉發表於《笠》第 311 期。

3 月　20 日，應邀參加於臺南鹽水舉辦之「2016 臺灣詩路詩歌
　　　吟唱會」。

5 月　7 日，應邀於臺南葉石濤文學紀念館演講「在國際上推廣
　　　臺灣詩的經驗」。
　　　24 日，應邀於臺灣大學臺灣文學研究所演講「臺灣參加
　　　國際詩交流實錄」。
　　　25 日，詩作〈切格瓦拉在古巴〉發表於《自由時報》D9
　　　版。
　　　翻譯薩拉西（Athanase Vantchev de Thracy）詩集〈我們，
　　　在主內永生！〉，由臺北秀威資訊科技公司出版。

7 月　31 日，翻譯塔立克・蘇嘉特（Tarik Sujat）詩作〈我在誕
　　　生前已經擁抱死亡〉於《自由時報》D5 版。

8 月　翻譯〈日本福島大地震・海嘯・核災──森井香衣《66
　　　詩集》摘〉，〈21 世紀參加國際詩交流回顧〉發表於
　　　《笠》第 314 期。
　　　翻譯阿米紐・拉赫曼（Aminur Rahman）詩集〈永久酪農
　　　場〉，由臺北秀威資訊科技公司出版。
　　　詩集《黃昏時刻》韓中對照本（金尚浩譯）由首爾바움커
　　　뮤니케이션(주)出版。
　　　詩集《黃昏時刻》孟加拉文譯本本（金尚浩譯）由達卡
　　　Adorn Publication 出版。

9 月　1～7 日，策畫「2016 淡水福爾摩莎國際詩歌節」。
　　　編譯詩集《詩情海陸》，由新北誠邦企管顧問公司出版。
　　　獲馬其頓第 20 屆「奈姆日」（Ditët e Naimit）國際詩歌節

主席賽普・艾默拉甫（Shaip Emërllahu）授予奈姆・弗拉
謝里（Naim Frashëri）文學獎桂冠詩人。

10月　20～24 日，受邀赴馬其頓參加第 20 屆「奈姆日」國際詩
歌節。

參考資料

・李魁賢，〈作者年譜〉，《赤裸的薔薇》，高雄：三信出版社，頁 171～182。

・李魁賢，《李魁賢文集》（十冊），臺北：行政院文建會，2001 年 10 月。

・李魁賢，《人生拼圖——李魁賢回憶錄》，新北：新北市政府文化局，2013 年 11 月。

・網站：名流書房——李魁賢檔案・作者書目。最後瀏覽日期：2016 年 11 月 14 日。

http://kslee-poetinfo.blogspot.tw/search/label/%E4%BD%9C%E8%80%85%E6%9B%B8%
E7%9B%AE

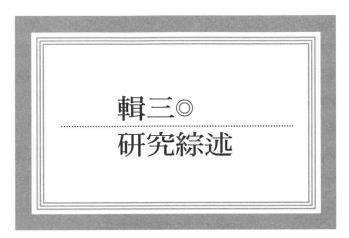

輯三◎
研究綜述

李魁賢研究綜述

◎莫渝

一、李魁賢文學的寫作

　　李魁賢的一生詩業是介入文學的典範。他的介入包括：詩創作的社會內涵、外國詩文學的引介與翻譯、個人或帶團參與及籌畫國際交流的行動等三面向的表現。他是一位文學資歷深厚的詩人。

　　1937 年 6 月 19 日李魁賢出生於日治時期臺北市太平町五町目（今涼州街），童年回淡水祖籍地石牆仔內（今淡水區忠寮里大埤頭 3 號）與祖父母同住，後返臺北，就讀太平國民學校。二戰末期，疏開回淡水，轉入水源國民學校，畢業後考入淡水初中。初中三年級下學期（16 歲）在《野風》雜誌第 54 期（1953 年 4 月 16 日）發表了第一首詩〈櫻花〉，其後繼續在《野風》及其他詩刊發表詩作。1953 年 7 月考入臺北工專五年制化工科，1958 年畢業。1956 年曾加入紀弦主導的「現代派集團詩人群」，1963 年出版第一本詩集《靈骨塔及其他》，1964 年出版第二本詩集《枇杷樹》，同年 9 月加入笠詩社，為笠的實力分子，勤奮寫詩與發表，並積極翻譯里爾克作品與德國詩。

　　此後，陸續出版詩集《南港詩抄》（1966 年）、《赤裸的薔薇》（1976 年）、《水晶的形成》（1986 年）、《永久的版圖》（1990 年）、《祈禱》（1993 年）、《黃昏的意象》（1993 年）等；散文評論集《歐洲之旅》（1971 年）、《心靈的側影》（1972 年）、《德國文學散論》（1973 年）、《弄斧集》（1976 年）、《台灣詩人作品論》（1987 年）、《詩的反抗》（1992 年）、《詩的見證》

（1994 年）、《詩的挑戰》（1997 年）、《詩的紀念冊》（1998 年）、《詩的越境》（2004 年）等；翻譯《里爾克詩及書簡》（1967 年）、《德國詩選》（1970 年）、《德國現代詩選》（1970 年）、《里爾克詩集》三冊（1994 年）等。至 2000 年，將之前的寫譯著作，重新整理出版《李魁賢詩集》六冊（2001 年）、《李魁賢文集》十冊（2002 年）、《李魁賢譯詩集》八冊（2003 年）。2000 年之後，仍繼續寫譯編，已出版「歐洲經典詩選」25 冊、名流詩叢等。

1987 年，與文友籌組臺灣筆會，推動成立臺灣文學館及院校開設「臺灣文學系」。詩業的成功，先後榮獲獎項甚多，如吳濁流新詩獎（1975 年）、中興文藝獎章詩歌獎（1978 年）、巫永福評論獎（1986 年）、榮後臺灣詩獎（1997 年）、印度國際詩人學會「千禧年詩人」獎（2000 年）、賴和文學獎（2001 年）、行政院文化獎（2001 年）、獲印度詩人提名 2002 年諾貝爾文學獎候選人、第 27 屆吳三連文學獎（2004 年）、第 15 屆真理大學臺灣文學家牛津獎（2011 年）等。

為研究方便，筆者將李魁賢的一生詩業約略分三期：初期、中期、近期。初期，從 1953 年的〈櫻花〉起至千禧年前，此期再細分三階段：第一階段，初寫詩的十年；第二階段，加入笠詩社之後；第三階段，臺灣筆會成立至世紀末。中期，新世紀的第一個十年，包含 2002 年 3 月 17 日一天完成長詩六章 228 行的〈二二八安魂曲〉，這是李魁賢詩創作的巔峰之作。近期，身兼「世界詩人運動組織（PPdM）」副會長，仍舊寫作不輟，以 2015 年完成《給智利的情詩 20 首》為新的轉折點。

在回憶錄《人生拼圖》（2013 年）結尾，李魁賢說：「只是一位平平凡凡的人，一生中拼命圖報社會的經歷，所寫無非：我看過、我想過、我作過、我努力過，盡其在我。」幾句平凡的話：「我看過、我想過、我作過、我努力過」，類似法國文學家斯丹達爾（Stendhal, 1783-1842）的「活過，愛過，寫過」。

然而，卻是非凡的作業！他的詩，無人取代；他譯介的外國詩，無人

凌駕。況且，李魁賢還繼續創作、翻譯、行動，尤其 2013 年之後，他在「世界詩人運動組織」主演的角色，讓他一生真愛的「詩業」，足以淋漓盡致的發揮與揮灑。

　　我反而想取蘇俄文學家高爾基（Maxim Gorky, 1868-1936）在 1901 年發表的〈海燕之歌〉中的海燕形容，立在臺灣特殊時空，李魁賢的文學事業就似風暴中的巨鳥，無畏地迎接狂風巨浪，自信且堅毅地飛翔在波濤洶湧的海洋。

二、李魁賢研究的進展

　　有關李魁賢研究，暫以 2000 年為界，分前期、近期回顧。前期，從寫作至 1990 年代世紀末，以詩人友朋的印象筆記居多，這也是那時期臺灣文學界生態的自然現象；近期，新世紀以來迄今，學院的學術論述增多。

　　李魁賢很早寫作，1953 年首次發表詩作。十年後，出版第一本詩集《靈骨塔及其他》（1963 年），隔年，續出第二本詩集《枇杷樹》（1964年），再兩年，又出版第三本詩集《南港詩抄》（1966 年）。連續出擊，已然登上詩壇灘頭堡，情詩與工廠詩成為青年詩人李魁賢的醒目標籤。《枇杷樹》有當時詩壇大將紀弦推薦的序言，這篇約 1400 字的序言，儼然將李魁賢看成知己好友，予以相當的肯定與評價。試摘錄數語：

> 1.心地善良，態度嚴肅，忠於文學，忠於詩。[1]（用語兩次）
> 2.……《枇杷樹》……幾乎每一首詩是為了一位名字叫「惠」的少女而寫，……讀來實在令人感動，為之太息良久，擊節不已。[2]
> 3.〈秋與死之憶〉一題三首，這樣成熟，完美而又豐富的作品，……充分地說明了他的抒情詩的才能和極善於捕捉意象的技巧。[3]

---

[1]紀弦，〈序〉，《枇杷樹》（臺北：葡萄園詩社，1964 年 7 月），頁 2。
[2]紀弦，〈序〉，《枇杷樹》，頁 2。
[3]紀弦，〈序〉，《枇杷樹》，頁 2〜3。

4.他的調子是輕快，柔和，而又帶幾分感傷的，每每給人以一種三拍子的
華爾茲的聯想。[4]

5.楓堤的詩是有所表現的，而且表現得如此之美好……[5]

　　除了紀弦的序之外，另有陳一山的〈《枇杷樹》的欣賞〉刊登於《中華
日報》副刊（1964 年 8 月 8 日）。陳文約 1700 字，先存疑紀弦序言提及
《靈骨塔及其他》的讚美，在閱讀《枇杷樹》詩集之後，全然同意紀弦的
看法，文章結尾說：「其實，像〈島與島之間〉和〈海韻〉兩篇，乃有西洋
印象主義的表現技巧，作者的表現手法：擷取靜態的印象，而賦以動態的
意境，不但構成了詩中優美而生動的畫面，並且充滿了撼人心靈的力量。
此外，還有如〈未終曲〉和〈秋與死之憶〉等各篇，大膽地作各種新技
巧、新形式的表現，這一點，便顯示出《枇杷樹》的作者，詩人楓堤未來
寫詩的生命是不會寂寞；而且必然多采多姿的。」[6]如此看來，他頗為欣賞
《枇杷樹》詩集及作者。

　　詩集《枇杷樹》出版後，同年 9 月李魁賢加入笠詩社，《笠》詩刊成為
主要發表與活動場域，《南港詩抄》即列入笠叢書，出版後相關的評介也刊
登於《笠》詩刊。先是柳文哲（趙天儀）在《笠》第 16 期「詩壇散步」推
介，第 19 期以「笠下影」論評；後於《笠》第 23 期有葉笛的綜論〈一棵
成長的枇杷樹〉，及幾位年輕詩人的合評〈剖視工程師的生活〉，此期彷彿
李魁賢研究小專輯。

　　葉笛的論述，摘錄數語：

1.他不跟隨別人搖旗吶喊，不追逐流行，不高唱口號，只是默默、孜孜不
倦地開墾著自己的園地，目不旁視地盯著自己的目標，走著自己的路，

---

[4]紀弦，〈序〉，《枇杷樹》，頁3。
[5]紀弦，〈序〉，《枇杷樹》，頁4。
[6]陳一山，〈《枇杷樹》的欣賞〉，《中華日報》，1964 年 8 月 8 日，10 版。

他是個耐得住寂寞，而在孤獨中要完成自我的詩人。[7]

2. 貫穿於其作品中最叫人感動的就是詩的「真摯性」。[8]

3. 詩人楓堤這些話，不是自負，而是做為一個永遠向上的現代詩人的真實語言。他的詩之所以愈來愈純粹，就是這種堅定的思想和自我觀照的創新精神使然。[9]

以上摘選紀弦、陳一山和葉笛的數句評語，這是 1960 年代末的青年詩人李魁賢嶄露頭角，為文壇所識及肯定的印象。1970 年代，李魁賢僅出版一冊詩集《赤裸的薔薇》（1976 年）。針對這本詩集，有四篇評介發表：趙天儀的〈孤獨的靈魂〉、林鍾隆的〈讀幾首李魁賢的詩〉、陳明台的〈生和現實的風景〉、趙迺定的〈析李魁賢《赤裸的薔薇》中數首詩〉。綜論文章也有四篇：李勇吉的〈試論楓堤的詩〉、郭亞夫（郭成義）的〈楓堤新論〉、莫渝的〈孤獨・喜悅・沉鬱〉、旅人（李勇吉）的〈論李魁賢詩中的拈連技巧〉。這八篇文章，除趙天儀與李勇吉的兩篇外，其餘六篇均登載於《笠》詩刊；且七位作者都是笠詩社成員（莫渝在 1980 年代才加入笠詩社）。登載莫渝評文同期，另有莫渝的〈創作與翻譯——李魁賢訪問錄〉。1970 年代末，《笠》詩雙月刊發行 15 年，首次集印同仁選集《美麗島詩集》，1979 年 6 月出版，收錄 36 位同仁作品，每人約 10 首及詩歷與詩觀，在此，李魁賢有比較確切的詩觀文獻。1980 年代前期，主要論評文章有《文學界》雜誌第 7 期（1983 年 8 月），刊登〈李魁賢作品討論會紀錄〉，搭配郭成義的〈李魁賢的詩人與批評家的位置〉，另有趙天儀和陳千武分別討論李魁賢的詩集《李魁賢詩選》（1985 年）、《水晶的形成》（1986 年）。1980 年代中期，臺灣與中國開始微微解凍，彼此互有往來交流，中國學者多方注意臺灣文學界與詩壇，古繼堂、杜榮根、翁奕波等人亦留意

---

[7] 葉笛，〈一棵成長的枇杷樹〉，《笠》第 23 期（1968 年 2 月），頁 56。
[8] 葉笛，〈一棵成長的枇杷樹〉，《笠》第 23 期，頁 56。
[9] 葉笛，〈一棵成長的枇杷樹〉，《笠》第 23 期，頁 60。

李魁賢的詩。1980 年代，臺灣詩界紛紛走出海島，李魁賢出版了兩冊外譯詩選《輸血》（五種外語，1986 年）、《楓葉》（日譯 64 首，1987 年）；後者引發日人興趣，先後有日本人長谷川龍生、村田春雄兩位的撰文讚美。1990 年代，跟 1980 年代後期類似，島內與中國持續注意李魁賢的詩業，小論、簡介及文學辭書登載之外，分量重的評文有：趙天儀的〈個人意識與社會意識——試論九〇年代李魁賢的詩與詩論〉、吳潛誠的〈抗議詩人李魁賢〉、顏瑞芳的〈李魁賢臺語詩的語言象徵〉、中國學者潘亞暾的〈祖國、民族、鄉土與藝術個性——讀李魁賢詩歌新作印象〉、陳玉玲的〈空間的詩學：李魁賢新詩研究〉等文。1998 年 9 月，研究李魁賢的第一部學位論文出版，不在國內，在德國。德國波鴻魯爾大學（Ruhr-Universität Bochum）東亞研究所 Thomas Kempa 的碩士論文"Deutschland und Taiwan, Der Übersetzer und Schriftsteller Li Kuixian"（德國和臺灣：翻譯者和作家李魁賢），指導教授馬漢茂（Dr. Helmut Martin）。馬漢茂教授曾編譯漢德雙文對照臺灣詩選《鳳凰木》（*Phönixbaum*），2000 年出版，選錄 46 位臺灣詩人。

　　進入新世紀，有關李魁賢研究的文獻激增。首先，中國出版兩冊專書，第一本為楊四平著《中國新即物主義代表詩人李魁賢》（2001 年），包括前言、內文十章、後記、附錄，中國文獻資料出版社，32 開本，191 頁。楊四平另有《20 世紀中國新詩主流》（2004 年）乙書，其中一章論李魁賢與新即物主義。第二本為鄒建軍、羅義華、羅勇成合著《李魁賢詩歌藝術通論》（2002 年），包括內文七章、二附錄、重要參考文獻、後記，32 開本，320 頁，中國作家出版社。

　　在國內，繼 2000 年，印度國際詩人學會頒贈千禧年詩人獎予李魁賢，隔年，更推薦提名為諾貝爾文學獎候選人，雖僅是候選人，卻引發相當的注意。接著，2002 年，獲頒行政院文化獎章。同時期，李魁賢詩文總整理出版了《李魁賢詩集》六冊（2001 年）、《李魁賢文集》十冊（2002 年）和《李魁賢譯詩集》八冊（2003 年），這些文學的作業，誠如彭瑞金所言

「象徵臺灣審視李魁賢創作位置的時點已經到來」。陸續的榮耀，激濺出兩場學術研討會及三冊學位論文。

三冊學位論文，包括：王國安碩士論文〈李魁賢現代詩及其詩論研究〉（2004 年），高雄師範大學國文研究所；張貴松碩士論文〈李魁賢詩研究〉（2006 年），成功大學中國文學研究所；陳怡瑾碩士論文〈李魁賢的詩與詩論〉（2006 年），靜宜大學中國文學研究所。

兩場學術研討會分別的論文集為彭瑞金編《李魁賢文學國際學術研討會論文集》（2002 年），收八篇論文；及真理大學人文學院臺灣文學系《第十五屆臺灣文學家牛津獎暨李魁賢文學學術研討會論文集》（2012 年），收十篇文章。前一書作者群有陳義芝、Mohammed Fakhruddin（印度）、Thomas Kempa（德國）、陳明台、三木直大（日本）、許達然（美國）、彭瑞金、江寶釵等。後一書作者群有王國安、葉衽欌、劉振琪、蔡寬義、林佩蓉、劉維瑛、楊淇竹、劉沛慈、丁威仁、陳政彥等。

另外，國立臺北教育大學應鳳凰教授編《但求不愧我心——閱讀李魁賢》，收 18 篇文章，於 2009 年出版，也是一冊「李魁賢研究」的書刊，包括影像集、小傳、論詩觀、評詩作、訪詩話、作家印象、附錄，共七單元，收 18 篇文章，作者群有王國安、李勇吉、郭楓、陳玉玲、郭成義、莊金國、羅義華、周伯乃、莫渝、葉笛、趙天儀、應鳳凰、羊子喬、陳瀅州、岩上、莊紫蓉、杜文靖、李斯棻、莊宜文等。與本彙編部分篇章重複，彼此可相互參考。

三、本彙編說明

有關「李魁賢研究」資料索引超過 700 筆，扣除不同出處重複登錄者，實得約 600 筆。從中精挑 19 篇，約 14 萬字，集錄入本書：

1.李魁賢：詩觀
2.李魁賢：我的第一本書——靈骨塔及其他

3.李魁賢：《愛是我的信仰》序——這是大家的詩

4.李魁賢：詩人童年中的二二八經驗

5.李斯棻：我的爸爸李魁賢

6.林盛彬：專訪二〇〇二年諾貝爾文學獎候選人李魁賢

7.郭成義：李魁賢的詩人與批評家的位置

8.吳潛誠：抗議詩人李魁賢

9.陳玉玲：空間的詩學——李魁賢新詩研究

10.陳義芝：李魁賢詩中的現代性

11.許達然：李魁賢詩的通感

12.王國安：李魁賢旅遊詩探析

13.王國安：「全集」之後——李魁賢 2002～2010 發表詩文探析

14.莊金國：史詩的交響

15.旅　人：李魁賢情詩與聶魯達情詩的比較

16.丁威仁：李魁賢詩學理論研究

17.葉衽榤：李魁賢旅行散文的視覺凝視與表述

18.顏瑞芳：李魁賢臺語詩的語言象徵

19.楊淇竹：茫茫渺渺，恰如親像眠夢——論李魁賢臺譯《暴風雨》中
　　的島嶼空間

　　上述 19 篇文章約略分六類：第一類六篇（1～6），為詩觀、家人印象、訪問稿，是論述李魁賢詩創作的外緣資料。第二類八篇（7～14），討論李魁賢的詩創作，是本書重點，藉由這幾篇論述，能夠進一步領會李魁賢的詩作。第三類一篇（15），是比較文學比較詩的探討。第四類一篇（16），討論詩論。第五類一篇（17），討論散文。第六類兩篇（18～19），為臺語詩與臺語外譯世界名著的探討，是詮釋李魁賢的臺語文學的理念。

　　底下，進一步說明：

　　李魁賢的文學身分證，包括詩人（詩作者）、評論家、詩論家、譯詩

家、文學譯者、散文家。

認識詩人，了解詩人，先從他的詩觀，對詩的理念開始。

20 世紀臺灣歷史事件中，1930 年霧社事件和 1947 年二二八事件重要且影響深遠。有企圖心的文學工作者，莫不取此作為寫作素材。1996 年發表〈詩人童年中的二二八經驗〉乙文，李魁賢檢視自己及多位前輩、平輩的經驗，融合自己的記憶庫，預伏了多年後在 2002 年 3 月 17 日一天內完成長詩〈二二八安魂曲〉，整首六章 228 行，228 行詩呼應二二八事件，並由作曲家柯芳隆教授譜成六個樂章的交響樂合唱曲，2008 年 4 月 7 日於國家音樂廳首演，李魁賢親自參與朗誦，後續另有臺語版。如果說從 1953 年的〈櫻花〉到 2002 年的〈二二八安魂曲〉，李魁賢的詩創作，達到第一個高峰，〈詩人童年中的二二八經驗〉一文應有橋樑意義的必要價值。李魁賢寫詩以來，接受多次訪談，有因應得獎或榮耀的即時作業，也有深度全面的接觸。林盛彬這篇文章，結合了前述兩意涵，訪談時，林盛彬正擔任《笠》詩刊主編，最能傳遞當時的氛圍。

第二類八篇（7～14），討論李魁賢的詩創作。李魁賢晚輩兼至友的郭成義，在 1970 年撰寫〈楓堤新論〉，這篇〈李魁賢的詩人與批評家的位置〉給予中肯的贊許。從美國學成歸國的吳潛誠，一方面講授英美文學，積極推銷愛爾蘭文學，另一方面親近臺灣文學，對李魁賢的詩，著眼於「抗議」。陳玉玲的〈空間的詩學——李魁賢新詩研究〉是討論李魁賢詩創作內在精神的論述。她透過法國學者巴什拉（Gaston Bachelard, 1884-1962）的空間概念，以宇宙樹的意象分析李魁賢的詩作，由此感應這位「臺灣詩人桂冠」的文學定位，算是第一篇研究李魁賢詩業的重要論文。對笠詩人的認知，通常設定鄉土氣息、現實主義、新即物等概念。穩重的李魁賢提出「現實經驗論的藝術功用導向」觀念，他所指的「藝術功用導向」即現代主義的技巧，但避開了現代主義晦澀層面。詩人學者陳義芝的〈李魁賢詩中的現代性〉乙文，就是取詩例闡釋這概念，提出了李魁賢詩中的現代性四個樣貌：創作意象小詩的美學現代性、關注社會發展的前瞻

現代性、揭露科技生活侵逼的反思現代性、衝撞僵固政治鏈條的反叛現代性。精研臺灣歷史與文學的旅美學者許達然，也是笠同仁，他的評論一向博引群書卻字字珠璣，這篇〈李魁賢詩的通感〉，先肯定「李魁賢詩融和藝術性、批判性、和社會性。」接著，借重法國詩人波特萊爾名詩〈通感〉裡觸覺（形）、嗅覺（香）、味覺（色）、聽覺（音）等感覺的諧和為先例，摘錄與全引李魁賢約 30 首左右的詩，著眼他「語言技巧裡的通感以探討他詩藝術性的精巧」。波特萊爾這首詩被當成象徵主義的宣言詩，中國學者翻譯家梁宗岱直指這首詩「帶來近代美學的福音」。無疑地，許達然這篇論文提升了李魁賢詩藝的詮釋。

　　王國安碩士論文研究李魁賢的詩與詩論《和平‧臺灣‧愛》，他的兩篇論文〈李魁賢旅遊詩探析〉和〈「全集」之後──李魁賢 2002～2010 發表詩文探析〉，從既有的基礎，更往前探究。2002 年的研討會，詩人學者陳明台發表〈風景鮮明的詩──論李魁賢的旅遊詩〉，從「詩人和旅人」的身分，考察李魁賢旅遊詩的幾個面相：風雅、飄泊、孤獨、浪漫。王文借鏡陳文，「進一步以『旅行文學』諸概念入手」；揣度詩人在異國／家鄉、他者／自我互撞互惠，在離返之間及鏡像疊影的辯證下，探析作者的立場與心志。至於另一文〈「全集」之後〉應該是首次論及李魁賢這一階段的詩作。舊作芬芳，新品更醇。〈二二八安魂曲〉甫發表，驚豔詩壇，李魁賢的好友詩人記者莊金國適時予以報導及推崇。

　　同屬笠詩人的旅人（李勇吉），撰評寫論都會討論到李魁賢。這篇〈李魁賢情詩與聶魯達情詩的比較〉是有趣及意義深遠的比較研究。一般認知，通常將李魁賢與里爾克並列討論，中國與德國的評論者都有這類比較文章，旅人跳開窠臼，取兩位詩人青春時期的情詩比較，原本情詩較偏於青年男女互動的心靈起伏，自然有趣。旅人先確認兩位均是「早熟的天才型詩人」，接著分主觀性的夢想、強烈戀情的抒發、音樂氛圍的舖陳、隱喻技巧的妙用、選材範圍、性聯想等六主題，分析探究南北半球兩詩人的異同。這樣的牽扯互比，具開創意義。意義深遠更直指敲擊既定的思考，讓

一位島嶼詩人與名聞國際的詩人並肩。旅人這篇文章於 2000 年發表，時間不曾停止，14 年後，李魁賢在 2014 年親履智利國家，並於 2015 年出版詩集《給智利的情詩 20 首》，這樣作業，似乎隱喻了旅人這篇論文有先知般的預示。

旅人在其論述《中國新詩論史》（1991 年）乙書討論李魁賢的詩論。丁威仁的〈李魁賢詩學理論研究〉一文，不在探討李魁賢詩學理論的建構，主要闡釋李魁賢的名言「現實經驗論的藝術功用導向」，兼論李魁賢的「臺灣新詩史觀」。

有關李魁賢散文書寫的研究，中國劉景蘭有〈李魁賢詩化散文藝術論〉和〈李魁賢散文的精神形態〉，臺灣學者葉衽樑有〈李魁賢旅行散文的視覺凝視與表述〉和〈李魁賢雜文的批判性〉。本彙編選葉文〈李魁賢旅行散文的視覺凝視與表述〉。作者參考里普斯（Theodor Lipps, 1851-1914）的「移情同感」（移情作用）理論，發覺李魁賢的旅行書寫，充滿人文景觀的概念，還搭配針對地景自己所寫的詩作，形成詩文相和的文學現象。標題裡的「視覺凝視」，就是指李魁賢書寫的特殊視角。

上個世紀末，李魁賢關注臺語文學臺語詩，雖然未積極創作，也接受吳潛誠的建議，完成莎士比亞戲劇第一本臺語的譯本《暴風雨》（1999 年）。學者顏瑞芳挑選李魁賢最初的五首臺語詩，解讀並提出詩語言的背後意涵，〈李魁賢臺語詩的語言象徵〉乙文是第一篇探討李魁賢臺語詩的文章；楊淇竹的〈茫茫渺渺，恰如親像眠夢——論李魁賢臺譯《暴風雨》中的島嶼空間〉也給與另一面的啟發，傳遞李魁賢對母語文學的臍蒂關聯。

四、李魁賢研究的後續期待

李魁賢的文學身分證，可以列出多重角色：詩人、散文作者、評論者、理論者、翻譯者、譯詩者、兒童詩作者、出版社負責人等，這些面向的作品都有可觀的成果。詩，是其文學主軸。就詩創作言，還可以細分幾個領域：工廠詩、家鄉詩、地景詩、旅遊詩、抗議詩（政治詩）、史詩、情

詩、臺語詩等。某些分類已有論文；史詩〈二二八安魂曲〉完成於 2002
年，隨即獲得佳響，針對這作品的嚴謹討論，仍待期盼。

李魁賢每進行一件事，都有很審慎的構思，將之當作「工程」來看，
稱為「李魁賢文學工程」，應不為過。1970 年代末 1980 年代初，臺灣兒童
文學尤其兒童詩蓬勃發展。林鍾隆（林外）、林煥彰先後分別主編兒童詩刊
《月光光》和《布穀鳥》，李魁賢熱心參與及投入編寫譯，都留有書寫的文
字記錄。研究兒童文學者不能遺漏與忽略他努力的文獻。臺語文學亦然，
李魁賢關心臺語文學臺語詩。先自己創作，還編譯名詩人的華語詩為「臺
語詩選」刊登報章雜誌。即使他的臺語詩有出現華語版，這樣雙語對照的
現象，在臺語文學裡，也值得討論。

在翻譯或譯詩言，包括外詩漢（中）譯、中詩英譯、華語詩臺（語）
譯等。換另一角度看，李魁賢文學視野、創作與行動，有其演進史：從最
初的臺灣詩人、1980 年代的亞洲詩人到新世紀的國際詩人。

延續旅人〈李魁賢情詩與聶魯達情詩的比較〉以及未集錄本彙編有關
李魁賢與里爾克的討論，作為國際詩人，這類比較文學，值得繼續閱讀。
例如，同為 15 歲的年少詩作，李魁賢的〈櫻花〉與葉賽寧〈野櫻花飄落〉
（1910 年作品）的互比討論。

早年，李魁賢出版過《弄斧集》（1976 年），是一冊譯詩研究的書刊，
取一首外國名詩幾種漢（中）譯的不同版本，進行解讀分析。李魁賢翻譯
外國詩的國別數量相當可觀，如果反轉過來，討論李魁賢的譯詩，也是比
較文學中有意義的作業。

李魁賢在詩觀〈孤獨的喜悅〉，提到：「詩人的要務：唯孤獨，唯
愛。……自然的愛，是廣被的宇宙，……是不為自己而輻射的陽光，是向
上激越流暢的樹汁。」[10]他就是「向上激越流暢的樹汁」不斷提升、不停住
腳步的詩行者。

---

[10]李魁賢，〈孤獨的喜悅〉，《笠》第 34 期（1969 年 12 月），頁 48。

　　因此，閱讀李魁賢不能只用單一鏡頭。而且，在上一世紀的文學研究，「臺灣」有相當長的歲月被蓋住，進入新世紀，「李魁賢研究」才緩慢地有了前述的一些成績。

　　就已有的出版物，不提學位論文及學術研討會論文集，應鳳凰教授在2009 年編的《但求不愧我心——閱讀李魁賢》，算是李魁賢研究的第一書，本彙編擴充加深增廣之，以此二書奠基，往後的讀者學者可以有更廣博的空間認識李魁賢。研究者自然會緊緊尾隨跟進。

輯四◎
重要評論文章選刊

詩觀

◎李魁賢

詩人的要務：唯孤獨，唯愛。自然的孤獨，是本質的流露，無防衛的沉溺，不與事物發生糾葛，是焚火自燃的柴薪，是孩童眼中驚奇的「不求甚解」，是曠野中傲立的果樹。自然的愛，是廣被的宇宙，是無遠弗屆的天地，是對鳥獸草木引為知己的熱誠，是不為自己而輻射的陽光，是向上激越流暢的樹汁。

詩人的勇決，該表現在把孤獨與愛當做命運，背在身上，當作羅網，纏繞肢體。

──〈孤獨的喜悅〉[1]

──選自笠詩社主編《美麗島詩集》
臺北：笠詩社，1979 年 6 月

---

[1]本文為笠詩社摘自李魁賢詩集《赤裸的薔薇》（高雄：三信出版社，1976 年 12 月）自序，作為詩觀。

靈骨塔及其他

◎李魁賢

　　初中三年級的時候，開始喜歡閱讀課外讀物，先是向學校圖書室借閱《開明少年》，後來自己訂閱《中學生》、《自由青年》，等到接觸《野風》的時候，才引起了寫作的欲望。

　　臺灣終戰後幾年內，文藝雜誌非常少，而《野風》是當時少數雜誌當中普受歡迎的一種綜合性文藝刊物。也許真的是初生之犢不畏虎，竟然向《野風》寄出了第一篇「作品」──充滿了少年浪漫情緒的「詩」：

　　　　殘酷的嚴冬

　　　　現出獰猙的面目

　　　　無聲無形地

　　　　把妳侵蝕得顏容憔悴

　　　　但是啊　妳

　　　　並無絲毫的灰心　畏懼

　　　　並且　時刻

　　　　在和它掙扎　博鬥

　　　　太陽終於撥開雲層

　　　　驅走了恐怖的黑暗

　　　　慈愛的春天

　　　　帶來了妳失去的青春

　　　　如今──

妳已孕育千萬的蓓蕾

在妳堅硬的軀殼

又多刻上了一道

不能毀滅的鐵壘

——〈櫻花〉

不久，竟然在《野風》54 期（民國 42 年 4 月 16 日出版）刊出，興奮得不得了。根本不懂得什麼是文學，什麼是新詩，就這樣糊裡糊塗地寫作不停，奇怪的是十有八九，順利地在《野風》上發表，竟然前後在《野風》上寫了八年，但一直未和《野風》的編輯田湜先生謀面，倒是在他交卸編務後，才偶然碰見。

初中畢業，考上工專，並未因學工而放棄寫作，在學校裡還濫竽《松竹文藝》、《綠穗》等文藝刊物的編務，替何恭上、林智信先生的木刻配過詩，採用過現在已是鼎鼎大名的隱地先生的稿子。（當時他用柯青華本名，還在念新莊實中。）

等到工專畢業，服完預官役，也發表了一百多首詩。（老天！到底怎麼搞的？）看看別人出詩集，竟然手癢，自己出錢，用野風社的名義，出版了第一本詩集——《靈骨塔及其他》。（怎麼想到這個怪名字的？）

先是魏光森好友聽說我要印書，一口氣替我繪了三張封面，選用了其中一張。但因印刷時所託非人，配色一團糟，裝訂好後，又硬被胡亂裁切，版型完全走樣，後來又發現錯字很多，傷心透頂。除了送給朋友做紀念外，根本不敢發行。過了好幾年，才隨便塞一些給發行的書報社，為的是減輕家裡囤積的負擔。

一開始就註定了一生中出書的坎坷命運，看到別人一出書便風光一時的光彩，實在欣羨。到如今，自己還是保持著在《枇杷樹》詩集後記裡寫下的幾句話：「在詩的園地裡，我只是一隻蝸牛，獨自踽踽爬行著，獨自哼著自己寂寞的歌。」

但歌聲雖然寂寞，倒頗能自娛呢！

──選自陳銘磻編《青澀歲月》

臺北：爾雅出版社，1980 年 7 月

詩人童年中的二二八經驗

◎李魁賢

一、前言

　　英國文學理論家約翰・霍爾在〈文學社會學〉中提到：「文學是人們為理解他們的社會經驗所作的一種嘗試；因此，文學更具有證實那種特殊經驗的性質，而不僅僅闡明一種對整個社會場景的面面俱到的描述。」[1]

　　在文學與社會的對話中，霍爾寧願使用「文學是社會的參照物」這樣的觀念，優先於傳統上「文學作為社會現實的反映物」的說法。而「當文學證據得到正確使用時（作為社會的參照物而不僅僅是社會的反映物），它有時可以提供有關某些特殊事物的信息，這種信息在其他地方無法得到。」[2]

　　文學可以處理各種各樣的經驗，從個人獨特的經驗，甚至內心思維的純粹經驗，到社會普遍的經驗。但任何經驗必須要具有一種人文的共通性，或是人的可體驗性，無論是現實或想像，才能達成文學的傳達。但文學處理經驗的方式，不是全面性的描述，不是提供知識性的反映，而是以社會現實為參照物，嘗試去理解那種經驗的意義和對人類感情的效應。

　　文學對經驗的照應，往往從個人無意識的底層，浮現到個人意識層面上，無論是在創作的導向或是閱讀的導向。而被文學所投射的經驗，往往也會形成集體無意識後，浮現在社會意識的層面。個人意識來自個人經驗，集體意識則會養成社會經驗。個人意識與集體意識契合時，個人特殊

---

[1] 約翰・霍爾，〈文學社會學〉，張英進、于沛編《現當代西方文藝社會學探索》（福州：海峽文藝出版社，1987年5月），頁281。
[2] 約翰・霍爾，〈文學社會學〉，張英進、于沛編《現當代西方文藝社會學探索》，頁285。

的經驗就很容易轉化為社會普遍的經驗，而表現這種經驗的文學，就會產生社會的凝聚力。

二、鮮血染紅了故鄉的土地——明哲詩〈母親的悲願〉

在臺灣，「二二八」已經成為特定事件的專有名詞，賦有了隱喻的特殊意義，而不僅僅是一個數字，或日曆上的一個單純日子。二二八曾經是社會的禁忌，也轉化為社會的圖騰，形成臺灣社會集體悲情經驗，以及集體意識的符號和象徵。

而以二二八為素材的文學，尤其是詩，正好可以說明文學做為「社會的參照物」之表現方式，因為詩所提供的經驗，不可能全面反映社會事件的真相，但所描述或表現的心情或感覺，卻可以讓人去體會或強化對事件的理解，增加社會經驗的豐富性。而這種信息正是反映社會經驗的實錄可能無法充分提供的。

就我所知，呂興昌是第一位著文綜合論述臺灣新詩中表現的二二八。他分別引用林亨泰、明哲、李敏勇、江自得、鄭烱明的詩，總結說：「臺灣新詩中的二二八經驗，從身受創痛的先行代所表現的潛在對抗與無奈悲情，到新生代的走出悲情，邁向新生，是強而有力地見證了新臺灣人充滿自信的未來憧憬。」[3]

許俊雅繼續發揮這個論題，並擴大資料，有系統地引用十位詩人的作品，除呂興昌同樣引述的部分外，另增加引用錦連、吳新榮、劉克襄、陳黎、林燿德的作品，逐一分析詩中的涵義。引用的詩作從吳新榮（1907～1967）到林燿德（1962～1996），跨越數代，雖未就不同世代詩人作品進行歷時性和共時性的比較和歸納，但從其論文題目以約略透露出作者整理出「從困境、求索到新生」的線索，透示了詩人對二二八經驗所觀察、思考

---

[3] 呂興昌，〈再生與重建——談臺灣新詩中的二二八〉，《臺灣詩人研究論文集》（臺南：臺南市立文化中心，1995 年 4 月），頁 389～398。

和表現的傾向。[4]

　　若就不同世代的詩人對二二八經驗的表現加以比較考察，可以看出當代詩人的生活經驗透過個人意識所表現的題材、內容和方式，與後繼詩人透過社會意識的歷史詮釋，有相當明顯的演變。如果以事件為原點，去追蹤事件當時橫座標上不同年齡層的詩人，承受自事件衝擊的個人經驗，以及事件後縱座標上不同世代出生的詩人，透過社會經驗的理解，是有相當程度的不同。

　　就以許俊雅引用的詩例加以研究，二二八事件（1947）時已屆 41 歲的吳新榮，在事件後二十天，以〈誰能料想三月會做洪水〉（原詩無題，姑以第一行為題）[5]，描寫這一場災難。雖然通篇以隱喻方式表現，但也直指勇敢的青年、理智的青年、熱血的青年，被狂浪捲去了、被泥海埋去了、被崩山壓去了的空前災難。詩人痛感青年犧牲的壯烈，率直留下了見證的紀錄。這項事件的慘重，由詩人感嘆這樣的國土何時能夠再建？這樣的民族何時能夠復興？這樣的社會何時能夠新生？其絕望的破滅感溢於言表，對整個國家、民族、社會都失去了信心。對於親眼目睹事件的人，其哀傷之情竟至如此椎心刺骨。

　　詩人如以十年為一世代，由晚吳新榮一代的張冬芳（1917～1968）和吳瀛濤（1916～1971），可提供佐證剛屆而立之齡的青年見證者之心情，張冬芳在事件後躲藏了三年，忍不住在 1950 年 11 月 29 日寫下〈悲哀〉一詩，「贈張國雄君在天之靈魂」。[6]詩人悲嘆「我可憐的不是你一個人／可憐的是臺灣的人材／將被消滅了」，這幾乎是滅族之嘆，與吳新榮的心情如出一轍。張冬芳最後忿懣地反諷道：「馬場町的青草／吃了臺灣高貴的人血／

---

[4]許俊雅，〈從困境、求索到新生──談臺灣新詩中的二二八〉，「第二屆臺灣本土文化國際學術研討會──臺灣文學與社會」（臺北：臺灣師範大學文學院國文學系、人文教育研究中心，1996 年 4 月 20、21 日）。
[5]吳新榮，《吳新榮回憶錄》（臺北：前衛出版社，1989 年 7 月），頁 231～232。
[6]施懿琳、鍾美芳、楊翠，《臺中縣文學發展史：田野調查報告書》（臺中：臺中縣立文化中心，1993 年 6 月），頁 229。

一定長得很好吧」,甚至於在悲情中吶喊出:「他們已開始用血洗了/好吧!睜開眼睛看看/血債什麼人要償哪!」

吳瀛濤在事件當年所寫的詩〈在一個時期〉[7]裡,描述「白日下盡是荒廢糜爛的殘骸」,和哀嘆「啊,在那一個時期,我確曾死過了一次」,同樣表現了當時的殘破景象,和青年的自我斷絕。而在翌年所寫的另一首詩〈怒吼四章〉[8]裡,詩人直指受難者在「霹靂聲中/生命曾作一次最後的怒吼」,肯定其把生命做最終極性的演出,甚至受難後還不死心地在「深夜裡,從墳墓裡爬出來,怒吼著/滿身流濺血流的人」,倔強的生命發揮到極致。這種不平之鳴,與張冬芳相互輝映。

1910 年代出生的張冬芳和吳瀛濤,事件時正是三十出頭,詩中表現的熱血澎湃,與吳新榮冷靜旁觀的書寫詠嘆,有明顯的區別。

至於再晚一代的林亨泰(1924~)、錦連(1928~2013)和明哲(1929~2002),在事件時都已滿 18 歲,進入大學學齡階段,已算成年,對社會事物有相當程度的理解。這些 1920 年代出生的詩人,對事件所提供的見證,呈現了相當的定見。林亨泰和錦連以比較隱晦的方式表現,是因為寫作年代還是白色恐怖時代,但林亨泰在〈群眾〉[9]裡明確表達:「把護城河著色/把城門包圍 把城壁攀登/把兵營甍瓦覆沒/青苔 終於燃燒了起來」的期待和歡呼。

錦連在〈鐵橋下〉[10]裡表達了「對於青苔的歷史只是悄悄地竊語著」的委屈,卻也呈現了「河床的小石頭們 他們/只是那麼靜靜地吶喊著」的不屈服意志,「夢想著或許有這麼一天而燃起希望之星火」。

而明哲在事件後 36 年才寫下紀錄的〈母親的悲願〉[11],在「鮮血染紅了故鄉的土地」這樣揮之不去的強烈潛意識裡,已敢於公然譴責「他們貪

---

[7]吳瀛濤,《吳瀛濤詩集》(臺北:笠詩刊社,1970 年 1 月),頁 41。
[8]吳瀛濤,《吳瀛濤詩集》,頁 45。
[9]林亨泰,《見者之言》(彰化:彰化縣立文化中心,1993 年 6 月),頁 32~33。
[10]錦連,《錦連作品集》(彰化:彰化縣立文化中心,1993 年 6 月),頁 32~33。
[11]明哲,《母親的悲願》(臺北:笠詩刊社,1990 年 3 月),頁 54~55。

汙腐化／他們橫行霸道／他們強暴婦女」。

　　1947 年以後出生的詩人，事件對於他們是一段歷史，和前行代的詩人不同的是，沒有個人經驗可言，不能提供直接見證。但社會經驗卻從父祖輩的言行或遭遇，多少流入血液中，而在其成長期又遇到事件後長期的白色恐怖時代，一脈相承的肅殺氣氛，同樣醞釀個人意識，而又轉化到社會集體意識裡。於是在 1940 年代出生的李敏勇（1947～）、江自得（1948～）和鄭烱明（1948～）的詩，仍表達了類似的經驗。

　　「從那天起／我們失去了自己／不再擁有什麼，擁有的只是／淡漠的生／淡漠的死」，這種破滅的意象仍然出現在江自得的詩〈從那天起〉[12]中。但李敏勇的〈這一天，讓我們種一棵樹〉[13]已試圖走出悲情，藉植樹紀念這一天，「希望的光合作用在成長／茂盛的樹影會撫慰受傷的土地／涼爽的綠蔭會安慰疼痛的心」。鄭烱明在〈永遠的二二八〉[14]裡，同樣呼應「樸實的子民已然認清／唯有透過愛和犧牲／才能完成最後的願望」，希望由更大的寬容去治療創傷，而獲得心靈的和諧。

　　到了 1950 年代以後出生的詩人，事件拉長了歷史的距離，而社會集體意識經過政府有意的壓抑、掩蓋、淡化等等的化裝，社會經驗的記憶被大量抹消，新的一代要自己成長到有覺醒能力的時候，才會去注目到事件的內涵和意義。但經過歷史的沖刷，在後世代的詩人眼中，赫然已產生了美感距離，而事件本身有形成概念化的傾向。

　　例如劉克襄（1957～）〈小鼴鼠的看法〉中，雖然強烈描繪出「我也看見父親蠟黃的臉浮出河面，映過一具具被鐵絲穿綁的屍身，流入死潭的漩渦裡。」[15]這樣怵目驚心的場景，配合著菊花殘瓣零落的淒美，也有駁船溯河

---

[12] 江自得，《那天，我輕輕觸著了妳的傷口》（臺北：笠詩刊社，1990 年 3 月），頁 88～90。

[13] 李敏勇，《戒嚴風景》（臺北：笠詩刊社，1990 年 3 月），頁 86～89。

[14] 鄭烱明，〈永遠的二二八〉，趙天儀等編選《混聲合唱──「笠」詩選》（高雄：春暉出版社，1992 年 9 月），頁 662～663。

[15] 轉引自許俊雅，〈從困境、求索到新生──談臺灣新詩中的二二八〉，「第二屆臺灣本土文化國際學術研討會──臺灣文學與社會」。

而上、白鷺盤旋飛回沙洲的自然景觀和生命意志力。這樣的表現已進一步超出悲情的沉鬱和化解的心願，塑造了以自然的淨化去平衡殘酷的歷史事實的意象，而以祭獻似的菊花呈現了又哀傷又靜肅的慰靈儀式。

印證同世代的羊子喬（1951～）在〈該是春天為我們開門的時候〉[16]一詩描寫：「遺族們擲黃玫瑰於河中／每朵花都充滿悲慘／口喚死者的名」，直接表現了慰靈的形式和心情。羊子喬另外在〈所謂進步青年〉[17]和〈臺北的天空〉[18]描寫的都是社會經驗，而且交錯著歷史的意識和歷史還沒有解決的悲情。做為目擊證人的作者，見證的已不是事件時的場景，而是 43 年後在社會集體意識裡錯綜複雜的情緒。

陳黎（1954～）在〈二月〉[19]裡有類似的表現，雖然詩以令人悚驚的「槍聲在黃昏的鳥群中消失」開始，並且毫不婉轉地強烈指責「在祖國的懷抱裡被祖國強暴」的荒謬和罪孽，但整首詩以並列式的統一結構進行，呈現了詩人冷靜的態度，而唯一脫出結構模型的首句，和末段的「芒草。薊花。曠野。吶喊。」同樣以自然的外在情境，來消化內心的解讀，而且只有名詞的單獨斷句，可以把全部波伏的感情鎮壓住。

至於林燿德已屬 1960 年代出生的詩人，二二八要不是社會尚未真正打開悲情的情結，以致舊話重提，恐怕對於這一代都將失去任何試圖詮釋的誘因。又因出身的立場不同，對事件的解讀必然就產生不同的方向。〈二二八〉[20]一詩利用報紙各版內容的拼貼，姑不論作者意圖如何，但把臺灣近代史上糾結五十年造成社會意識激盪不已的事件，只在抄錄一大串無關緊要的報紙標題和內容後，才以一則「查緝私煙肇禍，昨晚擊斃市民二名」，若無其事地煞尾，試圖把事件極小化，甚至將社會累積的經驗一筆加以解構

---

[16]羊子喬，《羊子喬詩集——該是春天為我們開門的時候》（臺北：臺笠出版社，1995 年 12 月），頁 75。
[17]羊子喬，《羊子喬詩集——該是春天為我們開門的時候》，頁 71。
[18]羊子喬，《羊子喬詩集——該是春天為我們開門的時候》，頁 73。
[19]陳黎，《小丑畢費的戀歌》（臺北：圓神出版社，1990 年 4 月），頁 24～25。
[20]林燿德，《一九九〇》（臺北：尚書文化出版社，1990 年 7 月），頁 182～203。

的作用和效應，是極為明顯的。

　　上述許俊雅引用的詩人，以及筆者參考印證援引，從 20 世紀初、1910 年代、1920 年代、1940 年代、1950 年代，甚至 1960 年代出生的各世代都有，但獨獨缺漏了 1930 年代詩人的聲音，他們在詩中到底表達了什麼樣的二二八經驗呢？

三、心逐漸凝固為歷史的化石──李魁賢詩〈心的化石〉

　　1930 年代（1930～1939）出生的詩人，二二八事件時是 8 歲到 18 歲，正好是小學到中學的學齡，他們應該也是事件的目擊者，與事件後出生的世代所憑藉的是社會經驗的情形不同。他們和前行代詩人一樣有親歷的個人經驗，但不同的是智齡尚未完全成熟，在當時對事件的社會現實理解未盡透澈，但在小小心靈裡，仍大多留下深刻的印象。這種印象在個人潛意識域醞釀，久而久之，與社會集體意識溝通結合，形成被喚醒的很特殊經驗。

　　茲以部分詩人的作品為例，加以說明。

（一）莊柏林（1932～2015）

　　　愁霧籠罩城市

　　　城市已悲

　　　紛紛疏開草地

　　　而槍枝橫擺

　　　坎坷的路途

　　　「脫下鞋子」

　　　鞋子脫下了

　　　「留下手錶」

　　　手錶留下了

　　　砰　鐵馬與人隨聲倒地

　　　人人

奔如裹毒
的過街老鼠
逃如裹傷
的屋角蟑螂

背面高山峻嶺
前方驚濤駭浪
城市在焚燒
草地則荒蕪

往那裡走

山花仍在盛開
海魚依然在遊蕩
只是撒播的仇恨
以報復來收穫
而收穫又是一堆仇恨

——〈悲情城市〉[21]

　　事件發生時，莊柏林是臺南一中的初二學生，曾目睹其姑表兄被槍
殺，無人敢收屍，後由莊柏林父親出面料理善後，詎料受難者還被剝奪鞋
子和手錶等個人身上遺物，甚至連衣褲都被剝光，家人也被劫收者開槍喝
令威嚇，以致驚惶失措，腳踏車連人一起摔倒。

　　這個強烈的印象留在少年的潛意識裡，四十餘年後終於在詩中喚醒，
整個城市燃燒、動亂，市民四處奔竄、走投無路，愁雲慘霧的悲慘景象，
都在詩人記憶中重新浮現，而目睹四十餘年的社會經驗，使作者感嘆冤冤
相報的不得化解。

---

[21]莊柏林，《西北雨》（臺北：臺笠出版社，1991 年 5 月），頁 138～140。

　　詩中呈現的是一片兵荒馬亂的現象，與政府所要有效治理本國領土的
安民秩序原則相背反，使作者成年後嚮往法學，追求公理正義的社會。

（二）何瑞雄（1933～）

　　苦難地球上
　　　最苦難的一個角落

　　又一個為人民為正義搏鬥的
　　英雄
　　　慘死於邪惡的毒手

　　天空全暗
　　山岳與人民群眾肅然屹立

　　我們的歷史
　　舉起巨足
　　跨過槍林
　　踏碎千重血腥的鐵絲網
　　向您致敬——

　　　　　　　　　　　　　　　　　　　　——〈又一個〉[22]

　　事件發生時，何瑞雄是高雄縣立第三中學（後併入岡山中學）初一學
生，曾目睹過許多悲慘的過程和事蹟，上學途中天天經過岡山烈士余仁德
（也就是明哲在〈母親的悲願〉中描寫的主角）家門口，造成他成年後用
詩強烈批判惡政的硬骨精神。

　　二二八的陰影一直壓逼著何瑞雄，使他從 1960 年代便開始以隱喻的方
式抒發他的心情，期待光明排除黑暗。二二八相關系列作品有數十首之

---

[22] 何瑞雄，《何瑞雄作品集》，頁 113～114。

多，例如從 1968 年的〈星光〉[23]、1984 年的〈火〉[24]和〈鎮魂〉[25]，二、三十年來沒有放鬆過這個抗議的主題。

在何瑞雄的個人意識，已經把受害者塑造為「英雄」。從〈又一個〉的書寫，暗示這不是「唯一」或「第一個」，而是無數的受難者，這些在當時被刻意塗抹為叛徒的人物，早已被詩人平反，在詩性的轉化中，錯誤的語意被顛覆導正回來。

（三）趙天儀（1935～）

槍聲四起
謠言四起

把棉被杜塞四周
形成一座防空洞

爸爸進來了
媽媽畏縮地抱著妹妹

慌恐的我跟弟弟擠在一起
槍聲四起

門窗緊緊地關閉
街道上軍車隆隆地駛過

槍向前方，槍向後方
槍向左方，槍向右方

在關緊的門窗縫隙間
我凝視著一個恐怖的夜

---

[23]何瑞雄，《何瑞雄作品集》（臺南：臺南市立文化中心，1996 年 5 月），頁 99～101。
[24]何瑞雄，《何瑞雄作品集》，頁 106～107。
[25]何瑞雄，《何瑞雄作品集》，頁 107～108。

在寧靜的街道上

又槍聲四起

——〈在關緊的門窗縫隙間〉[26]

　　事件發生時，趙天儀是臺中師範附小的五年級學生。

　　童年的理解力有限，對社會事務比較隔閡，在父母的保護下，行動自然就更受到局限，只能透過門隙獲知一鱗半爪的訊息。在夜裡寧靜的街道上，前方、後方、左方、右方，到處一片槍聲，軍車隆隆駛過。軍事的蠻橫與大地的靜謐強烈對比，形成「恐怖的夜」的氣氛。

　　作者如實地記錄他童年時的個人經驗，除了那種恐怖的氣氛外，事件本身毫無觸及，因為在當時，那是超乎孩童所能體會和理解的事件。但被媽媽用棉被做成防空洞，與弟弟擠在一起躲避的記憶，是那樣的鮮明。

　　剛經歷過二次世界大戰的作者，不但有過躲防空洞的實際個人經驗，感受特別強烈，而且呈現了母親保護兒女的心切和焦灼。因為實際上棉被成不了防空洞，只是讓兒童有充實的安全感，並產生對槍聲的隔音效果，減少心靈的恐懼。

（四）李魁賢（1937～）

復課後

郭老師沒有來上課

大家很納悶

感到學校冷冷清清

個個沒精打采

剛從師範學校畢業的郭老師

從城市裡來到我們鄉下學校

擔任老師

---

[26] 趙天儀，〈在關緊的門窗縫隙間〉，《中外文學》第 25 卷第 2 期（1996 年 7 月），頁 192。

課餘帶著同學唱遊

玩躲避球　種菜勞動

戰後常因缺乏老師而改自習的課

漸漸正常

郭老師受到同學們愛戴

更特別受到林老師的喜愛

常常在一起談笑

二月末日

鄉下父老議論紛紛

城市傳來的消息

有人憤慨　有人憂心

第二天聽郭老師宣布停課

不定期放假

同學們好不容易才喜歡上課

反而感到不適應

而且不上課

一定要整天在田裡做工

累得腰直不起來

村莊裡開始動盪不安

常有不明身分的人來探路

後來聽說有人帶隊

去接收駐紮在柑仔園內

砲臺部隊的武器

聽說帶隊的就是郭老師

休假一段時間後

開始復課

大家再也看不到郭老師

卻有很多故事在流傳

有人描述他如何衝進砲臺

我們想像他跑田徑賽的速度

有人說他如何帶著木劍

制服衛兵　跳過高牆

順利進入營區

我們想像他練劍時的英武

有人說後來軍隊要抓他

他躲進大屯山

有人說看到他獨身攀山越嶺

朝海邊的方向

郭老師失蹤了

我們終於又回到沒有老師的日子

只有林老師有時來代課

但有人說她從此沒有笑容

臉色漸漸蒼白

後來林老師調走了

聽說回到城市裡

我們鄉下學校只剩下校長和教導

——〈老師失蹤了〉[27]

　　事件發生時，李魁賢是淡水水源國小三年級學生。鄉下地處偏僻，沒有直接受到動亂波及，但感染到「鄉下父老議論紛紛」，關心「城市傳來的

---

[27] 李魁賢，〈老師失蹤了〉，《首都早報》，1990 年 3 月 4 日。

消息／有人憤慨　有人憂心」這種不平靜的氣氛，而切身不可磨滅的印象是，哥哥剛好到臺北外婆家，父母對其安危的焦急惶惶不可終日的情緒，以及後來清鄉時，下課途中被軍隊隔空放槍的恐懼。

　　然而，最使作者耿耿於懷的是，受學生愛戴的老師在事件後失蹤了。由於孩童對事件內容，以及老師行動和參與的過程，不盡明瞭，故詩中處處以「聽說」、「有人描述」、「有人說」的辭彙。這種「傳說」雖然不是作者親眼目睹，但在鄉下風土比較閉塞，人際間率皆熟悉，且對老師的敬重，消息是確實的，並非捕風捉影。

　　而當時許多中小學老師正當青壯年紀，不是躲避追捕，便是被逮或無辜受害，損失精英的社會，在鄉村學童的記憶裡留下鮮明的紀錄。而作者記憶中失蹤的老師「英武」類型，與何瑞雄對受害者的「英雄」塑像，相互呼應。

　　作者對事件的印象，在另一首〈斷橋〉[28]中，也留下了下列鏡頭：

　　斷橋猶如那年二月後

　　橋下戲水聲

　　驀然被一陣陌生的槍聲扼殺

　　穿異樣制服的散兵湧至

　　村中父老徒手驚惶逃竄

（五）岩上（1938～）

　　午時

　　阿彌陀寺的鐘鼓啞然靜默

　　釋迦牟尼的眼神也肅穆

　　　記得那年那天午時

---

[28]李魁賢，〈斷橋〉，《自立晚報》，1994 年 10 月 2 日。

　　　太陽由蒼白再轉為灰暗

通往吳鳳鄉的吊橋已斜斷
拎著溪岸的冷風飄搖
　　記得那年那天午時
　　一群人牆騷動後全部驚慘愕倒

悠緩的八掌溪汙水
不再清冽
帶著哭訴的嗚咽
　　記得
　　那年那天午時
　　一陣槍聲
　　濺出了一灘一灘的血漬

獨立路中央的紀念碑
孤零零的
畏縮著矮小三角菱型的姿態
張望迅速擦身而過的車輛
如冤死的幽魂
　　記得
　　那年那天午時
……

午時
石碑的暑影隨太陽而縮短
希望那陰影不再伸長

　　　　　　　　　　——〈二二八事件紀念碑觀感〉[29]

<hr>

[29]岩上，〈二二八事件紀念碑觀感〉，《自立早報》，1991 年 2 月 27 日。

　　事件發生時，岩上為嘉義崇文國小二年級學生。由於年紀小，被父母限制在家，不准外出以免無辜受到池魚之殃。其實在那種人心惶惶的時期，孩童再少不更事，也會敏感那種不凡的危機氣氛，不敢拋頭露面到處亂跑，因此對事件亂象沒有直接目睹的印象。

　　可是在事件後大逮捕時期，善良人民在街頭集體處決的高壓恐嚇手段，卻在幼小心靈中無法抹消，以致在 45 年後執筆為詩時，「那年那天午時」槍決的處置行動，深植腦中，那重要時辰在每一詩節裡重複出現。

　　其他印象大概已漸模糊，所以詩中的景象是 45 年前後的景象交叉出現，表達了事件在個人經驗裡既陌生又熟悉的投射，而在社會經驗的對照下，卻是日愈鮮明的歷史標記。所以，到了詩末，個人經驗逐漸淡化，欲語還休，言不盡意，用點線虛幌帶過。而成年後已邁入中年的詩人，能以比較隔離的冷靜思考，表達走出悲慘陰影的心願。

（六）龔顯榮（1939～）

我的屋頂開一天窗
夜夜我透過天窗向外凝望
凝望那一片黑暗
我沉思黑暗幾時會出現曙光
我沉思黑暗還要帶給人類多少哀傷

父親的墳墓上也開一天窗
他的骨骸亦怔怔地凝望外面的黑暗
四十年來他夜夜在沉思兒孫們是否看到亮光
感嘆多少人的血汗揮灑在黑幕上
他知道有數不盡的愛心試圖撥開重重的苦難
他們不會要別人的眼不會要別人的牙
他們只祈求生存的空間更遼闊更開朗
他們只要兒孫們了解為甚麼流血流汗在這塊土地上

　　有人說要怎麼收穫就怎麼栽

　　而怎麼栽也都受到莫名的殘害

　　究竟誰心裡有愛

　　究竟誰誠摯地撫慰過受創心靈的傷痛

　　無辜的受難者伸展多少苦難在我們身上

　　沒有人了解那個夢魘的真相

　　長久蟄伏的迷惑仍在陰影裡閃爍

　　噤聲不語期盼遮蓋悲劇黑幕的揭開

　　我的屋頂開一天窗

　　四十年前父親從天窗逃難一去不返

　　父親墳墓上開一天窗

　　請你良知上也開一天窗

　　天窗外面的黑暗總有一天會透進五彩的光芒

——〈天窗〉[30]

　　事件發生時，龔顯榮是臺南市永福國小一年級的學生，由於父親參與事件，擔任宣傳組副組長，曾向市民廣播，成為被逮捕對象，由於友好的催促，離家避過風頭二、三個月，抵禦不了思家之情，全身邋遢地從屋頂天窗溜回家，可是被憲警得悉前來圍補，不得已又從天窗逃竄。雖然僥倖逃脫，卻從此一輩子蹉跎，無法安穩做事或經營事業。

　　親眼目睹這一幕苦難的龔顯榮，又要忍受母親和自己被憲警威脅強逼的驚嚇，在個人意識裡醞釀 42 年，終於發而為詩，而為他贏得吳濁流新詩獎。

　　「天窗」成為龔顯榮個人意識中和詩表現上的一個原型，在作者的意念中，天窗既是父親逃難的管道，留下一片黑暗，又是仰望天明，期待父

---

[30]龔顯榮，《天窗》（臺北：笠詩刊社，1990 年 3 月），頁 3～5。

親重新回家的窗口。而對於一生因而齎志以沒的父親，儘管墳墓裡是黑暗的世界，可是外面的世界卻是更為黑暗。

四、天窗外面的黑暗總有一天會透進五彩的光芒──龔顯榮，〈天窗〉

由上述可知，以二二八事件為中心，親身經歷過事件時段的詩人，以個人的經驗書寫提供見證，感受直接而強烈，顯示個人意識的運作。而這種特殊經驗已成為臺灣社會經驗，但在壓抑下，進入社會集體無意識的領域。

二二八事件後才出生的詩人，沒有個人的經驗，但因社會經驗的累積，終於在個人無意識層具現為對事件理解以及對歷史型塑過程目睹和體會的個人經驗，他們同樣嘗識理解社會經驗而進行文學創作。

但無論前行代詩人從個人經驗出發，戰後世代從社會經驗出發，詩是做為社會參照物來表現，從詩雖然看不出整個事件的來龍去脈或過程，但詩所呈現的社會現象和人民心情的反應，卻能在閱讀或闡釋過程中清楚顯現。

當然個人意識不同會改變對事件的解讀，但社會經驗所型塑的社會意識，是由社會群體中的多數個人經驗匯聚而成，其中縱或有獨特個人意識的經驗，然而脫離社會集體的個人意識，往往即喪失現實的主體，而失去與社會精神結構的同源性。

而以 1930 年代出生，在事件時正當童年的詩人組群中，有一些共同的特性，可以稍加歸納敘述。

（一）戰爭的印象

雖然二二八事件時，二次世界大戰（1939～1945）剛結束兩年，可是在戰爭時期，聽得到飛機和高射砲聲，卻因為美軍的跳島戰術，在臺灣島嶼陸地上未有遭遇戰，故似乎沒有聽過槍聲。

而詩人童年中的二二八經驗，最強烈的印象是槍聲。例如：「砰　鐵馬與人隨聲倒地」（莊柏林），「跨過槍林」（何瑞雄），「槍聲四起」（趙天儀），「驀然被一陣陌生的槍聲扼殺」（李魁賢），「一陣槍聲／濺出了一灘一

灘的血漬」（岩上）。這大概是一方面童年缺乏目擊鏖戰的視覺經驗，故在稍微隔離的情況下，聽覺經驗成為強烈的印象，另一方面，槍聲可能是孩童最恐怖的意象，故記憶特別深刻。

　　1920 世代及以上的詩人，按理應該有更多槍聲的回應，但只有吳瀛濤的〈怒吼四章〉（「有人向黑夜開槍」），和明哲的〈母親的悲願〉（「在一陣槍聲中倒下去」），其餘的引例中沒有出現。一種可能性是，他們目擊悲慘鏡頭的視覺哀痛超過槍聲的聽覺衝擊，因此，槍聲反而變成不是強烈到念念不忘的程度。

　　至於事件後出世的詩人作品中，只有在陳黎詩中出現「槍聲」卻是「在黃昏的鳥群中消失」，不像 1930 世代的詩人作品中，槍聲噴血緊逼身邊的鮮明災難。槍聲從詩人童年的經驗中一直存在到在詩中重現，像揮之不去的夢魘一般，不能擺脫。

（二）人物的失落

　　童年世界範圍較小，認知的人物和事物都是比較有切身關係，而這種關係的失落，對孩童世界割裂的嚴重性更為重大。

　　莊柏林描寫表兄遇害後，處理遺體時，連鞋子和手錶也被劫收，是人權和物權的雙重喪失。何瑞雄描寫又一個受難者「慘死於邪惡的毒手」，人的生命被剝奪。李魁賢描寫受敬重的老師，是童年心目中的英雄造型，但這位英雄保護不了社稷，終於失蹤了，下落不明。岩上描寫「一群人牆騷動後全部驚愕震倒」，成為「冤死的幽魂」。龔顯榮描寫父親從天窗逃脫後，從此在他的生活圈裡消失。

　　人的生命和物的權利被剝奪、驅逐或隔離，是一種主權的割棄。而這種主權的割捨直接影響童年成長後的歲月裡，對引發事件的政府主權的對立，個人潛意識的作用，使這些詩人都培養出異議性的反骨風格。

　　當然，1920 世代或以前的詩人也同樣建立反抗的素質，然而有所不同的是，在成年人的眼中所看到的社會現象，比較有全面性的理解和觀照。因此，在他們的詩中描寫的不但是喪生，還牽涉到整個社會生機的淪喪，

而不止是個人的失蹤而已。

（三）精神的異化

二次世界大戰後，剛脫離戰爭威脅陰影的臺灣人民和社會，正期待恢復秩序，展開民主的生活。可是事與願違，事件的發生不但使希望破滅，甚至形成了精神的異化，而與政權體制疏離的心態。

詩人描寫的是「愁霧籠罩城市」（莊柏林），「天空全暗」（何瑞雄），「門窗緊緊地關閉」（趙天儀），「橋墩基層以下礫石盡失」（李魁賢），「悠緩的八掌溪汙水／不再清冽」（岩上），「長久蟄伏的迷惑仍在陰影裡閃爍」（龔顯榮），在在表現了不和諧的現實狀態。

詩人童年中強烈震撼的心靈傷害和經驗，造成對體制的疏離，在潛意識裡成為障礙壁壘，日後建構成反骨詩人的精神基盤。

在前行代和戰後世代的詩人作品中，同樣有這種疏離的現象，例如：「多次挫折之後他們一直蹲著從未站起來／習慣於灰心和寂寞」（錦連），以及「從那天起／我們失去了自己／不再擁有什麼」（江自得）。

這便是臺灣社會精神結構缺乏凝聚力的根源。解除疏離的現象，不能靠遺忘付之流水，詩人表達了個人和社會的呼聲。例如：「最需道歉的時候／他們依然說／讓過去忘記過去／而真能忘記嗎」（莊柏林〈二二八〉）[31]，以及「悲傷的心要知道真相的時候／只說對不起對不起／而不說明真相／……／心逐漸凝固為歷史的化石」（李魁賢〈心的化石〉）[32]。

（四）重建的展望

儘管臺灣詩人童年的二二八經驗，在個人記憶中漸漸化為無意識，可是在匯聚形成社會集體意識的過程中，詩人也在努力淨化自己，企圖從驚嚇危疑和疏離的精神結構中，解脫走向社會秩序的重建。

「只是撒播的仇恨／以報復來收獲／而收獲又是一堆仇恨」（莊柏林）。所以何瑞雄在詩〈鎮魂〉裡，倡議在我們的大地種樹，為全部死難者

---

[31] 莊柏林，《西北雨》，頁 141～142。
[32] 李魁賢，〈心的化石〉，《文學臺灣》第 10 期（1994 年 4 月），頁 193。

鎮魂，「要讓他們繼續活在／他們所愛的鄉土／更要讓他們繼續活在／世世代代生息者的心坎」。這個心願和戰後世代的李敏勇〈這一天，讓我們種一棵樹〉的心情和願望如出一轍。

在李魁賢的詩〈斷橋〉中也肯定了「又一代在記憶的荒蕪中摸索／修築斷代史」的努力。岩上期待「石碑的暑影隨太陽而縮短／希望那陰影不再伸長」。而龔顯榮更直接表明，希望「天窗外面的黑暗總有一天會透進五彩的光芒」。

這樣的期待在前行代詩人作品中，除了錦連「夢想著或許有這麼一天而燃起希望之星火」，顯示毫無把握的猶豫「夢想」外，幾乎都不存在的，可見事件對當時已是成年的世代而言，是令人徹底灰心而絲毫不敢寄以任何奢望。

至於事件後才出生的世代，由於沒有個人親身的經驗，而在社會醞釀寬容意識的情況下，在歷史距離的緩衝沖淡下，也大多燃起重建的希望之星火。像李敏勇透過種樹的實踐，相信「樹會盤根土地／守護我們的島嶼／綠化我們生存的領域」，鄭炯明堅決認為「唯有透過愛和犧牲／才能完成最後的願望」，而羊子喬也期盼「鼓舞島民找回自己的尊嚴／從腐敗的政權尋出一線生機」。

五、後語

約翰・霍爾認為文本與社會對話的結果，一方面可以文學參照社會的方式，提供合法的社會證據，另方面，對社會背景的認知，可以幫助文學作品文本的理解。[33]

對於二二八經驗，親身經歷過事件的詩人，由於擁有個人切膚的經驗，成為實實在在的見證人，其中以事件時已是成年的詩人，大多有或多或少在行動或感情上的直接介入，與事件的心理距離近，感受性特別強，

[33]約翰・霍爾，〈文學社會學〉，張英進、于沛編《現當代西方文藝社會學探索》，頁265。

灰心喪志忒深，不但個人立身處世的立場發生動搖，甚至於對社會、國家
能否重建都表示懷疑，但發言的態度和意思的表達，卻是確定而堅決的。

　　而事件時猶是童年的 1930 世代，雖然當時年少，對事件卻都留下負面
的印象和記憶，由於是孩童旁觀的立場，與事件的心理距離遠，發言比較
傾向不確定的口氣。

　　若以所舉詩例內容觀之，反而前行代明哲的〈母親的悲願〉趨近 1930
世代詩人的表現，而何瑞雄的〈又一個〉則接近 1920 世代詩人的風格。

　　至於事件後出生的世代，對事件的理解只能從社會經驗去吸收和轉
化，其中 1940 世代的詩人在歷史距離上較近，仍有強烈的感受表現，但在
減少壓力的心理距離上有較能解除負擔的想法。

　　其實走出悲慘的念頭，在 1930 世代詩人中已經萌發，故在歷史進程的
譜系上，對二二八經驗的反映，1930 世代的詩人正好是從前行代的失望，
過渡到後世代的希望。

　　至於 1950 世代或更晚的詩人，歷史和心理距離更遠，逐漸有把事件做
為概念在處理的傾向。

　　總之，臺灣詩人童年中的二二八經驗，多少在詩中留下回憶性的紀
錄，可以印證文學做為社會參照物的一個觀念，而在詩表現個人經驗和社
會經驗衍發的詩情，以及可能由經驗形成意識的過程，也值得嘗試做分析
和歸納的探索。

——1996 年 4 月

引用書目

・羊子喬，《羊子喬詩集——該是春天為我們開門的時候》，臺北：臺笠出版社，
　1995 年 12 月。

・何瑞雄，《何瑞雄作品集》，臺南：臺南市立文化中心，1996 年 5 月。

・江自得，《那天，我輕輕觸著了妳的傷口》，臺北：笠詩刊社，1990 年 3 月。

・呂興昌，〈再生與重建——談臺灣新詩中的二二八〉，《臺灣詩人研究論文集》，臺

南：臺南市立文化中心，1995 年 4 月，頁 389～398。

• 李敏勇，《戒嚴風景》，臺北：笠詩刊社，1990 年 3 月。

• 李魁賢，〈老師失蹤了〉，《首都早報》，1990 年 3 月 4 日。

• 李魁賢，〈心的化石〉，《文學臺灣》第 10 期，1994 年 4 月，頁 193。

• 李魁賢，〈斷橋〉，《自立晚報》，1994 年 10 月 2 日。

• 吳新榮，《吳新榮回憶錄》，臺北：前衛出版社，1989 年 7 月。

• 吳瀛濤，《吳瀛濤詩集》，臺北：笠詩刊社，1970 年 1 月。

• 岩上，〈二二八事件紀念碑觀感〉，《自立早報》，1991 年 2 月 27 日。

• 林亨泰，《見者之言》，彰化：彰化縣立文化中心，1993 年 6 月。

• 林燿德，《一九九〇》，臺北：尚書文化出版社，1990 年 7 月。

• 明哲，《母親的悲願》，臺北：笠詩刊社，1990 年 3 月。

• 施懿琳、鍾美芳、楊翠，《臺中縣文學發展史：田野調查報告書》，臺中：臺中縣立文化中心，1993 年 6 月。

• 張英進、于沛編，《現當代西方文藝社會學探索》，福州：海峽文藝出版社，1987 年 5 月。

• 莊柏林，《西北雨》，臺北：臺笠出版社，1991 年 5 月。

• 陳黎，《小丑畢費的戀歌》，臺北：圓神出版社，1990 年 4 月。

• 許俊雅，〈從困境、求索到新生——談臺灣新詩中的二二八〉，「第二屆臺灣本土文化國際學術研討會——臺灣文學與社會」，臺北：臺灣師範大學文學院國文學系、人文教育研究中心，1996 年 4 月 20、21 日。

• 趙天儀等編選，《混聲合唱——「笠」詩選》，高雄：春暉出版社，1992 年 9 月。

• 趙天儀，〈在關緊的門窗縫隙間〉，《中外文學》第 25 卷第 2 期，1996 年 7 月，頁 192。

• 錦連，《錦連作品集》，彰化：彰化縣立文化中心，1993 年 6 月。

• 龔顯榮，《天窗》，臺北：笠詩刊社，1990 年 3 月。

——選自《笠》第 198 期，1997 年 4 月

這是大家的詩

◎李魁賢

約二個月前，有一天早上我到達辦公室，看到傳真機上收到來自匈牙利布達佩斯的稿件，一看是我的詩被譯成英文，出乎我的意外，再看是摯友劉國棟所譯，更是出乎我的意外。

和國棟結交二十年，他是一位積極進取的人，行跡走遍天下，在歐、美長期居留。他勇於創業，開拓市場，但他似乎經常不安於室。我知道他追求的不是輝煌騰達的事業，而是豐富的心靈饗宴。

我們似乎氣味相投，同樣是一肚皮不合時宜，但都生活得很愉快，以最低的生活條件充分發揮最大的生活空間，所以我們彼此都常自由自在，在世界地圖上旅行或在詩的領域裡遨遊。

但國棟不像我只沉溺在文學的天地裡，他每到一個地方，很快就會結交當地的工商和政界人物。他充分表現了經略和外交的才幹，可以說廣交天下。他在布達佩斯接待過臺灣的各方人馬，令人印象深刻的是，他在匈牙利美女和政客間同獲人緣。

國棟在匈牙利閱讀東歐詩人作品，體會到詩表現社會意識「軟中帶硬」的強撼效果，回頭尋求臺灣詩人同樣的心靈軌跡。於是，他在幾千里外的異國，反而與我更為接近了。詩帶有這樣弔詭的意味，使人形體間隔愈遠，心靈距離愈近。

我的詩雖被譯成英、日、德、韓、荷蘭、尼泊爾、塞爾維亞、羅馬尼亞、希臘等各種文字，也在紐西蘭、加拿大、荷蘭、印度等國的文學雜誌上發表而獲得外國讀者的回響，但畢竟還是零零星星。1987 年日譯詩集

『楓の葉』的出版算是比較有點規模。

國棟興起要把我的詩譯成英文選集的念頭後，就開始積極進行。我常常一大早就會接到他從布達佩斯傳回來的譯稿。等到他知悉我獲得第六屆「榮後臺灣詩獎」的消息後，他乾脆就束裝回到臺灣，全力打拼為我的詩做英譯工作，日以繼夜，展現了他創業的戰鬥精神。

詩在臺灣被玩弄成文字遊戲的雕蟲小技，由來已久。但詩絕不是文字或語言的組合而已。在臺灣的著名詩人經常披著語言技巧的魔術外衣，但精神空洞無物，加上政權和有力的媒體機構推波助瀾，而許多學者仗恃著現代主義或後現代主義的西方美學理論更加以粉飾打扮，在在使臺灣詩失去精神立場，淪陷於虛無的境地。

詩人如果沒有建立精神堡壘，沒有針砭社會的力量，沒有顛覆虛假的勇氣，沒有抵抗政治的正義，沒有拯救心靈的抱負，則其語言無論如何變巧，無論如何創新，無論如何錘鍊，無論如何炫耀，無論如何怪誕，充其量只能成就一個詩匠。

詩人之所以成為詩人，是因為他的詩能展現社會集體意識，與被政治宰制的人民感情產生同源性的連接，他才能建立批判性角色的骨架。這種氣質是詩人首要的任務，最基本的前提條件，他是站在人民的線上。至於如何觀察事物、如何遣詞用字，只不過是訓練而已。總之，文質相稱是最好的完成，否則質勝於文應勝過文勝於質。

國棟之看上我的詩，是基於我們對詩的觀念相同，對社會的認知和見解相同，對人文教養和人生態度相同，對臺灣的愛和恨其不能早日以獨立國家在國際上獲得平等待遇的心情相同，透過詩使我們成為連體，我的創作過程和他的翻譯過程產生共鳴，完成心靈的共同體，我的詩也成為他的詩。

親愛的讀者，請您也把這些詩當作您自己的詩閱讀下去吧！

　　　　　　　　　　　　　　　　　　——1996 年 12 月 19 日

——選自李魁賢《愛是我的信仰——中英對照一百首》

臺北：劉國棟印行，1997 年 2 月

我的爸爸李魁賢

◎李斯棻[*]

　　我的爸爸平常給人嚴肅的形象，不但沉默寡言，一年四季更是一式的表情。然而在家裡，爸爸就像個天才演員，有時扮演呼風喚雨的皇帝老爺，搖身一變又成為天真的頑童。根據我們多年的觀察，發覺爸爸的嘴表情最豐富：如果嘴形尖尖地向上翹起、下巴跟著抬得高高，好像忍住笑的模樣，就表示心情好，想有求必應，得把握此時。萬一嘴形呈倒 V 字型，往下拉時，可得小心別碰觸到引爆機關，否則真是驚天地泣鬼神。爸爸的喜怒感情，總是表現得非常強烈，對喜愛的事，有著夸父追日的精神，追求不懈；遇上同志友好，才有高談闊論、滔滔不絕的興致。然而對厭惡的人或事，都惜言如金，不屑一顧，絲毫不假寬貸，這種固執，在今日現實的社會中，是顯得很吃虧，但是不向人卑躬屈膝的傲骨，任憑自己的好惡抉擇，似乎是多數詩人的特質。

　　我家有句格言：「爸爸永遠是對的！」這一句話原是媽媽用來形容爸爸的霸道，後來卻演變成「家規」，使爸爸有恃無恐。譬如爸爸拿水果吃，不小心把水果掉在地上，他會怪媽媽買的水果不好，怪我們沒有把水果捧到他嘴前，要是有人反駁，爸爸更會大費口舌，不逼得我們投降就不休戰。我們只有嘆口氣說：「爸爸永遠是對的！」如此，爸爸才會浮現滿足的表情，翹一翹嘴巴，安心地埋首於他酷愛的書香之中。

　　媽媽最怕爸爸血壓太高，常提醒爸爸：脂肪類、膽固醇過高的東西不要吃太多，爸爸一聽，反而專揀肥肉、蛋類吃，令媽媽說也不是，不說也

---

[*]李魁賢女兒，現旅居美國。

不是。若是將不適宜的食物放在爸爸搆不著的角落，爸爸又會裝出很委屈的樣子；爸爸心情好時，還會聞樂起舞，扭一扭胖胖的腰；有時會突然打個驚天動地的噴嚏，誇張的聲響，足以震破四周的玻璃。爸爸常會讓我們手忙腳亂、措手不及，所以媽媽說：除了我和弟弟，她還得照顧一個大孩子，而且不能打又不能罵，很傷腦筋哦！

爸爸自認思想進步，因為他不迷信，崇尚民主自由。但卻擺脫不掉大男人主義的思想：他認為進廚房是女人的天職，所以我家廚房從未留下爸爸的腳印，水壺、冰箱都找不到一枚爸爸的指紋，他只要敲敲杯子說：「開水！」自然就有開水喝，晚餐也要一應俱全，媽媽喊：「吃飯了！」爸爸才會上餐廳；即使只少一雙筷子，爸爸也會毫不遲疑的回客廳看書報。爸爸的作風對弟弟的影響頗深，幼稚園時，就曾發表要娶一百位太太的謬論。

我最推崇爸爸對我們的放任教育，他任我們發展自己的興趣，選擇自己喜歡的學校科系就讀，偶而對我們的作法不滿意，也只是扮演顧問的角色。正由於爸爸對我們的信任，使我們更懂得自律、做自己的主人，盡情發揮所長，鮮有後顧之憂。

我常將爸爸的故事說給親戚同學聽，吸引人的除了對一位詩人的好奇之外，還有故事本身的「懸疑性」。因為一般人很難相信爸爸嚴肅的外表下，還有另一面。寫下這篇文章，不免有破壞爸爸形象之虞，不過，以上所述優點全為真人實事，缺點則屬虛構，若有雷同，純屬巧合！

——選自《笠》第 139 期，1987 年 6 月

專訪二〇〇二年諾貝爾文學獎候選人李魁賢

◎林盛彬[*]

時間：2001 年 10 月 10 日

地點：臺北市民權東路，亞洲企業大樓 705 室李魁賢事務所

林盛彬（以下簡稱「林」）：謝謝您接受專訪！首先還是請您先談一談您跟詩文學的因緣，是在什麼樣的機緣下，或者說，是在什麼樣的因緣際會之中走上詩人這一條路？

李魁賢（以下簡稱「李」）：實際上很多的偶然或者是意外。因為在我們那個時代，我進入國民學校正好是在戰爭結束的前後。講的比較清楚一點：在我進入日治下的國民學校，念了兩年之後，戰爭就結束了。所以，我們開始學習的過程，就從日治時代轉進中國統治的時代。基本上，語文的變化就是一個很大的變動，從日文教育然後進入中文教育。在日文教育的時候，其實也只是一個開頭，在國民學校二年級時，因為生活上的關係，一般都是講日語，戰爭結束開始學中文的時候，環境非常差，師資不夠，我們戰後剛開始學習中文的時候，叫做「漢文」，完全用臺語唸的，大概將近一年，才開始學注音符號，問題是那個時候的老師（國民學校的老師）也不會啊！所以普遍的現象是，老師晚上到街上去學注音符號，那個時候通稱北京話，然後白天

---

[*] 詩人，笠詩社成員。發表文章時為淡江大學西班牙語文學系副教授，並任《笠》詩刊主編，現為淡江大學西班牙語文學系副教授。

到學校去教學生，也就是現學現賣；前一天晚上學的，第二天用來教學生，所以發音完全不標準。那個時候老師學的拼音也都還是基礎而已，所以條件非常差。後來就漸漸有一些跟著中國政府撤退來臺灣的人士，其實沒有教師資格，因為他們會講中國話，所以就到學校來教。問題是，那個時候所謂北京話，音調根本都不準，各省來的人士，地方腔調很重，比如說山東的、四川的、湖南的根本就沒辦法聽懂，尤其對我們這些剛開始學中文的臺灣人，發音不準確的時候就更麻煩。不過，為了要在小學（鄉下小學）教書，就逼得那些老師要先去學臺灣話，當然會有一些人沒辦法學，就知難而退，那些語言學習能力比較強的，只要會一點臺灣話就可以在鄉下小學教書。那個時候，鄉下學生要進中學的人數不多，因為大部分都是要種田、要幫家裡做事，甚至於平常上學也不一定會全勤，老師還常常要到學生家裡去，拜託家長讓他的孩子到學校念書。但是，學校方面也認為會有幾個學生可能繼續念中學，所以差不多在五年級才開始有比較正規的教育，所謂正規教育就是說每天照課程表上課。等我進初中的時候，就更麻煩了。外省老師地方腔調很重，我第一個學期完全聽不懂。像歷史、地理就是靠背啦，然後數學靠理解，這沒問題，碰到國文就傷腦筋啦！國文雖然也要背，但是不理解的話，一點辦法都沒有！特別是老師一出作文題目，那就頭大啦！大概常常一個小時下來，寫不到一百字。所以後來只好開始看課外讀物。那個時候資料不多，我記得學校裡有《開明少年》，不久就都看完了。後來就開始找一些報紙副刊，其實那時候文學水準很差，後來有位同學家裡有演義小說就借來看，後來，作文的時候漸漸覺得有點話要講，寫起來就比較順了，開始有點信心。除了作文課之外，有時候嘗試寫詩，那個時候文學刊物很少，只有一個《野風》。在淡水，只有小公園有個「文昌號」有賣《野風》雜誌。開始投稿，很幸運地被《野風》雜誌採用發表，我的第一首詩〈櫻花〉，就這樣開始跟詩結緣。其實以我們當初的條件說要寫作，根本不可能。所以我常常對年輕人說，我都可以走上寫

作這條路，何事不可為。

林：不過，聽您講這樣的機緣，等於說跟環境有一點關係，畢竟那個時候
　　的文學環境不像現在這樣方便，譬如說有很多老師可以去推動。那麼
　　在這樣的機緣中走上文學這條道路，您對文學是抱持什麼樣的觀點
　　呢？

李：我剛開始對文學有興趣的時候，對文學的理解其實是非常粗淺的。雖
　　然有國文課，但是除了背誦或者是講解字的意義之外，幾乎談不上文
　　學教育，所以基本上對文學的本質是什麼，或者文學講究的是什麼技
　　巧等等，在中學階段是完全沒有接受到任何好的營養。進了工專之
　　後，因為學的是工程，跟文學的距離又更遠了。對文學開始有一些粗
　　淺的認識，是後來漸漸看書，漸漸體會，所得出來的一點點感受。當
　　然，這種感受，往往是在閱讀很多作品之後，漸漸整理出自己對文學
　　的一套理解方式，然後才形成自己對文學的一些觀點。在我們的學習
　　過程當中，等於在臺灣五十幾年來的發展，整個過程也是很亂，所謂
　　很亂就是說，在臺灣的文學教養，除了學校之外，在社會上其實也沒
　　有很正統的文學教育方面的書籍。戰後早期，臺灣資料缺乏，文學書
　　籍也缺乏，所有對文學的追求與認識，也是差不多人言言殊的情況，
　　一個人講一套。尤其是國民黨到臺灣的時候，認為他們失去中國大陸
　　是被一些文人打敗的，開始在文學方面有一些管制，管制得很嚴格，
　　還包括思想管制，所以才會有白色恐怖的時代。他們當初就是採取完
　　全消毒的作風，不讓文學作家有自己的思考、思想，完全以三民主義
　　文學觀點來灌輸，其實三民主義哪有什麼文學觀點？但是他們就運用
　　很多御用作家或是御用學者寫很多書，完全以宣揚三民主義的什麼文
　　學理論或是什麼思想體系等等，但是在實踐方面當然就是反共，不管
　　小說也好、詩也好，反正就是大罵共產黨，然後揭發一些共產黨的醜
　　陋面。之後，當然他們一方面也漸漸開始懷鄉，因為來臺灣久了之
　　後，免不了有人會對他們自己家鄉心生懷念，一方面因懷鄉就把中國

想像的很美好，什麼東西都是完美的，但是另方面又要把共產黨醜化，所以變成了兩難，將人民和土地二分化，好像山河都很漂亮，但是人民很醜陋。對臺灣人來講，並沒有（除了少數之外）中國生活的經驗，完全被這樣灌輸，然後在想像中去理解。以文學來講，能接觸到的也只有他們所設計的或者是宣傳的那一套。包括外國文學的書都很少。除了年紀比較大一點的，曾經在日治時代接受過西洋文學、日本文學的薰陶之外，在這個時代長大的，幾乎都沒有什麼資料可以看。由於戰鬥文藝當道，有的人不滿意，就接受西方的現代主義，在詩方面，開始有所謂現代主義的運動。坦白說，現代主義也出現一種矯枉過正的現象，因為追求現代主義的結果，引進西方比較新的文學觀點或者技巧，但是另方面卻脫離臺灣的社會現實。更嚴重的是變成虛無。有一段時間雖然號稱是「現代主義」，其實看起來完全是「虛無主義」，這種現象很嚴重。到了 1976 年引起鄉土文學論戰之後，才開始有一點點平衡，才又回歸到臺灣的現實來對文學重新評估。我是在這個背景長大的，在這一個過程當中，多多少少也會受到風氣的影響，免不了也受到所謂現代主義的迷惑。但是我後來漸漸發現情況並不是這樣，因為離開學校以後，更直接地接觸到社會，覺得文學如果不去表達我們每天所接觸到的社會，卻專門寫內心思惟，好像不是文學的正途，所以我漸漸寫比較現實的東西，然後會採取比較批判的觀點，漸漸形成我的文學觀。基本上，我認為文學本身其實不只是遊戲。當然，遊戲是文學的功用之一，但是文學跟社會有一個很明顯的互動關係，（10 月 4 號我跟高行健在公視對談，我就提到這一點），在什麼樣的社會會產生怎麼樣的文學。臺灣百年來受日本跟中華民國兩次的殖民統治，免不了一定會有一種反抗文學出現，所以反抗文學就變成在臺灣本土文學的一個主流方向。這個反抗文學，當然是基於現實，基於土地與人民感情的一個出發點。詩有時比較內斂，詩跟小說在處理外在性上，有時候不一樣。但詩人在表達內心感情的時候，其

實也是要和外界溝通啊！要跟讀者溝通，或者是跟你要表達的社會現實溝通。在產生溝通的時候，詩人遇到普遍性和特殊性的問題，因為詩要創新，要寫沒有人寫過的，或者是沒有人表達過的方式，但是太特殊的時候，會變成個人化，所以要顧慮到普遍性，也就變成人性的問題。以前我提過現實經驗論的藝術功用導向，就是說一方面基於現實，一方面要追求文學語言本身的藝術性。也許是個性的關係，我常常比較中庸，不會走極端。對一般的人來講，天性會比較傾向中庸，極端化的人當然有，那是比較屬於開創性或者是革命性的人物。我曾經用「自然率真」這樣的觀點，我不想太保守，也不想太前進，不特別傾向某一種主義，實際上我自己在嘗試寫作的過程當中，很少堅持固定的模式，常常順其自然發展。

林：剛剛提到，剛開始的時候，就是說國民政府過來以後，開始推動那種反共文學，基本上，反共文學的精神和工農兵文學其實是兩個極端，等於說文學已變成一種附屬品，要為某種東西服務。但是，我們在寫作的時候，是不是有時候也會有這種主觀的觀點，雖然可能我們不是在為某種東西服務，可是，事實上正因為有這種主觀意識的導向，也變成有這種為意識形態服務的傾向？

李：這情形是有。因為文學的創作根源就是意識。詩人是以他的意識在創作，但這意識不是指意識型態。詩人如果受到別人的指使，或在壓力下失去他的自由，在不自由狀況下創作，可能會變成宣傳品。另外，作家或者詩人要以本身意識表達的時候，假定他有充分的自由，要說服讀者就要有一點強行灌輸的力量。但是欲望太強的時候，有時候也會變成一種宣傳，雖然這種宣傳也許不是政治上的意識型態，也常常容易被某些讀者接受，例如彼此心意契合的時候。但文學的功用本身是潛移默化，當強行灌輸作用太明顯的時候，有時候會產生排斥。小說表達的意念都是透過愛情故事來處理。至於詩，最普遍的也是透過抒情，對於一個不需要詩的人，詩對他根本沒有作用，他甚至於連讀

都不讀，一點效用都沒有，但是對於需要文學、需要詩的人，詩或者
文學會產生效用。

林：那您現在走的是那種比較屬於……或者說是中間路線，我們用這種
　　左、右、中間來講的話，中間路線就大約等於您剛才提到的「現實經
　　驗論的藝術功用導向」，那麼現實經驗的藝術導向裡面的素材是現實
　　的，是從經驗來的，至於藝術導向，您通常會怎麼做？

李：藝術導向當然會牽涉到一些技巧性的問題。我不是很重視修辭上的技
　　巧，我認為語言技巧只是詩人基本的訓練，但有的人把語言技巧看成
　　是最高的準則。往往藝術技巧是表達方式的問題。有時候自己感動的
　　題材寫出來，別人不一定感動，所以怎麼樣把自己的感動也能夠讓別
　　人感動，這就是技巧了。這裡牽涉到很多文學上的手段。我記得我在
　　寫釣魚臺詩輯十首的時候，就碰到這個問題。保釣運動發生之後，當
　　時是白色恐怖時代，那是一個大事件，當社會運動開始走向政治運動
　　的時候，在臺灣可以感受得到好像有一股力量開始要衝出來，但是這
　　種政治議題，如果當初就很快直接寫詩表達，我擔心會變成一種宣
　　傳，或者是太明顯的政治動作，所以那個時候雖然衝擊力很大，但一
　　直沒有寫，經過多年之後，有一天看電視，看到記者在訪問臺灣的船
　　員，到釣魚臺海域捕魚被日本軍艦趕回來，旁邊有一個小孩抬頭在看
　　著他們的訪問，我抓到這個鏡頭，就假借那個小孩的口吻來問他的父
　　親，開始只寫一首，沒想到寫完之後，好像話沒有講完，因為一首詩
　　不可能容納很多東西。一般來講，我覺得詩的焦點很重要，焦點要很
　　集中，可以外緣性的一些氣氛來烘托，但是不能把焦點分散掉。所以
　　我就把沒有講完的部分抽出來再寫一首，結果越寫越多，一個早上寫
　　了十首。這是一個例子，就是說技巧上有時候是在角色的轉換、選
　　擇，藉此產生戲劇性效果。而這種戲劇性，比語言上的講究更有意
　　義，假定直接用成人口吻寫反抗動作，有時候就會像剛才提到的，直
　　接要向讀者宣傳意念的時候，短暫時間內也許會達到目的，但是這不

會產生久遠的影響力，所以用抒情的方法，轉換一個角度，那種感染力會比較大。基本上所謂藝術功用導向，跟社會功用導向有點區隔，開始的時候並不是要求直接有社會效用，而是透過藝術手段讓讀者去感受，在他自己的心裡頭去醞釀、改變他自己的想法，這是一種藝術手段。所以詩裡頭的「我」不一定是作者，用第三人稱寫起來有點隔，就改用成第一人稱，有時候寫自己的時候，反而用第三人稱去寫，其實可以採取小說的方式，角色可以變換。

林：這一點我也有同感，您剛才提到，「社會的」有一個現實經驗、社會經驗，一般而言，現實，把現實搬到藝術作品中，即使是寫實的作品，藝術作品跟現實畢竟是不一樣的，如果說在藝術作品裡面，作者想表達的意念，就是作品內容中直接白描，或者直敘的內容，那它就已經失去了藝術性。還有，剛剛提到的這個藝術導向，基本上，以詩的修辭來講，有文字的修辭、語言上的修辭，或者是思想觀念上的修辭，不過很明顯您是採取思想觀念修辭的方式。但是，在語言修辭上，譬如說有人選擇在情節上的變化，或者用一些像是明喻或隱喻的方式來處理，在國內，就這一點來說，不是純粹走這種或比較偏離這種所謂觀念修辭的作品，您覺得這樣的作品跟用意念性、觀念性方式來修辭的作品，您覺得有什麼樣的差異呢？

李：語言修辭是一個詩人的基本要件，先要具備的能力。如果把它當作目標，可能反而會疏漏對文學本質的注意跟追求。所以基本上，語言是手段。比較講究語言修辭的人，他也許會把語言作為目的，但語言的目的透過翻譯就會失落，因為不同的語言，它表達方式會變化。從這裡可以看出文學的本質跟手段上的差別，假定對語言非常講究的人，能夠掌握到文學的本質，重視文學本質的人，也能注意到語言技巧的訓練，當然是很好，正好殊途同歸。問題只是優位性的問題，有人認為強調文學要寫什麼的時候，好像就會疏忽掉怎麼寫，其實不然，「怎麼寫」已經變成基本條件的時候，要寫什麼東西才是重要的。常常看

到發表的詩作，凡是重視怎樣寫的詩要表達的內容都非常模糊，反過來說，那些把重點放在「寫什麼」的詩作裡，語言往往都很鬆散。有的人鬆散得很厲害，這是條件的問題，假定基本的語言訓練夠的時候，很多問題應該不會產生。至於變化表現手段其實也不是技巧的問題，基本上，還是本質的問題。因為詩、文學總是要創新，不會去重複（不論是重複別人，或重複自己），總會尋找新的表現方式，那麼這種新的表現方式，往往會帶來語言上的變化。反過來說，只講求語言，要找出不同的語言表達方式的時候，反而失落了應該重視的文學本質的問題，語言技巧有時候不是要怎麼樣處理的問題，只要擺脫掉重複的惰性，有些新的語言表現方式，自然會跑出來。

林：剛才您提到一個問題，就是反共時期，反共文學的時代，後來從大陸過來的這些人，他們寫的東西基本上是屬於懷鄉文學，雖然他們那個時期寫的是以前在中國大陸的經驗，但畢竟他是在臺灣這個地方寫的，如果用在地的觀點來看的話，講臺灣文學的發展，除了有一個屬於現實批判的文學傳統，從日據時代一直下來的這條線之外，您認為這些懷鄉文學是不是也算是臺灣文學的一部分？

李：這是很有趣的問題。假定文學是在非常自由的環境之下，什麼樣的文學都能發展，因為文學就是求真嘛，表示作家真心的追求。那麼，有人離開家鄉到臺灣來，當然懷鄉的文學應該也是很自然的一個趨向。問題是，用政治力量干預的時候，使整個文學發展，好像就是說只有懷鄉文學是主流，反而在地文學是被壓抑的，在這種情況之下，當然會使文學的發展扭曲，結果懷鄉文學一枝獨秀，每個人好像在本地都不想定根，凝視這裡的現實。還鄉的念頭就變成一種虛幻，因為真正那樣懷鄉的話，應該是可以自由回去的，但在那種政治情況下不可能，就變成脫離現實的現況。懷鄉的作家，在開放之後，有的已經回去，有的人不願意回去，或者回去而不願意住下去，還是回到臺灣。回顧五十幾年來的發展，戰後移民已經認同臺灣，繼續在臺灣，跟臺

灣結合，當然他們的文學也會變成臺灣文學的一個部分，這是不容置疑的，應該都會被容納進來。基本上，文學應該跟社會同步在發展，自由發展的時候，任何文學都會屬於那個地方，包括現在很多人熱衷的情色文學，是社會環境產生出來的東西，雖然這種傾向並沒有政治力會去干預，說不能寫或一定要寫什麼東西，但是，有些評論家會興風作浪，去推動說什麼東西是流行的，什麼東西好像就被刻意忽視，這也會產生一種不是政治權力的政治性干擾，就是說變成一種評論的、略帶政治性的干擾。基本上，懷鄉文學會隨著社會自然調整，比如說，開放探親之後，可以回去了，以前懷鄉文學的那種訴求本身就會失落。反過來說，也曾經有過另外一波懷鄉文學，描寫長期隔離之後，回去看到的那種感覺，有的是補償了懷鄉的念頭，有的是發現原先所懷念的東西，完全不是他想像中的那個樣子。因此，真正開放之後，短時間內，會有那種補償的文學出現，長久以後，好像消失掉了。所以，文學沒有政治力干擾的話，只要讓它自由發展，所有的文學都有可能，都會成為在地文學的一部分。

林：我們把這問題再擴大一點來說，一個創作者同時從事外國文學的翻譯，一般都認為他會被影響，至少在某些觀念上會被引導。在你的經驗裡，尤其是你在翻譯里爾克的作品上，不管是在形式或內容上，受到的影響到底有多大？或者說那只是一種階段性的？

李：這不只是翻譯的問題，詩人在成長過程中，都會有偶像，這個偶像可能是本國的前輩，多讀他的詩，多了解他的文學思想，多多少少會受到影響。透過翻譯的時候會更為明顯，原因是在翻譯的時候，會更詳細去理解詩的內涵，跟他的思想體系。用的心力越多，受到的影響越多，或越有可能性。影響有很多層次，當然全盤接受的情況比較少。有時候影響比較不露痕跡，包括技巧、寫作方法，或者藝術思想，有時候會無形中滲透入翻譯者的心裡。不過，最近我有一個觀點，也寫過一篇談〈詩的翻譯〉，我在思考一個問題，有時候翻譯者也會影響到

原作者，影響原作者和受到原作者影響，意義大不同。這種影響不是去影響詩人原來的寫作，而是影響原詩人的作品被翻譯成另一種語文時的表達方式。很有趣的是，假如翻譯者只是一般的翻譯者，他會比較講究傳真，傳達原先的真實。但是要傳真很困難，不同的語言，尤其是語言牽涉到暗喻、雙關性的時候，真的很難傳真。如果是詩人在翻譯的時候，多多少少他會加進他創作的體驗，翻譯的時候，會去改變原先的東西，有時候不露痕跡，有時候牽涉到風格的問題。不同的譯者，翻譯同一個詩人的作品，我們可以看出不同的風格，所以，從譯詩本身要去了解原作者的風格，有時候也會有距離。也就是說，不是這個翻譯者被原先的詩人影響，而是翻譯者去影響原來的詩人。總之，這是很有趣的一個現象，我們常常會要求譯詩要跟原作相當，或者百分之百傳達原先的那個真實，我想這個是完全不可能的。包括語言的音韻，或者是傳達的方式。所以，反而往往是翻譯者會影響到原作者。影響的部分當然只是譯本的部分，原作的部分他沒有這個能力去改變它，但翻譯的部分會受譯者的影響。

林：那就變成原著的譯者化。

李：對，會變成這種現象。

林：還有一點就是您起步非常早，從《野風》時期開始，那是相當早了。現代派成立的時候您也參加過，那麼，從那個時期經反共文學、現代派、還有笠詩社，一直到現在，整個過程中，關於您的詩觀，當然您剛剛已說過有一些改變，是不是到現在您還在改變，或者說有其他的看法？

李：大概因為早期自己在文學方面的知識比較淺薄，受到的影響會比較大，很難講自己有什麼文學思想。漸漸寫多了，讀多了，也看多了，翻譯多了之後，當然會漸漸形成一套自己的觀念。這種情況，實際上會經常改變，有時候比較緩慢，看不太出來。如果碰到比較大的衝擊時，有時候改變會比較快。這種重大的衝擊，有時候是社會事件、政

治事件，或者是讀到一位大師，可以當作偶像的時候，會改變看法，或者表現的方法。將來的事情不知道，但是我想一位比較有思考性的或自覺性的詩人或作家，他免不了會經常調整他的觀點。當然跟社會的發展有相當大的同步變化關係，有時候也會受到政治的影響，如果碰到一位偶像性的作家，就是文學上的影響。一位作家或者詩人在成長的過程中，沒有改變的話，那表示他是停頓的，我認為一位作家或詩人，在成長過程當中應該是持續在改變。

林：這種改變是題材上的改變，還是在形式或整個結構上的改變？

李：我想都會有，題材基本上會變成作者跟外界溝通的那種手段，如果比較重視這種溝通的時候，題材的變化會比較快，有些人不大願意跟外頭有較大溝通，他的題材變化會比較小。題材的變化一定會影響到操作語言的表達方式，這是必然的，比如說，凝視現實的作品，和內心思惟的作品，所採取的語言表達方式一定不同。所以題材的改變跟語言表達方式的變化有同步關係。

林：就以臺灣現代詩的發展來說，從現代派開始，幾乎都是以詩集團或詩社的方式在發展，那麼，在一個很蓬勃發展的時期，就是說在鄉土文學論戰之前，以現在的眼光來看，可說發展得非常熱絡，發展得相當好，那麼，雖然詩社現在都還在活動，但是時代在改變，在引導臺灣現代詩走出新局方面，感覺上是有些沉寂，有後繼無力的感覺，關於這一點，不知您有什麼樣的觀察與看法？或者您覺得它的原因在哪裡？

李：部分原因，是詩社成立太久了，缺乏新陳代謝，當然會使詩社缺少活力，剛剛提到作者要保持經常變化，詩社當然也要保持變化，沒有變化，那就會停滯，沒有發展。

詩社要發展當然要更新，奇怪的是，對年輕一代好像不放心，捨不得交棒，很多詩社都有三、四十年的歷史了，主持詩社比較久的人，通常也不見得會繼續吸收新的東西，包括讀詩、讀書等等，不能吸收新

東西的時候，加上年紀漸漸大了，活動力減退，要在詩社的活動上有衝勁，就比較困難。團體也好，作家本身也好，一定要時時想改變現狀。尤其詩社更重要的，它不是一個人的事，而是一個團體的事。那麼，要讓詩社繼續保持新鮮活力的話，世代交替是絕對必要的。不然的話，創新的活力一定會減退。文學本身既然是講求創新，什麼事情都有可能，詩社的活動上應當也要有「什麼東西都有可能」的那種想法。所以，詩社要活潑，需要讓後繼的人力有比較不同觀念的做法。不然的話，不論詩社、團體或個人，幾十年都不變，實在沒意思。

林：這個地方還有一個問題，就是說年輕人在熱情上可能比較強烈一點，他寫作的時候，當然第一個是想要發表，第二個，他們經常去參加一些比賽或獎項之類的活動，對這樣的做法，當然會有些前輩詩人可能會有不同的意見，關於這一點不知您有怎樣的想法？

李：假定後進詩人的所做所為，不能夠讓前輩詩人放心的時候，基本上我認為是老一輩詩人沒有建立使新進詩人能夠往前衝，或者有自信的環境，所以老一輩的詩人也要負一部分的責任。詩壇的風氣在臺灣好像一直都沒有建立起來，所謂風氣就是說對一個詩人的評鑑。在什麼程度我們可以認定他是一位詩人，或者我們可以認定他是一位很好的詩人，到現在為止，並沒有一個很好的評鑑方式，沒有一個公認的水準，我們看到臺灣的一些畸形現象，很多優秀的詩人默默在寫。不一定得過什麼獎，詩選不一定入選，反而入選的很多詩作，在報紙上很容易發表的詩人，詩並不好。這不好的風氣就是，臺灣詩壇並不是真正重視詩人的實力，往往會受到公關的影響。年輕人為了要發表，為了要爭取得獎的機會，除了本身的努力之外，還會重視關係。這是很不好的現象，很多詩人很容易就出名，到處去演講，好像變成指導者。其實若真正看作品、看言論，會覺得非常蒼白，這種現象很多，但也有很多實力派詩人，不在乎名或利，這種詩人才是真正的詩人。他是真心在寫作，而有些人是為了名利在寫作，使得整個臺灣詩壇變

成不是很公平，或者說不能夠受到公平對待的那種環境。前輩詩人有時候要回過頭來檢討，是不是、有沒有創造一個非常好的環境，讓新進詩人都能夠受到公正的評價。

林：我們再回過頭來談一下您的作品，就是說，您的詩作一般來講，就如您剛才講的，是中性的，不會太極端，所以，基本上是理性多於感性，在這方面也可以說是比較傾向於知性方面，就跟杜甫和李白的例子，有些人的觀點認為，詩嘛，就應該比較隨性自然地流露，避免太明顯的人工斧鑿，類似這種靈感一來就寫下來，不需經過縝密思考那這樣的東西，這兩者之間，對您來講有沒有什麼樣的差異性或區分之類的問題？

李：這可能跟個性有關，我早期開始寫詩的時候，浪漫主義還是相當風行，尤其是年輕人。年輕人開始寫詩的時候，會直接把他的感情訴諸於文字，明顯偏向於有浪漫情緒的表現方式。後來因為個人的學習環境跟工作關係，在邏輯思考上會比較嚴謹一點，讓我在看待事情的時候不會那麼衝動，影響到我在文學上的表達手段。我在使用語言表達的時候，不會任憑感受直接表達出來，這與我主張的自然率真好像有點牴觸。其實所謂自然率真，是說個性上不被扭曲，而不是在語言上，語言經過藝術處理的時候，總是要注意到語言的適用性，用得適不適當。語言的手段會有理性的思考，並不是想到什麼就寫什麼。人性的共通性是千古不變的，很多類似的感受，古人寫過了，現代人也寫過了，所以要經過思考，寫出別人沒有寫過的，或者寫出別人沒有表達過的方式，經過頭腦的組織化之後，一定會有知性介入。太過感性的東西，有時會影響到語言過分鬆散，太過知性的東西，有時因為太過嚴格，會使語言太過乾澀，任一種情況都會影響到作品的完整性。作品的完整性是指：有相當的潤滑性，也有相當的節制，發揮適當的配合。如果沒有經過知性的過濾，寫出來的東西就不會產生特殊效果，好像葉慈講過：「詩是經過冷靜後的熱情」，假定寫詩沒有熱

情，詩本身就是死死板板的，但是純靠熱情寫作，詩往往太浮面。所以，感情做為詩的驅動力，不是隨興就寫。我寫過一篇文章批評昆德拉，昆德拉說詩人看到美景在前，就想寫詩，結果想到的詩句好像都是陳腔濫調，大家都寫過的，結果等到美景過去了，一句詩都寫不出來。我就批評他這個觀點，我認為：「一個詩人真正面對美景的時候，不應該想到寫詩，應該要融入美景，去觀察美景，存入經驗中，也許等到一段時間，冷靜下來了，不是這個美景重現，而是碰到另外一個觸點，引起你對原先美景的回想，這個時候美景會自然出現在你的詩裡頭。」這樣寫出來的詩，就是從感性，經過理性處理後表達出來的。一首詩讀起來有的偏於感性的，比較凌厲一點，知性則比較抑制一點。要怎麼樣配合讓兩邊都顧到，這就是技巧。所以，有很多方面不是純語言修辭上的問題。

林：最後一個問題，您現在被提名了諾貝爾文學獎的候選人，那您會不會有心理負擔？就從諾貝爾文學獎候選人的角度，來看臺灣文學如何走入國際文學社會這個議題，您有什麼樣的想法？臺灣作家與文學團體在這個全球化的時代中，可以有什麼樣的作為與因應之道，或者應該有什麼樣的自覺？

李：我不會有心理負擔。被提名的事原先就沒想過，因為沒這樣的欲求，所以就沒有這種期待。但是，有些不適應是事實，因為有很多人突然來訪，外務突然變多了，改變了原先平靜的生活秩序。基本上，被提名等於是被國際詩壇肯定，已經很滿足了。另方面也意味著國內外的文學環境有點不一樣。我在印度發表詩不過六年的時間，卻得到國際詩人 1997 年度最佳詩人獎、千禧年詩人獎，以及被提名為諾貝爾文學獎候選人等等的肯定。但在臺灣寫詩 48 年，獲獎部分大多屬於在野的文學獎項，在臺灣似乎如果不投合大中國觀點，就不會被青睞重視，這個在無形中會對年輕的作家產生負面的影響。當然，被提名是有其意義在，顯示臺灣文學不是跟在臺灣的中國文學競爭，而是要在國際

詩壇競爭。這麼多年來有個很深的感受，作家要努力的，不是爭人事，而是追求作品的真，自己對作品真誠的問題。以前重視的外譯是想辦法在外國出版，或者是由國內的單位出版，然後送到外國，這種作法容易形成一種宣傳品的印象。我想，走入國際，不只是外譯而已，而是進入外國詩壇活動，在他們的刊物發表作品。國內團體也經常參加國際詩會活動，參加國際活動有時只是一種交誼而已，還要有作品的交流才有意義。平常如果沒有在刊物上發表作品，突然間出了詩集，也不容易被注意到，除非他在詩壇已有相當的成就。在外國也是一樣，常常發表作品就會引人注意，達到一定的知名度時再出書，那就更好。

林：非常謝謝您接受專訪，而且很慷慨地讓大家分享了您在詩文學上的寶貴經驗，相信對許多年輕作家都會有很正面的啟發作用，我知道您有相當分量的詩作尚未正式結集出版，相信大家都很期待那些詩集能早日出版。非常謝謝！並再次恭喜您被提名為 2002 年的諾貝爾文學獎候選人。

——選自《笠》第 225 期，2001 年 10 月

李魁賢的詩人與批評家的位置

◎郭成義*

一

對處於臺灣的許許多的詩人來講，寫詩只是一種內心的職業罷了。

不過，拿李魁賢來說，在他個人的世界裡，儘管扮演過許多職業性或非職業性的角色，例如化學工程師、發明人、公司總經理，以及翻譯家等等，但是最令我關心的，卻是做為一個詩人及批評家的李魁賢。

而且，儘管在臺灣現代詩壇中，有不少詩人與李魁賢一樣，通常經歷各式各樣的職業或非職業性的角色背景，但是，李魁賢在做為一個詩人與批評家的立場，有其獨特自立而明顯的位置。

更確切的說，在李魁賢的詩業世界裡，創造與批評同時是點發了他的詩人職業的兩盞光芒，然而，倘若不具有他的獨特自立而明顯的表現，也許就跟某些人一樣，成為萬家燈火下孤獨地明滅著唬人眼色的夢的光。

二

日本詩人村野四郎曾據於詩人感情態度的發見，寫下了詩是青春的文學這樣的讚歎。

詩會給人這樣的感情是毫無疑問的，早期詩被視為情感的化身，因此，一旦詩人臉紅，也說不定能被聯想到風情萬種的蝴蝶吧，這種美豈不是凝聚於青春的感情而被擴張開來的最自然的想像？

---

*詩人，笠詩社成員。發表文章時為《詩人坊》主編。

　　很多的詩人都是在這種階段下而出發的，李魁賢的最初的抒情，不免有著激情的聲響和愛與美的凝視，自然也包括了對四季或生命的詠歎。

　　1963 年出版的《靈骨塔及其他》。

　　1964 年出版的《枇杷樹》。

　　1966 年出版的《南港詩抄》。

　　這三本詩集一方面是基於詩人青春情懷的感性世界而出發的，一方面也是出於年輕人初次步入繆思祭壇的忠誠而記錄下來的。

　　在《枇杷樹》的後記裡，他寫道：

　　回憶初寫《枇杷樹》，已是民國 47 年夏天的事了。那時，剛由工專畢業，在等候徵召入伍的期間，我在家裡重渡了月餘寧靜的鄉居生活。經過「情感颱風」之後，我重新拿起筆，寫下了自己未譜成的曲子。從 7 月 8 日開始，我一口氣就寫下了 13 首。8 月 15 日應召，南下鳳山，在多陽的南國，我的生命也活潑了些；這段時間……過得頂愜意的是秋天；那一段日子，我完全沐浴在繆思的光暉下，吸食著豐美的千年果實。

　　從這段自剖性的文字可以看出，李魁賢與任何一位詩人一樣，早期洋溢著青春的感悟和才情，儘管那樣的詩在現時的我看來，宛如一部少年日記般的坦率、多情、善感卻缺乏精神的歷練，不過，總是一位美少年吧！

　　這三本詩集是在四年內先後出版的，在方法與筆調的運用上，雖然不能說沒有異變，但異變的幅度其實是相當有限，即使在《南港詩抄》裡，他喊出了「生活，就是我的詩；詩，就是我的生活」，表面上似乎想要脫離抒情至上的臍帶，但也沒有表現出深度的主張，從技巧上而言，還是依偎在「楓堤」式的抒情主義的懷抱裡，直到《南港詩抄》結束以後，到 1976 年《赤裸的薔薇》出版以前的這十年中，他的大幅度變異，才令人感到咄咄逼人的精神銳片，正一點一滴地截開詩人胸膛裡的現實。

　　在《赤裸的薔薇》的後記中，李魁賢寫下「由於和生活的糾葛和對

決，引起了若干嘲弄的詩思」，顯然已從少年的懦弱和唯情主義，轉位為成年的世故的批判異質的能力，儘管抒情本質並未完全脫光，但由於諷刺性的增強，以及語言思考力的擴張，產生了頗為理智的詩的世界。

　　然而，生活儘管可以在孤獨中獲得反省並加以諷刺的機會，詩人的眼光最後卻終必落實於對現處生活環境的關懷和審判，生活才能血肉化，批判才能顯出永恆的意義。從「釣魚臺詩集」和「高速公路」系列詩集開始，李魁賢即從《赤裸的薔薇》時期跳入一個更大更為遽動的詩的社會中，向現實的絕谷索取理想的回音。

三

　　詩人的轉變，如不是意味著對於詩學追求的負責任，至少是意味著詩人對追究此種責任的意欲感到需要而產生的。

　　就我們所能見的，青年詩人在方法及創作態度上的轉變最是豐富而多見，為了要超越上個世代詩人的成就，青年詩人顯然更方便持有積極而自我期許的努力手段及目標。前世代詩人固然一邊影響著下一代詩人，但他們也從下一代詩人的手上獲得便宜的追進的果實。

　　詩壇的遞變是經過這種循環的利益而產生進步的，轉變或許只是一種嘗試，卻是一種不能不要的手續，然則，我們卻發覺，有許多的詩人畏懼這種嘗試，他們大都抱著自我本位的態度，持著「我手寫我詩，寧不快哉」的狹情趣味，拒絕了轉變的挑戰。

　　固然，多變的性格並不一定是好現象，但站在嚴肅的詩學立場，不變卻一定無法追求出另一個更新的戰場，這是毫無疑義的，我們很難想像：一個詩人維持著三十年如一日的創作模式，而不能隨著時代的遞進創造出不同於以往的自我，如不是缺乏自省的勇氣，即是缺乏求知的觀念。

　　李魁賢從 17 歲開始發表詩作迄今，整整有三十年寫詩的歲月，在這漫長的三十年歲月裡，他並沒有作出瞬息萬變的姿勢，可是，當需要轉變的時候，他卻轉變得那麼堅決昂然，甚至他的轉變比他的同世代詩人來得快

而明顯，一方面是由於他的自省的勇氣和求知的觀念，一方面也是由於他對詩壇遞進的氣息甚具敏感的緣故。

比較於《赤裸的薔薇》這本詩集和《南港詩抄》以前的三本詩集，可謂呈現了截然不同的李魁賢和楓堤的兩個異樣的世界，而自「釣魚臺詩集」以後的詩人李魁賢的形象，卻又有別於《赤裸的薔薇》時那個充滿辛酸刻薄、尖銳地嘲笑著生活異數的李魁賢，而展現了付予生存環境絕大同情的一面。

根本上，在這三種轉變裡，李魁賢不惜以拋棄過去全部的我而重塑今日的我，這種堅決的再生精神，在詩壇上是少見的，而成為他獨立自主的特性和明顯的精神塔臺。

早期，他的詩風被紀弦稱為「和楊喚，林泠，鄭愁予等相近」，如今，林泠與鄭愁予的詩風未見多大變遞，而李魁賢早在《赤裸的薔薇》時期，即又被與白萩的詩風相提並論，近期的〈落單飛行〉、〈鴿子事件〉部分作品，則又與較年輕一代對於語言計量及思考秩序的追求相契合，更見出李魁賢求變求新的勇氣，其實是隱合著詩壇遞進的軌跡，就詩學的立場而言，也其實就是一種進步的能力。

保持著年輕人創作上的激情、醒覺與追求超越的勇氣，是身為中年人的李魁賢的福氣吧！也因為如此，固然現時李魁賢的作品仍有待修正的必要，但卻給予我們對他未來必定的改變，充滿更新的期待。

四

一手寫詩，一手寫評論，這是臺灣現代詩人常見的景象，即使非由學院訓練出來的詩人，多半也根據既得的興趣、經驗和才能，加上自由吸取學理常識，成為不景氣詩壇中的基本批評家。

基本上，學院批評家擁有正統且充足的條件，對學理的運用及論議的方法，較具規模，非學院批評家則全仗個人的才情與經驗反省的累積，述理親和，也有說服力，但如欠缺嚴正負責的精神，難有可觀的成就。

　　李魁賢不屬於學院批評家，但他在評論方面的努力，已有顯著的成績，這些成績，在臺灣現代詩壇欠缺冷靜思考的評論現實裡，特別顯出重要的位置。促成他產生批評家條件的因素，大約有下列四種：

　　第一、三十年的詩人經驗，幾乎是經驗了整個臺灣詩壇發展的歷史，可以說，他是跟隨著現代臺灣詩史而發展出來的嫡傳批評家。

　　第二、個人在創作歷程上的遞變與求新，造成經驗論的潛優，透過這種潛能的模擬和發揮，使他形成批評性與反省性條件極強的批評家的狀態。

　　第三、外語能力的豐富，不僅使他在翻譯上得所發揮，也擴大了他身為現代詩人應有的世界性視野，這種外語條件，是自由取吸學識時迫切需要的工具，有些是學院批評家所或缺的。

　　第四、來自「笠詩社」團體教養的刺激。笠詩社是個講求極端自我要求的詩人團體，特別是這個團體內，詩人品質的逐漸膨脹，和評論能力的質量的擴張，一方面使他推向一個更深進的批評家的挑戰環境，一方面也提供了他更多的機會，以歷練並養成批評家的性格。

　　在李魁賢的系列重要論文底下，已完成的約七十萬言之多，對一個非學院出身及含有繁重的職業負擔的詩人而言，他的勤勉可由這個數字中得到確認。近年來，在有系統的規畫下，他專對某一特定詩人的作品經過研究而提出萬餘字的評論，已不下數十篇，這在當前詩壇有限的批評家當中，特別顯出了難能可貴的能力與魄力。

　　據於這種批評家的位置，李魁賢的任何看法都是令人感到興趣的。他曾把臺灣現代詩三十多年的發展歸納成三個比較顯著的方向：一是「純粹經驗論的藝術功用導向」，重視內在心靈對物象的觀照，偏重藝術性的追求；一是「現實經驗論的社會功用導向」，重視社會現實的處境，企圖以詩的手段引起社會性的共鳴和呼應，偏重社會功用的效果；一是「現實經驗論的藝術功用導向」，重視現實經驗的感應，轉化為詩性現實，力求以藝術手段與讀者溝通，是藝術性與社會功用兼重的中和發展。

這三種趨勢，其實是構成臺灣現代詩壇當前風貌的主流，而詩人派別的紛爭，實際上也多半由於「純粹經驗論的藝術功用導向」作品，與「現實經驗論的社會功用導向」作品彼此關係對照之不調整，李魁賢特意提出「現實經驗論的藝術功用導向」，融合前二者的主張——在詩的精神方面，以現實經驗為基材，在詩的表現上，追求藝術性的技巧——實是深感未來臺灣詩文學的發展，有趨於三合一的必要。

事實上，以臺灣現代詩的發展秩序而言，最先出現的是「純粹經驗論的藝術功用導向」作品，接著出現的是「現實經驗論的藝術功用導向」作品，最後才有所謂「現實經驗論的社會功用導向」作品的流行，李魁賢特意將中間階段的「現實經驗論的藝術功用導向」放回最後的位置，成為未來臺灣詩文學發展的起點，一方面表現了他對服膺「社會性與藝術性並重」的堅決體認，一方面也體現了一個批評家冷靜反省、知所取捨而不隨波逐流的客觀條件。

李魁賢的批評家的精神，在我看來，至少表現了正直的思考態度，這是做為一個非學院批評家，不得不特別要求的憑仗。

五

從這些觀點加以考察，在經驗了整個臺灣詩文學的發展歷程中，無論做為一個詩人或一位批評家，李魁賢至少是用心地保持著醒覺而正直的狀態，這種狀態，應該就是詩的最佳物質生成場。

因此，未來李魁賢如何站在追究過往的詩人經驗，以追取他所說的「詩永遠具有無限量的可能性」中的具量表現，令人感到無限的等待，畢竟他的最終位置，更在於詩。

——民國 72 年 5 月 20 日

——選自《文學界》第 7 期，1983 年 8 月

抗議詩人李魁賢

◎吳潛誠[*]

我參蟬／陷入晌午的森林／面對群樹沉默／喊破喉嚨

——李魁賢〈禪與蟬〉

　　李魁賢（1937～）或可稱做業餘的專業詩人。「業餘」指他的教育背景和職業身分與文學沒有直接關係——他畢業於臺北工專，一度任職工廠，後來經營專利公司；但他自 17 歲首次發表作品以來，筆耕不輟，迄今已出版詩集九部，翻譯、評論以及其他作品不下四十種，就生產量而言，並不亞於專業詩人，無疑是個值得推崇的作家。這篇短評無法綜述李魁賢的詩藝，只擬勾勒他近十餘年來詩作的一些特色。

緊扣生命現實、關懷民間疾苦的詩人

　　李魁賢明顯是個入世詩人。他的絕大多數作品都緊扣住生命現實，流露出對人間世事的關切。我們很難在他的詩篇看到嫻靜而純粹的風雲月露或草木蟲魚。他筆下的景物莫不蘊含寓意，莫不在影射現實情況。《祈禱》詩集的第一輯「中國觀察」可以供作證明。該輯 18 首呈現景觀的詩作，不論寫北京紫禁城的螭首或南京的梧桐，全都在借題發揮，諷喻當地的政治氛圍和人民狀況。例如〈螭首〉形容該歷史遺物「逐漸風化的裝飾／以虛假的龍首／統一配置／在龐大禁城的牆垣⋯⋯在強制規畫的格局下／數百

[*]吳潛誠（1948～1999），文學評論家、翻譯家。臺南人。發表文章時為東華大學英美語文學系系主任。

年間／溫馴到和中國人民一樣／張著乾燥的大口／沒有水跡」，諷刺極權專制（的象徵）死而不僵，了無生機（「沒有水跡」）以及其管轄統治下人民的馴服。

李魁賢以觀光客的身分在中國旅行，卻絲毫不沾染傳統文人的雅興。在他的冷眼中，早春時節，在江南陰沉的天空下，梧桐樹枝猶如「突穎而出的抗議手臂／橫遭強制鋸斷」；在北京旅舍乍見秋色，詩人擔憂「入冬後／有沒有積雪會封鎖思想的大地」（〈秋窗──北京〉）；蒞臨長江三峽，他慨嘆「詩文還在牽扯猿聲哀啼的象徵／卻不知入夜後／禁閉著嘴巴的人民／心中有無輕喟或嚶泣」（〈猿聲啼不住──長江三峽〉）。李魁賢優先關切人類生命，不免要責問那些不顧民間疾苦的詩文牽扯；類似的反應也表現在遊蘇州寒山寺的〈鐘聲〉一詩，該詩戲仿／顛覆張繼那首千古傳誦的〈楓橋夜泊〉，毋寧是十分殺風景的，因為李魁賢眼光和聽覺獨具，或者說得更確切些，他殊具批判意識，不盲從中國傳統詩人的美感思維，故能發現楓橋一帶只有：「昏沉的河水／一段詩性浪漫中的盲腸／有點發臭／月未落……烏啼勝似人啼嗎／我舉杵／敲鐘三下／自己震耳欲聾／卻傳不出迤邐的牆外／滿天細霜凍僵了自由的聲波」。烏啼與人啼之優先次序的質問反映了李魁賢的人本思想；最後一句有如神來之筆，喻示自由言論遭到彌天蓋地式的封鎖，施展不開。

「中國觀察」諸篇，在在顯示：詩人李魁賢即使在度假旅遊，也沒有一般文人雅士的閒情逸致；觀察的對象與普通旅客大不相同。他表面上在呈現、刻寫山水景物，真正的著眼點卻是政治情況和人民生活現實方面的聯想，也就是採用所謂的即物之義，賦予筆下的物象特殊的寓意，這一點論者屢屢提及，本文不贅。

立足本土而不受縛於偏狹的地域主義

不過，李魁賢最誠摯而熱切的關懷表現在他描寫自己的鄉土及其人民的詩篇。熟悉其作品的讀者都會同意，李魁賢是臺灣最具有鄉土意識的詩

人之一。特別值得一提的是，他能夠直接涉獵英文和德文著作，足跡遍及世界五大洲，稱得上是頗具國際視野的詩人[1]，他自然不受縛於偏狹的地域主義（provincialism），然則，詩人無論走到世界的哪一個角落，關心繫念的總還是臺灣故鄉及其命運，絲毫不為異國情調所迷惑，那也就是說，世界眼光非但沒有使李魁賢變成國際浪子，反而強化了他的鄉土認同。現舉一例說明，〈日內瓦之冬〉一詩的開頭說：「在湖邊／島的個性就回到我身上／我的島在遙遠的東方／極目望不到的太平洋」，後來，當詩中人驚覺夜晚逼臨，急急向行人探問湖的方向，順著水鴨的步伐往湖邊走去，「漸漸聽到潮聲／我的個性就自然湧現／我走進湖中任憑潮水沖擊／以島的堅持露出水面上／回頭望著東方。」

在鄉土情懷和社會責任感的驅動下，李魁賢寫了許許多多批判社會和政治現實的詩篇。〈不再為你寫詩〉多少能反證詩人的用心良苦，該詩用頓呼法，直接對臺灣大聲喊話：「我不再為你寫詩了／臺灣　我寫得還不夠多嗎／我寫到手指變形／寫到眼睛模糊／寫到半夜敲門都會心驚……臺灣　你卻一直渾渾噩噩／水一直流膿／空氣一直打噴嚏／土地一直潰瘍／人民一直政客……」在詩人眼中，現實環境如此不堪，難怪他要學參「蟬」，「喊破喉嚨」了。

李魁賢批判社會／政治現實的詩篇，風格多傾向於直截了當，明白清楚。詩人在〈誰才無聊〉中辯稱：別人寫詩，「都拐彎抹角」，因為他們是寫給神看的，而神「喜歡糾纏不清的娛樂／看不懂直接坦白的抒情」；自己寫作，「是給人看的」云云。率直，懇切，不賣弄玄虛，李魁賢的確是典型的本土詩人。直接而明朗的鋪陳固然得以傳達訊息旨意，但無可否認，也容易流於平淡或鬆散（prosaic）。例如，〈都市的夜景〉第一節：「都市夜裡耀眼的燈光／使人看不到星空的存在／一直不肯稍歇的車聲／使人聽不見鳥鳴蟲唧的天籟」，以上各詩句使用「展現」（to show）方法，「燈光」、「車

---

[1] 李魁賢的國際視野，拙文〈九十年代臺灣詩（人）的國際視野〉曾論及，此處不重複，詳見《臺灣現代詩史論》（臺北：文訊雜誌社，1996 年 3 月），頁 507～518。

聲」是人類文明的產物,「星空」和「鳥鳴蟲唧」則代表自然;詩的第二節接著說:「人霸占了自然　建立都市／就在都市裡沉溺　疏離了自然」,這是訴諸「直訴」(to tell),過分明白,反而阻礙了聯想。

　　其實,詩人李魁賢也在〈不再為你寫詩〉中承認:「我的詩不能做藥方／不能減輕沉疴／本身開始縮水／漸漸枯萎」。現代詩人奧登有句常被引述的按語說:「詩不能改變什麼」(Poetry makes nothing happen);而論者常常強調詩自有其情境(its own reality),不宜以實際效益評斷其價值,李魁賢無疑有這一層認識,他在〈我們的詩〉中宣布「詩不能拯救世界」,意即詩不能產生明顯而立即的效應。但他依然堅持詩人必須對官方、官方的謊言以及官方的共謀說不,那也就是說,詩人必須扮演社會的良心,秉持在野的、邊際的、反對的、批判的立場,針對政治權力、社會現狀、流行時尚,乃至強勢的文學風潮等等提出「對立」(antithetical)觀點或反調(counterstatements),以供反思。從這一點來看,李魁賢可以歸劃為抗議詩人,他有許多作品都在撻伐當前臺灣政治體制及其政策和措施的荒謬,總是使用譏刺或反諷的語調。

抗議詩人寫抗議詩篇

　　《黃昏的意象》中「社會寫實」一輯 12 首都可以看做抗議詩篇,全都以譏諷語調寫成。例如,〈臺詞〉指「一個統一、民主、自由、均富的中國」的命題,該詩以邏輯推理,分析中華人民共和國建立時並未統轄臺灣,「臺詞」的主張反而造成它「實質統一的假性分裂」;臺灣方面則「因為背負了中華民國的外殼／也變成實質臺灣統一的假性中國分裂」,分裂症阻止民主、自由(選舉)、均富的發展,結局是「臺詞」的命題無從兌現,徒然自暴其矛盾而已。〈瓜的傳說〉則揭示政府當局採用老王賣瓜的辦法,為臺灣巧立「中國瓜」、「中華民國瓜」、「中華臺北瓜」、「臺澎金馬瓜」、「臺北經濟文化瓜」等名目,搞得臺灣最後以沉入太平洋收場。〈為了降價不得不漲價〉以同樣的策略,揭發官方為興建核能電廠所提出的狡辯說詞

自相矛盾。刻寫都會現實的〈臺北異鄉人〉則質問「一桌五萬元的酒席／享用的是什麼樣的口味和心腸」,「口味」和「心腸」兩個詞彙一語雙關,含有道德批判的意思;「都市邊緣的山坡地／蓋滿了美侖美奐的違章別墅洋房」,兩行詩道破了臺灣社會違法亂紀式的畸形（浮誇）發展。

聲嘶力竭,喊破喉嚨

　　李魁賢除了對社會、國家大事提出針砭,自然也抒寫個人的感懷和對形上問題的探索——事實上,關涉公眾事務的作品也可能包含個人感觸在內,兩者殊難截然區隔。不過,大體而言,當詩中的說話者似乎處於孤立狀態,在思索一般性的生命問題而發出獨白（相對於想說服別人）時,詩的語調比較舒緩,形式比較工整,也比較寫有暗示意味。例如,在〈恍惚的夜色〉中,詩人「從山上俯瞰夜燈的都市／分不出什麼燈亮了／什麼燈瞬間熄滅」,接著便幽幽地自問道:「有不得不暴露的祕密嗎／還是有不得不隱藏的祕密」,這時候的詩人仍然與人間世界有所連繫,但隔著相當遙遠的距離,情緒平穩而超然。

　　我們閱讀李魁賢的感懷和抒情作品,會發現他細膩、誠摯、溫馨的一面,但他的作品竟被「抗議」占掉一大半,這顯然與詩人不趨炎附勢的耿介個性有關,與詩人對詩的信念有關,但也必須從臺灣特殊的政治脈絡中去了解。目前,島內的社會和政治狀況似無好轉的跡象,年近六十而創作力愈來愈旺盛的抗議詩人李魁賢自然不會歇筆,面對不公不義,面對渾渾噩噩的冷漠大眾,他恐怕仍須聲嘶力竭,喊破喉嚨。

——選自吳潛誠《島嶼巡航:黑倪和臺灣作家的介入詩學》

臺北:立緒文化公司,1999 年 11 月

李魁賢臺語詩的語言象徵

◎顏瑞芳*

一、前言

在臺灣詩壇上，李魁賢（1937～ ）稱得上是一個異數。他從事的職業是化學工程與專利發明管理，卻在文學事業上卓然成家，四十多年來出版論著、詩集、評論、譯詩五十餘種。[1]他譯介的詩有《里爾克詩及書簡》、《杜英諾悲歌》、《德國現代詩選》、《德國詩選》、《印度現代詩選》、《鼓聲——世界黑人詩選》、《頭巾——南非文學選》等，可見他對德國詩人的鍾情和對第三世界詩人的關注；詩評論有《心靈的側影》、《弄斧集》、《臺灣詩人作品論》、《詩的反抗》、《詩的見證》等，展現他的本土情懷和批判精神；詩集有《靈骨塔及其他》、《枇杷樹》、《南港詩抄》、《水晶的形成》、《永久的版圖》、《祈禱》、《黃昏的意象》等十餘種，標示他橫溢的才華和旺盛的創作力。他是難得的一位兼具國際視野與鄉土意識、理性批判與人道關懷的詩人。

李魁賢的詩觀，具體呈現在《黃昏的意象·自序》中：

> 詩，誠然因語言的創造性組合而產生魅力，但詩不是語言的遊戲。毋寧說詩的魅力，是因詩中所蘊含的意義性和思想性，產生吸引力，而以創

造性的語言組織加強其散發的強度。⋯⋯

在詩想的思考上，由於意象能發揮多義性的隱喻，實際上，「小我之情」
與「大我之情」可以進行重疊，甚至多層次的重疊，以致可以交融到撤
除藩籬的區隔。

過分迂迴曲折式的象徵暗喻，或過分直接訴求式的浪漫情調，在詩的傳
達上似乎都有「過猶不及」的感覺。

他指出詩「語言的創造性」的重要，更強調「蘊含的意義性和思想性」的
必要，認為詩應該兼有語言的「魅力」和內容的「吸引力」。他肯定象徵隱
喻的表現方式，但知所節制而不流於迂曲晦澀。

他以詩作實踐他的詩觀，他的詩往往藉清新素樸的語言，表現深刻的
情思或尖銳的諷刺，給予讀者強烈的心靈撞擊，亦即通過「創造性的語言
組織」使意象發揮「多義性的隱喻」，形成貌似清癯實則豐腴的語境。因
此，古繼堂說他的詩具有「強大的內感力」[2]，杜榮根則言「其情感深沉而
含蓄，其哲理深刻而機智」。[3]

1970 年代以來，本土意識逐漸抬頭，以母語創作，成為「肯認本土意
識」[4]的重要表徵。雖然 1930 年代推行臺灣話文時，已有徐玉書〈我的親
愛的母親〉、楊華〈女工悲曲〉、楊守愚〈女性悲曲〉等臺語詩[5]，但以一種
更嚴肅的態度，更精確的語彙，有計畫而系統性的處理方法來經營臺語詩
者，則非向陽莫屬。[6]向陽臺語詩的寫作開始於民國 65 年初，二十餘年
來，臺語詩已有蔚成風潮之勢，向陽出版方言詩集《土地的歌》、鄭良偉編
《臺語詩六家選》，已展示初步的成果。民國 80 年「蕃薯詩社」的成立宗

---

[2] 參見古繼堂，〈透明的紅蘿蔔——論臺灣詩人李魁賢的詩〉一文，收於《黃昏的意象》，頁 129。
[3] 參見杜榮根，〈李魁賢詩歌淺析〉，收於《祈禱》，頁 95。
[4] 向陽在〈七十年代現代詩風潮試論〉（載於《文訊》第 12 期，1984 年 6 月）中提出 1970 年代五
大風潮為：重建民族詩風、關懷現實生活、肯認本土意識、反映大眾心聲、鼓勵多元思想。
[5] 1930 年代臺語詩創作情形，可參考羊子喬〈日據時期的臺語詩〉一文，載於《臺灣現代詩史論》
（臺北：文訊雜誌社，1996 年 3 月），頁 79～90。
[6] 參見王灝〈不只是鄉音——試論向陽的方言詩〉，《文訊》第 19 期（1985 年 8 月）。

旨標舉「用臺灣本土語言創造正統的臺灣文學」[7]，更展現他們「提升臺語文學及歌詩的品質」的雄心。「蕃薯詩社」的同仁包括林宗源、黃勁連、莊柏林、向陽、林央敏、顏信星等，稱得上是為臺語詩深耕的一列尖兵。

　　身處這樣的風潮之下，李魁賢也情不自禁嘗試臺語詩的寫作。《黃昏的意象》第三輯「語言象徵」所收的五首詩，「是使用母語寫作的一點嘗試，當然是『象徵的』」。[8]這是他詩集中出現的僅有的臺語詩，數量不多，但它具有李魁賢詩慣有的語言魅力，與蘊含、象徵的吸引力，值得進一步探討。

　　「語言象徵」中的五首臺語詩，分別為〈紅柿〉、〈港邊〉、〈無照步來〉、〈行出歷史的監牢〉、〈癲癎〉。第一首作於 1988 年，二、三首作於1991 年，四、五首作於 1992 年，五年間出產五首臺語詩，這顯然是比胡適《嘗試集》更為艱辛而且慎重的「嘗試」！

二、佛桌頂的紅柿

靠置佛桌頂的紅柿
是阮勞苦照顧的收成
用素果服侍神明
保庇大家清榮過日子
不過日子歹過
心肝愈來愈袟超策

昨暝看電視
看著隔壁的阿柿仔
綴人上臺北街頭遊行
遂被人拍到滿面血水若流
正實親像一粒紅柿

---

[7]《蕃薯詩刊 1——鹹酸甜的世界》（臺北：臺笠出版社，1991 年 8 月），頁 3。
[8] 李魁賢，〈自序〉，《黃昏的意象》。

看著憲警舉棍子亂舞

恰如彼寡死囝仔

舉竹篙偷弄樹欉頂的紅柿同一款

神明啊　你攏沒保庇

做田人戇百姓

種稻仔飼彼寡白頭殼仔

倒轉來拍咱家己

這款啥物世界

歸氣　收收起來

連紅柿　你每免數想

——〈紅柿〉

　　這是李魁賢寫作時間最早、用力最深的一首臺語詩，背景是民國 77 年 5 月 20 日的農民反剝削抗議遊行事件，詩成於 5 月 28 日。在李魁賢詩集中，〈紅柿〉共有三個版本，除上引外，《永久的版圖》中尚有國、臺語各一，而兩個臺語版所用詞彙略有不同，如「靠置佛桌頂的紅柿」另作「靠佇佛桌頂个紅柿」、「不過」另作「嘸閣」、「免數想」另作「免肖想」。李魁賢可能是先用國語寫成，再將它「翻譯」為臺語，而在翻成臺語後又不斷推敲琢磨，斟酌字詞。

　　全詩以「紅柿」做為象徵主線，「神明」為副線，進行多層次的重疊。首段「佛桌頂的紅柿」是素果、是供品，「紅」代表吉利，也象徵阮（「做田人戇百姓」）的「赤」誠「服侍神明」，祈求神明佛光普照，德澤廣被。「不過日子歹過／心肝愈來愈袂超策」，神明似乎沒有保庇，做田人日子歹過，心肝赤誠難免消褪；次段承「日子歹過」而來，「隔壁的阿柿仔／綴人上臺北街頭遊行／遂被人拍到滿面血水若流／正實現像一粒紅柿」，阿柿仔表面上是人名，實際上是象徵對神明（政府）赤誠的做田人，他迫於生

計，跟人到臺北遊行，卻被憲警打得滿面鮮血，如同一粒「紅柿」，這時候的「阿柿仔」，貌如紅柿，但他內心原本對「神明」的赤誠顯然已經由紅轉綠轉青。緣於對神明無保庇的不滿，因此末段「這款啥物世界／歸氣　收收起來／連紅柿　你每免數想」，把紅柿從供桌上收起來，正象徵對神明不再有赤誠的祈望，也表達了對政府出動「白頭殼仔」（戴白頭盔的憲警）修理農民的憤怒。

作者藉樸實勞苦的做田人口吻，運用「紅柿」的鮮明色調和「神明」的崇高形象，做層疊交錯的對照與象徵，使全詩充滿諷刺的張力。

三、海防的樹仔

暗暝置加咱偷看的目珠
若會向港口一直徙去

啊　無囉　彼是船頂的燈火
歸大隊的漁船置欲出航
出海去掠魚啦

但是　佗一隻船會當載咱
來去世界置四界佚陶
看彼寡做夢先行到的所在

呵　無囉　我欲親像這寡海防的樹仔
像咱置這坐椆的海岸
我欲恬遮送你孤單去海外
也欲恬遮迎接你倒轉來
為咱的鄉土認真扑拚
……

——〈港邊〉

　　這首詩的國語版作於 1977 年 10 月 24 日[9]，距離臺語版（作於 1991 年 6 月 26 日）已十三年餘。作者在事隔多年後，親手把它翻成臺語詩，想必對此詩有一份特殊的感情，這是可以理解的：他的家鄉在臺北淡水，觀音夕照、船影桅燈，啟發多少詩人高遠浪漫的憧想，而生長於斯歌哭於斯的土地，卻是最深刻最不捨的眷戀，〈港邊〉唱出了他對夢土的想像與對鄉土的堅持，是他生命情懷最具體的投射。

　　詩分六段三節，每節由兩段組成（此處所錄為前兩節）。前兩節分別由一問一答構成。首節：「暗暝置加咱偷看的目珠／若會向港口一直徒去」（在夜裡窺視我們的眼睛／怎麼漸漸往港口移動？）[10]作者把閃爍的桅燈比擬為窺視的眼睛，使夜色下的港邊瀰漫著朦朧和神祕，接著自答：「啊　無囉　彼是船頂的燈火／歸大隊的漁船置欲出航／出海去掠魚啦」（啊　不　那是桅上的燈／成隊的漁夫正要動身／到海上去收獲魚蝦），原來漁夫是利用夜晚，向大海討生活，成隊的漁船正要出海「掠魚」（捕魚）。次節由船的即將遠行，引發作者的憧憬：「但是　佗一隻船會當載咱／來去世界置四界佚陶／看彼寡做夢先行到的所在」（但是　哪一艘是我們的船？／帶著我們遨遊四方／走遍夢土上的勝跡？）作者畢竟不是漁夫，他聯想到的船不是載魚蝦網罟的，而是載咱「四界佚陶」（四處遊玩），載咱去尋找理想與夢土的。可是，他這種飛躍的想像隨即被鄉土的磁石吸了回來：

　　啊　不　我要像這些海防的樹

　　像我們并坐的岸石

　　在此送你單獨遠適異域

　　在此迎你倦心歸來

　　共同奠基我們的鄉土

---

[9]見《秋與死之憶》（北京：人民文學出版社，1993 年 7 月），頁 83～84。
[10]此段（　）中的文字為《秋與死之憶》中的國語版。

這時，「咱」已經分歧為你我，你一秉初衷，乘船單獨遠適異域；而我，「欲親像這寡海防的樹仔」，守候故鄉的土地。在這個我們曾並肩而坐的岸石上，我會迎你倦心歸來，共同「為咱的鄉土認真扑拼」。

海水的沖刷，會侵蝕岸邊的土地，有賴「海防的樹仔」伸長根鬚加以護衛；西潮的沖刷，會使傳統的道德觀念和價值標準崩解，又有多少棵「海防的樹仔」，能挺立於隨波逐流的風潮之中？1970 年代是由極度迷失到逐漸肯認回歸鄉土的年代，生長在淡水海邊的李魁賢以「海防的樹仔」象徵自己堅定不移的決心，毋寧是極為貼切的。

四、等袂來的巴士

我相信妳
當時妳置講
妳會愛我
袂變

我是真心的
當時我置講
我會愛妳
一世人

但是妳已經變心
我每是
即每新的妳
合新的我
已經無復再
相愛

合妳兜陣生活

親像置等
巴士
永遠袂來

—— 〈無照步來〉

　　這首詩乍看像愛情詩，實則是以男女之情象徵兩岸關係。詩分四段，結構上分別是起、承、轉、合。前兩段起承相互呼應，代表過去的時間：「當時」，我相信妳所說的：「妳會愛我」，不變；我也真心待妳，「我會愛妳」，一生一世，正是郎情女意，一往情深。第三段筆鋒一轉，跌入冷酷的「現實」：「但是妳已經變心／我每是」，妳不再對我溫柔體貼，而是動輒潑辣叫囂惡言相向，我當然也不可能再對妳深情款款百依百順，鏡已破，難再重圓，所以說：即每（現在）新的妳合（和）新的我，已經無復再相愛。末段以假想「未來」作結：「合你兜陣生活」（和妳一起生活），就像在等待巴士，永遠不會來。現實生活中的巴士姍姍來遲，會令人焦灼不耐，但不致於永遠不來，「巴士／永遠袂來」是作者主觀情緒的誇張渲染。

　　臺灣人在經過乙未割臺、二二八事件後，懷抱「妳已經變心」的傷痛，對大陸產生怨嗟和疏離，是極其自然的。而中共對臺長期的武力威嚇、外交封殺，更加深彼此的仇恨，「已經無復再／相愛」。作者末段以「合妳兜陣生活」就像在等待永遠不來的巴士，象徵海峽兩岸統一的期盼是遙遙無期的。

五、歸身軀攏是癩瘌

「我歸身軀攏是癩瘌！」
你這句話
無一絲也怨嗟
只感覺著
你溫熱帶的日頭

給萬物拼勢成長

青淋淋企置
歷史的海洋中
你無因為受著屈辱
遂甚早旋出白頭毛

風颱一瞬一瞬刮
地動一瞬一瞬搖
你一手
每有法度擋過若濟苦難

你的清白
猶是恰如赤子之心
大家遂
連你的名也不敢提起
真實加你
準做癩瘄病人共款
因為你的名
是：臺灣！

——〈癩瘄〉

　　這首詩以全身都是癩瘄象徵臺灣悲慘坎坷的歷史，在列強的侵凌和殖民統治的壓榨下，曾幾何時，鍾靈毓秀的美麗島變成千瘡百孔的惡魔島。癩瘄又稱疥瘄、麻風（痳瘋），一種慢性傳染病，症狀是皮膚麻木、變厚、顏色變深，表面形成結節，毛髮脫落，感覺喪失，手趾腳趾變形等。[11]由於具有傳染性，所以若有人患病，家人總會設法隱瞞。作者藉人們羞於啟齒

---

[11]見《普通話閩南語詞典》（臺北：臺笠出版社，1993 年 12 月），頁 511，「痳風」條。

的「癩瘑」來象徵大家「不敢提起」的「臺灣」。[12]

　　全詩除首句是將臺灣擬人化的獨白外，其餘是採第二人稱的敘事觀點，傾訴作者對「你」（臺灣）的不忍與孺慕之情。首段說：你雖然自知全身癩瘑，並不因此怨天尤人，仍然一逕灑下「溫熱帶的日頭」（副熱帶的陽光），讓萬物繁榮滋長，像慈愛的母親哺育著大地。用「溫熱」，暗示慈暉的溫暖。第二、三兩段通過歷史和地理（時間和空間）的二重向度，凸顯臺灣威武不屈的陽剛性格，「青淋淋企置／歷史的海洋中」（企置：站在）是全詩警策，是臺灣傲岸形象最簡勁的素描，「青淋淋」，勾勒臺灣的峰巒聳翠，作者不說臺灣站在太平洋上，而說它站在歷史的海洋中，藉虛實相生的手法使詩句充滿魅力與張力。「歷史的海洋」是波濤詭譎、驚險萬狀的，臺灣不因受著屈辱的歷史而疲憊衰老「甚早旋出白頭毛」（甚早長出白頭髮），不因颱風和地動（地震）的時常侵襲而憂懷畏懼，但人畢竟是血肉之軀，「你一手／每有法度擋過若濟苦難」（你一手／會有辦法抵擋多少苦難？）這是作者忍不住的悲憫。末段，作者由不忍轉為不平，雖然「你」皮膚滿是瘡疤，但素心清白如赤子，悲情終將過去，頑疾必會痊癒，而你的名：臺灣，大家何必再「不敢提起」！

六、結語

　　李魁賢以佛桌頂的紅柿象徵農民對政府的赤誠，以海防的樹仔象徵自己護衛家園的決心，以等袂來的巴士、變心的男女象徵兩岸關係的疏離，以滿是癩瘑象徵歷盡屈辱的臺灣；而另一首〈行出歷史的監牢〉則是以黑牢象徵蹧踏人性尊嚴的社會。他的臺語詩豐富的語言象徵，使詩所蘊含的意義和思想顯得深刻厚實。而流貫於這些詩中的情思，便是他對斯土斯民的眷愛，對臺灣的疼惜。

---

[12] 連橫，〈雅言〉：「禁忌之事，無論文野，環球各族，自古流傳。……又曰：『慘參生疥兮像床，物參瘑瘡兮對門』，此則恐其感染也。瘑瘑則麻瘋，為遺傳病，潛伏之期頗久。故諺曰：『會過祖，昧過某』，言能及其子孫也。古人之深晰病理，明知傳染，而不言傳染，慮聞者之寒心耳。」見《雅堂全書二・臺灣語典》（臺北：中華叢書委員會，1957 年 8 月），頁 131。

　　在方言語彙的運用上，李魁賢傾向於捨繁就簡，捨冷僻就通俗而不失典雅，如捨「个」、「令」用「的」、捨「佇」用「置」、捨「佮」用「合」、捨「即馬」用「即每」、捨「燴」用「袂」、捨「知影」用「知也」等。他成功的驅遣「出海掠魚」、「四界佚陶」、「認真扑拼」、「兜陣生活」、「旋出白頭毛」、「風颱一瞬一瞬刮」等生動的語詞，讓人見識到閩南語親切活潑的生命力。

　　日據時代，連雅堂先生深懼臺語在異族統治下日就消滅，因而決志整理、保存臺語。民國 22 年撰成《臺灣語典》，於〈自序〉中言：「今之青年，負笈東土，期求學問；十載勤勞而歸來，已忘其臺語矣。今搢紳上士乃至里胥小吏，遨游官府，附勢趨權，趾高氣揚，自命時彥，而交際之間，已不屑復語臺語矣。」又於〈雅言〉中記：霧峰一富人子留學東京數年，不能操臺語，或問：「汝他日歸家，將何以與汝父談話？」答：「吾倩一通譯可耳。」當時情景，誠令人惋愴！而自民國 40 年推行「國語運動」以來，許多生長於臺灣的子弟，不曾負笈東京西京北京，就已經不能操臺語了，當今孫子和祖父母講話須透過父親通譯的比比皆是，臺語受蹧踏的程度較之當年恐有過之。欲保存、發揚臺語，則有賴優美、傑出的臺語文學作品不斷湧現。李魁賢具豐富語言象徵的臺語詩，無疑是這股湧動的噴泉中醒目的一景。

——選自《中國現代文學理論》第 11 期，1998 年 9 月

空間的詩學
李魁賢新詩研究

◎陳玉玲*

一、前言

　　李魁賢（1937～）是臺灣重要的詩人。以李魁賢作為本文的研究對象，原因如下：第一、他是一個執著創作，不斷自我超越、自我成長的詩人，詩人至今創作不懈，可見一斑。第二、精通英、德、日文的李魁賢兼具現代詩評論家及翻譯家的角色，使他具有國際性的詩學素養。第三、在臺灣文學的研究上，李魁賢是重要的研究對象，他以詩作及詩評標示出自己存在的位置，並且寫出對臺灣的愛，使他足以擔當臺灣詩人的桂冠。

　　本文運用空間的概念分析李魁賢筆下的世界，並期望能深入他的內在世界及存在的感受。首先必須說明：李魁賢詩中呈現的空間意義並不等同於詩人自身存在的位置或處所，也絕對不是在一般理解中作為背景及幾何化的空間。

　　吳國盛在論述現代人的空間概念時，指出現代空間的概念具有背景特徵及幾何化的特徵。現代人生活在機器的世界中，力學世界觀（mechanical view of world）經過潛移默化深印在人們腦海中。一般將空間想像為唯一、不動的存在，當作是純幾何的延伸：連續、無限伸展、三維、可度量等等，其實是受到牛頓（Isaac Newton, 1642-1727）絕對空間觀以及笛卡兒（René Descartes, 1596-1650）直角坐標的影響，這並不同於希臘哲學的空

*陳玉玲（1965～2004），宜蘭人。詩人、評論家。發表文章時為靜宜大學中國文學系副教授。

間概念。[1]

空間在近代哲學史上，存在著實體論（substantialism）、屬性論（property view）和關係論（relationalism）的概念。實體論探究宇宙（空間）的本體；屬性論則探究空間的大小、長寬高等延伸的概念；關係論則指物體存在的位置或處所。分析李魁賢的空間詩學，必須先與現代幾何化與背景化的空間概念先作區分。本文所關注的是李魁賢詩中所呈現的實體論概念的空間。透過詩人對宇宙實體的想像，正可以深入詩人對生命本質的觀感。

巴什拉（Gaston Bachelard, 1884-1962）認為，詩人想像最初的根源是空氣、火、水和土四種元素，詩的批評就是詩人這四種物質想像的分析。巴什拉的認識論是對這想像的初源進行精神分析，並展開想像形上學的理論體系。巴什拉的四元素與中國五行金木水火土有重疊的選擇，但是，中國的五行哲學更強調相生相剋的關係。本文主要以——火、土、木三種元素，分析李魁賢對宇宙實體的想像。這種想像及意象的分析與科學客觀化的研究是迥然不同的。巴什拉指出，幾何與代數已逐步地把自身的形式與抽象原則納入科學之中，成為客觀化的研究軸線。但是，詩學及想像世界的研究卻是主觀的研究軸線。[2]

二、陽光與月光

李魁賢的詩時常讓人感到溫暖、愛與希望。這股動力即來自於詩人潛意識中對宇宙實體的想像。以意象分析而論，李魁賢詩中的宇宙實體的來源是火、土、木，彼此間又存在相生的關係。分析論述：（一）火在李魁賢詩中是隱性的內在特質；光是火最純粹的表現，來自天體的火有陽光、晨曦、夕陽、晚霞、月光、星光等。（二）土地同時具有宇宙實體與存在根源的雙重意象，土地幾乎緊緊與火或植物的意象相結合。地熱、火山、熔岩

---

[1]吳國盛，《希臘空間概念的發展》（成都：四川教育出版社，1997 年 7 月），頁 1～10。
[2]巴什拉著；杜小真、顧嘉琛譯，《火的精神分析》（北京：三聯書店，1992 年 6 月），頁 3。

是土地與火的共同體；植物也不能脫離土地而存在，這使詩人將宇宙實體的想像與存在的本質結合在一起。（三）宇宙樹是李魁賢詩中明顯的意象，樹的生長即是宇宙力量的呈現，宇宙樹的意象流露出：美的追求、自我的超越，同時也是對土地（故鄉）的回歸，這都證明了詩人的精神意識。

　　李魁賢在〈山茶花〉[3]中，寫道：「晨曦是我的初戀」，「晚霞是我的熱戀」，以晨曦與晚霞作為山茶花的戀情，隱喻陽光使山茶花得到生命力而層層開展。事實上，李魁賢詩中，陽光的照射正使大地與植物得到了生機希望。

　　李魁賢想像中的宇宙天體可能是日月星辰，來自天體的光，可能是陽光、晨曦、夕陽、晚霞、月光與星輝，然而不論何者，它都與大地、果實、花朵，甚至是愛情的成熟密切相關。在表象上，這光的熱度彷彿只是催化劑，但是，從精神分析而論，這卻是詩人的潛意識中，將愛與天體、地心相結合的過程。

　　李魁賢在《赤裸的薔薇》代自序〈孤獨的喜悅〉中，將詩人比喻為青果，成熟的途徑是孤獨與愛的堅持，「所以詩人的要務：唯孤獨，唯愛」。其中，李魁賢以「曠野中傲立的果樹」自喻孤獨的情境。孤獨的喜悅在靜謐的果園裡油然而生，果實在孤獨的氣氛中，「吸吮愛的甘露，與天地相對，與陽光相對，漸趨成熟」。[4]坦然與天地陽光相對的過程，說明了孤獨不是空等待，而是等待成熟的生命歷程。陽光與愛的甘露，在此具有等質的意義，都令存在者——詩人或果實趨於成熟甜美。

　　李魁賢運用果實的意象彷彿受到里爾克（Rainer Maria Rilke, 1875-1926）詩境的召喚，里爾克在《給奧費斯的十四行詩》第 13 首[5]中，寫道：

---

[3] 李魁賢，〈山茶花〉，《黃昏的意象》（臺北：臺北縣立文化中心，1993 年 6 月），頁 22～23。
[4] 李魁賢，〈孤獨的喜悅〉，《赤裸的薔薇》（高雄：三信出版社，1976 年 12 月），頁 1～2。
[5] 里爾克著；李魁賢譯，《里爾克詩集 I》（臺北：桂冠圖書公司，1994 年 4 月），頁 32～33。

　　　果敢地說吧，你們所稱呼的蘋果。

　　　這甜味，起先是濃烈凝聚，

　　　接著，在品味中緩緩升起，

　　　變得清澈、提神，且透明，

　　　具有雙重意味，屬於陽光、大地、此世——

　　　啊，這種經驗、感觸、歡暢——無窮盡。

以及在第 15 首詩[6]中，寫道：

　　　舞著橘子吧。更溫和的風景

　　　自你們當中把它投出，這成熟的果實

　　　就在故鄉的大氣中閃耀！熱心的你們啊，

　　　揭去層層香氣呀！造成親誼，

　　　與純粹、堅毅的果皮

　　李魁賢詩中漸漸成熟的果實，亦即里爾克詩中屬於陽光和大地，充滿甜味的蘋果；而橘子的芳香，象徵純粹與堅毅的果皮，代表幸福的汁液，似乎也是「傲立在曠野中果樹」的願望，一種「清澈、提神，且透明」的成熟滋味。在此，不論是蘋果或橘子都一樣展現出詩人甜美的夢想，結合了起來。〈秋之午〉：「秋之午／果園內滿是纍纍的陽光／紫皮的果實與果實之間／成熟地相對敘語著」[7]，〈秋與死之憶之一〉：「你在秋天的果樹園裡徘徊時，你曾看到那些靜靜地躺著仰望月光的星星的成熟的果實。你曉得那不安的波動嗎？」[8]詩中的果實也接受月光星辰的光輝，使果實隱喻天體的意象。巴什拉指出：當鮮果的美越接近圓形時，就越具有陰性的威力，

---

[6]里爾克著；李魁賢譯，《里爾克詩集 I》，頁 35～36。
[7]楓堤（李魁賢），〈秋之午〉，《枇杷樹》（臺北：葡萄園詩社，1964 年 7 月），頁 35。
[8]楓堤（李魁賢），〈秋與死之憶之一〉，《枇杷樹》，頁 42。

受詩人讚頌的果實正代表著夢想者的鮮果──洋溢幸福的宇宙實體。[9]

　　在李魁賢的眼中，秋天是豐收的季節，果實的成熟象徵生命中的圓熟與愛的飽滿。秋天果園中成熟的纍纍的果實，在詩人眼中是生命的讚賞。〈秋之午〉中，他把成熟的果實比喻作「滿是纍纍的陽光」；在〈秋與死之憶之一〉中，他把果實給擬人化：「那些靜靜地躺著仰望月光和星星的成熟的果實」。秋天的果實成為日月星辰天體的重要意象之一。

　　李魁賢詩中的宇宙天體的想像是屬於秋天的，因為深秋所代表成熟的生命階段，與飽滿的、通透的愛緊緊相應，這正是詩人對陽光（月光）的想像。所以，李魁賢詩中有關成熟的主題總是在秋天出現，夏日令人窒息的烈日豔陽，並不是詩人對宇宙實體的想像，詩人寧願宇宙就像秋天的果實一般，詩人眼中的陽光就如月光一樣，是和煦宜人的，屬於秋高氣爽，萬物成熟的季節。成熟的愛，不只由果實表現出來，在李魁賢的詩中更成為豐富的意象，〈高粱穗〉[10]：

　　吸納陽光的愛

　　頭愈低

　　因為心中的祕密

　　使我感到羞怯

　　即使被摘下

　　脫水　染色

　　置上他案頭

　　低首的姿勢

　　就能映入他心窗

　　我看到自己

[9]巴什拉著；劉自強譯，《夢想的詩學》（北京：三聯書店，1996 年 9 月）。
[10]李魁賢，〈高粱穗〉，《水晶的形成》（臺北：笠詩刊社，1986 年 2 月），頁 9～10。

　　飽滿

　　愛的生命

　　是的

　　秋已深

詩中的高粱穗因為吸納了陽光而飽滿成熟，陽光在此又等同於愛的甘露。
〈一束陽光〉寫道：「陽光也隨著出現了／像稻穗一般／有成熟的味道／梳
著透光的女神金髮／有飛翔的味道」[11]，陽光與稻穗的滋味相當，正如同秋
深的隱喻，都代表成熟的生命階段，是一個充滿了「飽滿愛的生命」的季
節。在〈水晶的形成〉[12]表達了同樣意象。

　　椰子樹

　　排隊　舉手

　　托住夜空

　　讓月光的天鵝絨

　　蓋在我身上

　　秋深之後

　　使我感到軀體上的溫暖

　　是比月光更無孔不入的

　　他的愛

　　自由的渴望

　　夜暮盡頭

　　我看不到回家的路

　　在月光懷抱裡

---

[11] 李魁賢，〈一束陽光〉，《黃昏的意象》，頁 70～71。
[12] 李魁賢，〈水晶的形成〉，《水晶的形成》，頁 13～14。

我看不到自己的位置

原來
我已化成水晶
全身透明
在黑暗中映照月光

　　秋深，使詩人不斷地聯想起愛的飽滿，飽滿的愛透過陽光及月光的照耀呈現出來，一如上述，果實承受了日月的光輝。以月光的照射作為水晶形成的過程，更加強調了月光的純粹。巴什拉在《火的精神分析》中指出：光是火最純潔的化身，光的透明度是火的理想化，光成為火的純潔象徵。[13]因此不論是吸納陽光的高粱穗，或是映照月光而如水晶一般的通透晶瑩，都代表對愛的憧憬、成熟與純潔。詩中的主角靜靜地讓陽光或月光，由上而下地照射在自己的身上，彷彿承受一種珍貴的寵愛，感到內心的滿足與生命的成熟。在〈蟬殼〉詩中，他以蟬蛻比喻由青澀走向成熟心境，「我的共鳴箱內／充滿他的愛／在秋天／歌唱蛻化的我的現實／用首飾盒／收存那僵硬的蟬殼／我初嫁的衣裳」[14]，以僵硬的蟬殼隱喻初嫁的心情，而婚後逐漸成熟的女子便如蟬蛻一般，開始體會丈夫的愛，兩人可以發出愛的共鳴。秋天，成為愛的季節，正因為這是一個蟬蛻的季節，一個邁向成熟之路的生命階段。

　　以火作為宇宙天體的想像，陽光（月光）照耀在地（樹），成為詩人的願望。這不只是光學的現象，而是詩人內心世界的呈現，〈伊奧尼亞海的夕陽〉：「把滿身血熱貢獻給大地後／朝向翠綠的伊奧尼亞海灣／說再見吧，希臘，再見」[15]，夕陽作為熱血的意象，再次流露了詩人對宇宙天體的想像是人性化的，夕陽西下，一如熱血流向大地，輸入愛與希望。〈輸血〉中，

---

[13]巴什拉著；杜小真、顧嘉琛譯，《火的精神分析》，頁116～128。
[14]李魁賢，〈蟬殼〉，《水晶的形成》，頁38～39。
[15]李魁賢，〈伊奧尼亞海的夕陽〉，《文學臺灣》第23期（1997年7月），頁116。

將愛的傳送比喻為輸血，鮮血如同鮮花一般，在不知名的地方，綻放生命的美；然而，「輸血給沒有生機的土地／沒有太陽照耀的地方／徒然染紅了殘缺的地圖」[16]，鮮血、太陽都代表愛與生機。所謂沒有太陽的土地，便如同飄零的花瓣一般，缺乏愛的生命。正足以證明：陽光必須與大地結合，是詩人的願望，也是宿命觀，這是李魁賢宇宙實體的重要觀念。

三、地熱與岩層

作為天體的光，由宇宙的無盡處照射在大地之上，與大地潛藏於內的無盡地熱，正遙遙相應，都是火的化身。李魁賢〈亞特蘭大〉詩道「亞特蘭大太陽／是熾熱的生命火種」，又「亞特蘭大太陽／把火紅的愛／從大地的底層掏出來／托著沿地平線展覽」，在此詩人將太陽與地熱聯結在一起。來自天體的火與來自地層的火，都是愛與生命的象徵。「亞特蘭大像故鄉一樣／每天向我展示／熾熱的生命／自由和愛」。[17]

地熱與陽光終究是不同的，地熱更強調火自身的內在性，陽光雖然可以使果實成熟，卻必須仰仗他者而證明自身的光芒。有趣的是，光芒外露的光體並不是萬分熾熱的，而是和煦的光，以致於陽光也如月光一樣。但是，地熱則不然，地熱並無耀眼的光芒，卻是詩人感到最熾熱的實體。在詩人對宇宙的想像中，陽光屬於秋天，但是地熱卻屬於夏天，地層的熱度更甚於光體，但是，卻不能自己發亮。〈登七星山〉：「我是局外的夏季／內心的岩層／有硫礦燃燒著熾熱／卻不能像星星發亮」。[18]

詩人眼中，地底蘊藏著無限的生命力，可以說，躍動的生命便是大地自身內在的性格。〈雪天〉：「我感覺那地層的胎動／當圍籠過來的烏雲愈積愈厚／開始有了雪花」[19]，〈經過夏日暴雨的咆哮〉：「山坡道路／固執地剁成兩半的心臟／連繫的形象雖已茫然／但不羈的地層／猶是股股躍動的生

---

[16]李魁賢，〈輸血〉，《永久的版圖》（臺北：笠詩刊社，1990 年 3 月），頁 1～2。

[17]李魁賢，〈亞特蘭大〉，《水晶的形成》，頁 72～73。

[18]李魁賢，〈登七星山〉，《黃昏的意象》，頁 65。

[19]李魁賢，〈雪天〉，《永久的版圖》，頁 3～4。

命」[20]，在李魁賢詩中，地層是生命的根源，尚未出土萌芽的生命，正躍躍欲試，一如胎動。地熱的內在性，使人不易察覺，卻經得起考驗，在〈雪天〉中，他寫道：「在愈冷的時候／才會感覺大理石的肌膚／有溫泉一樣的地熱」。[21]蘊藏在地底的熱不只是內在的象徵，更是冷中的熱，外冷內熱的證明。在〈白髮蘚〉：「在你火成岩的內層／永遠有暗中輻射的熱情／我青苔地衣廣被你外表的冷峻／靠著你冷中的熱展現我的生機」[22]，儘管地表如大理石肌膚一般冰冷，在火成岩內層卻如雷射般熾熱。李魁賢以地層的外冷內熱，形容深沉的愛。

　　地熱蘊釀於內，威力卻非比尋常。地熱一方面結合了火與地層（土）的特質，另一方面兼具動與靜的雙重性格。火山與黑玉的意象，分別代表了火焰的動與靜。〈櫻島火山〉[23]：

蓄積心中的烈焰

忍不住

向天空吐露

正像烽火臺

從九洲末端

越過大隅海峽

越過太平洋

傳達愛的訊息

我是不死的火山

心中的烈焰

一定要讓他知道

---

[20]李魁賢，〈經過夏日暴雨的咆哮〉，《赤裸的薔薇》，頁 63。
[21]李魁賢，〈雪天〉，《永久的版圖》，頁 3～4。
[22]李魁賢，〈白髮蘚〉，《黃昏的意象》，頁 66。
[23]李魁賢，〈櫻島火山〉，《水晶的形成》，頁 24～25。

　　　不願壓在心底

　　地熱化身為岩漿，引起火山爆發，足以跨越海洋，展現最強烈的威
力。巴什拉指出，火在礦物中是隱藏的，內在的，實體的，因此十分強
大，正如同沉默的愛被視為忠誠的愛。[24]當地火保持冷靜之際，可以隱藏千
萬年，直至出土，才讓人發現她的存在。〈黑玉〉展現另一種風格：「在櫥
窗的錦盒中／一道白刃的光／投射我／孤獨的存在」，「集一切色彩／熬煉
出千古原始的／純黑」，「像地層下的原煤／我內心有冷靜的火焰／在詩人
的手掌下／因靜電感應而／燃燒」[25]，以地層下的原煤，冷靜的火焰形容黑
玉，比較強調沉靜的性格。詩人將岩層與地熱的意象緊緊相連，在於強調
作為宇宙實體──土地的穩定性。〈石頭山〉[26]：

　　　我以整體岩石

　　　堅定不動的信念

　　　面對天

　　　　　　地

　　　　　　　一片

　　　……

　　　我堅定不動的岩層中

　　　無盡的地熱

　　　有初婚男子的

　　　心

　　　情

---

[24]巴什拉著；杜小真、顧嘉琛譯，《火的精神分析》，頁 88。
[25]李魁賢，〈黑玉〉，《水晶的形成》，頁 48～49。
[26]李魁賢，〈石頭山〉，《水晶的形成》，頁 70～71。

在李魁賢的宇宙想像中，地熱的來源雖然是火，但是岩層的堅固卻得自於土地，地熱足以形容內心熾熱的愛情，但是，唯有地層才得以證明堅定的意志，這使得地熱與土地的愛息息相關。〈山海經〉寫島（臺灣）在自然環境的破壞下，即使原本青翠的杉木，也因松鼠啃嚙而枯槁，山坡地日漸被迫消失，但是，「唯有刻蝕斑剝的岩層／始終涉入水深處／承載著島的負荷／對抗衝擊而來的海浪／發出幾聲無人聽見的吼聲」，「島的剖面依舊是／不變的結構，有地熱／維持著溫暖的心」。[27]岩層的堅固足以對抗海浪的衝擊，地熱的恆溫是詩人的島嶼之愛，這是作為抗拒迫害，保護島嶼（臺灣）的一股主力，這更是詩人意志的投射。

地熱與岩層的結合，成為對土地執著的愛，分析而言，火與土地的結合，使火源得以受到保護，成為永恆的火焰。而當岩層有了火心，等於得到生命的泉源，成為大地之母；兩者本是表裡，如今已成為一體。這股地底的生命力，透過草木的生長呈現出來，〈野草〉[28]：

> 大地呀，擁抱妳的時候
> 感到全身痙攣的溫熱
> 有我的血，有我的汗
> 在底層躍動的生命
> 使我滿山遍野地歌唱
> 迎著陽光，歡呼明日的序幕
> ……
> 親切體驗在野地裡自由自在的擁抱
> 彼此依偎著溫熱的愛心
> 大地呀，我知道
> 妳不會計較在我的擁抱下隱藏身分

---

[27] 李魁賢，〈山海經〉，《李魁賢詩選》（臺北：新地出版社，1985 年 7 月），頁 57。
[28] 李魁賢，〈野草〉，《李魁賢詩選》，頁 115～116。

> 我們的宿命是唱出嘹亮的歌聲
> 歌聲才是我們存在的價值
> 愛才是我們存在的真諦

　　野草對大地的讚頌，其實正是李魁賢對土地的愛。以野草自喻，除了以渺小、在野的身分自居外，更強調根植大地，與大地血汗相連的關係；一方面，野草象徵大地躍動的生命力，而大地溫熱的愛又是這生命力的根源；另一方面，草木的根植入土地，使岩層更加堅固，同時草木強勁的生命力也融入土地之中。〈古木〉更強調受到雷劈打擊的古木，仍然執著堅定的意志──信望愛的理念，這便是生命力的表現。「我看到你昂頭囚在山谷裡／帶著信、望、愛／根植連綿的山脈／有不可動搖的意志／我看到你的主幹被藤蔓糾纏／枝柯被雷劈燒焦／鬚根周圍是芒草的殖民地／腰間又有異枝榨取養分／還有巨梟在頭上盤桓／你對抗著幽谷中／每天總有一次強迫施刑的黑暗」[29]，古木的意象，如同囚獄中的鬥士，雖然困於谷中，受盡折騰，卻因此更顯出絕不屈服的生命力。

　　李魁賢對宇宙實體──地熱的想像，是將土地、火與植物結合在一起的。如果，陽光是果實成熟的主力，那麼，地熱即是植物的根源，後者更具有實體本質的意義。陽光雖代表成熟的歷程，地熱卻是先驗的，生命的來源。所以，李魁賢詩中，草木總是依戀著土地，〈白髮蘚〉寫出這種近於血肉相連的關係，「只要你堅定不移地／占有世界上受鍾愛的角隅／我便同樣堅定不移地／依附在你石質堅持的表面」，「即使我漸漸轉化成白髮蘚／仍然緊緊和你結合在一起／不分晝夜　無論晴雨／即使做為你的裝飾也無妨」[30]，詩人在附註中特別說明：白髮蘚是一種隱花植物，附生於岩石上，因地熱轉白，由青苔逐轉變成白髮狀。白髮蘚與岩石的結合，一如結髮夫妻，生死相依，地熱使青苔轉白的意象，更代表愛情的恆久不渝。

---

[29]李魁賢，〈古木〉，《李魁賢詩選》，頁41～42。
[30]李魁賢，〈白髮蘚〉，《黃昏的意象》，頁66～67。

地熱的意象強調出火的內在化，而植物萌芽的意象代表的是火由內在突出地表的存在證明。但是，以火作為宇宙實體的想像，無法輕視火的轉化與昇華的魔力。巴什拉指出火的燃燒是純粹化的過程，火使本質更加純潔，也使植物轉化成礦物，金砂成為純金。李魁賢〈相思陶〉[31]中，將土生木，木生火，火生土的燃燒過程視為是愛的精煉過程。

> 用大地的愛
> 培植出來的
> 相思樹的木柴
> 燒出純青的爐火
> 把相思滲透到我的內心
>
> 本質純樸的陶土
> 經過相思的火煉
> 才能熬成
> 堅忍不變的形體
> 所包容的愛情
>
> 其實
> 沒有人知道
> 我的本名
> 是道道地地的
> 臺灣相思陶

相思樹來自土地，在火煉之後成為相思陶，由樹木昇華為礦物，這是火燃燒後，所產生純化的結果。純青的爐火是純潔化的歷練關鍵，火燒並

---

[31]李魁賢，〈相思陶〉，《黃昏的意象》，頁 63～64。

未產生本質的變化，反而更堅定了本質。相思陶比相思樹更加符合土地之愛的意象。來自泥土的樹木，在火煉之後，又回到了陶土的本質。

四、宇宙樹

　　各式各樣的植物是李魁賢詩中最主要意象，植物不只是宇宙想像的存在化身，更體現了詩人存在自身的生命原則，以宇宙樹作為詩人的想像實體，主要在突顯兩種特質：（一）自我的超越，詩人終身自我的超越與美的追求，正如宇宙樹不斷攀高的意象。（二）心靈的回歸，樹植根於土地，最終回歸於地的意象，正如詩人對土地、真我的心靈回歸歷程。

　　李魁賢詩中樹的象徵可視為自我超越的意象，樹植根於土地，卻不斷地向上生長，如同登高自我挑戰的詩人，呈現自我超越的精神。李魁賢樹的象徵受到里爾克的影響，在里爾克《給奧費斯的十四行詩》的開宗明義第一首詩：

> 那裡升起一棵樹。啊！純粹的超越！
>
> 啊，奧費斯在歌唱！耳中的高聳的樹喲！

對里爾克研究極深的李魁賢，在〈《給奧費斯的十四行詩》前言〉指出，詩中那上升的樹，代表純粹生命的自我超越，表現了存在的真，同時引用里爾克《形象之書》（*Das Buch der Bilder*, 1902）的〈序詩〉（Eingang）：「無比緩慢地你升起一株黑色的樹木／且固定於天空：細長、孤獨」，里爾克詩中向天空上升的樹，高聳的樹，是生命存在的證明，生存的表現是純粹的自我超越。在李魁賢的詮譯中，超越含有與自身對決的意義，成為追求生命的真諦。[32]

　　李魁賢〈檳榔樹〉[33]中正表達了這種自我超越的精神：

---

[32]里爾克著；李魁賢譯，《里爾克詩集I》，頁7～8。
[33]李魁賢，〈檳榔樹〉，《水晶的形成》，頁81～83。

跟長頸鹿一樣

想探索雲層裡的自由星球

拚命長高

堅持一直的信念

無手無袖

單足獨立我的本土

風來也不會舞蹈搖擺

愛就像我的身長

無人可以比擬

我固定不動的立場

要使他知道

我隨時在等待

我是厭倦遊牧生活的長頸鹿

立在天地之間

成為綠色的世紀化石

以累積的時間紋身

雕刻我一生

不朽的追求歷程和記錄

作者自云寫作過程，「檳榔樹矗立林間，睥睨宇宙，恍惚間移情作用，自己似乎也變成一棵檳榔樹，而感到共同的喜悅」[34]，道出作者創作時物我交感，以檳榔樹作為自我投射的意象。詩中的檳榔樹正好符合了作者內在世界的特質：一是對大地執著的愛，一是純粹超越的精神。檳榔樹植根於大地，象徵詩人執著的愛，「堅持一直的信念／無手無袖／單足獨立我的本土

---

[34] 李魁賢，〈藉物象抒情・賦物象生命〉，《水晶的形成》，頁 81。

／風來也不會舞蹈搖擺」；「我固定不動的立場／要使他知道／我隨時在等待」；檳榔樹向上生長，象徵詩人內在的超越，檳榔樹長高是為了「探索雲層裡的自由星球」，「拼命長高／堅持一直的信念」，終於使詩人可以自豪地說「愛就像我的身長／無人可以比擬」，詩中明顯以愛作為自我超越的動力，使得愛的追求與自我的超越融為一體。

　　詩中以植物的檳榔樹作為動物的長頸鹿的化身，又特意以時間作為其中轉化的因子，使得檳榔樹成為了宇宙樹：頂天立地，永恆存在的綠色化石。由動物而植物而礦物的轉化，不但跨越了存在的表象，回到宇宙實體的本質；也超越了生命的短暫，時間的限制，成為永恆的存在。

　　自我超越的動力是屬於詩人內在超我（super-ego）的呼喚，巴什拉指出，這種自我超越的理性光輝來自內在阿尼姆斯（animus）的體現。在榮格（Carl Gustav Jung, 1875-1961）的學說，阿尼姆斯是人類內在男性的特質，理性與英勇的人物便是代表。李魁賢的「登高」詩，同樣具有自我超越的特質。分析而言，（一）透過不斷地攀越山巒，眼前的視野得以持續開展，這是空間的超越。（二）登高望遠，也使作者得以超越自我內在的空間。（三）登山時面對未知前路的挑戰性，使得登山不只是體力的考驗，也可詮釋為心靈探索的歷程。在〈山路〉寫道：「山路／盤成一個／解不開的網罟」，「每一段山路／都要探索未知的／莽莽蒼蒼的前途」[35]，作者將登山，視同探索未知的旅程，其中不免有迷惘，在〈高處不勝孤獨〉中，「我們去登山／去俯覽山河的壯闊」，「通過曲曲折折的歷史的道路／到達絕頂／卻陷入白茫茫的濛霧中」[36]，將山路比喻為歷史的道路、未知的蒼莽前途，具有心靈探索的意義。所以，決定「我們堅持／享有高處不勝的孤獨」[37]，「前方預見彎彎曲曲／卻不願回頭／去尋歷程的記憶」[38]，峰迴路轉的意象，不只是否極泰來，而是欲窮千里目，更上一層樓，代表更開展

---

[35]李魁賢，〈山路〉，《黃昏的意象》，頁 17～18。
[36]李魁賢，〈高處不勝孤獨〉，《黃昏的意象》，頁 13～14。
[37]李魁賢，〈高處不勝孤獨〉，《黃昏的意象》，頁 14。
[38]李魁賢，〈山路〉，《黃昏的意象》，頁 18。

的天空以及探索之後無限延伸的心靈空間。

　　如果，以檳榔樹作為李魁賢自我超越的象徵，那麼櫻花則代表詩人對美永恆的追求。雖然，李魁賢詩中的植物相當多，如百合、玉蘭、山茶花、黃金葛、杜鵑、鐵樹、海棠、相思樹、茄苳、椰子樹、檳榔樹、白樺、水韭、紅杉、枇杷樹、楓、茉莉、報歲蘭、野草、紅蘿蔔……等等不勝枚舉。但是，櫻花卻是李魁賢心中美的夢想。對櫻花美麗的夢想成就了李魁賢的第一首詩。詩人在初中三年級時，向《野風》投稿第一首詩作〈櫻花〉[39]，櫻花的美，自此成為詩人對美的永恆追求。詩人實際的行動是千里赴日賞櫻。〈吉野山訪櫻〉[40]：

> 長程半生顛沛
> 來訪前訂未竟之約
>
> 放眼山中的百種櫻品三千
> 縱有萬般風情
> 我獨鍾一株
> 粉白純白的笑臉上
> 帶有藍調的夢中之櫻
> ……
> 美誘我不顧生平奔波
> 卻拒示我真情
> 也罷　留待下一次
> 或許可以重訂來生緣
> 信守適時踐履的諾言

---

[39] 李魁賢，〈我的第一本書〉，《詩的紀念冊》（臺北：草根出版公司，1998 年 4 月），頁 65。
[40] 李魁賢，〈吉野山訪櫻〉，《黃昏的意象》，頁 49。

　　櫻花在詩人的心目中，具有下列幾項特質：（一）櫻花代表詩人心中美的化身，這促使詩人永恆的追求。不顧長程顛沛，生平奔波，為了是一睹櫻花的嬌美。（二）櫻花的美孕育詩人心中夢想的世界。〈夢想的世界〉中，詩人以痴情的口吻，寫道：「看到你的時候／你是我唯一的世界／用一首詩／籠罩我的一切」，「看不到你的時候／你是我唯一的夢想／用一段旋律／纏繞我的一切」，「日日夜夜／美種植著相思／孕育我全部世界的夢想／長成我全部夢想的世界」。[41]（三）美的追求，夢想的世界，都是因為櫻花符合了詩人心中「阿尼瑪」（anima）的特質。在榮格的學說，以阿尼瑪代表內在女性的特質，以阿尼姆斯代表內在男性的特質。在人類集體無意識中，阿尼瑪及阿尼姆斯原型都代表女性及男性的形象。仔細審視李魁賢詩中的櫻花往往流露出含羞低首的溫婉之姿，這正是詩人欣賞的女性形象。〈京都柳櫻〉[42]：

　　　　所有櫻花都向天空
　　　　袒露春天的心情
　　　　只有我垂首含苞不敢開放

　　　　不是我心中沒有愛
　　　　是因為美的負荷
　　　　使我徬徨

　　　　我害怕一旦坦然綻開
　　　　春天就會過去
　　　　而蜜蜂還未準備釀蜜的巢

　　　　其實我愛惜自己甚於一切

---

[41]李魁賢，〈夢想的世界〉，《黃昏的意象》，頁58～59。
[42]李魁賢，〈京都柳櫻〉，《黃昏的意象》，頁50～51。

我臨水鑑照

也能看到天空開闊的胸懷

我堅持自己含情默默的姿態

不是仿照柳的嫵媚

根本就是天生的氣質使然

　　櫻花垂首含苞，深情脈脈的嫵媚，類似女子內向的氣質。從這判斷，詩人心中的阿尼瑪是屬於溫柔的女性形象。以櫻比喻女子，而詩中令女子心儀的「天空」則是男子的隱喻。櫻花面向天空，臨水照鏡，期待天空開闊的胸懷，天空則使人聯想起男子寬闊的肩膀。〈箱根途中〉中，天空有具體的男性意象：「在群山層巒中／唯富士山／以雪白的純情乳首／袒露愛／等待天空的親吻」，「我以同樣英挺／柔順的線條／等待他／成為一片漸漸／俯身下來的天空」[43]，「純情的乳首」與「天空的親吻」成為男女交媾的意象。

　　李魁賢以為櫻花的至美是對大地的回歸。在詩人的意象中，雪化身成櫻花，櫻花又回歸大地，回到真我的本質。〈紀三井之櫻〉，以櫻花自述作為表白：「我累積了寒冷的雪花／化成創作的底流／醞釀著轉化昇華的契機」[44]，這是以雪作為櫻花的本質；〈白樺湖〉：「雪把每年守約的櫻花／妝扮成雪花的形象／在春天留下冬季的回憶」[45]，櫻花以雪花紛飛的風韻出現，最終櫻花又回歸大地。〈和歌山賞櫻〉寫道：「全心表現至美的繁華燦爛／一陣風起／頭皮屑散落滿地／你也開始無窮的煩惱嗎」，「不　滿地不是頭皮屑／而是生命的片斷／美的極致總是回歸大地」。[46]詩人將花落委地，視為生命的歷程，〈紀三井之櫻〉：「其實我是耐寒的族類／溫暖卻促使

---

[43]李魁賢，〈箱根途中〉，《水晶的形成》，頁28～29。
[44]李魁賢，〈紀三井之櫻〉，《黃昏的意象》，頁44～45。
[45]李魁賢，〈白樺湖〉，《黃昏的意象》，頁53。
[46]李魁賢，〈和歌山賞櫻〉，《黃昏的意象》，頁43～44。

我的愛情早熟／不得不斷絕美的訴求」,「但我的萎謝並不是一生的結束／
即使再度過一次嚴冬／我還會再一次表現對美的嚮往」。[47]
　　李魁賢的夢想世界中,櫻花代表美的追求與本質的回歸,這是宇宙樹
永恆的存在價值。詩人對真我的回歸,透過本質的肯定呈現出來,〈紅蘿
蔔〉[48]:

　　　　從內心流露到外表

　　　　呈獻鮮紅的

　　　　願望

　　　　以這樣的姿勢

　　　　面對來來往往的

　　　　挑剔的市場

　　　　如何長成紅蘿蔔

　　　　不是祕密

　　　　是傳統的基因

　　　　以誠摯的分子

　　　　在內心泳動

　　　　竟有人質問

　　　　為什麼不長成白菜

　　　　這樣尷尬的問題

　　　　即使可以忍受挑剔

　　　　對於質問者

　　　　也是蒼白的恥辱

---

[47] 李魁賢,〈紀三井之櫻〉,《黃昏的意象》,頁 45。
[48] 李魁賢,〈紅蘿蔔〉,《李魁賢詩選》,頁 77～78。

由內心到外表的鮮紅，誠摯的分子在內心湧動，都代表紅蘿蔔的真我本質，這分本質是天生自然，不需要向外奢求的。正如柳櫻含情脈脈的姿態，「根本是天生氣質使然」。詩人自我本質的意象是通透潔白、晶瑩剔透的。可以是映照月光的水晶[49]，可以是鮮紅的紅蘿蔔[50]，可以是似雪紛飛的櫻花[51]，可以是陽光燦爛的果實[52]，可以是潔白脫俗的百合。[53]

以宇宙樹的意象分析李魁賢詩中各式各樣的植物，呈現出多層的意義，宇宙樹不只是宇宙實體的想像，也是詩人對生命的超越，美的追求與本質的回歸。

五、結論

本文以李魁賢詩境中的陽光、地熱、宇宙樹的意象，分析詩人對宇宙實體的想像，事實上又緊緊呼應詩人內在的生命情境。由上述分析：陽光、地熱象徵生命力與愛，宇宙樹則代表自我超越、美的追求與本質的回歸。

在李魁賢的心中，土地，其實是火與木的根源，所以，筆者認為陽光必須與土地結合，地熱來自地心，而樹木（檳榔樹、櫻花、野草、古木等）植根在土地之上，最後又回歸土地。

本文的論述著重陽光、土地、樹木彼此間密不可分的關係，以此呈現詩人內在想像的宇宙。分析證明：果實、檳榔樹的意象結合了陽光（天空）與大地，白髮蘚結合了青苔與岩層，相思陶結合了相思樹、爐火與泥土的特質。

筆者認為李魁賢是臺灣當代優秀的詩人，也是筆者敬重的長者，謹以此文作為李魁賢先生六十大壽之獻禮。

---

[49]李魁賢，〈水晶的形成〉，《水晶的形成》，頁53。
[50]李魁賢，〈紅蘿蔔〉，《李魁賢詩選》，頁77～78。
[51]李魁賢，〈白樺湖〉，《黃昏的意象》，頁52～53。
[52]楓堤（李魁賢），〈秋之午〉，《枇杷樹》，頁34～36。
[53]李魁賢，〈煩惱〉，《黃昏的意象》，頁41～42。

六、附錄：李魁賢詩作統計

李魁賢至今（1998 年）的詩集如下：

李魁賢自 17 歲發展第一首詩〈櫻花〉以來，詩齡已有四十多載，發表的作品除上述 456 首之外，依作者自述在 1966 年底前，未收入《靈骨塔及其他》、《枇杷樹》、《南港詩抄》三本詩集者有 171 首，《黃昏的意象》之後至 1998 年 8 月共將發表有 133 詩，未發表者有 14 首。統計，至今 1998 年 7 月 13 日，共有 774 首詩。

詩集	《靈骨塔及其他》	《枇杷樹》	《南港詩抄》	《赤裸的薔薇》	《李魁賢詩選》	《水晶的形成》	《輸血》	《永久的版圖》	《祈禱》	《黃昏的意象》	《秋與死之憶》	《愛是我的信仰》
出版日期	1963年3月	1964年7月	1966年10月	1976年12月	1985年7月	1986年2月	1986年6月	1990年3月	1993年6月	1993年6月	1993年7月	1997年2月
詩數	35	39	45	60	88	36	22	36	43	74	204	100
寫作時間	1956年至1959年	1958年夏至1959年9月30日	1964年6月11日至1966年1月8日	1966年10月19日至1975年4月4日	1977年1月至1984年5月27日	1984年10月4日至1986年9月17日		1966年11月1日至1988年	1986年6月22日至1991年6月19日	1988年5月28日至1992年11月16日	1959年至1991年5月22日	

備註					為新作，非詩選		中日韓英德荷譯本，選集，皆選自上述各集	主要為 1986 年至 1988 年作品		選集，皆選自上述各集	劉國棟譯，中英對照一百首，譯本選集皆選自上述各集
以上發表之詩集詩數共 456 首											
《輸血》、《秋與死之憶》、《愛是我的信仰》為詩集，不計算在內											

參考書目

‧巴什拉著；杜小真、顧嘉琛譯，《火的精神分析》，北京：三聯書店，1992 年 6 月。

‧巴什拉著；劉自強譯，《夢想的詩學》，北京：三聯書店，1996 年 9 月。

‧吳國盛，《希臘空間概念的發展》，成都：四川教育出版社，1997 年 7 月。

‧里爾克著；李魁賢譯，《里爾克詩集 I》，臺北：桂冠圖書公司，1994 年 4 月。

‧楓堤（李魁賢），《靈骨塔及其他》，臺北：野風出版社，1963 年 3 月。

‧楓堤（李魁賢），《枇杷樹》，臺北：葡萄園詩社，1964 年 7 月。

‧楓堤（李魁賢），《南港詩抄》，臺北：笠詩刊社，1966 年 10 月。

‧李魁賢，《赤裸的薔薇》，高雄：三信出版社，1976 年 12 月。

‧李魁賢，《李魁賢詩選》，臺北：新地出版社，1985 年 7 月。

- 李魁賢，《水晶的形成》，臺北：笠詩刊社，1986 年 2 月。

- 李魁賢，《輸血》，作者自印，1986 年 6 月。

- 李魁賢，《永久的版圖》，臺北：笠詩刊社，1990 年 3 月。

- 李魁賢，《祈禱》，臺北：笠詩刊社，1993 年 6 月。

- 李魁賢，《黃昏的意象》，臺北：臺北縣立文化中心，1993 年 6 月。

- 李魁賢，《秋與死之憶》，北京：人民文學出版社，1993 年 7 月。

- 李魁賢著；劉國棟譯，《愛是我的信仰》，譯者自印，1997 年 2 月。

- 李魁賢，〈伊奧尼亞海的夕陽〉，《文學臺灣》第 23 期，1997 年 7 月，頁 116。

- 李魁賢，《詩的紀念冊》，臺北：草根出版公司，1998 年 4 月。

- 洪濤，《邏各斯與空間——古代希臘政治哲學研究》，上海：上海人民出版社，1998 年。

- 趙天儀，〈個人意識與社會意識——試論九〇年代李魁賢的詩與詩論〉，《第二屆臺灣本土文化學術國際學術研討會論文集——臺灣文學與社會》，臺北：臺灣師範大學文學院國文學系、人文教育研究中心，1996 年 4 月，頁 379～389。

- 榮格著；成窮、王作虹譯，《分析心理學的理論與實踐》（*Analytical Psychology: Its Theory and Practice*），北京：三聯書店，1985 年。

- 榮格著；劉文彬、楊德友譯，《回憶‧夢‧思考——榮格自傳》（*Memories, Dreams, Reflections*），瀋陽：遼寧人民出版社，1988 年。

- 榮格著；張舉文、榮文庫譯，《人類及其象徵》（*Man and His Symbols*），瀋陽：遼寧教育出版社，1988 年。

- Carl Gustav Jung, *Two Essays on Analytical Psychology*, translated by R. F. C. Hull (New York: The World Publishing Company, 1953).

- Carl Gustav Jung, *Man and His Symbols* (New York: Dell, 1971).

——本文於 1998 年美國加州大學聖塔芭芭拉分校主辦
「一九九八年臺灣文學國際研討會」發表

——選自《文學臺灣》第 30 期，1999 年 4 月

李魁賢情詩與聶魯達情詩的比較

◎旅人[*]

前言

　　李魁賢在詩壇出道很早，詩、詩論、譯詩及其他之著作等身，計約有七十幾本，有關其生平、詩歷、詩作及詩論，筆者已另在拙作《中國新詩論史》（臺中縣立文化中心出版）中闢有專章介紹，不再贅述。對於其詩作，現僅選其情詩部分，與聶魯達的情詩作一比較。

　　聶魯達（Pablo Neruda），智利人，1904 年出生，1973 年逝世，享年 69 歲。1971 年，曾獲諾貝爾文學獎。其詩作頗多，其中以情詩，更享有盛名，讀者不少。

　　茲就兩位詩人之詩作，有關情詩部分，析論其異同。現先從一、早熟的天才型詩人；二、主觀性的夢想；三、強烈戀情的抒發；四、音樂氣氛的舖陳；五、隱喻技巧的妙用等相同角度予以說明後，再自六、選材範圍；七、性聯想；八、哀愁性等不同視域予以闡明。

一、早熟的天才型詩人

　　李魁賢與聶魯達，都是早熟的天才型詩人。李魁賢的馳名情詩集《枇杷樹》，其創作年齡，大約在 21 歲至 22 歲之間。這本詩集，筆者在師大國文系念書時，曾在牯嶺街的舊書攤上買到，後因居所遭水患被毀，乃再請李魁賢於 1997 年 9 月 4 日補贈一書，才能時加賞讀。嗣聞女詩人林鷺（笠

[*]本名李勇吉。詩人，笠詩社成員。

同仁）亦久仰此詩集，隨之索贈一冊珍賞。

　　至於聶魯達的有名情詩集之一《二十首情詩和一首絕望的歌》，在 20 歲即出版。當然《一百首愛的十四行詩》情詩集也是非常有名，但是那是 55 歲的作品。

　　兩位詩人，大約在相同的年紀，即有情詩作品，而且寫得非常出色，均顯示其早熟的天才型詩人的本質，令人刮目相看。現各舉一首欣賞：

月的雲裳覆蓋
珍珠色的寂寞覆蓋
枇杷樹啊

在蔭下踥蹀著
我的思念悠悠，且想著
會不會有一顆與惠同樣美麗名字的星子
掛在枇杷樹枝上，而我走過
正好跌落在我的懷裡

不安的夜色蔓延
而我竟步入蔭影的重疊了
會不會就同在這個時候
惠在另一個地方也想著我
我聽說過
愛情喜歡吸吮眼淚
枇杷樹需不需要眼淚

七月的露很濃
夠裝滿一個池塘了
而在月的雲裳覆蓋下

枇杷樹數也數不完我珍珠色的寂寞

枇杷樹哪！

——李魁賢，〈枇杷樹蔭下〉

在夏日的心臟中

早晨充滿暴風雨。

雲流浪，像道別時白色的手巾，

遠行的風以雙手搖動它們

無數的風的心願

在我們愛的沉默上方跳動

管弦樂的，屬神的，在樹叢中迴響，

像充滿戰爭與聖詠的語言。

風，以迅速的襲擊帶走枯葉，

讓悸動箭矢的鳥群偏離。

風翻攪她，在沒有泡沫的潮水中，

在沒有重量的物質裡，在傾斜的火焰中。

她的千吻，碎裂並且沉沒，

在夏日微風的門上狂擊。

——聶魯達；李宗榮譯，〈早晨充滿〉

二、主觀性的夢想

李魁賢的情詩，頗多主觀性的夢想，這點與聶魯達的情詩相同。

用多情的喇叭花

吹奏一支黃昏的曲調

像風的耳朵那麼軟軟地

招來淡淡的暮色

招來惠那美麗的唇的意象

——李魁賢,〈黃昏的意象〉

有一顆未命名的星子

一路擊破繁密的空濛

打在枇杷樹葉上——

哪!那是惠細碎的笑語

——李魁賢,〈星子,打在枇杷樹葉上〉

以上摘引的詩句,句中的內涵,都是李魁賢藉物詠情,而且是主觀性的想像。想像,當然與現實有距離,如同夢一般的幻想。至於是否能實現,不是詩人預計在內的。

你是我的,

我的,

我在午後的風中放聲大叫,

而風,拉扯我喪偶般的聲音。

——聶魯達;李宗榮譯,〈暮色中在我的天空裡〉

有時我在清晨甦醒,我的靈魂甚至還是濕的。

遠遠的,海洋鳴響並發出回聲。

這是一個港口。

我在這裡愛你。

——聶魯達;李宗榮譯,〈我在這裡愛你〉

愛人啊,愛人,雲朵升上天空之塔

像得意的洗衣婦

一切藍光輝耀,一切如一顆星,

海洋，船隻，日子齊遭放逐。

　　　　　　　　　　　　——聶魯達；陳黎、張芬齡譯，〈早晨24〉

以上摘引聶魯達詩句，像「而風，拉扯我喪偶般的聲音」、「我的靈魂甚至還是濕的」、「海洋，船隻，日子齊遭放逐」……等句子，都是主觀性的想像，和李魁賢的句子是相同的。

三、強烈戀情的抒發

情詩的特色，必是抒情的，絕不是理智的。陷入戀愛中的人們，如理智很清醒，這個戀愛未必覺得是美的。抒情的詩，未必都是戀愛詩，但大抵以戀愛詩居多，而且好的戀愛詩，給讀者一種高度美的享受。先看看李魁賢的詩吧！

假使惠也在此地……。
她的散髮裡一定藏了一些
我零碎的遐思

　　　　　　　　　　　　——李魁賢，〈舞會素描之一〉

像惠那樣迷人的星子
輕易地拋下思念
拋下這個美麗的
臺灣的五月夜

　　　　　　　　　　　　——李魁賢，〈Aloha Oe！〉

惠，不在此地。
惠，成為一種發音：
　漸漸沉靜下來的……惠！
　漸漸微弱下去的……惠！

　　　　　　　　　　　　——李魁賢，〈舞會素描之四〉

惠！　　　　　　　枇杷樹

惠！　　　　　　雨下枇杷樹

　惠！　　　　大寂寞的枇杷樹

　　　　　　　　　　　　——李魁賢，〈未終曲〉

　　上面所引的詩句，都是為其戀人「惠」而寫的，有一股強烈的戀愛情緒迸發出來，撞擊讀者的胸臆。

　　再來看看聶魯達的詩，也使人有相同的感受。

1.倚身在暮色裡，我朝向你海洋般的雙眼投擲我哀傷的網。

　　——第一次抒發哀傷的戀情

　　　　↓

2.我的孤獨，在極度的光亮中綿延不絕，化為火焰雙臂漫天飛舞彷彿將遭海難淹沒。

　　——第二次抒發哀傷的戀情

　　　　↓

3.越過你失神的雙眼，我送出紅色的信號，你的雙眼泛起漣漪，如靠近燈塔的海洋。

　　——第三次抒發哀傷的戀情

　　　　↓

4.你保有黑暗，我遠方的女子，

在你的注視之下有時驚怖的海岸浮現

　　——第四次抒發哀傷（兼有驚怖）的戀情

　　　　↓

5.倚身在暮色，在拍打你海洋般雙眼的海上，我擲出我哀傷的網。

　　——第五次抒發哀傷的戀情

　　　　↓

6.夜晚的鳥群啄食第一陣群星,

像愛著你的我的靈魂,閃爍著。

——第六次抒發哀傷的戀情

↓

7.夜陰鬱的馬上奔馳,在大地上撒下藍色的穗鬚。

——第七次抒發哀傷的戀情

以上所引聶魯達的詩,題目是〈倚身在暮色裡〉(李宗榮譯)。在詩中,聶魯達一次又一次地抒發哀傷的戀情,總共有七次如前面圖示。七次抒發哀傷的戀情,累積的結果,如火山爆發,強烈的哀傷的戀愛情緒,便達到最高點。就此點而言,聶魯達與李魁賢均有匯通之處。

四、音樂氣氛的舖陳

李魁賢與聶魯達的情詩,所舖陳的音樂氣氛都很濃烈,給人有一種震撼的感覺。但這種音樂氣氛的舖陳,並非刻意照某種格律去填詞或造韻,使其外形有一種音律的形式,而是除了以意義性為主軸之外,另以自然的內在旋律不斷地抑揚,達到音樂的效果。它不如繪畫或建築般的冷靜、客觀的觀察,總是熱情的、積極的表現戀情。讀者只要一開卷賞讀,馬上被詩中的奔放感情所感染,終至神迷心醉呢!現在舉例如下:

眼精、唇與眉的三重奏

髮帶的圓舞曲

迴旋著:一個心靈的沉醉

迴旋著:一個夢的飛躍

——李魁賢,〈七重天覆蓋下〉

秋之午。

秋之祭壇:

　　悲歌的落葉埋於風雨

　　埋於果園外的

　　一個小小的土場

——李魁賢，〈秋之午〉

　　我的醜人兒，你是一粒骯髒的栗子

　　我的美人兒，你漂亮如風

　　我的醜人兒，你的嘴巴大得可以當兩個，

　　我美人兒，你的吻新鮮如西瓜。

——聶魯達；陳黎、張芬齡譯，〈早晨20〉

　　我因此對著白日，對著月亮，

　　對著海，對著時間，對著所有星球，

　　對著你日間的聲音，夜間的皮膚歌唱。

——聶魯達；陳黎、張芬齡譯，〈中午 49〉

　　上面所摘引的詩句，是不是都具有音樂的律動？當然李魁賢與聶魯達，都運用修辭樂排比技巧處理詩句，也就自然產生音樂效果。他們在「詩味正濃得化不開」的時候，適度運用排比技巧——以「賦」法（即敘事手法），予以沖淡化開，將情詩的節拍緩弛，然後再予強化，一緊一鬆，一動一靜，一反一正，兩極相激，得到最好的和諧的音樂效果。

五、隱喻技巧的妙用

　　凡是詩人寫詩，都會運用隱喻技巧，沒有隱喻技巧的運用，很難寫成好詩。李魁賢與聶魯達均知其個中三昧，大量的妙用此技巧於其情詩當中。

　　遠遠的，鋼琴的鍵盤

　　從水平線脫離了

上昇著，向軟體的宇宙

——李魁賢，〈七重天覆蓋下〉

　　鋼琴的鍵盤，有白色的和黑色的，它們用來暗喻天色剛破曉之際，頗為適宜，所以說「從水平線脫離了，上昇著」。又「向軟體的宇宙」中的「軟體」一詞，也是暗喻廣大的虛空。整體言之，不是暗喻著戀情正熱烈地發展起來嗎？在詩人的主觀意識裡，「惠」一定是愛他的，他對她也有愛的信心。至於客觀是否有美好的結局——走上結婚道路？筆者於二十多年前，即好奇此問過李魁賢，當然他給我一個確切答案。但這個答案的內容，筆者不願揭曉，由讀者自行去猜想，如果猜不出來，就當做它是一個禪學的公案去參究吧！

在夜裡，愛人啊，請將你心與我心相繫，

這樣兩顆心將在夢中合力擊退黑暗，彷彿雙面鼓在森林裡敲打

對抗潮濕的樹葉堆成的厚牆。

——聶魯達；陳黎、張芬齡譯，〈夜晚 79〉

　　「黑暗」、「潮濕」及「厚牆」，都暗喻阻擋愛情發展的不良環境。「雙面鼓」，暗指熱戀的兩人，必須同時敲打，合力對抗外來破壞愛情的力量。

六、選材範圍

　　在情詩材料的選擇方面，李魁賢與聶魯達兩人確有不同的地方。以大自然的景物為詩作材料，本是詩人常採用的，例如早晨、黃昏、夜色、星子、樹木、季節、海洋、天空、月、日、鳥獸、昆蟲……等。李魁賢在昆蟲方面，幾乎很少選用（偶而也選用過「草履蟲」），但比較喜歡用鳥類，如其詩句：

斑鳩的祭司跋涉過很多很多

山嶺和邃谷

⋯⋯

展讀海鷗的航海日記手稿

知道海面上波浪的拍子放長了

——李魁賢，〈把昔日當口香糖嚼著〉

忍住靈魂的戰慄

我成為一隻無夢的企鵝了

——李魁賢，〈向南方的列車〉

有時候，我們也會想起

患哀愁症的食屍鳥。

——李魁賢，〈舞會素描之一〉

如果天鵝女的裙裾曳過

而且掩蓋一些⋯⋯

——李魁賢，〈夜航〉

　　上開詩句中的「斑鳩」、「海鷗」、「企鵝」、「食屍鳥」及「天鵝」，都是李魁賢選用過的。而聶魯達則偏向昆蟲方面選採，尤其蜜蜂或其相關者，這是李魁賢比較缺乏的部分。

白色的蜜蜂，你在我的靈魂中嗡鳴，醉飲蜜汁，

你飛翔在緩慢的煙的迴旋中。

——聶魯達；李宗榮譯，〈白色的蜂〉

我的嘴穿過，像一隻蜘蛛，試著藏躲。

在你體內，在你身後，畏怯的，被渴求驅使。

——聶魯達；李宗榮譯，〈我以火的十字〉

你像我的靈魂，一隻夢的蝴蝶，

你如同憂鬱這個字。

> ——聶魯達；李宗榮譯，〈我喜歡你是寂靜的〉

我注視工作中的蜜蜂，

它一心想釀造出它的世界特有的蜂蜜

> ——聶魯達；陳黎、張芬齡譯，〈早晨 19〉

我尋到在樹林子裡見過的暗色蜂蜜，

我撫摸你臀上那些陰鬱的花瓣，

它們隨我而生，形成我的靈魂。

> ——聶魯達；陳黎、張芬齡譯，〈早晨 30〉

沙和天空搏動著，有如

土耳其玉雕成的全盛期蜂巢。

以上詩句中的「蜘蛛」、「蝴蝶」、「蜜蜂」、「蜜汁」、「蜂蜜」及「蜂巢」等詞，當在聶魯達的情詩中出現，其中以「蜜蜂」出現的次數較多。可見「蜜蜂」對聶魯達之寫情詩而言，他是很喜歡採用的。

七、性聯想

李魁賢的情詩，性聯想的詩句幾乎很少，大多是思念的、回憶的。但聶魯達的情詩，比李魁賢的大膽、奔放些。例如：

女人的身體，白色的山丘，白色的大腿

你像一個世界，棄降般的躺著。

我粗獷的農夫的肉身掘入你，

並製造出從地底深處躍出的孩子。

> ——聶魯達；李宗榮譯，〈女人的身體〉

我深切的渴望朝彼處邁徙，

我的千吻墜落，如琥珀般的快樂。

──聶魯達；李宗榮譯，〈我記得你往日的樣子〉

閉上你的雙眼。那裡夜色飄散。

啊你的身體，驚惶雕像般的，赤裸著。

你的深邃雙眼，那裡夜色拍擊著雙翼。

冰冷的花的雙臂，玫瑰花的足膝。

你的乳房如雪白的蝸牛，

影子的蝴蝶飛來，安睡在你的腹上。

──聶魯達；李宗榮譯，〈白色的蜂〉

而我的嘴將充滿你的味道，

那自大地升起，帶著你的

血，戀人果實之血的吻。

──聶魯達；陳黎、張芬齡譯，〈中午 47〉

只剩月亮，在其雪白紙頁的中央

撐起天國港口的圓柱，

臥房瀰漫一般黃金的舒緩，

你的手移動著，開始打點夜晚。

──聶魯達；陳黎、張芬齡譯，〈夜晚 84〉

八、哀愁性

　　李魁賢與聶魯達的情詩，讀起來，感覺哀愁性都頗濃烈，但是進一步比較，聶魯達的更甚於前者。李魁賢尚有歡笑的一面。例如：

七月夜，什麼也沒有

只有惠的笑語：

有惠的笑語

一切便都有了⋯⋯

──李魁賢，〈星子，打在枇杷樹葉上〉

晨安，孕育一個飽滿的愛情

你，海上的城，引力昇起

如一朵雲

如一朵希望

如被觸撫的，我們的心

那麼暖暖。如這個清晨

那麼清醒

——李魁賢，〈晨安〉

但是聶魯達的情詩，哀愁性總是籠罩在愛侶之間。尤其《二十首情詩和一首絕望的歌》，全書讀來，令人覺得心碎。例如：

我不再愛她，這是確定的，但也許我愛她。

愛情太短，而遺忘太長。

藉著如同今晚的夜，我曾擁她入懷

我的靈魂因失去了她而失落。

這是她最後一次讓我承受的傷痛。

而這些，便是我為她而寫的最後的詩句。

——聶魯達；李宗榮譯，〈今夜我可以寫〉

與你相關的回憶自圍繞我的夜色中浮現。

河流將它最冥頑的哀嘆摻入大海。

如同黎明中的碼頭一樣遭人遺棄。

是出發的時刻了，哦遭遺棄的人！

落英繽紛冰冷灑在我的心上。

哦岩屑的地窖、沉船的凶惡洞穴。

——聶魯達；李宗榮譯，〈絕望的歌〉

結語

　　把李魁賢和聶魯達的情詩，作一番異同的比較之後，覺得抒情詩，尤其是情詩，確有它美麗與哀愁的地方。人間之愛與死，不僅是生命解脫、救贖的課題，也是詩人寫詩的主要題材。牽涉到戀愛的情詩，詩人幾人不寫？只是有的寫得含蓄；有的寫得露骨罷了。

　　臺灣現代詩發展到現在也有三十、四十多年了吧！以前一窩蜂的反抒情，而改以「主知」為主流的現代詩，如今觀之，是否覺得有些「矯枉過正」了？晦澀的部分暫且不談，失去了音樂性而偏向繪畫性、建築性的現代詩，是否也損失了一些美的味道。一般詩刊、詩集、詩選集或雜誌、報紙副刊所刊登的現代詩，是否感覺寫作技巧或語言花腔有餘（例如誤以為寫人家看不懂的，才是好詩，否則是壞詩），但是美的成分不足。也許是「物極必反」，是否現代詩發展到現在，也有必要再調整了？比較李魁賢和聶魯達情詩的用意，不是在比較兩位詩人所寫的情詩，那個寫得好，那個寫得差，而是藉機檢討當今的現代詩，是否必要仍堅持那樣一般主流價值的樣子？帶點抒情基調的現代詩以及適度保留傳統文學美的一面，仍值得去開拓。這樣的管見，應不致被譏諷為開時代的倒車吧！「主知」的現代詩，不外是「主情」現代詩的逆說，原是一體兩面的呀！但是過與不及之事實，都值得咱們去思考。

——選自《笠》第 218 期，2000 年 8 月

李魁賢詩中的現代性

◎陳義芝*

一、重看《笠》詩社

　　臺灣詩史論述經常以詩社集團為單位加以評斷，呈現的是一群詩人的大體風貌，泯除了同一詩社不同詩人相異的詩學主張、風格追求。談到《笠》，一定是現實主義的本土論述[1]，或說是寫實取向的本土詩[2]，從而凸顯的是與紀弦領導的「現代派」和提倡過超現實主義的《創世紀》詩人的二元對立。

　　隸屬於同一詩社的詩人，出身背景、眼界、才性、學習往往有極大差異，如何能夠概括一體？且不論《笠》詩社元老吳瀛濤（1916～1971）、林亨泰（1924～）、錦連（1928～2013）等曾為《現代詩》同仁或參與現代派運動，戰後成長的一代如白萩（1937～）、李魁賢（1937～）也都在現代主義詩風浸染下出發。[3]

　　李魁賢的論詩文章，不落此窠臼，他反覆申說《笠》不僅重視鄉土性、社會性，也重視藝術性[4]，《笠》同仁「在現實主義精神的統合下，因各人所好而採用偏向自然主義、寫實主義、新浪漫主義、象徵主義、超現實主義、表現主義、新即物主義、結構主義等各種表現手法，形成各人有

*發表文章時為《聯合報》副刊主任，現為臺灣師範大學國文系副教授。

[1]向陽，〈微弱但是有力的堅持——七〇年代臺灣現代詩壇本土論述初探〉，《臺灣現代詩史論》（臺北：文訊雜誌社，1996年3月），頁363～375。
[2]廖咸浩，〈離散與聚焦之間——八十年代後現代詩與本土詩〉，《臺灣現代詩史論》，頁437～450。
[3]參閱李魁賢，〈臺灣新詩的淵源流變——日文《臺灣詩集》解說〉，《詩的見證》（臺北：臺北縣立文化中心，1994年6月），頁307～308。
[4]李魁賢，〈《笠》詩刊與《臺灣文藝》並壽〉，《詩的見證》，頁148。

不同的風貌」。[5]

　　1965 年《笠》詩刊第 7 期刊出布勒東（André Breton, 1896-1966）〈超現實主義宣言〉，第 8 期刊出馬里內蒂（F. T. Marinetti, 1876-1944）〈未來派宣言書〉，第 9 期刊出奧爾丁頓（Richard Aldington, 1892-1962）〈意象派的六大信條〉，並長時間地譯介美國、日本、德國、墨西哥、法國、西班牙的現代詩。如果說《笠》同仁曾受外國詩影響，實在是再自然不過的事，李魁賢即不反對別人說《笠》同仁受德國詩影響，某些同仁的作品有「即物性」的味道，採取即物主義的手法，直搗物象的核心。[6]

　　1992 年印行的《笠》詩選，定名「混聲合唱」，正說明了《笠》同仁具有多聲複調的藝術表現，並非單一品牌、單一成色。李敏勇（1947～ ）的序文[7]〈臺灣在詩中覺醒〉指出：

　　　　《笠》集團的詩，是以現代主義和現實主義為縱橫基軸發展出來的詩。
　　　　《笠》集團的現代主義傾向……是複合意味的現代主義。……是現代性與現代精神的探求。
　　　　《笠》集團的許多詩人，既不滿於純粹依賴現代主義的方法，也不滿於純粹依賴現實主義的精神。[8]

　　所謂「《笠》集團」其實指的是優秀的有代表性的詩人。能展現上述特色的詩，例如陳千武（1922～2012）的〈銀婚日〉[9]，詩的開頭：

　　　　二十五年前今夜
　　　　她的羞澀吞沒了我

[5]李魁賢，〈臺灣新詩的淵源流變——日文《臺灣詩集》解說〉，《詩的見證》，頁 311。
[6]李魁賢，〈笠的歷程〉，《詩的見證》，頁 129。
[7]另兩篇序文由鄭炯明、趙天儀執筆。
[8]李敏勇，〈臺灣在詩中覺醒〉，《混聲合唱》（高雄：春暉出版社，1992 年 9 月），頁 12～13。
[9]陳千武，〈銀婚日〉，《中華現代文學大系‧詩卷壹》（臺北：九歌出版社，1989 年 5 月），頁 75。

　　次晨

　　她又

　　洗淨了我貪婪的痕跡

詩的結尾：

　　今天銀婚日

　　由於她巧妙的演技

　　我抱持一個發光體

　　晚上　她的羞澀

　　　仍然很喜歡叫痛

　　從題材到情感到「羞澀」、「貪婪的痕跡」、「發光體」等具有高度美感象徵的詞語，皆非只著眼外在現實描述者所能為。

　　再看《笠》詩社的中生代詩人鄭烱明（1948～）收在《混聲合唱》裡的二十幾首詩，每一首都是一個隱喻，詩義的深刻來自於詩藝的精煉：在廣場表演倒立的藝人，徒勞地想舉起地球；一隻嘴被堵住發不出聲的狗，只能在心底的深谷裡吠；一個害怕食物中毒而絕食的人，最後仍難免於死；當狂風吹走一頂謊言編織的帽子，光禿禿的頭的真相於是顯露出來……

　　詩人對時代現象高度主觀地凝視，意欲反映客觀的本質，省略了寫實的細節，我們能說這是什麼主義的詩？

　　以上略述所謂「《笠》集團」詩人的作品，佐以雙李論據，目的在破除以概括詩社的成見論析個別詩人的特殊表現。唯其不陷在一個因襲的框架論述裡，從而才能發現《笠》詩社代表詩人李魁賢詩中的現代性。

二、現代性的內涵及特徵

　　以「現代性」（modernity）的內涵探討中文文學的訴求、特徵，最早的

是 1977 年代李歐梵（1939～）〈追求現代性（1895～1927）〉一文，但該文係應《劍橋中國史》大系之邀而寫[10]，至 1996 年作者始重新編寫校訂，譯回中文，收入在臺北出版的《現代性的追求》。

李歐梵引述西方學者卡利奈斯庫（Matei Calinescu）的觀點，「在作為西方文明史中一個階段的現代性——這是科學、技術發展的一個產物，是工業革命的產物，是資本主義帶來的那場所向披靡的經濟和社會變化的產物——與作為一個美學觀念的現代性之間產生了一種不可避免的分裂。」[11]前者是中產階級世俗社會的現代觀，講究對科學、理性、自由、民主和進步的信仰；後者則發展成象徵主義、超現實主義等等的前衛思潮。然而「現代性」在中國現代作家身上（例如魯迅），並未發生個人與群體的分裂，作家並未遁入藝術的象牙塔裡，反而展示出個性，並且把這種個性色彩打在外部現實上面。[12]「現代性」在臺灣 1955 年代標榜「美學現代性」的現代詩人身上（例如紀弦），事實上也已涵融了民族特性，以一種協商姿態，形成楊宗翰（1976～）所謂的「中化現代」。[13]

1989 年楊牧（1940～）和鄭樹森（1949～）合編《現代中國詩選》，撰寫〈導言〉，以「現代質地」說明 modernity，而這一質地的鑄造，係在「拋棄了往昔舊文學的意態和腔調，拋棄了約定俗成的美和不美，轉而在層出不窮的形式裡自發生長，擴張，開闢迥異往昔的理念，試探知性，撩撥感性」，「通過時間和空間的錘鍊」終底於成。[14]

楊牧和鄭樹森將「現代性」繫連至五四以來的新詩，而非僅現代主義

---

[10]王德威，〈編後記〉，《現代性的追求》（臺北：麥田出版公司，1996 年 9 月），頁 501。
[11]李歐梵，〈現代性追求（1895～1927）〉，《現代性的追求》，頁 285～286。
[12]李歐梵，〈現代性追求（1895～1927）〉，《現代性的追求》，頁 288。
[13]楊宗翰認為「民族意識」在中國的誕生／生產，難脫目的性與實用性，此一因素是可歸入世俗大眾理性與科技崇拜的標準之列。美學現代性恰是批判這一世俗標準的，紀弦何以能將此矛盾二者交融，原因正是在特殊的時空背景下，以「符合世俗大眾標準的概念來掩護他在文學方面的激進訴求」。參見楊宗翰，〈中化「現代」〉，《臺灣現代詩史》（臺北：巨流圖書公司，2002 年 6 月），頁 299～300。
[14]楊牧、鄭樹森編，〈導言〉，《現代中國詩選》（臺北：洪範書店，1989 年 2 月），頁 5。

創作的現代詩所專屬，可見「現代性」的概念大過於「現代主義」[15]，而且這一概念又在不同的時代風潮下有不同的內涵變化。

　　而今我們敢於標舉這一現代情境探索李魁賢的詩，正是透過這一獨特的中文文學與現實社會不斷辯證的「現代化進程」之啟發。

三、李魁賢詩中的現代性

　　李魁賢曾說，觀察一個詩人的風格，很容易從他的思維模式、語言表達、偏好的形式、所屬的流派得出結論。本文以 2001 年彙編出版的《李魁賢詩集》六冊為經，1994 年出版的李魁賢論評集《詩的見證》為緯，試加勾勒。

（一）創作意象小詩的美學現代性

　　1967 至 1987 年，二十年間李魁賢翻譯出版的西方著作重要的有：《里爾克詩及書簡》、里爾克詩集《杜英諾悲歌》、《給奧費斯的十四行詩》、《形象之書》、《里爾克傳》、《佛洛斯特傳》、卡夫卡小說《審判》、葛拉軾小說《貓與老鼠》、沙特小說《牆》、《猶太短篇小說精選》、《德國詩選》、《德國現代詩選》、《黑人詩選》、《印度現代詩選》、索忍尼辛長詩《普魯士之夜》、南非文學選《頭巾》、世界黑人詩選《鼓聲》及《卡度齊詩集》、《瓜西莫多詩集》、《謝斐利士詩集》。[16]

　　從這一長串書單可見李對世界文學的涉獵，一如他自己所說：從中國詩入門，漸漸接近德國詩，也涉及英、美、法，及日本等諸國的詩。後來又涉獵黑人的詩歌，再觸及北歐、東歐、蘇聯、和亞洲各國的現代詩，有一段時期專注戰後義大利的詩，然後，又回頭注意中國近四十餘年來的詩

---

[15]有關現代主義的某些重要因素，例如：城市主義（城市的精神氛圍）、技術主義（現代主義藝術鬥爭的一種形式）、人性的喪失（詩歌變成隱喻的高等代數）、原始主義（抽象之後具有反諷意味的原型）、色情主義（一種慾望的新語言）、非道德的唯信仰主義（接近神的啟示）、實驗主義（一切審美形式中的創新、變化），可參閱伊哈布・哈山（Ihab Hassan）所著《後現代的轉向》（臺北：時報文化公司，1993 年 1 月）第二章對現代主義的見解。
[16]見《詩的見證》書後附錄〈李魁賢寫作年表〉。

潮變化。[17]可貴的是他始終關注臺灣詩的發展,寫詩論、詩評,也編詩選,他體認現代主義已成開放性現代化國家的國際化現象,詩人所關切的事務、捕捉的意象、表達的方法,顯然在世界文化一體的脈動中。[18]由於詩人在素材、體裁、語法、結構各方面都有創新求變的必要,李魁賢不避諱與現代主義的技巧論契合,他提出「現實主義為體而現代主義為用的思考方向」[19],他讚許他人承自象徵主義以「音」喻意的發想、以「色」象徵意義的企圖[20],把握意象的晶瑩剔透,操持語言的乾淨俐落。[21]

李魁賢本人的詩性想像如何?他的詩語言是否精確純淨?是否具有多義性和音樂美?且看以下這個作品:

　　吻秋之裸足

　　夕陽掛來楓葉的電報

　　九月飢渴的脈管

　　把綠注入些

　　把思念也注入些

　　　　　　　　　　　　　　　　　　──〈九月的脈管〉[22]

　　向晚　蒼鷺躍起

　　於水潭之旁

　　復投落於灰爐的星期三

　　　　於雨後之秋景

　　　　於杏林

　　在一個夜裡

---

[17]李魁賢,〈詩的選擇──笠詩選《混聲合唱》編後記〉,《詩的見證》,頁 315。

[18]李魁賢,〈詩的選擇──笠詩選《混聲合唱》編後記〉,《詩的見證》,頁 316。

[19]李魁賢,〈選詩的偏見〉,《詩的見證》,頁 363。

[20]李魁賢,〈我所了解的施明正〉,《詩的見證》,頁 239。

[21]李魁賢,〈北影一詩中的批判精神──詩集《余究在何星宿之下誕生》序〉,《詩的見證》,頁 175。

[22]李魁賢,〈九月的脈管〉,《李魁賢詩集·第六冊》(臺北:行政院文建會,2001 年 12 月),頁 99。

我們看到燐火　又一個

夜裡　我們看到燐火

——〈蒼鷺〉[23]

已經不能分辨方向的

風信雞　獨腳

立在雨中的屋脊上

飄落的兩片黃葉

初次離巢的畫眉鳥一般

逐風而去

——〈秋〉[24]

一條橡皮筋

擺在角落

失去了

彈性

彈

！

——〈絕食者〉[25]

月慘白著臉

看墓地舉起手臂

眾多的芒花

——〈月夜〉[26]

電話交談中

忽聞海浪衝擊聲

[23]李魁賢，〈蒼鷺〉，《李魁賢詩集・第五冊》（臺北：行政院文建會，2001 年 12 月），頁 187。
[24]李魁賢，〈秋〉，《李魁賢詩集・第五冊》，頁 10。
[25]李魁賢，〈絕食者〉，《李魁賢詩集・第四冊》（臺北：行政院文建會，2001 年 12 月），頁 151。
[26]李魁賢，〈月夜〉，《李魁賢詩集・第一冊》（臺北：行政院文建會，2001 年 12 月），頁 230。

> 無端澎湃來
>
> ——〈海韻〉[27]

　　第一首〈九月的脈管〉作於 1957 年，〈蒼鷺〉作於 1960 年，〈秋〉作於 1966 年，〈絕食者〉作於 1984 年，〈月夜〉與〈海韻〉則為 2000 年。這六首詩都不超過十行，通過隱喻的手段，以清晰的視覺意象聽覺意象或並置的場景（如〈秋〉），產生剎那間心靈的核爆，具有思想感悟、焦點強烈集中、吸引人傳誦的音感特質，這是精采的意象派小詩。「吻秋之裸足／夕陽掛來楓葉的電報」，表現秋原開闊，夕照如楓紅，任誰的心靈都要收到夕陽電波傳來的訊息。第二首，夜裡的燐火即蒼鷺的幻影；第四首，失了彈性的橡皮筋露出奮力一彈的絕望；第五首，墓地芒花在月夜舉起手臂的驚悚，傳達了生命透視力。李魁賢小露的這一路以心觀物、攫取意象的功力，掘發了臺灣前輩詩人楊華（1906～1936）寫作〈小詩〉[28]的源泉而益見深邃，不讓《創世紀》詩人專美。[29]他的這一風格寫作期斷續綿亙四十餘年，足見是作者銘刻於心的現代性美學。

（二）關注社會發展的前瞻現代性

　　李魁賢是臺灣詩壇少數具有科學專業背景的詩人，1970 年代曾獲中山技術發明獎，研究世界專利制度，著有專書。一面從事先知型的文學寫作，現實生活裡的他卻是化學工程師、發明家、公司總經理。科學訓練出的理性秩序，顯現在他的計畫寫作上，以及詩作中永遠清明而不迷亂的腔調。計畫寫作的表現，如《赤裸的薔薇》中 10 首「旅歐詩抄」，《祈禱》中 18 首「中國觀察」，《我不是一座死火山》中 17 首有關狗的寓言，《我的庭院》中 24 首花木連作。清明而不迷亂的腔調則源於詩人所採取的主客分離

---

[27]李魁賢，〈海韻〉，《李魁賢詩集・第一冊》，頁233。

[28]楊華的〈小詩〉，如：「深夜裡——殘荷上的雨點，／是遊子的眼淚呵！」，「人們散了後的秋千，／閒掛著一輪明月。」

[29]1982 年 9 月《陽光小集》詩刊公布票選十大詩人報告時，特別推許洛夫（1928～）在意象方面的創造成績。

的相對立場，他永遠清晰地在觀察、在思索，詩篇的深刻性表現在對人間
世事的洞見上，而不在迷離惝恍的情感交流。

　　理性訓練的寫作精神，在李魁賢詩中轉化出進步的憧憬，科學與民主
的信仰。這是不同於美學現代性的臺灣知識分子的現／當代情懷，是一種
奠基於知識、技術改造生活的認知與追求。

　　　　讓發明家做先鋒　　在太平洋不沉的航空母艦上
　　　　吹響號角　　發射晨曦的光芒

　　　　臺生　　我們都從挫折中站起來
　　　　貢獻出我們的心力　　不管多微弱
　　　　盡了力　　便是我們履行的天職
　　　　讓發明家創造　　企業家生產　　貿易商行銷
　　　　新產品　　是我們生存的命脈
　　　　在國際上揚威而能受人禮遇的憑藉
　　　　是的　　我們要齊步走　　故鄉的呼聲
　　　　錄音在我們心房的磁盤上
　　　　像不能化解的蠱　　像養鴿子的苦澀茶水
　　　　無論走到地球上的任何角落總要回頭
　　　　我們就結伴往東飛
　　　　東方是日出之地　　像夸父一般
　　　　讓我們來創造二十世紀的神話
　　　　在蓬萊之島　　堅韌勝過耐寒的松柏[30]

　　上為寫於 1981 年的一首長詩的結尾，題名〈國際機場〉，反映 1970 年

---

[30]李魁賢，〈國際機場〉，《李魁賢詩集・第三冊》（臺北：行政院文建會，2001 年 12 月），頁 345～
346。

代臺灣經濟起飛中小企業家奔波奮進的實況與心情，詩中的敘述者在人流
穿梭的國際機場巧遇當年同事，回顧，瞻望，「東方是日出之地」，「讓我們
來創造二十世紀的神話」，滄桑中有難掩的自豪，對家園的信念。

　　1960 年代，中產階級代言人的李魁賢，寫過好幾篇注目工業文明的詩：

千萬匹馬達的吼聲

如陽光般　穿過密密麻麻的

管線　落下來

粘在黝黑的鋼鐵親屬的肌膚上

因感動而搖擺　而反響

回音如琴弦般

絲絲飄盪

──〈工廠生活〉[31]

那支聳立的大煙囪

像他喜愛的菸斗一般

偶而冒出絲絲淡白淡青的煙

偶而如桅桿似地

划著　划著紫羅蘭色的

悠然飄逝的雲

──〈黃昏素描〉[32]

啊　就是此刻　突起

一隻標旗的鋼柱

躍動的旋律　呼嘯著

──〈值夜工人手記〉[33]

---

[31]李魁賢，〈工廠生活〉，《李魁賢詩集・第五冊》，頁 105。
[32]李魁賢，〈黃昏素描〉，《李魁賢詩集・第五冊》，頁 110。
[33]李魁賢，〈值夜工人手記〉，《李魁賢詩集・第五冊》，頁 119。

　　那樣鏗然而立的

　　齒樁狀的樓塔

　　如果在歷史書上

　　或許會記載悠沉的鐘聲吧

　　　　　　　　　　　　　　　　　　　——〈工業時代〉[34]

　　像這般對鐵工廠的頌讚，必須擺在當年的臺灣，剛從農業轉向工業的社會加以理解。這樣的「現代性」，到了 1970 年代的臺灣，變成「高速公路」的光明招引：「我們望著自由的高速公路／勇往向目標前進／誰也不許轉變／誰也不許回頭」[35]，或變成臺灣主體的瞭望：「吉米（按指美國）你看來像命中帶煞／你趕到那裡　那裡就出岔／殺人放火　刀來槍去　一團亂麻／你累了就回到溫柔鄉／雖然臭汗在世界各地流淌／羶腥的精液也是到處洩放／沒有人敢怪你　你是巨人／巨人就該有獨霸的個性和精神／所以你不是我單獨的專用品／你有充分的自主性格　來去自如／把我當做另一種形態的黑奴」，「吉米　說真的　我期待／在你說再見時候／就是我完全成熟的日子　我站起來／迎著陽光走出去　唱著自己心靈的歌」[36]；到了 1980 年代，變成族群融合的憧憬：「愛和瞭解／在粼粼中盪漾／盼望和企求美景／你眼中顯現／多種民族融合的精神／成為獨立的原型」[37]；到了 1990 年代轉成臺灣定位的思索：「在陽光普照的海島上／人民勇於尋找光……在你來到世界的時候／遺憾沒有給你看到真正的光／光會讓我們看到臺灣的美／看到人的尊嚴　謙虛　和諧……」。[38]迎接第三個千禧年的時候，李魁賢想像建構的臺灣前景是這樣的：

---

[34]李魁賢，〈工業時代〉，《李魁賢詩集・第五冊》，頁 112。

[35]李魁賢，〈上路〉，《李魁賢詩集・第四冊》，頁 100。

[36]李魁賢，〈再見　吉米〉，《李魁賢詩集・第三冊》，頁 315～317。

[37]李魁賢，〈湖畔〉，《李魁賢詩集・第三冊》，頁 295～296。

[38]李魁賢，〈神說世界要有光〉，《李魁賢詩集・第一冊》，頁 9～10。

山林中本來不是國族主義發祥地

讓梅花鹿回到祖先的地方生息　還有山羌

讓黑面琵鷺高興就來安逸客居　還有伯勞

庭院裡也不是種族隔離的試驗場

美人蕉可以亂彈琵琶　臺灣欒樹也可以隨風舞蹈

九重葛可以紅到四季款擺　七里香也可以芬芳到遠近心歡

——〈告別第二個千禧年的黃昏〉[39]

　　這是臺灣後代子孫亟於迎接的理想，是詩人因應社會現代化，涵容了
民主課題、環保課題而展開的現代性視野，21 世紀的臺灣人讀來應覺饒富
意義。

（三）揭露科技生活侵逼的反思現代性

　　1960 年代當李魁賢在詩中揭示進步發展的現代面貌時，同時也在反思
這一現代性帶給人的精神壓力，他這方面的詩表露的痛苦意識，具有一種
超越文明禮讚的新啟蒙精神：面對工業文明，人先是好奇，繼而焦慮，鋼
鐵構建的大樓，「白天　窗口張著森冷的狼牙／夜裡　窗口舞著邪魔的銳
爪」[40]，鋼鐵大樓逼人禁聲，逼人變成一棵空心的老樹，鋼鐵大樓一座座又
像「大小猙獰的困獸」，「虎視著落荒逃過清晨的一男子」。[41]都市是人的居
住地嗎？「都市是沒有故鄉的人麇集的難民營」[42]，都市人像「移植的曇花
／在空氣調節的溫室裡／成了一副佝僂的形象」[43]，或像麻雀「無樹枝／棲
身／在／高壓電線上／唱著／生命之歌／哀傷的聲音」。[44]

　　1962 年李魁賢以「咖啡店」作為都市景觀的意象，描寫世紀的病容，

---

[39]李魁賢，〈告別第二個千禧年的黃昏〉，《李魁賢詩集・第一冊》，頁 28。
[40]李魁賢，〈不會歌唱的鳥〉，《李魁賢詩集・第五冊》，頁 31。
[41]李魁賢，〈清晨一男子〉，《李魁賢詩集・第五冊》，頁 43。
[42]李魁賢，〈都市的夜景〉，《李魁賢詩集・第三冊》，頁 220。
[43]李魁賢，〈情願被冷雨淋著〉，《李魁賢詩集・第五冊》，頁 36。
[44]李魁賢，〈都市的麻雀〉，《李魁賢詩集・第三冊》，頁 265。

那些不知明天在哪裡的模糊的面孔[45]，1992 年則以「臺北異鄉人」的身分，一連提出 12 個「我不知道……」的問句，反應都市對人的隔絕，人更深的無奈。[46]

　　1964 年李魁賢發出「都市啊／鬆一鬆你的網吧」的呼求[47]，1994 年他彈唱：「垃圾堆積在風景裡／垃圾陳列在天空下」，「我們逐漸被淹沒／我們逐漸被埋葬」，「人為科技的垃圾／成為冥頑不化的塑膠／埋伏輻射的鋼筋／幽靈般飄浮的戴奧辛／與人相剋」。[48]

　　總結三十餘年切身體會的哀歌，厥為 2001 年的〈怪獸吃人〉[49]：

　　怪獸要吃

　　　多少人命才會飽呢

　　　值錢的人命

　　　和不值錢的人命

　　　同樣是一條命

　　　那麼就吃鋼吃鐵吃玻璃

　　　裡面有人命

　　　那麼就吃山脈吃荒野

　　　裡面也有人命

　　怪獸要吃

　　　多少人命才會飽呢

　　　用人命祭天祭地

[45]李魁賢，〈咖啡店〉，《李魁賢詩集・第五冊》，頁 120。

[46]李魁賢，〈臺北異鄉人〉，《李魁賢詩集・第三冊》，頁 118。

[47]李魁賢，〈都市的網〉，《李魁賢詩集・第五冊》，頁 127。

[48]李魁賢，〈垃圾五重奏〉，《李魁賢詩集・第二冊》（臺北：行政院文建會，2001 年 12 月），頁 14～19。

[49]李魁賢，〈怪獸吃人〉，《李魁賢詩集・第一冊》，頁 308～310。

祭鬼神
那是愚昧的時代

用人命餵怪獸
是看似文明的時代
二十一世紀的人類

文明的人命
和愚昧的人命
是不是同樣的味道呢

怪獸啊　要吃
多少人命才會飽呢

　　詩中的「怪獸」是文明反撲的意象，提供了現代人開啟自覺的意識。

（四）衝撞僵固政治鏈條的反叛現代性

　　1970 年代李魁賢的詩作明顯寓藏臺灣政治現實情境，舉例如〈鸚鵡〉[50]：

「主人對我好！」
主人只教我這一句話

「主人對我好！」
我從早到晚學會了這一句話

遇到客人來的時候
我就大聲說：
「主人對我好！」

---

[50]李魁賢，〈鸚鵡〉，《李魁賢詩集・第五冊》，頁 53～54。

　　主人高興了

　　給我好吃好喝

　　客人也很高興

　　稱讚我乖巧

　　主人有時也會

　　得意地對我說：

　　「有什麼話你儘管說。」

　　我還是重複著：

　　「主人對我好！」

　　以被豢養的、乞食於人的、沒有自我思想、沒有主見的寵物鸚鵡，批判當權者。另以面目醜陋、不事生產，整天悠閒地欣賞別人忙碌的蒼蠅，批判「金頭」的特權階級。[51]

　　1990 年代他這種針對政治領域的批判，強化了以詩筆從事反對運動的新姿態。李魁賢從意識形態革新做起，包括反對呼喊「變奏」的祖國：祖國有時變成廚師的「煮鍋」，有時變成流浪者幻想的武俠小說作者「諸葛」，有時又變成「豬哥」、「主過」或者「蛆窩」。[52]反對在臺北的地圖出現南京、松江等中國的地名：他要在「信義及和平的大安森林公園／迎接綠色無限輝煌的未來」。[53]反對「他們叫我演什麼／我就演什麼／他們叫我說什麼／我就說什麼」的政治傀儡。[54]反對「絡繹不絕於看守所途上的／變成顯赫的國會議員和候選人／探望因出賣臺灣土地致富／而大肆揮霍金錢的大亨／因反抗經濟體制／而意外落網的巨賈」那種官商勾結[55]。反對「領導人看完工作計畫有

---

[51]李魁賢，〈蒼蠅〉，《李魁賢詩集‧第五冊》，頁 64～65。

[52]李魁賢，〈祖國的變奏〉，《李魁賢詩集‧第二冊》，頁 168～170。

[53]李魁賢，〈告別中國的遊行〉，《李魁賢詩集‧第二冊》，頁 85～86。

[54]李魁賢，〈魁儡〉，《李魁賢詩集‧第二冊》，頁 7。

[55]李魁賢，〈看守所途上〉，《李魁賢詩集‧第三冊》，頁 127。

氣無力地放在一旁嘆一口氣說╱「知道啦！」╱改革運動於焉完成落幕╱接著由歷史學家忙碌撰寫歷史記錄」那種自欺欺人的官場生態。[56]

　　李魁賢展現政治意識的「現代性」，最成功之作當屬〈我取消自己〉（1994 年作）。一個即將孵現的新生的我拒絕存在於你的語言、你的歷史、你的夢中，他狠狠取消自己，並非想化為烏有，而是要變成不同於「你」的「他者」，而最終的目的是反轉來取消「你的全部體系」。[57]這首詩完全放棄外在物象的描寫，放棄情緒的宣洩，而向內在精神挖掘，富現實指涉而極具藝術的聯想。

四、「李魁賢的現代性」特具的意義

　　李魁賢在《詩的見證》一書說：

> 凡是真摯的文學家或詩人，他所探究的問題與事件，所表現的知性與感性，在時間上言，莫不是「現代」的。[58]
> 「意義」應是詩要確切給出的要素之一，不可或缺。[59]
> 詩的精神如果不能熔於社會文化層面，經久必定會虛脫。[60]

　　作為第三世界詩人，他對「現代性」的探險，自不能局限於美學形式而已，更與開放社會的多元走向，與民主、自由精神指標，與反權威反官僚的社會運動相對應，他之一再主張詩應朝「現實經驗論的藝術功用導向」發展，實可作為臺灣詩人藝術與現實對話的獨特現代性來看。

　　歷經半世紀的奮鬥，李魁賢已是一位踏上國際舞臺的臺灣詩人，他有跨

---

[56] 李魁賢，〈改革運動簡報〉，《李魁賢詩集・第三冊》，頁 122～124。
[57] 李魁賢，〈我取消自己〉，《李魁賢詩集・第三冊》，頁 52～53。
[58] 李魁賢，〈為「地域性」進一解〉，《詩的見證》，頁 45。
[59] 李魁賢，〈現實生活上的詩魂——吳濁流新詩獎評審後記〉，《詩的見證》，頁 96。
[60] 李魁賢，〈新詩的過去、現在與未來〉，《詩的見證》，頁 211。

文化的經驗、跨語系的能力，既重視詩的明喻、暗喻與象徵技法[61]，又一貫主張詩人在現實性與藝術性、個人性與社會性之間要扮演好角色。[62]在現代主義詩潮襲捲臺灣詩壇的年代，他不是先導，從不侈言前衛，但他有不懈的創作力；在臺灣詩人受社會現實詩潮綁架的年代，他卻能在本土與世界、傳統與現代對立下另立爐灶。我們因而觀察到，他的現代性是在詩壇潮浪間突圍而得，「李魁賢的現代性」與臺灣繫連，對臺灣詩的發展深具意義。

引用書目

- 封德屏主編，《臺灣現代詩史論》，臺北：文訊雜誌社，1996 年 3 月。
- 李魁賢，《詩的見證》，臺北：臺北縣立文化中心，1994 年 6 月。
- 李魁賢，《李魁賢詩集》（六冊），臺北：行政院文建會，2001 年 12 月。
- 李歐梵，《現代性的追求》，臺北：麥田出版公司，1996 年 9 月。
- 哈山（Ihab Hassan）著；劉象愚譯，《後現代的轉向》，臺北：時報文化公司，1993 年 1 月。
- 陳千武，〈銀婚日〉，張默主編《中華現代文學大系‧詩卷壹》，臺北：九歌出版社，1989 年 5 月，頁 75。
- 趙天儀等編選，《混聲合唱》，高雄：春暉出版社，1992 年 9 月。
- 楊牧、鄭樹森編，《現代中國詩選》，臺北：洪範書店，1989 年 2 月。
- 楊宗翰，《臺灣現代詩史》，臺北：巨流圖書公司，2002 年 6 月。
- 楊華，〈小詩〉，《黑潮集》，臺北：桂冠圖書公司，2001 年 2 月。

——選自彭瑞金主編《李魁賢文學國際學術研討會論文集》
臺北：行政院文建會，2002 年 12 月

---

[61]李魁賢，〈詩的選擇——笠詩選《混聲合唱》編後記〉，《詩的見證》，頁 322。
[62]李魁賢，〈詩人的步伐——《一九二八年臺灣詩選》前言〉，《詩的見證》，頁 224。

李魁賢詩的通感

◎許達然*

解釋學（hermeneutics）在一端被了解為展現和復原意義；在另一端卻被了解為解除困惑（demystification），減少錯覺。對我來說，解釋學由於雙重動機而活潑起來：願意懷疑，願意聽從；鄭重嚴苛，鄭重服從。在我們的時代，我們還沒有消除偶像卻已開始聽從象徵了。

——Paul Ricoeur[1]

藝術總代表人透過感覺、熱情、夢而表達的美麗。

詩人不可能不也是批評家。所以讀者該不會驚奇我把詩人看作最好的批評家。

批評家的心靈，像詩人的，必須對各種美開放。

——Charles Baudelaire[2]

一、前言

　　李魁賢詩融和藝術性、批判性、和社會性。他的詩對時代、政治、人民心態的批判，以及對社會的關懷和觀察使人反思。他有知識分子的執著：「詩人啊　不要閉口／管他人愛聽不愛聽／發言吧／大聲發言吧」。[3]面對

---

*詩人，笠詩社成員。發表文章時為美國西北大學教授，現為西北大學榮譽教授。

[1]Paul Ricoeur, *Freud and Philosophy: An Essay on Interpretation* (New Haven: Yale University Press, 1970), p. 27.

[2]Charles Baudelaire, *Baudelaire as a Literary Critic: Selected Essays*, introduced and translated by Lois Boe Hyslop and Francis E. Hyslop, Jr. (University Park: The Pennsylvania University Press, 1964), pp. 1, 12, 14.

[3]李魁賢，〈開口〉，《李魁賢詩集‧第一冊》（臺北：行政院文化建設委員會，2001 年 12 月），頁

忽視人民的統治者，他認為「不敢揭發官方／詩只能蒸發詩人的體臭」。[4]面對臺灣景觀他願意「化成一陣風／負載歷史沉重的憂傷……帶著自然的流水／滋潤龜裂的田園傷口」。[5]在歷史意識裡，他相信：「先知被獨裁者放逐／最後獨裁者被社會放逐／最後獨裁者被歷史放逐」[6]。他巧妙的藝術運作使人在美學的距離裡欣賞他的批判、寫實、和抒情。本文只從「通感」的角度探討李魁賢詩的藝術性。

二、關於「通感」（CORRESPONDENCES）

「通感」是詩（尤其是象徵主義詩）展現詩意和詩義的一種創作方式。從詩的構成和功能關係看，詩人可透過「通感」組合字句。著名語言學家 Roman Jakobson（1896-1982）認為「詩的功能關係（function）是從選擇軸（the axis of selection）轉成聯合軸（the axis of combination）而把對等（或等質、等量、對稱）原則（the principle of equivalence）呈現出來。」[7]詩人組合所選擇的對等字句以表達相似的感覺和意義。詩的意義建構也可從另一個角度來看。符號學家 Yury Lotman 認為詩的意義是由關連（correlations）、比較、和對照的聯合系統產生的。[8]詩人在關連，比較、對照想像和意像以建構詩的意義時可用「通感」。

「通感」可分成兩種：直的通感（vertical correspondence）和橫的通感（horizontal correspondence）。先看直的通感。直的通感指外在物質或自然世界和內在精神或心靈世界的交融。從符號學（semiotics）的角度看，直的

132。

[4]李魁賢，〈我們的詩〉，《李魁賢詩集・第二冊》（臺北：行政院文化建設委員會，2001 年 12 月），頁 72。

[5]李魁賢，〈五月的和風〉，《李魁賢詩集・第一冊》，頁 52。

[6]李魁賢，〈在開普敦望海〉，《李魁賢詩集・第二冊》，頁 260。

[7]Roman Jakobson, "Linguistics and Poetics", in his *Language in Literature*, edited by Krystyna Pomorska and Stephen Rudy(Cambridge: Harvard University Press, 1987), p. 71; "Two Aspects of Language", ibid., pp. 98-99.評論參見 Derek Attridge, "Closing Statement: Linguistics and Poetics in Restrospect", in Jean Jacques Weber, ed., *The Stylistics Reader from Roman Jakobson to the Present*(London: Arnold, 1998), pp. 36-53.

[8]Yury Lotman, *Analysis of the Poetic Text*, edited and translated by D. Barton Johnson(Ann Arbor: Ardis, 1976), p. 35.

通感使外在世界看得見的現象轉變為看不見的精神世界的符號。直的通感近似所謂情景合一；但不只以景抒情或以情寫景，而是把感覺提升到精神的層次，融合物質和心靈，或天人交會的境界。瑞士神祕主義者 Emmanuel Swedenborg（1678-1772）認為自然界所有事物都有「超越的類化關係」（heavenly analogy）：「正如在上，所以在下」（as above, so below），而可能有直的通感。[9]這直的通感的運作類似人類學家和哲學家所說的神話式思考（mythical thought）。在人類學家 Claude Lévi-Strauss 看來，神話式的思考是運用找得到的資料想像東拼西補而組成的雜湊（bricolage），分不清抽象觀念和具體情況了。[10]哲學家 Ernest Cassirer（1874-1945）以神話式思考（或神話式語言思考，mythico-linguistic thought）指消除相異的思考；也就是「部分」認同並屬於「全體」，不覺得有什麼差別的思考。他認為這種神話式思考是隱喻的思考（metaphorical thought），用類推的魔力（magic of analogy）思考，而才能使詩的世界成為幻像和狂想的世界（the world of illusion and fantasy）。[11]詩人直的通感想像可說是一種神話式思考，用隱喻使不同感覺渾然交融，而分不清具體或抽象，現實或幻像。就詩的創作看，這有著通感的神話式思考也正是哲學家馬利坦（Jacques Maritain, 1882-1973）所說的「創造的直覺」（creative intuition）。馬利坦認為詩人用「創造的直覺」寫詩。「創造的直覺」指「透過情感（emotion）和精神無意識（the spiritual unconsciousness）的同質性（connaturality）或結合（union）而達到對自我和外在事物朦朧的了解。」他舉布雷克（William Blake, 1757-1827）的詩句：「在一粒沙看一個世界／一朵野花看一個天堂」做詩人用

---

[9]Hazard Adams, *Philosophy of the Literary Symbolic* (Tellahassee: University Presses of Florida, 1983), p. 122; Lois Boe Hyslop, *Charles Baudelaire Revisited* (New York: Twayne, 1992), p. 41.

[10]Claude Lévi-Strauss, *The Savage Mind* (Chicago: The University of Chicago Press, 1969), pp. 17-19, 21-22, 25-26, 32-33.

[11]Ernest Cassirer, *Language and Myth*, translated by Susanne K. Langer (New York: Dover Publications, Inc., 1946), pp. 91-95, 99.討論參看 Walter Hinderer, "Theory, Conception, and Interpretation of the Symbol", in Joseph Strelka, ed., *Perspectives in Literary Symbolism* (University Park: The Pennsylvania State University Press, 1972), p. 85.

「創造的直覺」寫詩的實例。[12]換句話說，詩人用「創造的直覺」，在神話式的思考裡，尋求自我和事物，精神和物質的渾然合一及和諧——直的通感。

　　另外一種比較普通的「通感」是橫的通感。橫的通感實際上就是「感覺轉換」（synaesthesia），或感官的五種感覺：視覺、聽覺、觸覺、味覺、和嗅覺中兩種或兩種以上的交錯或混合。橫的通感大抵透過三種方式呈現出來。第一種是用一個感覺形容另一種感覺。例如，「藍色的音調」以視覺形容聽覺，「溫暖的色彩」以觸覺形容視覺。第二種橫的通感是用一個感覺引起另一種感覺。在日常語言中，例如「看了發毛」是視覺引起觸覺，「聽了就瞪眼拍桌子」是聽覺引起視覺和觸覺。這種橫的通感，有時從感官感覺（sense）產生感情激動（sensation）。第三種橫的通感是兩種或兩種以上感覺的轉換以及諧和。在日常語言中，例如「她的笑聲清爽甜美」混合了聽覺、觸覺、味覺、及視覺。橫的通感既然用一種感覺形容另一種感覺，或一種感覺激發另一種感覺，或混合兩種以上的感覺，也就產生象徵作用。

　　通感，尤其是橫的通感，透過象徵和想像表達出來。象徵（symbol），根據語言學家 Ferdinand de Saussure（1857-1913），不只是一個符號（sign）而已。符號包括「所指」（signifier）和「指意」（signified）；所指和指意的關係是隨意的，武斷的（arbitrary）。但是相對的，「象徵的一個特徵是不隨意武斷，也不空泛，而有著自然地環接所指和指意的基礎。」[13]聯合著意指和指意所環接起來的象徵的一個可能是通感。象徵主義的詩，根據捷克語言學家 Jan Mukarovsky（1891-1975），是把描寫的對象，或被比較的主詞或主題〔也就是 I. A. Richard（1893-1979）所說的比喻裡的「要旨」（tenor）〕

---

[12] Jacques Maritain, *Creative Intuition in Art and Poetry* (Cleveland: Meridian Books, The World Publishing Company, 1970), pp. 83-84, 86, 286.

[13] Ferdinand de Saussure, *Course in General Linguistics*, edited by Charles Bally, Albert Sechehaye, and Albert Riedlinger, and translated by Wade Baskin (New York: McGraw-Hill Book Company, 1966), p. 68.

跟意象〔或 I. A. Richard 所說的「媒介」（vehicle）〕倒了過來。換句話說，一般詩，用意象描寫主詞（或對象），但在象徵主義的詩，主詞（也就是被描述的對象）卻成了陪襯，而全由意象運作。從文法上看，象徵主義的詩可以說是敘述語（predicate）的詩；描寫時，主詞隱藏起來了，而由象徵的意象主導敘述，表達主題。[14]敘述時，詩人當然用想像創造或發覺意象。波特萊爾（Charles Baudelaire, 1821-1867）尤其強調想像和意象在詩創作和象徵時的重要：「想像是分析，是綜合。……想像教人色彩、輪廓、聲音、和香味的道德意義。在事情開始時，想像創造相似類推和隱喻。……想像創造新世界。」「整個看得見的宇宙無非是意象和符號的寶庫，人的想像使它們顯現並有價值。」[15]透過想像，「從無止盡的普遍類似（universal analogy）才有比較、隱喻、及形容片語（epithets）」，而讓詩人成了「翻譯者或釋明迷惑的人（decipherer）。」[16]換句話說，詩人用想像類推意象，達成橫的及直的通感，翻譯感情，解除迷惑。總結通感的討論，直的通感尋求外在世界和內在心靈的合一，橫的通感要讓五種感官的意象交接，交響，交流，交集，而交情。

「通感」廣泛被象徵主義詩人運用主要是被普魯斯特（Marcel Proust, 1871-1922）認為是「十九世紀最偉大的詩人」，作品被愛略特認為是「任何語言的近代詩最偉大的典範」的波特萊爾在 1857 年發表的一首標題同名的十四行詩〈通感〉（"Correspondences"）。[17]這首詩可看作一首「理論詩」（doctrinaire poem），不只概括波特萊爾的美學信條，也成了象徵主義的基本聲明。[18]文學理論家 Paul de Man（1919-1983）甚至認為它涵括抒情詩全

---

[14]Rene Wellek, "What Is Symbolism?" in Anna Balakian, ed., *The Symbolist Movement in the Literature of European Languages* (Budapest: Akadeiai Kiado, 1984), pp. 26-27.

[15]Charles Baudelaire, "The Salon of 1859", in *Selected Writings on Art and Literature*, translated by P. E. Charvet (Harmondsworth: Penguin Books, Ltd., 1992), pp. 299, 306.

[16]Charles Baudelaire, "Victor Hugo", in *Baudelaire as a Literary Critic: Selected Essays*, p. 239. Baudelaire 在"Richard Wagner and Tannhauser in Paris"文裡再強調：「從上帝把世界造成一個複雜不可分割的整體開始，所有的東西都是用相似 (reciprocal analogy) 表達出來的。」(*Selected Writings on Art and Literature*, pp. 330-331.)

[17]Charles Baudelaire, *Baudelaire as a Literary Critic: Selected Essays*, p. 368.

[18]Leo Bersani, *Baudelaire and Freud* (Berkeley: University of California Press, 1977), p. 32; Anca

部的可能性。[19]由於它可以提示我們對「通感」的分析,根據原文,參照英文,試譯如下:

> 自然是一座廟,活柱
> 讓模糊的話語通行
> 人穿過象徵的叢林,
> 熟悉的眼神看著。
>
> 如遠方悠長的回音
> 融入幽暗和深邃,
> 廣如黑夜亮如白天,
> 香、色、聲相應。
>
> 香味清新如小孩皮膚,
> 甜如雙簧管音,綠如草地,
> 其他熟腐,豐富,勝利。
>
> 無窮擴展,
> 如琥珀、麝香、乳香,
> 唱著精神和感覺的欣喜。[20]

波特萊爾這首十四行詩包括直的通感及橫的通感;有學者認為應是兩首詩。[21]第一段用隱喻寫自然世界和人的「直的通感」關係。自然既是人崇

Vlasopolos, *The Symbolic Method of Coleridge, Baudelaire, and Yeats*(Detroit: Wayne State University Press, 1993), p. 109.

[19]Paul de Man, *The Rhetoric of Romanticism* (New York: Columbia University Press, 1984), pp. 261-262.

[20]Charles Baudelaire, *The Flowers of Evil and Paris Spleen*, translated by William H. Crosby (Brockport, New York: BOA Editions, Ltd., 1991), pp. 28-31.

[21]Anna Balakian, *The Symbolist Movement: A Critical Appraisal* (New York: Random House, 1967), p. 35. 關於這首詩的分析,參見 Walter Benjamin, "On Some Motifs in Baudelaire", *Illuminations* (New York: Schocken Books, 1969), pp. 181-182; Henri Peyre, "Correspondences by Charles Baudelaire", in Stanley Burnshaw, ed., *The Poem Itself* (New York: Thomas Y. Crowell Company, 1976), pp. 8-9; Hazard Adams,

拜的神廟也是生活的象徵叢林；人用象徵把自然內化。從另一個角度看，自然是廟，詩人成了廟祝；自然是叢林，詩人解釋時也把自己翻譯成自然，而神祕地和自然結合了。第二段從直的通感轉入橫的通感，而在第三段具體化。第三段用直喻呈現五種感覺的通感。香味（嗅覺）從其他四種感去體會，香味的清新如兒童皮膚（觸覺）；這觸覺又成了味覺（甜）和聽覺（如雙簧管），聽覺又再轉換為視覺（綠如草地），達到五種感官的感覺橫的通感。視覺裡的綠草地還可引起嗅覺，那就沒完沒了了。無論如何，最後兩段都構成辯證關係。[22]第三段對照著香氣和腐敗；最後一段對照著外在的自然香味和人內在的欣喜。在最後一段，從感官感覺產生感覺激情。從人使用的三種自然香料尋求直的通感，達到自然和人欲，精神和感覺的結合，要從有限追求無限。這首詩從直的通感的情況開始，經過橫的通感後，又得到直的通感的欣喜。波特萊爾用他所說的「暗示的魔術」，想像，象徵五種感覺的諧和，不只要達到橫的通感，也尋得直的通感。[23]

三、李魁賢詩的通感

李魁賢的創作不少展現通感的詩意，而有著象徵的詩義。他相信詩人可以創造直的通感：「然而詩人才更神祕吧／透過現實可以看到象徵的世界／透過實體可以呈現虛擬的精神」。[24]以象徵的語言連接現實和感覺，以想像的魔法連接物質和精神。我們先探討他詩中直的通感，再分析橫的通感。

Philosophy of the Literary Symbolic, pp. 121-125; De Man, *The Rhetoric of Romanticism*, pp. 243-262, 266; Claude Abastado, "The Language of Symbolism", in Anna Balakian, ed., *The Symbolist Movement in the Literature of European Languages*, p. 92; Jonathan Culler, "Interpretations: Data or Goals?" in Paul Hernadi, ed., *The Rhetoric of Interpretation and the Interpretation of Rhetoric* (Durham: Duke University Press, 1989), pp. 27-37; Lois Boe Hyslop, *Charles Baudelaire Revisited*, p. 59; Paula Berggren, ed., *Teaching with Norton Anthology of World Literature, Volumes D, E, F: 1500 to the Modern World* (New York: W. W. Norton & Company, 2002), p. 136.

[22]Frederic Jameson, *Marxism and Form: Twentieth-Century Dialectical Theories of Literature* (Princeton: Princeton University Press, 1971), p. 317.

[23]波特萊爾認為創作是一種「召喚的魔法」（evocative sorcery)或「暗示的魔術」(suggestive magic)；David Paul, tr., *Poison and Vision: Poems and Prose of Baudelaire, Mallarme, and Rimbaud* (New York: Vintage Books, Random House, 1974), pp. 102-103; Henri Peyre, *What Is Symbolism?* (University, Alabama: The University of Alabama Press, 1980), p. 29.

[24]李魁賢，〈神祕三重奏〉，《李魁賢詩集・第一冊》，頁103。

直的通感在李魁賢詩中透過隱喻、直喻、以及橫的通感呈現出來。隱喻簡潔地把外在自然現象幻變成直的通感：「是雲　落下來／便成一片記憶一片蔭」。[25]雲可落成雨，濕潤大地，但卻隱喻成記憶，陰涼人的心靈。另外一方面，直的通感也可直捷地把人的感受外延成自然現象：「我的煩惱／帶著頭皮屑／像雪花／落在肩上」。[26]用雪直喻頭皮屑也是「反諷」（irony），雪落肩上濕潤肩，就不再像頭皮屑那樣可輕易拂拭了。從橫的通感也可產生直的通感效果。如〈藍色山脈〉[27]：

太陽繪畫的遠山
是亮麗耀眼的鋅藍色
星星躲藏的近巒
是朦朧神祕的銅藍色

鳥聲帶著鄉愁
從潺潺的水藍揚升到
悠悠的天藍
有層次分明的節奏

在群山環繞中
坐靛藍　靠紫藍
倚灰藍　撫蒼藍
自己竟然也凝固成一座山
忽然間　發現身上
已經染成了湧來的多重藍色

---

[25]李魁賢，〈島與島之間〉，《李魁賢詩集・第六冊》（臺北：行政院文化建設委員會，2001 年 12 月），頁 66。

[26]李魁賢，〈煩惱〉，《李魁賢詩集・第三冊》（臺北：行政院文化建設委員會，2001 年 12 月），頁 63。

[27]李魁賢，〈藍色山脈〉，《李魁賢詩集・第三冊》，頁 57～58。

包括遠遠從回憶中投射過來的

海的蔚藍

第一段是觸覺（太陽繪畫、星星躲藏）和視覺的橫的通感中藍色的對照。第二段的主題鄉愁透過聽覺（鳥聲）、視覺和觸覺（水藍揚升）、升到更高的視覺（天藍）而達到通感的節奏。鄉愁的節奏落到第三段，在觸覺（四種姿勢）和視覺（四種藍色）的橫的通感中，主體（自己）和客體（山）又在交融的觸覺（凝固）而有直的通感，合成一體了。一山不同的藍是一山同樣的鄉愁。而在最後一段，自回憶中飄來的另一種藍更摻入鹹味。波特萊爾認為「美總是奇怪的。」[28]李魁賢〈藍色山脈〉觸覺、視覺、和聽覺交集的橫的通感構成直的通感的凄美。

　　橫的通感在李魁賢詩中可各從觸覺，從視覺，從聽覺所引發的其他感覺，以及五種感覺中，至少四種的交集來探討。

　　在橫的通感中，李魁賢用觸覺形容視覺，用觸覺引發其他感覺，也用直喻連接觸覺的通感。在〈落葉心情〉有「怕冷的夕陽」，以觸覺形容視覺後，「再一杯／就變／換／全新的血統」[29]，又以味覺融入視覺。在另一首詩裡，「沒有風告訴白楊如何搖動／涼意和時間一樣慢慢滲透石壁」。從觸覺的搖動到視覺的搖動到視覺的靜止。層層聯想，風搖動白楊，白楊又搖動涼意和時間，使風和時間進入石壁。作者從而寫在異域古堡所看見並聽到的空寂感觸：「黑色的土地上（視覺）書寫農民的哀歌（聽覺）／想離開故鄉又不得不留在故鄉廝守（觸覺）」。[30]他也用直喻表達觸覺的通感：「擁抱妳的時候／我聞到乳香／好像庭院裡的玉蘭花……擁抱妳的時候／我聞到鼓聲／好像滿山遍野的杜鵑花／在我的午後／敲擊著生命美麗的旋律」。[31]在

[28]Charles Baudelaire, "The Universal Exhibition of 1855", in his *Selected Writings on Art and Literature*, p. 119.
[29]李魁賢，〈落葉心情〉，《李魁賢詩集・第三冊》，頁249～250。
[30]李魁賢，〈我住在溫布里亞的古堡〉，《李魁賢詩集・第二冊》，頁263。
[31]李魁賢，〈三位一體〉，《李魁賢詩集・第三冊》，頁27。

第一段，觸覺引起嗅覺好像視覺。在第二段，觸覺引起聽覺好像視覺。兩段橫的通感構成直的通感：「生命美麗的旋律」。譬諭（包括直喻和隱喻）的妙處，在於意指既「不是」卻又「好像」，在相似的關係上表現「相同」和「不同」的張力（tension）。[32]然而透過「通感」，譬喻時，「不是」卻又「好像」，而「相同」卻又「不同」的張力也消除了。

　　橫的通感常是視覺引起的。視覺可分成兩種：靜態的——物、光、景等在眼前不動（以下簡稱視靜）以及動態的——物、光、景等在眼前動著（以下簡稱視動）。李魁賢用花的意象表達視覺觸覺的通感。他寫〈非洲鳳仙花〉：「你的艷麗／使冬天升起暖爐／推想到了夏天／怕連心事也會像枯葉／熊熊燃燒起來」。[33]以兩種視覺引發兩種觸覺，突顯花及感情的色彩。在另一首〈不只是〉，「花不只是一朵花／它可以燃燒整個季節／使城邦沸騰起來」。[34]從視覺觸覺的通感他突顯現像：任何東西和人民都不能只看表面，都會產生別的名堂或行動。他也連接視覺和觸覺加深印象。例如「地黃／黃到地無一絲皺紋」[35]是他乍看〈日出撒哈拉沙漠〉時所感受到的。視覺觸覺的通感又引出聽覺來。〈五月的傳說〉是「她孤寂的哀愁（視靜）／被風鑿刻（觸覺）／成為一座石雕（視靜）／夕陽扶著她的肩膀（觸覺和視靜）……猶對故鄉唱著戀歌（聽覺）。」[36]觸覺把哀愁形象化成看得見摸得著卻難打碎的石雕，已夠悵惘了，還要陪著黃昏的戀歌，更加悽切。

　　視覺引起聽覺的通感更多了。視覺裡有自然的花、樹、和蘆葦發聲。〈瓶花〉「顏色徒然喧嘩爭辯／誰才是最惹眼的代表」。[37]〈杜鵑花〉「用鮮艷的彩色吶喊／喊出燦爛的青春」。[38]〈仙丹花〉「終於燃燒了／整個夏季的

---

[32]Paul Ricoeur, *The Rule of Metaphor: Multi-disciplinary Studies of the Creation of Meaning in Language* (Toronto: University of Toronto Press, 1975), pp. 7, 247.
[33]李魁賢，〈非洲鳳仙花〉，《李魁賢詩集・第一冊》，頁226～227。
[34]李魁賢，〈不只是〉，《李魁賢詩集・第二冊》，頁142～143。
[35]李魁賢，〈日出撒哈拉沙漠〉，《李魁賢詩集・第二冊》，頁247～248。
[36]李魁賢，〈五月的傳說〉，《李魁賢詩集・第一冊》，頁54～55。
[37]李魁賢，〈瓶花〉，《李魁賢詩集・第一冊》，頁152～153。
[38]李魁賢，〈杜鵑花〉，《李魁賢詩集・第三冊》，頁207～208。

變奏曲」。[39]而〈樹也會寫詩〉,「寫出一大篇鳥聲的／長短句」。[40]至於〈湖中蘆葦〉更「吹奏夕陽的哀傷」。[41]中午及黃昏的陽光也有音響。他在〈墾丁熱帶公園〉看到「喧啾的陽光／……潮聲的陽光／……山歌的陽光」。[42]而在另一首詩〈塔〉,「殘暉呼嘯而去／蒼茫落在你的跟前」。[43]視覺裡的陽光在聽覺的通感裡鬧情緒了。雪也不甘示弱,「在所有的枯草上／發出臺灣芒花的聲音」。[44]自然界這些花、樹、蘆葦、陽光、和雪爭辯,吶喊、呼嘯,燃燒,或低吟時更生動活潑了。視覺裡,人造的書和文字也迸出聲音。「一幅畫的誕生／同樣可以發生槍砲的金屬聲／同樣可以敲擊歷史的鐘聲」。[45]不僅畫要發言,「方尖碑上埃及的象形文字／讀著土耳其嗚咽的天空」。[46]不管是自然的還是人為的,波特萊爾相信「在顏色裡我們發覺和聲、調子、和對位音（counterpoint）。」[47]李魁賢這些音響效果透過通感的想像去發現。

　　視覺可以和兩三種感覺通感。李魁賢這樣的通感詩不少。這裡只舉四首做例子。通感的效果都是用動作呈現出來的。他對〈泰姬瑪哈的幽影〉的印象是「暮色靄靄（視靜）　鬼影幢幢（視動觸覺）／細雨竊竊細語（聽覺）／雨滴像蒼蠅（視動）／馬鞭揮也揮不走（觸覺）」。[48]在視覺和聽覺的通感中,他把視覺和觸覺都「陌生化」（defamiliarize）,創造地把雨滴變形,到處亂飛,違反尋常經驗,卻刷新感覺,更喚起惱人的淅瀝聲。[49]他的〈黃昏的意象〉「用多情的喇叭花／吹奏一支黃昏的曲調／像風的耳朵那

---

[39]李魁賢,〈仙丹花〉,《李魁賢詩集·第一冊》,頁200～201。

[40]李魁賢,〈樹也會寫詩〉,《李魁賢詩集·第一冊》,頁234。

[41]李魁賢,〈湖中蘆葦〉,《李魁賢詩集·第二冊》,頁215。

[42]李魁賢,〈墾丁熱帶公園〉,《李魁賢詩集·第五冊》（臺北:行政院文化建設委員會,2001年12月）,頁182～183。

[43]李魁賢,〈塔〉,《李魁賢詩集·第五冊》,頁197～198。

[44]李魁賢,〈雪的聲音〉,《李魁賢詩集·第二冊》,頁74。

[45]李魁賢,〈格爾尼卡〉,《李魁賢詩集·第二冊》,頁294。

[46]李魁賢,〈伊斯坦堡晨思〉,《李魁賢詩集·第二冊》,頁249。

[47]Charles Baudelaire, "The Salon of 1846", in his *Selected Writings on Art and Literature*, p. 55.

[48]李魁賢,〈泰姬瑪哈的幽影〉,《李魁賢詩集·第二冊》,頁277～278。

[49]Viktor Shklovsky, "Art as Device", in his *Theory of Prose*, translated by Benjamin Sher (Elmwood Park, Illinois: Dalkey Archive Press, 1990)), pp. 6, 12-14.

麼軟軟地／招來淡淡的暮色／招來惠那美麗的唇的意象」。[50]視覺裡的花吹奏曲調隨風飄（觸覺），招來暮色，暮色招來所愛的人美麗意象。至於另一首〈候鳥〉：「到了南方　危機已瀕臨潰堤／風在喘息石在喘息道路在喘息／不住的暖身運動　蹤上躍下／也抵擋不住寒意」。[51]視覺從鳥開始，透過風、石、和道路的聲音，進入鳥的觸覺（寒意）。而第四首詩〈夏荷〉是視靜→聽覺→視動→觸覺→聽覺和視覺的通感：「夢見自己變成荷花／還不忘／和天空爭吵／吵得臉愈來愈紅／夏天跑來看／熱／鬧成一片」。[52]文靜的荷花受不了夏天午後的太陽，掙脫不掉，和太陽吵了起來，吵得花容更紅，也使景致更熱更鬧了。「看／熱／鬧成一片」巧妙隔行，卻聯成感覺的通感；從視動經過觸覺（熱）到聽覺（鬧）而變成不一樣的一片視野。一個花的意象透過視覺聽覺觸覺的通感而構成一首意韻昂然的詩。

　　視覺引發嗅覺或味覺，或視覺和嗅覺結果，或味覺引發現覺在生活中時常發生；因此也成了日常語言，如香花（或花香）、香燭、香艷、腥魚、酸梅、甜蜜、辣妹、秀色可餐等。但詩人盡可能用比喻的語言。比喻時，李魁賢撮合視覺和味覺。有視味的：「黃晶晶的麥田／有太陽的味道／……白茫茫的芒草／有月亮的味道」。[53]太陽的味道使人看到外國白天炫目的黃麥田，太陽的味道其實是麥田的。月亮的味道使人看到家鄉夜晚朦朧的白芒草，月亮的味道其實是芒草的。也有用動作把視覺放入味覺的：「我把金黃的晨曦攪進早餐乳白的優酪中」。[54]彷彿沉思出味道來了。在另一首詩〈海邊暮情〉，「海邊／有人在烤肉／把黃昏／和黃昏的故鄉／愈烤愈黑」。[55]通感結構是視覺（海邊）→觸覺味覺（烤）→視覺（黑）。什麼都不勝烤。烤，漸漸黑的是黃昏、故鄉、和肉。烤，漸漸有味道的也是故鄉的

---

[50]李魁賢，〈黃昏的意象〉，《李魁賢詩集・第六冊》，頁7～8。

[51]李魁賢，〈候鳥〉，《李魁賢詩集・第五冊》，頁14。

[52]李魁賢，〈夏荷〉，《李魁賢詩集・第一冊》，頁156～157。

[53]李魁賢，〈麥田與芒草〉，《李魁賢詩集・第二冊》，頁93。

[54]李魁賢，〈伊斯坦堡晨思〉，《李魁賢詩集・第二冊》，頁250。

[55]李魁賢，〈海邊暮情〉，《李魁賢詩集・第三冊》，頁85～86。

天、地、和肉。味道好受不好受，就各自領會了。Roman Jakobson 認為詩是「對日常語言有組織的曲解（organized violence）」。[56]日常語言裡的「烤」在這裡有意搗亂，把黃昏的故鄉烤出味道，「愈烤愈黑」，只怕烤「焦」就使人「急」了。

　　聽覺是最容易引起視覺的。日常生活中有時聽覺和視覺同時發生，如聽鳥叫，看小孩哭。有時聽了後才見到，就真的都「聽見」了。李魁賢在詩裡用聽覺形容視覺而創造「聲色」合一的效果。「嘩然的夜色」[57]是夜晚有聲有色的街景。「鏗鏘的暮色」[58]是黃昏有聲有色的心情。他用動詞銜接聽覺和視覺：「把早起的鳥聲打碎／散漫了七彩的晨光」[59]是湖上有聲有色的畫面。他的〈如夢令〉是「鐘聲便隨著花盛開」。[60]聽覺裡無形的鐘聲驀然感動，或激發，或隨著有形的花綻放出多彩多姿的香醇。他寫〈五月的鐘聲〉：「啊　逝去的光／隨著鐘聲落下來（聽覺和觸覺）／網住我的周圍（觸覺）／金屬的牆壁（視覺）」。[61]鐘聲帶著光碰壁，巧妙「繪聲繪影」通感。和象徵主義詩人一樣，李魁賢注重詩的音樂性，不只感到並寫出「存在於聲音的世界和思想的世界的密切關係」。[62]

　　李魁賢也聽出味道來。他用聽覺引出視覺以「陌生化」主旨：「即使只聽到聲音／究竟會是燒柴的劈裂（嗅覺視覺）／還是果實的落地（視靜）／我猶豫。」[63]無疑的，這「陌生化」也使聲音形象化，讓人看見聲音滾動。他也以聽覺味覺觸覺的通感寫下他對西班牙南部安達魯西亞

---

[56]Victor Erlich, *Russian Formalism: History-Doctrine* (New Haven: Yale University Press, 1981), p. 219. 討論參見 Ann Jefferson, "Russian Formalism", in Ann Jefferson and David Robey, eds., *Modern Literary Theory* (Totowa, New Jersey: Barnes & Noble Books, 1986), pp. 37-38.

[57]李魁賢，〈建築大樓的吊桿〉，《李魁賢詩集・第四冊》（臺北：行政院文化建設委員會，2001年12月），頁135。

[58]李魁賢，〈唱歌〉，《李魁賢詩集・第六冊》，頁140。

[59]李魁賢，〈彩虹處處〉，《李魁賢詩集・第二冊》，頁83。

[60]李魁賢，〈如夢令〉，《李魁賢詩集・第四冊》，頁52。

[61]李魁賢，〈五月的鐘聲〉，《李魁賢詩集・第一冊》，頁42～43。

[62]Marcel Raymond, "Considerations on Symbolism", in Irving Howe, ed., *Literary Modernism* (Greenwich, Connecticut: Fawcett Publications, Inc., 1967), p. 197.

[63]李魁賢，〈心弦〉，《李魁賢詩集・第四冊》，頁7。

（Andalusia）海岸的印象：

　　安達魯西亞的歌聲

　　歌聲有陽光的味道

　　陽光　陽光塗著蜂蜜

　　歌聲在地中海飄揚

　　安達魯西亞的葡萄

　　葡萄有陽光的味道

　　陽光　陽光塗著奶油

　　葡萄在平原田野匍匐

　　（另兩段略）

　　　　　　　　　　　　　　——〈安達魯西亞的歌聲〉[64]

第一段用聽覺、視覺、觸覺和味覺形容同時發生的歌聲，「亮麗」、「甜蜜」、「和煦」飄向海。飄到第二段的仍然是陽光。陽光迎來葡萄，匍匐著炫耀葡萄的亮麗和味道。李魁賢用通感把陽光陌生化，讓陽光把歌聲和葡萄「創造地變形」成為「奇怪的美麗」。

　　李魁賢詩不少呈現四種感覺的交融。有的從視覺開始。這裡只舉兩首為例。在〈五月的意象〉，「找不到五月的意象（視靜）／長久霪雨使大地癢極了（觸覺）／鳥聲是晚春的間奏曲（聽覺）／應和著異化的狗吠（聽覺）／梔子花開了又謝（視動）／泥土還未吸收到香味（嗅覺）」。[65]視覺觸動了聽覺，聽覺又激起嗅覺。另外一首四種感覺的通感是〈透明的琥珀〉[66]：

---

[64]李魁賢，〈安達魯西亞的歌聲〉，《李魁賢詩集・第二冊》，頁303。
[65]李魁賢，〈五月的意象〉，《李魁賢詩集・第一冊》，頁72～73。
[66]李魁賢，〈透明的琥珀〉，《李魁賢詩集・第一冊》，頁95～96。

期盼月光般般照顧（視靜、觸覺）

把我煉成水晶（觸視靜）

透明而又帶有玉蘭花的幽香（視嗅）

我靜靜躺成山巒起伏（觸視靜）

厭倦了群鳥啁啾（聽覺）

只希望有一隻不饒舌（聽覺）

默默停在我身邊（觸視靜）

不　不　其實我更像海洋（視覺）

平勻的氣息表現我的雍容（視覺）

然而多事的風常會無端攪擾（觸覺）

企圖在我底部掀起大浪（觸視動）

我寧願沉睡千年（視動）

等待有一天幡然醒來（視動）

已然成為　透明的琥珀（視靜）

橫的通感不只襯託更突顯靜：第一段幽香的靜，第二段啁啾的靜，第三段平勻的靜，到第四段都是靜——透明的靜。而這些嗅覺、聽覺、觸覺、及視覺的橫的通感也注入芬芳的直的通感，慶祝自我和自然透明合在一起的喜氣。

橫的四種通感也有從聽覺引起的。在 1964 年他寫〈工廠生活〉[67]時就已交融了：

千萬匹馬達的吼聲（聽覺）

如陽光般　穿過密密麻麻的（視動）

---

[67]李魁賢,〈工廠生活〉,《李魁賢詩集・第五冊》,頁 105～106。

　　管線　落下來（視動）

　　粘在黝黑的鋼鐵親屬的肌膚上（觸覺視動）

　　因感動而搖擺　而反響（觸覺聽覺）

　　回音如琴弦般（聽覺）

　　絲絲飄盪（視動）

　　在廊道上巡迴（視動）

　　層架的陰影在我身上畫棋盤（觸覺）

　　蒸氣的白霧昇騰（視動觸覺）

　　隨風向我拂來（觸覺）

　　卻覺得一股沁涼　一股淡香（觸覺嗅覺）

　　（以下略）

在這首詩他以聽、視、觸、和嗅覺的通感寫出看到聽到感到的工廠動作和滋味。第一段馬達聲多得密密麻麻，粘在和鋼鐵一樣堅強的工作者的汗上，被工作者搖落後，又和工作者交響迴盪。對照著從聽覺到視覺的第一段工廠內的是從視覺到觸覺的第二段廊道上。白霧對照黝黑皮膚，沁涼對照想像的悶熱，淡香對照想像的濃鋼鐵味，心情寧靜對照機械聲響。這對照的通感突顯工廠生活的苦樂。李魁賢另一首四種通感的詩〈五月的歌謠〉交融聽覺、視覺、觸覺和嗅覺：「有一首歌謠／五月唱過／像是沒有止息的山泉／在岩層之間流轉／有時在無人知悉的幽暗中／有時湧出地表／酷暑時冷冽／嚴冬時溫暖……在回憶中／成為迷戀的芳香」。[68]詩裡歌唱由視覺（山泉、幽暗）經觸覺（流轉、湧出、冷冽、溫暖），到嗅覺（芳香），表達出聽者的感受。這感受喚起有景有情的「回憶」。李魁賢這首通感詩，也和他的許多詩一樣，迸發溫暖的芳香。

---

[68]李魁賢，〈五月的歌謠〉，《李魁賢詩集・第一冊》，頁 64～65。

四、小結

　　李魁賢是位技巧和內容都並重並佳的詩人。他詩的內容多彩多姿；很多表達對臺灣人民和社會的關懷，即使外國景致也常注入臺灣心情。這裡節錄的詩並不能代表他詩內容的多面向。本文只著眼他語言技巧裡的通感以探討他詩藝術性的精巧。本文借重波特萊爾的「通感」詩創作分析李魁賢的詩創作，就也以波特萊爾對詩的看法作結。波特萊爾認為詩不應只描寫世界，也要改造世界。[69]其實任何文學創作者都至少要能描寫世界。詩人要改變世界畢竟只是理想而已。在臺灣，詩人能夠堅持創作、格調、原則和信念，而不被改變掉就已經不容易了。李魁賢的詩作是他對臺灣文學的奉獻。波特萊爾把詩集《惡之華》獻給同時代法國詩人 Théophile Gautier（1811-1872），因為他認為 Gautier 是「完美詩人」（poète impeccable），「法國文學裡技術精湛的魔術師」（parfait magicien ès lettres française）。[70]在一篇論 Gautier 的文章裡，他認為這位「完美的詩人」:「懂得普遍的通感」（universal correspondence）和象徵，所有隱喻的貯藏所。……知道掌握語言就是知道運用一種召喚的魔法（evocative magic 或 evocative sorcery）。那樣，顏色以深沉語調說話，房屋在空中建起，動植物以及醜陋和邪惡的代表也都扮鬼臉，香味喚起思緒和回憶，熱情低語和吶喊永遠不變的語言。」[71]在李魁賢的詩裡，他充分利用橫的通感、直的通感、和象徵，並創造地變形和陌生化意象。在他通感的運作下，色彩聆聽溫暖，畫出一片鳥聲；聲音接觸芬芳，打散陽光；太陽閃耀味道想念月亮；抓不到的月亮的

---

[69]Charles Baudelaire, *Oeuvres completes de Charles Baudelaire*, edited by F. F. Gautier (Pairs: Ed. N. R. F., 1918-1931), 4: 60, cited in George Bisztray, *Marxist Models of Literary Realism* (New York: Columbia University Press, 1978), p. 55.

[70]Peter France, ed., *The New Oxford Companion to Literature in French* (Oxford: Clarendon Press, 1995), p. 336.

[71]Charles Baudelaire, "Theophile Gautier", in *Baudelaire as a Literary Critic: Selected Essays*, pp. 167-168.稍微不同英譯見 Hugo Friedrich, *The Structure of Modern Poetry: From the Mid-Nineteenth to the Mid-Twentieth Century*, translated by Joachim Neugroschel (Evanston: Northwestern University Press, 1974), p. 33.

觸覺看見香氣歌唱，貼在筆上，喚起情感和思想，而可能調和物質與精神的不同。李魁賢的通感運作營造了濃郁的詩意境和豐富的詩意蘊。

——選自彭瑞金主編《李魁賢國際學術研討會論文集》

臺北：行政院文建會，2002 年 12 月

「全集」之後
李魁賢 2002～2011 發表詩文探析

◎王國安[*]

一、享譽國際詩壇的詩人——李魁賢

李魁賢，1937 年生，臺北人。自國中時（1953 年）發表〈櫻花〉一詩後，創作不輟，著作等身，且獲獎無數，印度詩壇更三度（2001 年、2003 年、2006 年）提名李魁賢角逐諾貝爾文學獎。李魁賢為「笠」詩社要角，且其詩文中強烈的臺灣意識，使其於臺灣文學主體性建立的過程中漸漸受到關注。他的詩，立穩精神與意識的立場，認為創作內涵為本，技巧為末，以詩抒小我與大我之情，又能把握愛與和平的普世價值，使其詩文內涵深厚又獨具特色，因此，行政院文建會於 2001 年出版《李魁賢詩集》六冊，2002 年出版《李魁賢文集》十冊，臺北縣政府也於 2003 年出版《李魁賢譯詩集》八冊。可以說，著作等身的李魁賢，在六秩之後，不僅不斷以國內或國際詩獎、文化獎獲得詩成績的肯定，且在其詩文全集的出版之後，對李魁賢資料的掌握與研究的深度也勢將更為完整與全面。

然李魁賢於上述「全集」出版之後，其創作能量仍充沛且驚人，不僅從 2001 至 2005 逐年分批出版《歐洲經典詩選》共 25 冊，2010 年更有「名流詩叢」出版[1]，再加上李魁賢的詩集、散文集、譯詩集及編輯之書，以及陸續在各文學及綜合性雜誌、網路上發表的詩、文，李魁賢詩文學的參考資料實不能再以已出版的「全集」為足。

---

[*]屏東科技大學通識教育中心助理教授。
[1]「名流詩叢」在 2011 年後仍持續出版。

　　李魁賢在「全集」出版後的第一本散文結集《詩的越境》〈自序〉中說：「自從《李魁賢詩集》六冊（2001 年）、《李魁賢文集》十冊（2002年）和《李魁賢譯詩集》八冊（2003 年）相繼出版後，把多年零散的詩文都能蒐羅集中，已深感幸運，此後能再有什麼寫作成績，也就隨緣了。如此一想，生活也過得更為輕鬆愉快」[2]，雖言「隨緣」，但李魁賢在創作、評論、翻譯等方面，仍維持其千禧年前的活力，且成果十分豐碩。以下，為李魁賢從 2001 年至 2011 年以來出版詩集的總表：

	詩集	散文集	譯詩集	編輯
2001			《里爾克書信集》《歐洲經典詩選》（五冊）	
2002			《有馬敲》詩集《歐洲經典詩選》（五冊）	
2003			《歐洲經典詩選》（五冊）	
2004		《詩的越境》	《自我探索俳句集》《歐洲經典詩選》（五冊）	
2005			《印度現代詩金庫》《歐洲經典詩選》（五冊）《海陸合鳴，詩心交融》*	《印度的光與影》
2006		《詩的幽徑》	《愛之頌》（波佩斯古）	
2007	《安魂曲》		《隋齊柯甫詩 101 首》	《戈壁與草原》《蒙古現代詩選》
2008				
2009			《柯連提亞諾斯詩集 1》	《陳秀喜詩全集》《蒙古大草原》
2010	《秋天還是會回頭》*《我不是一座死火山》*《我的庭院》*《千禧年詩集》*《安魂曲》*《台灣意象集》《黃昏時刻》（中英對照）		《愛之頌》*《詩 101 首》*《回歸大地》（蒙古哈達）《與時間獨處》（巴西裴瑞拉）《希臘笑容》	《臺灣心聲——臺灣現代詩選》（*Voices from Taiwan: An Anthology of Taiwan Modern Poetry*）

[2]李魁賢，〈自序〉，《詩的越境》（臺北：臺北縣文化局，2004 年 12 月）。

	《輪盤》[＊] 《靈骨塔及其他》[＊]			
2011			《給大家的愛》（俄羅斯隘齊柯甫）	

表一：李魁賢 2001～2011 年出版作品[3]

　　若再加上李魁賢尚未出版而暫時於「名流書房」網站上刊登的詩、文，我們可以說，六秩之後的李魁賢，不因眾多獎項所帶來的名聲而自滿，其詩、文的持續創作，及以翻譯促進文學交流、提升臺灣文學國際能見度的努力等，實為臺灣文學增加了更多寶貴的資產。

　　本論文主要的研究方向，就是觀察李魁賢在詩、文的「全集」出版之後，2002 年後所出版與發表的詩、文作品與其「全集」中的表現，有何延續與改變之處。而吾人也可以說，對李魁賢 2002～2011 年的詩、文作品作探析，不僅是對李魁賢 65 歲之後人生觀、詩觀、政治觀的探索，更代表著李魁賢詩文學最成熟的樣貌。拙著《和平‧臺灣‧愛——李魁賢的詩與詩論》以李魁賢的詩、文「全集」作全面性的探勘，對李魁賢的詩學體系、詩歌主題系統、詩歌藝術技巧及政治、文化理解有過整理，而本篇論文的主要探討目標，便是要探看在「全集之後」，李魁賢詩、文中是否傳達出與 2001 年之前不同的訊息，是前進？或是轉向？又李魁賢現已年逾七十，在心境上、創作技法上是否有所改變？21 世紀後的第一個十年，其歷經兩次的政黨輪替，其政治詩如何繼續維持其在野立場來展現批判精神？又其於獲得國際矚目後，如何藉由自身知名度來拓展臺灣文學的國際能見度等等的問題，我們都可以在其 2002～2011 年間的創作、翻譯與編選成績中找到答案。以下，進入本文的討論。

---

[3]以下，就表格中書有標示「＊」號的部分作說明。細查此表，「詩集」的部分，2010 年出版的「名流詩叢」中，除《安魂曲》、《台灣意象集》二書外，其餘多已收於《李魁賢詩集》六冊中，然《輪盤》及《靈骨塔及其他》則有有選入詩全集未刊之作品；《黃昏時刻》則為李魁賢自行選詩並自譯的中英對照詩選集；譯詩集方面，《海陸合鳴，詩心交融》為李魁賢與許達然合編，《愛之頌》與《詩 101 首》皆為「名流詩叢」重新再版的譯詩集，故有重出的現象，在此說明。

二、個體意識──徜徉自然的老人

　　李魁賢的詩作，有抒小我之情，有抒大我之情。小我之情的抒發，在《李魁賢詩集》六冊中，我們可以看到李魁賢從年輕到年長，從《靈骨塔及其他》中以象徵主義筆法渲染少年時期的憂鬱與徬徨，在《枇杷樹》中為追求「惠」展現情愛的探索。而在成熟期之後，以〈高梁穗〉表達自己「我看自己飽滿／愛的生命／是的／秋已深」[4]，一個被愛充滿身體的個人形象於焉浮現；以〈休火山〉宣告「我不是一座死火山」[5]，以火山即將噴發的形象，傳達其內心的熾熱；又以〈抓住鼓聲〉[6]這首散文詩描寫「在背後催促」的鼓聲鼓動著作者「迎向前去」，並以「脫韁躍出的姿勢，迎接未來歲月的驚濤駭浪」，表現一不斷挑戰自我，超越自我的向上精神。

　　李魁賢詩中對自我的剖白，還有一重要的面向在於他對「生命」的體認。早在 1959 年，李魁賢即以〈秋與死之憶〉三首傳達其對待死亡的態度而備受文壇讚譽，其〈秋與死之憶之三〉中：「多麼使人安慰的一件事啊！倘若，死，也像百葉窗那樣可以自由地折疊起來。」「那樣，我們可以任意地去旅行了……」[7]，「死亡」，在詩中變成一種活潑、可愛，且可樂觀對待的一種物事，李魁賢詩中對生命的體認實在其詩的重要內涵。

　　而在 2002 年之後，李魁賢已從耳順之年步入古稀之年，對生命的體認依然，然我們在《李魁賢詩集》六冊中所看到的奮發、進取的中年男人的形象，開始被「散步的老人」的形象取代。如其〈在公園散步〉[8]一詩：

---

[4]引自〈高梁穗〉末節。李魁賢，〈高梁穗〉，《李魁賢詩集·第四冊》（臺北：行政院文建會，2001年12月），頁6。

[5]引自〈休火山〉末句。李魁賢，〈休火山〉，《李魁賢詩集·第二冊》（臺北：行政院文建會，2001年12月），頁135。

[6]李魁賢，〈抓住鼓聲〉，《李魁賢詩集·第三冊》（臺北：行政院文建會，2001年12月），頁225～226。

[7]李魁賢，〈秋與死之憶之三〉，《李魁賢詩集·第六冊》（臺北：行政院文建會，2001年12月），頁43。

[8]李魁賢，〈在公園散步〉，《台灣意象集》（臺北，秀威資訊科技公司，2010年1月），頁11。

凌晨四點多

就到公園散步

連街屋也嫌老人早起

但盛裝的樹木列隊歡迎

綠色的姿勢有吸引力

鳥鳴的音樂盒也打開了

青草把地球表情掩飾

人生美好的戰爭已打過

這裡像是傷兵醫院的後院

天亮後再也掩飾不住

步道上的坑坑洞洞

和老人斑差不多

默默坐在石雕前面

休息不一定是要走更遠的路

只要有夠體力回到家

可憐的是石雕永遠走不動了

　　本文看似一散步記閒的作品，然卻以公園饒富生命力的景象開始，對比老人的步履蹣跚，而「人生美好的戰爭」、「傷兵醫院的後院」，則令吾人想到一坐在公園長椅上的老人，回顧此生面對的挑戰、挫折，雖已是「傷兵」，且天亮後「步道上的坑坑洞洞」也無所掩飾，但一安詳、平和的老人，回顧人生的挫折傷口無所憾的形象於焉浮現，而「休息不一定是要走更遠的路／只要有夠體力回家」，則點明對人生無所欲求，只求平順、自然地走向人生終點。本詩創作於 2007 年，可說是李魁賢於七秩時的人生回顧與生命體認。所謂「散步的老人」，是一悠閒、平和的老年心境，且於公園中漫步，則是讓自己置身於自然之中，與萬物冥合。其實，「散步的老人」也是李魁賢生活的寫照，他於〈叫醒鳥聲　秋天還是會回頭〉一文中說：

「以前寫過一首〈晨景〉:『鳥聲/叫醒雲/雲/叫醒太陽/太陽/叫醒旗/旗/叫醒了天空』。進入老境,每天晨課第一件事是:叫醒鳥聲。不分春夏秋冬,無論晴雨,凌晨五點出門……」[9],而在散步的過程中想到人生的旅程,快慰於當下生活的完滿,是一樂天知命,隨順自然的形象。

然「老人」的形象除了隨順自然外,李魁賢也刻意點出了老人的孤獨感,我們看〈存在〉一詩:「……我獨自靜坐/回想廣交過的朋友/恍然在洗淨臉的/最後一位朋友離去後/只剩下世界/卻發現這個世界/不是我的/我成為野地上/孤孤單單的一棵樹/立於天地間」[10],如此的孤寂感,如同〈孤寂〉一詩:「在公園的一個角落/遠方只有一座山……旁邊只有一張長椅/上面只坐一位老人……」[11],二詩皆表現天地之間,詩人孤獨如一株野地中的樹,表現年老者知交半零落的孤寂。然此孤獨感卻並非自艾自憐,因在同詩集《台灣意象集》的〈老人孤獨〉[12]一詩中,便另有深意傳達:

老人孤獨

因為他的世界愈大

他的心愈小

相較於年輕時

世界很小

心卻無限大

人老才能與花草相處

花草守著孤獨

把葉綠花美

---

[9] 李魁賢,〈叫醒鳥聲　秋天還是會回頭〉,未刊,收於李魁賢網站「名流書房」,網址:http://kslee-poet.blogspot.tw/2010/01/blog-post_22.html。

[10] 李魁賢,〈存在〉,《台灣意象集》,頁 17～18。

[11] 李魁賢,〈孤寂〉,《台灣意象集》,頁 14～15。

[12] 李魁賢,〈老人孤獨〉,《台灣意象集》,頁 93～94。

呈獻給人人

只要求一點點土地

花草懂得

老人的心情

老人瞭解

花草的心意

　　於本詩中，相同的天地之間僅一人的孤獨感，在經其哲理化的詮釋後，「孤寂感」反而成了人生並經之路，而「心愈小」，反而更能隨順自然，安心地處於此孤寂的天地。從中段後，李魁賢將「人老」與「花草」並置，藉此表示人與自然物無異，皆需服從天地運行的規則，因此，花草有心，亦與老人心靈相通。

　　李魁賢曾說：「詩人的要務：唯孤獨，唯愛。自然的孤獨，是本質的流露」[13]，他又說：「孤獨的真諦，在於達到與事物毫無瓜葛的境界，使心靈享有巨量的空間，容許馳騁翱翔的自由，詩人必經此階段才能調整到與事物親切對晤的地位」[14]，因此「孤獨」於李魁賢，並非一孤單、寂寞的感受，反而是人得與擺脫外界事物的羈絆而使心靈得以更自由徜徉的原因，因此，其〈山間小屋〉[15]一詩，我們便看到「孤獨者」的頂立與自在：

小屋避居山間

孤寂像獨立的山

挺立在大地

心事像獨立的樹

---

[13] 李魁賢，〈片論現代詩──五、孤獨的喜悅〉，《李魁賢文集‧第參冊》（臺北：行政院文建會，2002 年 10 月），頁 160。

[14] 李魁賢，〈孤獨的位置〉，《李魁賢文集‧第陸冊》（臺北：行政院文建會，2002 年 10 月），頁 20。

[15] 李魁賢，〈山中小屋〉，《台灣意象集》，頁 54。

與天空對話

無意成為風景

眼中不見風來風往

耳中不聞風言風語

隨遇禪定

紅頂給自己看

詩人以「山」、以「大地」、以「樹」強調小屋的穩定、孤拔，而「風」代表著生命中的雜質，在心靈也自然安定的時候，皆眼不見、耳不聞，演出其孤獨但挺立的姿態，且其「隨遇禪定」，又是一隨順自然的表示。

再進一層看，李魁賢於詩集中使用一散步的孤獨老人的形象描繪自我，「散步」展現悠遊的心境，「孤獨」卻空出更多的心靈空間來醞釀詩思，所以其創作理念上也有著轉變。我們看其〈書序五篇〉[16]所言：

> 進入 21 世紀，我寫詩的心情，因歲月的漱石枕流更是隨興所至，隨心所之，既不計較，也不強求，喜不自詡，哀不自艾，定性靜觀，通體透明，詩自在心，逐波流轉，順手偶得，自然成形，或任其飄然而過，詩緣不留，亦不覺有憾。

此段文字幾乎等於是李魁賢於「全集」出版後對詩創作的理念總述，其「隨性所致，隨心所之」，更代表著詩人對詩不假外求，全以自在的心靈對應外界使詩自然成形的創作手法。也如其〈即興〉一詩所言：「詩起詩落 隨性／時起時落　隨興」[17]，亦為其現今寫詩隨順自然的態度展現。

總而言之，李魁賢在詩中所用的「散步的老人」的形象，既表現對生

---

[16]李魁賢，〈書序五篇〉，《文學臺灣》第 72 期（2009 年 10 月），頁 26～27。
[17]李魁賢，〈即興〉，《台灣意象集》，頁 33。

命坦然快慰的態度，又表現人同於自然，都必須符合宇宙法則，也更強調
其雖孤獨，卻挺立、無畏的形象。而「散步的老人」也同時是其目前詩創
作的樣態，不強調技巧、不刻意選擇題材，讓詩與詩人自然碰觸，「時起時
落」，詩該出現的時候便由詩人創作而出。這是一種詩創作已臻成熟且超越
的境界，李魁賢於「全集」之後的詩，皆該做如此觀。

三、自我與臺灣的緊密聯繫

在李魁賢的詩、文中，強烈的臺灣意識是詩風成熟後一以貫之的風格。
筆者以為，「臺灣」對李魁賢而言，除了是一個可觀察、可熱愛的客體——
「你是太平洋上的／美人魚／我永恆故鄉的座標」[18]之外，李魁賢的臺灣之
愛，已使此臺灣客體與詩人主體融合為一，故其有〈相思陶〉[19]一詩：

> 用大地的愛
>
> 培植出來的
>
> 相思樹的木柴
>
> 燒出純青的爐火
>
> 把相思滲透到我的內心
>
> 本質純樸的陶土
>
> 經過相思的火煉
>
> 才能熬成
>
> 堅忍不變的形體
>
> 所包容的愛情
>
> 其實
>
> 沒有人知道

---

[18]李魁賢，〈島嶼臺灣〉，《李魁賢詩集・第三冊》，頁83～84。
[19]李魁賢，〈相思陶〉，《李魁賢詩集・第三冊》，頁96～97。

　　　　我的本名

　　　　是道道地地的

　　　　臺灣相思陶

　　在此，李魁賢以「大地」、以「相思」與「我的內心」相連接，再藉「陶土」的意象，表現自我已受過粹煉，此「相思」非小我情意的隨想，而是完整、不移的永恆情感。而末段將自我／陶土與臺灣／大地連結，將「我」定名為「臺灣相思陶」，此便是筆者所謂詩人主體與臺灣客體的融合為一的表現。

　　而在「全集」之後，此風格仍一以貫之，且李魁賢與臺灣、主客體相融合的詩作也仍延續，在〈告白〉一詩中首段：「來測試我的脊梁／在疏鬆的骨質中是否顯示／鋼鐵歷史的核磁共振」[20]，老年骨質疏鬆是為常態，但李魁賢卻說「脊梁」中有著「鋼鐵歷史」，此便是臺灣彷彿與自身同在的顯例；〈我的臺灣　我的希望〉[21]則更點出詩人與臺灣聯繫：

　　　　從早晨的鳥鳴聽到你的聲音

　　　　從中午的陽光感到你的熱情

　　　　從黃昏的彩霞看到你的丰采

　　　　臺灣　我的家鄉　我的愛

　　　　海岸有你的曲折

　　　　波浪有你的澎湃

　　　　雲朵有你的飄逸

　　　　花卉有你的姿影

　　　　樹葉有你的常青

[20]李魁賢，〈告白〉，《安魂曲》（臺北：秀威資訊科技公司，2010年1月），頁19。
[21]李魁賢，〈我的臺灣　我的希望〉，《台灣意象集》，頁90～91。

　　林木有你的魁梧

　　根基有你的磐固

　　山脈有你的聳立

　　溪流有你的蜿蜒

　　岩石有你的磊落

　　道路有你的崎嶇

　　臺灣　我的土地　我的夢

　　你的心肺有我的呼吸

　　你的歷史有我的生命

　　你的存在有我的意識

　　臺灣　我的國家　我的希望

　　本詩首節以一日的時光，從早到晚沐浴在家鄉臺灣「你」對詩人「我」的愛中；第二節，則以詩人在臺灣的每一處景觀，大至海岸、山脈，小至花卉、樹葉，都想到這些美的事物全來自臺灣土地的孕育，而這些臺灣「你」的美，都是「我」的土地，詩人與臺灣的連結更進一層；末節則讓前文已確立的臺灣「你」與詩人「我」的關係更緊密聯繫，「我」的呼吸來自「你」的心肺，「我」的生命由「你」的歷史填滿，而詩人的意識更源自於臺灣的存在，末句再次點出臺灣，「我的國家　我的希望」，一方面是強調自己的國籍是臺灣，另一方面則是延續李魁賢一直以來的臺灣獨立的期許。在《千禧年詩集》中，李魁賢便以〈神說世界要有光〉、〈你用哭聲表示你的存在〉、〈你在睡夢中文文笑著〉等詩為臺灣獨立祈禱，在〈全民診斷臺灣文化〉的演講詞中，他也說：「我覺得還有一個最應該重視的問題，就是臺灣獨立意識的啟蒙。我們要強調臺灣一定要獨立建國……」[22]，所以，其〈若有人問起〉末節：「若有人堅持問起／你到底是

---

[22]李魁賢，〈全民診斷臺灣文化〉，《詩的越境》（臺北：臺北縣文化局，2004 年 12 月），頁 232。

什麼人／你應該有充分自信／用堅定的語氣講／我是臺灣人」[23]，便是以堅定的語氣表現其確認自己身分，而對臺灣也將確認自己國格的期待，同樣延續其強烈的臺灣意識。

而除了寫詩表現自己與臺灣的連結外，李魁賢也寫了數首臺灣的記遊詩，然其記遊詩，少見詩人的蹤跡，詩人多以臺灣歷史為切入點，探看這些古蹟、地景與臺灣一同成長的軌跡，如〈門第的光蔭──詠陳中和紀念館〉一詩中：「……陸地糖產　海上貿易／架撐起港都產業迴廊／宅內宅外子孫繁衍熱鬧／不時在歷史中迴音飄盪……」[24]，便可為例。而其〈詠金門料羅灣〉一詩，則慨嘆金門處於臺灣與中國之間而必須面對的那尷尬又無奈的歷史，其詩二、三節：「料羅灣啊／在金門的聖地／曾經被砲彈吻遍／每一吋的肌膚／兵士搶灘卸船的補給品／像落水焦急的螞蟻」，「那時我在福爾摩莎／隔著似近又遠的海洋／聽到妳身上砲聲焦急的回音／四十六年後／回音依稀在歷史的耳中／振盪」[25]，詩中疼惜金門，詩人懷想金門料羅灣當時面對中共砲彈轟炸時的慘烈畫面，而迴旋震盪「四十六年」的砲聲，是臺灣無法抹消的歷史。李魁賢每從「歷史」的角度探看臺灣地景地物，以時間的深度來增添景貌的內涵，林韻文曾說：「旅途中凝視的風景是旅人內心的鏡像，其內在意識與風景象徵的意涵互為表裡，一個地理空間可以是某種意念的具體形象，我們在內心意識辨識、賦予它意義，風景空間與自我互相穿織建構……」[26]，因此，李魁賢的臺灣記遊詩可說是他對臺灣的「某種意念的具體形象」，在此，臺灣風景空間與詩人自我互相穿織建構，李魁賢以內在的生命寬度與臺灣歷史相疊合，也就是說，在其臺灣記遊詩中，李魁賢同樣是在傳達其與臺灣主客體融合為一的意念。

---

[23] 李魁賢，〈若有人問起〉，《安魂曲》，頁 13。
[24] 李魁賢，〈門第的光蔭──詠陳中和紀念館〉，《安魂曲》，頁 113～114。
[25] 李魁賢，〈詠金門料羅灣〉，《安魂曲》，頁 115～116。
[26] 林韻文，〈九〇年代以降臺灣女性旅行書寫的自我建構與空間〉（成功大學中國文學研究所博士論文，2010 年 2 月），頁 23。

　　除此之外，李魁賢的〈二二八安魂曲〉[27]更可作為李魁賢在「全集」之後，最重要的一首表現其臺灣意識的詩作。李魁賢認為，「意識決定作家的觀點和創作活動」[28]，且「詩是詩人透過意識表現超乎個人的集體意識或集體無意識」[29]，所謂「集體意識」，在人民對社會環境的共同時代感知，而「集體無意識」，在李魁賢的延伸解釋下，指在社會中被威權強力壓制後隱沒不彰的政治、社會、歷史、心理事件，在臺灣歷史中，最堪為代表者便是「二二八事件」。李魁賢認為，「二二八」這一直以來被威權體制所壓抑、不可言說的悲情歷史，必須要透過藝術的力量，將集體潛意識的悲情釋放，他說過：「二二八事件是二次世界大戰後，臺灣歷史上的最大事件……要把埋藏在集體無意識層內的悲情釋放、提升、抒解，一定要透過藝術力量，再反饋於社會無意識，才能加以化解」[30]，因此，李魁賢曾創作〈老師失蹤了〉一詩，以孩童的視角，回憶敘事的形式，寫一童年時崇拜尊敬的郭老師二二八事件後失蹤的事情，該詩以個人回憶出發，而「全集」之後，李魁賢的〈二二八安魂曲〉可說是李魁賢以抒解社會集體無意識為重心的二二八詩作。

　　〈二二八安魂曲〉，分「寒夜」、「消息」、「呼喚」、「輪迴」、「審判」及「安魂」六個章節，以 1947 年至今的時間做分段切割。每段以不同的視角，將二二八事件以事發、白色恐怖、遺族血淚、歷史還原真相等歷史階段做段落。實則，在以「二二八原型」寫作的政治詩中，多有以此方式作長篇形式、細分歷史的詩篇，如此既可完整觀照事件始末，又可以釋放壓

---

[27] 李魁賢：「拙作〈二二八安魂曲〉華語版第一章曾由游昌發譜成輕歌劇，於 2002 年 6 月 15 日在臺灣文資中心首演，全詩 2003 年 2 月 28 日發表於《自由時報》，前一晚由臺灣北社安排在二二八紀念公園紀念晚會朗誦，臺語版 2006 年 2 月 28 日發表於《臺灣日報》，全詩六章 228 行，由柯芳隆譜成交響樂與合唱曲，2008 年 4 月 7 日在國家音樂廳首演，並製作光碟片發行國內外。」李魁賢，〈自序〉，《安魂曲》，頁 4～5。

[28] 李魁賢，〈作家的屬性〉，《李魁賢文集·第捌冊》（臺北：行政院文建會，2002 年 10 月），頁269。

[29] 李魁賢，〈面向亞洲的文化思考——迎接九五亞洲詩人會議〉，《李魁賢文集·第柒冊》（臺北：行政院文建會，2002 年 10 月），頁 40。

[30] 李魁賢，〈政治詩的取樣——簡評《傷口的花——二二八詩集》〉《李魁賢文集·第捌冊》，頁 94。

抑、還歷史受難者公道為結束，為全詩增加歷史的縱深，慰藉人心。但細觀李魁賢的〈二二八安魂曲〉，卻並不以此為足，因為他將二二八事件的受難者，刻畫為為了臺灣前途犧牲的先行者。

首先，第一章「寒夜」。「寒夜」本身除明指二二八事件發生的季節，又以「寒」增加受難者苦楚，以「夜」隱喻施暴者的勢力。然特別的是，詩中提到：「寒夜裡／我聽到大地的聲音／我聽到人民的聲音／我的步伐響應著／堅定的意志」，「我一路思索革命　民主／比路還長的命題……」[31]，此時，二二八受難者不只是因與外省族群的文化隔閡、自身利益衝突而牽扯入二二八事件，反而我們在詩中看到一順從自己的選擇，一個為「大地」、為「人民」而奮起抵抗的民主鬥士，此形象塑造，便是李魁賢〈二二八安魂曲〉與其他作家不同之處，如此也使其詩有更深一層的指涉與擴充的可能。

在第二章「消息」中，則以受難者家屬為敘事者，在詩中我們看到那慌張、無助又焦急的眼神，可惜「沒有消息／是唯一的消息」[32]；第三章「呼喚」，則以受難者家屬的第二代為視角，說明在威權體制下，受難者家屬不僅求助無門，更被加以叛亂者遺族的罵名，然詩中「為什麼鐘聲使我心驚／從鐘樓上傳出／悠揚遠播的聲音／會不會是父親在呼喚／呼喚我呢還是呼喚大地」[33]，末句敘事者不知此似父親呼喚的鐘聲，是給自己或是給大地的，便是詩人以鐘聲為引，讓假想鐘聲代表著受難者傳達給第二代，使其能理解自己為了人民、民主而犧牲的意志；第四章「輪迴」中，以1947 年出生的新生兒成長歷程說明受難者家屬所受的不公平待遇，然敘事者認為自己父親輪迴再世，末節「我感受到臺灣的土地／永遠讓我魂牽夢縈／啊！啊！原來是／父親秉持的信望愛」[34]，是敘事者因父親而有了對臺灣的愛的延續與傳承；第五章「審判」，受難者魂魄作為敘事者的片段中，其言「我的神魂飄盪／在臺灣的天空／找不到定位／我對臺灣的愛／使我

---

[31] 李魁賢，〈二二八安魂曲〉，《安魂曲》，頁 139。
[32] 李魁賢，〈二二八安魂曲〉，《安魂曲》，頁 142。
[33] 李魁賢，〈二二八安魂曲〉，《安魂曲》，頁 145。
[34] 李魁賢，〈二二八安魂曲〉，《安魂曲》，頁 149。

的神魂依然／守護在臺灣的身邊」[35]，讓我們看到一熱愛臺灣，等待歷史審
判的鬥士形象；因此，在第六章「安魂」中，詩人以自己的視角，為二二
八事件定位，在本章的第二、三節中，詩人寫下：

> 臺灣已經新生
> 埋冤之地
> 埋冤過歷史多少事蹟
> 不足為奇
>
> 因為有多少人犧牲
> 才成就臺灣的偉大
> 因為有多少人容忍
> 才顯出和諧的力量
> 因為有多少人寬恕
> 才形成團結的社會[36]

便是以人存在於歷史中，歷史又將還正義公道的寫法，以真相還原超
渡受難者，重複唸誦的「安息吧　眾神魂」，便是李魁賢對二二八受難者的
致敬，並以「和諧」、「寬恕」，抒發釋放長久以來被壓抑下來的悲情。

如前所述，「民主鬥士」是李魁賢為二二八受難者的塑像，而貫串全詩
的臺灣之愛，抒解壓抑的歷史縱深，則是李魁賢臺灣主題詩作的共同特
色。總而言之，李魁賢詩中強烈的臺灣意識，在「全集」之後仍一以貫之
的表現著，我們在詩中看到的，是與臺灣結合的更為緊密的，一個熱愛臺
灣的詩人，李魁賢曾說過的：「我的信仰是以臺灣為名的中心」[37]，在他
「全集」之後的詩作中，進一步地做了證明。

---

[35] 李魁賢，〈二二八安魂曲〉，《安魂曲》，頁150。
[36] 李魁賢，〈二二八安魂曲〉，《安魂曲》，頁153。
[37] 李魁賢，〈詩，作為另類宗教〉，《文學臺灣》第62期（2007年4月），頁43。

四、兩次政黨輪替過程中的政治詩、文展現

　　李魁賢的詩作，自我剖白的展露與愛鄉愛土的情懷，可讓我們對李魁賢有一整體性的、概括性的認識。但要細部理解李魁賢，則必須理解其對政治、社會、文化的批判省思，並從中探知李魁賢的政治意識與思考範疇。而在《李魁賢文集》與《李魁賢詩集》中，我們也清楚地看到李魁賢傾向臺灣獨立的政治立場，反對國民黨政府以文化、歷史教育等方式否定「臺灣」的政策，在文集中，〈國民黨不是外來政權嗎？〉、〈捨本逐末的歷史教育——臺灣歷史應列入必修課目〉等文，在詩集中，〈大家來建國〉、〈駱駝——八達嶺長城〉、〈塔林女導遊如是說〉等詩，都是一面疾呼臺灣應有獨立國格，一面為建立臺灣主體性而對中國與國民黨政府的抨擊。李魁賢作為有著強烈臺灣意識的作家，以詩批判、以文論批判，有時又以行動批判，所以他更於 2001～2002 年任臺灣北社社務委員，2002～2003 年任臺灣北社副社長，與政治的關連更為緊密。究其原因，實與臺灣於 2000 年時實現政黨輪替，為多年來支持臺灣本土意識的李魁賢帶來更多「樂觀的期待」有關，正如其於《千禧年詩集・自序》中所說：

> 在臺灣，最引人矚目的變局，當推政黨輪替，被視為是「萬世一系」的國民黨，終於失去人民的支持，政權和平轉移給民進黨，臺灣進入真正落實的民主自由時代，和世界上先進的國家並駕齊驅……敏感的心靈早已嗅出那熱烈的氣氛，充滿樂觀的期待。[38]

　　《千禧年詩集》是《李魁賢詩集》六冊最後收錄的詩集。2000 年時，臺灣政黨輪替、民進黨執政，此一「民進黨和支持本土意識臺灣民眾夢寐以求喜出望外的結果」[39]，對長期支持本土意識的李魁賢而言，也等於是夢

---

[38]李魁賢，〈自序〉，《千禧年詩集》（臺北，秀威資訊科技公司，2010 年 1 月），頁 4。
[39]李筱峰，〈戰後新生代的覺醒、奮起與失落〉，《心理學家閱讀陳水扁》（臺北：心靈工坊文化公

想的初步落實。那麼，這位長期立於在野立場的詩人，在政治版圖轉移後，是否會調整自身立場以適應政治新局？在〈臺灣詩人的反抗基因〉一文中，李魁賢藉由對李豐楙的回應，回答了這樣的問題，他說：

> 然而考察《笠》詩集團「抗議詩學與政治學」的互動，顯示基於對外來政權的反抗，強烈支持並歡迎認同臺灣的民進黨執政，建立臺灣本土性政權。然而，民進黨執政，並不意味臺灣詩人或《笠》詩人掌握或分享政治權力，而是保持著一種接近又不太接近的距離。[40]

　　於該文中，李魁賢說明，其所屬的《笠》詩集團當然支持認同臺灣的政黨執政，但「詩人是永遠的在野代言人」的角色仍堅持不移，其詩的抗議詩學本質不變，反抗精神亦不變。所以，即使民進黨執政，對李魁賢與《笠》詩集團的政治批判力也不曾少歇，反而仍保持其在野監督的角色，督促並提出建言。於是，我們在《詩的幽徑》中，看到〈新瓶裝舊酒〉一文，反對民進黨新生代的「新文化論述」；在〈發明中華民國〉、〈遷都何如建都〉、〈副總統「腦震盪」〉等文指出呂透蓮前副總統發言之非；其〈制憲乎？修憲乎？〉、〈中立與是非〉、〈荒謬的國慶日〉則對陳水扁前總統提出建言；其〈印度人民黨見棄人民〉一文中說：「號稱『人民黨』，政績不錯，卻被人民拋棄。臺灣號稱組織全民政府的民進黨，也漸往中上階層傾斜，逐漸國民黨化，想要準備長期執政，小心最後被『全民』拋棄」[41]，對民進黨政府提出警告；在〈臺灣國名一籮筐〉中，李魁賢也說：「臺灣到現在，殖民體制陰影未除，沒有自己的國名，以致大家忘了『我是誰』。臺灣正名運動轟轟烈烈展開，但深獲臺灣人民期待的民進黨政府，顯然對臺灣

司，2011 年 1 月），頁 29。
[40] 李魁賢，〈臺灣詩人的反抗基因〉，《詩的越境》，頁 150。
[41] 李魁賢，〈印度人民黨見棄人民〉，《詩的幽徑》（臺北：臺北縣文化局，2006 年 12 月），頁 198。

正名仍趑趄不前，不要說國名治絲益棼，又增加一籮筐⋯⋯」[42]等等言論，更是對民進黨執政卻未見獨立建國期程的不耐。因此，在民進黨執政期間，李魁賢仍秉持監督政府的在野立場。而當 2008 年臺灣再次政黨輪替，李魁賢原先在《千禧年詩集》中「樂觀期待」的夢想破碎，此時，他也寫下了他的心情：

> 距千禧年轉瞬已過十年，回首前塵，不料人民對臺灣民主政治的樂觀期待，一下子又回歸到原點，甚至倒退，一代一代先人的奮鬥，一代一代的失落，有賴臺灣的後代繼續努力，說來心酸，但我仍然不放棄給臺灣的後代寫詩的初衷，不放棄再度迎接五月重臨的希望。予何言哉！天何言哉！[43]

　　一種無語問蒼天的無奈感充斥於文中。然「我仍然不放棄給臺灣的後代寫詩的初衷」，表示仍未放棄希望，且如其言：「自由思想者真正的本質，一定是『反獨裁，擁民主』，塑造詩人成為『永遠的在野代言人』，這才是真詩人的評鑑」[44]，李魁賢以之自許，其因對臺灣熱愛而對現狀的批判省思，仍是其詩作的重心所在。

　　實則，「以詩批判」一直是李魁賢傳達其政治理念、為現況提出建言的途徑，看李魁賢的政治詩，就像在回顧臺灣重要的政治事件，可見李魁賢對現實的批判從未止歇，如其 2003 年所寫的〈SARS 焦慮症〉組詩便可為例，我們看其〈SARS 疫情發作〉[45]：

> SARS 是飛沫傳染
> 所以就禁止口沫飛濺吧

---

[42] 李魁賢，〈臺灣國名一籮筐〉，《詩的幽徑》，頁 324。
[43] 李魁賢，〈自序〉，《千禧年詩集》，頁 5～6。
[44] 李魁賢，〈詩人在社會中的角色〉，《詩的越境》，頁 173。
[45] 李魁賢，〈SARS 疫情發作〉，《安魂曲》，頁 44～45。

可是政客的口水愈來愈多

未經消毒和過濾

媒體就忙著到處傳播

每天對著電視機消毒

政客的口水照樣飛濺

每天對著報紙消毒

媒體的病毒照樣傳播

戴上口罩是不再發聲的意思

然而政客的口罩

卻加裝擴音器

聲音愈來愈大

　　在〈SARS 焦慮症〉組詩中，李魁賢不談 SARS 的威脅、恐怖，而是著眼於被恐懼所籠罩的臺灣，穿插政客、廠商的醜惡面孔，對從國難中牟利者予以抨擊。故政客的口水與 SARS 患者的口沫一樣皆有傳染性，且滲透力更甚於疾病本身，再加上媒體的推波助瀾，使 SARS 成為一場人為加工的瘟疫，在李魁賢眼中，政客、媒體與 SARS 病毒，同樣可憎。

　　而在「全集」之後，正好是民進黨執政時期，其時因選舉、政治對立等因素，使得臺灣社會被「藍」、「綠」的意識型態所撕裂，在 2004 年總統大選前後更加激烈，在 2004 年 3 月 22 日，李魁賢寫下了〈祈雨〉[46]一詩：

天佑臺灣

下一場大雨吧

當心靈的水庫乾枯

---

[46]李魁賢，〈祈雨〉，《安魂曲》，頁 40～41。

當心田龜裂

天佑臺灣
下一場大雨吧
當善良的人民大眾
受到政客煽情的蒙蔽

天佑臺灣
下一場大雨吧
當還有那麼多人站在
化身獨裁者周圍呼喚擁護民主

天佑臺灣
下一場大雨吧
當心懷怨恨過站不停的人
在詮釋愛的真諦

天佑臺灣
下一場大雨吧
當滿天的藍色謊言需要洗清
大地需要恢復春天綠意

　　本詩以陳水扁前總統在 2004 年 319 槍擊案後出院時對媒體所說的「天佑臺灣」為詩句，每節的「下一場大雨吧！」指以更大的自然力量沖刷當下已失去理性的藍綠對決，第二、三、四節，暗指當時國民黨總統候選人因 319 槍擊案真相未明，鼓動支持群眾發起選舉無效之訴的事件，末節則希求事情落幕，使政局走向穩定。
　　而後，因民進黨執政期間第一家庭的貪汙醜聞愈演愈烈，2006 年 8 月施明德號召「百萬人民倒扁運動」，9 月 15 日，更有百萬紅衫軍聚集臺北

街頭，以紅潮之勢串連倒扁，甚至在 9 月 29 日開始，串連全臺準備於 10 月 10 日展開「天下圍攻」。李魁賢於 10 月 8 日寫下了〈圍城〉、〈和平示威〉二詩，抒發其對此政治事件的想法，〈圍城〉一詩開頭：「自己人發動群眾／包圍插自己旗幟的城堡／自己人封鎖道路／不讓自己人自由走動」[47]，以「自己人」的相互鬥爭，表現臺灣人的自我分裂，而〈和平示威〉前段：「自己人一律／拿同樣圖案的旗幟／穿同樣顏色的衣服／自己人一律／比同樣的手勢／走同樣的路線／自己人一律／針對同樣的對象／指控同樣的議題」[48]，則以「自己人」寫此群眾運動已成了敵我劃分的自我撕裂。

　　而在 2008 年總統大選後，再次政黨輪替，國民黨奪回政權。可惜在 2009 年發生八八風災，因災情慘重且救援行動不效，使天災成為又一次的政治事件。李魁賢於八八風災後，寫了〈誰知道〉[49]一詩：

誰知道什麼地方正在下大雨
誰知道什麼地方正在淹大水

總統去參加詩人第幾次的婚禮
禮堂無電視無報紙

院長去理髮染第幾次的頭髮
理髮店無電視無報紙

祕書長去過父親節吃第幾次上萬元的大餐
飯店也無電視無報紙

部長去和生意人吃日本料理談第幾次的生意
料理店也無電視無報紙

---

[47] 李魁賢，〈圍城〉，《安魂曲》，頁 61。
[48] 李魁賢，〈和平示威〉，《安魂曲》，頁 63。
[49] 李魁賢，〈誰知道〉，引自李魁賢網站「名流書房」，網址：http://kslee-poet.blogspot.tw/2009/08/blog-post_3406.html。

誰知道什麼地方正在崩山
誰知道什麼地方正在滅村

本詩以「誰知道」為題，也以「誰知道」的造句作為詩的首、末節的句式，中間則以媒體所指稱當時官員首長的去向與說法，嘲諷官、民之間在災害發生時截然不同的處境，而全詩也從「下大雨」、「淹大水」到末節的「崩山」、「滅村」，表現當時風災的慘況，全詩可見李魁賢如何以嘲諷悖論的手法進行強力的批判。

李魁賢的政論與政治詩，是表現其政治意識及批判省思的利器，這位堅持本土意識的詩人，在首次政黨輪替時樂觀期待，在民進黨執政時監督政府，二次政黨輪替，也不改其作為在野代言人的職志，「全集」之後的李魁賢政治詩，更完整表現了他的政治意識在不同政治情境下的堅持。

五、促進臺灣文學與國際文壇的交流

在「表一：李魁賢 2001～2011 年出版作品」所占數量最多的，是李魁賢的翻譯及編輯作品，其中光翻譯出版作品就高達 31 本之多（再版者不重複計算），而所謂編輯作品，則多為李魁賢率團參訪印度、蒙古，或是在臺灣舉辦國際詩歌節後所編纂，作品數量之豐，實為吾人觀察李魁賢「全集」之後的文學表現最重要的部分。

李魁賢是一位多產的作家，寫詩、寫文學評論、寫政論，也參與本土性社團，在臺灣筆會會長任內協助推動臺灣文學系及國家臺灣文學館的成立，後更任職國家文化與藝術基金會董事長（2005～2007 年），推動各項藝文活動，不遺餘力。可以說，李魁賢本身劍及履及的行動力，是臺灣文學主體性建立過程中的功臣要角。然除了在臺灣落實臺灣文學的軟、硬體建設外，他更重視臺灣文學的「向外推廣」[50]，他說過：「臺灣文學想進入

---

[50] 李魁賢曾說：「臺灣文學的落實與推廣，是一體的兩面，向外推廣更是不容忽視。」李魁賢，〈臺灣文化的落實與推廣——對文建會地方文化政策的建言〉，《李魁賢文集·第柒冊》，頁 208。

國際社會，要從文學作品外譯工作著手，才能達成實質效益」[51]，甚至提出構想，希望臺灣能成立「臺灣文學外譯中心」，讓臺灣文學在國際上有更佳的能見度。

在初期，李魁賢憑藉其外文（尤其是德語）的能力，在《笠》詩刊中持續行翻譯作業。其翻譯成績包括里爾克的翻譯詩集如《里爾克詩及書簡》、《杜英諾悲歌》等；各國作家的翻譯詩選如《裴瑞拉詩選》等；翻譯小說如《貓與老鼠》、《暴風雨》等；而在 2003 年，在李魁賢的詩、文全集問世後，又有《李魁賢譯詩集》八冊便共收錄李魁賢至 2001 年止所翻譯的 772 首詩作，選擇作家範圍擴及歐洲、亞洲、非洲、美洲及大洋洲，視野及成效驚人。也如前所述，在「全集」之後李魁賢從未停下其翻譯的腳步，其以個人力量所做的翻譯成績，實予臺灣更多外國文學的滋養。[52]

李魁賢的翻譯能力及主辦、協辦或參加國際詩歌活動的機會，使李魁賢在 20 世紀末開始登上國際舞臺，而此國際舞臺，實以印度詩壇向外延伸。李魁賢與印度詩壇的關係[53]，最早是 1982 年翻譯印度詩，輯成《印度現代詩》小冊子，1995 年時臺灣筆會與「笠詩社」合辦亞洲詩人會議日月潭大會，時任臺灣筆會會長及詩會祕書長的李魁賢，邀請印度詩人來臺，有了交流機會。後普拉薩博士（Dr. V. S. Skanda Prassad）將李魁賢的〈留鳥〉刊於其主編的 *Samvedana*，詩人法赫魯定（Dr. Mohammed Fakhruddin）也將之選入《西元二千年的詩》（*Poetry 2000AD*）選集，加上法赫魯定又是《詩人國際》（*Poet International*）月刊主編，因此從 1996 年起向李魁賢定期邀稿，詩人施里尼華斯博士（Dr. Krishna Srinivas）也從 1999 年起在其主編

---

[51] 李魁賢，〈臺灣文學翻譯工作芻議〉，《李魁賢文集·第伍冊》（臺北：行政院文建會，2002 年 10 月），頁 20。

[52] 實則，其後因李魁賢本身的翻譯能力，竟也順勢使其詩、文有了國際的能見度，如 1978 年有紐西蘭國際作家工作向《笠》投稿，李魁賢加以翻譯發表，工作坊主持人芭芭拉·懷特投桃報李，翻譯李魁賢詩作並發表於《詩歌》季刊，而後荷蘭女詩人布宜絲，在讀到《詩歌》中的李魁賢詩後，將之翻譯成荷蘭文，而《加拿大評論》編者也是因《詩歌》而選了李魁賢的〈鸚鵡〉、〈輸血〉等詩。

[53] 可詳參〈向印度人民致敬〉、〈印度詩海之一粟〉等文，收於李魁賢《詩的越境》、《詩的幽徑》。

的《世界詩》（*World Poetry*）中選用李魁賢的詩，李魁賢詩因此得以在印度詩壇開始造成影響。後來，李魁賢在印度連續得了三個獎項，1998 年獲「1997 年度最佳詩人獎」，2000 年獲頒「千禧年詩人獎」，2002 年又獲麥克爾・默圖蘇丹學會所頒贈「2002 麥氏（M. M. Award 2002）獎」，甚至印度的國際詩人學會（International Poets Academy），三度（2001 年、2003 年、2006 年）推舉李魁賢成為諾貝爾文學獎的候選人。印度阿彌魯定教授（Prof. Syed Ameeruddin）曾說：「李魁賢的詩意義撼動人心，在今日的當代世界詩壇上是罕見的現象」[54]，李魁賢以其詩的普世價值在印度詩壇成名。[55]

然而李魁賢並不滿足於只有自己的寫作成績登上國際舞臺，他在〈臺印詩交流公報　第一號〉中說：「臺灣詩的集體成績可以受矚目，更比個人自我陶醉，做白日夢更有意義」[56]，因此李魁賢趁自己於印度詩壇有所影響的契機，開展一條臺灣與印度之間的「詩路」，黃騰輝說：「印度這一條『詩路』是李魁賢一手開拓出來的」[57]，蔡秀菊也說：「李魁賢奠定臺灣詩人與印度詩人交流的雄厚基礎」[58]，2002 年與 2003 年，李魁賢兩度組團帶領臺灣詩人前往印度班加羅爾（Bangalore）參加全印詩歌節，「使印度詩壇注意到臺灣詩不可忽視的存在意義，也打開了臺灣詩透過印度，從亞洲走向歐洲的英語詩通路」[59]，也因此，臺灣詩人也多有詩被選入《世界詩》，真正實現「集體成績」受世界矚目的目的。除此之外，李魁賢也翻譯印度

---

[54]阿彌魯定，〈分析李魁賢的詩〉，《笠》第 254 期（2006 年 8 月），頁 184。
[55]李魁賢在印度受到重視，連帶使其受到世界矚目，所以巴西女詩人裴瑞拉（Teresinka Pereira）因李魁賢於印度的表現，以葡萄牙文翻譯李魁賢的詩，希臘國際詩人協會副會長柯連提亞諾（Denis Kolentianos）也因在《國際詩人》月刊讀到李魁賢的詩，而主動選譯部分詩篇為希臘文，並在希臘雜誌 *Kytherian Idea*、*NOUMAS* 上發表。李魁賢也同樣基於雙向交流，於 2009 年翻譯出版《柯連提亞諾斯詩集 1》，2010 年翻譯出版裴瑞拉的《與時間獨處》。
[56]李魁賢，〈臺印詩交流公報　第一號〉，《印度的光與影》（高雄：春暉出版社，2005 年 1 月），頁 320。
[57]黃騰輝，〈二○○三印度「詩路」側寫〉，《印度的光與影》，頁 271。
[58]蔡秀菊，〈臺灣筆會印度文化之旅記行〉，《印度的光與影》，頁 296。
[59]李魁賢，〈草原的詩歌節——第三屆臺蒙詩歌節紀實〉，《蒙古大草原——臺蒙交流詩選》（臺南：臺灣文學館，2009 年 11 月），頁 1。

詩，並邀請印度詩人來臺參加詩歌節，真正達成雙方交流的目的，在 2004
年後，李魁賢便在印度出版了印度俳句會會長穆罕默德・法赫魯定的俳句
作品《自我探索俳句集》漢英雙語版，再把參加訪印團的臺灣詩人遊歷印
度所撰之詩、文合編成《印度的光與影》（2005 年），更撰諸篇文章介紹印
度詩人，及選譯印度詩人詩作輯成《印度現代詩金庫》，可以說，李魁賢文
學的翻譯成績，為自己，為臺灣，也為世界詩的交流，增加了重要的資
產。

　　而李魁賢於臺印詩壇交流趨向穩定之後，又想擴及範圍，因此與蒙古
方面有了溝通，他說：「有鑑於臺灣對周邊國家鮮少來往，詩對外交流缺口
很大，我當時即有意從南亞轉戰北亞」[60]，而後透過日本詩人有馬敲的介
紹，李魁賢結識了蒙古詩人哈達（Sendoo Hadaa），哈達於一年多時間裡，
用蒙文翻譯出版了漢蒙雙語的《李魁賢詩選》100 首及《臺灣詩人十二
家》120 首，2005 年在烏蘭巴托舉辦了第一屆臺蒙詩歌節，其後訪問詩人
因蒙古遊歷而撰的詩、文，同樣由李魁賢編成了《戈壁與草原》一書，且
在臺蒙交流之下，李魁賢又於 2005 年獲「蒙古文化基金會文化名人獎牌和
詩人獎章」，2006 年獲「蒙古建國八百週年成吉思汗金牌」、「成吉思汗大
學金質獎章」、「蒙古作家聯盟推廣蒙古文學貢獻獎」等。也因雙方的持續
互動，才有 2007 年在高雄舉辦的第二屆臺蒙詩歌節，李魁賢選譯出版《蒙
古現代詩選》，2009 年，又有在烏蘭巴托舉辦的第三屆臺蒙詩歌節，並於
詩歌節會上推出其策畫編輯的一冊《臺灣心聲──臺灣現代詩選》，而後又
集結臺、蒙詩人詩作編輯成《蒙古大草原──臺蒙交流詩選》，展現第三屆
臺蒙詩歌節的交流成果。有趣的是，於《蒙古大草原──臺蒙交流詩選・
後記》中，李魁賢更說到：

　　近十年來，臺灣詩主動向外擴展活動空間，從南亞的印度，到北亞的蒙

---

[60]李魁賢，〈草原的詩歌節──第三屆臺蒙詩歌節紀實〉，《蒙古大草原──臺蒙交流詩選》，頁 1。

古，都有豐碩的成效，當再進一步思考、衡量新領域的開拓，例如中亞，也是值得去接觸、試探、交流的陸地，看下一步的努力吧！[61]

李魁賢有感於「臺灣依然不能以真正名實符合的國名參與國際各項活動」[62]，所以透過詩的交流，讓臺灣詩人訪問團得以在詩交流的過程中，拓展其國際的能見度，且在印度（南亞）、蒙古（北亞）皆已卓有成效後，李魁賢還將目光放到中亞，寫〈後記〉時李魁賢已年過七十，仍有如此的活力與想望，可見詩人的大格局。

在《李魁賢文集》十冊中，除了《台灣詩人作品論》外，也收錄李魁賢多篇評述臺灣省籍詩人作品的評論文章，而在「全集」之後，李魁賢對臺灣詩人的介紹與評介也從未停止，所以於其《詩的越境》、《詩的幽徑》及「名流書房」網站的資料中，我們看到李魁賢對巫永福、郭楓、江自得、莊金國、杜文靖、陳明克、郭成義、林鷺、陳銘堯、李昌憲、蔡秀菊等詩人作品的評介文章，其對臺灣詩人的評論工作可說從未止歇。但觀察李魁賢在「全集」之後的文學評介文章，更多著眼於李魁賢所參訪的印度、蒙古及中美洲等國家，所以，在《詩的越境》及《詩的幽徑》中，李魁賢對印度、蒙古的詩人作品的評介文章頗多，且對國外詩人的介紹，更擴及愛爾蘭、羅馬尼亞、斯洛文尼亞、哥倫比亞、多明尼加、尼加拉瓜、伊拉克等國，其文學評論也在「全集」之後有著更廣遠的視野。

值得一提的是，在李魁賢獲諾貝爾文學獎提名後，聲名大噪，連帶地國際詩歌節也多邀請此位臺灣詩界的「大師」出席，所以 2002 年的薩爾瓦多第一屆國際詩歌節，邀請 17 國 23 位詩人，李魁賢即應邀代表臺灣出席，而後尼加拉瓜第二屆格瑞納達國際詩歌節，李魁賢亦應駐尼加拉瓜大使館邀請代表出席。在詩歌節活動中，李魁賢朗誦其所撰詩歌，以其詩聲調及其詩內涵感動中美洲的藝文界人士。在其〈薩爾瓦多詩旅〉中，我們

---

[61]李魁賢，〈後記〉，《蒙古大草原——臺蒙交流詩選》，頁 123。
[62]李魁賢，〈透過詩建立臺印友誼〉，《詩的越境》，頁 97。

看到李魁賢於詩交流過程中所得到的感動與回饋：「西班牙語我只會說／Buenas Noches！Gracias！／這樣你們就接受了我」，「我帶來臺灣之聲的發音／向你們廣播詩的旋律／你們不知道的語言／竟然體會出我的母語／比我長大才學的華語／有更為悠揚的節奏⋯⋯」[63]；在尼加拉瓜，李魁賢寫下〈在格瑞納達〉：「⋯⋯循著心靈的呼喚／終於來到尼加拉瓜／我看到達里奧的同胞／在太陽豐收的土地上／有著褐色的笑容／在古城格瑞納達／從世紀遠遠的彼岸／流傳著美麗與哀愁／從世界各國匯流／詩的友誼和夢幻」[64]；而在與蒙古的交流中，李魁賢同樣寫了〈致蒙古詩人〉：「在我的夢土上／北方有遼闊的草原／一直連綿到天邊」，「詩讓我為未來造像／也回溯到心的原點／我真實感受到家的親情／聯繫蒙古詩人的溫馨」[65]。三首詩寫不同的國境，詩卻超越疆界，以人性的光輝，以悠揚的節奏、韻律，互相交流、聯繫，李魁賢就是以詩跨越臺灣疆界，讓「臺灣」藉由其詩的普世價值在世界其他角落發光。

　　在李魁賢「全集」之後的詩中，「旅遊詩」占了一定的比例，而這些旅遊詩，多是李魁賢參加國際詩歌節或是帶團參訪時所作，除了上述詩歌節中以詩表現自我、表現臺灣、及表現國外人民互動的詩外，更有嚮往異國風土、人情的詩作，如李魁賢因蒙古之行而作的〈馬奶〉、〈戈壁之女〉、〈成吉思汗的夢〉、〈蒙古草原意象〉、〈雪落大草原〉[66]、〈大草原石雕展〉、〈草原天空無戰事〉、〈再見成吉思汗〉、〈在蒙古唱維吾爾情歌〉、〈在蒙古草原徜徉〉[67]等正可為例，李魁賢在蒙古找到了與臺灣相似情境的「共鳴」感，在〈海洋和草原〉第三節說到「我在長住的海島／想像廣漠的草原／我去草原旅行／帶著海洋的鄉愁」[68]，便是以草原上草隨風搖擺之姿，與臺

---

[63] 李魁賢，〈薩爾瓦多詩旅〉，《安魂曲》，頁 94～95。
[64] 李魁賢，〈在格瑞納達〉，《安魂曲》，頁 133～134。
[65] 李魁賢，〈致蒙古詩人〉，《安魂曲》，頁 121～122。
[66] 以上諸詩收於李魁賢《安魂曲》。
[67] 從〈大草原石雕展〉至〈在蒙古草原徜徉〉發表於《文學臺灣》第 72 期，頁 59～61。
[68] 李魁賢，〈海洋和草原〉，《安魂曲》，頁 119。

灣海島人常見的波浪形象相疊合，如李魁賢在第三屆臺蒙詩歌節開幕致詞時說：「草原和海洋是不同的具象，但人的情意可以交融，成為統一的詩意象，這是透過詩，使我們的心靈更緊密聯繫在一起的根源」[69]，李魁賢的蒙古旅遊詩，充滿著對天、對大地、對人情的傾慕與感謝，此也正是李魁賢對自然、現世的「愛」的展現。

　　然在蒙古旅遊詩外，在印度與中美洲，李魁賢則不單方面讚其人民對詩的愛好，反而在理解異國的歷史與政治、文化現況後，以其批判省思的精神，傳達對異國人民的關切，如其薩爾瓦多遊歷後所撰〈蘇奇多多的神祕〉：「白色的牆使我無端想起／隔著世界和重洋的洛爾卡／我希望聽到一些風聲／沒有風聲／卻有無聲的槍在逡巡」[70]，以薩爾瓦多 Suchitoto 此一1528 年建成，維持西班牙殖民時期風貌的城鎮為題材，描寫城鎮在傳統、友善而純樸的外表下，磚牆上的彈痕仍顯現此古老小鎮亦曾經歷過內戰折磨的苦痛。李魁賢不同於一般旅遊者習以文化獵奇的方式觀看異國景觀，反而多在對該國有所理解後，於旅遊詩中傳達其人道關懷的普世價值。因此，在尼加拉瓜，李魁賢以尼加拉瓜詩人魯文・達里奧（Rubén Darío, 1867-1916）此一現代主義詩歌代表人物為發想，寫下〈達里奧的天空〉：「乾旱的季節／達里奧的天空／每到傍晚／飄飛著雨絲／不夠凝結成／一首抒情的淚……」[71]；因印度之行而有〈克里希納〉長詩，李魁賢以印度主神之一「黑天」為題，寫下：「……那麼多人在生活水平以下／像蛆蟲在掙扎／那麼多人栖栖皇皇／比螞蟻忙碌和辛勞／那麼多灰塵蒙住天空／克里希納啊　祢的眼睛是否被蒙住……」[72]，以對印度天神的祈禱與探問，表露出李魁賢對印度仍有許多民眾處於貧窮境地的關切之情。

　　總而言之，李魁賢在印度詩壇受到重視之後，從 2002～2011 年，李魁賢不斷從事翻譯工作且尋求臺灣詩作得以向外推廣的機會，在印度、在蒙

---

[69]李魁賢，〈草原的詩歌節──第三屆臺蒙詩歌節紀實〉，《蒙古大草原──臺蒙交流詩選》，頁 4。
[70]李魁賢，〈蘇奇多多的神祕〉，《安魂曲》，頁 97。
[71]李魁賢，〈達里奧的天空〉，《安魂曲》，頁 135。
[72]李魁賢，〈克里希納〉，《安魂曲》，頁 99。

古，都有連續兩次臺灣詩人組團參訪的機會，而臺灣詩界也因此有更多作家的詩得到外譯並在國際發光的機會。而其為數不少的旅遊詩，亦與李魁賢的參訪有關，且李魁賢仍維持人道精神的關懷，表露其崇尚愛與和平的普世價值。

六、結語

若以年齡計算，李魁賢詩、文「全集」問世（2001 年、2002 年）時李魁賢約 64 歲，至 2011 年時則已年逾七十。筆者曾於碩士論文中，稱李魁賢得以獲得多個國、內外文學獎項，又能夠出版詩、文全集宣告其於臺灣文學界的影響力，這是李魁賢「六秩後的豐收」。然李魁賢旺盛的創作力與熱切希求推擴臺灣文學的熱情，使其於 2001 年之後，持續有著詩集、文集及翻譯、編輯的作品，也因此讓我們得以觀察，李魁賢於 70 歲左右時的心境與具體作為。

於本論文中，就筆者的觀察，李魁賢的詩作有著「散步的老人」的形象，此一悠遊、自在的老人形象，來自於對生命的滿足與隨順自然的態度，且此心境又具體反映於其詩作中，使其詩更不刻意講究技巧，隨詩興之所至而發、而李魁賢也持續於詩中表現其與臺灣的緊密聯繫，〈二二八安魂曲〉更可謂臺灣集體無意識得以由藝術抒發的代表作；李魁賢也持續關心臺灣當下的政治、文化現況，所以在 2000 年政黨輪替後，李魁賢維持其擁護本土性政黨但監督其作為的在野代言人的角色，多次發表政論及政治詩，表現其對臺灣現況的關切；而在「全集」之後，李魁賢多次帶團參訪印度與蒙古，會前會後並有雙方交流的詩作編輯出版，對建立文學資產及推廣臺灣文學，李魁賢真可居其功。也相信，以李魁賢的創作能量及對臺灣文學的熱情，2011 年後會有更多也更可觀的文學成績面世，且讓我們拭目以待。

參考書目

一、李魁賢專著及編輯之書

- 李魁賢，《李魁賢文集》（六冊），臺北：行政院文建會，2001 年 12 月。
- 李魁賢，《李魁賢文集》（十冊），臺北：行政院文建會，2002 年 10 月。
- 李魁賢，《李魁賢文集》（八冊），臺北：臺北縣文化局，2003 年 12 月。
- 李魁賢，《詩的越境》，臺北：臺北縣文化局，2004 年 12 月。
- 李魁賢，《詩的幽境》，臺北：臺北縣文化局，2006 年 12 月。
- 李魁賢編，《印度的光與影》，高雄：春暉出版社，2005 年 1 月。
- 李魁賢，《印度現代詩金庫》，高雄：高雄市文化局，2005 年 3 月。
- 李魁賢編，《戈壁與草原——臺灣詩人的蒙古印象》，高雄：春暉出版社，2007 年 1 月。
- 李魁賢編，《蒙古大草原——臺蒙交流詩選》，臺南：國立臺灣文學館，2009 年 11 月。
- 李魁賢，《安魂曲》，臺北：秀威資訊科技公司，2010 年 1 月。
- 李魁賢，《台灣意象集》，臺北：秀威資訊科技公司，2010 年 1 月。
- 李魁賢，《千禧年詩集》，臺北：秀威資訊科技公司，2010 年 1 月。

二、專書

- 王國安，《和平‧臺灣‧愛——李魁賢的詩與詩論》，臺北：秀威資訊科技公司，2009 年 12 月。
- 應鳳凰編，《但求不愧我心——閱讀李魁賢》，臺北：遠景出版公司，2009 年 12 月。
- 王丹、李筱峰等合著，《心理學家閱讀陳水扁》，臺北：心靈工坊文化公司，2011 年 2 月。

三、碩博士論文

- 林韻文，〈九〇年代以降臺灣女性旅行書寫的自我建構與空間〉，成功大學中國文學研究所博士論文，2010 年 2 月。

四、期刊論文

- 李魁賢,〈書序五篇〉、〈蒙古風物詩〉,《文學臺灣》第 72 期,2009 年 10 月,頁 20～29、59～61。
- 李魁賢,〈詩,作為另類宗教〉,《文學臺灣》第 62 期,2007 年 4 月,頁 30～45。
- 薩伊德‧阿彌魯定(Syed Ameeruddin),〈分析李魁賢的詩〉,《笠》第 254 期,2006 年 8 月,頁 178～184。

五、網路資料

- 李魁賢網站:「名流書房」,http://kslee-poet.blogspot.tw/。

——選自真理大學臺灣文學系編《第十五屆臺灣文學家牛津獎暨李魁賢文學學術研討會論文集》
　　新北:真理大學人文學院臺灣文學系,2012 年 6 月

李魁賢旅行散文的視覺凝視與表述

◎葉衽榤*

一、前言：移情同感與旅遊書寫

　　所有藝術作品的創作基礎都是「以語言為媒介形構意象，以意象表達生命之理念」[1]，因此語言是創作的磚石，文本完工後的建物是生命理念的具體表現。當創作者進行藝術創作時，很自然的會將情感透過某種表述方式來形成意象，並據此意象傳達內在不可見的情感。這種投射情感進入藝術創作的普遍現象，稱為「移情」。在東方思潮裡，莊子曾提出「物我合一」、「天地與我並生，萬物與我為一」[2]等生命理念，在對美學的創發上已具備主客觀的結合、將自我情感融於萬物的美學觀念。在西方，移情同感（einfühlung）此觀念最早由德國哲學家洛茲（Rudolf Hermann Lotze, 1817-1881）提出，他認為凡是最大、最美與最有價值的，必然不單是一個思想，而是一個真實的存在。移情同感的觀念由德國美學家里普斯（Theoder Lipps, 1851-1914）系統化並發揚光大。移情同感即感情植入（feeling into），里普斯強調所謂的美感經驗是由我們自己將自己的存在投入於物象之中，再從物象歸返於自己的感受裡，具有主動與被動的兩種體驗。[3]由於移情同感的關係，使得當我們把情感投注於一個物體上時，該物體的所有動作、形狀、生活方式都等同於我們

---

*發表文章時為臺灣師範大學臺灣語文學系博士生。
[1]李霖生，〈周易宇宙詩學〉，《玄奘人文學報》第 3 期（2004 年 7 月），頁 5。
[2]郭慶藩，《莊子集釋》（臺北：萬卷樓圖書公司，1994 年 3 月），頁 79。
[3]里普斯著；朱光潛譯，〈論移情作用〉，張德興主編《二十世紀西方美學經典文本・第一卷》（上海：復旦大學出版社，2000 年 1 月）。

的動作、形狀與生活方式，這是由於情感被置入於該物體的緣故。因此，有時移情同感也會被稱為「擬人作用」（anthropomorphism），代表將人的生命情境投射於非人的外物上，使之具有人的情感，或者使該物體的一切成為人情感的具象。換句話說，里普斯的移情同感，最終是物象在我之中，我也在物象之中，這種思維模式與莊子的「物我合一」不謀而合。對於藝術作品而言，創作者投射情感進入創作，也使得藝術作品與創作者「並生」、「為一」。

上述的美學觀念，可以用於詮釋旅行文學的寫作，主因在於旅行文學的創作者在描繪一個旅途中的對象時通常會「感情植入」。旅行文學的種類繁多，內容包括宦遊、流亡、貿易、朝聖等不同的移動目的，體裁以抒情式的散文、詩、日記體為大宗。較為寫實的旅行書寫，一般籠統稱為遊記。在臺灣，清代郁永河為了採硫磺來臺，並將遊歷所見寫成《裨海紀遊》上中下三卷[4]，可視為宦遊文學的代表，其投注於寫作中的帝國之眼亦可視為一種移情作用。此外，日治時期的旅外文學[5]、日人來臺的踏查報告[6]也多具有移情眼光。現代的旅行書寫（Travel Writing）與旅行文學（Travel Literature），則通常指旅行業大眾化後所興起的書寫風潮。臺灣當代旅行書寫興起於 1980 年代末期，以航空公司舉辦「旅行文學」為一個重要的里程碑，象徵旅行文學進入全盛時期。學界也約莫於此時期，開始傾力在旅遊文學開疆闢土，也開始繁複化臺灣旅行文學的類型。[7]無論長途或短程的大

---

[4] 郁永河，《裨海紀遊》（臺北：成文出版社，1983 年復刻版）。相關論述可參考：阮桃園，〈文人探險家的視野──試評析郁永河《裨海紀遊》〉，《臺灣古典文學與文獻》（臺北：文津出版社，1999年 1 月），頁 193～213；阮美慧，〈尋訪失落的族群──以郁永河的《裨海紀遊》為例重建清代平埔族的歷史圖像〉，《雲漢學刊》第 7 期（2000 年 6 月），頁 57～79。

[5] 例如林獻堂的《環球遊記》。相關論述可參考：張惠珍，〈他者之域的文化想像與國族論述：林獻堂《環球遊記》析論〉，《臺灣文學學報》第 6 期（2005 年 2 月），頁 89～120。

[6] 例如鳥居龍藏、伊能嘉矩、森丑之助、鹿野忠雄等人的著作。相關論述可參考：笠原政治，〈楊南郡老師與日本統治時期的學者群像〉，「楊南郡先生及其同世代臺灣原住民研究與臺灣登山史國際研討會」（花蓮：東華大學原住民民族學院、原住民族發展中心，2010 年 11 月 6～7 日）。

[7] 例如張瑞芬認為旅遊文學分為物化的旅遊、回歸心靈的旅遊與深度旅遊、在地旅遊等。詳見：〈「旅遊文學」會議紀錄〉，《旅遊文學論文集》（臺北：文津出版社，2000 年 1 月），頁 343。此外丁敏則從僧侶的角度，進行宗教旅遊的詮釋。詳見：丁敏，〈當代臺灣旅遊文學中的僧侶記遊：以聖嚴法師《寰遊自傳系列》為探討〉，《佛學研究中心學報》第 7 期（2002 年 7 月），頁 341～378。

眾化旅行對臺灣作家的書寫來說，都涉足離與返的辯證[8]，而如果離開臺灣
前往先進國家即牽涉到中心與邊陲的議題。[9]以詩作聞名的李魁賢，曾寫下
不少具有深度意義的旅遊散文，其中「歐洲之旅」與「東南亞見聞散記」
體驗不同的經濟與文化氛圍，又有「淡水是風景的故鄉」與「臺灣風景詩
篇」彷彿有離返之間的巧妙對應。

　　李魁賢曾分別於 2001 年與 2002 年出版《李魁賢詩集》六冊與《李魁
賢文集》十冊。[10]彭瑞金認為《李魁賢詩集》及《李魁賢文集》的出版，象
徵臺灣審視李魁賢創作位置的時點已經到來。[11]文建會為因應李魁賢獲得
2001 年的行政院文化獎，於 2002 年在高雄市中正文化中心舉辦「李魁賢
文學國際學術研討會」。[12]真理大學臺文系則因李魁賢獲得臺灣文學家牛津
獎，於 2011 年在真理大學臺北淡水校區舉辦「第 15 屆臺灣文學家牛津獎
暨李魁賢文學學術研討會」[13]，足見李魁賢在臺灣文學史中的位置已逐漸顯
現。聚焦於李魁賢的旅遊文學創作，陳明台認為李魁賢詩作題材雖寬廣多
元，但旅遊詩卻具有特殊樣貌。陳明台提出李魁賢的旅遊詩具有風雅、飄
泊、孤獨、浪漫與理性等特質[14]，而張貴松也在〈李魁賢詩研究〉提到李魁
賢詩的意象具有「漫遊於世界的旅思」。[15]可見，旅遊書寫對於李魁賢的寫
作歷程具有重要意義。本文則從《李魁賢文集》中的散文另闢視角，理解

---

[8]關於離與返的辯證，詳見：胡錦媛，〈繞著地球跑——當代臺灣旅遊文學〉，《幼獅文藝》第 515～
516 期（1996 年 11 月～12 月），頁 24～28、51～59；胡錦媛，〈回歸點與出發點在旅行文學中的
重要性〉，《幼獅文藝》第 521 期（1997 年 5 月），頁 43～46。

[9]在資本主義盛行的時代，工業與經濟發達的國家被視為世界的中心。自 1975 年起有所謂的 G6 會
議，1976 年形成 G7，1997 年起形成 G8，分別為：英國、法國、德國、美國、日本、義大利、加
拿大與俄羅斯，不在 G8 之列的國家通常被經濟學家視為「邊陲」。如果邊陲國家有意外的蓬勃經
濟發展，則被稱為「新興市場」。

[10]李魁賢，《李魁賢詩集》（六冊）（臺北：行政院文建會，2001 年 12 月）；李魁賢，《李魁賢文集》
（十冊）（臺北：行政院文建會，2002 年 10 月）。

[11]彭瑞金，〈從「文集」論李魁賢的詩路歷程〉，《李魁賢文學國際學術研討會論文集》（臺北：行政
院文建會，2002 年 12），頁 143。

[12]2002 年 10 月 19～20 日於高雄市中正文化中心舉辦。

[13]2011 年 11 月 26 日於真理大學臺北淡水校區財經學院舉辦。

[14]陳明台，〈風景鮮明的詩——論李魁賢的旅遊詩〉，《李魁賢文學國際學術研討會論文集》，頁
102。

[15]張貴松，〈李魁賢詩研究〉（成功大學中國文學系碩士論文，2006 年 6 月），頁 103～108。

李魁賢旅遊散文的視覺凝視與移情同感,同時提出部分散文中詩文相和的特殊現象,釐清李魁賢這一系列散文的表述方式。

二、歐洲之旅

　　托馬斯·肯普(Thomas Kempa)在〈親密中的陌生,陌生中的親密——從德國人的視角看里爾克的臺灣譯者李魁賢〉曾以「臺灣里爾克研究的先驅」[16]來形容李魁賢對於里爾克的熟稔。依照馬振宏在〈解讀里普斯的「移情同感」理論〉裡將里普斯的〈移情作用、內模仿和器官感覺〉與〈再論「移情作用」〉歸納出六個有關移情同感的重點,其中兩項為「審美的對象是事物(人物)的感性形狀」與「審美欣賞的原因是我自己,自我」的說法[17],李魁賢在歐洲旅遊時,很有可能將自身熟悉而喜愛的詩人里爾克形象投射在旅途中的見聞。李魁賢在〈歐洲之旅緒言〉裡即如此說道:「然而更為快慰的是,我能在這一次三萬多公里愉快的歐洲之旅中,踏尋過我喜愛的德國詩人里爾克曾經經歷過的蹤跡,瞻仰過他晚年居住的穆座古堡,憑弔過他安息的墓園,還在羅馬模擬過他早年徜徉於卡匹陀的心懷」。[18]換句話說,歐洲之旅雖然旅途漫長,但是由於有了與里爾克的親身接觸,遂使李魁賢的心境有所不同。以旅遊文學而言,「歐洲之旅」諸作的獨特處在於李魁賢是帶著已經深度閱讀過里爾克的作品後前往旅行後的作品;在這種心境下,被凝視的有關里爾克的一切,並非是單純的漫遊心態,而是具有深度的移情同感。也可以說,由於受到里爾克的影響甚鉅,因此當李魁賢進行有關里爾克景點的凝視時,除了產生向詩人致敬的情感之外,也是追求自我、在精神上滿足自我的旅途。「歐洲之旅」系列作品於是不僅有著濃厚的里爾克氣味,也饒富李魁賢的色彩。李魁賢說:「從此,

---

[16] 托馬斯·肯普,〈親密中的陌生,陌生中的親密——從德國人的視角看里爾克的臺灣譯者李魁賢〉,《李魁賢文學國際學術研討會論文集》,頁 63。

[17] 馬振宏,〈解讀里普斯的「移情同感」理論〉,《榆林學院學報》第 14 卷第 4 期(2004 年 10 月),頁 80。

[18] 李魁賢,〈歐洲之旅緒言〉,《李魁賢文集·第壹冊》,頁 3。

瑞士成為了我的第二故鄉，我經常思念著那萊茵河的潺潺流水，阿爾卑斯山脈連綿的雪景，藍得晶瑩剔透的湖，和湖邊風姿綽約的垂柳，以及枯枝槎枒的蘋果丘陵和豐饒的葡萄園。這些經歷過的回憶，即使在夢中重現，也已成為真實。」[19]里爾克的存在，使瑞士成為李魁賢傾心追尋的第二家國；而李魁賢只有在書寫時，也就是將追尋里爾克的過程文本化（textualize）才能夠成就精神上獲得里爾克的滿足。這種現象，恰與語言學者托馬斯・肯普在討論李魁賢時所下的標題「親密中的陌生，陌生中的親密」頗有神似。儘管一生未曾見過里爾克，也並未在瑞士長期居留，但親身經歷過里爾克待過並長眠的瑞士，於是李魁賢就將旅途中的瑞士移情同感的在散文中敘述為「第二故鄉」。

　　李魁賢自凝視里爾克相關景點所延伸出來的移情同感，以及將詩人詩作放在文中形成「混搭」的書寫方式在〈蘇黎世風光〉表露無遺。他如此敘說自己如何瞬間聯想起里爾克：「雪白的天鵝，風華絕代，在清澈見底的湖水中，自適自如的悠遊。我一下子就想起了里爾克在《新詩集》中那一首〈天鵝〉（Der Schwan）詩」[20]李魁賢並立即援引了這首詩放在這篇旅遊散文中。在同一篇散文裡，李魁賢還提到了龐德（Ezra Pound, 1885-1972）、艾略特（T. S. Eliot, 1888-1965）等詩人，甚至還援引了一首龐德曾經翻譯的李白詩作〈送友人〉。[21]可見李魁賢對於西方詩人的掌握爐火純青，更擅長將詩人詩作與旅遊散文結合。這篇〈蘇黎世風光〉，李魁賢以「蘇黎世，啊，難忘的蘇黎世。」作結，對於李魁賢崇拜瑞士的情懷而言，如此的讚嘆恰如其分，「難忘」的敘述更是貼切傳神。

　　李魁賢凝視里爾克景點的敘述，在〈憑弔穆座古堡和里爾克墓園〉裡用力最深。「歐洲之旅」大致路線從香港九龍出發抵曼谷（Bangkok）機場，再沿途飛經加爾各達（Calcutta）、卡拉蚩（Karachi）、達哈蘭（Dharan）、開羅

---

[19]李魁賢，〈歐洲之旅緒言〉，《李魁賢文集・第壹冊》，頁3。
[20]李魁賢，〈蘇黎世風光〉，《李魁賢文集・第壹冊》，頁17。
[21]李魁賢，〈蘇黎世風光〉，《李魁賢文集・第壹冊》，頁23～24。

（Cairo）、羅馬（Roma），最後抵達目的地蘇黎世展開旅途，旅經蘇黎世、
布魯塞爾、漢堡與羅馬等。在這當中，仍是以有著里爾克身影的瑞士描繪的
情感最精采。〈憑弔穆座古堡和里爾克墓園〉敘述：「有一個渴念一直縈繞在
我的腦中，所以沒多做逗留，就繼續旅途，向瓦雷山谷（Vallis Tal）出
發。」[22]將自身的情感灌輸在旅途上，將旅遊的書寫縮減為對里爾克的情
感，誠是里普斯的「審美欣賞的原因是我自己，自我」。既然李魁賢認為，
瑞士是他生命裡的第二個家鄉，那麼旅遊文學中「離」與「返」的辯證在此
就有些曖昧了。在歐洲之旅的途中凝視里爾克、回憶里爾克是李魁賢連結內
在的里爾克的方式，同時也是重要的一步。這是他在靈魂上依歸，重新理解
里爾克的動作。李魁賢在目睹穆座古堡處於曠野中而斑駁寂寥的景色時，
想起了里爾克的話，他認為：「古堡就和詩人一樣，孤獨地立在暮靄蒼茫
中，無言相看。」[23]李魁賢隨著心境的變化，也回憶起里爾克在古堡的日常
光陰：「在短短的廿天時間裡，《杜英諾悲歌》（*Duineser Elegien*）[24]殺青
了，還意外地寫成了 55 首的《給奧費斯的十四行詩》（*Die Sonette an
Orpheus*）[25]，這是多麼驚人的豐收。此外，里爾克還用法文寫了一卷《果
樹園並瓦雷四行詩》（*Vergers suivi des Quatrains Valaisans*）[26]，讚美瓦雷山
谷的風光。」[27]到了里爾克的墓前，李魁賢拿出了隨身攜帶的《里爾克
傳》，並且將里爾克的墓誌銘寫進散文裡。這篇散文最後說道：「我站起
來，四顧瓦雷山脈，已浸浴在金光中，晨嵐漸散，依稀聽得到誰在呼
喚。」[28]可以說象徵性的，李魁賢觸及（或返回）了精神上的歸依處。不過
有趣的是，這些眼前被李魁賢凝視的景色，總是搭配著他的想像，或是伴
隨其閱讀經驗而來的詩文內容與知識。

---

[22]李魁賢，〈憑弔穆座古堡和里爾克墓園〉，《李魁賢文集・第壹冊》，頁 73。
[23]李魁賢，〈憑弔穆座古堡和里爾克墓園〉，《李魁賢文集・第壹冊》，頁 74。
[24]臺灣習慣翻譯為《杜伊諾哀歌》（*Duineser Elegien*）。
[25]臺灣習慣翻譯為《致奧爾弗斯的十四行詩》（*Die Sonette an Orpheus*）。
[26]臺灣習慣分別翻譯為《果園》（*Vergers*）與《致瓦萊四行詩》（*Les Quatrains Valaisans*）。
[27]李魁賢，〈憑弔穆座古堡和里爾克墓園〉，《李魁賢文集・第壹冊》，頁 75。
[28]李魁賢，〈憑弔穆座古堡和里爾克墓園〉，《李魁賢文集・第壹冊》，頁 78。

三、東南亞見聞

　　相較於「歐洲之旅」中透過里爾克的抒情表述，李魁賢在「東南亞見聞散記」的書寫顯得知性十足。由於里爾克蹤跡的存在，歐洲，尤其是瑞士對於李魁賢來說彷彿具有故鄉般的魅力。也因此，李魁賢來到瑞士後，有如在精神上獲得回歸般的饗宴。但場景一轉，前往東南亞的旅途，李魁賢的身分就全然是他者式的旅客了。從目的來看，李魁賢前往東南亞的目的相當明確：「為了解東南亞各國專利制度的實際推行情形，並深入調查當地經濟發展現況及投資環境，以確定我國發明專利及技術向東南亞輸出的可能性，乃前往東南亞作實地考察。」[29]在李魁賢的書寫中，東南亞儼然是一種空間意義上相對性的存在。李魁賢對於東南亞的認知與建構，是從經濟考察的角度入手，沿途的凝視自然也鎖定於此。經濟市場奠基在人的活動，李魁賢著眼於東南亞當地人的行為與文化，並讓這些元素成為書寫中決定性的因子。

　　無論是歐洲或是東南亞，都是一種地理學上相對性的空間關係。施天福曾舉出地理學當中的幾個空間觀點：（一）經驗論取向的空間觀點；（二）實證論取向的空間觀點；（三）行為研究取向的空間觀點；（四）結構主義取向的空間觀點；（五）人本主義研究取向的空間觀點。[30]檢視這些在地理學當中的空間觀點，大致可以理解空間這個詞彙在地理學門中隨著研究典範的轉變也產生意義上的移動。其次，從當中的「經驗論取向」與「人本主義取向」的觀點來看，「人」本身還是具有關鍵性的絕對意義。尤其經驗論取向的空間觀點重視資料的蒐集與區域性的整理[31]，而人本主義取向的空間觀點認為空間充滿著人的情感、意義與價值。[32]以這兩個地理學上

[29]李魁賢，〈東南亞見聞散記前言〉，《李魁賢文集‧第壹冊》，頁 111。
[30]相關的論述詳見施添福，〈地理學中的空間觀點〉，《地理研究》第 16 期（1990 年 3 月），頁 115～137。
[31]施添福，〈地理學中的空間觀點〉，《地理研究》第 16 期，頁 118。
[32]施添福，〈地理學中的空間觀點〉，《地理研究》第 16 期，頁 127。

的空間觀點，可以佐證李魁賢如何透過里爾克在瑞士這個空間裡進行移情同感的活動。至於東南亞與歐洲對李魁賢來說，差別就在於里爾克的「在」與「不在」。里爾克使得歐洲成為李魁賢的靈魂之家，而前往東南亞的目的是為了考察經濟活動，因此東南亞見聞成為一種「他者」。例如李魁賢就說道：「初履東南亞，頗多見聞足堪記述，擬分期加以報導，聊當與讀者共遨遊。」[33]除了有些報導文學的意味之外，更值得注意的是之所以需要報導，是因為東南亞與臺灣的差異性，從中也就產生了「他者」的意義。而做為旅遊文學的「東南亞見聞」系列散文，凝視後書寫的圖像意象是構成這個文學文本的主要敘述方式，也是最直接的語言。透過這些圖像的記載，表達李魁賢不同層次的生命理念，包括面對歐洲、東南亞與臺灣時的不同生命情境。將東南亞視為一個空間上的「他者」，並且是以文學來記錄東南亞景觀的圖像做為表述方式，可以參考董琦琦在〈圖像中的「他者」〉裡的一段話：「無論是何種意義上的『他者』，都無愧為值得人們悉心玩味的重要概念。區別於話語邏輯中的『他者』，圖像中的『他者』通過感性直觀的審美方式證實了同一性思維的存在。」[34]由於空間上的東南亞與臺灣之間的區別是如此真實的存在，因此李魁賢的文學表述，也直接性的確立臺灣與東南亞有關人文風景的地理他者意義。李魁賢因為有了「考察」這個顯著的動機存在，將臺灣與東南亞之間的空間界線劃分的相當清楚。馬振宏〈解讀里普斯的「移情同感」理論〉對於里普斯的移情同感有更深一層的理解：「一般移情作用的產生是由觀照者心裡的動機推動而成。」[35]李魁賢自述：「在東南亞各地承諸朋友和同業的協助與照顧，使得考察工作能夠順利進行，在各國所搜集的最新資料頗為豐富，願提供發明家的參考。」[36]考察之旅便與當地的景色形成這一系列散文的表述主調，李魁賢在文中所

---

[33]李魁賢，〈東南亞見聞散記前言〉，《李魁賢文集・第壹冊》，頁112。
[34]董琦琦，〈圖像中的「他者」〉，《文藝理論》（北京：中國人民大學書報資料中心，2011年7月），頁110。
[35]馬振宏，〈解讀里普斯的「移情同感」理論〉，《榆林學院學報》第14卷第4期，頁80。
[36]李魁賢，〈東南亞見聞散記前言〉，《李魁賢文集・第壹冊》，頁111～112。

透露的情感，是藉由他者與自我的空間鴻溝感受，遞移而成。

　　這趟東南亞之旅，李魁賢的路線由臺北、香港、西貢（Sài Gòn）[37]、曼谷、吉隆坡到新加坡。[38]在香港的考察，李魁賢認識到自由經濟主義開放的重要性，在銅鑼灣見識山林的蔥鬱，但重點還是在拜會貿易發展局局長。在輾轉幾番後，本欲前往九龍，但卻因為夜晚生懼，不敢進入：「據說城內過著墮落的生活，可憐復可憫，而對外界人士來說，始終罩著一層神祕的黑幕。」[39]面對越南，李魁賢則感嘆其社會不安：「一直處在風雨飄搖中的越南，無論在政治上或軍事上的局面，似乎都尚無把握於短期內能找到一安定的著落。」[40]在曼谷則體會繁華，於吉隆坡感受回教世界的情調，最後到了新加坡則又是另一番親切的感受。對於新加坡有著親切感並非李魁賢的錯覺，而是新加坡與臺灣在文化與語言上有著遠房親戚般的關係存在：「到了新加坡，滿耳是親切的鄉音，道地的福建話，除了腔調略有差異外，和臺灣話簡直沒有兩樣，感覺上就和在家鄉一模一樣。因為新加坡兩百萬人口當中，有四分之三是華裔，而其中有一半操福建話呢。」[41]由於考察為目的的關係，這篇仍搜錄眾多經濟議題材料。[42]不過對於旅途中感受到家鄉氣氛的李魁賢來說，這種有著「故鄉」般的親切感始終在新加坡之旅中縈迴不去。

四、臺灣風景

　　李魁賢的臺灣風景詩篇系列散文，具有強烈的抒情色彩。鄭明娳在《現代散文類型論》中將情趣小品歸於散文中的三大類之一，與雜文、哲

---

[37]西貢古名為「柴棍」（Saigon），1976 年越戰結束越南統一時，為紀念越南共產黨的主要創立者、勞動黨主席胡志明，改名為「胡志明市」（Thành phố Hồ Chí Minh）。

[38]李魁賢〈東南亞見聞散記前言〉：「此行途經香港、西貢、曼谷、吉隆坡和新加坡，飛行八千餘公里。曾遍訪各國專利及商標部門的主管官員，討論各國專利制度及商標登記的實務。」詳見李魁賢，〈東南亞見聞散記前言〉，《李魁賢文集・第壹冊》，頁 111。

[39]李魁賢，〈香港〉，《李魁賢文集・第壹冊》，頁 123～124。

[40]李魁賢，〈西貢〉，《李魁賢文集・第壹冊》，頁 125。

[41]李魁賢，〈新加坡〉，《李魁賢文集・第壹冊》，頁 165。

[42]李魁賢於 1975 年出版《國際專利制度》。李魁賢，《國際專利制度》（臺北：聯經出版公司，1975 年 6 月）。

理小品相對。[43]李魁賢在〈臺灣詩人的反抗精神〉一文中提到:「臺灣本土詩人能夠認識存在的條件,真誠凝視社會現實,勇於以形象思維的詩想,批判不公不義的壓制,表達被統治人民的心情,形成臺灣詩人反抗精神的主軸。」[44]這段話大致透露出李魁賢對身為一個詩人的自覺與使命感,同時他也將這種精神注輸於一般的散文寫作中。然而由於他詩人的本質,卻將詩作融於散文中,因此形成詩文相和的特殊寫作方式。在「歐洲之旅」系列裡,李魁賢已將里爾克的寫作放進旅遊書寫中。在有關臺灣的旅遊書寫部分,他也如法炮製,甚至更強而有力的運作這種寫作手法。〈淡水是風景的故鄉〉就引了一首臺灣童謠[45],與雜文、哲理小品不同,這種援引歌謠的方式是「抒情」的,在「臺灣風景詩篇」系列散文援引詩作的方式,雖具歷史情境的「批判」,也是抒情取向的。如此一來,又回到本文關注的焦點:「移情同感」的身上。馬振宏〈解讀里普斯的「移情同感」理論〉說明里普斯移情同感的「移情作用」有兩種類型:「一是意志的摹仿,它是由觀照者心中的欲念──摹仿的目的引發的,物我處在對立的狀態。二是觀照者聚精會神去觀照所見到的動作等,完全把自己融到所觀動作中,物我同一,這是審美的摹仿,也是審美移情作用。」[46]這兩種移情同感的範式,可以解讀為被凝視者與凝視主體是兩個個體,與凝視者成為被凝視者一部分等兩種情況。前者的摹仿,可以說是凝視主體意識到自我與他者的不同,進一步採取呼應的運作模式;後者的融入,則是自我個體的瓦解,或是屈服於被凝視者的引導。「臺灣風景詩篇」系列散文,則兩種情況兼有。「臺灣風景詩篇」系列散文共有八篇,分別是:〈在淡水聽海〉、〈登七星山〉、〈夢幻湖〉、〈太平山遇雪〉、〈花蓮玫瑰石〉、〈日月潭彩虹處處〉、〈玉山絕嶺〉、〈墾丁熱帶公園〉等。[47]這八篇散文,有些引述了李魁賢自己過往的詩

---

[43]鄭明娳,《現代散文類型論》(臺北:大安出版社,1987 年 2 月)。
[44]李魁賢,《李魁賢文集‧第伍冊)》,頁 36。
[45]李魁賢,〈淡水是風景的故鄉〉,《李魁賢文集‧第壹冊》,頁 184。
[46]馬振宏,〈解讀里普斯的「移情同感」理論〉,《榆林學院學報》第 14 卷第 4 期,頁 80。
[47]李魁賢自己的說法,這系列的散文具有順序性:「《臺灣風景詩篇》系列從臺灣頭寫到臺灣尾,然

作，有些則是記敘在旅遊中所寫的詩作，有些甚至還在散文中評論了自己的詩。對於旅遊散文這個文類而言，這樣書寫的方式並不多見，甚至可以說是罕見。這種創作方式，自然與李魁賢擅長詩的寫作，以及也具有評論的身手有關。[48]總體而言，評論詩作的動作也具有批判性的意味，但這種創作方式更具移情同感的現象，連帶的抒情軌跡也清晰可辨。

在〈在淡水聽海〉裡李魁賢說淡水是他的故鄉，他最喜歡淡水的海邊，除了北海岸曲折多變化的特點之外，還有有突兀的岩礁、白色的沙灘等等美景。最主要的還是一種故鄉情感。李魁賢面對海洋時，十分清楚自己與海洋有所不同，主客觀間清楚。也因此，移情同感時是摹仿一種大海的心境，並非融入。例如他自身就認為面對著無限的海，會感到人畢竟是極其藐小，自然會感到心虛，而他住在淡水海邊，特別表示沉默是因為要聽海，就必須讓自己沉默安靜。在這裡，他引述了一首自身的詩〈聽海〉[49]；〈登七星山〉的緣由來自於作者在 1990 年代喜歡爬山，主要在北部一帶，特別喜歡大屯山脈。而他就攀爬過幾次七星山，除了寫過〈白髮蘇〉外，另外寫下了〈登七星山〉[50]，同樣的，在這裡的寫作，李魁賢意識到自身與七星山之間的距離，並寫詩來抒情，兩者仍是主客觀清楚；〈夢幻湖〉與登七星山有連帶關係，李魁賢在爬七星山時，多次經過夢幻湖，有時是沿七星山沿七星公園路過，有時是從陽金公路經地熱中心進入，沿路可以觀賞到對面山嶺翠綠的山林美景。而夢幻湖中生長一種臺灣稀罕的特殊植物臺灣水韭，李魁賢於是引了他自身的一首〈臺灣水韭〉。[51]此外〈太平山遇雪〉引〈雪的聲音〉[52]、〈花蓮玫瑰石〉引〈煉石之一〉[53]、〈日月潭彩虹處處〉引〈彩虹處處〉[54]、〈玉山

而若照詩作時間，反而是從臺灣尾寫到臺灣頭」詳見李魁賢，〈墾丁熱帶公園〉，《李魁賢文集・第壹冊》，頁 246。

[48]例如，李魁賢曾在 1987 年出版《台灣詩人作品論》。詳見李魁賢，《台灣詩人作品論》（臺北：名流書房，1987 年 1 月）。

[49]李魁賢，〈聽海〉，《李魁賢文集・第壹冊》，頁 208～209。

[50]李魁賢，〈登七星山〉，《李魁賢文集・第壹冊》，頁 214。

[51]李魁賢，〈夢幻湖〉，《李魁賢文集・第壹冊》，頁 219。

[52]李魁賢，〈太平山遇雪〉，《李魁賢文集・第壹冊》，頁 223～224。

[53]李魁賢，〈花蓮玫瑰石〉，《李魁賢文集・第壹冊》，頁 228～229。

絕嶺〉引〈玉山絕嶺〉[55]等，手法如出一轍。最後一篇〈墾丁熱帶公園〉則
較為特殊，這篇散文提到一首〈墾丁熱帶公園〉[56]的詩，是李魁賢於 1965 年
初夏結婚，蜜月旅行第一次到墾丁公園旅遊時，抱著熱烈回應的心情寫的。
在這首詩引述之後，李魁賢開始了評論自身詩作的情況：「詩中呈現最搶眼
的是陽光，扣緊了熱帶的最大特色。在三段十一行的詩中，沒有完整句，每
行最末都是『陽光』二字，塑造陽光普照的場景，『陽光』前面都是修飾
句，表示『陽光』……」[57]對於李魁賢自身來說，評論自然駕輕就熟，不過
這邊可以探討的是，李魁賢引詩之後，一邊評論，一邊描寫凝視物的寫作方
式，是將自身融入於景，將詩作融於風景之中，是自我個體的瓦解，也屈服
於被凝視者的引導，兩者無可分割。李魁賢認為這首詩一方面形容陽光的喜
氣，另方面也把他自己寫此詩時的生活實景自然帶了出來，並由外在所見燦
爛的陽光，串聯著公園代表性的獨特物象，「投射」到內心熱烈的情緒和遊
興。對於李魁賢而言，留下了早期這樣一首語言有特殊表現的記遊詩，更豐
富了後來這篇〈墾丁熱帶公園〉的散文。透過里普斯的觀點，李魁賢更是進
行了一場審美的摹仿。

五、結語

　　李魁賢的創作屢獲肯定[58]，其藝術性質自然不言可喻，在臺灣文壇的地
位也相當崇高。[59]但審視當前的臺灣文學史相關著述，卻鮮少見到討論李魁

---

[54]李魁賢，〈日月潭彩虹處處〉〉，《李魁賢文集‧第壹冊》，頁 233～234。
[55]李魁賢，〈玉山絕嶺〉，《李魁賢文集‧第壹冊》，頁 238～239。
[56]李魁賢，〈墾丁熱帶公園〉，《李魁賢文集‧第壹冊》，頁 243～244。
[57]李魁賢，〈墾丁熱帶公園〉，《李魁賢文集‧第壹冊》，頁 244。
[58]李魁賢在臺灣曾獲 1967 年優秀詩人獎，1975 年吳濁流新詩獎，1978 年中興文藝詩歌獎，1984 年
　笠詩社詩評論獎，1986 年巫永福評論獎，1994 年「笠」詩刊詩創作獎，1997 年榮後臺灣詩獎，
　2001 年獲賴和文學獎、行政院文化獎等；在國際文壇李魁賢曾獲 1976 年英國劍橋國際詩人學會
　傑出詩人獎，1982 年義大利藝術大學文學傑出獎，1983 年比利時布魯塞爾市長金質獎章、美國
　愛因斯坦國際基金會和平銅牌獎，1993 年韓國亞洲詩人貢獻獎，1998 年獲印度國際詩人詩刊
　「一九九七最佳詩人獎」，2000 年印度千禧詩人獎，2002 年又獲得印度麥克爾‧默圖蘇丹學會頒
　授最佳詩人獎。李魁賢並曾獲國際詩人學會（International Poets Academy）推薦為諾貝爾文學獎
　候選人。
[59]李魁賢曾任臺灣筆會會長，並於 2005 至 2007 年任國家文藝基金會董事長。

賢的敘述。雖然各家文學史論者均有其獨到的文學史觀，但李魁賢的創作不僅具有豐富的題材與內涵，在主觀意識上也帶有濃厚的批判味道，文學價值又受到國際肯定，理當不應在文學史著中缺席。江寶釵在〈李魁賢詩的閱讀與典律政治〉說起他寫李魁賢論文的心境：「當我與一位朋友提及，我的這個嘗試，將撰寫一篇論文討論李魁賢的詩作時，他大笑：『李魁賢，有什麼好談的！難道說，得了行政院文化獎，詩的評價就不一樣了嗎？』我不知道李魁賢詩是否已經真正形成什麼樣的評價，一時無言以對。」[60]這或許可以約略看出，臺灣文學研究學界對於李魁賢文學創作的輕忽。本文透過《李魁賢文集》中的「歐洲之旅」、「東南亞見聞散記」、「淡水是風景的故鄉」、「臺灣風景詩篇」為主要探討文本，分析李魁賢在旅行之中書寫的對象，觀察他從事表述，以及移情同感的作用。李魁賢素來以詩聞名，又以詩評見長。學界對於李魁賢旅遊詩與詩論的研究已有相當積累，但有關李魁賢的旅行散文的論述仍尚待開發。「歐洲之旅」、「東南亞見聞散記」、「淡水是風景的故鄉」、「臺灣風景詩篇」等雖然觸及旅行書寫，但卻反映出李魁賢茲茲在意的人文景觀。這些人文景觀落實在他的散文與詩的書寫兩端，則透露出李魁賢對於描寫旅行事物的特殊視角。從臺灣出發到歐洲旅行，繼而前往東南亞，最後回到臺灣本身，無非就是離與返之間辯證的範式。觀察受到旅行人文景觀影響，以及自身散發素養的李魁賢書寫，可以看出他特殊的旅遊書寫走向。尤其「臺灣風景詩篇」為臺灣旅遊文學史中的一絕，李魁賢不僅書寫臺灣的旅遊逸趣，同時將自身的心境移情於景，更引述他在這些特殊景觀的詩作，形成現代文學中詩文相和的特殊現象。在「歐洲之旅」系列散文中，李魁賢凝視里爾克相關景點的敘述，呈現崇拜式的表述；在「東南亞見聞散記」的書寫顯得知性十足，這與他為了解東南亞各國專利制度的實際推行情形，並深入調查當地經濟發展現況及投資環境有關；「臺灣風景詩篇」系列散文，即表現出李魁賢詩文

---

[60] 江寶釵，〈李魁賢詩的閱讀與典律政治〉，《李魁賢文學國際學術研討會論文集》，頁165。

唱和，以及符合里普斯移情同感裡移情作用兩種類型的情況。綜合以上，或許可以補述李魁賢在旅遊文學創作的特殊之處，另一方面也能初步建立他在臺灣文學史上的位置。

引用文獻

・里普斯著；朱光潛譯，〈論移情作用〉，張德興主編《二十世紀西方美學經典文本・第一卷》，上海：復旦大學出版社，2000 年 1 月。

・李霖生，〈周易宇宙詩學〉，《玄奘人文學報》第 3 期，2004 年 7 月。

・施添福，〈地理學中的空間觀點〉，《地理研究》第 16 期，1990 年 3 月。

・馬振宏，〈解讀里普斯的「移情同感」理論〉，《榆林學院學報》第 14 卷第 4 期，2004 年 10 月。

・董琦琦，〈圖像中的「他者」〉，《文藝理論》，北京：中國人民大學書報資料中心，2011 年 7 月。

・張貴松，〈李魁賢詩研究〉，成功大學中國文學系碩士論文，2006 年 6 月。

・郭慶藩，《莊子集釋》，臺北：萬卷樓圖書公司，1994 年 3 月。

・彭瑞金主編，《李魁賢文學國際學術研討會論文集》，臺北：行政院文建會，2002 年 12 月。

・彭瑞金編，《李魁賢文集》（十冊），臺北：行政院文建會，2002 年 10 月。

・鄭明娳，《現代散文類型論》，臺北：大安出版社，1987 年 2 月。

——選自「地景、海景與空間想像國際研討會」

高雄：中山大學人文研究中心主辦，2012 年 11 月 2～3 日

史詩的交響

◎莊金國[*]

　　臺灣的舊體詩，不乏感人肺腑的史詩創作，只可惜內容引據經典過多，難以超逸漢文化的窠臼，致未能建構臺灣史詩的主體性。

　　萌發於日治時期的新體詩，在東西文化潮流衝擊下，臺灣詩人為了調適漢、日語的不同特性，有如同時運轉兩個方向盤，初期雖然表現生澀，但至終戰前，已從實驗期過渡到接近成熟發展期。

　　戰後，時代的巨輪緊急轉向，跨越語言的一代，再度面臨能否越浪前行的嚴酷挑戰，語言思考被強制必須做出抉擇，想要永續創作，仍得重步同時運轉兩個方向盤，向兩條平行線前進。

　　直到現在，這些前輩詩人，運用日文思維創作，再經翻譯，常予人詩質鮮異感，若改用漢文構思，則因表達不完全思想的奧祕，多數詩味淡薄。抒情寫意都困阨重重，欲求他們放手拓耕史詩荒地，豈非苛求。

　　值得慶幸的，是被尊為「臺灣新文學之父」的賴和，兼具漢、日文深厚素養，以漢文書寫不同文體，包括新、舊體詩，皆無窒礙。在史詩的開創上，也為臺灣新體詩留下典範之作，譬如攸關二林事件的〈覺悟下的犧牲〉、霧社事件的〈南國哀歌〉，尚未經深層的醞釀與焠煉，急於配合時效發表，猶能表現出震懾人心的澎湃氣勢。

　　戰後五十多年來，臺灣新體史詩的整體成績，比諸小說，明顯遜色，主要由於前行代典範作品太少，受中文教育成長的世代，大都偏向詩質意象的追求，認為詩與小說各有領域分際，史事交由小說家，更可發揮文學

[*]詩人、媒體工作者。發表文章時為《新臺灣》新聞週刊南部特派記者。

功能，詩則專注於各類新奇的即物象徵。不可否認的，臺灣詩在創作上，呈現豐碩的成果，但過於迴避接受史詩的挑戰，則是一大缺憾。

史詩難寫，誠是事實，史詩要兼具藝術功能的高難度，也許超過長河小說的運籌與布建功夫。因此，西方國家具有史詩風貌的成功詩劇，在文學藝術上占有非常崇高的地位。要求寫好史詩，詩人單憑才氣揮灑，成就不了史詩大業，通識博學加上各種文體都曾多方嘗試，才能出征史詩曠野。

詩人李魁賢曾以〈孟加拉悲歌〉獲得吳濁流文學新詩獎，「孟加拉的弟兄們／張大嘴巴一如合不攏的天空／你們無告的深陷眼神／凝視著不確定的黑影」像這樣令人動容的詩句，在通篇每一個段落閃耀著。李魁賢著力於臺灣史詩的部分，尚欠缺如〈孟〉詩的架構，最近完成的〈二二八安魂曲〉，對他以及臺灣詩壇，堪稱難得一見的史詩交響曲。

這首詩，正由音樂家游昌發譜寫詩劇，結合朗誦、清唱、歌唱及配樂，並有完整的交響樂曲貫串全劇，將來在舞臺演出時，還可穿插舞蹈劇情。

二二八的遊魂猶在臺灣的天空飄盪，李魁賢以個案為其安魂，並安撫受害家族不安的心靈，他安排讓他們重回歷史現場，第一章「寒夜」從鐘聲到槍聲，一個有妻小的年輕生命就被「冷不防的槍聲／打斷我的思路／給世界的遺言／衝口就被寒夜凍結／來不及發出聲音」。

全詩共分六章，寒夜之後依序是消息——妻子的回憶、呼喚——女兒、輪迴——遺腹子、審判——鬼魂、安魂——詩人的呼應與安慰。鐘聲在每一章中出現，鐘聲高低象徵當事人的心律波動，槍聲代表死亡，復由鐘聲回響出世的聲音。

　　沒有消息
　　是唯一的消息
　　從此生死路上沒有消息

我的青春也沒有消息
我唯一的等待
就是消息

「消息」的結尾，足可反映受難家屬對失蹤親人的絕望與一絲寄望。
在此，寫意重於意象的型塑，史詩盡情處，直抒胸臆或最逼真。

面對嚴肅的歷史
誰敢輕言審判
誰能審判
誰是審判者
誰應該被審判

　　詩人在最後一章「安魂」的開頭，即提出歷史嚴正的立場，對二二八
各種審判的聲音，詩人深深懷疑有何實際意義的補償作用。重要的是療傷
止痛，讓冤魂得以安息，讓受牽累的心靈得以在這塊土地上，不再寢食難
安。全詩最後兩行重複「安息吧　眾神魂」作結束，由個案而普及整個二
二八遊魂，祈求從此解開心結安息，帶有普祭的廣義涵義。
　　〈二二八安魂曲〉的評價，有待詩評家另行申論，筆者旨在藉此呼
籲，臺灣歷史上雖有漫長年代呈現空白，唯從古代可追蹤考據及晚近文物
記載中，即有許許多多值得詩人去發掘取材的史料。單以二二八事變來
看，運用得當，就足以衍生成千上萬篇可歌可泣的歷史詩劇。

──選自《文學臺灣》第 45 期，2003 年 1 月

李魁賢旅遊詩探析

◎王國安

一、前言

　　李魁賢，1937 年生，臺北人。自國中時（1953 年）在《野風》雜誌發表〈櫻花〉一詩後，創作不輟，著作等身，獲獎無數，印度詩壇更三度（2001 年、2003 年、2006 年）提名李魁賢角逐諾貝爾文學獎。李魁賢的詩，立穩精神、意識的基本立場，以現實主義、新即物主義等創作手法，表現個體意識與社會集體意識，或抒情、或批判，風格強烈。

　　由於李魁賢創作量驚人，詩、文皆能把握愛與和平的普世價值，又身為「笠詩社」的要角，研究、討論李魁賢詩、文的短評、書評、單篇論文，以及對李魁賢的訪問、對談等早已超過上百篇。而綜觀對李魁賢詩、文的研究，有探討其詩的內涵、藝術技巧、意象系統，也有觀察其人之鄉土情懷、臺灣意識，更有探討其詩觀、文化觀、政治觀等文章，研究範疇幾乎涵蓋了李魁賢其人、其詩、其文的各個層面。

　　本篇論文，則著眼於李魁賢研究中較少被聚焦談論的「旅遊詩」的部分。李魁賢的旅遊詩較容易為研究者所忽略，究其原因，在李魁賢的詩作中，旅遊詩並非彰顯其寫作特色與內涵的重要部分，其旅遊詩的集結，僅見於《秋天還是會回頭》一書，其餘則散見各詩集中，有些是以主題的方式出現，如《赤裸的薔薇》中的「旅歐詩抄」、《祈禱》中的「中國觀察」，有些則是某國旅遊的組詩，如《水晶的形成》、《黃昏的意象》中的日本旅遊詩、《安魂曲》中的蒙古組詩，若再加上《永久的版圖》中數首詩作，旅

遊詩加總的比例僅占李魁賢詩作的小部分。至今,聚焦李魁賢旅遊詩的研究者僅陳明台,其於 2002 年在高雄舉辦的「李魁賢文學國際學術研討會」中發表〈風景鮮明的詩——論李魁賢的旅遊詩〉[1]一文,該文探析李魁賢旅遊詩的寫作特色,以「結構完整,重視形式上的藝術表現」、「慣用敘述的表現手法」、「不可避免的類型(定型化)的表現」及「獨特的意象塑造與設計」概括之,又以「探訪和追蹤」、「悠閒和風雅」、「漂泊和旅愁」、「發現和批評」、「故鄉的回歸」五個方面概括李魁賢旅遊詩的主題,可說將李魁賢旅遊詩的形式與內容做了完整的整理。

　　本文則將在該論文的基礎上,進一步以「旅行文學」諸概念入手,探索李魁賢在行旅過程中,以何種主體位置觀看他者——陌生的國度?如何觀看?在不同國度間是否有不同觀看方式的轉換?又,李魁賢透過這樣的觀看方式,所試圖揭露、凸顯與建構的是何種自我形象?且要討論李魁賢,又勢必將其鮮明的「臺灣意識」加入思考的範疇,因為,李魁賢的對異國的觀看,有時不僅在建構自我形象,更在凸顯臺灣的主體位置,他不僅表現對異國的文化、政治、歷史的省思與批判,更是寄寓了他對「臺灣」的觀察與期許。因此,李魁賢作為一個旅人,在與異國景觀與文化對話的同時,其中表現了何種的自我形象及家國想像是本論文所要討論的重心。[2]總之,從李魁賢踏上異國的土地,凝視異國風景,在異國/他者與詩人/自我相遇的同時,詩人的意識如何解釋、反思、接納當下的地理景觀、社會現況及當地歷史、政治背景,而後又如何被書寫,便是本論文要深入探析李魁賢旅遊詩的重心所在。以下,進入討論。

---

[1]陳明台,〈風景鮮明的詩——論李魁賢的旅遊〉,《李魁賢文學國際學術研討會論文集》(臺北:行政院文建會,2002 年 12 月),頁 79～103。

[2]在陳明台的研究中,「發現與批評」、「故鄉的回歸」與本文的論點有相合之處,然因該論文為李魁賢旅遊詩的首篇研究論文,故多偏於主題分類介紹性質,故於其論文中亦舉了〈俄羅斯船歌〉、〈在千疊敷望海〉、〈鐘乳石洞〉、〈鐘聲〉、〈故鄉〉等詩,然因本論文加入了旅遊文學的理論,以主題如何建構、主體如何審視客體等觀點作切入,是在陳明台論文的研究基礎上的再進發,希求能以李魁賢的旅遊詩更進一步理解李魁賢其詩其人的內涵。

二、在離與返之間──李魁賢的旅遊詩觀

在談及李魁賢的旅遊詩時，先要界定的是李魁賢的旅行觀。我們先看李魁賢的〈故鄉〉[3]一詩：

> 每次出遠門之前
> 早準備著以什麼樣的姿態回來
>
> 要是在空中失散了
> 就變成一片楓葉飄盪回到故鄉
> 故鄉有濕潤的泥土
>
> 要是在海裡沉沒了
> 就變成一尾香魚浪游回到故鄉
> 故鄉有潺潺的溪流
>
> 每次平添幾絲白髮回來
> 又開始計算著什麼時候適合遠行

首先，以本詩首、末節來看，首節談離鄉，末節談歸鄉，是一對比又迴還反覆的架構，以旅遊文學的觀點來看，李魁賢在此明白指涉的是「家」的存在，出遠門之後想著歸鄉，返鄉之後又想著離鄉，「家」的永恆存在是旅人得以移動的重要依據。胡錦媛曾援引「旅行經濟學」，強調「家」的存在對旅人的重要性，她說：「旅行的觀念得以成立是因為『家』先驗性的存在。家的存在使得旅行者得以踏上旅途，衡量他／她的旅程遠近；家等待旅行者結束行程歸來，使旅行有別於『流放』（exile）、『流離』

---

[3] 李魁賢，〈故鄉〉，《李魁賢詩集・第四冊》（臺北：行政院文建會，2001 年 12 月），頁 184。

（diaspora）、或『移居遷徙』（migration）」[4]。一個「等待」著旅人的「家」的存在，旅行才得以完成，這不僅止於家的存在所帶來的安全感，更標誌著旅人在離鄉與返鄉的過程中的得與失，也皆在此一離「家」、返「家」圓形的架構中產生，離鄉的旅人已非返鄉的旅人，旅人與異國的相互碰撞、對話，皆將對自我產生影響。而以本詩題名來看，「故鄉」該是指涉李魁賢對故鄉的情感與依戀，而前三節的確表現旅人遠行後對故鄉的思念，但末句返鄉後「又開始計算著什麼時候適合遠行」，則是進一層地點出了李魁賢對旅行、移動的渴望，此中深意正如林韻文所言：「個人的生活與思考仰賴具體的空間來實踐，空間不只是中性物質的存在，更型塑個體的社會文化意識與心理認同……透過旅行的空間移動我們獲得再一次界定自我的機會，一次又一次離與返的循環只為了更接近理想的自我」。[5]因此，旅行不僅是李魁賢身而為人對「移動」不可抗拒的驅力，更代表著一次又一次的自我追尋，而李魁賢在旅行中尋找的，正是「詩」，我們看他的〈詩的終點〉[6]：

　　六十歲時　我想到死亡

　　開始渴望無盡的旅行

　　在旅行中尋求詩

　　因為詩是死亡的必然形式

　　或者說　是在旅行的時候

　　我開始渴望死亡

　　在死亡中建立風格

---

[4] 胡錦媛，〈遠離非洲，遠離女性：《黑暗之心》中的旅行敘事〉，《中外文學》第 27 卷第 12 期（1999 年 5 月），頁 99。

[5] 林韻文，〈九〇年代以降臺灣女性旅行書寫的自我建構與空間〉（成功大學中國文學研究所博士論文，2010 年 2 月），頁 1。

[6] 李魁賢，〈詩的終點〉，《李魁賢詩集‧第二冊》（臺北：行政院文建會，2001 年 12 月），頁 305～306。

因為風格是死亡的偶然成就

其實　十六歲時用詩探索
就開始步向死亡之路
想用詩追求死亡的輝煌
因為詩是旅行無盡的終點

在卡塔羅尼亞廣場
黃昏後　微風吹著巴塞隆納
燈光漸明　梳著噴泉的髮絲
啊　死亡創造歷史的燦爛

旅人沒有終點
只是在美的饗宴中暫時歇腳
然而　詩畢竟有時盡吧
那才是死亡的起點

　　本詩可說是李魁賢首次在詩中討論自己對「詩」與「旅行」的認知，在本詩中，我們看到「死亡」二字重複出現，「死亡」意指生命的終結，也是指生命值得把握追求的最終原因，而李魁賢不斷將「詩」與「旅行」與「死亡」做邏輯置換，三者又不斷相生互補，首節「死亡」催促「旅行」，「旅行」使「詩」生成，表現生命的能動性，正因生命有時盡，所以身體的跨界移動所帶來的異文化刺激將豐富詩的內容；第二節則表現離鄉時所增加的對死亡的恐懼，反而使詩人更認定生命的可貴，而對其所熱愛的詩的風格建立就是詩人把握生命的方式；第三節則說明，其詩生命從 16 歲起始，便是詩生命的開始，至今創作不輟，就是為了彰顯生命的可貴，「因為詩是旅行無盡的終點」，則指旅行對詩的追尋無窮盡，未有能完成的時候；最末節則說明詩人對旅行的渴望在於追求「美」，以「美」豐富詩，而詩僅

能結束在生命結束的那一刻,終其一生都不能終止對詩的追求,以之完成
對生命的忠誠。綜觀全詩,旅行是一個存在於「詩」與「生命」間的中
介,再連結到旅行文學的觀點——旅行的「離」與「返」是為了追求更理
想的自我,如此,理想的自我成就內蘊飽滿的詩作,以詩成就彰顯生命,
對生命負責,這就是李魁賢對旅遊詩的理念。

　　再者,「家」是對旅人而言最重要的存在,個體離家與返家之間的差別
就是自我成長的標誌,那麼,「家」的座標對於旅行文學來說,有著根本性
的影響,一個旅人如何定義其「家」的座標,將決定其離與返之間的自我
認知。李魁賢在〈島嶼臺灣〉[7]一詩中,描寫李魁賢在旅行回返途中於空中
鳥瞰臺灣時對臺灣的情感展現,在李魁賢的詩中,對臺灣、對土地的熱愛
是其詩中常見的情感表現,但〈島嶼臺灣〉所採取的空中鳥瞰的視角,讓
臺灣島成為一可供旅人觀察的客體,此客體原與異國景觀無異,但末節
「你是太平洋上的/美人魚/我永恆故鄉的座標」,則確認「臺灣」作為詩
人「家」的座標。而在〈福爾摩莎的迴聲〉[8]一詩中,則表現了李魁賢在異
國看到臺灣地圖時的感動:

　　　來到里斯本,耳中迴繞著歷史的產聲
　　　Ilha Formosa!神聖　愉快的歡呼

　　　像那位錄音師　在里斯本的故事裡
　　　到處尋覓記錄這個世界的脈搏

　　　我要傾聽臺灣在葡萄牙水手的驚呼中
　　　在世界歷史的譜系裡發出無法磨滅的原音

　　　在太加斯河邊的航海紀念塔前廣場上

---

[7]李魁賢,〈島嶼臺灣〉,《李魁賢詩集・第三冊》(臺北:行政院文建會,2001 年 12 月),頁 83~
84。
[8]李魁賢,〈福爾摩莎的迴聲〉,《李魁賢詩集・第二冊》,頁 292~293。

我看到臺灣在世界地圖上占有明顯的位置

不是番薯　在航海家凝視世界的海圖上
臺灣變成辛德麗拉一隻閃亮的鞋子

我仰望哥倫布在五百年前堅毅的眼神和姿勢
立在船首永遠望著前方一直退縮的水平線

不再靜靜躺在太平洋等候水手的驚歎
臺灣航向世界到處聽到不同的腔調：Hi Taiwan！

　　本詩創作於西班牙巴達霍斯，早已熟悉的臺灣地圖出現在異國，也將帶來「陌生化」的效果。李魁賢在本詩中，首節點出葡萄牙人發現臺灣島時喊出「福爾摩莎」的典故，第三節則將臺灣串接到「世界歷史的譜系」中，表示臺灣在世界國家中亦是一獨立且長久的存在，第五節說臺灣「不是蕃薯」，而是「閃亮的鞋子」，也是以異國眼光陌生化臺灣地圖的寫法，而最末節以世界各地都將以「Taiwan」稱呼臺灣，則是李魁賢希望臺灣能以獨立的國格與世界各國交流的期許。[9]

　　前述兩首詩的共同點在於，「臺灣」此一李魁賢念茲在茲的故鄉，皆成為一與異國景觀、文化相並置的可觀察的客體，但此客體又立刻獨立出來與李魁賢內心對臺灣的感情及臺灣意識相串接，旅人與故鄉的因情感而融合為一。筆者要在此提出的是，「臺灣」是李魁賢必然的「家」的座標，但當李魁賢／自我與異國／他者相接觸的時候，可與異國相對話的不僅是李魁賢個人，李魁賢也帶著「臺灣」與異國／他者相碰撞，因此，在離家與返家的過程中，「臺灣」此一「永恆的故鄉座標」既本然不動，又跟著李魁

---

[9]李魁賢於〈浮名與務實〉一文中說到：「『臺灣』才是清晰、純正、實實在在的符號，讓我們以臺灣人的名目身分從名實論開始思考澄清透明的一切命題。」李魁賢，〈浮名與務實〉，《李魁賢文集・第伍冊》（臺北：行政院文建會，2002 年 10 月），頁 52。若再思考李魁賢欲求「臺灣獨立」的政治性格，其於本詩中所談到的「臺灣航向世界到處聽到不同的腔調：Hi Taiwan！」便別有希望臺灣能以獨立的國格與世界各國交往的深意。

賢做了一次又一次離與返的移動，此移動的過程，建構的是李魁賢的自我，也是「臺灣」。以下，我們將看到李魁賢如何以自我及臺灣雙重的視角來與異國空間接觸，以及兩種視角下所試圖建構的自我及臺灣又將是何種形象。

三、自我與他者的對鏡疊影——理想自我的展現

　　旅行文學，是作者在對異國風景凝視的過程中，通過自我意識的中介後所做的書寫，因此，旅行文學除了讓我們看到作者眼中的異國之外，更重要的，是在書寫中讓我們得以窺視作者的內心意識。因此，作者如何選擇視角、選擇內容，或是試圖呈現何種景觀予讀者，皆是旅行文學的觀察重心。對於旅人如何在與異國景觀接觸時展現自我，林韻文說到：

> 旅途中凝視的風景是旅人內心的鏡像，其內在意識與風景象徵的意涵互為表裡，一個地理空間可以是某種意念的具體形象，我們在內心意識辨識、賦予它意義，風景空間與自我互相穿織建構，旅者敞開主體的開放性未知可能，自我與他者交鋒對話、主體與客體疊合為一，旅人於其中看見陌生的理想自我形象。[10]

　　林韻文的說法，取自拉康（Jacques Lacan, 1901-1981）的「鏡像理論」，拉康認為，嬰兒初生後，主體並沒有明確的自我建立，而需藉由主體客體之間相互投射以建立自我，拉康稱此為「鏡像階段」（mirror stage）：嬰兒對著鏡子觀察自身，發現鏡中朝其反射出完整的自身形象，儘管他與此一形象的關係是「想像」的，但他建構自我中心的過程已經開始。將此「鏡像理論」連結到旅遊文學，旅人在旅行時的自我追尋，也正建立於此，與外界景觀的相互投射，在異國景觀中發現「完整的自身形象」，正是

---

[10] 林韻文，〈九〇年代以降臺灣女性旅行書寫的自我建構與空間〉，頁23。

林韻文所言「陌生的理想自我形象」。以此觀點觀察李魁賢的旅遊詩，其中
以第一人稱「我」為敘述觀點的詩作不少，但多為擬人化的物象抒情，然
其中有一部分，則是李魁賢進入物象之中，藉物象作自我抒發，在「自我
與他者的交鋒對話」之後，李魁賢的主體與異國景觀的客體合而為一，在
對這些旅遊詩進行探討的同時，我們也可看到他如何期許一個「理想自我
形象」。我們看〈櫻島火山〉[11]一詩：

> 蓄積心中的烈焰
> 忍不住
> 向天空吐露
>
> 正像烽火臺
> 從九州末端
> 越過大隅海峽
> 越過太平洋
> 傳達愛的訊息
>
> 我是不死的火山
> 心中的烈焰
> 一定要讓他知道
> 不願壓在心底

　　李魁賢曾著〈休火山〉一詩，其末節「等到我把內心積壓的情緒／口
吐真言向天空表露／我不用琴弦伴奏／我不用翻辭典借字／因為我不是一
座死火山」[12]，其末句更成為《我不是一座死火山》詩集名稱。李魁賢的詩
作中，「火山」是李魁賢喜愛以之做為自我形象隱喻的重要意象，所以當日

---

[11]李魁賢，〈櫻島火山〉，《李魁賢詩集・第四冊》，頁20。
[12]李魁賢，〈休火山〉，《李魁賢詩集・第二冊》，頁134～135。

本的火山景觀出現眼前，其第一人稱的「我」，就不僅是擬人化的物象話語，而是李魁賢的自我主體與異國景觀客體相結合疊影的「理想自我」。〈櫻島火山〉一詩，表現的是一將熱烈的「愛」勉力蓄積，然終將噴發而出的自我，若再進一層聯想，「火山」意象吾人或可拆解為「火」與「山」兩個部分，「火山」為一地熱蓄積後的噴發，其熾熱的「火」原存在於堅硬穩固的「山」中，而後蓄積噴發完成其生命任務，在此「火山」中的「山」一如岩層，強調其堅定、穩固、不移，重視的是它的「永存性」，而「火山」中的「火」則強調其熱烈、飽經粹煉，重視的是它的「能動性」，兩者並置，則是一立場穩固而積極奮發的自我，這正是我們所理解的李魁賢其人其詩的風格。

　　且，在李魁賢的旅遊詩中，異國風景中的「山」、「岩層」是他更慣於以之與自我相疊影的風景物象，我們看其〈與山對話——挪威利德〉的第一及末節：「山沉默不語／用岩層堅持它的性格」，「我也沉默不語／學習岩層堅持我的性格／只揮揮手／用眼睛說：『好（gau）早！』」[13]「山」、「岩層」的「沉默」、「堅持」的性格正是「我」的性格，此不正是一自我主體與風景客體疊影融合的又一顯例；再如其〈三段壁懸崖洞窟〉[14]則以海邊懸崖的岩層與自我相結合：

　　　不論潮漲潮落

　　　海衝擊而來的動力

　　　一直深入我內心的奧底

　　　從千噚深淵捲起的魅力

　　　日夜拍擊著

　　　我單純進出的唯一航道

---

[13] 李魁賢，〈與山對話——挪威利德〉，《李魁賢詩集‧第二冊》，頁 227～228。
[14] 李魁賢，〈三段壁懸崖洞窟〉，《李魁賢詩集‧第三冊》，頁 73～74。

在盤桓曲折的洞窟內
海盜的歷史早已無跡可尋
留下岩壁堅持著真情

日日夜夜不論潮漲潮落
我深可見底的內心
時時迎向海的衝擊

　　與「火山」意象不同的是，懸崖壁不間斷地受到海浪衝擊，但有著「岩壁」的「堅持」，海浪的沖擊反而有著「從千噚深淵捲起的魅力」，李魁賢在此以岩壁在海面上抵抗浪濤，在海面下高深強固的本質作為理想自我的隱喻。

　　「山」的穩固與堅持一如上述，而在「火」的能動性部分，一般的地景空間中不易見，但李魁賢將這樣的能動性與植物嫁接，將理想自我的積極向上與「櫻花」此一歷經嚴冬考驗後於初春綻放的植物相疊影，我們看其〈紀三井之櫻〉[15]一詩：

我累積了寒冷的雪花
化成創作的底流
醞釀著轉化昇華的契機

經過春風溫暖的照拂
到了我決心開花的時節
恍然已是白髮皤皤的年代

其實我是耐寒的族類
溫暖卻促成我的愛情早熟

---

[15] 李魁賢，〈紀三井之櫻〉，《李魁賢詩集・第三冊》，頁 68～69。

不得不斷絕美的訴求

但我的萎謝並不是一生的結束
即使再度過一次嚴冬
我還會再一次表現對美的嚮往

　　李魁賢在國中時期曾發表其處女作〈櫻花〉[16]一詩，當時以第二人稱的
「妳」來稱頌櫻花熬過冬天後，春天時綻放的美，而本詩在異國看櫻花
時，以第一人稱「我」表現自我與三井之櫻的疊影，首節以冬天櫻花未
開，想像冬天的雪花都是創作的累積，第二節則以春天櫻花開，表現詩作
的醞釀成形，但末句點出年事已高的自己，表現自己於中年過後終於能展
現詩觀、技巧皆已成熟的詩作，第三、四節則以櫻花於早春開放，然季節
一過卻必須萎謝，然而不論歲月如何遞嬗，「美的嚮往」，也就是「詩的展
現」仍將如現實的李魁賢般創作不輟、著作等身。在「櫻花」的意象中，
其「能動性」，其積極、熱烈一如「火」，在李魁賢的旅遊詩中，與「火」、
「山」等地景有通性的物象，都會自然而然地產生李魁賢理想自我的疊
影。陳玉玲曾著〈空間的詩學──李魁賢新詩研究〉[17]一文，於文中她發現
李魁賢詩作喜以「地熱與岩層」展現自我形象，所謂「地熱」，正結合了
「火」與「土」的特質，有著動與靜的雙重性格，此與本文討論李魁賢旅
遊詩喜以「火」、「山」作為自我與異國景觀疊影，並以之展現理想自我的
結論是不謀而合。可以說，詩人對自我的理解與期許，將決定他在異地景
觀中所做的意識選擇，並以此意識中介進行書寫，我們在李魁賢的旅遊詩
中，可看到其理想自我的重要側面。

---

[16]李魁賢，〈櫻花〉，《李魁賢詩集・第六冊》（臺北：行政院文建會，2001 年 12 月），頁 143～
　144。
[17]陳玉玲，〈空間的詩學──李魁賢新詩研究〉，《文學臺灣》第 30 期（1999 年 4 月），頁 178～
　208。

四、共鳴與認同──對臺灣情感的確立

　　旅人在面對異國風景時，會產生不同的情感結構與心理機制，廖炳惠於其〈旅行、記憶與認同〉[18]一文中曾作完整地闡釋，文中提到，旅遊的情感結構可能引發五種反應，分別為「共鳴、驚奇、反征服、救贖、懷舊」，在此同時，心理機制的運作又有五種不同元素──「再現、批判、調整、認同、差異」，各個層面的交互作用，都將影響身處異國空間的旅人的旅行書寫。此處，我們將討論李魁賢面對異國景觀時常產生的「共鳴」感，所謂共鳴，廖炳惠說：「第一種反應是在異地之中發現似曾相似的共鳴（resonance），在遠離家園之他處，找到本身熟悉或在無意識中彷彿早已見過（déjà vu）的詭異情境（uncanny）」[19]，林怡君則進一步談到：「旅行的地方通常會如佛洛依德所言帶給旅行者『驚悚』的感覺。在不熟悉的環境中卻發現了某些熟悉、重複的事物，但那重複又與原本不同，一種『驚悚』的異樣感覺便油然而生。……就像『自己』總是希望從『別人』身上看到自己的影子，卻發現本質上的不同，因而認知到別人與自己是不同的」。[20]因此，「共鳴」，產生於一種「似曾相識」的熟悉感，如此的共鳴自然將產生認同感，但此認同產生的同時，反而是確認自我存在的契機。在李魁賢的旅遊詩中，「共鳴」情感結構的表現不少，且多表現於其日本旅遊詩中，我們看〈莎喲娜啦〉[21]一詩：

　　向你說一聲莎喲娜啦

　　想在淒美的季節

　　去尋找夢中的香格里拉

[18]廖炳惠，〈旅行、記憶與認同〉，《當代》第175期（2002年3月），頁84～105。
[19]廖炳惠，〈旅行、記憶與認同〉，《當代》第175期，頁88。
[20]林怡君，〈愛麗絲的旅行：兒童文學中的女遊典範〉，《中外文學》第27卷第12期（1999年5月），頁83～84。
[21]李魁賢，〈莎喲娜啦〉，《李魁賢詩集‧第三冊》，頁65～66。

就像蒲公英一樣

御風遠揚

飄落到櫻花競美的異邦

在異地

看到河川成為公園令人流連徜徉

人民笑臉相向令人不必設防

在心靈平靜的異鄉

夢中出現的卻是你的笑臉

可以遠眺淡水河的故鄉綠原

向你說一聲莎喲娜啦

卻想趕快回到你身邊

和你共享此後快樂的經驗

　　此詩中，「莎喲娜啦」的對象是「臺灣」，所以首節與末節，前者離鄉，後者在離鄉後思鄉，第二節則點出離開臺灣到「櫻花競美的異邦」——日本，此「異地」，並不會讓李魁賢感到陌生、不安，反而是「心靈平靜的異鄉」，雖身處異地，但「故鄉綠原」卻仍似出現眼前，如此，臺灣與日本可說也是另一主體與客體的疊影，而日本這一「人民笑臉相向令人不必設防」的國度反而成為「理想自我」的形象，在此，在日本異國產生的共鳴感，讓臺灣與日本重疊。末節仍「想趕快回到你身邊」，則在確認兩國不同，而臺灣常存心中的事實。我們再看〈在千疊敷望海〉[22]一詩：

我是幸運的人

在忘情的旅行中

---

[22] 李魁賢，〈千疊敷望海〉，《李魁賢詩集・第三冊》，頁71～72。

沿路帶著我故鄉的懷念

千疊敷的奇景
好像生生世世的愛情
重疊專注定點海濱完成的紀錄

在我故鄉的野柳和佳洛水
不止有千疊萬疊敷
還有塑造變化萬千的柔情

可是　我是懦弱的人
在故鄉不被珍惜的海的創作瑰寶
只能在魂牽夢縈中擁抱

　　本詩一同於前詩，在日本賞景時彷彿看到故鄉臺灣，首節點明，「臺灣」與李魁賢未曾分離，第二節藉景抒情，以浪濤衝擊岩壁如愛情的專注才能產生此奇景，第三節則從異地看到臺灣，認為臺灣亦有如此奇景，因此愛情的專注也不亞於千疊敷，末節則雖帶批判之意，但對臺灣仍「魂牽夢縈」未嘗須臾離。同樣的，本詩也是藉由在異國景觀中的熟悉感回望臺灣，確認臺灣與異國兩者不同，而與臺灣感情更緊密的寫法。總而言之，旅人在異國產生的共鳴情感，將使旅人對異國產生認同感，但此認同感的產生又將確立故鄉與之不同，因此李魁賢對臺灣的情感反而在此異國給詩人的熟悉感中更加顯露。

五、差異中看見匱缺——對臺灣匱缺的體認

　　李魁賢的旅遊詩總與兩個層次的主體相聯繫，一是個體自我，另一則是其故鄉臺灣，而在旅遊過程中，能夠進入其視角，並受其意識中介書寫而出者，也多與此二層次相關，上文討論李魁賢在異國景觀中看到故鄉影

子的共鳴情感，本節則要討論旅行中因人我差異而生的心理運作，廖炳惠在〈旅行、記憶與認同〉文中提到：

> 在這個調整之中，會發現本土和其他地區某些微妙差異，所以心理機制會把外面的景觀以及引發的情緒變化以書寫的方式顯現內心裡的人我差異……而在差異的比較過程之中，就會產生對本土政治、經濟、社會種種文化現象有著批評的距離、不同的觀點，也就是文化批判的位置……[23]

因此，「人我差異」確立「文化批判位置」，旅人在異國遊覽的過程中，異國的文化、政治、歷史、社會現況何者將被旅人的視角觀看到，一方面決定其書寫結果，另一方面則反映出旅人心中所認為的自我匱缺或滿足之處。

再者，胡錦媛曾言：「在旅行文學作品中，自然景觀的描述必不可免要透過『異己論述』來表達，而透過『異己論述』所呈現的自然景觀又必不可免成為文化景觀。」[24]「異己論述」與前述的「人我差異」同，其作用除了確立自我存在之外，更重要的，是此「差異」將使旅人對自我／故鄉產生見賢思齊或省思批判的不同反應，旅人進而藉由表達「差異」，宣稱主體已跨越疆界，而「異己論述」若來自文化的觀察，原先只具自然地景的空間便有了文化的詮釋，從自然景觀成為了文化景觀。我們以〈在開普敦望海〉[25]一詩為例說明：

> 魯本島上的風聲　　這邊聽不到
> 魯本島上的酷刑　　這邊看不到
> 魯本島上的歷史胎動　　這邊茫然不覺

---

[23]廖炳惠，〈旅行、記憶與認同〉，《當代》第 175 期，頁 89～91。
[24]胡錦媛，〈遠離非洲，遠離女性：《黑暗之心》中的旅行敘事〉，《中外文學》第 27 卷第 12 期，頁 105。
[25]李魁賢，〈在開普敦望海〉，《李魁賢詩集（第二冊）》，頁 260～261。

被放逐到魯本島上的人

社會終於還是接納到主流

歷史終於還是接納到主流

先知被獨裁者放逐

最後獨裁者被社會放逐

最後獨裁者被歷史放逐

在海邊極目眺望　火燒島在哪兒

受酷刑的臺灣　依然在放逐中

臺灣的歷史　臺灣人依然茫然不覺中

南非的新國旗在空中飄揚

南非人不同種族有同樣的笑容

南非要拋棄臺灣　因為臺灣落後太遠太遠……

　　魯本島座落在南非外海，是專門關押犯人的小島，著名的南非政治人物曼德拉也曾被關在此地。開普敦為南非第二大城，位居開普半島，在此地望海並無法看到魯本島，所以本詩首節以在開普敦此一旅遊勝地「看不到」、「聽不到」關押犯人的監獄來表現人們活在一個罪犯被隔離的世界中，「歷史胎動」則隱含了後來改變南非種族隔離政策且走向民主自由的曼德拉也曾被關在魯本島的歷史；第二、三節指因政治因素被關在魯本島罪犯，社會與歷史終將還其公道，而獨裁者僅能占據政治舞臺一時，最後難逃被放逐的命運；第四節則將魯本島與臺灣綠島相疊合，開普敦望不到魯本島，更望不到「火燒島」，而末句「臺灣的歷史　臺灣人依然茫然不覺中」，並非指臺灣仍處於集權、思想受控制的年代，該詩創作於 1997 年，詩人所謂的臺灣人「不覺」臺灣歷史，是指當時臺灣歷史正在建立其主體性，中國與臺灣的歷史關係仍正在被討論中，但國民歷史教育卻仍未還臺

灣歷史一主體性闡釋[26]；末節則更進一步，以南非「新國旗」反襯出臺灣政治獨立進度的「落後」。[27]在本詩中，「臺灣」與「南非」不同，因為臺灣歷史的主體性尚未為臺灣人民所完全認知，南非在此正如一面鏡子，映照出李魁賢所認為的臺灣的「匱缺」。

李魁賢在俄羅斯旅行所寫的詩作中，更表現了對臺灣有所「匱缺」的遺憾，我們先看〈俄羅斯船歌〉[28]一詩：

俄羅斯的民歌

順著涅瓦河的河水流著

船歌　啊　俄羅斯的船歌

迴旋著層層的漣漪

手風琴　曼陀林　搖鼓和響板

組合著俄羅斯　韃靼　高加索

哥薩克　吉普賽和烏克蘭各種民族的交響

音樂的組合也就是民族的組合

蘇聯解體了

六個民族加盟的民俗樂隊

仍然唱著回腸蕩氣的歌謠

---

[26] 李魁賢曾認為臺灣的歷史教育不斷灌輸中國歷史知識，使臺灣學子「但知有秦，不知有漢」，在〈捨本逐末的歷史教育——臺灣歷史應列入必修課目〉一文中，他說到：「四十多年來臺灣各級學校的歷史課本，根本忽視了臺灣這個『存在場所』的存在，從中國歷史教到西洋歷史，就是沒有臺灣歷史的課目。在人的成長過程中，刻意教育成沒有『存在場所』的存在意識，使人人忘了我是誰的基本立場，再強行灌輸『龍的傳人』的虛幻符號，完成一套流亡政策的歷史教育」便可為例。李魁賢，〈捨本逐末的歷史教育——臺灣歷史應列入必修課目〉，《李魁賢文集・第伍冊》，頁77～78。

[27] 李魁賢於〈論國家與國家文學〉一文中曾以「形式上的獨立國家」、「法理上的獨立國家」、「實質上的獨立國家」作為殖民國家走向獨立國家的三階段，並認為臺灣尚無法通過第二階段，因為「本國政府未能明確向國際宣告臺灣為獨立國家」。李魁賢，〈論國家與國家文學〉，《李魁賢文集・第柒冊》（臺北：行政院文建會，2002年10月），頁153～154。

[28] 李魁賢，〈俄羅斯船歌〉，《李魁賢詩集・第二冊》，頁197～198。

　　仍然和涅瓦河的漣漪一樣

　　分不出彼此的音域

　　音樂的融合已經超出了體制

　　甚至已不只是俄羅斯的船歌

　　遠到人為藩籬而長期隔絕的臺灣人民

　　也在心裡震盪著層層的漣漪

　　本詩藉著俄羅斯船歌的多民族合奏反映蘇聯解體的政治事實，傳達一個政體雖瓦解，卻能還予各民族獨立自主空間的事實，且在各民族皆可合作發揮的同時，反而讓此歌謠「分不出彼此的音域」，末節點明詩旨，表達集權的體制只能帶來不真實的融合，而此「解體」帶來的「民族交響」，反能震盪「臺灣人民」──李魁賢。在此，李魁賢是藉由蘇聯解體的政治事實，藉搭船時聽到民俗樂隊的船歌來抒發心中對臺灣的政治期望，並以之反映出李魁賢所認為「臺灣」的匱缺所在。如前所述，李魁賢的旅遊詩，有著兩個層次的「自我」，一者是李魁賢自己，另一則是臺灣，在俄羅斯的旅遊詩作中，我們常可以看到李魁賢對臺灣尚未獨立的遺憾，而此「匱缺」反映在對外界刺激的選擇性注目，李魁賢曾連撰三首詩表達其對蘇聯解體後原先的「被統治國家」紛紛宣布獨立的羨慕之情，分別是〈塔林女導遊如是說〉[29]寫愛沙尼亞獨立、〈里加街頭畫家如是說〉[30]寫拉脫維亞獨立、〈維爾紐斯旅館會計如是說〉[31]寫立陶宛獨立，我們看〈塔林女導遊如是說〉一詩：

　　從俄羅斯到愛沙尼亞

　　塔林女導遊色喜地說：

---

[29] 李魁賢，〈塔林女導遊如是說〉，《李魁賢詩集・第二冊》，頁207～208。
[30] 李魁賢，〈里加街頭畫家如是說〉，《李魁賢詩集・第二冊》，頁209～210。
[31] 李魁賢，〈維爾紐斯旅館會計如是說〉，《李魁賢詩集・第二冊》，頁211～212。

「我們又獨立了！」
街上的笑容開在花的臉上
我們也有蝴蝶會飛過波羅的海
即使沒有海鷗和遊艇多

「你們獨立了　幸福嗎？」
當然　女導遊色喜地說
我們恢復了尊嚴
我們有了自己的三色旗
藍天　肥沃的黑色大地和純白的心
我們有自己的貨幣
價值是俄羅斯盧布的一百倍

俄羅斯人在愛沙尼亞
有的變成我們的親戚朋友
有的變成外國人繼續僑居
我們的鴿子在廣場遊憩
我們的畫家把風景畫裝飾街道
任人把愛沙尼亞的回憶帶回裝飾生活和美夢

塔林女導遊充滿自信的幽默和開朗
掃除了俄羅斯的嚴肅和陰霾

　　本詩首節直寫愛沙尼亞的女導遊說「我們又獨立了！」開始，從市容
的改變，到第二節的經濟自主，愛沙尼亞獨立後的改變，李魁賢以女導遊
之口表現自己對愛沙尼亞人的羨慕之情，而第三節則寫俄羅斯解體後，各
民族、國家反而平等相待，末節則以「幽默和開朗」與「嚴肅和陰霾」的
對比，作為人民／政體與獨立國家／社會主義共和國兩者的對比。本詩

中，李魁賢所認為的臺灣的「匱缺」，詩人以羨慕之情做記錄，而在〈維爾紐斯旅館會計如是說〉一詩末三句：「臺灣發行自己的錢幣／不是一個獨立的國家嗎／我們立陶宛是獨立後才擁有自己的錢幣」，詩人則是以立陶宛人的反問，實寫其認為臺灣國格並不堅實的政治意識。

旅人到異地旅行並表達其「異己論述」之時，其實更加確立自我的存在，而其文化批判位置的確立，正反映了旅人觀看異國景觀的視角所在。在李魁賢的詩、文之中，「臺灣獨立」可說是最具體可見的欲求，李魁賢眼中俄羅斯的文化景觀可說是對自我／臺灣未來的又一期許。

六、差異中表現批判——對異國的批判省思

以上，李魁賢眼中臺灣與異國的「差異」表現在對當時臺灣政治、文化、歷史各層面的主體性尚未完全建立的關心，並以此作為自我／臺灣的追求目標。以下，我們將看到臺灣與異國的另一種差異——異國空間中值得被省思批判的政治、社會、文化差異之處。

陳長房曾說：「所有的旅行文學，皆在檢視被探索的文化與探險者自身文化立場之間的關係。」[32]如前所述，李魁賢在面對異國空間的時候，會以自我及臺灣兩重視角來探看，而在以「臺灣」作為主體觀看異國客體的時候，則變成了又一次的文化相對照的契機，如此，除了彼此相異或相同處都將被凸顯外，臺灣與異國間的關係、歷史糾結也都將是李魁賢意識中介的重心所在，此中最能夠作為代表的，就是李魁賢《祈禱》詩集中的「中國觀察」系列[33]。在「中國觀察」系列中，李魁賢對中國的風景地貌、名川

---

[32]陳長房，〈建構東方與追尋主體：論當代英美旅行文學〉，《中外文學》第 26 卷第 4 期（1997 年 9 月），頁 42。

[33]李魁賢於建構臺灣文學本體性的相關文論與政論中，將「中國」與「臺灣」對立為兩個不同的政治體，認為除了 1945～1949 年「中華民國」國號曾涵蓋大陸與臺灣兩地之外，1949 年後兩者便無歷史與政治的絕對相關性；又以臺灣的海島性格，認為中國文化為臺灣所吸納的文化來源之一，與日本、西方諸國文化的傳入僅有同等地位。因此，當李魁賢至中國旅行時，其「中國觀察」系列便是以一臺灣遊客的身分對另一政治體的政治、社會與文化觀察，筆者將李魁賢的中國旅遊詩置於「異國」旅遊的視角下觀察便是著眼於此原因。

大山除了簡單的幾筆描述之外，都在自然景觀之外寄予其人道主義及人權、自由、和平等普世價值的思考，如其登八達嶺長城所做〈駱駝——八達嶺長城〉[34]一詩，視角便聚焦在長城上供人拍照、眼神茫然的駱駝上，認為牠「裝飾著中國的裝飾文化」；而在〈太湖石——蘇州獅子林〉[35]中，面對「虎虎生動的群像」，聯想到這些群像如同被靜止在時間之中的「集體化石」「從此未再吼過一聲」，只有「多少來來往往的人民／期待著心底的怒吼／即使一聲悶哼」，以自由、人權等普世價值觀看中國景觀時，中國的自然景觀被李魁賢的文化觀察覆蓋，成了一可供反思的文化景觀。

除了這類李魁賢以其普世價值對中國的文化批判之外，筆者要於此提出的，是中國與臺灣之間在彼此的政治、文化、歷史糾葛中，李魁賢所試圖表現的中國、臺灣兩分的立場。筆者於拙著《和平・臺灣・愛——李魁賢的詩與詩論》中曾以李魁賢的詩、文及其具體經歷和事蹟佐證其「臺灣獨立」的政治立場，《祈禱》中的「中國觀察」組詩多創作於 1989～1991 年間，正是臺灣在政治、文學、歷史等層面逐步建立其主體性格的階段，而李魁賢的政治意識又傾向認為臺灣有著獨立國家的位格，因此，其「中國觀察」組詩中，也藉由對中國與臺灣的文化聯繫的檢討來傳達其政治立場，我們看〈鐘聲——蘇州寒山寺〉[36]一詩：

鐘聲
傳到記憶中的唐朝客船
遽然而止
江村橋直直到楓橋
經過了多少歷史的愁眠
無關漁火

---

[34] 李魁賢，〈駱駝——八達嶺長城〉，《李魁賢詩集・第三冊》，頁 154～155。
[35] 李魁賢，〈太湖石——蘇州獅子林〉，《李魁賢詩集・第三冊》，頁 178～179。
[36] 李魁賢，〈鐘聲——蘇州寒山寺〉，《李魁賢詩集・第三冊》，頁 163～164。

只是昏沉的河水

一段詩性浪漫中的盲腸

有點發臭

月未落

白晝日未升

鳥啼勝似人啼嗎

我舉杵

敲鐘三下

自己震耳欲聲

卻傳不出迤邐的牆外

滿天細霜凍僵了自由的聲波

　　很明顯，本詩化用了唐朝張繼的〈楓橋夜泊〉一詩，將「月落烏啼霜滿天／江楓漁火對愁眠／姑蘇城外寒山寺／夜半鐘聲到客船」四句詩巧妙化用進詩中，但在〈楓橋夜泊〉中優美的意象呈現中，反而讓我們看到了另一現實的、無法存在浪漫想像的情境，其中「唐朝客船」已成「記憶」，詩中原可悠揚引起愁思的鐘聲，「遽然而止」，眼前「昏沉」、「有點發臭」的河水，其實是早該割掉的「詩性浪漫」，且「滿天細霜」凍住的卻是「自由」的聲波，一首〈楓橋夜泊〉在當代中國卻成了莫大的反諷。然李魁賢化用唐詩卻非僅為了「奪胎換骨」，而在於〈楓橋夜泊〉早已是臺灣人耳熟能詳的名詩，在相同的國民教育之下，在臺灣成長的學子對該詩有著浪漫想像，李魁賢特意化用該詩，其實也在替換、甚至是支解該詩所代表的浪漫意涵，而代之以中國未能保障人權，未尊重的個體自由的政治現況，如此的切割，正吻合其「臺灣獨立」的政治意識，異地景觀在旅人的意識中介下的作用於焉呈現。除了該詩，其〈白鶴──武漢黃鶴樓〉[37]及〈猿聲啼

---

[37] 李魁賢，〈白鶴──武漢黃鶴樓〉，《李魁賢詩集‧第三冊》，頁 184～185。

不住——長江三峽〉[38]二詩，前者化用崔顥的〈黃鶴樓〉，後者化用李白的〈早發白帝城〉，但在穿插這些耳熟能詳的詩意象的同時，唐詩的浪漫成分消失，代之以李魁賢對中國的文化、政治批判，李魁賢拆解唐詩背後的文化符旨，將之代換為中國的政治、社會現況，以之凸顯其對中國與臺灣在當代社會中文化聯繫並不深的政治思考。林韻文曾說：「雖然旅行書以記錄實證經驗自詡，但是潛藏在旅行者心中的欲求卻促使自我主體持續藉由外在世界的刺激而生內省，思考『我』與『他者』的定義，以及兩者之間的關係」[39]，這三首詩，便是李魁賢所定義的我／臺灣與中國／他者的關係，李魁賢的政治欲求便是如此地改寫了中國的自然景觀，成為李魁賢眼中的中國文化景觀。因中國與臺灣曾有的文化聯繫及李魁賢對「臺灣獨立」的欲求，使得李魁賢的「中國觀察」系列有著獨特的批判視角，此為吾人理解李魁賢旅遊詩不可不注意之處。

而除了《祈禱》中的「中國觀察」之外，李魁賢在身歷異國時，其所置入的政治、文化、社會的批判思考，皆將使自然景觀因書寫者的意識中介而成為另一文化景觀。我們看其〈伊斯坦堡晨思〉[40]一詩：

> 方尖碑上的埃及象形文字
> 讀著土耳其嗚咽的天空
>
> 耶穌基督躲在教堂牆壁的灰泥背後
> 也不知聽了幾世紀可蘭經的吟誦了
>
> 維吾爾人從中國新疆一路亡命到伊斯坦堡
> 終於找到一坏土樹立了東土耳其斯坦烈士紀念碑
>
> 然而有更多的庫德人在血腥的土地上

---

[38] 李魁賢，〈猿聲啼不住——長江三峽〉，《李魁賢詩集・第三冊》，頁 167～168。
[39] 林韻文，〈九〇年代以降臺灣女性旅行書寫的自我建構與空間〉，頁 6。
[40] 李魁賢，〈伊斯坦堡晨思〉，《李魁賢詩集・第二冊》，頁 149～250。

拚命要掙脫歷史和空間的枷鎖呢

俯臨博斯普魯斯海峽藍得和明瓷一樣的海水
我把金黃的晨曦攪進早餐乳白的優酪中

　　在本詩中，李魁賢徜徉於伊斯坦堡，自然景觀不入李魁賢的書寫範
圍，反而想像著此處錯綜複雜的歷史、宗教、種族的紛擾，第一節以埃及
的象形文字，說明此處早有人文的發展，「嗚咽的天空」卻是無語問蒼天；
第二節以耶穌基督聽「可蘭經的吟誦」，表現此處基督教與回教的更迭；第
三節以維吾爾人的逃亡，表現中國的政治現狀；第四節以庫德人點出此處
的種族問題；末節則終於回到自然景觀，那享受幸福早餐的旅人，正是方
才經過各種各類問題的晨思／沉思的旅人，以之反諷到伊斯坦堡的遊客在
自然景觀的觀賞同時，在物質享受的旅遊安排下，早已忽略了此處並非如
自然景觀般安詳、明麗。再看其〈在加德滿都〉[41]一詩：

為什麼人可以臉塗白漆
皮膚沾滿土灰　四肢像乾枯的樹枝
跪爬在路旁和狗一樣
在加德滿都　神祕的加德滿都

為什麼伸出枯枝般乞憐的單手
用三肢學跛足的狗爬行的乞者
沒有人垂顧　甚至比不上一條狗
在加德滿都　神祕的加德滿都

為什麼天熱時　太陽給他太多熱量
為什麼天冷時　老天給他太多雨水

---

[41]李魁賢，〈在加德滿都〉，《李魁賢詩集・第二冊》，頁286～287。

為什麼只有汽車排放的黑煙給他施捨

在加德滿都　　神祕的加德滿都

為什麼滿懷嚮往古國的心情

對貧窮寄予無限同情的態度

卻無法寫下一個讚美的詞組

在加德滿都　　神祕的加德滿都

　　加德滿都是尼泊爾的首都，本詩四節，每節末二句皆為「在加德滿都　神祕的加德滿都」，「神祕」指尼泊爾的印度教文化。在這全球知名的旅遊國中，李魁賢不費心記錄地景地貌，反將視角看向尼泊爾貧窮的社會現況，第一、二節慨嘆所見尼泊爾人枯瘦不被理睬，乞憐卻無人垂顧的慘況，第三節則以當地氣候的炎熱與寒冷，將加深貧窮人的痛苦，而「汽車排放的黑煙給他施捨」，則是寫來到此地遊覽的遊客，坐在汽車裡遊覽卻不曾正眼看待這些貧窮的人，「施捨」意指遊客的消費能力，但遊客的消費卻僅如「黑煙」，貧窮的人並無法得到當地旅遊業所帶來的財富，最末節則直接點明在尼泊爾此一古國中，「貧窮」幾乎占盡了李魁賢的視野。全詩以同情、憐憫的眼光看待尼泊爾的貧窮問題，傳達李魁賢的人道關懷。

　　李魁賢遊歷各國，在其主體意識的中介下，展現強烈的批判精神，所以在中國、在土耳其、在尼泊爾，李魁賢眼中的自然景觀經過其論述後成為可供吾人批判、省思的文化景觀。因此，李魁賢的遊蹤或在希臘，如其〈雅典的神殿〉[42]一詩，或在印度，如其〈泰姬瑪哈的幽影〉[43]、〈再見加爾各答〉[44]、〈恆河日出〉[45]、〈往喀什米爾途上〉[46]等詩，皆從文化、民生等觀點切入，使旅遊勝地在李魁賢的批判省思中，被揭露出存在於政治、

---

[42] 李魁賢，〈雅典的神殿〉，《李魁賢詩集・第二冊》，頁 187～188。

[43] 李魁賢，〈泰姬瑪哈的幽影〉，《李魁賢詩集・第二冊》，頁 277～279。

[44] 李魁賢，〈再見加爾各答〉，《李魁賢詩集・第二冊》，頁 269～270。

[45] 李魁賢，〈恆河日出〉，《李魁賢詩集・第二冊》，頁 273～274。

[46] 李魁賢，〈往喀什米爾途上〉，《李魁賢詩集・第二冊》，頁 275～276。

社會、文化等層面下的瑕疵，此正為自然景觀被旅人轉化成為文化景觀的顯例。

七、結語

　　李魁賢的旅遊詩，除了本論文所討論者外，當然也有部分風景描摹、藉景抒情、文化獵奇的詩作，而本論文的研究重心，在探究李魁賢旅遊詩所映照出隱藏於其書寫中的意識中介，由旅遊詩回看其觀看視角，並以之探看李魁賢如何定義自我與他者之間的關係，以及如何在與他者的接觸之中回頭確認自我的存在。所以，李魁賢在旅行過程的自我建構、認同共鳴與差異展現才是本論文的關心所在。如前所討論，李魁賢有「臺灣」作為家的座標，在離家與返家之間，以旅行作為擴充自我、擴充詩的方法；在自然景觀中，李魁賢喜以「火山」作為自我形象的隱喻，以「火」的能動與「山」的穩定來展現「理想自我」的形象；而在面對異國空間的時候，「共鳴」的情感結構將帶來對異國／他者的「共鳴」，但共鳴情感雖產生對他國的認同感，卻也進一層確認故鄉／臺灣的存在；而面對異國／他者與臺灣／自我之間的「差異」時，李魁賢的視角選擇及意識中介也將使他所知的臺灣匱乏出現，在其中，我們看到李魁賢對「臺灣獨立」的政治欲求，另一方面，其所站立的文化批判位置，也將使自然景觀成為旅人眼中的文化景觀，李魁賢也隨之寄遇其批判精神，一個滿懷愛、人道精神、和平想望等普世價值的詩人的形象，也就在這些旅遊詩中讓我們看見。

參考書目

專書

・王國安，《和平・臺灣・愛——李魁賢的詩與詩論》，臺北：秀威資訊科技公司，2009 年 12 月。

・李魁賢，《李魁賢詩集》（六冊），臺北：行政院文建會，2001 年 12 月。

・李魁賢，《李魁賢文集》（十冊），臺北：行政院文建會，2002 年 10 月。

- 李魁賢，《安魂曲》，臺北：秀威資訊科技公司，2010 年 1 月。
- 彭瑞金主編，《李魁賢文學國際學術研討會論文集》，臺北：行政院文建會，2002 年 12 月。

期刊論文

- 陳長房，〈建構東方與追尋主體：論當代英美旅行文學〉，《中外文學》第 26 卷第 4 期，1997 年 9 月。
- 林怡君，〈愛麗絲的旅行：兒童文學中的女遊典範〉，《中外文學》第 27 卷 12 期，1999 年 5 月。
- 胡錦媛，〈遠離非州，遠離女性：《黑暗之心》中的旅行敘事〉，《中外文學》第 27 卷第 12 期，1999 年 5 月。
- 廖炳惠，〈旅行、記憶與認同〉，《當代》第 175 期，2002 年 3 月。

碩博士論文

- 林韻文，〈九〇年代以降臺灣女性旅行書寫的自我建構與空間〉，成功大學中國文學研究所博士論文，2010 年 2 月。

——選自《高醫通識教育學報》第 6 期，2011 年 12 月

李魁賢詩學理論研究

◎丁威仁[*]

一、前言

　　詩人李魁賢（1937～）出生於淡水，臺北工專畢業，曾任臺灣筆會會長，國家文化藝術基金會董事長，16 歲開始發表詩作，1964 年參加笠詩社，1972年參加瑞士的里爾克學會（Rilke-Gesellschaft in Switzerland），1976 年為英國劍橋的國際詩人學會（The International Academy of Poets in England）之創會會員，之後改組為世界文學學會。1987 年擔任臺灣筆會首屆副會長及第五屆會長。2002 年獲得印度麥克爾・默圖蘇丹學會（Michael Madhusudan Academy，簡稱 M.M 學會）頒贈麥克爾・默圖蘇丹獎（Michael Madhusudan Award）。

　　其作品以詩為主，兼及散文、評論與翻譯。曾獲吳濁流新詩獎、行政院文化獎、吳三連獎等獎項，1976 年獲頒英國國際詩人學會傑出詩人獎，印度千禧年詩人獎等等，曾獲國際詩人學會推薦為諾貝爾文學獎候選人。詩作除在臺灣發表之外，也刊登於中國、美國、菲律賓、香港等地，亦被譯成十數種語言並介紹到日本、韓國、加拿大、紐西蘭、荷蘭、南斯拉夫、羅馬尼亞、印度、希臘、西班牙等國，在當地之文學雜誌及詩刊發表，專業著作超過 70 種。而李魁賢獲獎無數，其獲得之重要獎項可詳參《李魁賢文集》，以下則列出關於詩學評論與對其總體成就所頒給之重要獎項[1]：

---

[*]發表文章時為新竹教育大學中國語文學系助理教授，現為新竹教育大學中國語文學系副教授。
[1]關於李魁賢的介紹，可參各臺灣文學相關網站，或是《李魁賢文集》（臺北：行政院文建會，2002年 10 月）等相關作品，均可以查得其各項事蹟與繫年。

1.1976 年英國國際詩人學會傑出詩人獎。

2.1982 年義大利藝術大學傑出獎。

3.1984 年笠詩評論獎。

4.1986 年巫永福評論獎。

5.1997 年榮後臺灣詩獎。

6.2000 年獲印度國際詩人學會頒「千禧年詩人獎」。

7.2001 年獲賴和文學獎、行政院文化獎，並獲印度國際詩人學會提名諾貝爾文學獎候選人。

其實，就李魁賢所獲之各種獎項而言，可以發現對於他詩作肯定來自於世界各國，可以說他的新詩創作具備高度的臺灣主體性，同時更具備著普世價值。然而筆者更關注的則是李魁賢的詩論著作甚多，若就行政院文化建設委員會於 2002 年所編的十巨冊《李魁賢文集》觀察，並對照文集末的〈李魁賢著作一覽表〉，發現 20 本文集中，直接與詩論或者詩賞析相關的文集占了近半數以上。另外，就上述的簡介，也可以發現李魁賢除了詩獎之外，也得過詩評論的獎項。但大多數對於李魁賢創作的論述，九成以上都集中於其詩創作的研究，對於其詩論或者詩學研究的相關論文，如鄒建軍〈論李魁賢的詩學觀〉[2]、古遠清〈李魁賢的詩學觀及其他〉[3]、趙天儀〈個人意識與社會意識——試論九〇年代李魁賢的的詩與詩論〉[4]，以及王國安《和平·臺灣·愛——李魁賢的詩與詩論》[5]一書，可以說是數量不多。因此，本文便以李魁賢的詩論作為討論對象，從本體論、意象論、語言論、創作論與詩史觀五個範疇，試圖系統化李魁賢的詩學思維，希望能藉此對於李魁賢詩的相關研究，提供另一個思考

---

[2]鄒建軍，〈論李魁賢的詩學觀〉，《文訊》第 61～62 期（1990 年 11～12 月），頁 79～82、85～87。
[3]古遠清，〈李魁賢的詩學觀及其他〉，《笠》第 184 期（1994 年 12 月），頁 128～130。
[4]趙天儀，〈個人意識與社會意識——試論九〇年代李魁賢的的詩與詩論〉，「第二屆臺灣本土文化國際學術研討會——臺灣文學與社會」（臺北：臺灣師範大學文學院國文學系、人文教育研究中心，1996 年 4 月 20、21 日）。
[5]王國安，《和平·臺灣·愛——李魁賢的詩與詩論》（臺北：秀威資訊科技公司出版，2009 年 12 月）。

側面作為輔助，或許透過李魁賢的詩論對映其詩作，可以帶來更多的研究角度與思維。

二、現實主義的藝術導向——本體論

　　李魁賢的詩學的基礎觀點其實建立在他對於現代主義和現實主義對立的模式建構，他認為整個文學史是在現實主義走向現代主義，再由現代主義走入現實主義的循環辯證下所構成的，並由此觀點延伸出其對於詩歌本質論的思維主軸，也就是「內向性」與「外向性」的論詩觀點，〈詩的內向性和外向性模式〉一文裡提出了定義：

> 現代主義通常比較追求內在真實的東西，現實主義要追求的則是外在真實的東西。然而不管現代主義或現實主義，外在真實或內在真實，很顯然的，它們都是一種對立性的存在……若我們以較宏觀的角度來看文學或詩的發展，這樣二個基本型態的對立，都不足以恰當的表現詩的真正面貌。現若以光譜的方式來解釋的話，例如，外在真實或內在真實在光譜上是二個方向在變動，不以極端來看，他們在光譜上是呈游移的狀態……我將這種傾向以外向性或內向性名稱來表達，以便表現他們在光譜上位移的狀態。[6]

從引文觀察，李魁賢把現代主義的創作視為內向性的創作，而現實主義的創作則屬於較為外向性的創作，因而他說「外向性較強的詩偏向以記述的方式來描寫外在現實；內向性則較偏向以想像來表達內在的真實。」[7]很清楚的可以看到外向性指涉著「現實的記述」，內向性則產生「想像的真實」，似乎兩者之間仍有可以相通之處，因此李魁賢便以「位移」取代「對立」，認為在一個光譜

---

[6]李魁賢，〈詩的內向性和外向性模式〉，《李魁賢文集・第陸冊》（臺北：行政院文建會，2002 年 10 月），頁 287。
[7]李魁賢，〈詩的內向性和外向性模式〉，《李魁賢文集・第陸冊》，頁 287。

上有可能產生中性或者偏向的情況。將此論點對照民國 68 年（1979）11 月 30
日，李魁賢、蕭蕭與林煥彰三人在《民眾日報》臺北管理處會議室的三人對
談，他們透過當時幾本詩選的出版，討論一年以來的詩壇狀態，其中李魁賢論
及臺灣新詩發展的一段話：

> 臺灣新詩的發展，我把它歸納成：一是基於「純粹經驗論的藝術功用導
> 向」作品，一是以「現實經驗論的藝術功用導向」作品等二種類別；而從
> 最近發展的，我們又看到一種基於「現實經驗論的社會功用導向」的作
> 品。前者較偏向於「藝術上」的追求，而後者則偏向於講求「社會功用」
> 的效果，至於「現實經驗論的藝術功用導向」作品，可說企圖在兩方面做
> 一個融合。[8]

表面上李魁賢提出三個分向討論臺灣新詩的發展，但實際上卻表達其對於詩歌
本質的重要論點，他認為第一個分向是「純粹經驗論的藝術功用導向」，指的
就是以「內在性（觀點）」作為詩的本質，極端強調藝術性，卻往往脫離現實
的創作；第二則是「現實經驗論的社會功用導向」，以「外在性（觀點）」作為
詩的本質，強調詩作必須反映現實，「以現實經驗為基材」，除了社會性之外並
不要求藝術技巧，這兩者就是前述「內在真實」與「外在真實」的光譜，正因
為李魁賢不採取對立的觀念，以位移作為討論的方法，所以兩者之間便產生對
話與融合的可能。因此他便提出第三個分向，即是「現實經驗論的藝術功用導
向」，也就是以現實經驗（外在性）為基點，融合藝術表現（內在性），他認為
這一條路才是臺灣詩人應該努力的方向。以下用圖表呈現上述詩人對於「詩與
現實」的思考：

現實經驗論的藝術功能導向 ＜　現實經驗論的社會功用導向；外向性
　　　　　　　　　　　　　　　純粹經驗論的藝術功用導向；內向性

---

[8] 林煥彰整理，〈三人對談——關於一年來的詩壇〉，《笠》第 95 期（1980 年 2 月），頁 55。

可見李魁賢對於新詩的本質論述，一方面針對當時「超現實主義」詩歌創作末流的反思，另一方面又不想陷入只注意現實素材而使詩作藝術性喪失的境地，認為詩人除了關注「寫什麼」的問題外，更強調詩所應具備的「藝術性」，也就是面對不同的題材要產生不同的表現方法，而所謂現實的範圍應該是廣泛的，「內在真實」與「外在真實」均是如此，這也對應與包含了時間與空間，因此意識性與藝術性不該有所偏廢，這便是「現實經驗論的藝術功用導向論」之意涵。

　　然而，從李魁賢上述光譜的移動，表面上看來是往中性區域位移，然而實際上從「現實經驗論的藝術功用導向」這個論點觀察，可以發現隱含的思維，也就是就先後順序而言，現實經驗所屬的外向觀點必須置於考量之前位，藝術功用導向之內在觀點為輔助之後位。所以，李魁賢並不反對超現實主義在創作上的思維與運用，所厭棄的是創世紀詩人那種喪失精神的濫用：

> 就以超現實主義而言吧，事實上，一點皮毛都說不上。只不過是學到翻譯成中文的不大通的語言，當做現代語言，精神面整個都沒有掌握到。造成了後來，臺灣的所謂超現實主義詩作品，那般無法了解，看不懂。[9]

因此為了挽救現代詩如此嚴重的弊病，李魁賢必須強調要以「現實經驗」作為創作的本質，在現實經驗的土壤上，才可以進一步作超現實的「想像的」飛躍。換言之，寫什麼這個題材選擇的問題必須具備現實性，接下來的書寫方式則才必須以藝術性作為方法，所以詩的創作不應該以藝術性的雕飾為優位，而要以深刻的感情與思想，表現對社會的反省與人生的體悟之現實經驗為創作起點，這才是李魁賢所言「現實經驗論的藝術功用導向」的重要價值。而由此做為討論點，李魁賢就將社會性、日常性以及現實性視為詩歌創作的本質所在，他在〈為「地域性」進一解〉一文中說：

---

[9]〈「鄉土與自由──臺灣詩文學展望」座談會紀錄〉裡李魁賢的發言，《笠》第 87 期（1978 年 10 月），頁 45。

人民的生活離不開土地，因此，處理根植於土地的生活所完成的文學，
才可能是有血有肉的文學，健康的文學。……「地域性」的作品，必須
是處理「現地」的經驗與感情，則創作者必然是參與「現地」的群體活
動，物質與精神生活的整體交融，由此產生的作品，才有代表性，才是
民族的文學……「地域性」的作品，必須是關心「現地」實在的生活與
事件，社會的現象，則創作者必然是全生命投注於「現地」生活的熔爐
裡，有汗臭，有泥巴味，由此產生的作品，才有實在性，才是健康的文
學。[10]

又說：

詩不能脫離日常生活，表現的型態，要有新的一面。……詩，應當以本
土歷史為主，外來的應視為同化，不能把外來的視為正統。[11]

以「現地」兩個字來規定地域性，的確相當明白而清晰，也就是說詩的書寫必
須以所處地域的現實經驗為本質，以日常生活所面對的事件與社會現象作為素
材，把詩人之精神與感情貫注於作品之中，才能呈現實在的創作文本。因為李
魁賢以「現實經驗論的藝術功用導向」作為創作的本質，所以就可以避免「為
社會而創作」此型態作品常出現無藝術性的弊病，也不會導致「為藝術而創
作」卻脫離詩人生活與現實經驗的狀況，也因為從現實經驗出發以藝術技巧完
成的創作觀念，所以比較可能達到融鑄文質的可能性。所以李魁賢在〈面向亞
洲的文化思考〉一文裡便說：「詩是詩人透過意識表現超乎個人意識的社會集
體意識或集體無意識。社會集體應有物理上的系統，系統內自有其一致的共同
屬性；而有了系統，也自必有其界域，與系統外的周圍產生區隔。」[12]這樣的

---

[10] 李魁賢，〈為「地域性」進一解〉，《李魁賢文集・第陸冊》，頁44～45。
[11] 〈現代詩的批評──座談紀錄〉裡李魁賢的發言，《笠》第81期（1977年10月），頁40～42。
[12] 李魁賢，〈面向亞洲的文化思考〉，《李魁賢文集・第柒冊》（臺北：行政院文建會，2002年10月），頁40。

社會集體，小至家庭、鄰里，大至民族、國家，詩人均以自身的內在意識出發，透過對於外在社會客體的觀照，才能夠呈現出詩人自身的關懷與感動。李魁賢在〈詩人的步伐——《一九八二年臺灣詩選》前言〉說：

> 筆者曾為文提到：「詩的形成包括詩人的『給出』與『給入』，『給入』牽涉到詩人對事物的認知、態度與立場，『給出』則牽涉到詩人對語言的知覺、操作與技巧。……」[13]

李魁賢所言的「給出」與「給入」正好分別對應「現實經驗」與「藝術功用」，就「給入」而言，李魁賢認為這是一種「詩性現實」，是以現實經驗為出發，「透視事物的真實」；而「給出」則是在具備「給入」能力之後發生的創作要件，也就是必須先產生個人與現實經驗的對應後，才能進一步去思考藝術表現的問題。可見李魁賢「給入→給出」的思維過程，其實可以更清楚的幫助論證「現實經驗論的藝術功用導向」這個詩本質論，他說：「由個人性走向社會性，至少表示詩人對本身應有立場的覺醒，但還要從現實性進入藝術性，才能展現詩人創作才能的發揮。」[14]，可見作為一個詩人必須透過「個人性→社會性→現實性→藝術性→產出文本」這樣的過程，方能創作出有價值的作品。

三、從經驗想像至想像經驗——意象論

我們經常在詩歌的分析中，使用到「意象」一詞，關於「意象」一詞的解釋，許多詩學研究的學者都提出過。最簡單的說法可以是「人們在心中產生想像的圖象」，即是「意中之象」。如果，我們進一步分析意象產生的過程，或許可以將人的思維層次分成「意→象→言」的遞進程序：「意」指的是人的內在意念，也就是主觀情思，此時人會因為經驗的再生，形成內在想像的圖象，而所謂的內在圖象，其實是意識對於客觀世界的投射，人將過去曾經驗過的客體

---

[13]李魁賢，〈詩人的步伐——《一九八二年臺灣詩選》前言〉，《李魁賢文集·第陸冊》，頁200。
[14]李魁賢，〈詩人的步伐——《一九八二年臺灣詩選》前言〉，《李魁賢文集·第陸冊》，頁200。

透過想像重現，重現之時，「內心意象」便出現。然而，未經過「外在符號」
的表述，「意象」畢竟存在於內心世界裡，「言」指涉的便是「符號」，無論是
語言、文字、藝術都屬於「言」的層次，「意象」必須通過「言」的表述，方
能被外在世界所認知。李魁賢在〈詩的想像〉一文中說：

> 想像是從物象到意象的造化過程，物象之轉化為意象是詩人的意向表
> 現，所以物象是透過詩人的意識產生意義，藉由意含的經驗，以意象呈
> 現想像的魅力。
>
> 人的意識以現實經驗為基礎，故表達詩人意識的想像，同樣必定由現實
> 經驗出發。可是，由於想像的飛躍性，往往會超越現實經驗，而開拓、
> 發展、展現想像的經驗。所以，從經驗想像到想像經驗，其實是一脈相
> 承。……
>
> 然而，想像終必構成一種想像經驗，這往往是潛意識或無意識在操縱，
> 甚至於有社會集體意識作整體性支撐。[15]

我們在此引文中可以發現李魁賢用的辭彙：「想像」、「物象」、「意象」、「意
向」、「經驗想像」、「想像經驗」、「潛意識」、「無意識」等等，似乎都有必須進
一步分析的必要，以下先以圖表呈現此段引文的思維歷程：

也就是說，李魁賢認為詩人內在的意識與精神世界透過與客觀物象的接觸，達
成現實經驗的再生，便會產生對於物象的轉化，這個物象轉化的過程，會因為

---

[15]李魁賢，〈詩的想像〉，《李魁賢文集・第捌冊》（臺北：行政院文建會，2002 年 10 月），頁 243。

對現實經驗產生想像，而傳達出想像的現實經驗，詩人在其中便由於自身無意識或者潛意識的作用，賦予想像經驗驚奇的效果，而達成物象往意象的轉化。正因為是從經驗想像過渡至想像經驗，所以意象的出現必然是以「現實經驗為體，想像藝術為用」，其創作之本質必然具備高度的現實性，但傳遞出來的創作文本同時也兼具藝術的想像性，這也的確符合李魁賢所言的「現實經驗論的藝術功用導向」之詩學主軸。換言之，李魁賢所言之意象塑造是「生活經驗以內的事象化」，才能構成「體驗的意象」[16]，沒有體驗就無法呈現物象至意象的轉化過程，因為詩人必須先有經驗才能想像，有了經驗想像才能通往想像經驗，雖然「只有純粹想像的經驗，才會擺脫經驗和意識」。但是李魁賢認為失去了真實經驗與意識的純粹想像經驗，是一種徒然的架空，這樣的作品非常容易淪為連「語言機制也無法掌控」的作品，所以超越現實的意象，基本上也仍是以「體感經驗」作為基礎，而不是「非」現實。李魁賢於〈現代詩的欣賞〉一文裡，深刻的分析了詩的想像與詩的比喻：

> 想像，似可界說為知覺經驗通過語言的表現，它是循著印象而來的，有一定的方向和必然性。它不同於幻想，絕不是憑空捏造、飄忽不定的。意象（image）就是想像凝固後的圖象。[17]

又說：

> 詩人傳達意象給我們時，不一定是用肉眼得以看見的，因為意象往往是一種心靈的圖象，讀者只有用心眼來觀看，才能窺及堂奧。[18]

意象與幻想不同，幻想是架空的，有可能是一種前述所謂的純粹經驗，但若能

---

[16]〈座談紀錄──笠的語言問題〉，《笠》第 110 期（1982 年 8 月），頁 15。
[17]李魁賢，〈現代詩的欣賞〉，《李魁賢文集·第參冊》（臺北：行政院文建會，2002 年 10 月），頁 141。
[18]李魁賢，〈現代詩的欣賞〉，《李魁賢文集·第參冊》，頁 141。

通過詩人實際上的知覺經驗，轉化成為想像經驗後形成的以符號表述的圖象，便是意象，而符號表述的過程，就是將想像凝固的過程，而這個圖象必須屬於詩人精神心靈的圖象，必須透過對於現實經驗的掌握之後，加上表現技巧，形成現實性意象的特殊性。李魁賢在〈論非馬的詩〉一文裡則說：「他的詩兼具了語言精鍊、意義透明、象徵飽滿、張力強韌的諸項優點，具有非常典型的意象主義詩的特色和魅力……在我國詩壇上，非馬是正牌的意象主義者……」。[19] 而意象派是 20 世紀初在歐美興起的詩歌流派，此派詩人批判維多利亞詩風的傷感和空洞，認為人們需要一種新起的詩歌，主張詩無須冗詞贅語，詩人必須不斷創造新意象，對詩的內容和形式持革新態度，力圖通過意象思考和感覺，傳達多元的象徵意涵[20]。

可見「意象」絕對不等於「修辭」，處理意象並不需要冗長的文字或繁複的操作，詩的特點應該在於清晰而富於衝擊性的意象。詩的實質必須透過深刻但明朗的意象去完成象徵。而要寫出特殊性或者所謂新鮮的印象，李魁賢認為就必須採用比喻的方式：

> 溝通本質上相異的兩種事物的比喻語言有兩種，即直喻和暗喻。兩者不同的地方是：直喻是以「如」、「像」之類的字句，直接把兩種事物聯繫起來而表現的；暗喻則不呈現此類字眼，但給予暗示性的引導，不點出比喻性質之所在，而逕行給以結論。因此，直喻給讀者以比較狹窄的限制，而暗喻則有廣闊的無遮欄的世界，供讀者馳騁。[21]

詩人透過比喻的技巧達成創造特殊性意象的目的，這樣的觀點已經超越修辭學的範疇，李魁賢論比喻，表面上像是修辭學的概念與論點，但實際上若進一步分析李魁賢論比喻的思維歷程，會發現原先在修辭學上平行討論的各種譬喻法，他卻

---

[19]李魁賢，〈論非馬的詩〉，《文訊》第 3 期（1983 年 9 月），頁 157。
[20]詳參修‧歐納（Hugh Honour）、約翰‧弗萊明（John Fleming）；吳介禎等譯，《世界藝術史》（臺北：木馬文化公司，2001 年 9 月）。
[21]李魁賢，〈現代詩的欣賞〉，《李魁賢文集‧第參冊》，頁 145。

以詩人的思考提出「暗喻＞直喻」的觀點，認為直接連繫兩種事物比喻，所呈現的意象未必會給讀者較多的閱讀想像，但若以暗喻作暗示性的引導，抽離或替換了喻詞，讀者就必須自己去找尋喻體與喻依之間的聯繫性，因而讀者就必須產生更豐富的想像去解讀作品或詩句，這是一個極為動態且偏於無限的詮釋歷程，這樣子產生的意象以及意象句，才會具備高度的特殊性與歧義性。

四、語言是詩人支配的工具——語言論

　　意象的傳達對於詩人而言當然就是透過創作詩文本呈現其組合與張力，而詩作本身就是由語言文字所構成，但文學作品的語言卻又與日常生活的語言不同，李魁賢於〈現代詩的欣賞〉一文裡說：

> 文學語言，尤其是詩的語言，和實用語言最主要不同的地方是：它的意義，不僅限制於字語的表面，而是具有更深一層的意味。……通常字語的意義，可概略分為兩類：其一是明指（denotation），即字語所代表的意義，或稱為字典意義，是可以言傳的；其二是隱含（connotation），超越於明指的意義，是字語的弦外之間，只可意會的。……科學家要求的語言，是單層次的；而詩人需要的是多層次的。[22]

李魁賢首先將語言分成兩種類型，一種是日常所用之「實用語言」，另一種是文學語言（詩的語言）。其次則將字語的意義分成明指的字典意義，以及隱含的文學意義。接著則把科學與人文兩種學科區分，以單層次與多層次的語言作為區分標準，可以繪成下圖：

　　　　　　　┌ 實用語言 ─→ 字典意義 ─→ 單層次 ─→ 科學學科
　語言 ┤
　　　　　　　└ 詩的語言 ─→ 文學意義 ─→ 多層次 ─→ 人文學科

---

[22] 李魁賢，〈現代詩的欣賞〉，《李魁賢文集・第參冊》，頁 136。

可見詩人與科學家不同的是，詩人會將語言錘鍊成富有豐富象徵的語言，而不是只停留在語言原始的本質，或是過分迷信語言自身經過擴張的深奧性，忽略了對於使語言產生張力的處理。在此處很清楚的，李魁賢認為語言本身具備著一種樸素的本質，也同時存在著深奧的義涵，前者可稱為口語或日常語，後者則是一種語言的擴張，往往會出現「失當」的情況，可稱之為「偽飾性」的語言，〈沉默後的新聲──《郭楓詩選》析論〉說：

> 語言本身是無所謂的，端賴詩人的靈巧心思去驅策語言，將平凡的物象化成飛躍的詩想和鮮美的意象。語言只是供詩人支配的工具，所謂「詩的語言」若非經過詩人的組織，則是不存在的。過分迷信以語言的美當做詩的美，以語言的深奧視同詩的深奧，而放棄對語言的錘鍊，乃是自信心的喪失。[23]

又說：

> 當然採用口語寫詩，最重要的是必須要能維繫語言的張力，使一直保持緊張關係，如果張力鬆弛，便有流於散文化的後果。……至於那些以偽飾性的語言寫詩，有如玩皮影戲，虛虛實實，朦朧曖昧，而操作者始終隱身幕後，雖增加了神祕性，卻阻礙了傳達性，甚至是詐偽的自欺欺人而已。[24]

其實李魁賢對於語言的看法，並不排斥語言的錘鍊，但錘鍊並非擴張，並非去使語言成為偽飾性的狀態，因此李魁賢所言的技巧，其實是對於日常用語，就是所謂的口語進行構造破壞之後的重組，這並不是朦朧曖昧的重組，而是一種可以留下「頗耐咀嚼的餘味」的重組，既然可以耐於咀嚼，代表著利用口語的

---

[23]李魁賢，〈沉默後的新聲──《郭楓詩選》析論〉，《李魁賢文集・第參冊》，頁58。
[24]李魁賢，〈沉默後的新聲──《郭楓詩選》析論〉，《李魁賢文集・第參冊》，頁59。

錘鍊，才能使讀者閱讀了解詩作的情感內容，因為這是源自於日常經驗的語言，具備高度的傳達性，並非那些經過繁複修辭之後那種假的且深奧神祕的語言。所以，李魁賢進一步分析語言與意象使用的關係，在〈片論現代詩〉一文中說：

> 詩的語言，是一種聯想的語言，詩人借用它，以鮮美的意象，來喚起讀者的同感。因此語言只是工具，不是詩本身。它供詩人的驅使去建築詩，離開詩人，詩的語言便不存在。[25]

又說：

> 詩人利用語言，把他的知覺經驗（sense experience），塑造成意象。這種塑造醞釀的過程，完全是詩人內心的活動，語言只有在表達時才參與操作。[26]

又說：

> 詩人如果刻意以既定的美的語言，深奧的語言，以及概念的語言寫詩，則他已失落了詩素，失落了自己。那種詩，只是一種浮泛的詩，而不是實質的詩。詩人如果不得已以既定的美的語言，深奧的語言，以及概念的語言寫詩，則他已失落了組織語言的自尊，失落了駕御語言的勇氣。那種詩，只是一種空架構的詩，而不是個性的詩。
> 語言是平凡的，詩人「唯詩為務」，語言就在日常用語之間，供你選擇，供你提鍊。[27]

---

[25]李魁賢，〈片論現代詩〉，《李魁賢文集・第參冊》，頁 156。
[26]李魁賢，〈片論現代詩〉，《李魁賢文集・第參冊》，頁 156。
[27]李魁賢，〈片論現代詩〉，《李魁賢文集・第參冊》，頁 156～157。

就上述三段引文，可以提出幾個方向討論：第一，李魁賢認為語言只是完成意象處理與傳達的工具，故詩人不要將語言當作目的，被語言使用，反過來應該驅策語言，讓語言成為塑造意象的介面。第二，語言做為詩人創作歷程的位階，不應是首位，其過程應是「詩人內心活動←→詩人知覺經驗→語言→意象」，所以語言只是做為表達之用，不應成為詩人在創作時首要的主要對象。第三，既然語言為後起，所以詩人的現實經驗就變成最重要的核心，若要配合前述「經驗想像→想像經驗」的歷程，那所採用的語言就是必須是具備高度現實性與社會性，當然日常語及口語，才是詩人提鍊的對象，也才能充分反映詩人內在的精神活動。

　　所以，李魁賢對於詩人運用語言的狀態提出了針砭與批判，並藉此討論語言的根源性問題，在〈詩的文質〉一文裡針對偏向質的現實主義與偏向文的現代主義提出了看法：

> 更弔詭的是，強調語言技巧的詩人，卻往往在語言運用上特別揮霍，而不知自制。故「語言不夠凝練」變成通病，現實派者可能詩句鬆散，但現代派者可能詩篇結構凌亂。[28]

在此處李魁賢提出了一個重要觀念，詩語言的重點並非在於「勤於鍊句」，只注重於形式部分，往往導致詩作的「語法乖張」，不思考「經營全詩的發展層次和結構的完整性或首尾呼應」，甚至於想要表達之情感與意義都會產生詩篇前後的自相矛盾。而往往許多初學者或是某部分詩人都會沉溺於這種「語言的花招」，好像揮霍與擴張語言才是一首好詩的必備要件，殊不知文學假設是一種質與文的選擇，李魁賢認為「質」才應占有較優位的層次，其原因應該在於「文學畢竟是精神的產品」，所以可以發現李魁賢論及語言除了強調「日常語的精鍊」外，更重要的是詩人內在的精神，詩人必須從個人意識出發，產生一

---

[28]李魁賢，〈詩的文質〉，《李魁賢文集・第捌冊》，頁239。

首「有情有義」的詩，那種語言乖張、錯亂、難解、晦澀的詩作，只不過是一種文字遊戲，一首「無情無義」的詩，在根本上「缺乏傳達經驗的意義」[29]，喪失了詩人的內在精神，不僅沒有社會價值，更是一首偽詩。

五、詩質為體，技巧為用——創作論

詩該怎麼寫？這是一個相當重要的命題，相對於一些詩人就創作技巧與方法的角度，出版書籍教授讀者一窺寫詩入手的門徑，李魁賢則從創作的概念著眼，分析詩作的產生過程，以藉此探討新詩創作的思維歷程，以下先摘引他論及創作的一部分重要文字：

1. 詩人精神領域的建立，重於一切。[30]

2. 詩貴創作，創作必以技巧為先導，但詩質為體，技巧為用。技巧的運用在使詩質如何透露出威力，技巧是手段，不是目的。技巧隨著詩質，詩質隨著詩想，詩想隨著詩人精神走，是自然的順勢。[31]

3. 詩的產生是在詩人精神運作下，遇到外界意象的擊發，潛入詩想的漩渦中，在內心醞釀和相激相盪下，逐漸獲得澄清，而成為詩質凝固，然後以文字技巧使之定形。因此，文字技巧是最後修飾，不可本末倒置。[32]

4. 生在怎麼樣的時代，寫怎麼樣的詩。[33]

5. 詩人其實最要緊的是，根本要忘記詞句的存在，把全部心神都投入物象中，……根本不必疑問：詞句在哪兒呢？詞句自在，詞句無所不在。[34]

6. 詞句從無所在，到無所不在，這才是詩的過程。[35]

---

[29]李魁賢，〈詩的情義〉，《李魁賢文集‧第捌冊》，頁241。
[30]李魁賢，〈詩的見證〉，《李魁賢文集‧第陸冊》，頁4。
[31]李魁賢，〈詩的見證〉，《李魁賢文集‧第陸冊》，頁4。
[32]李魁賢，〈詩的見證〉，《李魁賢文集‧第陸冊》，頁4。
[33]李魁賢，〈詩的見證〉，《李魁賢文集‧第陸冊》，頁5。
[34]李魁賢，〈詞句在哪兒呢？〉，《李魁賢文集‧第柒冊》，頁49。
[35]李魁賢，〈詞句在哪兒呢？〉，《李魁賢文集‧第柒冊》，頁49。

若將詩歌創作分成形式技巧（藝術形式）與情感內容（思想意識）兩個部分，很明顯地李魁賢認為詩人的精神領域為創作之根本。換言之，詩人以自身的精神面對外在之客觀物象，之後才以文字的技巧去完成詩作，語言文字不等於詩，詩的語言是在整體的詩成品中才得以成立，因此語言也並非文字，文字是最後裝飾性的處理，詩人應透過書寫物象，透過象徵將自身心靈內部的詩想呈現出來，一旦將自己的精神置入客觀物象之中，自身的心神與現實經驗便會合而為一，這個時候便自然可以完成一首詩，所以詩人不是被語言文字構造的詞句控制，而是自然形成符合現實經驗的詞句，這就是詩想通往一首詩完成的過程。以下以圖表呈李魁賢的詩創作論：

又或者可以用下圖呈現之：

現實經驗 ➡ 材料主題 ➡ 心靈感受 ➡ 詩意詩想 ➡ 語言 ➡ 文字 ➡ 詩作

詩人的存在經驗隨時增加與擴充，詩人活在什麼時代，就必然會產生在這個時代活動的經驗，現實經驗越豐富，可以使用的素材就越多，詩人把現實經驗轉化成書寫的材料後，就必須透過詩人的「精神心靈」才能變成豐富的詩想，詩人的心靈越敏銳，對客體對象的感受就越深刻，詩質就會愈加深刻。

　　而李魁賢在〈現代詩的欣賞〉一文裡，首先定義了詩為「一種美感經驗的表達，而不是知識的陳述。」基本上就已經釐清了詩與其他學術性寫作在本質的不同，並具體的提供了創作的概念與方法，此文雖然名為欣賞，但實際上涉及了許多創作的層面，視其為創作論亦不為過。其中李魁賢提出比喻、擬人、

象徵、詭論四個部分，並舉實例教人解讀欣賞作品，但若將其中的想法以創作者的角度出發，或許更能夠啟迪想要進入創作新詩的讀者。以下便摘錄李魁賢對這四個創作（欣賞）詩的重要觀念：

1. 「比喻」的功用，在使我們傳達經驗或對事物的印象時，增加其新鮮感。……溝通本質上相異的兩種事物的比喻語言有兩種，即直喻和暗喻。二者不同的地方是：直喻是以「如」、「像」之類的字句，直接把兩種事物聯繫起來而表現的；暗喻則不呈現此類字眼，但給予暗示性的引導，不點出比喻性質之所在，而逕行給以結論。[36]

2. 擬人化，是把物象或意念，賦予人性，使具有人的意義。實際上，擬人化就是暗喻的一種。[37]

3. 象徵，和比喻同樣是「意在言外」，表達了超越的語言的意義。……比喻是局部的，且偏向於形式的類似；而象徵則是整體的，較偏向實質的或精神的探求。[38]

4. 這裡所說的詭論（paradox），意思是看似荒誕不經，不可思議，或自相衝突，實際上卻是真實的。簡言之：即「似非而是」之意。[39]

針對上述四個詩創作的方法，聯繫前述李魁賢相關的各項理論，可用下圖表示李魁賢創作方法論的思維歷程：

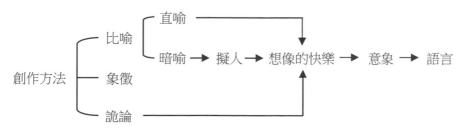

---

[36] 李魁賢，〈現代詩的欣賞〉，《李魁賢文集·第參冊》，頁 145。
[37] 李魁賢，〈現代詩的欣賞〉，《李魁賢文集·第參冊》，頁 147。
[38] 李魁賢，〈現代詩的欣賞〉，《李魁賢文集·第參冊》，頁 149。
[39] 李魁賢，〈現代詩的欣賞〉，《李魁賢文集·第參冊》，頁 150～151。

由上述的圖表歸納可以了解，李魁賢的詩創作論的確是其所說「抒情和意象的組合」[40]，無論是什麼流派的詩創作，都必須從詩人的精神情感作為創作的基礎，「去揭發事物的真相」，以「意象」去完成創作的任務，而中間必須藉由現實經驗往想像經驗轉化，透過藝術性的技巧，才能產生可以與讀者共感或交感的佳作。

六、李魁賢的詩史觀

李魁賢在〈臺灣新詩的淵源流變〉一文中論及臺灣新詩發展，因此文較長，無法全文引出，故筆者先以表列方式引用其詩史觀較為重要的部分，便於本節之論述，他的詩史觀其實可以分成四期觀察：

（一）舊文學時期（古典漢詩時期）

這個時期從西元 1620 年代以迄 1895 年臺灣進入日治時期止：

> 1620 年代，荷蘭人與西班牙人曾進駐臺灣三十餘年。
> 1661 年，鄭成功入主臺灣後，部分不願降清的知識分子來臺，沈光文在臺組織詩社「東吟社」。
> 1683 年，明鄭滅亡。
> 1786 年林爽文革命事件。文風日盛，除遊宦文士外，本地養成之文人詩家也日漸輩出。
> 1895 年甲午戰爭結束，臺灣割讓給日本。[41]

此時期約略是從西元 1620 年至 1895 年臺灣割讓給日本，此時臺灣詩均以古典漢詩作為創作主要方式，新詩的概念尚未興起。

---

[40] 〈詩人是天生的在野代言人——郭楓訪李魁賢談詩〉，《李魁賢文集・第拾冊》（臺北：行政院文建會，2002 年 10 月），頁 6。

[41] 李魁賢，〈臺灣新詩的淵源流變〉，《李魁賢文集・第陸冊》，頁 261。

（二）新文學時期（臺灣新詩的奠基）

這個時期可上溯至西元 1915 年至 1949 年國民黨統治臺灣為止：

> 1915 年西來庵余清芳革命事件後，知識分子轉而從事文化啟蒙運動。新文化之鼓吹連帶新文學的提倡。
>
> 1920～1923 年在東京的臺灣留學生創刊《臺灣青年》、臺灣文化協會成立、《臺灣民報》創刊等，新文化運動開始萌芽。
>
> 1924 年 4 月 10 日出版的《臺灣》雜誌刊載追風的日文新詩〈模仿詩作〉[42] 四首，成為臺灣新詩的濫觴。
>
> 1925 年張我軍的《亂都之戀》為第一本臺灣新詩集。
>
> 1939 年日本在臺詩人西川滿、北源政吉等成立臺灣詩人協會，後即改組為臺灣文藝協會。
>
> 1943 年銀鈴會成立，至 1945 年，臺灣出版詩集計有八本。
>
> 1945～1947 年《新新》雜誌、《中華日報》日文版龍瑛宗主編之文藝欄、《新生報》歌雷主編「橋」副刊、張彥勳復刊的《潮流》等刊物陸續創刊。
>
> 1949 年以上刊物全部停刊。[43]

此時新文化運動萌芽，連帶著新文學的提倡，可以說是臺灣新詩從萌芽到奠基的時期，雖然按李魁賢統計只有八本詩集出版，但他認為臺灣的日文新詩與漢文新詩均在日治時期開始萌芽發展。

（三）中國來臺詩人時期

這個時期由西元 1951 年至 1964 年，其中最重要的當是「現代派論戰」：

> 1951 年 11 月中國來臺詩人在《自立晚報》創設「新詩周刊」。

---

[42]或譯為〈詩的模仿〉四首。
[43]李魁賢，〈臺灣新詩的淵源流變〉，《李魁賢文集‧第陸冊》，頁 262～264。

> 1953 年 2 月紀弦等人成立現代詩社，出版《現代詩》。吸引更多的本地詩人與戰後成長的一代發表作品。
>
> 1954 年 3 月由覃子豪、鍾鼎文、余光中等人創立藍星詩社，在《公論報》設「藍星週刊」，吸引了白萩等人。
>
> 1956 年紀弦宣布成立現代詩派，強盛時期，加盟詩人高達 102 位。
>
> 1957 年《藍星詩選》出版，提出與現代派對立的主張。
>
> 1959 年 10 月由張默、瘂弦、洛夫創辦創世紀詩社，出版《創世紀》，又融合了葉笛、林亨泰、錦連、白萩、方思等人。
>
> 1964 年《創世紀》繼承了《現代詩》的方向，藍星詩社則偏向《創世紀》曾提過的民族性立場。[44]

因為國共內戰，一堆飄洋過海來臺的中國詩人，引導了戰後初期國民黨統治之臺灣詩壇，臺灣的新詩發展在「現代派論戰」與其餘波下，繼續辯證。

（四）本地詩人時期

此時期是指 1964 年《笠》的創社與創刊，為當時以本省詩人為主的重要集結：

> 1964 年 3 月經過戰後二十年的適應，「跨越語言的一代」與「戰後成長的一代」，成立笠詩刊社，於 6 月創設《笠》詩雙月刊，後來又融入「沒有戰爭的一代」，已發展成臺灣最大詩社。[45]

此時期主要就是《笠》的創社與創刊，代表著本土詩創作的重要理程碑，在笠詩人的詩史觀中，更是代表著臺灣新詩回歸本土論述的重要開端。

從上述四個時期，可以發現李魁賢的詩史觀其實相當清晰，上述的整理是從詩史的縱向流變來觀察，他將臺灣新詩的發展分成兩個剖面：戰後與戰前，

---

[44] 李魁賢，〈臺灣新詩的淵源流變〉，《李魁賢文集・第陸冊》，頁 265～266。
[45] 李魁賢，〈臺灣新詩的淵源流變〉，《李魁賢文集・第陸冊》，頁 267。

將戰前分成舊文學與新文化時期，將戰後分成中國來臺詩人與本地詩人兩個切面。如下圖所示：

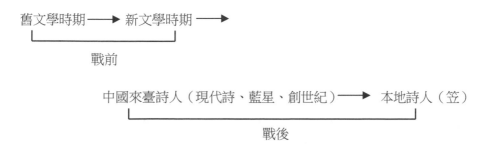

也就是說，李魁賢一方面認為臺灣詩史的發展是與日本統治後再由中國來臺政權繼續統治息息相關，所以戰前的作品以日文詩作為主，戰後則以中文為主，但另一方面，從表列上很清楚的可以發現李魁賢認為臺灣的新詩發展，其實是源自於戰前的日治時期，日治時期的新詩創作是一種開創性的潛流，是臺灣新詩發展的前端，其主要作者為臺灣本地詩人，所以對於臺灣戰後的新詩發展有啟蒙作用。換言之，臺灣的新詩並非源自於戰後的中國來臺詩人，而是源自於臺灣本地日治時期的詩人與詩作，雖然這樣的觀念在當代已然被普遍認同，然而在此文書寫的 1986 年將臺灣新詩的發生定義在 1923 年，其實是對於國民黨政權所建構的中國新詩史觀，帶來了高度挑戰，雖然，1980 年代以降，政治氛圍已無如此肅殺，但要徹底改變舊有「大中國式」的詩史觀，其詩論語言就必須透過一種「隱喻」[46]的方式加以處理，李魁賢說：

> 儘管三個詩社的主張有所出入，但因臺灣政治目標和環境的不明朗，使戰後由中國來到臺灣的一般新移民，抱有過客暫渡的心理，一直期望不久要回中國。因此，中國來臺詩人表露了這種心聲，詩中表現的是以逃避現實的鄉愁為主調，諸如懷鄉、嚮往古典傳統、追求內在思惟、塑造

---

[46]詳參丁威仁，〈五、六〇年代詩論的啟航點──「現代派論戰」重探〉，收錄於《戰後臺灣現代詩史論》（臺中：印書小舖，2008 年 9 月），頁 19～78。

柔美詞句，以及歌詠純情和玄想抽象的榮耀和壯麗，以求心理上的補償，直到在臺生長的第二代出現，才逐漸落實生根，和本地詩人同樣可以凝視現實，批判社會現狀。[47]

可見李魁賢藉由身分的論述，溯及對於認同的問題，來進行對於新詩發展的論述，在此處則藉由「現實」與「在地」的對應，提出對於詩史的思考，這樣的思考若只停留在「身分認同」與「空間價值」的觀念上，與陳千武〈光復前後臺灣新詩的演變〉[48]以及笠詩人的詩史觀相近。但李魁賢的觀點卻不僅如此，他在本土詩學詩史論述的基礎上，產生更細緻的思考，也就是扣緊「現實經驗論的藝術功用導向」，以美學的分向來詮釋本土詩學的詩史觀：

臺灣新詩的發展，我把它歸納成：一是基於「純粹經驗論的藝術功用導向」作品，一是以「現實經驗論的藝術功用導向」作品等二種類別；而從最近發展的，我們又看到一種基於「現實經驗論的社會功用導向」的作品。前者較偏向於「藝術上」的追求，而後者則偏向於講求「社會功用」的效果；至於「現實經驗論的藝術導向」作品，可說企圖在兩方面做一個融合。[49]

這一段在第二節引用過的文字，其出發點是為了論述臺灣新詩的演變並以此揭開 1980 年代笠詩社會詩學趨向。[50]李魁賢提出三個分向討論臺灣新詩的發展，第一是「純粹經驗論的藝術功用導向」，第二則是「現實經驗論的社會功用導向」，第三則是「現實經驗論的藝術功用導向」，並以此說明臺灣新詩的發展，與中國的五四時期的新詩發展同步進行，也就是說兩者之間並沒有任何繼承的

---

[47]李魁賢，〈臺灣新詩的淵源流變〉，《李魁賢文集・第陸冊》，頁 266。
[48]陳千武，〈光復前後臺灣新詩的演變〉，《笠》第 130 期（1985 年 12 月），頁 8～26。
[49]林煥彰整理，〈三人對談──關於一年來的詩壇〉，《笠》第 95 期，頁 55。
[50]詳參丁威仁，〈臺灣本土詩學的建立（下）：八〇年代笠詩論研究〉，收錄於《戰後臺灣現代詩史論》，頁 128～191。

關係，而是共時性的並列關係，他說：

> 我們了解到臺灣新詩的發展，幾乎與中國大陸五四時期的新詩同時開
> 始。……但光復以前，實際上臺灣新詩活動就已存在，而且持續相當時
> 間。可惜，光復以後，因為語言變遷，使得那些前輩詩人的創作忽然停
> 止。……臺灣新詩的傳統，比較偏重「現實經驗論的藝術功用導向」作
> 品；這裡也許可以給我們這樣的啟示：在詩或文學的創作上，應該兼顧
> 兩方面；即以現實經驗為基材，追求藝術上的表現。[51]

從李魁賢的說法中，不難發現 1980 年代以前一般人對於臺灣的新詩，「普遍有
一種誤解，以為臺灣的新詩是紀弦他們從大陸帶來的火種」[52]，實際上臺灣新
詩的發展多透過日文譯介之創作或理論，而受到外國新文學思潮的影響，若將
臺灣日治時期的新詩拿來與同時期的中國新詩比較，將會發現臺灣新詩的深刻
度與技巧的運用超越其時的中國詩壇。筆者以下圖簡示李魁賢的詩史思維：

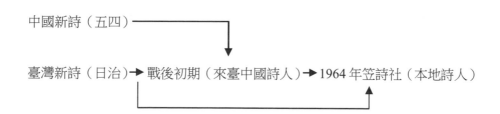

從上圖可以得知戰後臺灣新詩發展受到日治時期影響為主外，就新詩形式而
言，戰後流行的「超現實主義」，早在日治時期至光復初期就已有從日文譯介
理論與思潮；就內容而言，日治時期的詩作與戰後本土詩人的詩作，多具備現
實意識，且反映現實人生，其實就是「現實經驗論的藝術功用導向」，與中國
新詩偏向「純粹經驗論的藝術功用導向」有極大的差距，而以現實經驗為基

---

[51] 林煥彰整理，〈三人對談──關於一年來的詩壇〉，《笠》第 95 期，頁 55。
[52] 林煥彰整理，〈三人對談──關於一年來的詩壇〉，《笠》第 95 期，頁 55。

點，但要融合藝術表現的書寫方式，本就源自日治時期，而非中國五四時期，因而他認為這才是臺灣詩人應該努力的方向，而不應去扭曲臺灣詩史的正確演變。

七、結論

的確，從本文的論述中，可以發現李魁賢的詩學基本上是以「現實經驗論的藝術功用導向」作為主軸，透過從「經驗想像」至「想像經驗」的意象論，具備高度現實性與社會性觀點的語言論，以現實經驗為詩質的創作論，以及現實與在地對應的詩史觀四個區塊，展示他詩學的一貫性脈絡，這樣的脈絡對於戰後臺灣本土詩學的建立有著相當重要的貢獻，若以圖表呈現李魁賢的詩學觀點，就會更為清楚：

現實主義（現實經驗論的社會功能導向；外向觀點）

寫什麼（主題素材—精神論）

新即物主義（現實經驗論的藝術功用導向；外在觀點通向內在觀點）

——笠的現代性

怎麼寫（藝術性格—方法論）

超現實主義（純粹經驗論的藝術功用導向；內向觀點）

從上圖可以發現李魁賢詩論的最主要精神在於統合兩種分向，將寫什麼與怎麼寫兩個重要的書寫思維，透過其「現實經驗論的藝術功用導向」做為聯繫，以呈現出一種與超現實主義不同的現代性，而這種現代性是立基於高度現實性之上的。而我們透過閱讀李魁賢詩文本之外的論述文章，其實更能夠補足對於李

魁賢詩作研究的另一個側面，了解他創作觀念的思維型態，更能夠深入了解李魁賢詩作本質及其書寫的脈絡。

引用書目

・趙天儀，〈個人意識與社會意識——試論九〇年代李魁賢的的詩與詩論〉，「第二屆臺灣本土文化國際學術研討會——臺灣文學與社會」，臺北：臺灣師範大學文學院國文學系、人文教育研究中心，1996 年 4 月 20、21 日。

・修・歐納（Hugh Honour）、約翰・弗萊明（John Fleming）；吳介禎等譯，《世界藝術史》，臺北：木馬文化公司，2001 年 9 月。

・李魁賢著；彭瑞金主編，《李魁賢文集》（十冊），臺北：行政院文建會，2002 年 10 月。

・丁威仁，《戰後臺灣現代詩史論》，臺中：印書小舖，2008 年 9 月。

・王國安，《和平・臺灣・愛——李魁賢的詩與詩論》，臺北：秀威資訊科技公司出版，2009 年 12 月。

・李魁賢，〈論非馬的詩〉，《文訊》第 3 期，1983 年 9 月，頁 154～169。

・鄒建軍，〈論李魁賢的詩學觀〉，《文訊》第 61～62 期，1990 年 11～12 月，頁 79～82、85～87。

・〈現代詩的批評——座談紀錄〉，《笠》第 81 期，1977 年 10 月，頁 40～44。

・〈「鄉土與自由——臺灣詩文學展望」座談會紀錄〉，《笠》第 87 期，1978 年 10 月，頁 41～57。

・林煥彰整理，〈三人對談——關於一年來的詩壇〉，《笠》第 95 期，1980 年 2 月，頁 54～68。

・〈座談紀錄——笠的語言問題〉，《笠》第 110 期，1982 年 8 月，頁 11～15。

・陳千武，〈光復前後臺灣新詩的演變〉，《笠》第 130 期，1985 年 12 月，頁 8～26。

・古遠清，〈李魁賢的詩學觀及其他〉，《笠》第 184 期，1994 年 12 月，頁 128～130。

——選自《臺灣詩學學刊》第 19 期，2012 年 7 月

茫茫渺渺，恰如親像眠夢

論李魁賢臺譯《暴風雨》中的島嶼空間

◎楊淇竹*

一、前言：十二年，意外發現無人島

　　尚未進入分析主題前，我們先來認識莎士比亞這齣《暴風雨》。故事敘述原本身為一國之君的普洛斯皮羅（Prospero）遭弟弟安東讓（Antonio）篡位，他和女兒放逐至無人島，而由安東讓來統治棉蘭（Milan）屬地。歷經十二年，某日若玻麗斯（Naples）國王阿朗索（Alonso）與安東讓等一行人在航程中遇上暴風雨，恰巧漂流到普洛斯皮羅被流放的這座無人島，才逐步開啟了世間的情與恨。

　　「十二年」在原著裡常常出現，表示了人類、精靈、妖怪拘留於島上的漫長時間，莎士比亞除了使用「twelve year since」、「a dozen years」等詞語，還運用了「twelve winters」，以冬天做為整年的借代；中文譯版的「十二年」看似無所差異，不過臺譯版以「十二冬」作直譯，其實是相當貼切。原因在於臺語的語境裡確實常用「冬」來表示「年」，這是一件湊巧的事，所以當閱讀譯版時，可發現原文與臺語之間的文化語境沒有因時代或語言具有理解上的差異，當然此僅是其中翻譯的例證，如果再深入探索整齣戲的劇本，我們將逐步發現李魁賢詮釋的《暴風雨》對當代的意義與價值。

　　然而，當初為何李魁賢翻譯此劇的動機？原本譯者對莎士比亞的戲劇有相當興趣，一次因緣際會協助東華大學英文系擬稿戲劇劇本，這齣《暴風雨》就以臺語語音重現莎士比亞的戲劇張力。譯文出版時間為 1999 年，

*輔仁大學跨文化研究所比較文學博士生。

距今（2011 年）剛好歷經十二年，同樣漫長的歲月裡，卻沒有研究者針對譯文做深入分析或探討，筆者感到相當可惜；論其重要性，莎劇在歐洲各國的語言譯本造成的跨文化影響是深受重視的，不論文學創作抑或戲劇展演，如提格亨（Philippe van Tieghem）在《比較文學論》提到莎士比亞文風對法國戲劇所造成形式、故事、作風的影響，並舉龔道而夫（Fr. Gundolf）的文本為例；[1]即便譯為中文亦不例外，國內不乏有許多學者專精於研究中英譯本的比較，相同地臺語譯版在跨語言、文化的部分也不容小覷。

　　另一方面，臺語文面臨書寫的現狀，自然有其窘況。自從日治時代開始，新文學如何書寫的議題，一再被臺灣文學研究者提出來討論，他們關心「言文一致」的可能性，也希望保存臺語文字的表音借字功能，運用漢文字詞試圖創作屬於臺灣語言的文風形式；經過 1980 年代的母語運動至今，書寫文字尚無一套標準，除了羅馬拼音字表音，也有漢字借音或表意，這些均呈現出臺語文創作的方式，但如何大眾化始終是臺語文推動者思索的方針；因此筆者欲以李魁賢的《暴風雨》譯本做為言文書寫的場域來分析，企圖尋找出臺語文在寫作方面的可能性。

　　本文的問題意識主要類歸為二。首先，在島嶼的空間書寫，莎士比亞刻畫出一個遠離世間的島，給予了許多意料之外的驚奇，如幻夢一般，臺譯版如何展現其空間？跨界語言的翻譯本為難事，加上又轉譯為臺語文，目前連語言都沒有固定的文字表徵時，李魁賢苦心翻譯的企圖為何？如果是來自於母語的認同，那為何選以《暴風雨》作為翻譯對象？

　　另外，文內援引莎劇的原文和李魁賢的臺語文之外，還將擇以梁實秋、方平譯的《暴風雨》做為參照，一方面我們能從不同的翻譯當中，比較臺語版的特殊性，一方面也可以藉此領略漢字體系如何傳達不同的語言（華文與臺語）語境。

---

[1]提格亨（Philippe van Tieghem）；戴望舒譯，《比較文學論》（臺北：臺灣商務印書館，1995 年 8 月二版），頁 79～81。

二、眠夢／現實：島上的空間感知

　　眠夢的主題是莎士比亞刻意營造島嶼給人的既定印象，藉由上文得知島嶼裡主角人物停留的時間為十二年，這段期間當中，人物的過往記憶均由眠夢的方式做為呈現，透過記憶的召喚，將幻夢與現實的時序同時並列。存在島嶼上的不僅有尋常平凡的人，如阿朗索、西巴禪（Sebastian）；也包含擁有法術的落難公爵普洛斯皮羅、精靈阿狸兮（Ariel）以及奴隸卡理斑（Caliban）等。

　　戲劇開端隨即就是一場暴風雨的侵襲，若玻麗斯國王與隨從們正面臨船難的危機；到了第二景，主角普洛斯皮羅與女兒彌蘭姐（Miranda）的進場，經由他們的對話透露出暴風雨發生的緣由，也開啟眠夢、記憶和島國的關係。在普洛斯皮羅探問彌蘭姐往事的時候，她僅只如下地回答：

> 茫茫渺渺，
> 恰如親像眠夢，還是少寡會記得，
> 但是無法度確實。[2]

李魁賢已經脫離了前人翻譯莎士比亞的缺失，即是脫離了以散文的方式詮釋劇作，並且從詩人創作的語言重新詮譯《暴風雨》，所以在臺語譯文中，李魁賢選擇沒有直接照翻原文：「'Tis far off, / And rather like a dream than an assurance / That my remembrance warrants.」（1.2. 44-46）[3]，而以「還是少寡會記得，但是無法度確實。」代表薄弱的記憶，並且無從把握此記憶，將一個對過去記憶懵懂的公主之形象予以刻畫出來。另外，方平的中譯文提供我們對原文的一些參考：「那是很遠的事兒了──／說這是我記憶所能證

---

[2] 李魁賢譯，《暴風雨》（臺北：桂冠圖書公司，1999 年 12 月），頁 21。
[3] 本論文引用莎士比亞《暴風雨》版本為 William Shakespeare, Burton Raffel, and Harold Bloom, *The Tempest: The Annotated Shakespeare* (New Haven: Yale University Press, 2006).而英文格式乃參考 MLA。

實的真事，／還不如說，是一場夢。」[4]，如此對比，意思上沒有異議，不過李魁賢所營造的空間或時間認知，較中文的用字強烈，眠夢主題是緊扣著似真、幻夢的記憶。再回到臺語譯本，他使用非常貼近生活的語言，如「親像」、「少寡」、「無法度」，又不致流於通俗化。

　　接著，普洛斯皮羅回溯他們父女倆如何被親兄弟陷害、趕出棉蘭王國的經過，對彌蘭妲來說聽起來恍若隔世，訴著：「想到連累著你復記著悲傷的載誌，／我卻完全未記得。」[5]這是呼應前面引文的對白，文本不斷諭示島嶼的空間是讓記憶失落的主因。

　　第二幕的故事走勢就完全聚焦在無人島上了。漂流至島國的阿朗索國王、大臣西巴禪、安東讓公爵正在躊躇該如何尋找因風浪而下落未明的王子花丁男（Ferdinand），和如何安然返回若玻麗斯的過程同時，他們和其他的船員、下屬們都感到異常地疲累、困頓，阿朗索索性洩了氣說：假若能輕易地睡著，憂愁也能因此拋諸腦後，西巴禪緊接著回答：

> 王上，請你
> 不可看無起愛睏的好意。
> 睏眠未找悲傷的人，伊若來
> 就是一種安慰。[6]

原文為「Do not omit the heavy offer of it. / It seldom visits sorrow. when it doth, / It is a comforter.」（2.1. 187-189），莎翁使用了「heavy（沉重）」，不僅意指面對現實情勢的心情沉重，也包含人不敵嗜睡的精神沉重；接著李魁賢用詩的語言處理了下面兩句：「睏眠未找悲傷的人，伊若來就是一種安慰。」筆者認為在簡單的上下文裡，是相當富有詩意了。

---

[4]方平譯，《暴風雨》（臺北：木馬文化公司，2001 年 11 月），頁 26。
[5]李魁賢譯，《暴風雨》，頁 23。
[6]李魁賢譯，《暴風雨》，頁 95。

　　莎士比亞的劇作喜以無韻詩去敘寫人物的對話與情境，但是過去梁實秋或朱生豪等譯者在翻譯莎士比亞的作品，通常會先取決於讀者理解為優先考量，所以多半由散文來詮釋原著；如彭鏡禧曾指出梁實秋等人的全集譯本「最大的缺點，是把莎士比亞的無韻體詩（blank verse）都翻成了散文。讀者用來了解劇情固然沒有什麼問題，用來領略莎翁精確掌握文字的超絕才情就明顯不足了……」[7]，根據他的說法，得知運用簡潔的詩體形式將較接近原著創作的文體。

　　而由這句話再來端看梁實秋的翻譯：「您就請睡罷，別忽略這瞌睡的好意：他很少時候來探視悲哀的人；他來便是安慰。」[8]，筆者並非要比較譯者詮釋的優劣或翻譯的要旨在何處，只是透過中譯文的參考版本，可了解李魁賢於譯成臺語文的時候，不僅致力語言翻譯，還將文字轉趨至蘊含戲劇的意境。

　　事實上，剛踏至島嶼的皇室貴族們，他們對島的觀感多表負面，像是「不會住得，／差不多無法度出入」、形容空氣是「爛去的肺」又有如「臭死水」的味道、而且連內心的睡意感都歸咎於島上的氣候。[9]

　　反觀，原本待在島嶼上的卡理班來說，島的意象又為何？

　　島是家的屬地，也是認同的因素。任何人來到島上會先見到卡理班，由於他不討喜的外型、奴隸的角色，在劇中人物多半被稱為「怪物」。卡理班的空間感是在兒時記憶中就存在，既使被外來者的占領，他依舊不願離開，持續等待自由的來臨，也因如此，20 世紀以來常有論者從後殖民角度來論述卡理班的境遇。[10]美妙的樂音是他對史提法老訴說的第一印象，此關

---

[7]這是彭鏡禧以梁實秋、朱生豪和卞之琳三部譯文作分析對象，而類歸由詩體寫作的卞之琳是較接近莎士比亞原創的翻譯劇本。彭鏡禧，〈讀卞之琳中譯《哈姆雷特》〉，《摸象——文學翻譯評論集》（臺北：書林出版公司，2009 年 12 月），頁 283。

[8]梁實秋譯，《暴風雨》（臺北：遠東圖書公司，2006 年），頁 73。

[9]李魁賢譯，《暴風雨》，頁 79。

[10]譬如林明澤的〈走出暴風雨——後殖民情境中「卡力班」認同的困境〉，即是著重在於卡理班的後殖民論述為對象，另外陳祖文與劉瓊云的〈《暴風雨》中的大統治者：頗若斯頗若——兼論愛瑞兒與卡力班〉、〈卡力本（Caliban）的失落與尋回——《暴風雨》（The Tempest）及《魔法師的寶典》（Prospero's Books）中的權力論述〉都圍繞於權力論述為探討主題。李曉菁的碩士論文：

鍵再與眠夢做結合，逐步將現實與夢境的難以辨別的母題予以呈現。

> 這島上統是聲音，
> 音樂，好聽的旋律，聽著爽快，未傷人，
> 有當時千種樂器相爭在
> 我耳孔邊彈；有當時我睏誠久，
> 抵才清醒，聲音復給我
> 聽到睏去，在眠夢中
> 叫是天雲打開，財寶
> 落得我身軀，給我每回若清醒，
> 就復哭轉去眠夢中。[11]

　　最後二句「給我每回若清醒，／就復哭轉去眠夢中」是非常具有轉折的語氣，為何如此說呢？梁實秋譯為：「以至於，我醒了之後，哭著願意再到夢中。」[12]或是方平的「我一醒來，／就直哭著要再回到夢鄉中。」[13]，他們均平鋪直譯了莎士比亞的原文：「when I waked, / I cried to dream again.」（3.2. 138-139），臺譯版則使用動詞「轉去（tng² khi³）」做為巧妙的連接，這辭語比中文的「回到」要具有鮮明的動作性，不僅加深了醒的現實與睡的眠夢之間關係，而哭的行為會在「清醒」、「眠夢」中被突顯出來，完全聚焦於卡理斑的悲劇性格。

　　到了第四幕，普洛斯皮羅的仇恨全被化解掉之後，他將所有的魔法歸於烏有，釋放曾經驅使的精靈們，並且感嘆唱道生命的虛無：

〈受造者卡力班的歷史身分演進：《暴風雨》與文化研究〉則綜合文化的意義、歷史的演進和殖民的議題等作進一步分析。

[11]李魁賢譯，《暴風雨》，頁157。

[12]梁實秋譯，《暴風雨》，頁115。

[13]方平譯，《暴風雨》，頁98。

咱這號材料

恰如眠夢做的；而咱小小的生命

是被睏眠包住。[14]

　　從普洛斯皮羅口中透露出他徹悟生命的真理。在第四幕的劇本，大量處理他面對憎恨者的心理轉折，原本氣勢盛高的公爵，雖然落難於孤島上，卻擁有了統治島國的魔法，不僅驅使阿狸兮、卡理斑來為他做事，還以法術控制精靈或奴僕的自由，普洛斯皮羅沒有像彌蘭妲或阿朗索徘徊在眠夢與現實之際，反而相當清醒，這樣的理性——普洛斯皮羅他所自稱——乃歸於內心的仇恨，我們會在下一章節從仇恨的主題繼續來分析。

　　在舉例的中譯文版本，他們釋義《暴風雨》時不會刻意強調語言的疊韻或音韻感，反而著重於無贅飾的敘述文體作呈現，這是過去翻譯莎士比亞戲劇的一貫作風。

　　但誠如上文例證，「眠夢」是臺譯文中經常出現的詞語，比中文譯版出現「夢」、「夢鄉」、「夢幻」等替換高頻率的「dream」一字還要適切，如此不僅有強調睡夢的意思，亦形塑出島嶼的不真實性，其中襯托的是異國情調之感官；此外，我們會發現詩人李魁賢在詮釋角色的時候，對弱者會給予較多的同情、關懷，尤其是處理落難者的處境，即可從中得知人物內心的澎派情感。

　　不過，返回原著來說，難道莎士比亞沒有刻意強調夢與現實的意境嗎？

　　這倒是令人深思的問題。方平的譯序曾稍微提及莎翁是「閱盡滄桑的人生觀融合在一起，進入了對人生的哲理性的、也是戲劇性的思考……主人公的華彩樂段似的上述談吐，輕輕一轉，就成為人生的無限感慨，對生命的大徹大悟……」[15]，此為對莎翁自身的人生境遇與文本的主角波折做相

---

[14]李魁賢譯，《暴風雨》，頁191。
[15]方平，〈前言〉，《暴風雨》，頁14。

互連結的歸論，其他的文獻資料均傾向於女性、權力、後殖民等文化議題
為討論重心。原文常以「dream」、「sleep」描述人物佇立島嶼的空間感是無
可非議的，而經由閱讀臺譯版本，才真正進入莎士比亞苦心經營的島嶼場
域。

三、詠嘆悲劇：人世的悲歡離合

　　莎士比亞擅長寫悲劇，許多劇本均著眼於人性的卑劣造成悲劇的緣
由，並且描摹得生動、真實，由於惡的因素才能反襯出情愛的真諦，再透
過人心的恨突顯了得來不易的情愛，同樣在《暴風雨》也廣涉到這兩大主
題，而臺語的譯本亦延續此思想，不過，本章只針對惡的部分做探究，特
別是人因貪婪引起的殺機，以及憤怨引起的復仇。姚一葦曾在《戲劇原
理》說明了戲劇如何因衝突引起閱聽者的情緒起伏，而故事的角色衝突則
進一步產生懸疑與張力。[16]這些即是構成莎劇中人物衝突的原因所在。那李
魁賢譯的《暴風雨》呢？是否也藉由臺語文展現緊湊的衝突場景？

　　島，原本是卡理斑所擁有，自從普洛斯皮羅漂流到了島，奪走卡理斑
的法術書，使得他能統治、驅使島上的任何事物，卡理斑因而只能陽奉陰
違地敷衍普洛斯皮羅，當然對他來說，仇恨根深於內心並且肆意茁壯，他
等待一切時機就是想消除心頭之恨，剛好遇上史提法老，逐步地唆使史提
法老與脫仁久奴一同進行復仇的行動，我們可以先了解卡理斑的內心想
法：

> *伊的習慣*
> *是會睏中晝。你會使加伊損頭，*
> *但是該先搶他的書，*
> *......*

---

[16]姚一葦，《戲劇原理》（臺北：書林出版公司，2010 年），頁 133～137。

無書，伊就變

悾悾，恰如我，也無

一個妖精可好指揮，伊等統和我共款，

恨伊恨到入骨。[17]

　　李魁賢使用的大多數的字詞，像上文羅列的「損」、「悾悾」，亦同於臺語字音；但內文只要指你、我、他的複數形均多加「等」來表示，如引文：「伊等（in）」，或曾已出現過的「你等（lin²）」、「我等（guan²）」，過去我們較熟常見的通用字詞為「恁（ㄇㄣˋ）」、「阮（ㄇㄨㄢˇ）」，可究其意思或讀音，這些和臺語文字相差甚遠，也無借代人稱的意思，李魁賢在處理人稱的問題就大膽運用「等」一字。根據「等」，原本就包含了人物複數形的意義，此為文本中以漢字借義較明顯的例子了。

　　觀看上文，以臺語形容內心的仇恨倒表現相當傳神，卡理班說著：「恨伊恨到入骨」，歸因於普洛斯皮羅奪走了他母親傳承的魔法，使得卡理班淪為奴僕並只能聽命行事，所以為何他執意要搶普洛斯皮羅的書，就可以預見了。這是情緒起伏的表態，不僅如此，譯本只要涉及到謾罵、譏笑的字眼，均比中譯版來得貼切，我們甚至可以發現用字遣詞的精髓，像第一幕第二景普洛斯皮羅罵著卡理班：「可惡的奴才，／善事一絲仔都沐未著，／歹載誌做了了。」[18]，「沐」字是沾的意思，李魁賢特別夾著註釋、校音，一般讀「bak」；特別注意「一絲仔」、「做了了」的語法，這是跨越語言之際，將時間或動作表徵作具體形容的詞彙，在此表現相當得出色；仍可對照參考中譯文：「可恨可惡的奴才，你心裡，『善良』／留不下半點痕跡；壞事兒樣樣會！」[19]。

　　仇恨、貪婪是造成人內心為惡的源頭，當莎士比亞在構思劇情的轉折

---

[17]李魁賢譯，《暴風雨》，頁153。
[18]李魁賢譯，《暴風雨》，頁55。
[19]方平譯，《暴風雨》，頁43。

時，同時也是激起觀眾的目光、好奇，使得情節順利進入高潮情節。現在
隨即繼續觀看李魁賢如何處理安東讓怎樣說服西巴禪（阿朗索的弟弟）篡
位的一幕：

> 你的王兄
>
> 倒在此，也無較贏伊倒得下面的土腳，
>
> 如果伊就是今矣看的彼種樣（就是死人）
>
> 我用一支續手的劍（只是三寸）
>
> 就會給伊永遠倒在床。你共款
>
> 安爾做就會使將這位老角色，
>
> 這位精明的王爺永遠目珠契契……[20]

　　透過兩幕故事情節的描摹，均能感受到流利的言語所彰顯人性之惡的
主題，在情節上，表現得相當栩栩如生，特別是應用了適切的動詞和形容
詞，經引文得知：安東讓延續篡棉蘭公爵的謀權過程，讓若玻麗斯的王朝
也如棉蘭一樣歷史重演。這段由前到後的文字序列詞語，會發現層層疊出
弒君的意圖；先是「倒在此」，描述阿朗索正深沉的入眠，若與前文提到西
巴禪力勸君王休息的好心，情節的急轉即可獲知弒君的動機其實早已埋設
伏筆了；接著，「倒得下面的土腳」進一步暗示躺在何處別無差異，再帶出
「永遠倒在床」，此時的「永遠」加強了除掉君主的想願，所以既然睡夢的
阿朗索如同死亡的阿朗索，就讓他「永遠目珠契契」，「永遠」又出現一
次，用來強調死亡的意象。

　　他們妙想的計謀如此稱心，但卻讓阿狸兮發現，轉而透露給普洛斯皮
羅知道。其實一開始的暴風雨讓國王、大臣們流落到此島嶼，本來就是普
洛斯皮羅的復仇行動，他心有不甘被親兄弟安東讓篡位，也不甘居留在島

---

[20]李魁賢譯，《暴風雨》，頁 105。

嶼無法返國，當得知兩批人馬的計謀後，分別用了幻術來戲弄他們，使得安東讓等三人無法思考，昏昏沉沉在原地打轉，另外，卡理斑等三人被精靈捉弄，嚇得落荒而逃。普洛斯皮羅眼看惡者受盡折磨，就道出以德報怨的寬大心胸：

> 雖然伊等犯著大錯，我大生氣，
>
> 不過，以我復較高尚的理智，
>
> 阻擋我脾氣爆發。美德是比報復
>
> 復較希罕的行為……[21]

經由戲劇的情節發展，除了人物的對白與動作占有其重要地位，詠嘆調（Aria）亦是戲劇的高潮段落，之所以稱「調」乃因可合於歌唱，當然語言的韻律是構成人物歌唱時流利、平順的進展。西巴襌正與安東讓討論謀害國王的計畫時，阿狸兮的進場無疑影響了整齣戲劇的發展。阿狸兮是一位精靈，是執行任務的精靈，當然他也與卡理斑一樣，受制於普洛斯皮羅，不過兩者相較，實屬良善者的角色。因此，他飛至忠臣岡查勞（Gonzalo）耳邊，叫喚他起床並保護阿朗索國王，他以悅音唱出：

> 你倒在此當鼾，
>
> 目珠金金的陰謀，
>
> 　得到好時機，
>
> 如果你愛顧性命，
>
> 愛睏暝趕走，專心：
>
> 　清醒，清醒！[22]

---

[21]李魁賢譯，《暴風雨》，頁 209。

[22]李魁賢譯，《暴風雨》，頁 107。

由於島嶼的空間氛圍讓人不禁沉溺於睡夢中,「清醒,清醒!」呼應了筆者前一主題分析的眠夢／現實,藉由引文,可發現詠嘆調的字句更洗鍊、簡短,如此完全是配合原著劇本為了歌唱做的調整,「目珠金金」的謀害者也與前文「目珠契契」的阿朗索互為對比,加深戲劇性的效果。

　　同樣為《暴風雨》經典的詠嘆調尚有一段史提法老與脫仁久奴的唱詞,這是他們與卡理斑計畫陷害普洛斯皮羅時開心所歌唱的,文字的韻律就相當清楚:

Flout 'em and scout 'em,

and scout 'em and flout 'em,

Thought is free.（3.2. 118-20）

加伊等恥笑,加伊等戲弄

復加伊等鄙相,復加伊等恥笑

心情自由自在。[23]

　　先不論原文字義為何,會發現莎翁巧妙運用回文處理合唱的地方,且也嵌入重複字在角色歌唱的部分,但這句法版本眾多,偶有將首次出現的「scout」改為「cout」,基本上不影響閱讀與押韻;不過,李魁賢譯為臺語文倒注意了其間的差異,他放棄了多數版本直接採用的回文句法,在掌握到「scout」、「cout」的些微差別後,將之轉譯為「戲弄」和「鄙相」兩字（值得注意後面的「鄙相」,它是源於漢字借音的「phi^2 siunn^3」,具有看不起、糟蹋之意,也常出現在生活上的用字）;對照上下文來說,「戲弄」的取笑作為與「鄙相」相互對等的詞彙,不能說是完全的回文,但卻也呈現出翻譯面臨相近字義的問題。意義上雖然是藉此自勉的「褒歌」,同時可感受「心情自

---

[23]李魁賢譯,《暴風雨》,頁155。

由自在」的另一層意境，因為他們以歌唱來同情卡理斑的遭遇。

　　即使翻譯為臺語文，仍可看出李魁賢運用詩的語言來書寫。他曾表示創作的語言必須具備「準確」與「曖昧」才能適切地表達情感，而不致流於過多或貧乏的辭藻堆砌，然後再來談「完整」這問題。[24]透過前文，我們亦可從以創作華文詩的觀點套用在臺語版的《暴風雨》上，洗鍊的語言、用字的精準、以及韻味無窮的情感，這些似乎是李魁賢創作的主調，即使運用臺語文的語法，也不會有難於理解的字句或辭藻，反而將象徵意義透過詩的語言來呈現莎士比亞的文本。

四、卡理斑之「島」與臺灣之「島」

> 因為是無人島
> 才成為自由的土地
> ……
> 島在軍人的統治之下
> 挖戰壕　做偽裝工事
> 等其他人來搶奪
> 自由
>
> ——李魁賢〈無人島〉[25]

　　李魁賢早在 1991 年的時候曾經書寫過有關「島」的主題詩，無人島的意境相當明顯，所謂的自由其實是由人賦予的，然而島被人發現之後，堪稱的自由已然消失，因為人的私欲，島永遠不可能再像無人時那樣的自由了。這首詩也可以和卡理斑的島互作比喻，原本只有他一人的島，恣意快

---

[24]李魁賢認為：「詩的準確是詩想傳達的問題，而詩的模糊是語言象徵的層次。」所以準確地把握文字的意思，再以語言來營造彈性的空間，即詩人給讀者的空間意象，如此讀來令人感到餘韻有味道。莊紫蓉，〈但求不愧我心——專訪詩人李魁賢〉，收錄應鳳凰主編，《但求不愧我心——閱讀李魁賢》（臺北：遠景出版公司，2009 年 12 月），頁 241。

[25]李魁賢，〈無人島〉，《黃昏時刻》（臺北：秀威資訊科技公司，2010 年 1 月），頁 149。

樂，當因緣際會被奪去土地的公爵來到此，將卡理斑的法術、土地、自由通通占據之後，成為富有智識、權力的統領者；最後卡理斑只能淪為奴隸。我們早已了解莎士比亞安排情節的用意，他是刻意著力於人間的愛與恨，將人一切的底層私欲表現出來，再用一場暴風雨的幻術去化解仇恨。

　　不過，當史提法老、脫仁久奴登陸島後，卡理斑設想用他們的力量來與普洛斯皮羅抗衡，甚至藉此刺殺他，卡理斑以弱者之姿闡明：「我講到伊用法術占去這個島，由我的手頭占去。」[26]，正如〈無人島〉詩一般，原本堪稱自由之島，已經不再自由，失去島的卡理斑，他的仇恨已然在前文作分析，但是仍可好奇過程是如何發生的，藉由他吐露的心聲逐步揭開：

> 這個島是我的。我娘施可落屑（Sycorax）留落來的，
> 給你占去。當當時你抵來的時瞬。
> 你加我安慰，對我真好，給我飲
> 浸莓仔水，教我安怎去
> 稱呼日時和暗時發出來的
> 日光和月光。[27]

　　這段卡理斑的對白我們可以看到譯者運用了「日時」、「暗時」二字來形容白天、夜晚，「日時」沒有問題這是常見指「白天」之意，晚上則有「暗暝（$am^3\ mi^5$）」、「暝時（$mi^5\ si^5$）」等多種名詞可用，但以「暗時」與前面的「日時」作排列，則具有疊韻的效果，同時讓語言富有其音韻性，也對比了接下來的「日光」、「月光」，此句除有強調日、夜的感受之外，還告訴讀者卡理斑是尚未開化且沒有知識的人，同時也隱約地營造出悲劇的色彩。

　　當卡理斑知道可解脫普洛斯皮羅的枷鎖，竟開始高聲歌唱，期待另一

---

[26]李魁賢譯，《暴風雨》，頁 149。
[27]李魁賢譯，《暴風雨》，頁 53。

個「自由」降臨，這不就與〈無人島〉的意境相同：「等其他人來搶奪／自由」，只是卡理斑變主觀的意識而已。

> 我免復築水掠魚
>
> 也免撿柴，
>
> 聽你指揮。
>
> ……
>
> 斑，斑，卡卡理斑
>
> 有新頭家，倩新人。
>
> 自由呀！……[28]

《暴風雨》裡渴望「自由」之心，除了不斷出現於卡理斑身上，當然也同時存在於阿狸兮身上，從第一幕的第二景開始，阿狸兮持續探問何時能自由，普洛斯皮羅卻回答：「時間還未到呀？勿講啦。」[29]，如果對應先前所提到，普洛斯皮羅認為自己以德報怨地對待欲想加害他的人，可是事實上他的「理智」沒有發揮到善待島上的精靈或卡理斑，反而是相當苛刻，這就是為何研究者均多關注於普洛斯皮羅的個人權利作立論分析，但此議題將不是本文的重心，我們繼續再觀看《暴風雨》的脈絡。

然而，普洛斯皮羅又如何看待卡理斑？

當普洛斯皮羅由阿狸兮的口中得知卡理斑的陰謀，即是欲想勾結史提法老來暗殺他，就脫口而出謾罵卡理斑的忘恩負義：

> 鬼，出世就是鬼。
>
> 這款性地，教也教未來。我苦心

---

28 李魁賢譯，《暴風雨》，頁 129～131。
29 李魁賢譯，《暴風雨》，頁 43。

要教伊做人，全部，全部枉然。[30]

整段引文是完全依照臺語文語法來轉譯，不過我們可以先參考原中譯文的意思：「是個魔鬼，天生的魔鬼。他的本性／怎麼扭也扭不過來……」[31]，事實上，情節的安排是普洛斯皮羅氣憤地謾罵，譯本只要涉及到罵人的口吻，都非貼合。「未來」的「未」指的是尚沒有，讀音為「be⁷」，通用字常為「袂」，這也是前文提到借義的用法；在臺譯本多可發現類似的文字出現，閱讀的過程也許無法馬上進入臺語的語境中，不過經過查找字義的意思，即可發現李魁賢用字的精準。

我們討論了這麼多譯文的內容，或許能推敲李魁賢選擇以什麼型態的文本作為譯本，其實已經包含了欲意給讀者產生共鳴的意圖，如果說語言是一種對土地的認同的話，或者像李魁賢所謂被語言認同的心理[32]，他運用臺語文作為書寫的形式就相當明顯具有認同的意圖了，認同不僅為譯者本身的認同，還包含臺譯版《暴風雨》給予閱讀者的，之中的認同問題牽涉幅度廣，下文我們將從李魁賢的書寫來談起。

法國比較文學者在研究影響論中，曾提出「放送者」、「接受者」、「傳遞者」三項漸進的文學傳播路徑；首先是原著，接下來為文本（其中包含了作家的思想或情感），最後才是原文的翻譯或模仿。[33]翻譯作品即是一種重新詮釋原著思想的途徑，在跨越語言轉換的過程中，提供了讀者快速進入作品本身；另外，語境是相當重要的一環，在翻譯的同時還須貼合當地的文化、語言、習俗等，才能讓閱讀產生共鳴的效果。

---

[30]李魁賢譯，《暴風雨》，頁195。

[31]方平譯，《暴風雨》，頁118。

[32]李魁賢曾對於語言的認同做出以下的說明：「語言的使用受到壓迫禁止使用時，故意要使用本土語言，那是一種意識的對抗。但是開放之後，語言沒有限制時，語言就變成一種工具。譬如我現在使用這種語言寫作，只是工具而已，沒有意識。但是過去叫我不能用臺語，用臺語要受罰，我故意要用臺語，那是意識對抗。語言有意識時，是一種認同，沒有限制時，語言是不是還算認同？這幾天我一直在思考這個問題。現在不是我們去認同語言，而是語言來認同我們。」莊紫蓉，〈但求不愧我心──專訪詩人李魁賢〉，《但求不愧我心──閱讀李魁賢》頁255。

[33]提格亨，《比較文學論》，頁58～60。

　　然而李魁賢選擇這部《暴風雨》的動機，不僅是故事內容與臺灣的殖民歷史和地理空間具有聯想，並且在刻畫島國的境域與臺灣相當雷同，像是殖民者踏上臺灣島的想像以及離開，我們甚至從戲劇的結局或煞場中獲知普洛斯皮羅對於島的一切根本不眷顧來觀看臺灣史。普洛斯皮羅認為「島」是荒蕪的，枷鎖的，他全心全意只想返回失去的國土得以終老，最後還和阿朗索國王要求：「在棉蘭／我的第三項願望就是造我的墓」。[34]筆者在此提出的觀點不是要由後殖民的論述應證莎翁思想，而是聚焦於為何與今相差四個世紀的文本能展現時代的歷史意義，爾後經由翻譯貼合出臺灣社會的圖像。

　　那莎士比亞的地位呢？雖然已不復以往的崇高，可是對於戲劇史的影響仍深具意義。[35]事實上，莎翁摹寫了人類文化、社會的原型，諭示了紛爭、庸擾均起源自人性，正如同民間文學關切的母題，相同的情節會在不同地域的口傳文學中出現，這樣的原型無疑奠定了文本的經典地位，而莎士比亞亦像是一名先知對未來預言，所以作品的意義不單只在於其獨特性，而是處理了人性的種種問題和牽扯其中的外在因素。

　　語言如何被使用，或者明確地說如何被書寫、記錄，是詩人李魁賢不斷思索的問題。由於過去的歷史因素，讓他在童年時雖然口說母語，創作均局限於華文寫作，直至母語正名後，各界正視臺灣語言的推行，不過書寫竟變成一種問題，到底該使用何種的文字或拼音才能代表臺語文的言文一致呢？李魁賢曾經發表如下的觀點：

　　當然，母語是一個正確的方向，但是漢語可以接受，為什麼不能用漢語寫？古早時代的歌仔簿也是用漢語寫的，當然有的用字不妥當，那可以修改啊！現在流行漢羅合寫，覺得這樣方便。但是東西方兩套不同的語

---

[34] 李魁賢譯，《暴風雨》，頁 241。

[35] 布魯姆（Harold Bloom）批評現今的社會終以文化論述的標準來界定何為經典，而弱化莎士比亞等人作品的地位，然而莎士比亞之所以成為西方文學的不朽，乃歸因於他們創作與思想的原創性，沒有跟過去、偉大的作家雷同，甚至找不出任何足跡顯示深受何人創作的影響，尤其論及《李爾王》（King Lear）時，特別引述了劇中埃德加（Edgar）的臺詞與之對話。（Bloom 66-69）

言系統，如何合在一起？其實是方便性而已啦。臺語各地的腔調不同，沒有辦法用拼音的啦。昨天在高雄，大家在討論，臺灣有六種客語，到底要用哪一種？臺語也一樣，泉州、漳州的口音不同，要寫哪一個字？[36]

既然語文因區域而有變異性，筆者指稱是腔調的差別，那麼書寫也就如李魁賢憂心的到底該以何種音調作為基礎了，所以當他嘗試翻譯《暴風雨》時，對於譯本的語言用字就相當謹慎，李魁賢選以漢字作為表音、借義的樣式拋出一種母語書寫的可能性，但不是制式化的樣式，只是基於以漢字書寫較容易傳播、易懂，其中仍尚存彈性的修改空間。

當然，前文不斷強調做為母語書寫的動機，基本上是根植於詩人的認同心理，如此認同並非局限於一地一物的感知，而是擴大至被世界所接受，我們可以繼續閱讀李魁賢的訪問內容：

目前我在思考的是，臺語繼續寫，出路在哪裡？臺語本身如果能夠發展出一套很完整的系統，我們堅持下去，可能有出路，像以色列很多人用以第緒語，也可以走出來啊，以撒辛格的作品，有人自動把他譯成英語啊。問題是，我們的語言有辦法發展到高度受到人家認同嗎？得到人家認同，人家才會來翻譯啊！[37]

過去許多理論家定義認同多半局限在一個族群、國家、或血統論述的場域中，譬如伊薩克（Harold R. Isaacs）在建構族群的理論，即將語言作為族群的認同的依據，由於有如此的依據，語言才能成為集結族裔的認同意識。[38]但是藉由李魁賢的口述，則可發現詩人早已超脫了狹隘的認同觀，而

---

[36]莊紫蓉，〈但求不愧我心——專訪詩人李魁賢〉，《但求不愧我心——閱讀李魁賢》，頁 258。

[37]莊紫蓉，〈但求不愧我心——專訪詩人李魁賢〉，《但求不愧我心——閱讀李魁賢》，頁 256。

[38]伊薩克（Harold R. Isaacs）引用赫德（Johann Gottfried Herder）的論點說明：「語言喚醒了族群個別的存在意識，並使這種意識得以持續，同時『藉此把自己與其他的群體隔開來』。」伊薩克（Harold R. Isaacs）著；鄧伯宸譯，《族群》（臺北：立緒文化公司，2004 年），頁 146。

從反向思考以具體的語言翻譯來尋求認同。

五、結論

　　因此，莎士比亞的《暴風雨》在李魁賢以臺語文的翻譯之下，展現了與中譯文不同的閱讀視野。梁實秋、方平等人多以平鋪直敘地處理翻譯文本的問題，而李魁賢則以臺語詩體的方式重新詮釋了劇本，尤其在空間場域還原了莎翁形塑的島嶼意象，再藉由「眠夢」詞語的類疊，突顯島嶼所富含異國情調的想像。當然，以漢字表音、義的臺語文也經由李魁賢的嘗試，提供一種語言書寫的範式。

參考書目

一、中文部分

（一）專書

・王國安，《和平・臺灣・愛——李魁賢的詩與詩論》，臺北：秀威資訊公司，2009年12月。

・伊薩克（Harold R. Isaacs）著；鄧伯宸譯，《族群》，臺北：立緒文化公司，2004年。

・李魁賢，《黃昏時刻》，臺北：秀威資訊科技公司，2010年1月。

・邱文錫、陳憲國合編，《實用華語臺語對照典》，臺北：樟樹出版社，2001年。

・姚一葦，《戲劇原理》，臺北：書林出版公司，2010年。

・莎士比亞（William Shakespeare）著；方平譯，《暴風雨》，臺北：木馬文化公司，2001年11月。

・莎士比亞（William Shakespeare）著；李魁賢譯，《暴風雨》，臺北：桂冠圖書公司，1999年12月。

・莎士比亞（William Shakespeare）著；梁實秋譯，《暴風雨》，臺北：遠東圖書公司，2006年。

・彭鏡禧，《細說莎士比亞論文集》，臺北：臺灣大學出版中心，2004年12月。

- 彭鏡禧,《摸象——文學翻譯評論集》,臺北:書林出版公司,2009 年 12 月。
- 提格亨(Philippe van Tieghem);戴望舒譯,《比較文學論》,臺北:臺灣商務印書館,1995 年 8 月二版。
- 應鳳凰主編,《但求不愧我心——閱讀李魁賢》,臺北:遠景出版公司,2009 年 12 月。

（二）期刊
- 王靖獻,〈莎士比亞《暴風雨》的外延與內涵〉,《東華人文學報》第 2 期,2000 年 7 月,頁 1〜32。
- 林明澤,〈走出暴風雨——後殖民情境中「卡力班」認同的困境〉,《中外文學》第 25 卷第 7 期,1996 年 12 月,頁 163〜185。
- 陳祖文,〈《暴風雨》中的大統治者:頗若斯頗若——兼論愛瑞兒與卡力班〉,《中外文學》第 10 卷第 10 期,1982 年 3 月,頁 110〜122。
- 劉瓊云,〈卡力本(Caliban)的失落與尋回——《暴風雨》(*The Tempest*)及《魔法師的寶典》(*Prospero's Books*)中的權力論述〉,《中外文學》第 29 卷第 10 期,2001 年 3 月,頁 183〜203。

（三）學位論文
- 李慧玲,〈對「它者」的想像:《奧塞羅》,《歐奴諾克》,和《暴風雨》〉,中央大學英美語文學系碩士論文,1997 年。
- 李曉菁,〈受造者卡力班的歷史身份演進:《暴風雨》與文化研究〉,彰化師範大學英語學系碩士論文,2001 年。
- 廖郁淳,〈普羅斯伯羅的全視監獄:《暴風雨》的權力操演〉,中興大學外國語文學系碩士論文,2009 年。

二、西文部分

I. Books
- Charles Lamb and Mary Lamb, *Tales from Shakespeare*, New York: Weathervane Books, 1975.

· Harold Bloom, *The Western Canon, The Books and School of the Ages*, New York: Berkley Pub Group, 1995.

· William Shakespeare, Burton Raffel, and Harold Bloom, *The Tempest: The Annotated Shakespeare*, New Haven: Yale University Press, 2006.

II. Periodicals

· Alexander Chung-hsuan Tung, "The Nietzschean and Foucauldean Prospero: Shakespeare's Vision of Power", *Journal of Humanities College of Liberal Arts National Chung Hsing University* no.45 (2011): 153-177.

· Bin-feng Huang, "Perceiving Ariel's 'Invisibility' in *The Tempest*: A Post-Colonial Dialectic of Ariel's Vanishing Identity", *SPECTRUM* no.5 (2009): 55-68.

· Yueh- Ying Chen, "The Mastery of Nature in *The Tempest*: A Deep Ecological Study", *Studies in English Language and Literature* no.9 (2001): 95-104.

· H.H. Chang（張小虹）, "Traffic in Women: Royal Marriage and Imperial Rape in *the Tempest*", NTU Humanitas Taiwanica no.43 (1995): 223-257.

附錄

表一、《暴風雨》原文與臺譯版的跨文化詞彙整理

	莎士比亞原文	李魁賢臺譯版
第一幕 第二景	You have often Begun to tell me what I am, but stopped And left me to a bootless inquisition,…… （1.2 33-35）	妳迷迷 才要加我講我的身分，就統復恬去。 放給我安怎問也無採工。（頁 19）
	To think but nobly of my grandmother. Good wombs have borne bad sons. （1.2 118-119）	阿媽敢有做過甚麼歹德行，若無 好竹那會出這種歹筍。（頁 29）

	To cry to th' sea that roared to us, to sigh To th' winds whose pity, sighing back again, Did us but loving wrong.（1.2 149-151）	害我向嗎嗎哮的海大哭，對風吐大心氣，風同情咱用怨嘆回應遂顛倒加強咱的痛苦。（頁 33）
	There's nothing ill can dwell in such a temple. If the ill spirit have so fair a house, Good things will strive to dwell with't. （1.2 459-461）	魔神仔不會住得這款廟，假使魔神仔鬼有此爾帥的茨，好德行也會搶入來住。（頁 67）
第二幕 第一景	He receives comfort like cold porridge. （2.1 10）	他聽安慰的話恰如食冷糜。（頁 75）
	He'd sow't with nettle-seed. Or docks, or mallows.（2.1 138-139）	伊欲被林投籽。或者鹽酸仔草，或者臭籽仔花。（頁 89）
第三幕 第一景	I am a fool To weep at what I am glad of.（3.1 74）	我真戇，歡喜到流目水。（頁 141）
	I am your wife, it you will marry me. If not, I'll die your maid.（3.1 83-84）	你若要娶我，我就做你的姥，若不，我就為你守身到死。（頁 141）
	You may deny me, but I'll be your servant,（3.1 85）	你會使拒絕，但是我要做你的查某嫺。（頁 141）
	My mistress dearest, And I thus humble ever.（3.1 87）	我至親的查某官，我會永遠謙卑。（頁 141）

第三幕 第三景	They have left their viands behind, for we have stomachs. Will't please you taste of what is here? （3.3 41-42）	無要緊，蕫操（chhe chhau）的統流落來矣， 咱有食祿，你試看這是什麼味?（頁165）

——選自真理大學臺灣文學系編《第十五屆臺灣文學家牛津獎暨李魁賢文學學術研討會論文集》

　新北：真理大學人文學院臺灣文學系，2012 年 6 月

輯五◎
研究評論資料目錄

作家生平、作品評論專書與學位論文

專書

1. 李魁賢　臺灣風景詩篇　臺北　教育部兒童讀物出版資金管理委員會　2001年6月　79頁

本書為李魁賢自評其描述臺灣風景詩作的文章集結而成。全書共 8 篇：1.在淡水聽海；2.登七星山；3.遊夢幻湖；4.太平山遇雪；5.花蓮玫瑰石；6.日月潭彩虹處處；7.玉山絕嶺；8.墾丁熱帶公園。

2. 楊四平　中國新即物主義代表詩人李魁賢　鄭州　中國文獻資料出版社　2001年8月　191頁

本書論述李魁賢的詩歌生涯，如何受到里爾克的啟發，並開創臺灣的新即物主義。全書共 13 篇：1.風景的故鄉；2.歲月遺照；3.缺乳的教育；4.第一次與詩歌親密接觸；5.寫詩的發明人；6.一次純粹靈性的散步；7.告別詩歌的浪漫儀式；8.在《笠》下涅槃；9.飛向歐羅巴；10.特立獨行寫作的開始；11.與《笠》一起；12.在焦慮中努力成為；13.里爾克：詩歌和精神的故鄉。正文前附錄楊四平〈李魁賢：當代中國的里爾克〉，正文後附錄楊四平〈留鳥：超越時空的隱喻〉、〈李魁賢書目一覽〉。

3. 鄒建軍等　李魁賢詩歌藝術通論　北京　作家出版社　2002年8月　320頁

另有羅義華、羅勇成、胡靜、劉景蘭合著。本書強調李魁賢詩歌的現實批判性，對其詩歌進行分析與解剖。全文共 7 章：1.李魁賢的詩路歷程；2.李魁賢詩歌精神通論；3.李魁賢詩歌藝術通論；4.李魁賢詩歌美學觀透視；5.李魁賢詩歌批評解析；6.李魁賢的詩歌翻譯論；7.李魁賢詩化散文藝術論。正文後附錄〈李魁賢著譯書目〉、〈李魁賢研究資料索引〉。

4. 彭瑞金編　李魁賢文學國際學術研討會　臺北　行政院文建會　2002年12月　228頁

本書為李魁賢文學國際研討會之論文集，本研討會由文建會循例為 2001 年行政院文化獎得獎者李魁賢所舉辦，於 2002 年 10 月 29—30 日在高雄市中正文化中心召開。全書共收論文 8 篇：1.陳義芝〈李魁賢詩中的現代性〉；2.穆罕默德・法赫魯定〈李魁賢其人其詩〉；3.Dr. M. Fakhruddin〈Dr. Lee Kuei-shien And His Poetry〉；4.托馬斯・肯普〈親密中的陌生，陌生中的親密——從德國人的視角看里爾克的臺灣譯者李魁賢〉；5.陳明台〈風景鮮明的詩——論李魁賢的旅遊詩〉；6.三木直大〈路上的

鬱悶——李魁賢詩上的都市化形象〉；7.許達然〈李魁賢詩的通感〉；8.彭瑞金〈從「文集」論李魁賢的詩路歷程〉；9.江寶釵〈李魁賢詩的閱讀與典律政治〉。正文後附錄〈李魁賢主要創作詩集〉、〈詩數統計〉、〈大事摘要一覽表〉。

5. **應鳳凰主編　　但求不愧我心——閱讀李魁賢　臺北　遠景出版公司　2009 年 12 月　319 頁**

本書為評論李魁賢詩作、詩觀、個人風格並收錄多場座談會內容的專書。全書共 6 輯：1.影像集；2.詩‧生活‧臺灣：王國安〈李魁賢小傳〉；3.論詩觀：李勇吉〈論李魁賢詩中的拈連技巧〉、郭楓〈詩與人的有限和無限——試論李魁賢的人品和詩藝〉、陳玉玲〈空間的詩學——李魁賢新詩研究〉、郭成義〈李魁賢的詩人與批評家的位置〉、莊金國〈以大地為香爐〉、羅義華〈沐瀣中西——論李魁賢所接受的中外文化〉，共 6 篇；4.評詩作：周伯乃〈枇杷樹下的楓堤——論《枇杷樹》〉、莫渝〈誠實的解剖刀——論《臺灣詩人作品論》〉、葉笛〈一顆成長的枇杷樹——論早期三本詩集〉、趙天儀〈孤獨的靈魂——評李魁賢詩集《赤裸的薔薇》〉、應鳳凰〈詩人的社會責任與鄉土情懷——讀《李魁賢詩選》〉、羊子喬〈四十年吟唱大集結——我讀《李魁賢詩集》〉，共 6 篇；5.訪詩話：王國安、李魁賢講；陳瀅州記〈從臺灣意識出發——政治意識與現代詩如何調和？〉、岩上專訪〈飽滿的果實〉、莊紫蓉專訪〈但求不愧我心〉，共 3 篇；6.作家印象：杜文靖〈我所認識的李魁賢和他的二三事〉、李斯棻〈我的爸爸李魁賢〉、莊宜文〈有所變，也有所堅持——李魁賢的文學事業〉，共 3 篇。正文後附錄李魁賢〈心裡有愧〉、〈李魁賢作品評論目錄〉、〈李魁賢文學年表〉。

6. **王國安　　和平‧臺灣‧愛——李魁賢的詩與詩論　臺北　秀威資訊科技公司 2009 年 12 月　280 頁**

本書為《李魁賢現代詩及詩論研究》學位論文出版，全書以整理李魁賢詩學理論架構及探討李魁賢詩歌主題及藝術技巧為主，並且討論李魁賢的臺灣意識政治立場和其對臺灣文學建構的相關問題。全書共 6 章：1.前言：一個活在臺灣的詩人；2.李魁賢的詩學理論；3.李魁賢詩歌主題系統；4.李魁賢詩歌藝術成就；5.李魁賢與臺灣文學的建構；6.李魁賢在臺灣詩壇上的位置。

7. **真理大學人文學院臺灣文學系　　第十五屆臺灣文學家牛津獎暨李魁賢文學學術研討會論文集　臺北　真理大學人文學院臺灣文學系　2012 年 6 月**

本書為李魁賢獲得第 15 屆「臺灣文學牛津獎」，由真理大學為獲獎者舉辦的文學學

術研討會之論文集。全書共 10 篇，收錄：王國安〈「全集」之後——李魁賢 2002—2011 發表詩文探析〉、葉衽榤〈李魁賢雜文的批判性〉、劉振琪〈李魁賢詠物詩析論〉、蔡寬義〈試論李魁賢詩的理性思維〉、林佩蓉〈愛的信仰——李魁賢的文學史觀〉、劉維瑛〈從李魁賢文集探其歷史意義〉、楊淇竹〈茫茫渺渺，恰如親像眠夢——論李魁賢臺譯《暴風雨》中的島嶼空間〉、劉沛慈〈詩情畫藝——談李魁賢文學的應用表現〉、丁威仁〈李魁賢詩論研究〉、陳政彥〈李魁賢詩與詩論中的「社會」——以舒茲現象社會學作為觀察角度〉。正文前附錄蔡寬義〈李魁賢文學年表〉。

8. 李魁賢　　人生拼圖——李魁賢回憶錄　臺北　新北市文化局　2013 年 11 月　1189 頁

本書為李魁賢親自撰寫之個人紀錄，見證作家所思所悟、所見所感與歷史資產。全書共 80 章：1.家世；2.雙親；3.初生之犢；4.誤打誤撞；5.工程與文學之間；6.沾到詩壇邊緣；7.預官入伍；8.在馬祖服役；9.馬祖心錄影；10.工程師生涯；11.臺肥六廠文學氛圍；12.參加笠詩刊社；13.初識里爾克；14.里爾克書信魅力；15.翻譯德語詩；16.派赴瑞士；17.里爾克迷；18.里爾克文庫；19.認識卡夫卡；20.結緣葛拉軾；21.職業的困頓波折；22.踏入發明專利界；23.黑族奧費斯在唱歌；24.詩的轉型；25.里爾克學會；26.里爾克學會會刊；27.智慧專利事務所；28.事務所詩輯；29.時局的悲歌；30.創辦名流初遊美國；31.鄉土情懷總是詩；32.日內瓦國際發明展；33.倫敦博物館巡禮；34.巴黎詩之旅；35.打開政治詩的天空；36.紐倫堡國際發明展；37.創辦發明企業雜誌；38.怎樣保護發明；39.義大利之旅；40.我的新即物主義觀；41.結緣兒童文學；42.國際機場轉機；43.擴展國際詩的視域；44.外向詩的國際關懷；45.亞洲詩人會議；46.美國東部走透透；47.創設名流出版社；48.布魯賽爾世界發明展；49.臺灣詩人作品論；50.臺灣筆會成立；51.大洋洲遊蹤；52.進入中國；53.詩寫中國觀察；54.遊長江三峽；55.北京德語文學會議；56.里爾克在臺灣；57.諾貝爾文學獎風潮；58.葛拉軾的詩；59.遊俄羅斯；60.前進東歐；61.北歐到北極圈；62.推動設立臺灣文學系；63.鼓吹臺灣文學館；64.臺譯臺灣詩選；65.重刊於《百合臺灣》；66.轉進《淡水牛津文藝》；67.藏諸卷宗的餘稿；68.臺文書寫的思考與實踐；69.臺譯莎劇《暴風雨》；70.溯尼羅河而上；71.土耳其地景；72.希臘天空；73.南非巡禮；74.探訪不丹人間仙境；75.從尼泊爾到印度；76.葡西之旅；77.櫻美林東京詩祭；78.諾貝爾文學獎提名；79.餘波盪漾；80.獲行政院文化獎。正文前附錄朱立倫〈市長序〉，正文後附錄〈李魁賢紀年事誌要略〉、〈李魁賢出版書目〉、〈李魁賢作品評論目錄〉。

學位論文

9. 王國安　李魁賢現代詩及詩論研究　高雄師範大學國文學系　碩士論文　李若鶯教授指導　2004 年 7 月　367 頁

本論文以整理李魁賢詩學理論架構及探討李魁賢詩歌主題及藝術技巧為主，並且討論李魁賢的臺灣意識政治立場和其對臺灣文學建構的相關問題。全文共 7 章：1.緒論；2.李魁賢生平及創作歷程；3.李魁賢的詩學理論；4.李魁賢詩歌主題系統；5.李魁賢詩歌藝術成就；6.李魁賢與臺灣文學的建構；7.結論。

10. 張貴松　李魁賢詩研究　成功大學中國文學系　碩士論文　陳昌明教授指導　2006 年 6 月　196 頁

本論文探討戰後一代的詩人李魁賢，歷經政治的現實、社會的蛻變與詩壇的滄桑，其作品內涵與技巧逐漸調整，由現代主義而現實主義，最後結合現實與藝術成為新即物主義，研究其創作詩觀、詩作意象、詩作原型及語言的特徵與風格。全文共 7 章：1.緒論；2.李魁賢生平及其創作歷程；3.李魁賢的創作詩觀；4.李魁賢詩作意象；5.李魁賢詩作原型的探討；6.李魁賢詩作語言的特徵與風格；7.結論。正文後附錄〈李魁賢寫作年表〉、〈李魁賢作品評論引得〉。

11. 陳怡瑾　李魁賢的詩與詩論　靜宜大學中國文學系　碩士論文　趙天儀教授指導　2006 年 6 月　130 頁

本論文以李魁賢的現代詩創作與詩學理論為分析對象，探究詩人自 17 歲發表詩作，至今五十多年的創作詩觀與風格的轉變。並試圖挖掘李魁賢如何以詩意象展現自我與時代意識。全文共 7 章：1.緒論；2.詩人的生平經歷；3.詩風格的承繼與轉變（上篇）；4.詩風格的承繼與轉變（下篇）；5.詩學理論；6.詩藝術的經營；7.結論。

作家生平資料篇目

自述

12. 楓　堤　自序　南港詩抄　臺北　笠詩刊社　1966 年 10 月　〔1〕頁

13. 李魁賢　《南港詩抄》自序　李魁賢文集 6　臺北　行政院文建會　2002 年 10 月　頁 309

14. 楓　堤　後記　枇杷樹　臺北　葡萄園詩社　1964 年 7 月　頁 89—92

15. 楓　堤　　後記　南港詩抄　臺北　笠詩社　1966 年 10 月　頁 54

16. 楓　堤　　詩的問答——楓堤　笠　第 21 期　1967 年 10 月　頁 34

17. 李魁賢　　孤獨的喜悅　笠　第 34 期　1969 年 12 月 15 日　頁 48

18. 李魁賢　　孤獨的喜悅（代自序）　赤裸的薔薇　高雄　三信出版社　1976 年 12 月　頁 1—2

19. 李魁賢　　孤獨的喜悅　人間短歌　臺北　希代書版公司　1987 年 1 月　頁 96—97

20. 李魁賢　　孤獨的喜悅——詩集《赤裸的薔薇》代自序　詩的見證　臺北　臺北縣立文化中心　1994 年 6 月　頁 1—2

21. 李魁賢　　文學與雅量　文壇　第 120 期　1970 年 6 月　頁 15

22. 李魁賢　　文學與雅量　李魁賢文集 7　臺北　行政院文建會　2002 年 10 月　頁 359

23. 李魁賢　　緒言　歐洲之旅　臺北　林白出版社　1971 年 1 月　頁 1—2

24. 李魁賢　　《心靈的側影》序　心靈的側影　臺北　新風出版社　1972 年 1 月　頁 1—2

25. 李魁賢　　後記　心靈的側影　臺北　新風出版社　1972 年 1 月　頁 189

26. 李魁賢　　新風版《心靈的側影》後記　李魁賢文集 3　臺北　行政院文建會　2002 年 10 月　頁 166

27. 李魁賢　　後記　弄斧集　高雄　三信出版社　1976 年 5 月　頁 118—119

28. 李魁賢　　後記　赤裸的薔薇　高雄　三信出版社　1976 年 12 月　頁 166

29. 李魁賢　　《赤裸的薔薇》後記　李魁賢文集 6　臺北　行政院文建會　2002 年 10 月　頁 310

30. 李魁賢　　石牆——後記　笠　第 80 期　1977 年 8 月　頁 10

31. 李魁賢　　詩歷‧詩觀　美麗島詩集　臺北　笠詩刊社　1979 年 6 月　頁 231—232

32. 李魁賢　　靈骨塔及其他[1]　青澀歲月　臺北　爾雅出版社　1980 年 7 月　頁

---

[1]本文後改篇名為〈我的第一本書〉。

89—92

33.　李魁賢　　我的第一本書　詩的紀念冊　臺北　草根出版公司　1998 年 4 月　頁 64—67

34.　李魁賢　　我的第一本書　李魁賢文集 2　臺北　行政院文建會　2002 年 10 月　頁 58—60

35.　李魁賢　　詩的見證　笠　第 105 期　1981 年 10 月　頁 4

36.　李魁賢　　李魁賢的經驗──詩的見證　現代詩入門　臺北　故鄉出版社　1982 年 2 月　頁 217—220

37.　李魁賢　　詩的見證（代序）　李魁賢詩選　臺北　新地出版社　1985 年 7 月　頁 1—5

38.　李魁賢　　自序　詩的見證　臺北　臺北縣立文化中心　1994 年 6 月　〔4〕頁

39.　李魁賢　　詩的見證　李魁賢文集 6　臺北　行政院文建會　2002 年 10 月　頁 3—6

40.　李魁賢　　〈鸚鵡〉　臺灣時報　1982 年 6 月 4 日　12 版

41.　李魁賢　　鸚鵡　飛禽詩篇　臺北　臺灣省政府教育廳　1987 年 12 月　頁 26—35

42.　李魁賢　　〈鸚鵡〉　李魁賢文集 1　臺北　行政院文建會　2002 年 10 月　頁 261—264

43.　李魁賢　　詩人的步伐──《一九八二年臺灣詩選》前言　臺灣時報　1983 年 2 月 25 日　12 版

44.　李魁賢　　詩人的步伐──《一九八二年臺灣詩選》前言　李魁賢文集 6　臺北　行政院文建會　2002 年 10 月　頁 197—203

45.　李魁賢　　詩與文化的交流──關於《亞洲現代詩集》的出版──些感想　臺灣時報　1983 年 3 月 12 日　12 版

46.　李魁賢　　藉物象抒情，賦物象生命　笠　第 125 期　1985 年 2 月　頁 50—51

47. 李魁賢　藉物象抒情・賦物象生命（自剖）　李魁賢詩集／水晶的形成　臺北　笠詩刊社　1986 年 3 月　頁 80—83

48. 李魁賢　三十三年書房夢　自立晚報　1985 年 3 月 22 日　10 版

49. 李魁賢　三十三年書房夢　少男心事　高雄　敦理出版社　1985 年 5 月　頁 32—35

50. 李魁賢　三十三年書房夢　李魁賢文集 2　臺北　行政院文建會　2002 年 10 月　頁 65—67

51. 李魁賢　自由的詩・詩的自由——詩集《水晶的形成》代序　大華晚報　1985 年 10 月 12 日　10 版

52. 李魁賢　代序——自由的詩・詩的自由　李魁賢詩集／水晶的形成　臺北　笠詩刊社　1986 年 2 月　頁 6—8

53. 李魁賢　自由的詩・詩的自由——詩集《水晶的形成》代序　詩的見證　臺北　臺北縣立文化中心　1994 年 6 月　頁 299—301

54. 李魁賢　自由的詩・詩的自由——詩集《水晶的形成》代序　李魁賢文集 6　臺北　行政院文建會　2002 年 10 月　頁 258—260

55. 李魁賢　自序　臺灣詩人作品論　臺北　名流出版社　1987 年 1 月　頁 7—8

56. 李魁賢　名流版《臺灣詩人作品論》序　李魁賢文集 4　臺北　行政院文建會　2002 年 10 月　頁 3—4

57. 李魁賢　粗鄙不是詩　臺灣日報　1987 年 10 月 5 日　12 版

58. 李魁賢　臺灣詩人的反抗精神　文學世界　第 3 期　1988 年 7 月　頁 263—265

59. 李魁賢　臺灣詩人的反抗精神（中）[2]　臺灣文藝　第 113 期　1988 年 9 月　頁 142—145

60. 李魁賢　臺灣詩人的反抗精神　詩的反抗　臺北　新地文學出版社　1992 年 6 月　頁 206—210

---

[2]本文部分自述詩作〈酒瓶蘭〉，並加以分析和敘述其詩觀。

61. 李魁賢　臺灣詩人的反抗精神　李魁賢文集 10　臺北　行政院文建會　2002
　　　年 10 月　頁 165—169

62. 李魁賢　動物、詩與政治[3]　新地文學　第 5 期　1990 年 12 月　頁 10—11

63. 李魁賢　動物、詩與政治　詩的反抗　臺北　新地文學出版社　1992 年 6 月
　　　頁 94—97

64. 李魁賢　動物、詩與政治　李魁賢文集 10　臺北　行政院文建會　2002 年
　　　10 月　頁 75—77

65. 李魁賢　里爾克在臺灣　笠　第 163 期　1991 年 6 月　頁 127—137

66. 李魁賢　觀鳥的種種方式　新地文學　第 8 期　1991 年 6 月　頁 28—32

67. 李魁賢　觀鳥的種種方式　詩的反抗　臺北　新地文學出版社　1992 年 6 月
　　　頁 62—68

68. 李魁賢　觀鳥的種種方式　李魁賢文集 10　臺北　行政院文建會　2002 年
　　　10 月　頁 49—54

69. 李魁賢　編後記　李魁賢詩集・第六冊　臺北　行政院文建會　1991 年 12
　　　月　頁 178—180

70. 李魁賢　詩的選擇——笠詩選《混聲合唱》編後記　笠　第 166 期　1991 年
　　　12 月　頁 125—131

71. 李魁賢　詩的選擇——笠詩選《混聲合唱》編後記　詩的見證　臺北　臺北
　　　縣立文化中心　1994 年 6 月　頁 315—325

72. 李魁賢　詩的選擇——笠詩選《混聲合唱》編後記　李魁賢文集 6　臺北　行
　　　政院文建會　2002 年 10 月　頁 270—278

73. 李魁賢　九重葛　花卉詩篇　臺北　教育部兒童讀物出版資金管理委員會
　　　1992 年 6 月　頁 28—35

74. 李魁賢　木棉花　花卉詩篇　臺北　教育部兒童讀物出版資金管理委員會
　　　1992 年 6 月　頁 36—43

75. 李魁賢　瓜葉菊　花卉詩篇　臺北　教育部兒童讀物出版資金管理委員會

---

[3]本文部分自述詩作〈袋鼠〉，並加以分析和敘述其詩觀。

1992 年 6 月　頁 12—19

76. 李魁賢　　杜鵑花　花卉詩篇　臺北　教育部兒童讀物出版資金管理委員會
1992 年 6 月　頁 20—27

77. 李魁賢　　非洲鳳仙花　花卉詩篇　臺北　教育部兒童讀物出版資金管理委員
會　1992 年 6 月　頁 52—59

78. 李魁賢　　春不老　花卉詩篇　臺北　教育部兒童讀物出版資金管理委員會
1992 年 6 月　頁 60—67

79. 李魁賢　　荷花〔〈夏荷〉〕　花卉詩篇　臺北　教育部兒童讀物出版資金管
理委員會　1992 年 6 月　頁 5—11

80. 李魁賢　　黃蟬　花卉詩篇　臺北　教育部兒童讀物出版資金管理委員會
1992 年 6 月　頁 44—51

81. 李魁賢　　海灣戰爭的詩潮[4]　詩的反抗　臺北　新地文學出版社　1992 年 6
月　頁 123—126

82. 李魁賢　　海灣戰爭的詩潮　李魁賢文集 10　臺北　行政院文建會　2002 年
10 月　頁 98—100

83. 李魁賢　　外向性詩人的三個階段——《臺灣文化秋千》自序　自立晚報　1993
年 1 月 16 日　19 版

84. 李魁賢　　自序——外向性詩人的三個階段　臺灣文化秋千　臺北　稻鄉出版
社　1994 年 6 月　頁 1—4

85. 李魁賢　　外向性詩人的三個階段——《臺灣文化秋千》自序　詩的見證　臺
北　臺北縣立文化中心　1994 年 6 月　頁 327—330

86. 李魁賢　　外向性詩人的三個階段　李魁賢文集 5　臺北　行政院文建會　2002
年 10 月　頁 153—156

87. 李魁賢　　照片檔案　中國時報　1993 年 3 月 17 日　27 版

88. 李魁賢　　照片檔案　童年的夢 1　臺北　時報文化出版公司　1993 年 8 月
頁 132—133

---

[4]本文部分自述詩作〈海灣戰事〉的創作過程。

89. 李魁賢　　　照片檔案　李魁賢文集 7　臺北　行政院文建會　2002 年 10 月　頁 384—385

90. 李魁賢　　　自序　黃昏的意象　臺北　臺北縣立文化中心　1993 年 6 月　〔3〕頁

91. 李魁賢　　　《黃昏的意象》　詩的見證　臺北　臺北縣立文化中心　1994 年 6 月　頁 337—339

92. 李魁賢　　　《黃昏的意象》自序　李魁賢文集 6　臺北　行政院文建會　2002 年 10 月　頁 284—285

93. 李魁賢　　　自序　秋與死之憶　北京　人民文學出版社　1993 年 7 月　〔1〕頁

94. 李魁賢　　　《秋與死之憶》自序　李魁賢文集 6　臺北　行政院文建會　2002 年 10 月　頁 311

95. 李魁賢　　　淡水的詩景　自立晚報　1993 年 10 月 19 日　19 版

96. 李魁賢　　　淡水的詩景　詩的見證　臺北　臺北縣立文化中心　1994 年 7 月　頁 351—355

97. 李魁賢　　　淡水的詩景　李魁賢文集 6　臺北　行政院文建會　2002 年 10 月　頁 294—298

98. 李魁賢　　　我對兒童詩的看法　詩的見證　臺北　臺北縣立文化中心　1994 年 6 月　頁 158—162

99. 李魁賢　　　我對兒童詩的看法　李魁賢文集 6　臺北　行政院文建會　2002 年 10 月　頁 139—146

100. 李魁賢　　　詩人童年中的二二八經驗[5]　中外文學　第 25 卷第 7 期　1996 年 12 月　頁 103—108

101. 李魁賢　　　詩人童年中的二二八經驗　笠　第 198 期　1997 年 4 月　頁 113—121

102. 李魁賢　　　詩人童年中的二二八經驗　李魁賢文集 9　臺北　行政院文建會

[5]本文部分自述創作〈老師失蹤了〉、〈斷橋〉、〈心的化石〉的過程。

2002 年 10 月　頁 16—30

103. 李魁賢　　詩人童年中的二二八經驗——心逐漸凝固為歷史的化石——李魁賢詩〈心的化石〉——李魁賢（1937—）[6]　笠文論選 II：風格的建構　高雄　春暉出版社　2014 年 5 月　頁 231—234

104. 李魁賢　　《愛是我的信仰》序——這是大家的詩　愛是我的信仰——中英對照一百首　臺北　〔劉國棟印〕　1997 年 2 月　頁 9—10

105. 李魁賢　　這是大家的詩——《愛是我的信仰》自序　李魁賢文集 6　臺北　行政院文建會　2002 年 10 月　頁 312—314

106. 李魁賢　　自序　詩的挑戰　臺北　臺北縣立文化中心　1997 年 7 月　〔2〕頁

107. 李魁賢　　《詩的挑戰》自序　李魁賢文集 7　臺北　行政院文建會　2002 年 10 月　頁 238—239

108. 李魁賢　　詩心所在（代序）　詩的紀念冊　臺北　草根出版公司　1998 年 4 月　頁 1—2

109. 李魁賢　　詩心所在（代序）　李魁賢文集 2　臺北　行政院文建會　2002 年 10 月　頁 3—4

110. 李魁賢　　溫柔的美感　民眾日報　2000 年 8 月 17 日　17 版

111. 李魁賢　　自序　溫柔的美感　臺北　桂冠圖書公司　2001 年 2 月　頁 10—11

112. 李魁賢　　詩人近況　八十九年詩選　臺北　臺灣詩學季刊雜誌社　2001 年 4 月　頁 249

113. 李魁賢　　文學精神的皈依　臺灣日報　2001 年 5 月 27 日　21 版

114. 李魁賢　　在淡水聽海　臺灣風景詩篇　臺北　教育部兒童讀物出版資金管理委員會　2001 年 6 月　頁 7—13

115. 李魁賢　　在淡水聽海　李魁賢文集 1　臺北　行政院文建會　2002 年 10 月　頁 207—211

---

[6]作者以第三者角度評論自己的作品。

116. 李魁賢　　登七星山　臺灣風景詩篇　臺北　教育部兒童讀物出版資金管理委員會　2001 年 6 月　頁 16—22

117. 李魁賢　　登七星山　李魁賢文集 1　臺北　行政院文建會　2002 年 10 月　頁 212—216

118. 李魁賢　　遊夢幻胡　臺灣風景詩篇　臺北　教育部兒童讀物出版資金管理委員會　2001 年 6 月　頁 24—33

119. 李魁賢　　遊夢幻胡　李魁賢文集 1　臺北　行政院文建會　2002 年 10 月　頁 217—221

120. 李魁賢　　太平山遇雪　臺灣風景詩篇　臺北　教育部兒童讀物出版資金管理委員會　2001 年 6 月　頁 35—42

121. 李魁賢　　太平山遇雪　李魁賢文集 1　臺北　行政院文建會　2002 年 10 月　頁 222—226

122. 李魁賢　　花蓮玫瑰石　臺灣風景詩篇　臺北　教育部兒童讀物出版資金管理委員會　2001 年 6 月　頁 44—50

123. 李魁賢　　花蓮玫瑰石　李魁賢文集 1　臺北　行政院文建會　2002 年 10 月　頁 227—231

124. 李魁賢　　日月潭彩虹處處　臺灣風景詩篇　臺北　教育部兒童讀物出版資金管理委員會　2001 年 6 月　頁 52—58

125. 李魁賢　　日月潭彩虹處處　李魁賢文集 1　臺北　行政院文建會　2002 年 10 月　頁 232—236

126. 李魁賢　　玉山絕嶺　臺灣風景詩篇　臺北　教育部兒童讀物出版資金管理委員會　2001 年 6 月　頁 60—68

127. 李魁賢　　玉山絕嶺　李魁賢文集 1　臺北　行政院文建會　2002 年 10 月　頁 237—241

128. 李魁賢　　墾丁熱帶公園　臺灣風景詩篇　臺北　教育部兒童讀物出版資金管理委員會　2001 年 6 月　頁 69—77

129. 李魁賢　　墾丁熱帶公園　李魁賢文集 1　臺北　行政院文建會　2002 年 10

月　頁 242—246

130. 李魁賢　不虞之譽　笠　第 225 期　2001 年 10 月　頁〔1〕

131. 李魁賢　《李魁賢詩集》編後記　北縣文化　第 71 期　2001 年 12 月　頁 105

132. 李魁賢　社會責任心──行政院文化獎得獎感言　文學臺灣　第 42 期　2002 年 4 月　頁 6—9

133. 李魁賢　詩人近況　九十年詩選　臺北　臺灣詩學季刊雜誌社　2002 年 5 月　頁 249—250

134. 李魁賢　詩人近況　九十一年詩選　臺北　臺灣詩學季刊雜誌社　2003 年 4 月　頁 263

135. 李魁賢　回想臺灣筆會成立時　臺灣文學評論　第 3 卷第 3 期　2003 年 7 月　頁 23—25

136. 李魁賢　詩人在社會中的角色　文學臺灣　第 48 期　2003 年 10 月 15 日　頁 78—99

137. 李魁賢　詩人在社會中的角色　詩的越境　臺北　臺北縣文化局　2004 年 12 月　頁 169—192

138. 李魁賢　臺灣文學對外交流的回顧與展望──以個人經驗為限　臺灣文學評論　第 4 卷第 2 期　2004 年 4 月　頁 100—133

139. 李魁賢　詩人近況　2003 臺灣詩選　臺北　二魚文化公司　2004 年 6 月　頁 306—307

140. 李魁賢　我的譯詩從《笠》開始　臺灣文學館通訊　第 5 期　2004 年 9 月　頁 51—53

141. 李魁賢　我的譯詩從《笠》開始　詩的幽徑　臺北　臺北縣文化局　2006 年 12 月　頁 53—58

142. 李魁賢　印度詩中之一粟　印度現代詩金庫　高雄　高雄市文化局　2005 年 3 月　頁 1—2

143. 李魁賢　詩人近況　2004 臺灣詩選　臺北　二魚文化公司　2005 年 3 月

頁 266

144. 李魁賢　　石牆子內歷史影像　文訊雜誌　第 237 期　2005 年 7 月　頁 49

145. 李魁賢口述；何醒邦整理　　詩人李魁賢，靈感來自觀察　中國時報　2007
　　　年 5 月 4 日　C3 版

146. 李魁賢　　書序五篇——安魂為曲——漢語詩集《安魂曲》自序　文學臺灣
　　　第 72 期　2009 年 10 月　頁 26—28

147. 李魁賢　　書序五篇——黃昏的時刻已到——漢英雙語詩集《黃昏時刻》自序
　　　文學臺灣　第 72 期　2009 年 10 月　頁 28—29

148. 李魁賢　　自序　黃昏時刻　臺北　秀威資訊科技公司　2010 年 1 月　頁
　　　3—5

149. 李魁賢　　黃昏的時刻已到　黃昏時刻／Сумеречный цас[7]　臺北
　　　EHGBooks 微出版公司　2014 年　頁 i—vi

150. 李魁賢　　黃昏的時刻已到　黃昏時刻／À L'Heure du Crépuscule[8]　臺北
　　　EHGBooks 微出版公司　2015 年　頁 v—viii

151. 李魁賢　　附錄一：心裡有愧　但求不愧我心——閱讀李魁賢　臺北　遠景
　　　出版公司　2009 年 12 月　頁 292—294

152. 李魁賢　　自序　千禧年詩集　臺北　秀威資訊科技公司　2010 年 1 月　頁
　　　3—6

153. 李魁賢　　自序　臺灣意象集　臺北　秀威資訊科技公司　2010 年 1 月　頁
　　　3—4

154. 李魁賢　　自序　安魂曲　臺北　秀威資訊科技公司　2010 年 1 月　頁 3—5

155. 李魁賢　　人生拼圖——李魁賢回憶錄　文學臺灣　第 74 期　2010 年 4 月
　　　頁 62—94

156. 李魁賢　　人生拼圖——李魁賢回憶錄 2　文學臺灣　第 75 期　2010 年 7 月
　　　頁 97—129

---

[7]本書為中俄對照集。
[8]本書為中法對照集。

157. 李魁賢　　人生拼圖──李魁賢回憶錄 3　文學臺灣　第 76 期　2010 年 10 月　頁 92─126

158. 李魁賢　　人生拼圖──李魁賢回憶錄 4　文學臺灣　第 77 期　2011 年 1 月　頁 122─131

159. 李魁賢　　人生拼圖──李魁賢回憶錄 5　文學臺灣　第 78 期　2011 年 4 月　頁 125─146

160. 李魁賢　　人生拼圖──李魁賢回憶錄 6　文學臺灣　第 80 期　2011 年 10 月　頁 121─131

161. 李魁賢　　自序　輪盤　臺北　秀威資訊科技公司　2010 年 10 月　頁 3─4

162. 李魁賢　　自序　靈骨塔及其他　臺北　秀威資訊科技公司　2010 年 10 月　頁 3─4

163. 李魁賢　　自序　我的庭院　臺北　秀威資訊科技公司　2010 年 10 月　頁 3─4

164. 李魁賢　　我翻譯德語詩的簡歷　笠　第 291 期　2012 年 10 月　頁 104─117

165. 李魁賢　　詩的轉型　笠　第 296 期　2013 年 8 月　頁 144─158

166. 李魁賢　　憶出席亞洲詩人會議　鹽分地帶文學　第 49 期　2013 年 12 月　頁 54─64

167. 李魁賢　　自序　天地之間──李魁賢臺華雙語詩集　臺北　秀威資訊科技公司　2014 年 8 月　頁 3─4

168. 李魁賢　　李魁賢小輯──叫醒鳥聲・秋天還是會回頭　詩人・論家的一天　臺北　文史哲出版社　2014 年 10 月　頁 108─115

他述

169. 趙天儀　　笠下影──楓堤　笠　第 19 期　1967 年 6 月　頁 31─33

170. 〔編輯部〕　作家畫像──李魁賢　書評書目　第 25 期　1975 年 5 月　頁 103─104

171. 蕭　蕭　　李魁賢　現代詩入門　臺北　故鄉出版社　1982 年 2 月　頁 115

　　　　　　　　　　　　　—116

172. 李斯棻　　我的爸爸李魁賢　笠　第 139 期　1987 年 6 月　頁 78—79

173. 李斯棻　　我的爸爸李魁賢　但求不愧我心——閱讀李魁賢　臺北　遠景出
　　　　　　版公司　2009 年 12 月　頁 282—284

174.〔編輯部〕　　李魁賢簡介　李魁賢詩集‧第六冊　臺北　行政院文建會
　　　　　　1991 年 12 月　頁 1—3

175.　琳　　　李魁賢害怕得獎　文訊雜誌　第 140 期　1997 年 6 月　頁 75—76

176.〔岩上主編〕　　李魁賢（1937—）　笠下影：1997 笠詩社同仁著譯書目集
　　　　　　臺北　笠詩社　1997 年 8 月　頁 62

177.〔林央敏主編〕　　李魁賢簡介　臺語詩一甲子　臺北　前衛出版社　1998
　　　　　　年 10 月　頁 241

178. 李麗芳　　文學是一生的終點——李魁賢先生及其捐贈文學史料介紹　笠
　　　　　　第 209 期　1999 年 2 月　頁 118—123

179. 郭　楓　　愛是李魁賢的信仰　臺灣時報　2000 年 12 月 4 日　29 版

180.〔蕭蕭主編〕　　詩人近況　八十九年詩選　臺北　臺灣詩學季刊雜誌社
　　　　　　2001 年 4 月　頁 249

181. 林政華　　祝李魁賢得獎　臺灣日報　2001 年 9 月 23 日　23 版

182. 張文輝　　高行健、李魁賢對談文學　聯合報　2001 年 10 月 16 日　26 版

183. 江世芳　　李魁賢體現詩人社會責任　中國時報　2001 年 11 月 1 日　14 版

184. 賴素鈴　　筆耕有成——李魁賢近來獎不完　民生報　2001 年 11 月 4 日　5
　　　　　　版

185. 杜文靖　　我所認識的李魁賢和他的二、三事　北縣文化　第 71 期　2001 年
　　　　　　12 月　頁 100—101

186. 李敏勇　　以詩探索生命，見證社會——李魁賢的側影　臺灣日報　2002 年
　　　　　　1 月 10 日　25 版

187. 鄭清文　　賀李魁賢得文化獎　臺灣日報　2002 年 1 月 14 日　25 版

188. 杜文靖　　從稿紙、原稿到手稿的片片段段〔李魁賢部分〕　幼獅文藝　第

581 期　2002 年 5 月　頁 55

189. 彭瑞金　《李魁賢文集》出版始末　文學臺灣　第 44 期　2002 年 10 月　頁 34—41

190. 彭瑞金　《李魁賢文集》編者序　李魁賢文集 10　臺北　行政院文建會　2002 年 10 月　頁 5—11

191.〔彭瑞金編〕　李魁賢簡介　李魁賢文集 10　臺北　行政院文建會　2002 年 10 月　頁 369—370

192. 林政華　提名諾貝爾文學獎的本土詩人——李魁賢　臺灣新聞報　2002 年 12 月 4 日　9 版

193. 林政華　提名諾貝爾文學獎的本土詩人——李魁賢　臺灣古今文學名家　桃園　開南管理學院通識教育中心　2003 年 3 月　頁 74

194. 王景山　李魁賢　臺港澳暨海外華文作家辭典　北京　人民文學出版社　2003 年 7 月　頁 280—282

195. Simon Patton　Translator's Introduction　Between Islands——Poems by Lee Kuei-Shien　〔美國〕Berkerly　Pacific View Press　2005 年　頁 4 —7

196.〔蕭蕭主編〕　詩人簡介　優游意象世界　臺北　聯合文學出版社　2006 年 6 月　頁 104

197. 施里尼華斯　國際詩刊「李魁賢專輯」編者弁言　笠　第 254 期　2006 年 8 月　頁 175—177

198. 莊紫蓉　李魁賢　面對作家——臺灣文學家訪談錄（一）　臺北　財團法人吳三連臺灣史料基金會　2007 年 4 月　頁 149—151

199.〔鹽分地帶文學〕　前輩作家寫真簿——李魁賢：不學候鳥・追求自由的季節・尋找適應的新土地・寧願・反哺軟弱的鄉土　鹽分地帶文學　第 12 期　2007 年 10 月　頁 18

200. 許俊雅　淡水河流域的文化與文學——淡水河流域的文化——文學中淡水文本的構成類型的作家群——李魁賢（一九三七年—）　續修臺北

縣志‧藝文志第三篇‧文學（上）　臺北　臺北縣政府　2008 年 3 月　頁 13—15

201.〔封德屏主編〕　　李魁賢　2007　臺灣作家作品目錄　臺南　國立臺灣文學館　2008 年 7 月　頁 329

202. 水筆仔　　理性與感性相擁共舞——浪漫科技人李魁賢　源　第 74 期　2009 年 3—4 月　頁 32—43

203. 王國安　　詩‧生活‧臺灣——李魁賢小傳　但求不愧我心——閱讀李魁賢　臺北　遠景出版公司　2009 年 12 月　頁 24—31

204. 杜文靖　　我所認識的李魁賢和他的二三事　但求不愧我心——閱讀李魁賢　臺北　遠景出版公司　2009 年 12 月　頁 278—281

205. 李上儀　　李魁賢——詩的理想實踐者　20 堂北縣文學課——臺北縣文學家採訪小傳　臺北　臺北縣文化局　2009 年 12 月　頁 156—163

206.〔編輯部〕　　李魁賢簡歷　黃昏時刻　臺北　秀威資訊科技公司　2010 年 1 月　頁 316—318

207. 邱斐顯　　李魁賢：要讓臺灣的詩國際化！　人文教育札記　第 251 期　2010 年 5 月　頁 40—46

208. 趙慶華　　作家寫情，文物留情——關於「作家文物珍品展覽」——幼稚園時期的撲滿／李魁賢捐贈　臺灣文學館通訊　第 38 期　2013 年 3 月　頁 43

209. 李昌憲　　李魁賢書房　笠　第 297 期　2013 年 10 月　頁 16—17

訪談、對談

210. 李魁賢等[9]　　八方風雲會中州——現代詩座談會　中華文藝　第 80 期　1977 年 10 月　頁 123—133

211. 莫　渝　　創作與翻譯——李魁賢訪問錄　笠　第 83 期　1978 年 2 月　頁 2 —7

---

[9]主持人：李仙生；與會者：洪醒夫、丁零、趙天儀、周伯乃、陳義芝、張默、管管、楊昌年、洛夫、羅門、蔡源煌、林煥彰、李魁賢；紀錄：楊亭。

212. 莫　渝　　李魁賢訪問錄　走在文學邊緣（下）　臺北　臺灣商務印書館
　　　　1981 年 8 月　頁 366—378

213. 李魁賢等[10]　　現代詩與鄉土文學——座談紀錄　鄉土文學討論集　臺北
　　　〔自行出版〕　1978 年 4 月　頁 788—797

214. 李魁賢，蕭蕭，林煥彰　　三人對談——關於一年來的詩壇　笠　第 95 期
　　　　1980 年 2 月　頁 54—68

215. 李魁賢，李敏勇　　從里爾克到第三世界的詩　笠　第 112 期　1982 年 12 月
　　　　頁 42—43

216. 李魁賢等[11]　　李魁賢作品討論會　文學界　第 7 期　1983 年 8 月　頁 4—17

217. 李魁賢等　　李魁賢作品討論會紀錄　李魁賢詩選　臺北　新地出版社
　　　　1985 年 7 月　頁 193—213

218. 李魁賢，趙天儀；吳俊賢記　　談視覺詩活動　笠　第 125 期　1985 年 2 月
　　　　頁 58—60

219. 李魁賢，趙天儀；吳俊賢記　　談視覺詩活動　詩的見證　臺北　臺北縣立
　　　　文化中心　1994 年 6 月　頁 283—288

220. 吉　也　　自由是文學的靈魂——訪李魁賢　自由時報　1988 年 12 月 23 日
　　　　11 版

221. 吉　也　　自由是文學的靈魂　浮名與務實　臺北　稻鄉出版社　1992 年 3
　　　　月　頁 51—58

222. 李魁賢等[12]　　星火的對晤　臺灣精神的崛起——《笠》詩論選集　高雄　文
　　　　學界雜誌　1989 年 12 月　頁 187—206

223. 李魁賢等[13]　　鄉土與自由——臺灣詩文學的展望　臺灣精神的崛起——
　　　　《笠》詩論選集　高雄　文學界雜誌　1989 年 12 月　頁 207—

---

[10]與會者：巫永福、李魁賢、陳秀喜、李勇吉、黃騰輝、拾虹、趙天儀、李敏勇；紀錄：李永吉。
[11]與會者：陳明台、巫永福、錦連、梁景峰、林宗源、趙天儀、李敏勇、郭成義、李魁賢。
[12]主持人：梁景峰；與會者：桓夫、林亨泰、白萩、趙天儀、林宗源、陳鴻森、岩上、拾虹、李敏勇、陳明台、羅杏、衡榕、鄭炯明、陳秀喜、杜潘芳格、李魁賢、谷風；紀錄：李敏勇。
[13]主持人：梁景峰；與會者：巫永福、陳秀喜、趙天儀、馬為義、李魁賢、陌上桑、林煥彰、喬林、李勇吉、拾虹、莫渝、郭成義、鄭康生；紀錄：李敏勇。

234

224. 李魁賢等[14]　　近三十年來的臺灣詩文學運動暨《笠》的位置　臺灣精神的崛起——《笠》詩論選集　高雄　文學界雜誌　1989 年 12 月　頁248—272

225. 李魁賢等[15]　　《笠》的語言問題　臺灣精神的崛起——《笠》詩論選集　高雄　文學界雜誌　1989 年 12 月　頁 273—280

226. 李魁賢等[16]　　詩與現實——課題與實踐　臺灣精神的崛起——《笠》詩論選集　高雄　文學界雜誌　1989 年 12 月　頁 315—335

227. 李魁賢等[17]　　《藍星》‧《創世紀》‧《笠》三角討論會　臺灣精神的崛起——《笠》詩論選集　高雄　文學界雜誌　1989 年 12 月　頁 350—375

228. 郭　楓　詩人是天生的在野代言人——郭楓訪李魁賢談詩　新地　第 7 期　1991 年 4 月 5 日　頁 6—14

229. 郭　楓　詩人是天生的在野代言人——郭楓訪李魁賢談詩（代序）　詩的反抗　臺北　新地文學出版社　1992 年 6 月　頁 1—12

230. 郭　楓　詩人是天生的在野代言人——郭楓訪李魁賢談詩　李魁賢文集 10　臺北　行政院文建會　2002 年 10 月　頁 3—11

231. 李魁賢等[18]　　本土詩人李魁賢的大陸觀察——李魁賢詩集《祈禱》討論會　笠　第 184 期　1994 年 12 月　頁 114—127

232. 莊紫蓉　當代成名作家訪談錄——訪李魁賢　臺灣新文學　第 10 期　1998 年 6 月　頁 44—54

233. 莊宜文　有所變，也有所堅持——李魁賢的文學事業　文訊雜誌　第 157

---

[14] 主持人：李魁賢、趙天儀、白萩、李敏勇、喬林、羊子喬、桓夫、向陽、郭成義、李弦、李勇吉、宋澤萊、高天生；紀錄：郭成義。

[15] 主持人：桓夫；與會者：錦連、李魁賢、白萩、杜榮琛；紀錄：何麗玲。

[16] 主持人：李敏勇；與會者：趙天儀、李魁賢、陳明台、郭成義；紀錄：吳俊賢。

[17] 主持人：白萩；與會者：羅門、向明、張健、張默、辛鬱、管管、張漢良、張堃、林亨泰、白萩、李魁賢、李敏勇、郭成義、陳明台、季紅、喬林、羅青、向陽；紀錄：陳明台。

[18] 與會者：莫渝、李魁賢、李勇吉、吳玉祥、林耀盛、陳去非、莊紫蓉、莊柏林、陳明誠、陳鴻森、黃荷生、黃恆秋、趙天福、劉天全、戴寶珠、杜潘芳格。

期　1998 年 11 月　頁 72—74

234. 莊宜文　　有所變，也有所堅持——李魁賢的文學事業　但求不愧我心——閱
　　　　　　　讀李魁賢　臺北　遠景出版公司　2009 年 12 月　頁 285—289

235. 李魁賢等[19]　　文學兩國論大家談　福爾摩莎的文豪——鍾肇政文學會議論文
　　　　　　　集　臺北　真理大學臺灣文學系　1999 年 11 月 6 日

236. 岩　上　　飽滿的果實——詩人李魁賢介紹與訪問　笠　第 218 期　2000 年
　　　　　　　8 月　頁 104—115

237. 岩　上　　飽滿的果實——詩人李魁賢介紹與訪問　詩的創發　南投　南投
　　　　　　　縣文化局　2007 年 12 月　頁 263—276

238. 岩　上　　飽滿的果實　但求不愧我心——閱讀李魁賢　臺北　遠景出版公
　　　　　　　司　2009 年 12 月　頁 208—219

239. 李魁賢等[20]　　不同視野——文學家與音樂家的閱讀經驗　聯合文學　第 206
　　　　　　　期　2001 年 12 月　頁 72—78

240. 曹銘宗　　李魁賢——好詩在質，不在技巧　聯合報　2001 年 10 月 1 日　14
　　　　　　　版

241. 林盛彬　　專訪 2002 年諾貝爾文學獎候選人李魁賢　笠　第 225 期　2001 年
　　　　　　　10 月　頁 66—81

242. 虹　風　　聽見聲音之前，先找到文學　自由時報　2001 年 10 月 16 日　39
　　　　　　　版

243. 張素貞　　臺灣文學理論先驅——葉石濤先生臺灣師大人文講席側記〔李魁
　　　　　　　賢部分〕　國文天地　第 200 期　2002 年 1 月　頁 21—22

244. 張素貞　　臺灣文學理論先驅葉石濤先生——臺灣師大人文講席側記〔李魁
　　　　　　　賢部分〕　葉石濤全集・隨筆卷七　臺南，高雄　國立臺灣文學
　　　　　　　館，高雄市文化局　2008 年 3 月　頁 401—404

---

[19]與會者：李敏勇、李喬、李魁賢、施正峰、陳萬益。
[20]主持人：成英姝；與會者：高行健、陳郁秀、李魁賢；紀錄：李欣倫。

245. 李魁賢等[21]　　如何推廣臺灣文學作品（上、中、下）　臺灣日報　2002 年 3
月 5 日　25 版

246. 李魁賢等[22]　　日治時期詩人談詩　陳千武詩走廊散步　臺中　臺中市文化局
2003 年 8 月　頁 71—87

247. 李魁賢等[23]　　中書外譯，臺灣文化大國的願景——臺灣文學外譯問題座談會
臺灣日報　2004 年 2 月 3 日　25 版

248. 王鴻坪　　一葉桂冠幾段心語——詩人李魁賢　淡水生活風情　臺北　城邦
文化公司　2004 年 3 月　頁 165—180

249. 林秀美　　訪問李魁賢先生　鄭烱明及其詩作研究　高雄師範大學國文學系
國文教學碩士班　碩士論文　林文欽教授指導　2004 年 12 月　頁
409—414

250. 蔡依伶　　家在臺北，李魁賢　印刻文學生活誌　第 17 期　2005 年 1 月　頁
144—151

251. 莊紫蓉　　擊出愛與憧憬的鼓聲　　面對作家——臺灣文學家訪談錄（一）
臺北　財團法人吳三連臺灣史料基金會　2007 年 4 月　頁 152—
173

252. 莊紫蓉　　但求不愧我心——專訪詩人李魁賢（上、下）　臺灣文學評論　第
5 卷第 3—4 期　2005 年 7，10 月　頁 8—33，8—28

253. 莊紫蓉　　但求不愧我心　面對作家——臺灣文學家訪談錄（一）　臺北　財
團法人吳三連臺灣史料基金會　2007 年 4 月　頁 174—244

254. 莊紫蓉專訪　　但求不愧我心——專訪詩人李魁賢　但求不愧我心——閱讀李
魁賢　臺北　遠景出版公司　2009 年 12 月　頁 220—275

255. 莊紫蓉　　但求不愧我心——專訪詩人李魁賢　千禧年詩集　臺北　秀威資

---

[21] 主持人：楊澤；與會者：辻原登、李敏勇、李魁賢、陳雨航、黃武忠；日文翻譯：林水福；紀錄
整理：江敏甄。
[22] 主持人：林亨泰；與會者：林亨泰、楊雲萍、邱淳洗、楊啟東、林精鏐、楊逵、周伯陽、江燦
琳、巫永福、郭啟賢、龍瑛宗、王昶雄、郭水潭、李魁賢、陳金連、趙天儀、杜國清、康原、廖
莫白、李敏勇、黃勁連；策劃紀錄：陳千武。
[23] 主持者：黃武忠；對談：李魁賢、李歐梵、廖炳惠；紀錄：林安妮。

訊科技公司　2010 年 1 月　頁 121—198

256. 趙靜瑜　　詩人李魁賢，欽佩留鳥[24]　自由時報　2005 年 11 月 21 日　A8 版

257. 廖珂奴，余玉琦　　國際詩壇的肯定——詩人李魁賢專訪　乾坤詩刊　第 37
　　　　　　期　2006 年 1 月　頁 6—13

258. 李魁賢，王國安講；陳瀅洲記　　從臺灣意識出發——政治意識與現代詩如
　　　　　　何調和？　明道文藝　第 358 期　2006 年 1 月　頁 60—71

259. 李魁賢，王國安講；陳瀅洲記　　從臺灣意識出發——政治意識與現代詩如
　　　　　　何調和？　漫遊的星空／八場臺灣當代散文與詩的心靈饗宴：國
　　　　　　立臺灣文學館‧第五季週末文學對談　臺南　國立臺灣文學館
　　　　　　2007 年 12 月　頁 34—65

260. 王國安，李魁賢講；陳瀅洲紀錄　　從臺灣意識出發——政治意識與現代詩
　　　　　　如何調和？　但求不愧我心——閱讀李魁賢　臺北　遠景出版公
　　　　　　司　2009 年 12 月　頁 182—207

261. 許俊雅　　李魁賢訪問整理稿　續修臺北縣志‧藝文志第三篇‧文學（上）
　　　　　　臺北　臺北縣政府　2008 年 3 月　頁 268—277

262. 陳文發　　李魁賢的書房——高架橋的兩端　作家的書房　臺北　允晨文化
　　　　　　公司　2014 年 8 月　頁 19—26

263. 紅袖藏雲　　不是不能，而是不為——胸中裝有大宇宙的李魁賢　有荷文學
　　　　　　雜誌　第 19 期　2016 年 4 月　頁 6—9

年表

264. 李魁賢　　作者年譜　赤裸的薔薇　高雄　三信出版社　1976 年 12 月　頁
　　　　　　171—182

265. 〔編輯部〕　　李魁賢寫作年表　文學界　第 7 期　1983 年 8 月　頁 18—33

266. 〔編輯部〕　　李魁賢寫作年表　李魁賢詩集‧第六冊　臺北　行政院文建
　　　　　　會　1991 年 12 月　頁 156—172

267. 李魁賢　　李魁賢寫作年表　黃昏的意象　臺北　臺北縣立文化中心　1993

---

[24]本文為李魁賢接受訪問，回憶自己創作〈留鳥〉的過程及詩作意涵。

年 6 月　〔8〕頁

268. 李魁賢　　李魁賢寫作年表　詩的見證　臺北　臺北縣立文化中心　1994 年
　　　　　　　6 月　〔8〕頁

269. 李魁賢　　李魁賢年表　詩的挑戰　臺北　臺北縣立文化中心　1997 年 7 月
　　　　　　　頁 275—284

270. 笠詩社　　　李魁賢〔年表〕　笠詩社同仁著譯書目集　臺北　笠詩刊社
　　　　　　　1997 年 8 月　頁 62—65

271. 〔彭瑞金編〕　　李魁賢寫作年表　李魁賢文集 10　臺北　行政院文建會
　　　　　　　2002 年 10 月　頁 371—385

272. 〔彭瑞金編〕　　李魁賢主要創作詩集、詩數統計、大事摘要一覽表　李魁
　　　　　　　賢文學國際學術研討會　臺北　行政院文建會　2002 年 12 月　頁
　　　　　　　200—202

273. 〔編輯部〕　　李魁賢寫作年表　詩的越境　臺北　臺北縣文化局　2004 年
　　　　　　　12 月　頁 302—325

274. 李魁賢　　李魁賢寫作年表　詩的幽徑　臺北　臺北縣文化局　2006 年 12 月
　　　　　　　頁 387—415

275. 〔莊金國編〕　　李魁賢寫作生平簡表　李魁賢集　臺南　國立臺灣文學館
　　　　　　　2008 年 12 月　頁 136—139

276. 應鳳凰　　附錄三：李魁賢文學年表　但求不愧我心——閱讀李魁賢　臺北
　　　　　　　遠景出版公司　2009 年 12 月　頁 304—319

277. 李魁賢　　李魁賢紀年事誌要略　人生拼圖：李魁賢回憶錄　臺北　新北市
　　　　　　　文化局　2013 年 11 月　頁 1138—1161

其他

278. 　存　　　李魁賢獲榮後詩獎　臺灣新聞報　1996 年 11 月 1 日　13 版

279. 陳希林　　文資中心籌備處月底將遷往臺南——詩人李魁賢今涓大批史料　中
　　　　　　　國時報　1998 年 10 月 29 日　11 版

280. 曾意芳　　文資中心收藏李魁賢文學史料——下月一日遷新址，強調保存觀

念與新人文空間　中央日報　1998 年 10 月 30 日　18 版

281. 洪麗明　文資中心周日南遷府城——詩壇前輩李魁賢捐珍藏史料給籌備處
中華日報　1998 年 10 月 30 日　5 版

282. 王蘭芬　印度 1997 國際年度詩人獎臺灣得主——李魁賢捐贈珍藏文學史料
民生報　1998 年 10 月 30 日　19 版

283. 李玉玲　李魁賢手稿捐文資中心　聯合報　1998 年 10 月 30 日　14 版

284. 潘　罡　李魁賢捐贈臺灣文學史料　中國時報　1998 年 10 月 30 日　11 版

285. 陳文芬　莎士比亞‧說台語嘛會通　中國時報　1999 年 6 月 3 日　11 版

286. 楊美珍　中研院士李鎮源，獲頒賴和特別獎　自由時報　2001 年 5 月 28 日
6 版

287. 許敏溶　李鎮源榮膺賴和特別獎　中央日報　2001 年 5 月 28 日　14 版

288. 顏文崇　李鎮源獲特別獎，李魁賢獲文學獎　臺灣新聞報　2001 年 5 月 28
日　4 版

289. 潘宴妃　第 10 屆賴和獎，李鎮源獲特別獎——臺大醫生蘇益仁、詩人李魁
賢分獲醫療服務、文學獎　聯合報　2001 年 5 月 28 日　6 版

290. 〔臺灣日報〕　第十屆賴和獎——李鎮源獲特別獎　臺灣日報　2001 年 5
月 28 日　14 版

291. 悟　廣　賴和獎揭曉〔李魁賢獲獎〕　文訊雜誌　第 188 期　2001 年 6 月
頁 62

292. 陳宛蓉　李魁賢獲頒賴和文學獎　文訊雜誌　第 189 期　2001 年 7 月　頁
87—88

293. 李　喬　喜見進軍諾貝爾獎　自由時報　2001 年 8 月 30 日　39 版

294. 曹銘宗　李魁賢角逐諾貝爾文學　聯合報　2001 年 10 月 1 日　14 版

295. 傅銀樵　臺灣詩人李魁賢榮獲諾貝爾文學獎提名　臺灣文藝　第 178 期
2001 年 10 月　頁 4—5

296. 丁榮生　李魁賢、勞思光獲行政院文化獎　中國時報　2001 年 11 月 1 日
14 版

297. 王靖媛　　李魁賢、勞思光獲政院文化獎　國語日報　2001 年 11 月 1 日　2
版

298. 陳玲芳　　李魁賢、勞思光獲政院文化獎　臺灣日報　2001 年 11 年 1 日　23
版

299. 于國華　　哲學大師勞思光、詩人李魁賢將獲頒行政院文化獎　民生報
2001 年 11 月 1 日　A13 版

300. 黃國楨　　詩人李魁賢與哲學家勞思光獲獎　自由時報　2001 年 11 月 1 日
40 版

301. 趙慧琳　　行政院文化獎昨揭曉──李魁賢勞思光獲殊榮　聯合報　2001 年
11 月 2 日　14 版

302. 〔臺灣日報〕　　李魁賢、勞思光獲頒行政院文化獎　臺灣日報　2002 年 1
月 10 日　25 版

303. 丁榮生　　行政院文化獎，哲學家勞思光、詩人李魁賢獲獎　中國時報
2002 年 1 月 12 日　13 版

304. 陳玲芳　　李魁賢、勞思光獲頒文化獎　臺灣日報　2002 年 1 月 12 日　7 版

305. 黃國禎　　肯定李魁賢與勞思光文化貢獻　自由時報　2002 年 1 月 12 日　40
版

306. 〔中華日報〕　　政院文化獎──李魁賢勞思光獲殊榮　中華日報　2002 年
1 月 12 日　8 版

307. 于國華　　哲人詩人獲獎章，舉手投足皆溫潤[25]　民生報　2002 年 1 月 12 日
A13 版

308. 韓文泰　　張揆表揚政院文化獎得主[26]　青年日報　2002 年 1 月 12 日　2 版

309. 郭士榛　　勞思光、李魁賢獲政院文化獎　中央日報　2002 年 1 月 12 日　14
版

310. 李玉玲　　勞思光、李魁賢獲頒行政院文化獎　聯合報　2002 年 1 月 12 日

---

[25]李魁賢獲「行政院文化獎」獎章。
[26]李魁賢獲 2001 年「行政院文化獎」文學獎。

14 版

311. 楊珮欣　　李魁賢獲麥克爾‧默圖蘇丹獎　自由時報　2002 年 4 月 26 日　40 版

312. 陳文芬　　李魁賢、李敏勇、路寒袖三詩人合集日文版九月出版　中國時報　2002 年 6 月 26 日　30 版

313. 盧萍珊　　鹽分文藝營‧李魁賢獲新文學貢獻獎　中華日報　2002 年 8 月 16 日　25 版

314. 〔中央日報〕　吳三連獎李魁賢、郭清治、武山勝殊榮　中央日報　2004 年 11 月 16 日　14 版

315. 曹銘宗　　吳三連獎李魁賢獲桂冠　聯合報　2004 年 11 月 16 日　6 版

316. 丁榮生　　李魁賢、郭清治、武山勝獲吳三連獎　中國時報　2004 年 11 月 16 日　8 版

317. 王琇慧　　李魁賢、郭清治、武山勝獲頒吳三連獎　臺灣日報　2004 年 11 月 16 日　12 版

318. 王蘭芬　　第 27 屆吳三連昨頒獎　民生報　2004 年 11 月 16 日　10 版

319. 莊金國　　滿腹珠璣‧李魁賢詩作絕妙——榮獲吳三連文學獎　新臺灣新聞周刊　第 451 期　2004 年 11 月 13 日　頁 80—81

320. 康俐雯　　本土詩人李魁賢接掌國藝會　自由時報　2005 年 1 月 2 日　5 版

321. 李玉玲　　國藝會董事長李魁賢當選　聯合報　2005 年 1 月 2 日　C7 版

322. 〔中央日報〕　詩人李魁賢任國藝會董座　中央日報　2005 年 1 月 2 日　13 版

323. 紀慧玲　　詩人李魁賢當選國藝會董事長　民生報　2005 年 1 月 2 日　A8 版

324. 洪士惠　　李魁賢獲「吳三連獎」　文訊雜誌　第 231 期　2005 年 1 月　頁 100

325. 嚴小實　　李魁賢（第二十七屆吳三連獎文學獎新詩類得主）　2004 臺灣文學年鑑　臺南　國家臺灣文學館　2005 年 7 月　頁 134

326. 顧敏耀　　李魁賢（1937—）榮膺國藝會董事長　2005 臺灣文學年鑑　臺南

作品評論篇目

綜論

340. 蕭　蕭　　詩人與詩風——李魁賢　臺灣日報　1982 年 6 月 25 日　8 版

341. 蕭　蕭　　詩人與詩風——李魁賢　　現代詩縱橫觀　　臺北　文史哲出版社
　　　　　　　1991 年 6 月　頁 79—80

342. 陳千武　　光復後出發的詩人們——李魁賢　笠　第 112 期　1982 年 12 月
　　　　　　　頁 13

343. 陳明台　　根源的掌握與確認——臺灣現代詩人的鄉愁 2〔李魁賢部分〕　　笠
　　　　　　　第 112 期　1982 年 12 月　頁 22

344. 郭成義　　李魁賢的詩人與批評家的位置　文學界　第 7 期　1983 年 8 月
　　　　　　　頁 38—44

345. 郭成義　　李魁賢的詩人與批評家的位置　李魁賢詩集／水晶的形成　臺北
　　　　　　　笠詩刊社　1986 年 2 月　頁 86—94

346. 郭成義　　李魁賢的詩人與批評家的位置　詩的見證　臺北　臺北縣立文化
　　　　　　　中心　1994 年 6 月　頁 369—378

347. 郭成義　　李魁賢的詩人與批評家的位置　但求不愧我心——閱讀李魁賢　臺
　　　　　　　北　遠景出版公司　2009 年 12 月　頁 104—110

348. 莫　渝　　速寫李魁賢　鍾山詩刊　第 4 期　1985 年 1 月　頁 18—19

349. 莫　渝　　速寫李魁賢　李魁賢詩集／水晶的形成　臺北　笠詩刊社　1986
　　　　　　　年 2 月　頁 84—85

350. 莫　渝　　速寫李魁賢　讀詩錄　苗栗　苗栗縣立文化中心　1992 年 6 月
　　　　　　　頁 121—122

351. 莫　渝　　速寫李魁賢　漫漫隨筆集　苗栗　苗栗縣文化局　2005 年 4 月
　　　　　　　頁 291—292

352. 杜國清　　《笠》與臺灣詩人〔李魁賢部分〕　笠　第 128 期　1985 年 8 月
　　　　　　　頁 62—64

353. 杜國清　　《笠》與臺灣詩人〔李魁賢部分〕　臺灣精神的崛起　高雄　春
　　　　　　　暉出版社　1989 年 12 月　頁 169—173

354. 杜國清　　《笠》與臺灣詩人〔李魁賢部分〕　笠文論選 II：風格的建構

高雄　春暉出版社　2014 年 5 月　頁 128—130

355. 陳千武　光復前後臺灣新詩的演變〔李魁賢部分〕　笠　第 130 期　1985 年 12 月　頁 8—26

356. 旅　人　現實經驗論的藝術功用導向者——李魁賢　笠　第 135 期　1986 年 10 月　頁 111—115

357. 旅　人　現實經驗論的藝術功用導向者——李魁賢　中國新詩論史　臺中　臺中縣立文化中心　1991 年 12 月　頁 214—222

358. 古繼堂　透明的紅蘿蔔——論臺灣詩人李魁賢的詩　文學界　第 25 期　1988 年 2 月　頁 15—31

359. 古繼堂　透明的紅蘿蔔——論臺灣詩人李魁賢的詩　黃昏的意象　臺北　臺北縣立文化中心　1993 年 6 月　頁 114—133

360. 古繼堂　簡論李魁賢的詩　文學世界　第 2 期　1988 年 4 月　頁 285—292

361. 阿　容　在野詩人李魁賢　臺北人　第 10 期　1988 年 6 月　頁 89

362. 古繼堂　反其意而出其新——讀臺灣詩人李魁賢的詩　文學報　1988 年 11 月 3 日　3 版

363. 杜榮根　李魁賢詩歌試析　臺港文譚　1988 年試刊號第 3 期　1988 年 11 月　頁 27

364. 杜榮根　李魁賢詩歌試析　臺灣文藝　第 119 期　1989 年 9 月　頁 69—76

365. 杜榮根　李魁賢詩歌淺析　祈禱　臺北　笠詩刊社　1993 年 6 月　頁 87—98

366. 莫　渝　李魁賢的散文詩　笠　第 150 期　1989 年 4 月　頁 120

367. 古繼堂　李魁賢　臺灣新詩發展史　臺北　文史哲出版社　1989 年 7 月　頁 375—380

368. 翁奕波　臺灣鄉土派《笠》詩人談片——現實經驗論的藝術功用導向者——李魁賢　華文文學　1989 年第 3 期　頁 45—46

369. 鄒建軍　論李魁賢的詩學觀（上、下）　文訊雜誌　第 61—62 期　1990 年 11—12 月　頁 79—82，85—87

370. 鄒建軍　　論李魁賢的詩學觀　祈禱　臺北　笠詩刊社　1993 年 6 月　頁 99
　　　　　　　—116

371. 彭瑞金　　埋頭深耕的年代（一九六〇—一九六九）——臺灣詩的現代化與
　　　　　　　本土化〔李魁賢部分〕　臺灣新文學運動 40 年　臺北　自立晚報
　　　　　　　社　1991 年 3 月　頁 145

372. 鄒建軍　　李魁賢：生命自由潤詩魂[27]　臺港現代詩論十二家　武漢　長江文
　　　　　　　藝出版社　1991 年 4 月　頁 135—148

373. 葉石濤　　六〇年代的臺灣文學〔李魁賢部分〕　臺灣文學史綱　高雄　文
　　　　　　　學界雜誌社　1991 年 9 月　頁 135

374. 葉石濤　　臺灣文學史綱——六〇年代的臺灣文學——無根與放逐〔李魁賢部
　　　　　　　分〕　葉石濤全集·評論卷五　臺南,高雄　國立臺灣文學館,
　　　　　　　高雄市文化局　2008 年 3 月　頁 151

375. 劉登翰　　現實主義詩潮的勃興——林亨泰、白萩、陳千武與「笠」詩人群
　　　　　　　〔李魁賢部分〕　臺灣文學史（下）　福州　海峽文藝出版社
　　　　　　　1993 年 1 月　頁 382

376. 古繼堂　　崇尚傳統和寫實詩人的詩歌理論批評——用剖離法去偽存真的——
　　　　　　　李魁賢　臺灣新文學理論批評史　瀋陽　春風文藝出版社　1993 年
　　　　　　　6 月　頁 374—377

377. 古繼堂　　崇尚傳統和寫實詩人的詩歌理論批評——用剖離法去偽存真的——
　　　　　　　李魁賢　臺灣新文學理論批評史　臺北　秀威資訊科技公司　2009
　　　　　　　年 3 月　頁 375—377

378. 王志健　　詩墾地的園丁——李魁賢　中國新詩淵藪（下）　臺北　正中書
　　　　　　　局　1993 年 7 月　頁 2884—2890

379. 古遠清　　李魁賢的臺灣詩人研究　臺灣當代文學理論批評史　武漢　武漢
　　　　　　　出版社　1994 年 8 月　頁 766—772

---

[27]本文檢討李魁賢詩論，以及其獨特的詩學觀念。全文共 4 小節：1.詩，人生整個生命的交融；2.
自由：詩的靈魂；3.中國新詩：現實主義的自由王國；4.「現實經驗論的藝術功用導向」論。

380. 張超主編　李魁賢　臺港澳及海外華人作家辭典　江蘇　南京大學出版社
1994 年 12 月　頁 227—228

381. 吳潛誠　九十年代臺灣詩人的國際視野〔李魁賢部分〕　臺灣現代詩史論
臺北　文訊雜誌社　1996 年 3 月　頁 511—513

382. 趙天儀　個人意識與社會意識——試論九〇年代李魁賢的詩與詩論　第二
屆臺灣本土文化國際學術研討會　臺北　臺灣師範大學文學院國
文學系，人文教育研究中心主辦　1996 年 4 月 20—21 日

383. 趙天儀　個人意識與社會意識——試論九〇年代李魁賢的詩與詩論　臺灣文
學與社會——第二屆臺灣本土文化國際學術研討會論文集　臺北
臺灣師範大學文學院國文學系，人文教育研究中心　1996 年 4 月
頁 379—389

384. 趙天儀　個人意識與社會意識——試論李魁賢的詩與詩論　笠　第 193 期
1996 年 6 月　頁 88—98

385. 趙天儀　個人意識與社會意識——試論九〇年代李魁賢的詩與詩論　臺灣
現代詩鑑賞　臺中　臺中市立文化中心　1998 年 5 月　頁 141—
162

386. 莫　渝　李魁賢（1937—）　彩筆傳華彩：臺灣譯詩 20 家　臺北　河童出
版社　1997 年 6 月　頁 139—150

387. 王昶雄　郁郁文采北臺灣——第五輯導言〔李魁賢部分〕　日治時期的殖
民教育　臺北　臺北縣立文化中心　1997 年 7 月　〔1〕頁

388. 謝靜國　即詩即性即生活——閱讀李魁賢　1997 年淡水地區藝文、人物誌
田野調查研討會　臺北　淡江大學中國文學研究所　1997 年 10 月
13 日

389. 張香華　從鸚鵡到陀螺——李魁賢詩賞析　笠　第 204 期　1998 年 4 月
頁 113—121

390. 林佳惠　《野風》重要作家作品析論——楓堤　《野風》文藝雜誌研究　臺
灣師範大學國文學系　碩士論文　陳萬益教授指導　1998 年 7 月

頁 128—130

391. Dr. M. Fakhruddin（穆罕默德·法赫魯定）著；李魁賢譯　　封面詩人——李
　　　魁賢　笠　第 206 期　1998 年 8 月　頁 112—115

392. 顏瑞芳　　李魁賢臺語詩的語言象徵　中國現代文學理論季刊　第 11 期
　　　1998 年 9 月　頁 408—420

393. 舒　蘭　　六〇年代詩人詩作——李魁賢　中國新詩史話（四）　臺北　渤
　　　海堂文化公司　1998 年 10 月　頁 111—115

394. 宋澤萊　　從隱喻到明示——試介鄭烱明、李敏勇、李魁賢詩的多種階段、
　　　面貌[28]　臺灣新文學　第 11 期　1998 年 10 月　頁 271—302

395. 陳玉玲　　空間的詩學：李魁賢新詩研究　文學臺灣　第 30 期　1999 年 4 月
　　　頁 178—208

396. 陳玉玲　　空間的詩學——李魁賢新詩研究　臺灣文學的國度：女性·本土·
　　　反殖民論述　臺北　博揚文化公司　2000 年 7 月　頁 161—196

397. 陳玉玲　　空間的詩學——李魁賢新詩研究[29]　但求不愧我心——閱讀李魁賢
　　　臺北　遠景出版公司　2009 年 12 月　頁 82—103

398. 吳潛誠　　抗議詩人李魁賢　島嶼巡航　臺北　立緒文化公司　1999 年 11 月
　　　頁 70—78

399. 羅義華　　李魁賢詩歌的意象系統　笠　第 218 期　2000 年 8 月　頁 81—93

400. 旅　人　　李魁賢情詩與聶魯達情詩的比較　笠　第 218 期　2000 年 8 月
　　　頁 94—103

401. 莫　渝　　李魁賢的「中國觀察」　臺灣新詩筆記　臺北　桂冠圖書公司
　　　2000 年 11 月　頁 251—255

402. 莊金國　　愛與自由的追求——側寫李魁賢　臺灣日報　2001 年 5 月 28 日
　　　23 版

---

[28]本文對笠核心詩人鄭烱明、李敏勇、李魁賢至 1997 年的詩作進行全面分析。全文共 6 小節：1.笠
的核心風貌；2.鄭烱明的新即物主義；3.李魁賢的各種主義及新即物主義；4.總結；5.鄭烱明、李
敏勇、李魁賢與第二波鄉土文學。
[29]本文分析李魁賢詩作中運用的意象探討詩人的個人特質。全文共 5 小節：1.前言；2.陽光與月
光；3.地熱與岩層；4.宇宙樹；5.結論。

403. 羅義華　　沐瀝中西——論李魁賢所接受的中外文化系統　笠　第 223 期　2001 年 6 月　頁 114—128

404. 羅義華　　沐瀝中西——論李魁賢所接受的中外文化[30]　但求不愧我心——閱讀李魁賢　臺北　遠景出版公司　2009 年 12 月　頁 122—137

405. 郭　楓　　詩與人的有限和無限——試論李魁賢的人品和詩藝　文學臺灣　第 39 期　2001 年 7 月　頁 206—241

406. 郭　楓　　詩與人的有限和無限——試論李魁賢的人品和詩藝　美麗島文學評論集　臺北　臺北縣文化局　2001 年 12 月　頁 113—151

407. 羅義華　　論李魁賢詩歌的風格構成　臺灣文學評論　第 1 卷第 2 期　2001 年 10 月　頁 55—69

408. 戴　勝　　李魁賢文學創作大豐收　中國時報　2001 年 11 月 25 日　39 版

409. 莊金國　　中國情境的切片觀察——試論李魁賢的中國記遊詩　北縣文化　第 71 期　2001 年 12 月　頁 102—104

410. 施懿琳　　從笠詩社作品觀察時代背景與詩人創作取向的關係〔李魁賢部分〕　笠　第 226 期　2001 年 12 月　頁 57—99

411. 鄭清文　　賀李魁賢得獎文化獎　臺灣日報　2002 年 1 月 14 日　25 版

412. 胡　靜　　論李魁賢詩歌的抒情性[31]　鄂州大學學報　第 9 卷第 1 期　2002 年 1 月　頁 32—35

413. 胡　靜　　論李魁賢詩歌的抒情性　笠　第 227 期　2002 年 2 月　頁 90—102

414. 胡　靜　　論李魁賢詩歌的藝術技巧　臺灣文學評論　第 2 卷第 2 期　2002 年 4 月　頁 72—84

415. 楊四平　　論從西方「即物主義」到中國「新即物主義」的變遷——里爾克與李魁賢之比較　涪陵師範學院學報　第 18 卷第 1 期　2002 年 1 月　頁 5—16

---

[30]本文解析李魁賢詩作風格、內容特性及其生成原因。全文共 3 小節：1.李魁賢詩歌文化系統的機制要素與特色；2.李魁賢對傳統中國文化系統的繼承；3.李魁賢對域外文化系統的借鑒。

[31]本文後改篇名為〈論李魁賢詩歌的藝術技巧〉。

416. 楊四平　李魁賢與里爾克——論詩歌精神的故事　笠　第 227 期　2002 年 2 月　頁 66—89

417. 莊金國　李魁賢的詩與人　詩與國際交流　臺北　深坑世新會館　2002 年 3 月 8 日　〔25〕頁

418. 劉景蘭　論李魁賢詩歌的藝術個性　臺灣文藝　第 181 期　2002 年 4 月　頁 6—11

419. 應鳳凰　李魁賢的社會責任和鄉土情懷　國語日報　2002 年 6 月 8 日　5 版

420. 羅義華　李魁賢的詩路歷程　李魁賢詩歌藝術通論　北京　作家出版社　2002 年 8 月　頁 1—43

421. 羅義華，胡靜　李魁賢詩歌精神通論　李魁賢詩歌藝術通論　北京　作家出版社　2002 年 8 月　頁 44—83

422. 羅義華，胡靜　李魁賢詩歌藝術通論　李魁賢詩歌藝術通論　北京　作家出版社　2002 年 8 月　頁 84—128

423. 鄒建軍　李魁賢詩歌美學觀透視　李魁賢詩歌藝術通論　北京　作家出版社　2002 年 8 月　頁 129—215

424. 鄒建軍　李魁賢詩歌批評解析　李魁賢詩歌藝術通論　北京　作家出版社　2002 年 8 月　頁 216—267

425. 羅義成　李魁賢的詩歌翻譯論　李魁賢詩歌藝術通論　北京　作家出版社　2002 年 8 月　頁 268—284

426. 劉景蘭　李魁賢詩化散文藝術論　李魁賢詩歌藝術通論　北京　作家出版社　2002 年 8 月　頁 285—300

427. 鄒建軍　論李魁賢的詩歌功能體系觀　臺灣文學評論　第 2 卷第 4 期　2002 年 10 月　頁 103—116

428. 莊金國　李魁賢的詩與人　北縣文化　第 74 期　2002 年 10 月 15 日　頁 32—39

429. 陳義芝　李魁賢詩中的現代性　李魁賢文學國際學術研討會　臺北　行政

院文建會　2002 年 10 月 19—20 日

430. 陳義芝　　李魁賢詩中的現代性　李魁賢文學國際學術研討會論文集　臺北　行政院文建會　2002 年 12 月　頁 1—21

431. Dr. M. Fakhruddin（穆罕默德‧法赫魯定）　　Dr. Lee Kuei-Shien and His Poetry　李魁賢文學國際學術研討　臺北　行政院文建會　2002 年 10 月 19—20 日

432. Dr. M. Fakhruddin（穆罕默德‧法赫魯定）　　Dr. Lee Kuei-shien and His Poetry（李魁賢其人其詩）　李魁賢文學國際學術研討會論文集　臺北　行政院文建會　2002 年 12 月　頁 23—59

433. 托馬斯‧肯普　　親密中的陌生，陌生中的親密——從德國人的視角看里爾克的臺灣譯者李魁賢　李魁賢文學國際學術研討會　臺北　行政院文建會　2002 年 10 月 19—20 日

434. 托馬斯‧肯普　　親密中的陌生，陌生中的親密——從德國人的視角看里爾克的臺灣譯者李魁賢　李魁賢文學國際學術研討會論文集　臺北　行政院文建會　2002 年 12 月　頁 61—78

435. 陳明台　　風景鮮明的詩——論李魁賢的旅遊詩　李魁賢文學國際學術研討會　臺北　行政院文建會　2002 年 10 月 19—20 日

436. 陳明台　　風景鮮明的詩——論李魁賢的旅遊詩　李魁賢文學國際學術研討會論文集　臺北　行政院文建會　2002 年 12 月　頁 79—104

437. 陳明台　　風景鮮明的詩——論李魁賢的旅遊詩　強韌的精神　高雄　春暉出版社　2004 年 11 月　頁 47—76

438. 陳明台　　風景鮮明的詩——論李魁賢的旅遊詩　強韌的精神　高雄　春暉出版社　2005 年 5 月　頁 247—275

439. 陳明台　　風景鮮明的詩——論李魁賢的旅遊詩[32]　逆光的系譜：笠詩社與詩人論　臺北　前衛出版社　2015 年 11 月　頁 330—362

---

[32]本文從旅行文學的角度，分析李魁賢兼為詩人和旅人所形成的精神面。全文共 5 小節：1.緒論；2.「旅」在文學上具備的意味；3.李魁賢的旅遊詩創作；4.「旅遊詩」的特殊世界；5.結語。

440. 三木直大　　路上的鬱悶——李魁賢詩上的都市化形象　李魁賢文學國際學
術研討會　高雄　行政院文建會　2002 年 10 月 19—20 日

441. 三木直大　　路上的鬱悶——李魁賢詩上的都市化形象　李魁賢文學國際學
術研討會論文集　臺北　行政院文建會　2002 年 12 月　頁 105—
120

442. 許達然　　李魁賢詩的通感　李魁賢文學國際學術研討會　高雄　行政院文
建會　2002 年 10 月 19—20 日

443. 許達然　　李魁賢詩的通感　李魁賢文學國際學術研討會論文集　臺北　行
政院文建會　2002 年 12 月　頁 121—141

444. 彭瑞金　　從「文集」論李魁賢的詩路歷程　李魁賢文學國際學術研討會
高雄　行政院文建會　2002 年 10 月 19—20 日

445. 彭瑞金　　從「文集」論李魁賢的詩路歷程　李魁賢文學國際學術研討會論
文集　臺北　行政院文建會　2002 年 12 月　頁 143—164

446. 彭瑞金　　從「文集」論李魁賢的詩路歷程　臺灣文學史論集　高雄　春暉
出版社　2006 年 8 月　頁 77—98

447. 江寶釵　　李魁賢詩的閱讀與典律政治　李魁賢文學國際學術研討會　高雄
行政院文建會　2002 年 10 月 19—20 日

448. 江寶釵　　李魁賢詩的閱讀與典律政治　李魁賢文學國際學術研討會論文集
臺北　行政院文建會　2002 年 12 月　頁 165—199

449. 應鳳凰　　心靈獻給土地與人民的詩人——本土作家李魁賢　小作家　第 106
期　2003 年 2 月　頁 15—17

450. 劉志宏　　「在野」飛翔——詩人李魁賢　2001 臺灣文學年鑑　臺北　行政
院文建會　2003 年 4 月　頁 131—132

451. 劉景蘭　　李魁賢散文的精神形態　河北理工學院學報　第 3 卷第 2 期
2003 年 5 月　頁 132—135

452. 林姿伶　　《笠》重要詩人之二——李魁賢及其作品探討　1964—1977 年
《笠》重要詩人研究　臺南師範學院鄉土文化研究所　碩士論文

龔顯宗教授指導　2003 年 6 月　頁 149—174

453. 盧玲穎　　從詩句中粹煉人性普同價值的詩人　人文教育札記　第 172 期
2003 年 10 月　頁 10—15

454. 李月華　李魁賢用詩愛臺灣　中時晚報　2004 年 11 月 21 日　6 版

455. 郭　楓　　從比較視角論笠詩社的特立風格——詩作比較：光影虛實間的藝
術新定位〔李魁賢部分〕　笠詩社四十週年國際學術研討會論文
集　臺南　國家臺灣文學館籌備處　2004 年 11 月　頁 93—105

456. 楊四平　李魁賢：臺灣的里爾克[33]　20 世紀中國新詩主流　合肥　安徽教
育出版社　2004 年 12 月　頁 284—309

457. 金尚浩　　論戰後第一代笠詩社詩人的特色及其評價——以趙天儀、李魁
賢、杜國清為例[34]　戰後臺灣現代詩研究論集　臺中　晨星出版社
2005 年 3 月　頁 141—166

458. 金尚浩　　論戰後第一代笠詩社詩人的特色及其評價——以趙天儀、李魁賢、
杜國清為例　趙天儀教授榮退紀念文集‧論文集　臺北　富春文化
公司　2007 年 12 月　頁 425—441

459. 莊金國　李魁賢及其詩　文學臺灣　第 54 期　2005 年 4 月　頁 248—264

460. 莊金國　　以大地為香爐‧探索李魁賢的家鄉詩（上、中、下）　臺灣日報
2005 年 7 月 3—5 日　19 版

461. 莊金國　　以大地為香爐——探索李魁賢的家鄉詩[35]　但求不愧我心——閱讀
李魁賢　臺北　遠景出版公司　2009 年 12 月　頁 111—121

462. 陳義芝　　《笠》詩社詩人的現代性——以李魁賢為例[36]　臺灣現代主義詩學

---

[33] 本文論述李魁賢如何受到里爾克的啟發，繼承並開創臺灣的即物主義。全文共 6 小節：1.從新浪漫主義、印象主義到即物主義到新即物主義；2.愛是總主題；3.少女主題；4.生命主題；5.故鄉主題；6.反抗主題。

[34] 本文以趙天儀、李魁賢、杜國清三位作家為例，探討其文學作品反映的時代意義，及探討其融於創作風格中的詩觀。全文共 5 小節：1.前言；2.追求心象的淨化與現實的超脫〔趙天儀〕；3.社會性與藝術性並重的現實經驗〔李魁賢〕；4.在現實的劍鋒邊緣悲愛哀吟的一顆心〔杜國清〕；5.結語。

[35] 本文以詩作分析詩人成長歷程。

[36] 本文以李魁賢為例，論述《笠》詩人的現代性表現。全文共 4 小節：1.重看《笠》詩人；2.現代性的內涵及特徵；3.李魁賢詩中的現代性；4.小結。

流變析論　高雄師範大學國文學系　博士論文　張子良教授指導
2005 年 6 月　頁 83—95

463. 陳義芝　　《笠》詩社詩人的現代性——以李魁賢為例　聲納：臺灣現代主
義詩學流變　臺北　九歌出版社　2006 年 3 月　頁 109—124

464. 辛格（N. P. Singh）　　李魁賢詩中的自白模式——The Confessional Mode in
the poetry of Lee Kuei-Shien　笠　第 253 期　2006 年 6 月　頁 255
—257

465. 阿彌魯定　　分析李魁賢的詩　笠　第 254 期　2006 年 8 月　頁 178—184

466. 陳大為　　臺灣都市詩的發展歷程——第二紀元：罪惡的鋼鐵文明（1958—
1980）〔李魁賢部分〕　20 世紀臺灣文學專題 2：創作類型與主
題　臺北　萬卷樓圖書公司　2006 年 9 月　頁 89—91

467. 古遠清　　從鄉土到本土的「笠集團」——《臺灣當代新詩史》之一節〔李
魁賢部分〕　笠　第 259 期　2007 年 6 月　頁 194

468. 曾萍萍　　Made in Taiwan：《文季》雙月刊內容分析——看！這個世界：新
作家文學表現〔李魁賢部分〕　「文季」文學集團研究——以系
列刊物為觀察對象　中央大學中國文學系　博士論文　李瑞騰教
授指導　2008 年 7 月　頁 247—248

469. 郭　楓　　崢嶸文骨‧蕭颯詩風——七、八〇年代李魁賢詩業析論　「笠與
七、八〇年代臺灣詩壇關係」學術研討會論文集　高雄　春暉出
版社　2008 年 8 月　頁 129—156

470. 金尚浩　　論笠與七、八〇年代現實主義之發展〔李魁賢部分〕　「笠與
七、八〇年代臺灣詩壇關係」學術研討會論文集　高雄　春暉出
版社　2008 年 8 月　頁 174—175

471. 丁威仁　　臺灣本土詩學的建立（上）：七〇年代《笠》詩論研究〔李魁賢
部分〕　戰後臺灣現代詩論　臺中　印書小舖　2008 年 9 月　頁
79—127

472. 丁威仁　　臺灣本土詩學的建立（下）：八〇年代《笠》詩論研究〔李魁賢

部分〕　戰後臺灣現代詩論　臺中　印書小舖　2008 年 9 月　頁
128—191

473.〔莊金國編〕　　解說　李魁賢集　臺南　國立臺灣文學館　2008 年 12 月
頁 118—135

474. 古繼堂　臺灣詩人筆下的新詩理論批評——用剖離法去偽存真的李魁賢　臺
灣新文學理論批評史　臺北　秀威資訊科技公司　2009 年 3 月　頁
375—377

475. 郭　楓　詩與人的有限和無限——試論李魁賢的人品與詩藝[37]　但求不愧我
心——閱讀李魁賢　臺北　遠景出版公司　2009 年 12 月　頁 53
—81

476. 廖偉竣　本省人存在主義文學的代表作家作品分析——李魁賢　臺灣存在
主義文學的族群性研究——以外省人作家與本省人作家為例　中
興大學臺灣文學研究所　碩士論文　徐照華教授指導　2009 年
頁 152—155

477. 洪子誠，劉登翰　　現代主義詩潮的勃興和詩歌藝術的多元並立——笠詩社
詩人群〔李魁賢部分〕　中國當代新詩史　北京　北京大學出版
社　2010 年 5 月　頁 417

478. 丁威仁　李魁賢詩論研究　臺灣文學家牛津獎暨李魁賢文學學術研討會
臺北　真理大學臺灣文學系主辦　2011 年 11 月 26 日

479. 丁威仁　李魁賢詩論研究[38]　第十五屆臺灣文學家牛津獎暨李魁賢文學學術
研討會論文集　臺北　真理大學人文學院臺灣文學系　2012 年 6
月　頁 172—188

480. 丁威仁　李魁賢詩學理論研究　臺灣詩學季刊　第 19 期　2012 年 7 月　頁

---

[37]本文分析李魁賢個人性格及展現於作品中的人生態度。全文共 4 小節：1.愛是他永恆的信仰；2.
從詩的題材評鑑人品；3.從詩的技巧賞析詩藝；4.詩與人的有限和無限。
[38]本文以李魁賢詩作為討論對象，從本體論、意象論、語言論、創作論與詩史論五個角度，系統化
其思維，探究李魁賢詩作的思考意識。全文共 6 小節：1.前言；2.現實主義的藝術導向——本體
論；3.從經驗想像至想像經驗——意象論；3.語言是詩人支配的工具——語言論；5.詩質為體，技
巧為用——創作論；6.結語——兼論李魁賢的詩史觀。

39—66

481. 王國安　「全集」之後——李魁賢 2002—2010 發表詩文探析　臺灣文學家牛津獎暨李魁賢文學學術研討會　臺北　真理大學臺灣文學系主辦 2011 年 11 月 26 日

482. 王國安　「全集」之後——李魁賢 2002—2011 發表詩文探析[39]　第十五屆臺灣文學家牛津獎暨李魁賢文學學術研討會論文集　臺北　真理大學人文學院臺灣文學系　2012 年 6 月　頁 18—37

483. 林佩蓉　愛的信仰——李魁賢的臺灣文學史觀　臺灣文學家牛津獎暨李魁賢文學學術研討會　臺北　真理大學臺灣文學系主辦　2011 年 11 月 26 日

484. 林佩蓉　愛的信仰——李魁賢的臺灣文學史觀[40]　第十五屆臺灣文學家牛津獎暨李魁賢文學學術研討會論文集　臺北　真理大學人文學院臺灣文學系　2012 年 6 月　頁 90—103

485. 陳政彥　李魁賢詩與詩論中的「社會」——以舒茲現象社會學作為觀察角度　臺灣文學家牛津獎暨李魁賢文學學術研討會　臺北　真理大學臺灣文學系主辦　2011 年 11 月 26 日

486. 陳政彥　李魁賢詩與詩論中的社會　臺灣現代詩的現象學批評：理論與實踐　臺北　萬卷樓圖書公司　2011 年 12 月　頁 125—148

487. 陳政彥　李魁賢詩與詩論中的「社會」——以舒茲現象社會學作為觀察角度[41]　第十五屆臺灣文學家牛津獎暨李魁賢文學學術研討會論文集　臺北　真理大學人文學院臺灣文學系　2012 年 6 月　頁 189—203

488. 葉衽榤　李魁賢雜文的批判性　臺灣文學家牛津獎暨李魁賢文學學術研討

---

[39] 本文針對李魁賢 2002 至 2011 年所發表的詩作，進行主題與意識分析。全文共 6 小節：1.享譽國際詩壇的詩人——李魁賢；2.個體意識——徜徉自然的老人；3.自我與臺灣的緊密聯繫；4.兩次政黨輪替過程中的政治詩、文展現；5.促進臺灣文學與國際文壇的交流；6.結語。

[40] 本文從李魁賢詩作中的意識探討其歷史觀點，並歸結其生命之愛與信仰。全文共 4 小節：1.前言：以詩立史；2.偶然與必然——從詩觀到史觀；3.從文化觀到史觀；4.以愛為信仰——小結。

[41] 本文以現象社會學家舒茲的論點來探討李魁賢詩作中的社會意識。全文共 4 小節：1.前言；2.李魁賢論詩中的社會；3.論李魁賢詩中的社會；4.結語：理想社會的追尋。

　　　　　　　　　會　臺北　真理大學臺灣文學系主辦　2011 年 11 月 26 日

489. 葉衽榤　李魁賢雜文的批判性[42]　第十五屆臺灣文學家牛津獎暨李魁賢文學
　　　　　　　學術研討會論文集　臺北　真理大學人文學院臺灣文學系　2012
　　　　　　　年 6 月　頁 38—53

490. 劉沛慈　詩情話藝──談李魁賢詩文學的應用表現　臺灣文學家牛津獎暨
　　　　　　　李魁賢文學學術研討會　臺北　真理大學臺灣文學系主辦　2011
　　　　　　　年 11 月 26 日

491. 劉沛慈　詩情話藝──談李魁賢詩文學的應用表現　第十五屆臺灣文學家
　　　　　　　牛津獎暨李魁賢文學學術研討會論文集　臺北　真理大學人文學
　　　　　　　院臺灣文學系　2012 年 6 月　頁 144—171

492. 劉振琪　李魁賢詠物詩研究　臺灣文學家牛津獎暨李魁賢文學學術研討會
　　　　　　　臺北　真理大學臺灣文學系主辦　2011 年 11 月 26 日

493. 劉振琪　李魁賢詠物詩析論[43]　第十五屆臺灣文學家牛津獎暨李魁賢文學學
　　　　　　　術研討會論文集　臺北　真理大學人文學院臺灣文學系　2012 年
　　　　　　　6 月　頁 54—74

494. 劉維瑛　從李魁賢文集作品探其歷史意識　臺灣文學家牛津獎暨李魁賢文
　　　　　　　學學術研討會　臺北　真理大學臺灣文學系主辦　2011 年 11 月
　　　　　　　26 日

495. 劉維瑛　從李魁賢文集作品探其歷史意識[44]　第十五屆臺灣文學家牛津獎暨
　　　　　　　李魁賢文學學術研討會論文集　臺北　真理大學人文學院臺灣文
　　　　　　　學系　2012 年 6 月　頁 104—118

496. 蔡寬義　試論李魁賢詩的理性思維　臺灣文學家牛津獎暨李魁賢文學學術

---

[42]本文探討李魁賢雜文中的思想與對社會的關懷。全文共 4 小節：1.前言；2.「在野黨式」的政治
批判；3.「生活體驗式」的社會批判；4.結語。
[43]本文探討李魁賢詠物詩中的各種面向。全文共 6 小節：1 前言；2.創作初期的掙扎探索；3.反抗精
神的昂揚；4.飽滿的生命之愛；5.抒情意象的回歸；6.結論。
[44]本文以《李魁賢文集》的文章探討李魁賢筆下所滲透的意識，分析其個人背景、時空環境與所接
觸的友人，做為研究文集內容中歷史意識之依循與存在空間。全文共 5 小節：1.前言；2.歷史意
識產生的條件；3.歷史意識的彰顯與流湍；4.行動詩學底下的思維特質；5.結語。

研討會　臺北　真理大學臺灣文學系主辦　2011 年 11 月 26 日

497. 蔡寬義　試論李魁賢詩的理性思維[45]　第十五屆臺灣文學家牛津獎暨李魁賢
文學學術研討會論文集　臺北　真理大學人文學院臺灣文學系
2012 年 6 月　頁 75—89

498. 戴華萱　邊走路邊跳舞的自由夢境：李魁賢的散文詩研究　臺灣文學家牛
津獎暨李魁賢文學學術研討會　臺北　真理大學臺灣文學系主辦
2011 年 11 月 26 日

499. 戴華萱　邊走路邊跳舞的自由夢境：李魁賢的散文詩研究　臺灣學誌　第
11 期　2015 年 4 月　頁 91—110

500. 王國安　李魁賢旅遊詩探析[46]　高醫通識教育學報　第 6 期　2011 年 12 月
頁 62—82

501. 王國安　李魁賢詩中的「臺灣」[47]　臺灣文學評論　第 12 卷第 3 期　2012
年 7 月　頁 6—28

502. 余昭玟　多元視角——《笠》詩刊的實驗精神——年輕一代詩人——寫譯兼
擅的詩人李魁賢　從邊緣發聲——臺灣五、六〇年代崛起的省籍
作家群　臺南　國立臺灣文學館　2012 年 10 月　頁 272—275

503. 葉衽榤　李魁賢旅行散文的視覺凝視與表述　地景、海景與空間想像國際
研討會　高雄　中山大學人文研究中心主辦　2012 年 11 月 2—3
日

504. 張騰蛟　楓堤：《枇杷樹》　書註　臺北　爾雅出版社　2013 年 11 月　頁
34—35

505. 劉振琪　即物書寫臺灣精神的李魁賢　笠詩社第二世代詩人研究　中山大
學中國文學系　博士論文　陳鴻森教授指導　2013 年　頁 117—

---

[45] 本文從李魁賢的人生哲理、土地之情與臺灣未來，探討李魁賢詩作中的理性思維。全文共 5 小
節：1.前言；2.透視了人生的哲理——充滿愛與行動的理性生活；3.對自己生長土地的情感抒
發；4.對臺灣的現況針砭與未來的期許；5.結論。
[46] 本文以旅遊文學的理論探究李魁賢的旅遊詩。
[47] 本文以李魁賢詩中的「臺灣」為探討主題，進一步探究李魁賢詩作的特色及其臺灣意識。全文共
4 小節：1.前言；2.從「釣魚臺組詩」開始；3.李魁賢詩中的「臺灣」4.結語。

164

506. 陳　謙　　笠下影：《笠》詩刊 50 周年──主編╱編輯特寫：李魁賢　文訊
雜誌　第 344 期　2014 年 6 月　頁 73─75

507. 林明理　　率真的歌聲──讀李魁賢的詩　笠　第 301 期　2014 年 6 月　頁
104─108

508. 嚴敏菁　　論《笠》詩人作品中的時代面貌與創作精神──以趙天儀、白
萩、李魁賢、岩上為例　笠　第 303 期　2014 年 10 月　頁 121─
154

分論
◆單行本作品

論述

《臺灣詩人作品論》

509. 莫　渝　　誠實的解剖刀──《臺灣詩人作品論》讀後　文訊雜誌　第 29 期
1987 年 4 月　頁 272─275

510. 莫　渝　　誠實的解剖刀──《臺灣詩人作品論》讀後　讀詩錄　苗栗　苗
栗縣立文化中心　1992 年 6 月　頁 81─84

511. 莫　渝　　誠實的解剖刀──讀《臺灣詩人作品論》　但求不愧我心──閱讀
李魁賢　臺北　遠景出版公司　2009 年 12 月　頁 149─153

512. 鄭　雪　　給詩評取個榮譽的名稱吧──評《臺灣詩人作品論》　聯合文學
第 32 期　1987 年 6 月　頁 211

513. 古遠清　　為臺灣詩人的研究打開新天地──評李魁賢的《臺灣詩人作品論》
笠　第 158 期　1990 年 8 月　頁 134─136

514. 古遠清　　為臺灣詩人的研究打開新天地──評李魁賢的《臺灣詩人作品論》
海峽兩岸詩論新潮　廣州　花城出版社　1992 年 2 月　頁 89─92

《詩的見證》

515. 古遠清　　李魁賢的詩學觀及其他──讀《詩的見證》　笠　第 184 期　1994

年 12 月　頁 128—130

《詩的挑戰》

516. 劉　捷　　《詩的挑戰》　臺灣新聞報　1997 年 12 月 9 日　13 版

《詩的幽徑》

517. 米納提歐〔莫渝〕　　李魁賢文集《詩的幽徑》　笠　第 258 期　2007 年 4
月　頁 166

詩

《枇杷樹》

518. 紀　弦　　序　枇杷樹　臺北　葡萄園詩社　1964 年 7 月　頁 1—4

519. 陳一山　　《枇杷樹》的欣賞　中華日報　1964 年 8 月 8 日　6 版

520. 柳文哲〔趙天儀〕　　《枇杷樹》　笠　第 3 期　1964 年 10 月　頁 29

521. 趙天儀　　詩壇散步——《枇杷樹》　裸體的國王　臺北　香草山出版社
1976 年 6 月　頁 97—98

《南港詩抄》

522. 柳文哲　　《南港詩抄》　笠　第 16 期　1966 年 12 月　頁 57

523. 趙天儀　　詩壇散步——《南港詩抄》　裸體的國王　臺北　香草山出版社
1976 年 6 月　頁 249—251

524. 陳明台等[48]　　剖視工程師的生活　笠　第 23 期　1968 年 2 月　頁 53—55

《赤裸的薔薇》

525. 趙天儀　　孤獨的靈魂——評李魁賢詩集《赤裸的薔薇》　大學雜誌　第 98
期　1976 年 6 月　頁 153—165

526. 趙天儀　　孤獨的靈魂——評李魁賢詩集《赤裸的薔薇》　赤裸的薔薇　高
雄　三信出版社　1976 年 12 月　頁 153—165

527. 趙天儀　　孤獨的靈魂——評李魁賢詩集《赤裸的薔薇》　時間的對決：臺
灣現代詩評論集　臺北　富春文化公司　2002 年 5 月　頁 175—
188

---

[48]與會者有：陳明台、鐘友聯、龔顯宗、蔣勳、林白楚、許少玲。

528. 趙天儀　孤獨的靈魂——評李魁賢詩集《赤裸的薔薇》　但求不愧我心——閱讀李魁賢　臺北　遠景出版公司　2009 年 12 月　頁 163—171

529. 林鍾隆　讀幾首李魁賢的詩——《赤裸的薔薇》讀後　笠　第 80 期　1977 年 8 月　頁 48—51

530. 陳明台　生和現實的風景——論李魁賢詩集《赤裸的薔薇》　笠　第 82 期　1977 年 12 月　頁 73—77

531. 陳明台　生和現實的風景——論李魁賢詩集《赤裸的薔薇》　抒情的變貌：文學評論集　臺中　臺中市文化局　2000 年 11 月　頁 12—24

532. 趙迺定　析李魁賢《赤裸的薔薇》中數首詩　笠　第 86 期　1978 年 8 月　頁 35—36

《李魁賢詩選》

533. 趙天儀　現代社會的見證——評《李魁賢詩集》[49]　文訊雜誌　第 20 期　1985 年 1 月　頁 212—216

534. 趙天儀　現代社會的見證——評李魁賢著《李魁賢詩集》　時間的對決：臺灣現代詩評論集　臺北　富春文化公司　2002 年 5 月　頁 189—196

535. 應鳳凰　李魁賢的《李魁賢詩選》　臺灣文學花園　臺北　玉山社出版公司　2003 年 1 月　頁 235—241

《水晶的形成》

536. 林鍾隆　兩本詩集的味兒——李魁賢的《水晶的形成》　大華晚報　1987 年 11 月 29 日　11 版

537. 陳千武　愛的念珠——評李魁賢詩集《水晶的形成》　笠　第 144 期　1988 年 4 月　頁 94—97

538. 陳千武　愛的念珠——讀李魁賢詩集《水晶的形成》　臺灣新詩論集　臺北　春暉出版社　1997 年 4 月　頁 283—298

---

[49]本文將被評作品《李魁賢詩選》誤植為《李魁賢詩集》。

《楓葉》

539. 長谷川龍生著；陳千武譯　　路上的托斯卡——序北影一譯李魁賢日文詩集
　　　《楓葉》　笠　第 137 期　1987 年 2 月　頁 74—79

540. 長谷川龍生　　路上のトスカ（序）　楓の葉　大阪　アカデミー書房
　　　1987 年 6 月　頁 8—17

541. 林田春雄著；陳明台譯　　關於李魁賢詩集《楓葉》　笠　第 143 期　1988
　　　年 2 月　頁 82—83

《永久的版圖》

542. 潘亞暾　　祖國、民族、鄉土與藝術個性——讀李魁賢詩歌新作印象　笠　第
　　　188 期　1995 年 8 月　頁 98—101

《秋與死之憶》

543. 劉　捷　　秋與死之懷　臺灣新聞報　1997 年 4 月 8 日　13 版

544. 　鳳　　李魁賢英譯詩集問世　中央日報　1997 年 4 月 9 日　18 版

《愛是我的信仰——中英對照一百首》

545. 陳玲芳　　英譯詩集《愛是我的信仰》今年七月獲國際詩人學會推薦——李
　　　魁賢獲推薦諾貝爾文學獎　臺灣日報　2001 年 9 月 24 日　7 版

《溫柔的美感》

546. Elena Liliana Popescu　　Înăuntrul fiecărei forme…　溫柔的美感[50]　Bucureşti
　　　Editura Pelerin　2006 年　〔1 頁〕

《安魂曲》

547. 莊金國　　礁石傳唱安魂曲・李魁賢歸真返璞　新臺灣新聞周刊　第 593 期
　　　2007 年 8 月 3 日　頁 72—73

548. 莊金國　　李魁賢剛出爐的《安魂曲》　笠　第 260 期　2007 年 8 月　頁
　　　167—168

《黃昏時刻》

---

[50] 本書為羅馬尼亞文譯本。

549. Elena Liliana Popescu   În căutarea esenţei, prin politica iubirii…   黃昏時刻[51]

Bucureşti   Editura Pelerin   2012 年   〔2 頁〕

《李魁賢詩集》

550. 羊子喬   四十年吟唱大集結──我讀《李魁賢詩集》   Taiwan News 財經
文化周刊   第 292 期   2007 年 5 月 31 日   頁 88─89

551. 羊子喬   四十年吟唱大集結，獲得諾貝爾文學獎的提名──《李魁賢詩
集》第一冊評介   孕育臺灣人文意識──50 好書   臺北   前衛出
版社   2007 年 9 月   頁 145─150

552. 羊子喬   四十年吟唱大集結──我讀《李魁賢詩集》   但求不愧我心──閱
讀李魁賢   臺北   遠景出版公司   2009 年 12 月   頁 176─179

553. 羊子喬   四十年吟唱大集結──我讀《李魁賢詩集》   鹽田裡的詩魂──羊
子喬文學評論集 2   臺南   臺南縣文化局   2010 年 10 月   頁 155─
158

《給智利的情詩 20 首》

554. 楊淇竹   「予智利的情詩 20 首」解讀──勿未記得我，情人   臺文戰線   第
38 期   2015 年 4 月   頁 32─35

555. 楊淇竹   勿忘我，情人，情人   給智利的情詩 20 首   臺北   EHGBooks 微
出版公司   2015 年   頁 1─3

傳記

《人生拼圖──李魁賢回憶錄》

556. 莊金國   詩的志工──李魁賢《人生拼圖》   鹽分地帶文學   第 49 期
2013 年 12 月   頁 46─51

557. 楊淇竹   詩的越境──論李魁賢詩學與社會意識（上）   鹽分地帶文學
第 60 期   2015 年 10 月   頁 211─223

558. 楊淇竹   詩的越境──論李魁賢詩學與社會意識（下）   鹽分地帶文學
第 61 期   2015 年 12 月   頁 214─226

---

[51]本書為羅馬尼亞文譯本。

559. 朱立倫　　市長序　人生拼圖：李魁賢回憶錄　臺北　新北市文化局　2013
　　　年 11 月　〔2〕頁

《千禧年詩集》

560. 蔡秀菊　　千禧年回顧──閱李魁賢《千禧年詩集》部分詩作有感　笠　第
　　　299 期　2014 年 2 月　頁 164─168

◆多部作品

《枇杷樹》、《南港詩抄》

561. 林鍾隆　　楓堤的兩本詩集　青溪　第 63 期　1972 年 9 月　頁 119─121

《李魁賢詩集》、《李魁賢文集》

562. 楊斯顯　　《李魁賢詩集》和《李魁賢文集》　2002 臺灣文學年鑑　臺北
　　　行政院文建會　2003 年 9 月　頁 174─176

《輪盤》、《靈骨塔及其他》

563. 王國安　　李魁賢「少作」探析──以《輪盤》、《靈骨塔及其他》為觀察
　　　文本　2012 年華人社會與文化學術研討會　臺中　僑光科技大學
　　　應用華語系主辦　2012 年 1 月 13 日

564. 王國安　　李魁賢《輪盤》、《靈骨塔及其他》之探析　臺灣文學評論　第
　　　12 卷第 2 期　2012 年 4 月　頁 28─44

565. 王國安　　李魁賢《輪盤》、《靈骨塔及其他》之探析　臺灣文學評論　第
　　　12 卷第 2 期　2012 年 4 月　頁 28─44

《南港詩抄》、《赤裸的薔薇》

566. 羅秀美　　當代都市文學「史前史」──1979 年以前臺灣文學中的都市書寫
　　　──宏觀都市詩人的存在意義：羅門與李魁賢的都市詩　文明・
　　　廢墟・後現代──臺灣都市文學簡史　臺南　國立臺灣文學館
　　　2013 年 8 月　頁 78─84

單篇作品

567. 桓夫，林亨泰，詹冰　　作品合評──楓堤作品〔〈焚山記〉〕　笠　第 3
　　　期　1964 年 10 月　頁 26

568. 白　萩　　作品欣賞──〈影子與住宅〉‧楓堤作　笠　第 17 期　1967 年 2 月　頁 38

569. 林亨泰，陳明台，謝秀宗　　詩話錄音〔〈黃昏樹〉部分〕　笠　第 22 期　1967 年 12 月　頁 33

570. 張　默　　從〈秋晚的江上〉到〈時間進行式〉──「七行詩」讀後筆記〔〈黃昏樹〉部分〕　小詩‧牀頭書　臺北　爾雅出版社　2007 年 3 月　頁 186—187

571. 吳夏暉　　談楓堤的那把〈傘〉　笠　第 26 期　1968 年 8 月　頁 61—62

572. 李　覓　　〈清晨一男子〉的解說　噴泉　第 6 期　1970 年 6 月 5 日　頁 20—22

573. 孫　蘇　　現代詩鑑賞舉隅〔〈正午街上的玫瑰〉部分〕　這一代　第 5 期　1970 年 9 月　頁 21—24

574. 張　默　　詩的鑑賞舉隅〔〈正午街上的玫瑰〉部分〕　飛騰的象徵　臺北　水芙蓉出版社　1976 年 9 月　頁 30—32

575. 周伯乃　　枇杷樹下的楓堤〔〈枇杷樹蔭下〉〕　自由青年　第 44 卷第 4 期　1970 年 10 月 1 日　頁 129—135

576. 李勇吉　　吳濁流文學獎、新詩獎評選感言──打破慣例〔〈孟加拉悲歌〉部分〕　臺灣文藝　第 46 期　1975 年 1 月　頁 12

577. 趙天儀　　評審與短論──第三屆吳濁流新詩獎評審有感〔〈孟加拉悲歌〉〕　臺灣文藝　第 46 期　1975 年 1 月　頁 20—21

578. 莊理子　　凝聚與擴散〔〈孟加拉悲歌〉〕　臺灣時報　1977 年 8 月 7 日　12 版

579. 莊理子　　凝聚與擴散〔〈孟加拉悲歌〉〕　笠　第 80 期　1977 年 8 月　頁 51—52

580. 龔顯宗　　無告的眼神──談李魁賢〈孟加拉悲歌〉　笠　第 219 期　2000 年 10 月　頁 142—143

581. 莊金國　　〈叮嚀〉賞析　現代名詩賞析　臺北　心影出版社　1979 年 5 月

頁 33—40

582. 蕭　蕭　　〈叮嚀〉導讀　現代詩導讀（導讀篇二）　臺北　故鄉出版社
　　　 1979 年 11 月　頁 105—106

583. 張中見　　〈叮嚀〉賞析　世界華人詩歌鑑賞大辭典　太原　書海出版社
　　　 1993 年 3 月　頁 379—381

584. 陳義芝　　詩的賞析——李魁賢的〈俘虜〉　詩人季刊　第 13 期　1979 年
　　　 10 月 25 日　頁 28—29

585. 文曉村　　〈陷阱〉評析　寫給青少年的新詩評析一百首（下）　臺北　布
　　　 穀出版社　1980 年 8 月　頁 388—389

586. 文曉村　　〈陷阱〉評析　新詩評析一百首（下）　臺北　黎明文化公司
　　　 1981 年 3 月　頁 430—431

587. 古遠清　　〈陷阱〉賞析　臺港現代詩賞析　鄭州　河南人民出版社　1991
　　　 年 3 月　頁 139—140

588. 姚玉光　　〈陷阱〉賞析　臺灣新詩鑑賞辭典　太原　北岳文藝出版社
　　　 1991 年 12 月　頁 614—617

589. 張中見　　〈陷阱〉賞析　世界華人詩歌鑑賞大辭典　太原　書海出版社
　　　 1993 年 3 月　頁 374—376

590. 趙迺定　　析李魁賢〈鴿子事件〉　笠　第 101 期　1981 年 2 月　頁 45—46

591. 陳千武　　詩人印象——白萩〈擦拭〉　笠　第 112 期　1982 年 12 月　頁
　　　 13

592. 陳千武　　詩人印象——白萩〈擦拭〉　臺灣新詩論集　高雄　春暉出版社
　　　 1997 年 4 月　頁 185—186

593. 姚玉光　　〈擦拭〉賞析　臺灣新詩鑑賞辭典　太原　北岳文藝出版社
　　　 1991 年 12 月　頁 609—611

594. 段　華　　〈擦拭〉賞析　世界華人詩歌鑑賞大辭典　太原　書海出版社
　　　 1993 年 3 月　頁 377—379

595. 李敏勇　　一年一選——〈擦拭〉解說　笠　第 297 期　2013 年 10 月　頁

10

596. 向　明　　〈收藏〉編者按語　七十三年詩選　臺北　爾雅出版社　1985 年
　　　3 月　頁 47

597. 張　默　　〈登山〉編者按語　七十一年詩選　臺北　爾雅出版社　1985 年
　　　6 月　頁 14

598. 蕭　蕭　　〈街道樹〉編者按語　七十二年詩選　臺北　爾雅出版社　1985
　　　年 6 月　頁 127

599. 向　陽　　〈鏡和井〉編者按語　七十五年詩選　臺北　爾雅出版社　1986
　　　年 3 月　頁 171

600. 向　陽　　〈圍巾〉編者按語　七十四年詩選　臺北　爾雅出版社　1986 年
　　　4 月　頁 140

601.〔蕭蕭主編〕　　〈圍巾〉詩作賞析　優游意象世界　臺北　聯合文學出版
　　　社　2006 年 6 月　頁 105

602. 莫　渝　　臺灣新詩之美——李魁賢的〈圍巾〉，表現情愛之融　臺灣詩人
　　　群像　臺北　秀威資訊科技公司　2007 年 5 月　頁 329—330

603. 曾慶瑜　　活得透明——讀〈黑森林的陽光〉　文星　第 113 期　1987 年 11
　　　月　頁 155

604. 林秋舒，陳冠樺，賴旻瑄　　以小見大：〈鸚鵡〉　笠　第 149 期　1989 年
　　　2 月　頁 112—113

605. 邵燕祥　　鸚鵡的聯想〔〈鸚鵡〉〕　笠　第 152 期　1989 年 8 月　頁 127
　　　—129

606. 姚玉光　　〈鸚鵡〉賞析　臺灣新詩鑑賞辭典　太原　北岳文藝出版社
　　　1991 年 12 月　頁 603—606

607. 仇小屏　　新詩藝術論之二——從主題與意象切入〔〈鸚鵡〉部分〕　國文
　　　天地　第 218 期　2003 年 7 月　頁 91

608. 曾琮琇　　玩性大發〔〈鸚鵡〉部分〕　嬉遊記：八〇年代以降臺灣「遊
　　　戲」詩論　成功大學中國文學系　碩士論文　陳昌明教授指導

2006 年 7 月　頁 44

609. 曾琮琇　　玩性大發〔〈鸚鵡〉部分〕　臺灣當代遊戲詩論　臺北　爾雅出
版社　2009 年 1 月　頁 24

610. 岩　上　　論詩的特性——隱喻性〔〈鸚鵡〉部分〕　詩的特性——岩上現代
詩評論集　南投　南投縣政府　2015 年 16 月　頁 17—19

611. 林亨泰等[52]　　臺灣的愛怨情結——兼論李魁賢〈愛情政治學〉、鄭烱明〈一
個男人的觀察〉兩詩　笠　第 153 期　1989 年 10 月　頁 129—
144

612. 林亨泰等　　臺灣的愛怨情結——兼論李魁賢〈愛情政治學〉、鄭烱明〈一
個男人的觀察〉兩詩　林亨泰全集・文學論述卷 6　彰化　彰化縣
立文化中心　1998 年 9 月　頁 294—297

613. 孟　樊　　當代臺灣政治詩學〔〈愛情政治學〉部分〕　當代臺灣政治文學
論　臺北　時報文化出版公司　1994 年 7 月　頁 336—337

614. 利玉芳　　淺談臺灣的愛怨情結〔〈愛情政治學〉部分〕　向日葵　臺南
臺南縣立文化中心　1996 年 6 月　頁 288—294

615. 蔡榮勇等[53]　　以小看大：〈檳榔樹〉　笠　第 158 期　1990 年 8 月　頁 92
—95

616. 古遠清　　〈檳榔樹〉賞析　臺港現代詩賞析　鄭州　河南人民出版社
1991 年 3 月　頁 140—141

617. 古遠清　　〈繁榮〉賞析　臺港現代詩賞析　鄭州　河南人民出版社　1991
年 3 月　頁 137—139

618. 姚玉光　　〈繁榮〉賞析　臺灣新詩鑑賞辭典　太原　北岳文藝出版社
1991 年 12 月　頁 606—609

619. 古遠清　　〈聲音〉賞析　臺港現代詩賞析　鄭州　河南人民出版社　1991

年 3 月　頁 141—143

620. 姚玉光　〈聲音〉賞析　臺灣新詩鑑賞辭典　太原　北岳文藝出版社
1991 年 12 月　頁 611—614

621. 莫　渝　〈秋與死之憶之二〉解說　情願讓雨淋著　臺北　業強出版社
1991 年 9 月　頁 188

622. 陳雋愷等[54]　以小見大：〈麻雀〉　笠　第 167 期　1992 年 2 月　頁 90—
92

623. 李瑞騰　評〈海灣戰事〉　80 年詩選　臺北　爾雅出版社　1992 年 4 月
頁 126—127

624. 林煥彰　悲愴歷史的鏡頭——讀李魁賢〈越南悲歌〉　善良的語言　宜蘭
宜蘭縣文化中心　1992 年 6 月　頁 75—84

625. 李紅兵　賞析〈塔〉　世界華人詩歌鑑賞大辭典　太原　書海出版社
1993 年 3 月　頁 373—374

626. 寧志榮　〈誕生〉賞析　世界華人詩歌鑑賞大辭典　太原　書海出版社
1993 年 3 月　頁 381—382

627. 梅　新　〈荷蘭木鞋〉編者按語　八十二年詩選　臺北　現代詩季刊社
1994 年 6 月　頁 144

628. 吳潛誠　臺灣在地詩人的本土意識及其政治涵義——以《混聲合唱——
「笠」詩選》為討論對象〔〈痲瘋〉部分〕　文學臺灣　第 9 期
1994 年 1 月　頁 208—227

629. 吳潛誠　臺灣在地詩人的本土意識及其政治涵義——以《混聲合唱——
「笠」詩選》為討論對象〔〈痲瘋〉部分〕　當代臺灣政治文學論
臺北　時報文化出版公司　1994 年 7 月　頁 407—408

630. 劉　捷　詩人意象中的魚鳥〔〈鳥不要進來〉部分〕　臺灣新聞報　1994
年 12 月 6 日　19 版

631. 劉　捷　也談〈詩的辯證發展〉　臺灣新聞報　1995 年 1 月 24 日　19 版

---

[54] 合評者：陳雋愷、許哲維、林雅雯、江一帆、莊真瑋、許凱婷、謝文陽、賴怡娟。

632. 梅　新　　〈人的組合〉小評　八十三年詩選　臺北　現代詩季刊社　1995年 5 月　頁 181—182

633. 〔張默，蕭蕭編〕　　〈弦音〉鑑評　新詩三百首（一九一七—一九九五）（上）　臺北　九歌出版社　1995 年 9 月　頁 518—521

634. 池上貞子　　在日月潭的臺灣現代詩與人——參加第五屆亞洲詩人會議〔〈疏濬船〉部分〕　笠　第 190 期　1995 年 12 月　頁 110—111

635. 白　靈　　〈我寫了一首留鳥的詩〉小評　八十四年詩選　臺北　現代詩季刊社　1996 年 5 月　頁 103

636. 吳　當　　生命的大樹——試析李魁賢〈植樹〉　新詩的智慧　臺北　爾雅出版社　1997 年 2 月　頁 57—60

637. 吳　當　　生命的花朵——試析李魁賢〈京都柳櫻〉　新詩的智慧　臺北　爾雅出版社　1997 年 2 月　頁 61—64

638. 吳　當　　生命的春天——試析李魁賢〈梧桐〉　新詩的智慧　臺北　爾雅出版社　1997 年 2 月　頁 65—68

639. 吳　當　　遠離傷碑——試析李魁賢〈碑〉　新詩的智慧　臺北　爾雅出版社　1997 年 2 月　頁 175—178

640. 陳幸蕙　　〈碑〉芬多精小棧　小詩森林：現代小詩選 1　臺北　幼獅文化公司　2003 年 11 月　頁 111

641. 吳　當　　愛與恨——試析李魁賢〈輸血〉　新詩的智慧　臺北　爾雅出版社　1997 年 2 月　頁 161—165

642. 莫　渝　　隨風飄零的花瓣〔〈輸血〉〕　國語日報　1998 年 9 月 10 日　5 版

643. 莫　渝　　笠下的一群——李魁賢〈輸血〉　笠　第 209 期　1999 年 2 月　頁 116—117

644. 莫　渝　　〈輸血〉　笠下的一群；笠詩人作品選讀　臺北　河童出版社　1999 年 6 月　頁 179—181

645. 李敏勇　　迸濺的血跡〔〈輸血〉〕　經由一顆溫柔心：臺灣、日本、韓國

詩散步　臺北　圓神出版社　2007 年 10 月　頁 48—51

646. 楊淇竹　象徵語境〔〈輸血〉部分〕　笠　第 306 期　2015 年 4 月　頁 108

647. 莫　渝　四家散文詩選讀——李魁賢〈陀螺的人生〉　笠　第 197 期　1997 年 2 月　頁 103—104

648. 莫　渝　〈陀螺的人生〉賞析　閱讀臺灣散文詩　苗栗　苗栗縣立文化中心　1997 年 12 月　頁 189—192

649. 張　默　從余光中到許悔之——《年度詩選》入選二十一家詩作小評——李魁賢的〈山上的秋千〉　臺灣現代詩概論　臺北　爾雅出版社　1997 年 5 月　頁 325

650. 陳千武　〈不會唱歌的鳥〉　詩的啟示　南投　南投縣立文化中心　1997 年 5 月　頁 45—47

651. 李漢偉　偏向「見證／控訴」的記錄〔〈留鳥〉部分〕　臺灣新詩的三種關懷　臺北　駱駝出版社　1997 年 10 月　頁 54—55

652. 曾貴海　新生與啟航〔〈留鳥〉部分〕　戰後臺灣反殖民與後殖民詩學　臺北　前衛出版社　2006 年 6 月　頁 120—121

653. 張雙英　百家爭鳴（六〇、七〇年代）——笠詩社——「笠」詩社詩人及其作品〔〈留鳥〉部分〕　二十世紀臺灣新詩史　臺北　五南圖書出版公司　2006 年 8 月　頁 269—271

654. 張雙英　八〇年代：多元現象——八〇年代新詩的特色與成果——政治詩〔〈留鳥〉部分〕　二十世紀臺灣新詩史　臺北　五南圖書出版公司　2006 年 8 月　頁 370—372

655. 吳　當　天地山水好入詩——試析李魁賢〈薩摩斯島〉　中央日報　2000 年 1 月 19 日　25 版

656. 吳　當　天地山水好入詩——試析李魁賢〈薩摩斯島〉　拜訪新詩　臺北　爾雅出版社　2001 年 2 月　頁 189—194

657. 向　明　〈薩摩斯島〉賞析　八十六年詩選　臺北　現代詩季刊社　1998

年 5 月　頁 94—95

658. 〔孟樊編〕　　紀遊詩〔〈薩摩斯島〉部分〕　旅行文學讀本　臺北　揚智
文化公司　2004 年 3 月　頁 142

659. 林央敏　　〈日日春〉導讀　臺語詩一甲子　臺北　前衛出版社　1998 年 10
月　頁 217

660. 胡民祥　　〈港邊〉導讀　臺語詩一甲子　臺北　前衛出版社　1998 年 10 月
頁 103

661. 陳義芝　　〈飛蚊症〉賞析　八十七年詩選　臺北　創世紀詩雜誌社　1999
年 6 月　頁 37—38

662. 唐　捐　　〈飛蚊症〉評析　臺灣現代文學教程：當代文學讀本　臺北　二
魚文化公司　2002 年 8 月　頁 65—68

663. 李敏勇　　鐵絲網還留在安全島上〔〈歲末〉〕　自由時報　1999 年 8 月 12
日　41 版

664. 李敏勇　　鐵絲網還留在安全島上〔〈歲末〉〕　臺灣詩閱讀——探觸五十
位臺灣詩人的心　臺北　玉山社出版公司　2000 年 9 月　頁 88—
90

665. 張　默　　〈三位一體〉解析　天下詩選 2：1923—1999 臺灣　臺北　天下
遠見出版公司　1999 年 9 月　頁 165—168

666. 張　默　　從錦連到紀小樣——《天下詩選》入選詩作十四家小評——李魁賢
〈三位一體〉　臺灣現代詩筆記　臺北　三民書局　2004 年 1 月
頁 298—299

667. 蕭　蕭　　臺灣海洋詩的美學特質——以海為生活經驗之拓本〔〈海邊暮情〉
部分〕　臺灣詩學季刊　第 22 期　1999 年 12 月　頁 43

668. 張　默　　繁華再現——讀一月「臺灣日日詩」〔〈雞蛋花〉部分〕　臺灣
日報　2000 年 2 月 10 日　31 版

669. 游　喚　　清涼有詩——評五月份「臺灣日日詩」（1—4）〔〈五月〉部分〕

55 臺灣日報 2000 年 6 月 22—25 日 35 版

670. 郭　楓　湧流不息的青春原泉——初讀李魁賢〈五月〉二十首　北縣文化
第 71 期　2001 年 12 月　頁 94—99

671. 郭　楓　湧流不息的青春原泉——初讀李魁賢〈五月〉二十首　美麗島文
學評論續集　臺北　臺北縣文化局　2003 年 12 月　頁 2—17

672. 焦　桐　評〈五月的意象〉　九十一年詩選　臺北　臺灣詩學季刊雜誌社
2003 年 4 月　頁 60

673. 焦　桐　遇見一首詩（11 首）〔〈五月的意象〉部分〕　臺港文學選刊
第 223 期　2005 年 6 月　頁 48

674. 陳玉玲　二二八的新詩世界〔〈心的化石〉部分〕　臺灣文學的國度：女
性‧本土‧反殖民論述　臺北　博揚文化公司　2000 年 7 月　頁
92—95

675. 林亨泰　李魁賢的〈鼓聲〉　笠　第 218 期　2000 年 8 月　頁 79—80

676. 蕭　蕭　〈老實話〉編者按語　八十九年詩選　臺北　臺灣詩學季刊雜誌
社　2001 年 4 月　頁 28

677. 洪淑苓　風土、風味與風情——十二月《臺灣日日詩》讀後（下）〔〈玉
山絕嶺〉部分〕　臺灣日報　2002 年 1 月 21 日　25 版

678. 洪淑苓　風土、風味與風情——二〇〇一年十二月份《臺灣日日詩》讀後
〔〈玉山絕嶺〉部分〕　現代詩新版圖　臺北　秀威資訊科技公
司　2004 年 9 月　頁 145

679. 向　陽　〈玉山絕嶺〉編者案語　九十年詩選　臺北　臺灣詩學季刊雜誌
社　2002 年 5 月　頁 121

680. 陳沛淇　〈玉山絕嶺〉隨詩去旅遊　風櫃上的演奏會——讀新詩遊臺灣
（自然篇）　臺北　幼獅文化公司　2007 年 6 月　頁 77—79

681. 莊金國　史詩的交響〔〈二二八安魂曲〉〕　文學臺灣　第 45 期　2003 年
1 月　頁 28—31

---

55 〈五月〉為一系列 20 首的組詩，每首詩標題皆不同。

682. 莊金國　　　史詩的交響〔〈二二八安魂曲〉〕　安魂曲　〔自行出版〕
　　　　　　　　2007 年 6 月　頁 126—129

683. 莊金國　　　史詩的交響〔〈二二八安魂曲〉〕　安魂曲　臺北　秀威資訊科
　　　　　　　　技公司　2010 年 1 月　頁 175—180

684. 蘇紹連　　　詩人的警戒線之外——讀七月「臺灣日日誌」（上、下）〔〈SARS
　　　　　　　　焦慮症〉部分〕　臺灣日報　2003 年 8 月 14—15 日　25 版

685. 李敏勇　　　〈沙漠〉解說　啊，福爾摩沙！　臺北　本土文化公司　2004 年
　　　　　　　　1 月　頁 59

686. 〔向陽編〕　　〈石頭論〉賞析　2003 臺灣詩選　臺北　二魚文化公司
　　　　　　　　2004 年 6 月　頁 138—143

687. 陳義芝　　　〈克里希納〉賞析　2004 臺灣詩選　臺北　二魚文化公司　2005
　　　　　　　　年 3 月　頁 102

688. 金尚浩　　　戰後現代詩人的臺灣想像與現實〔〈土地的愛〉部分〕　第四屆
　　　　　　　　臺灣文化國際學術研討會論文集：臺灣思想與臺灣主體性　臺北
　　　　　　　　臺灣師範大學臺灣文化及語言文學研究所　2005 年 10 月　頁 276

689. 李若鶯　　　導讀——李魁賢〈「愛」字〉　鹽分地帶文學　第 1 期　2005 年
　　　　　　　　11 月　頁 187

690. 蕭　蕭　　　李魁賢〈白千層〉賞析　揮動想像翅膀　臺北　聯合文學出版社
　　　　　　　　2006 年 6 月　頁 78—81

691. 李若鶯　　　導讀〈形象——觀魏樂唐先生抽象畫〉　鹽分地帶文學　第 4 期
　　　　　　　　2006 年 6 月 1 日　頁 214

692. 莫　渝　　　〈水晶的形成〉評析　臺灣詩人群像　臺北　秀威資訊科技公司
　　　　　　　　2007 年 5 月　頁 349

693. 莫　渝　　　〈成吉思汗的夢〉評析　臺灣詩人群像　臺北　秀威資訊科技公
　　　　　　　　司　2007 年 5 月　頁 352—353

694. 焦　桐　　　〈鳥鳴八音〉作品賞析　2006 臺灣詩選　臺北　二魚文化公司
　　　　　　　　2007 年 7 月　頁 262

695. 莫　渝　〈臺灣水韭〉作品賞析　閱讀文學地景‧新詩卷　臺北　行政院
文建會　2008 年 4 月　頁 59—60

696. 阮美慧　現實的高音：《笠》於七〇年代中期以降「本土詩學」的奠定與
表現（1976—1988）〔〈落單飛行〉部分〕　「笠與七、八〇年
代臺灣詩壇關係」學術研討會論文集　高雄　春暉出版社　2008
年 8 月　頁 388—389

697. 李敏勇　〈遺照——紀念父親〉作品導讀　青少年臺灣文庫 2——新詩讀本
3：天門開的時候　臺北　國立編譯館　2008 年 12 月　頁 71

698. 李敏勇　〈百年胎記〉作品導讀　青少年臺灣文庫 2——新詩讀本 4：我有
一個夢　臺北　國立編譯館　2008 年 12 月　頁 7

699. 李敏勇　〈盆景〉作品導讀　青少年臺灣文庫 2——新詩讀本 4：我有一個
夢　臺北　國立編譯館　2008 年 12 月　頁 85

700. 李敏勇　一年一選——〈甘蔗〉　笠　第 296 期　2013 年 8 月　頁 13—14

701. 李敏勇　傷口的花——臺灣現代詩中的白色恐怖顯影〔〈老師失蹤了〉部
分〕　烈焰‧玫瑰——人權文學‧苦難見證　臺北　國家人權博
物館籌備處　2013 年 12 月　頁 252—255

702. 喬　林　李魁賢的〈記事〉為苦澀的人生增添了甚多甜味　人間福報
2011 年 8 月 29 日　15 版

703. 喬　林　李魁賢的〈記事〉　笠　第 297 期　2013 年 10 月　頁 118—120

704. 林盛彬　笠詩社的現實主義美學——「笠」的現實主義〔〈酒瓶蘭〉部
分〕　笠文論選 II：風格的建構　高雄　春暉出版社　2014 年 5
月　頁 368—369

705. 林盛彬　現代性與現實性——《笠》詩刊五十年的詩論特質〔〈詩人之
死〉部分〕　笠　第 303 期　2014 年 10 月　頁 110—113

706. 林　鷺　閱讀李魁賢〈龍蝦脫殼〉　笠　第 305 期　2015 年 2 月　頁 180

多篇作品

707. 陳千武　作品的感想〔〈水上〉、〈雪夜〉、〈教堂墓園〉部分〕　笠

第 19 期　1967 年 6 月　頁 21

708. 張　默　〈正午街上的玫瑰〉、〈俘虜〉編者的按語　感月吟風多少事　臺北　爾雅出版社　1982 年 9 月　頁 347

709. 陳千武　〈記事〉、〈輸血〉賞析　當代臺灣詩人選一九八三卷　臺北　金文圖書公司　1984 年 5 月　頁 68—69

710. 流沙河　李魁賢五首〔〈繁榮〉、〈叮嚀〉、〈陷阱〉、〈聲音〉、〈遺照〉〕　臺灣中年詩人十二家　重慶　重慶出版社　1988 年 7 月　頁 12—20

711. 張　默　〈山上的秋千〉、〈碑〉編者按語　八十一年詩選　臺北　現代詩季刊社　1993 年 6 月　頁 42

712. 陳玉玲　瘖瘂的情結：《混聲合唱——「笠」詩選》的不平之鳴〔〈鸚鵡〉、〈留鳥〉、〈我一定要告訴你〉部分〕　文學臺灣　第 15 期　1995 年 7 月　頁 144—166

713. 陳玉玲　瘖瘂的情結：《混聲合唱——「笠」詩選》的不平之鳴〔〈鸚鵡〉、〈留鳥〉、〈我一定要告訴你〉部分〕　臺灣文學的國度：女性・本土・反殖民論述　臺北　博揚文化公司　2000 年 7 月　頁 202—225

714. 李敏勇　我的朋友還在監獄裡〔〈鸚鵡〉、〈留鳥〉〕　綻放語言的玫瑰　臺北　玉山社出版公司　1997 年 1 月　頁 49—55

715. 李敏勇　我的朋友還在監獄裡〔〈鸚鵡〉、〈留鳥〉〕　文學臺灣　第 22 期　1997 年 4 月 5 日　頁 23—28

716. 李敏勇　傷口的花——臺灣詩的二二八記憶與發現（上）〔〈在關緊的門窗縫隙間〉、〈老師失蹤了〉、〈斷橋〉部分〕　自立晚報　1997 年 2 月 22 日　14 版

717. 吳　當　活躍與希望——試析李魁賢〈晨景〉、〈晨曦〉、〈晨工〉　新詩的智慧　臺北　爾雅出版社　1997 年 2 月　頁 35—40

718. 劉國棟　透視臺灣繁榮的背後〔〈夢〉、〈島嶼臺灣〉、〈百年胎記〉、

〈祈禱〉〕　笠　第 212 期　1999 年 8 月　頁 140—143

719. 陳玉玲　李魁賢〈檳榔樹〉、〈紅蘿蔔〉、〈弦音〉、〈白髮蘚〉、〈相思陶〉、〈圍巾〉導讀　臺灣文學讀本（一）　臺北　玉山社出版公司　2000 年 11 月　頁 240—241

720. 黃濟華　深邃的詩思、感人的詩情——李魁賢海洋詩三首賞析〔〈島嶼臺灣〉、〈港邊〉、〈我們的國土〉〕　中國海洋文學大系：二十世紀海洋詩精品賞析選集　臺北　詩藝文出版社　2002 年 4 月　頁 351—352

721. 岩　上　花飛減却春——我讀三月份「臺灣日日詩」〔〈辯證〉、〈社會現象〉部分〕　臺灣日報　2004 年 4 月 21 日　17 版

722. 葉　笛　論《笠》前行代的詩人們——銜接前行代的幾個詩人〔〈輸血〉、〈五月的祭典〉部分〕　笠詩社四十週年國際學術研討會論文集臺南　國家臺灣文學館籌備處　2004 年 11 月　頁 73—76

723. 林瑞明　〈鸚鵡〉、〈痲瘋〉、〈俘虜與解放〉、〈解構〉賞析　國民文選‧現代詩卷 2　臺北　玉山社出版公司　2005 年 2 月　頁 123

724. 向　陽　〈收藏〉、〈伊斯坦堡晨思〉賞析　臺灣現代文選‧新詩卷　臺北　三民書局　2005 年 6 月　頁 126—128

725. 李敏勇　〈鸚鵡〉、〈擦拭〉、〈弦音〉作品導讀　青少年臺灣文庫——新詩讀本 3：花與果實　臺北　五南圖書出版公司　2006 年 1 月頁 69

726. 陳幸蕙　〈老實話〉、〈沙漠〉向星輝斑斕處漫溯　小詩星河：現代小詩選 2　臺北　幼獅文化公司　2007 年 1 月　頁 103—104

727. 李若鶯　孤寂的自由〔〈在公園散步〉、〈不同的自由〉、〈孤寂〉、〈蟬鳴〉、〈存在〉〕　鹽分地帶文學　第 13 期　2007 年 12 月頁 51—57

728. 李靜玫　《臺灣文化》、《臺灣新文化》、《新文化》中政治文學論述的強化與質變〔〈晨曦〉、〈鐘乳石〉、〈裸體的將軍〉部分〕

《臺灣文化》、《臺灣新文化》、《新文化》雜誌研究（1986.6—1990.12）：以新文化運動及臺語文學、政治文學論述為探討主軸　臺北　國立編譯館　2008 年 7 月　頁 195—197

729. 李敏勇　〈輸血〉、〈檳榔樹〉作品導讀　青少年臺灣文庫 2——新詩讀本 3：天門開的時候　臺北　國立編譯館　2008 年 12 月　頁 96，98

730. 陳明台　鄉愁論——臺灣現代詩人的故鄉憧憬與歷史意識〔〈落單飛行〉、〈石牆〉、〈雲鄉〉、〈兩岸〉部分〕　臺灣精神的崛起——《笠》詩論選集　高雄　文學界雜誌　1989 年 12 月　頁 42—45

731. 陳明台　鄉愁論——臺灣現代詩人的故鄉憧憬與歷史意識〔〈落單飛行〉、〈石牆〉、〈雲鄉〉、〈兩岸〉部分〕　笠文論選 II：風格的建構　高雄　春暉出版社　2014 年 5 月　頁 97—99

732. 陳明台　鄉愁論——臺灣現代詩人的故鄉憧憬與歷史意識〔〈落單飛行〉、〈石牆〉、〈雲鄉〉、〈兩岸〉部分〕　逆光的系譜：笠詩社與詩人論　臺北　前衛出版社　2015 年 11 月　頁 35—38

733. 李勇吉　論李魁賢詩中的拈連技巧〔〈靈骨塔及其他〉、〈枇杷樹〉、〈南港詩抄〉、〈赤裸的薔薇〉〕　但求不愧我心——閱讀李魁賢　臺北　遠景出版公司　2009 年 12 月　頁 34—52

734. 周伯乃　枇杷樹下的楓堤——評李魁賢詩集《枇杷樹》〔〈枇杷樹蔭下〉、〈塔〉、〈正午街上的玫瑰〉、〈影子與住宅〉、〈教堂墓園（Kathedrale）〉〕　但求不愧我心——閱讀李魁賢　臺北　遠景出版公司　2009 年 12 月　頁 140—148

735. 應鳳凰　詩人的社會責任與鄉土情懷——讀《李魁賢詩選》〔〈繪圖〉、〈留鳥〉、〈故鄉〉〕　但求不愧我心——閱讀李魁賢　臺北　遠景出版公司　2009 年 12 月　頁 172—175

736. 林葦芸　試評「鴿子戰線」〔〈鴿子佔廣場〉、〈鴿子行動〉、〈死亡咒鳴曲〉〕　笠　第 297 期　2013 年 10 月　頁 117

737. 陳思嫻　島嶼宿命的輓歌〔〈鴿子佔廣場〉、〈鴿子行動〉、〈死亡咒鳴

曲）〕　笠　第 297 期　2013 年 10 月　頁 116

738. 楊淇竹　　外來戰（佔）線——評「鴿子戰線」的意符語境〔〈鴿子佔廣
場〉、〈鴿子行動〉、〈死亡咒鳴曲〉〕　笠　第 297 期　2013
年 10 月　頁 113—115

739. 鄭美蓉　　淺談李魁賢「鴿子戰線」組詩〔〈鴿子佔廣場〉、〈鴿子行
動〉、〈死亡咒鳴曲〉〕　笠　第 297 期　2013 年 10 月　頁 109
—112

作品評論目錄、索引

740. 李魁賢　　評論文獻　赤裸的薔薇　高雄　三信出版社　1976 年 12 月　頁
169—170

741. 〔張默主編〕　　作品評論引得　感月吟風多少事　臺北　爾雅出版社
1982 年 9 月　頁 347

742. 羅勇成　　李魁賢研究資料索引　李魁賢詩歌藝術通論　北京　作家出版社
2002 年 8 月　頁 304—312

743. 〔彭瑞金編〕　　李魁賢作品評論引得　李魁賢文集 10　臺北　行政院文建
會　2002 年 10 月　頁 391—398

744. 〔張默編〕　　作品評論引得　現代百家詩選　臺北　爾雅出版社　2003 年
6 月　頁 226

745. 張貴松　　李魁賢作品評論引得　李魁賢詩研究　成功大學中國文學系　碩
士論文　陳昌明教授指導　2006 年 6 月　頁 192—196

746. 〔莊金國編〕　　閱讀進階指引　李魁賢集　臺南　國立臺灣文學館　2008
年 12 月　頁 140—141

747. 應鳳凰主編　　附錄二：李魁賢作品評論目錄　但求不愧我心——閱讀李魁
賢　臺北　遠景出版公司　2009 年 12 月　頁 295—303

748. 〔封德屏主編〕　　李魁賢　臺灣現當代作家評論資料目錄（二）　臺南
國立臺灣文學館　2010 年 11 月　頁 1169—1199

749. 李魁賢　　李魁賢作品評論目錄　人生拼圖：李魁賢回憶錄　臺北　新北市

文化局　2013 年 11 月　頁 1173—1189

750.　飛　　評里爾克譯叢四種[56]　現代學苑　第 6 卷第 9 期　1969 年 6 月
　　　　　頁 42—44

751. 季　陵　偉大的里爾克　文壇　第 121 期　1970 年 7 月　頁 26—29

752. 渡　也　淺論《一九八二年臺灣詩選》　文訊雜誌　第 12 期　1984 年 6 月
　　　　　頁 196—200

753. 黃恆秋　風屋談詩〔《一九八二年臺灣詩選》〕　笠　第 132 期　1986 年
　　　　　4 月　頁 66—70

754. 藤井省三著；陳明台譯　　呈示省籍糾結的詩集——評介《混聲合唱》詩集
　　　　　文學臺灣　第 6 期　1993 年 4 月　頁 140—141

755. 張春榮　李魁賢編《陳秀喜全集》　1997 臺灣文學年鑑　臺北　行政院文
　　　　　建會　1998 年 4 月　頁 277—278

756. 張錦忠　戲劇的翻譯：以臺灣晚近莎劇新譯為例〔《暴風雨》部分〕　中
　　　　　外文學　第 30 卷第 7 期　2001 年 12 月　頁 203—204

757. 楊淇竹　茫茫渺渺，恰如親像眠夢——論李魁賢臺譯《暴風雨》中的島嶼
　　　　　空間　臺灣文學家牛津獎暨李魁賢文學學術研討會　臺北　真理
　　　　　大學臺灣文學系主辦　2011 年 11 月 26 日

758. 楊淇竹　茫茫渺渺，恰如親像眠夢——論李魁賢臺譯《暴風雨》中的島嶼
　　　　　空間　第十五屆臺灣文學家牛津獎暨李魁賢文學學術研討會論文
　　　　　集　臺北　真理大學人文學院臺灣文學系　2012 年 6 月　頁 119
　　　　　—143

759. 莊金國　現代愚公・觀世詩音——《李魁賢譯詩集》　新臺灣新聞周刊　第
　　　　　422 期　2004 年 4 月 24 日　頁 109

760. 許素貞　《李魁賢譯詩集》出版　2003 臺灣文學年鑑　臺北　行政院文建
　　　　　會　2004 年 8 月　頁 190—192

---

[56]本文評論李魁賢所譯的里爾克作品 4 種《里爾克詩及書簡》、《里爾克傳》、《杜英諾悲歌》、
《給奧費斯的十四行詩》。

國家圖書館出版品預行編目資料

臺灣現當代作家研究資料彙編. 87, 李魁賢 / 莫渝編選.
-- 初版. -- 臺南市：臺灣文學館, 2016.12
　面；　公分
ISBN 978-986-05-0141-4(平裝)

1.李魁賢 2.傳記 3.文學評論

863.4　　　　　　　　　　　　　　105018734

【臺灣現當代作家研究資料彙編】87
李魁賢

發 行 人　廖振富
指導單位　文化部
出版單位　國立臺灣文學館
　　　　　地　　　址／70041 臺南市中西區中正路 1 號
　　　　　電　　　話／06-2217201　　　　　　傳　　　真／06-2218952
　　　　　網　　　址／www.nmtl.gov.tw　　　　電子信箱／pba@nmtl.gov.tw

總 策 畫　封德屏
顧　　問　林淇瀁　張恆豪　許俊雅　陳信元　陳義芝　須文蔚　應鳳凰
工作小組　白心瀞　呂欣茹　郭汶伶　陳映潔　陳鈺翔　張　瑜　莊淑婉
編　選　莫　渝
責任編輯　陳映潔
校　　對　白心瀞　呂欣茹　郭汶伶　陳映潔　陳鈺翔
計畫團隊　財團法人台灣文學發展基金會
美術設計　翁國鈞・不倒翁視覺創意
印　　刷　松霖彩色印刷事業有限公司

著作財產權人　國立臺灣文學館
　　　本書保留所有權利。欲利用本書全部或部分內容者，須徵求著作財產權人
　　　同意或書面授權。請洽國立臺灣文學館研究典藏組（電話：06-2217201）

經銷展售　國家書店松江門市（02-25180207）
　　　　　國立臺灣文學館藝文商店（06-2217201*2960）
　　　　　三民書局（02-23617511）　　　　　五南文化廣場（04-22260330）
　　　　　台灣的店（02-23625799）　　　　　府城舊冊店（06-2763093）
　　　　　南天書局（02-23620190）　　　　　唐山出版社（02-23633072）
　　　　　草祭二手書店（06-2216872）

初版一刷　2016 年 12 月
定　　價　新臺幣 500 元整
　　　　　第一階段 15 冊新臺幣 5500 元整　　第二階段 12 冊新臺幣 4500 元整
　　　　　第三階段 23 冊新臺幣 8500 元整　　第四階段 14 冊新臺幣 5000 元整
　　　　　第五階段 16 冊新臺幣 6000 元整　　第六階段 10 冊新臺幣 3800 元整
　　　　　全套 90 冊新臺幣 27000 元整

GPN　1010502248（單本）　　ISBN　978-986-05-0141-4（單本）
　　　1010000407（套）　　　　　　　978-986-02-7266-6（套）